SETE VEZES
RUBEM

SETE VEZES RUBEM

RUBEM ALVES

PAPIRUS EDITORA

Capa	Fernando Cornacchia
Fotos de capa	Acervo do autor / Rennato Testa / Rodrigo Fabri
Coordenação	Beatriz Marchesini
Copidesque	Lúcia Helena Lahoz Morelli
Diagramação	DPG Editora
Revisão	Ana Carolina Freitas, Daniele Débora de Souza, Isabel Petronilha Costa e Simone Ligado

Dados Internacionais de Catalogação na Publicação (CIP)
(Câmara Brasileira do Livro, SP, Brasil)

Alves, Rubem
   Sete vezes Rubem/Rubem Alves – Campinas, SP: Papirus, 2012.

ISBN 978-85-308-0962-1

1. Crônicas brasileiras I. Título.

12-08666   CDD-869.93

Índice para catálogo sistemático:

1. Crônicas: Literatura brasileira 869.93

1ª Edição – 2012
3ª Reimpressão – 2023
Livro impresso sob demanda – 250 exemplares

Exceto no caso de citações, a grafia deste livro está atualizada segundo o Acordo Ortográfico da Língua Portuguesa adotado no Brasil a partir de 2009.

Proibida a reprodução total ou parcial da obra de acordo com a lei 9.610/98.
Editora afiliada à Associação Brasileira dos Direitos Reprográficos (ABDR).

DIREITOS RESERVADOS PARA A LÍNGUA PORTUGUESA:
© M.R. Cornacchia Editora Ltda. – Papirus Editora
R. Barata Ribeiro, 79, sala 316 – CEP 13023-030 – Vila Itapura
Fone: (19) 3790-1300 – Campinas – São Paulo – Brasil
E-mail: editora@papirus.com.br – www.papirus.com.br

Sumário

A FESTA DE MARIA
(seleção e organização: Inês de França Bento)

O olhar adulto 11
O nome 14
Esquecer 17
Meu tipo inesquecível 20
Beleza 24
Poça de água suja 27
A solidão 30
Suicídio 33
Explicação 36
Máscaras 40
Pior que a paixão 43
Conjugal 47
A mentira da Maria 50
Oração 53
Promessas 56
Aos prefeitos, vereadores etc. 59
Viva o anarquismo! 62

CENAS DA VIDA

Sobre poetas e crianças 67
Sobre a alma e a música 71
Uma casa dentro do vulcão 75
O rosto de menino 78
A seriema 81
Escrevo o que não sou 85
Sopa de fubá, pão e vinho 89
Tranquilize-se 92
O que quero é fome 96
O quarto dos horrores 99

O fim da banda 102
Maria-fumaça 105
O que amo na Igreja 109
O Betinho morreu... 113
Sobre a inveja 117
Onde solidão se vai... 121
O fim do mundo está próximo! 124
Ela não aprendeu a lição 128
Sobre a vida amorosa das estrelas-do-mar 132
Sobre nabos crus e professores 136
Sobre a ciência e a *sapientia* 139
É brincando que se aprende... 143
A maquineta de roubar pitangas 146

NAVEGANDO

Em louvor à inutilidade 151
A síndrome do pânico 154
Quero viver muitos anos 157
O *blazer* vermelho 160
"Você e o seu retrato" 163
Por um casamento 166
Quem não pode transar não pode casar 169
O lobo e o falcão 172
Navegando... 176
O barco 180
O avesso é mais divertido 183
A cozinha 186
Bicho-de-pé 190
O ano 2000 193
Quando a dor se transforma em poema 196

MANSAMENTE PASTAM AS OVELHAS...

Mansamente pastam as ovelhas... 201
É assim que acontece a bondade 204
Que vontade de chorar 207
Um discreto bater de asas de anjos 212
"O senhor compra um salgadinho para me ajudar?" 217
Jardins 221
O jardineiro 225
Compaixão 229
Pôr da lua 233
Se eu tiver apenas um ano a mais de vida... 236
Espiritualidade 240

O vento fresco da tarde	244
Todo túmulo é um canteiro	248
Os *flamboyants*	252
Sobre política e jardinagem	256
Senhoras prefeitas, senhores prefeitos	260
Presente para um pai sério	263
Para as mães extremosas	267
Carta a um drogado	270
Sobre coisas malcheirosas	274
Sobre peixinhos e tubarões	278
A lagoa	282
A cegueira	286
Tenho medo	290

NA MORADA DAS PALAVRAS

Os super-heróis	297
O rei, o guru e o burro	300
As laranjas	303
Os saberes de cada um	307
Sobre rosas, formigas e tamanduás	310
O pastor, as ovelhas, os lobos e os tigres	315
As rãs, o pintassilgo e a coruja	318
Borboletas e morcegos	322
Sobre a morte e o morrer	326
Gandhi	329
O presépio	332
A beleza dos pássaros em voo...	336
O pequeno barco de velas brancas	342
Você tem um furúnculo?	345
O poder do que não existe	349
Por que não me mudo pra Bahia	355
A solidão amiga	359
Os olhos de Camila	364
As contas de vidro e o fio de *nylon*	367
A alegria da música	371
O menininho	376
A Rafaela e as estrelas	381
Memórias da infância	385

A MÚSICA DA NATUREZA
(seleção e organização: Edvaldo de Paula Nascimento)

A árvore que floresce no inverno	391
Os ipês estão floridos	394

Amaromar 397
Proseando 400
Lições de bichos e coisas 403
Campos e cerrados 407
Pastoreio 411
Araucárias e eucaliptos 415
A música das estrelas 418
O sermão das árvores 421
Em defesa das árvores 425
Vou plantar uma árvore 429
Em defesa das flores 433
O ninho 436
O fogo está chegando 440
Andar de manhã 444
Piracema 447
Flora 449
O jardim 452
A horta 466

A MAÇÃ E OUTROS SABORES

A maçã 477
A morte dos heróis 481
Preferiram morrer 483
Sobre a bonificação 486
Carta aos filhos de pais velhos 489
Os dois olhos 492
Quero um brinquedo! 495
A caixa de brinquedos 498
Alegria 501
Prazer 504
As ideias loucas... 507
Dentaduras & cia. 510
A Barbie 513
A decolagem 516
"Que seria de nós sem o socorro do que não existe?" 519
Solidão pequena, solidão grande 523
Sobre a interpretação 526
Hora de esquecer 529
A melodia que não havia... 532
O brilho da eternidade no olhar 535
O mar de Maria 539

A FESTA
DE MARIA

O olhar adulto

    Foi ele mesmo quem me contou, como confissão de cegueira, dando depois permissão para que eu relatasse o milagre desde que não revelasse o santo. Médico, chegou a seu consultório com seus olhos perfeitos e a cabeça cheia de pensamentos. Eram pensamentos graves, cirurgias, hospitais, e os doentes o aguardavam na sala de espera.

    Entrou o primeiro paciente que se submeteu mansamente à apalpação médica. Terminada a consulta, escrita a receita, no ato de despedida ele fez um elogio: "Doutor, que lindas são as orquídeas na sua sala de espera!".

    Meu amigo sorriu embaraçado, com vergonha de dizer que não havia notado orquídea alguma na sala de espera e que, portanto, nada sabia da beleza que o doente notara. Teve vergonha de revelar a sua cegueira. Entrou o segundo paciente. Ao final da consulta, sem conseguir conter o que sentia, observou: "São maravilhosas as orquídeas na sua sala de espera, doutor!". Novamente o sorriso amarelo, sem poder dizer o que não sabia sobre as orquídeas que não havia visto.

    Veio o terceiro paciente, e a coisa se repetiu do mesmo jeito. Aí o doutor deu uma desculpa, saiu da sala, e foi ver as orquídeas que o jardineiro colocara na sala de espera. Eram, de fato, lindas. Mas aí veio o agravante, pois o paciente, não satisfeito com a humilhação imposta ao doutor cego, observou que, na semana anterior, a árvore dentro da sala de consulta, plantada num vaso imenso, num canto, não era a mesma que ali estava, naquele dia. Mas o doutor cego de olhos perfeitos não notara a presença da árvore naquele dia nem a presença da árvore na semana anterior...

    Ah! Você se espanta que tal cegueira possa existir! Mas eu lhe garanto que é assim que funcionam os olhos dos adultos em geral.

Lá vão pelo caminho a mãe e a criança, que vai sendo arrastada pelo braço – segurar pelo braço é mais eficiente que segurar pela mão. Vão os dois pelo mesmo caminho, mas não vão pelo mesmo caminho. Blake dizia que a árvore que o tolo vê não é a mesma árvore que o sábio vê. Pois eu digo que o caminho por que anda a mãe não é o mesmo caminho por que anda a criança.

Os olhos da criança vão como borboletas, pulando de coisa em coisa, para cima, para baixo, para os lados, é uma casca de cigarra num tronco de árvore, quer parar para pegar, a mãe lhe dá um puxão, a criança continua, logo adiante vê o curiosíssimo espetáculo de dois cachorros num estranho brinquedo, um cavalgando o outro, quer que a mãe também veja, com certeza ela vai achar divertido, mas ela, ao invés de rir, fica brava e dá um puxão mais forte, aí a criança vê uma mosca azul flutuando inexplicavelmente no ar, que coisa mais estranha, que cor mais bonita, tenta pegar a mosca, mas ela foge, seus olhos batem, então, numa amêndoa no chão e a criança vira jogador de futebol, vai chutando a amêndoa, depois é uma vagem seca de *flamboyant* pedindo para ser chacoalhada, assim vai a criança, à procura dos que moram em todos os caminhos, que divertido é andar, pena que a mãe não saiba andar por não ter os olhos que saibam brincar, ela tem muita pressa, é preciso chegar, há coisas urgentes a fazer, seu pensamento está nas obrigações de dona de casa, por isso vai dando safanões nervosos na criança, se ela conseguisse ver e brincar com os brinquedos que moram no caminho, ela não precisaria fazer análise...

A mãe caminha com passos resolutos, adultos, de quem sabe o que quer, olhando para frente e para o chão. Olhando para o chão ela procura as pedras no meio do caminho, não por amor ao Drummond, mas para não dar topadas, e procura também as poças d'água, não porque tenha se comovido com o lindo desenho do Escher de nome *Poça de água*, uma poça de água suja na qual se refletem o céu azul e os ramos verdes dos pinheiros, ela procura as poças para não sujar o sapato. A pedra do Drummond e a poça de água suja do Escher os adultos não veem, só as crianças e os artistas...

A mãe não nasceu assim. Pequenina, seus olhos eram iguais aos do filho que ela arrasta agora. Eram olhos vagabundos, brincalhões, que olhavam as coisas para brincar com elas. As coisas vistas são gostosas, para ser brincadas. E é por isso que os nenezinhos têm este estranho costume de botar na boca tudo o que veem, dizendo que tudo é gostoso, tudo é para ser comido, tudo é para ser colocado dentro do corpo. O que os olhos desejam, realmente, é comer o que veem. Assim dizia Neruda, que confessava ser capaz de comer as montanhas e beber os mares. Os olhos nascem brincalhões e vagabundos – veem pelo puro prazer de ver, coisa que, vez por outra, aparece ainda nos adultos no prazer de ver figuras. Mas aí a mãe foi sendo educada, numa caminhada igual a essa, sua mãe também a arrastava pelo braço, e, quando ela tropeçava numa pedra ou pisava numa poça d'água, porque seus olhos estavam vagabundeando por moscas azuis e cachorros sem-vergonha, sua mãe lhe dava um safanão e dizia: "Olha pra frente, menina!".

"Olha pra frente!" Assim são os olhos adultos. Olhos não são brinquedos, são limpa-trilhos. Servem para abrir caminhos na direção do que se deve fazer. Assim eram os olhos daquela minha amiga que os usava para cortar cebola sem cortar o dedo, até que, um dia, o olho que morava dentro dos seus olhos se abriu e ela viu a beleza maravilhosa do vitral translúcido que mora nas rodelas de todas as cebolas, e ela tanto se espantou com o que via que pensou que estava ficando louca...

Coitados dos adultos! Arrancaram os olhos vagabundos e brincalhões de crianças e os substituíram por olhos ferramentas de trabalho, limpa-trilhos. Assim eram os olhos daquele meu amigo médico: não viam nem as orquídeas nem as árvores que estavam dentro do seu consultório. Seus olhos eram escravos do dever. E ele não percebia que as coisas ao seu redor eram brinquedos que pediam aos seus olhos: "Brinquem comigo! É tão divertido! Se vocês brincarem comigo, eu ficarei feliz, e vocês ficarão felizes...".

O nome

Meu amigo Amilcar Herrera é um homem sábio. Isso é surpreendente, considerando-se que ele é um cientista. O fato é que ciência e sabedoria são coisas muito diferentes. Ciência é conhecimento do mundo. Sabedoria é conhecimento da vida. A exuberância do conhecimento científico vai, frequentemente, lado a lado com uma total penúria de sabedoria. Nisso o conhecimento científico pode ficar parecido com aquela praga conhecida pelo nome de "erva-de-passarinho", uma parasita terrível que se aloja nos troncos das árvores e, à medida que cresce, a árvore morre. Estou cansado de ver PhDs tolos.

Uma das características das palavras do sábio é que elas sempre nos surpreendem. Guimarães Rosa cita um intrigante aforismo que diz assim: "Aquilo que vou saber sem saber eu já sabia". Pois é justamente isso que o sábio faz. A gente já sabia. Mas não sabia. Sabia sem palavras. Aí o sábio abre a boca e a gente se surpreende por ouvir dito aquilo que já morava adormecido no silêncio do corpo.

O Amilcar falou e eu me surpreendi. Ele me disse:

Rubem, eu tenho um sonho. Sonho que, um dia qualquer, eu vou acordar e vou ter esquecido o meu nome. Quem sou eu? – eu vou me perguntar. E eu não saberei o que responder. Não terei memória do meu nome. O ruim é quando a gente esquece o nome, mas os outros continuam a saber quem somos. Aí os psiquiatras dizem que tivemos um ataque de amnésia. E tratam de nos curar, de fazer-nos lembrar o nome para que saibamos quem somos. O nome é uma gaiola onde o que somos mora. Declaram-nos curados quando o nosso ser aparece de novo dentro da gaiola. Bom seria se os outros também se esquecessem do nome da gente. Aí eles teriam perdido a memória da gaiola que prendia o nosso ser.

E o nosso ser se transformaria em pássaro, e voaria livre por espaços por onde nunca havia voado. O nome é uma prisão.

É preciso confessar que não foram essas, precisamente, as palavras do Amilcar. Faz muito tempo que tivemos essa conversa. Mas foram essas as associações que sua declaração provocou em mim. E isso que ele falou, coisa na qual eu nunca havia pensado, foi para mim uma revelação. Vi, repentinamente, o que eu nunca tinha visto. É isso mesmo. Nomes são gaiolas. Neles se guardam as coisas que fizemos. Existem até os currículos, gaiolas de papel e letras em que, sob o nome, se colocam as coisas que já fizemos. Aí, com base naquilo que já fizemos, as pessoas e nós mesmos imaginamos aquilo que se pode esperar da gente.

Peirce, lógico respeitável, no seu ensaio sobre "Como tornar claras as nossas ideias", oferece-nos a seguinte fórmula para nos ajudar a ter clareza sobre a natureza de um objeto qualquer: "Considere quais os efeitos práticos que imaginamos que esse objeto possa ter. Então, a soma desses efeitos é o que é o nosso conceito desse objeto". Exemplificando: o objeto "galinha" – que efeitos práticos, em nosso pensamento, são invocados por esse nome? Respondo: cacarejo, ninho, ovo, cocô, ciscar na terra, molho pardo, canja etc. Esses efeitos práticos, somados, são aquilo que, na minha cabeça, está contido dentro do nome "galinha". Aí eu pergunto: "Como foi que cheguei a associar esses efeitos práticos ao nome galinha?". Resposta: "Pela minha experiência passada com essa entidade penosa cacarejante". O nome, assim, é um saco onde se deposita a experiência passada. E é baseado nessa experiência que se conclui sobre o que esperar no futuro. Ninguém vai imaginar que uma galinha vai cantar como pintassilgo, nem que vai botar ovos azuis, nem que vai fazer ninhos parecidos com os dos beija-flores. Galinha é galinha, para todo o sempre. Está dito no nome.

Isso que foi dito sobre a galinha vale para tudo. Para as pessoas também. Quando o meu nome é pronunciado, eu sou imediatamente informado do que fiz no passado. E, ao ser informado, pelo som enfeitiçador do meu nome, daquilo que fiz no passado, sou também informado do meu ser e daquilo que se espera de mim no futuro. O nome, assim, obriga-me a ser de um jeito que se espera. O nome contém o programa do meu ser.

O Amilcar sabia das coisas. Imagino que aquela confissão – "Sonho que, um dia qualquer, eu vou acordar e vou ter esquecido o meu nome..." –, imagino que essa confissão nasceu de uma dor, a mesma dor que o Álvaro de Campos colocou num verso: "Sou o intervalo entre o meu desejo e aquilo que os desejos dos outros fizeram de mim". Ele acorda de manhã, com vontade sei lá de quê – há pessoas cuja presença numa feira ou numa igreja é impensável, não combina; o lindo cirurgião de roupa branca, ele é impensável numa feira, comprando cebolas, de bermuda e sandálias, e também não se pode imaginar que o professor de economia ateu confesso ponha-se a chamar por Santa Bárbara no meio da tempestade de raios (sobre as invocações a Santa Bárbara, vale ler o Alberto Caeiro). Pois imagino que o Amilcar acordou com um desejo estranho qualquer, não previsto no seu nome, desejo que nunca tivera, ou que sempre tivera mas cujo reconhecimento fora sempre proibido pelo seu nome. Mas logo veio a interdição: "Essa ação não é permitida pelo nome Amilcar Herrera. Esta ação não está prevista no programa Amilcar Herrera".

Compreendi, então, o curioso costume de um povo primitivo que sempre dá dois nomes às pessoas. O primeiro deles é o nome igual ao nosso, anunciado, falado, escrito, conhecido, a gente grita o nome e a pessoa responde, o nome é falado e todo mundo sabe sobre quem estamos falando. O outro nome só a própria pessoa sabe. O primeiro nome é nome falso, apenas para efeitos práticos, uma mentira socialmente necessária. O outro nome, secreto, é o lugar onde mora o meu ser verdadeiro, que é muito diferente do outro. Assim, por meio desse artifício, todo mundo sabe que ninguém está preso dentro de uma gaiola de sons, que não se pode exigir que a pessoa seja, no futuro, aquilo que foi guardado no saco do nome, no passado. Cada pessoa tem, dentro de si, um segredo, um mistério. Cada burrinho pedrês tem, dentro de si, um cavalo selvagem. Cada pato doméstico tem, dentro de si, um ganso selvagem. Cada velho tem, dentro de si, uma criança que deseja brincar.

Acho que era isso que o Amilcar estava dizendo:

> Se eu esquecer o meu nome e se os outros não exigirem que eu continue a ser o que sempre fui, então alguma coisa nova poderá nascer da velha: uma fonte no deserto. Afinal de contas, esta é a suprema promessa do Evangelho: que os velhos nascerão de novo e virarão crianças.

Esquecer

Um amigo meu, nos Estados Unidos, comprou uma casa velha, de mais de um século, conservada, como muitas por lá existem. Muitas coisas a serem consertadas. Tudo teria que ser pintado de novo. Antes de pintar com as cores novas, ele achou melhor raspar das paredes a cor velha, um azul sujo e desbotado. Raspado o azul, debaixo dele surgiu uma cor rosa, mais velha ainda que o azul. Raspou-a também. Aí apareceu o creme, e depois do creme o branco... Cada morador havia coberto a cor anterior com uma cor nova. E assim ele foi indo, pacientemente, camada após camada. Queria chegar à cor original, que apareceria depois que todas as camadas de tinta fossem raspadas. Finalmente o trabalho terminou. E o que encontrou foi surpresa inesperada que o encheu de alegria. Mais bonito que qualquer tinta: madeira linda, o maravilhoso pinho-de-riga, com nervuras formando sinuosos arabescos cor castanha contra um fundo marfim. Parábola: somos aquela casa. Ao nascer somos pinho-de-riga puro. Mas logo começam as demãos de tinta. Cada um pinta sobre nós a cor de sua preferência. Todos são pintores: pais, avós, professores, padres, pastores. Até que o nosso corpo desaparece. Claro, não é com tinta e pincel que eles nos pintam. O pincel é a fala. A tinta são as palavras. Falam, as palavras grudam no corpo, entram na carne. Ao final o nosso corpo está coberto de tatuagens da cabeça aos pés. Educados. Quem somos? "O intervalo entre o nosso desejo e aquilo que os desejos dos outros fizeram de nós", responde Álvaro de Campos.

Contra isso lutava Alberto Caeiro:

Procuro despir-me do que aprendi.
Procuro esquecer-me do modo de lembrar que me ensinaram,
e raspar a tinta com que me pintaram os sentidos,

Desencaixotar minhas emoções verdadeiras,
Desembrulhar-me e ser eu, não Alberto Caeiro,
mas um animal humano que a natureza produziu.
Mas isso (triste de nós que trazemos a alma vestida!),
isso exige um estudo profundo,
uma aprendizagem de desaprender...

Barthes se descobriu atacado pela mesma doença que afligira Caeiro. Através dos anos seu corpo foi coberto por saberes que se sedimentaram sobre sua pele. Agora ele estava enterrado, esquecido de si mesmo. Só havia um caminho: desaprender tudo. "Empreendo, pois", ele diz, "deixar-me levar pela força de toda força viva: o esquecimento". Esquecer é raspar a tinta. A fim de se lembrar do esquecido. E o que ele viu, depois de terminada a raspagem, encantou-o: lá estava a sua alma, o jeito original de saber – "sabedoria". Diz o *Tao Te Ching* que os saberes podem ser somados (como as camadas de tinta). Mas sabedoria só se obtém por subtração, por raspagem e esquecimento.

Com isso concorda a psicanálise. Por isso ela não usa nem pincéis nem tinta, e não sabe somar. "Sem memória", diz Bion. Dedica-se, ao contrário, às raspagens e lixações, na esperança de encontrar, para além do que sabemos, a sabedoria que ignoramos.

Digo isso como introdução a uma série de raspagens teológicas que pretendo fazer. Quero raspar as tatuagens de Deus com que cobriram os nossos corpos. Teólogos, sacerdotes, fiéis – todos eles se dedicam a essa arte perversa. Pensam que suas palavras são gaiolas para pegar Deus.

Com isso ofendem Deus: pintam-no como pássaro engaiolável. Mas Deus é Vento (é isso que quer dizer a palavra "Espírito"), não pode ser engaiolado como passarinho. "Tudo aquilo para que temos palavras é porque já passamos adiante", diz Nietzsche. Em outras palavras: não adianta, quando a gaiola se fecha, é porque o sagrado já voou para outro lugar. Deus está sempre além das palavras, no lugar aonde as palavras não chegam, onde só existe o silêncio. "A Palavra", diz a Adélia, "é coisa mais grave, surda-muda, foi inventada para ser calada".

As gaiolas de pegar Deus têm muitos nomes: rezas, terços, novenas, orações, mantras, promessas, templos, *Bíblia*, *Corão*. Mas só os cegos não percebem que elas estão sempre vazias.

Se deixarmos as metáforas bíblicas e passarmos para as metáforas do *Tao Te Ching*, seremos transformados de pássaros em peixes: sairemos do Vento e mergulharemos no Rio – do jeito mesmo como Escher viu e pintou, no *intervalo* (guarde essa palavra!) dos patos que voam estão os peixes que nadam!

> O Rio
> cujo nome sabemos não é o rio eterno.
> O nome que pode ser dito não é o nome eterno.
> O Rio que não tem nome: dele nascem todos os rios que têm nome.
> O Rio que não tem nome é o princípio dos céus e da terra.
> Os rios que têm nome; neles nadam dez mil peixes diferentes.

O caminho para Deus começa com o esquecimento de todos os nomes que nos foram ensinados.

Deus não se vê diretamente. Só através de espelhos. Bons espelhos não têm memória. São vazios. A gente sai da frente deles, e prontamente de nós se esquecem. Se tivessem memória, eles guardariam o nosso rosto, mesmo na nossa ausência. Uma outra pessoa que chegasse e desejasse ver o seu rosto só veria uma imagem borrada, mistura do rosto dela e do meu.

Nossos olhos, espelhos, através dos anos, foram sendo cobertos com as pinturas que os religiosos diziam ser imagens do rosto divino. E o espelho deixou de ser espelho. Agora olhamos bem para ele, e o que vemos não é o rosto de Deus, mas as palavras que os homens sobre ele escreveram: caricatura grotesca, que não é possível amar. É preciso restaurar o espelho seguindo a técnica estabelecida por Ângelus Silésius:

> *Para refletir Deus em tudo o que aqui e agora existe,*
> *meu coração há de ser um espelho luminoso,*
> *claro e vazio.*

Vamos fazer, por algumas semanas, o mesmo que fez o meu amigo com as paredes pintadas de sua casa velha. Quem sabe, ao final do trabalho, encontraremos um pinho-de-riga?

Meu tipo inesquecível

Santo Agostinho, nas suas *Confissões*, conta dos seus pecados da juventude, entre eles o seu deleite no furto. Furtava peras azedas do pomar de um vizinho quando, no seu próprio pomar, havia peras doces. É que ele não estava à procura de peras. O seu deleite estava no próprio ato de furtar. Agostinho confessava seu pecado, arrependido. Mas confissões nem sempre implicam arrependimento. É o caso de Picasso, que afirmou, com um sorriso malicioso: "Se existe algo que possa ser roubado, eu roubo". De fato, roubar é algo deleitoso. Eu, mais tímido, só me lembro de um modesto roubo de pitangas, já confessado publicamente sem arrependimento. Pecado grave vou confessar agora, também sem arrependimento, muito embora me sinta coberto de vergonha: quando adolescente, a minha leitura favorita, afora o *Globo Juvenil*, o *Gibi* e o *X-9*, de que não me envergonho, era a *Seleções do Reader's Digest*. Engolia tudo sem ter a menor ideia de que aquilo era propaganda da *american way of life* que, diga-se de passagem, tem coisas deliciosas e boas. Pois dentre os artigos havia uma série com o título "O meu tipo inesquecível". Era sempre um relato sobre alguma pessoa diferente – por isso que se chamava "tipo" –, tão diferente e sedutora que era "inesquecível".

Pois hoje quero falar sobre um dos meus tipos inesquecíveis. É um pedreiro. Ah! Que injustiça: definir uma pessoa dizendo qual é a sua profissão. Esse é o jeito corriqueiro, bem sei. Sou pedreiro, sou físico, sou padre, sou motorista, sou psicanalista – assim vamos perpetuando essa perversa equação entre o "ser" e o "fazer", sem nos dar conta de que o "fazer" é apenas um pedacinho de praia nesse mar imenso que é a alma humana. Não. O seu João Januário sabe ser pedreiro, pedreiro muito bom, dos melhores que já conheci.

Mas pedreiros bons há muitos. Bons pedreiros são todos iguais. O que me interessa no seu João não é especificamente a sua ciência de construtor. É a sua sabedoria. Eu podia ficar jogando papo fora com ele por horas a fio, sem nunca me cansar. Eu estava sempre aprendendo. Quando não estava aprendendo, estava me divertindo. Quando não estava me divertindo, estava me comovendo, como, por exemplo, ao ver a primeira coisa que ele fazia ao chegar à minha casa: pegava a peneira da piscina e salvava todas as abelhas que estavam se afogando. Foi numa dessas ocasiões que lhe contei a estória de um homem pecador dos piores que foi salvo do inferno por uma única aranha que ele havia salvo: ela se compadeceu dele e jogou, no abismo escuro, um fino fio pelo qual ele subiu. Aí ele redobrou seu cuidado com as abelhas, muito embora eu tenha certeza de que, se ele não for para o céu, é possível que as privadas de lá se entupam sem que ninguém saiba como desentupi-las. Será que eu disse heresia? No céu tem privada? Deve haver. Claro que tem. Onde há comida tem de haver privada, e está dito que no céu vai haver um grande banquete. Só que, no céu, tudo é perfumado e bonito. Posso até imaginar que as nuvens branquinhas sejam o que sai dos anjinhos novinhos, as nuvens cor-de-rosa, o que sai dos anjos apaixonados, as nuvens negras, o que sai dos anjos trevosos. Eu e o seu João conversávamos sobre essas profundas questões metafísicas, com a seriedade própria de dois meninos, o que me faz lembrar a definição definitiva de Nietzsche sobre a maturidade como aquela condição em que recuperamos a seriedade que as crianças têm ao brincar.

Voltando às privadas. Aconteceu que uma privada da minha casa ficou entupida, e inúteis foram todos os artifícios comuns aplicados em tais eventualidades. Eu já tinha perdido a esperança e me preparava para mandar arrancar a privada quando o seu João disse, tranquilamente: "Desentope com extintor de incêndio...". Assustei-me. Achei que fosse brincadeira. Mas ele confirmou sério e acrescentou: "Daqueles que têm uma mangueira de borracha". Aluguei um extintor, ele enfiou o tubo dentro da privada, calçou muito bem com sacos, segurou firme e disse: "Dê só uma beliscadinha no gatinho". Foi *vapt-vupt*. A privada desentupiu.

Mas a sabedoria dele era ampla, coisa inimaginável. Estávamos, os dois, chupando umas jabuticabas que já estavam ficando difíceis de apanhar, lá na ponta dos galhos finos, as mais doces. Lamentei deixá-las para os morcegos.

Ele observou: "Aquelas jabuticabas na ponta dos galhos, a gente apanha com um cano de PVC". Dito isso, pôs-se a andar pelo quintal, à procura do tal cano que ele logo trouxe. Levou o cano até uma gorda e distante jabuticaba, encaixou-a no oco do cano, deu uma chuchada, e esperou que ela escorregasse cano abaixo, até cair na sua mão que, em concha, a esperava na saída do cano.

Mas a maior virtude do seu João era a literatura. Não literatura escrita: literatura oral, fantástica, grande contador de casos impossíveis. Relatou, por exemplo, que, quando era criança, morava numa cidadezinha no alto de uma colina, lugar onde não passavam nem rio nem ribeirão, houve uma chuvarada horrenda, temporal nunca visto. Acabado aquele anúncio de fim de mundo, a meninada foi brincar na enxurrada, coisa deliciosa, os adultos bem que morrem de vontade, não brincam por pura vergonha, coitados, pois o seu João contou e jurou ser verdade que na enxurrada vinham peixes endurecidos, cobertos de gelo, que foram catados, escamados, fritos e comidos. Pensei numa repetição do milagre do maná que Jeová fazia chover no deserto sobre o povo faminto, mas milagres como aquele parece que não acontecem mais; descri, ri, caçoei do seu João, lorota de pescador. Aí, falando sobre o tal *causo* com um ilustre professor de física da Unicamp, cujo nome não vou revelar para que ele não caia em descrédito, ele me disse que ele mesmo já havia presenciado portento parecido, só que não eram peixinhos mas sapinhos congelados. E logo me ofereceu uma teoria meteorológica para explicar o milagre – quem sabe o professor Sabatini, que fala sempre sobre as maravilhas da ciência, poderia lançar um pouco de luz sobre o caso. O que seria irrelevante para o *causo* do seu João, pois literatura não se faz com acontecidos ou por acontecer, mas com o maravilhoso, o fantástico, tal como escreveu o Saramago, fazendo voar a passarola de Bartolomeu de Gusmão, o padre voador, à custa das vontades dos homens morrentes que a vidente Blimunda engarrafava no momento mesmo em que deixavam o corpo dos moribundos em campos de batalha e de peste. Se o Saramago pode, o seu João pode também.

Depois foi o caso das seriguelas, frutinhas amarelas lindas que recebi de presente pelo correio da Maria Antonia, ex-aluna poetisa. Foi o início de um outro *causo*. Seu João disse que os pés de seriguela crescem nas margens dos rios, sendo grandemente apreciados pelos pintados, peixes enormes. Aí ele relatou um acontecido maravilhoso. Estavam ele e uns companheiros numa praia de rio, pescando descuidados, deitados à sombra de uma serigueleira e se deleitando com seus doces frutos amarelos. Não sabiam que aquela árvore e seus frutos eram propriedade particular de um enorme pintado que, vendo assim invadidos os seus domínios por tão desavergonhados gatunos, irou-se do outro lado do rio onde havia ido visitar a namorada, e veio num nado furioso na direção dos ladrões. "Aí, seu Rubem, quando ele chegou perto, saltou pra fora do rio e deu uma rabanada tão forte na água que ficamos todos ensopados." Eu nada disse, sabedor que os *causos* do seu João são sempre verdadeiros. Apenas lhe ofereci uma seriguela, não sem antes me certificar de que não havia nenhum pintado nas proximidades.

Beleza

Foi muito tempo atrás que aprendi que dicionários eram objetos sagrados. Eu era jovem, estudava no Seminário Presbiteriano da avenida Brasil, fazia o serviço militar, CPOR em São Paulo. Aos domingos eu me levantava antes das 4 da madrugada, descia a pé a avenida Brasil, o silêncio era absoluto, os únicos sons eram os apitos dos guardas-noturnos em suas rondas e o barulho seco dos meus sapatos no asfalto, parecia até filme de Bergman, não havia assaltantes nem carros, lembro-me do brilho de Vênus, estrela-d'alva, eu cantarolava um hino, "A noite já passa e o dia já vem, / a estrela-d'alva não deve tardar...", andava até a estação da Fepasa para pegar o trem: eu teria de estar no quartel às 7. Depois arranjei um companheiro, o José Henrique. Acontece que ele era sobrinho de um homem extraordinário que morava em São Paulo, Theodoro Henrique Maurer Jr., professor de filologia romana na USP. Passamos a ir na véspera e dormíamos na casa do professor Maurer. Foi lá que vi uma coisa que eu nunca havia visto: um dicionário, enorme, ocupava um lugar central na sala de sua casa, aberto sempre num móvel que se parecia com púlpito. Levou muito tempo para que o dicionário viesse a ocupar lugar semelhante no meu escritório – mas ele hoje está lá, enorme e velho, como objeto de deleite. Nele estão guardados os segredos das palavras, não só o segredo dos seus usos no presente, mas a história do seu passado, as etimologias.

Eu estava pensando sobre uma coisa curiosa, a beleza. Quem é mais bonita? A Tônia Carrero ou a Fernanda Montenegro? Um observador apressado diria que é a Tônia, pele lisa, sem rugas, as plásticas fazem milagres. A Fernanda, ao contrário, até parece meio desleixada, as marcas da idade aparecem claramente no seu rosto. No entanto, a Fernanda me comunica algo que não sinto quando vejo a Tônia. A Tônia me comunica o mesmo sentimento que tenho ao ver máscaras venezianas em lojas de artigos importados: beleza de bibelô, própria para ser exibida em vitrine. Já a Fernanda me comunica uma outra coisa que não sei descrever, ela se aproxima, me toca, há uma troca de emoções. O seu rosto ainda não tocado pelo bisturi tem uma beleza de uma qualidade diferente. O inglês possui duas palavras para se referir à beleza. *Pretty* se refere a esta qualidade exterior, visível, impressão imediata, propriedade de invólucro, é o papel que embrulha o pacote – sem nada revelar daquilo que está dentro do pacote. Acontece, frequentemente, o mesmo que aconteceu com a princezinha da estória. Linda, lindíssima, todos os moços se apaixonavam por ela. Aí uma bruxa invejosa a enfeitiçou, e uma coisa horrível passou a acontecer: todas as vezes que ela falava, sapos, rãs, cobras e lesmas saltavam de sua boca. A beleza *pretty* é assim: como uma bolha de sabão multicolorida que envolve a pessoa – isso enquanto ela está paralisada como imagem, fixada como objeto de decoração, coisa que se vê diante do espelho. Mas basta que ela faça um movimento para que a bolha se estilhace em mil fragmentos. Repito o dito pelo místico Ângelus Silésius: "Temos dois olhos: com um, vemos as coisas que no tempo existem e desaparecem. Com o outro, as coisas divinas, eternas, que para sempre permanecem". O *pretty* pertence ao mundo das coisas efêmeras.

Roland Barthes, depois de morta a sua mãe, movido pela saudade, entregou-se a uma difícil tarefa de reencontrá-la. Como é bem sabido, os mortos, nós os guardamos em caixas de fotografias. E foi lá, nas caixas de fotografias, que ele a procurou. Examinou montanhas de fotos – todas eram fotos de sua mãe. Ele a reconhecia. Mas não era aquilo que ele procurava. Ele buscava a sutil epifania da ordem do *beautiful*: queria ver de novo sua mãe naquilo que ela tinha de eterno.

Beautiful: é uma qualidade interior, invisível aos olhos desatentos, os espelhos não conseguem detectá-la. Por oposição ao *pretty*, ela nunca aparece à própria pessoa. Somente os outros podem vê-la. Vez por outra algum fotógrafo, artista, consegue capturá-la no seu voo efêmero. Mas, mesmo assim, ela é invisível aos olhos do primeiro tipo; só os olhos do segundo tipo conseguem vê-la. O *pretty* é coisa do tempo, visível. O *beautiful* é coisa da eternidade, invisível.

Aí eu me lembrei que essa qualidade que burla os olhos, as câmeras, as descrições objetivas tem o nome de aura. Aura quer dizer esse imponderável invisível onde mora a beleza. Corri, então, ao dicionário, meu amigo *Webster*, para saber o que ele tem a dizer sobre o assunto. E foi isso que encontrei:

> aura: [L. *aura*; Gr. *áura*, ar, de aenai, respirar, soprar]. 1. Literalmente, uma brisa ou uma corrente de ar suave; mas tecnicamente é usada para denotar qualquer fluido sutil e invisível que, pensa-se, flui do corpo; um eflúvio, emanação, ou exalação, como o perfume das flores...

Beleza, coisa aérea, etérea... Monet sugeriu essa qualidade da beleza dando ao retrato de sua mulher uma textura de transparência, de irrealidade, sugerida no vestido branco e na sua sombrinha também branca, contra o céu de nuvens. Há sempre o perigo de que ela se dissolva nas nuvens brancas. A beleza está sempre na esfera da irrealidade. Ela não é. Ela aparece e se vai. Ela não frequenta clínicas de beleza. Uma pessoa "é" *pretty*. Mas uma pessoa não é *beautiful*. Ela é, no máximo, o lugar onde o *beautiful* se deixa ver, vez por outra. A beleza não é uma qualidade do corpo: a música não é o instrumento, o perfume não é a flor, as cores do arco-íris não são o prisma. O corpo é apenas o lugar onde a beleza se deixa ver. Uma pessoa é bela naquilo que ela não é. É no lugar onde ela não é que o seu corpo deixa ver. O *pretty* é uma pintura. O *beautiful* é um espelho... E não é de admirar que, com frequência, os melhores espelhos sejam "poças de água barrenta", como no desenho de Escher.

Quanto aos rostos *pretty*: podem muito bem ser lagoas opacas onde moram rãs, cobras e piranhas. Nadar nelas é perigoso. Sei de vários que nadaram e não voltaram.

Poça de água suja

De todos os espelhos, a tristeza é o mais fiel. Refletido nela, o rosto humano aparece em toda a sua pureza, como se tivesse sido pintado por Rafael. Vão-se as máscaras, as dissimulações, as linhas que os sentimentos mesquinhos cortam na pele e nos fazem feios. A tristeza faz uma plástica em nosso rosto. Qual o sentido de todas essas rugas e verrugas, se a alma está triste? Tocadas pela tristeza, essas coisas aparecem em toda a sua futilidade – e simplesmente caem, envergonhadas. E é assim que, diante do espelho da tristeza, a nossa beleza surge.

Livrarias são lugares maravilhosos. Já aconselhei bispos, padres e pastores a encorajar seus fiéis a se tornarem frequentadores delas. Pois a missão dos pastores é não somente curar as ovelhas feridas e espantar o lobo mau, mas, como diz o Salmo 23, levar o rebanho por pastos verdes e águas tranquilas. Um bom pastor é um anunciador de felicidades. É preciso que se diga isso porque virou moda que o pastor é alguém que só sabe falar sobre coisas malcheirosas e escabrosas, tais como pecados e injustiças. Esse mundo de Deus está cheio de belezas, e é missão dos pastores abrir os olhos de suas burras ovelhas, que só sabem balir o que todas balem. Um pastor tem de ser um artista: sua missão é fazer ver. Quando se vê bem, a alma fica luminosa, o mundo se enche de arcos-íris e as pessoas ficam transparentes. Uma livraria é um lugar onde pode acontecer o milagre de os cegos recuperarem a visão.

Quando era jovem, eu ia às livrarias só para comprar livros de palavras. A idade me fez voltar à infância. Recuperei a felicidade infantil de ver figuras. Vou direto para a seção de livros de arte. Na maioria das vezes não vou comprar nada. Vou só para ver. Ver é um sentido maravilhoso: não é preciso ter para ver. Muitos que têm, nada veem por serem cegos. Mas mesmo os que não têm dinheiro podem sentir os prazeres de ver.

Cada livro de arte é um universo inteiro, mais maravilhoso que a Via Láctea. Como, via de regra, todo mundo fica agitado quanto ao fim de semana – que é que vou fazer? –, e a resposta mais comum e mais idiota é comer churrasco e beber cerveja (que monotonia sem fim!), sugiro que, só para mudar um pouco, você vá passar uma manhã numa livraria. Ninguém o perturbará. Ninguém o achará.

Se você fizer isso, permita que eu lhe mostre uma das minhas maiores fontes de alegria, riso e espanto: o desenhista Escher. Entre os seus desenhos – todos eles nos obrigam a pensar –, há um que muito amo e que se chama *Poça de água*. Doidão, não? Com tantas coisas bonitas para pintar, flores, frutas, borboletas, passarinhos, o tal Escher escolheu desenhar uma poça de água suja. Um automóvel passou por lá depois da chuva. Deixou as marcas dos pneus: afundamentos onde a água barrenta se acumulou. Escher desenhou uma delas. Só que ele, dotado de olhos para o visível que ninguém vê, desenhou, refletidos na água barrenta, o céu azul e as copas dos pinheiros.

Vejo esse quadro e me lembro de coisas ditas por dois poetas-filósofos. A primeira se encontra no livro de Nietzsche, *O nascimento da tragédia*. Comentando a tragédia *Prometeu*, de Ésquilo, ele diz que a beleza suprema daquela obra é "... uma imagem luminosa de nuvens e céu refletida no lago negro da tristeza". Será que Escher tinha lido isso quando resolveu desenhar a *Poça de água*? Pois a sua gravura é uma metáfora de luz daquilo que o filósofo disse com palavras. Ângelus Silésius, místico, disse que temos dois olhos: com um, vemos as coisas que no tempo existem e desaparecem. Com o outro, as coisas divinas, eternas, que para sempre permanecem. Os olhos dos artistas são esses olhos que veem o divino-eterno. Assim, não precisava que ele tivesse lido aquilo que o outro havia escrito. É que os olhos dos dois, Nietzsche e Escher, moravam num mesmo mundo. Esses olhos, os deuses dão gratuitamente aos seus anjos, os artistas.

Maravilhosos são os artistas que pintam a beleza. Seus quadros se prestam para decorar apartamentos de hotel. Muito mais maravilhosos são aqueles que pintam a beleza refletida num lago de tristeza: suas telas podem ser colocadas nos templos. *O Cristo crucificado*, de Grunenwald, *Pietà*, de Michelangelo, *Corvos sobre um campo de trigo*, de Van Gogh, *Maria Madalena dialogando com a morte* (nem sei se é esse o nome da tela e nem sei o nome do artista. Ana, me socorra!).

A segunda, de Fernando Pessoa: "Deus ao mar o perigo e o abismo deu, / Mas nele é que espelhou o céu". Não é fantástico? No mar terrível, misterioso, sem fim, que engoliu maridos, noivos, filhos – nesse mar, para quem olha com atenção, o céu aparece refletido. E esse mesmo céu, refletido no mar, reflete-se, então, pela segunda vez nos olhos de quem o contempla. "Não sabes que o que amam em ti é o brilho de eternidade no teu olhar?" (Nietzsche). Retorno então ao parágrafo com que iniciei esta crônica – e que ficou lá, solto, aparentemente perdido e esquecido. É no espelho da tristeza que a nossa beleza fica visível.

Esses pensamentos me vieram a propósito do fato de que, em toda a minha vida, nenhuma crônica provocou tantos retornos quanto a que escrevi sobre a morte do meu melhor amigo, Elias Abrahão. Aquela crônica foi uma poça de água suja, lago negro de tristeza, mar de abismo e perigo. Algumas pessoas choraram pela tristeza ou de uma perda semelhante já sofrida, ou de alguma perda que poderão ter. Outras choraram por descobrir, de repente, que nunca tiveram perda semelhante e por imaginar que é possível que nunca venham a chorar como eu chorei. Choraram pela tristeza de não saber o que é amizade.

Todos choraram. Todos se viram refletidos. Todos se viram mais puros. Todos se viram mais belos.

A solidão

Desde muito cedo amei a solidão. Isso não quer dizer que eu fosse um solitário. Ao contrário. Sempre tive amigos. A amizade é coisa que só cresce da solidão: ela é o encontro de duas solidões.

As fontes de águas limpas são sempre solitárias. São encontradas nas florestas, longe dos caminhos das feiras e das romarias. As florestas são lugares solitários. As multidões fogem delas. Preferem as praias e os *playcenters*. São poucos os que amam a solidão das florestas. Por isso, os amigos são poucos. Quem, como Roberto Carlos, canta que quer ter um milhão de amigos, não sabe o que é a amizade. Confunde amizade com festa.

Solidão é o ar que se respira quando se entra nas paisagens da alma. A alma é uma paisagem. D. Miguel de Unamuno a sentia assim, tanto que deu o título de *Paisagens da alma* a um dos seus livros mais belos.

> A neve havia coberto todos os picos rochosos da alma, aqueles que, mergulhados no céu, se contemplam nele como num espelho e se veem, por vezes, refletidos sob a forma de nuvens passageiras. A neve, que havia caído em tempestade de flocos, cobria os picos, todos rochosos, da alma. Estava ela, a alma, envolta num manto de imaculada brancura, de acabada pureza, mas por debaixo ela tiritava, endurecida de frio. Porque é fria, muito fria a pureza! A solidão era absoluta naqueles picos rochosos da alma, semicobertos, como por um sudário, pelo imaculado manto de neve. Somente de tempos em tempos alguma águia faminta examinava a brancura desde os céus, buscando descobrir nela o rastro de alguma presa. Aqueles que, do vale, olhavam para os picos brancos e solitários, a alma que erguia seu rosto para os céus, nem de longe suspeitavam o frio que havia naquelas alturas. Aqueles que, do vale, olhavam os picos brancos, eram os espíritos, as almas das árvores, dos regatos, das colinas; algumas, almas fluidas e rumorosas que discorriam entre margens de verdura, e outras, almas cobertas de verdura. Lá no alto tudo era silêncio.

Um outro poeta-profeta, Nietzsche, também sentia a alma como uma paisagem.

> A noite chegou; agora todas as fontes falam mais alto. E a minha alma também é uma fonte. A noite chegou; somente agora todas as canções dos amantes acordam. E a minha alma, também, é canção de apaixonado. Eu sou a luz; ah, que noite fosse! Mas esta é a minha solidão, que estou cingido de luz. Ah! Que eu fosse sombrio e noturno! Como eu haveria de sugar os seios da noite! Os sóis voam como uma tempestade nas suas órbitas: assim é o seu movimento. Eles seguem a sua vontade inexorável: isto é a sua frieza. Estou cercado de gelo, minha mão foi queimada pelo gelo. A noite chegou e, com ela, a sede pelo noturno! E pela solidão!

Assim era a alma de Unamuno. Assim era a alma de Nietzsche. As paisagens que vemos, assim é a nossa alma. Porque nós vemos aquilo que somos.

Abrimos um álbum e mostramos aos amigos as fotos da viagem. Paisagens. Aqui um lago. Ali um pôr do sol. A foto é a mesma. Mas quem garante que as paisagens das almas sejam as mesmas? Aquilo que sinto, vendo o lago e o pôr do sol, não é a mesma coisa que você sente, vendo o mesmo lago e o mesmo pôr do sol. "O que sinto, a verdadeira substância com que o sinto, é absolutamente incomunicável; e quanto mais profundamente o sinto, tanto mais incomunicável é", diz Bernardo Soares. As paisagens da alma não podem ser comunicadas. A alma é um segredo que não pode ser dito. Por isso, quanto mais fundo entramos nas paisagens da alma, mais silenciosos ficamos. A alma é o lugar onde os sentimentos são profundos demais para palavras. "Calamos", diz Sor Juana, "não porque não tenhamos o que dizer, mas porque não sabemos como dizer tudo aquilo que gostaríamos de dizer".

A solidão é para poucos. Não é democrática. Não é um direito universal. Para ser um direito de todos teria de ser desejada por todos. Mas são poucos os que a desejam. A maioria prefere a agitação das procissões, dos comícios, das praias, da torcida: lugares onde todos falam e ninguém ouve. A democracia é um jogo que se faz com coisas que podem ser ditas. Na democracia os segredos são proibidos. É um jogo do qual todos devem participar. É coisa boa, ideal político que deve ser buscado para o bem-estar de todos. Mas nela não há, nem poderia haver, lugar para a solidão e o segredo. A democracia é ave que nada na superfície do mar. Não é peixe das funduras. Ela vive do jornal, da informação, do que é público...

A plebe sempre odeia os solitários. Ela despreza os que andam na direção contrária. Paulo Coelho e Lair Ribeiro são *best-sellers*. Mas os poetas não conseguem nem mesmo publicar os seus poemas. E, no entanto, segundo Goethe, juntamente com as crianças e os artistas, são eles, os poetas, aqueles que se encontram em harmonia com o indizível mistério da vida. A plebe sempre condena a alma solitária ao exílio, por não suportar a diferença. Quão dolorido é o lamento de Zaratustra:

> Onde subirei com o meu desejo? De todas as montanhas eu busco terras paternas e maternas. Mas não encontrei um lar em lugar algum. Sou um fugitivo em todas as cidades, e uma partida em todas as portas. Os homens de hoje, para quem meu coração recentemente me levou, são-me estranhos e grotescos. Sou expulso de todas as terras paternas e maternas. Assim, eu agora amo somente a terra dos meus filhos, ainda não descoberta, no mar mais distante: e nesta direção enfuno as minhas velas...

Na gregariedade os mundos velhos são preservados.

Na solidão os mundos novos são gerados.

As montanhas, as florestas, os mares: cenários da alma. Há neles uma grande solidão. E a solidão é dolorida. Mas há também uma grande beleza, pois é só na solidão que existe a possibilidade de comunhão. Assim, não tenha medo:

"Foge para dentro da tua solidão. Sê como a árvore que ama com seus longos galhos: silenciosamente, escutando, ela se dependura sobre o mar...".

Suicídio

Hoje vou escrever sobre o suicídio. Mas não se aflijam: não estou pensando em me matar. No momento não tenho razões para esse ato, embora não exista garantia alguma de que eu não vá tê-las no futuro. No momento estou contente. Pretendo viver muitos anos, enquanto puder ter alegria.

Por que escrevo sobre o suicídio? Pela mesma razão por que escrevo sobre os ipês. Comovem-me as flores dos ipês e o suicídio dos suicidas. Ambos são belos. A comovente ópera *Madame Butterfly* termina com o suicídio de uma mulher apaixonada. Manuel Bandeira dizia, do último poema que haveria de escrever, que desejava que ele tivesse "a paixão dos suicidas que se matam sem explicação". Albert Camus via o suicídio como "um ato preparado no silêncio do coração, como uma grande obra de arte". Claro que é trágico, horrendo, medonho. Mas é preciso não confundir beleza com flores e riachos cristalinos. Belos são os oceanos enfurecidos, os desertos queimados pelo sol, os abismos gelados das montanhas, o furacão furioso, os olhos do tigre, os vulcões em erupção.

Muitos amigos meus se suicidaram, pessoas que eu amava e admirava. Curioso: todos os suicidas que conheci eram pessoas inteligentes, sensíveis, íntegras, e nas suas vidas aparecia a beleza. Não sei de nenhum vagabundo desclassificado que tenha se matado. Lembro-me de Henry Pitney van Dusen, presidente do Union Theological Seminary onde estudei, homem cristão, teólogo, brilhante, conversador fulgurante, maravilhoso senso de humor, era sempre o centro de todas as atenções. Jamais se pensaria que algum dia ele teria razões para se suicidar. Mas o tempo fez o seu trabalho. Vieram os anos dos quais as Sagradas Escrituras dizem: "Não encontro neles contentamento". Chegou a decomposição física da velhice. Os esfíncteres fora de controle, a humilhação. Com a decomposição física, a decomposição estética. Tudo era feio, malcheiroso, escuro. Ele e a mulher realizaram o último ato de amor: puseram fim à vida. Há a Ana Cristina César, poetisa, autora do livro *A teus pés* (Brasiliense): mulher linda, jovem, corpo cheio de vida, brilhante, amada. Mas frequentemente num corpo cheio de vida existe uma alma cheia de dor. Para fugir da dor insuportável, transformou-se em pássaro, voou sobre o abismo. E um outro amigo, jovem, esteta, religioso, apaixonado pela beleza, especialista em liturgia: no hospital, devastado pela Aids, uma luta de muitos anos, sabia que o fim se aproximava, estava exausto de sofrer. Sua mãe estava ao seu lado. "Está muito quente, mãe. Abre um pouco a janela..." Da sua cama, no sétimo andar, ele podia ver a cidade lá embaixo. "Você parece cansada", disse à sua mãe, depois de aberta a janela. "Cochila um pouquinho. Eu estou bem..." Quando ela acordou, a cama estava vazia. Também ele se transformara em pássaro.

Algumas religiões amaldiçoam os suicidas. Argumentam que a vida é dádiva de Deus e que somente ele tem o direito de tirá-la. Que miseráveis seres somos nós, condenados a aceitar até o fim as dores que o destino inflige em nosso corpo e em nossa alma. Pensam que Deus é um demônio sádico que nos envia sofrimentos e nos ameaça com sofrimentos mais horrendos ainda se não os aceitarmos e suportarmos com gratidão. Pedir gratidão pelo sofrimento: nenhum homem seria monstruoso a esse ponto. E, no entanto, eles acreditam que Deus exige isso dos homens. Isso, eu afirmo, não é um deus. É um monstro que jamais terá o meu respeito. Se os sofrimentos fossem dádiva de Deus, teríamos de sofrer a perna apodrecida pela gangrena até o fim e morrer sem amputá-la: se aconteceu, é porque Deus quis; se Deus quis, eu tenho de querer. E teríamos de suportar a dor do câncer, sem o alívio da morfina até o fim: se aconteceu, é porque Deus quis; se Deus quis, eu tenho de querer. Os argumentos teológicos contra o suicídio, baseados no medo de um Deus vingador, apenas revelam que aqueles que os mantêm ainda não compreenderam que Deus não tem vinganças a realizar; ele é um Deus de amor.

A vida humana, como fato biológico, não é o valor supremo. Todas as religiões reconhecem que, acima do valor da vida, está o valor do amor. Por causa do amor, até a vida pode ser sacrificada. Todos os que amam verdadeiramente estão prontos a dar a sua vida pela coisa amada. E é isso que dá sentido à nossa vida: as coisas pelas quais estamos dispostos a morrer. As coisas que nos dão razões para morrer são as mesmas coisas que nos dão razões para viver.

    Pensei muitas vezes nas razões que me levariam a cometer suicídio. Não se assustem: todas as pessoas, vez por outra, pensam nisso. Acho que os suicídios são raros como são não porque as pessoas estejam convencidas de ser ele um equívoco, mas porque a sua execução é muito complicada e desagradável. Se Deus tivesse colocado no nosso corpo um botãozinho que, se apertado, nos despacharia para o outro mundo sem dor, sem sangue e sem horror, poucas seriam as pessoas que ainda estariam vivas. Acho que eu só cometeria suicídio por amor à vida. A vida é coisa muito bela e eu a amo por causa disso. Se, por acaso, houvesse uma situação em que ela apodrecesse e os meus valores virassem carniça e fossem comidos pelos urubus, além de toda esperança, então, eu creio, por não poder suportar contemplar a destruição daquilo que eu mais amo, eu seria capaz de dizer adeus à vida. Eu me mataria por amor à vida...

    O que me horroriza não é a possibilidade do suicídio. É a sua impossibilidade: se, por acaso, o meu corpo chegar ao abismo da decomposição e tudo ficar feio e sem alegria, quero ter os meios para abrir a porta da gaiola e voar pelo azul como um pássaro... Mas, e se essa possibilidade me for negada, seja pela paralisia, seja pela violência dos homens bons que querem me manter dentro da gaiola?

    Mas nem tudo é trágico: há uma pitada de humor. Surpreendi-me com a declaração de um filósofo, cujo nome esqueci, de que ele só não havia se suicidado por causa da possibilidade do suicídio. Quando a vida estava horrível e ele concluía que a única saída seria o suicídio, uma outra voz lhe dizia: "Tudo bem. Mas deixe para se suicidar na semana que vem". Ele deixava. Na semana seguinte, ele já havia mudado de ideia... Ele morreu, faz poucos meses, de morte natural.

Explicação

Que forças misteriosas são aquelas que levam um homem, cercado de todos os confortos da vida, a repentinamente trocar tudo pela solidão?

Assim aconteceu com Zaratustra: disse adeus à sua casa, e por dez anos viveu sozinho nas alturas solitárias de uma montanha, tendo como companheiros apenas uma serpente, uma águia, os ventos e o sol...

Assim aconteceu no conto de Guimarães Rosa "A terceira margem do rio". O pai, homem pacato, de grandes silêncios e gestos previsíveis, sem aviso prévio e sem explicações, despediu-se com um olhar sem palavras da mulher e do filho, entrando a seguir, rio adentro, numa canoa, sozinho, para nunca mais voltar.

Aconteceu também com aquele rei, já nosso conhecido, cuja estória Marguerite Yourcenar contou. Belo e sábio, resolveu deixar palácio e riquezas para viver em solidão numa cabana de bambu no alto de uma montanha. A escritora tentou explicar esse ato insólito do rei dizendo que ele queria que suas amantes, seus amigos e súditos se lembrassem dele tal como ele era ainda no frescor da juventude. Agora a velhice se aproximava, e ele tinha horror de que a sua última imagem fosse a de um rosto enrugado, mãos trêmulas, pernas trôpegas.

Quando li esse relato pela primeira vez, tive a suspeita de que a intuição psicológica de Marguerite Yourcenar lhe tivesse faltado. Pois, a se acreditar na sua explicação, foi um impulso narcísico que levou o rei a procurar um lugar solitário, longe de tudo e de todos, para passar os seus últimos anos de vida: longe dos olhos dos outros, a sua bela imagem permaneceria intacta, para sempre. Mas isso – viver longe dos olhos – é o sofrimento supremo para Narciso. Narciso precisa de olhos que lhe digam: "Como você é belo!".

Na solidão da montanha, não havia olhos que lhe dissessem isso. E, no entanto, ela afirmou que foi precisamente longe de tudo e de todos que o rei experimentou, pela primeira vez, a "felicidade suprema de nada possuir".

A felicidade de Narciso precisa dos olhos dos outros. Mas a felicidade de alguém que foi tocado pela graça da liberdade não precisa de coisa alguma. Ela se basta.

Sentir-se bonito é coisa muito boa. É uma das maiores felicidades da vida. Mas essa é uma felicidade emprestada – ela mora nos olhos de uma outra pessoa. Eu não me basto. Preciso de algo que não tenho. Quem ama é mendigo. Platão estava certo quando, ao compor o seu mito sobre o nascimento de Eros, fê-lo filho de uma mendiga. Não admira que os amantes sofram tanto. O amor é, o tempo todo, a súplica a um olhar sem o qual a vida perde a alegria. Quem ama está enfeitiçado, sob o poder dos olhos de um outro.

Mas repentinamente, na solidão, o feitiço se quebrou.

Solidão é o lugar onde não há nenhum outro olhar, a não ser o nosso. Ali só contamos com os nossos próprios olhos. Livre do feitiço dos olhos dos outros, os olhos do rei se abriram, pela primeira vez. E ele se viu livre como nunca se vira: não precisava de ninguém. Não precisava de coisa alguma. Seus olhos lhe bastavam.

Acho que esta é a razão misteriosa por que certos homens, de repente e sem explicação, deixam tudo e se refugiam na solidão: eles querem se ver livres da perturbação dos olhares dos outros, a fim de poder ver com os seus próprios olhos. Na solidão da montanha, ninguém sabe o meu nome. E porque ninguém o sabe, sou mais livre como nunca fui.

Alberto Caeiro escreveu um poema sobre dois rios. É um poema narcísico, pois o seu tema é a beleza deles. Um dos rios tem nome. O outro não tem.

O Tejo é mais belo que o rio que corre pela minha aldeia.
Mas o Tejo não é mais belo que o rio que corre pela minha aldeia.
Porque o Tejo não é o rio que corre pela minha aldeia.
O Tejo tem grandes navios
e navega nele, ainda,
(para aqueles que veem em tudo o que lá não está),

a memória das naus.
O Tejo desce da Espanha
e entra no mar em Portugal.
Toda gente sabe isso.
Mas poucos sabem qual é o rio de minha aldeia
e para onde ele vai
e donde ele vem.
Por isso, porque pertence a menos gente,
é mais livre e maior o rio da minha aldeia...
Pelo Tejo vai-se para o mundo.
Para além do Tejo há a América.
Ninguém nunca pensou no que há para além
do rio da minha aldeia.
O rio da minha aldeia não faz pensar em nada.
Quem está ao pé dele está só ao pé dele.

A leitura desse poema me deu grande tristeza. Fiquei com dó do Tejo. É muito alto o preço que se paga por ser belo. Para se ser belo, diz o poeta, há que pertencer a muita gente. O direito à solidão lhe é negado.

Líquido boi cansado
carregado de peixes,
trabalha o rio
para os homens da margem
que ao suado lombo lhe fustigam
com seus anzóis e redes.
Anzóis que se lhe enroscam a pele
que se incha em borbulhas...

O Tejo tem obrigação de fazer os outros pensar, de levá-los a outros lugares. Tudo lhe é pedido; mas a felicidade de pensar os seus próprios pensamentos lhe é negada. Seus próprios pensamentos, peixes, eu penso, refugiaram-se nas águas fundas aonde ninguém vai. Tentaram ir lá os psicanalistas, mergulhadores que se comprazem em violentar a solidão dos rios. Mas o Tejo os afogou todos. O que o Tejo queria, mesmo, é ser aquele riozinho da aldeia do poeta cujo nome ninguém sabe e que é só ele mesmo, sem pensamentos estranhos de navios e outras terras. Pobre Tejo, belo rio afligido por aqueles que o acham belo e que, sem que ninguém saiba, já tomou decisão semelhante à do rei, vai abandonar tudo. Vez por outra ele se desespera. Suas águas se enfurecem, esparramam-se em enchentes, afogando tudo. Aí ele não é belo, e todos denunciam a violência das suas águas. Mas quem, jamais, pensou na violência das margens, que obrigam o rio a correr sempre do mesmo jeito, o belo jeito exigido por fotógrafos, lavadeiras, pescadores e turistas? Não, para o Tejo não há esperanças. Ele jamais vai ser como o rio da aldeia do poeta. Os homens não deixarão. Só lhe resta fazer como fez o rei: procurar a grande solidão, abandonar-se, nada possuir de si, perder-se em algo muito maior. O rei, na solidão das montanhas. O Tejo, na solidão do mar.

Acho que é por isso que os homens-Tejo, vez por outra, tomam a grande decisão: mergulham na solidão – montanha, mar, floresta, mosteiro. Cansados da obrigação de ser belos, desejam apenas ser como o pequeno rio sem nome: livres e maiores.

Máscaras

Tenho de confessar que o carnaval me cansa. O desfile das escolas de samba me causa um tédio sem fim. As plumas coloridas, as fantasias caras, o ritmo das baterias, o virtuosismo dos sambistas, o tremor das nádegas e dos seios nenhuma emoção me provocam a não ser o tédio. O que desfila no sambódromo é de uma mesmice chatíssima, que se repete a cada ano. Quem viu um viu todos.

Isso não se deve a nenhuma implicância minha com o carnaval. Eu até que gostaria de sentir entusiasmo. Pensei, então, que, quem sabe, um carnaval diferente... Quando eu era menino e estudava piano, aprendi a tocar uma versão facilitada do *Carnaval de Veneza*. Fiquei sabendo, então, que em Veneza há um carnaval famoso. Mas nenhuma ideia eu tinha de como ele era, e ainda não tenho. Exceto que se trata de uma imensa orgia de máscaras. Veneza é uma cidade de máscaras que se vendem o ano inteiro, e eu mesmo comprei algumas.

As máscaras fascinaram Bachelard. Sobre elas, escreveu um ensaio em que chama a nossa atenção para o fato de que, antes de existirem como objetos usados para esconder o rosto, as máscaras moram dentro de nós como entidades do nosso psiquismo. Todas as vezes que olhamos para um rosto e ele nos parece misterioso, lugar onde um segredo se esconde, estamos pressupondo que ele não é um rosto mas uma máscara, uma dissimulação.

Isso já é sabido de longa data. Está dito na palavra "pessoa", que vem do latim *persona*, que quer dizer "máscara de teatro". O teatro é algo que precisa de um público para existir. Sem um público, ele não tem sentido. As *personae*, as máscaras de teatro, portanto, são usadas para um público. O público vai ao teatro para ver a "máscara", a "representação" de um papel. Não lhe interessa o rosto verdadeiro por detrás da máscara. Esse rosto desconhecido é ignorado pelo público, não tem nome. São as máscaras que têm nome. O meu nome, Rubem Alves, não é o nome do meu eu verdadeiro. É o nome da máscara pela qual sou reconhecido pelo público. É o nome do papel que esse público pede que eu represente. A aplicação do nome *persona*, máscara de teatro, a nós mesmos implica o reconhecimento implícito de que a vida é uma farsa, uma representação, um carnaval de Veneza.

Não somos nós que pintamos as nossas máscaras. Álvaro de Campos dizia que ele era o "intervalo" entre o seu desejo, o seu eu verdadeiro, e aquilo que os desejos dos outros haviam feito dele, a máscara. Essa máscara que se chama pessoa e que é representada pelo meu nome é uma evidência de que eu não me pertenço. Pertenço ao público. Pela máscara torno-me um peixe apanhado nas malhas das redes do público. Pela máscara não sou meu. Sou deles. Aí eles me fritam do jeito que desejam.

Há um princípio da medicina homeopática que diz que o semelhante se cura pelo semelhante. Sugiro aos psicodramatistas que o carnaval de Veneza é uma terapia coletiva em que esse princípio homeopático é usado: máscaras se curam com máscaras. Máscaras de papel e tinta para nos libertar da tirania da máscara colada em nosso rosto. Ponho a máscara de papel e tinta sobre a máscara de carne e ninguém fica sabendo quem sou. Fico desconhecido, sem nome. Estou livre do público. Posso deixar que o meu eu verdadeiro saia.

Mas as máscaras de papel e tinta padecem de grave limitação. Chega sempre a hora em que elas têm de ser tiradas. Sobre isso se escreveu um conto, não me recordo o autor. Marido e mulher procuraram conventos onde ficar a salvo das tentações do carnaval. Representavam fielmente o papel que estava escrito nas máscaras coladas sobre os seus rostos. Mas, dentro de suas malas, os seus eus verdadeiros haviam colocado secretamente máscaras de papel e tinta: escondidos atrás delas, eles seriam livres, pelo menos durante os curtos dias de carnaval. As despedidas de marido e mulher nem bem haviam terminado e já as mãos procuravam as máscaras. Adeus, conventos! Três dias com máscaras de papel e tinta, três dias livres das imposições das máscaras de carne, três dias sem nome, três dias de liberdade. Marido e mulher, escondidos atrás das máscaras, descobriram parceiros maravilhosos com quem dançaram, brincaram e tiveram prazeres nunca tidos um com o outro. Mas, finalmente, a hora de tirar as máscaras. Meia-noite: tiradas as máscaras, marido e mulher se descobrem um nos braços do outro...

Carnaval é usar máscara para tirar a máscara. Trata-se de um artifício complicado, que só se usa diante daqueles que é preciso enganar para se ser livre.

Mas não será possível simplesmente tirar a máscara de carne e osso e sermos nós mesmos, sem nenhum disfarce? É essa busca que se encontra descrita num dos poemas de Alberto Caeiro.

> *Procuro despir-me do que aprendi,*
> *procuro esquecer-me do modo de lembrar que me ensinaram,*
> *e raspar a tinta com que me pintaram os sentidos,*
> *desencaixotar minhas emoções verdadeiras e ser eu,*
> *não Alberto Caeiro...*

O poeta não quer ser Alberto Caeiro. Alberto Caeiro é máscara, um nome, criatura do público, um impostor que se alojou no lugar do seu eu verdadeiro. Também o Amilcar Herrera não queria ser Amilcar Herrera. Queria poder tirar a máscara, esquecer-se do seu nome, ser ele mesmo, um ser que ninguém conhecia...

O que é que se vê quando se tira a máscara? Quem responde é Álvaro de Campos:

> *Depus a máscara e vi-me no espelho.*
> *Era a criança de há quantos anos.*
> *Não tinha mudado nada...*
> *Essa é a vantagem de saber tirar a máscara.*
> *É-se sempre criança...*

A criança sempre horroriza o público. A criança ainda não aprendeu o papel, não usa máscaras, não participa da farsa, não representa. Seu rosto e seu eu são a mesma coisa. A qualquer momento a verdade que não devia ser dita pode ser dita pela sua boca.

As máscaras de carnaval podem ser colocadas e tiradas pela própria pessoa. Mas a máscara colada no nosso rosto só pode ser retirada por uma outra pessoa. Ela só se desprega da nossa pele quando tocada pelo toque do amor. E assim sabemos que estamos amando: quando, diante daquela pessoa, a máscara cai e voltamos a ser crianças...

Pior que a paixão

Quando eu era adolescente, fiquei apaixonado. Foi uma paixão furiosa que se dividiu em quatro fases distintas. A primeira fase foi a dor da paixão solitária, não correspondida. Meus olhos só viam ela, leve, sorridente, livre, passando por todos sem ser de nenhum, deleitando-se por saber que havia olhos que sofriam de vê-la. Mas ela mesma não sofria. Era indiferente à minha paixão. É certo que não pensava em mim quando ia dormir. Ela dormindo: bastava esta sugestão para que uma cena se formasse em minha imaginação: ela na cama, sob os lençóis... Seus olhos cerrados, respiração leve, menina, o decote da camisola suavemente mostrando o início dos seios. Eu ao seu lado, pura contemplação do seu corpo, adoração – e um gesto, não mais que uma delicada carícia nos cabelos, para que ela não despertasse. "Voai zéfiros mimosos, vagarosos, com cautela. Glaura bela está dormindo, sorrindo! Como é lindo o meu amor..."

Fase dois: a felicidade incomparável de perceber que alguma coisa se alterara nos olhos dela. Já não passeavam indiferentes por todos. Havia neles sintomas de enamoramento. Olhavam-me de um outro jeito: demoravam-se mais, sorriam mais. Percebo que ela me ama. Esse é o início de uma felicidade acima da compreensão. Felicidade maior não existe – com toda a sua dose de loucura. Há uma loucura feliz.

Terceira fase: ela tem ciúmes. Não existe coisa mais inevitável nos namorados e amantes. Quem não tem ciúmes não ama. Porque ciúme é a consciência de que o objeto amado é livre. Ciúme é isso: a dor da imagem da pessoa amada dizendo adeus. O amor é pássaro que não vive em gaiolas. Basta engaiolá-lo para que ele morra. Ter ciúme é reconhecer a liberdade do amor. Tolos são aqueles que pensam que o ciúme revela falta de confiança. Posso ter absoluta confiança nos atos da pessoa amada: ela nunca me será infiel por um ato. Mas não posso ter confiança nos seus sentimentos. A fidelidade é uma condição subordinada à razão. Mas não o amor. Não é possível confiar na eternidade do amor. "Que não seja eterno, posto que é chama..." Só se pode ter certeza da eternidade se não for amor. Somente os pássaros engaiolados são dignos de confiança. Somente os pássaros engaiolados não fogem. Há amantes que só conseguem se relacionar tranquilamente com a pessoa amada quando sabem que ela é um pássaro sem asas. Galinhas são dignas de confiança. Têm asas, mas não voam. As suas asas se atrofiaram por falta de imaginação e excesso de conforto. Nunca olham para cima, só para baixo. Nem sabem da existência do céu. Não voam. Não fogem. Já os pintassilgos são indignos de confiança. Sabem voar. Basta que a porta da gaiola se abra para que voem. Há casos de pessoas que só se livram do ciúme quando a pessoa amada fica mortalmente enferma. Aí o seu amor encontra descanso. Amor feliz: o pássaro nunca voará. Morrerá em suas mãos. Por isso há os crimes de amor, por mais que isso pareça paradoxal: mata-se a pessoa amada para possui-la eternamente. Porque, se ela continuar viva, é sempre possível que ela bata asas e vá para um outro. Morta, eu eternamente estarei ao seu lado enquanto ela dorme.

O problema do ciúme é quando a tristeza, natural e justa, ante a possibilidade permanente da perda do objeto amado, transforma-se em ato para impedir que isso aconteça. Aí o amante se transforma em carcereiro e o amor se transforma na perda da liberdade. Foi isso que aconteceu. Minha vida se transformou num inferno. Há namorados que, quando passeiam, veem o mar, as montanhas, os jardins. Ela não via nada. Nos meus olhos, ela só via outras. Passou a vigiar os meus olhos, os meus gestos, as minhas palavras, o meu tempo. E eu continuava a amá-la, a despeito de perceber sua vocação de carcereira. Por muito tempo, aceitei conviver com a paixão e a prisão. Mas há um momento em que isso se torna insuportável. O desejo de liberdade é mais forte que a paixão. Pássaro, eu não podia amar quem me cortava as asas. Barco, eu não podia amar quem me amarrava no cais.

Quarta fase: chega a conclusão dilacerante: o amor do momento não vale o inferno da vida toda. E assim, pedaço arrancado de mim, lágrimas correndo pelo rosto, pus um fim ao namoro. Decisão racional, violência ao que eu sentia. Meu coração dizia: "volta". A razão dizia: "não". Sabia que, mais cedo ou mais tarde, eu ficaria curado. Mas até aquele momento a dor era insuportável. Mesmo porque eu não queria ficar curado do amor. O quanto eu não daria por um abraço! Ela me telefonava várias vezes por dia. Chorou. Enviou presentes. Fez promessas. Humilhou-se. Jurou. Teria sido tão mais fácil se ela tivesse morrido. Morta a pessoa amada, não existe a possibilidade de volta. Fica, então, a dor insuportável, sem remédio. A morte diz um "não" definitivo, que não pode ser revertido. Mas, no meu caso, seria tão simples voltar atrás...

Isso faz 44 anos. Eu tinha 18 anos de idade. Já me havia esquecido completamente. Mas tudo me voltou à memória por meio de uma associação metafórica insólita. Um paciente me falava sobre o seu desejo de parar de fumar. Desejo da cabeça, racional, em oposição ao desejo do corpo, apaixonado pelo cigarro. Aí ele começou a me descrever a sua relação com o cigarro – coisa que só entende quem já fumou. É preciso ter descido aos infernos para compreender a dor dos condenados. Os seres celestiais sobre isso nada sabem. Como nada sabem sobre a música os que não podem ouvir. Ele falava sobre o cigarro com a ternura de um apaixonado. O cigarro compunha uma bela imagem: ele, mergulhado no trabalho, pensativo, cigarro entre os dedos, a fumaça azulada subindo – vendo-se assim, ele se sentia belo, em paz consigo mesmo. Não se tratava de uma simples experiência fisiológica – embora ela estivesse presente. Era uma experiência estética. Humphrey Bogart. *Casablanca*. Beleza. Aventura. Romance. À medida que ele falava, formava-se na minha imaginação a cena da minha paixão adolescente. Percebi que sua relação com o cigarro era uma relação de paixão: o cigarro, amante, gueixa volátil azulada, fiel, sem ciúmes, silenciosa, mas sempre presente, sem nunca fazer uma queixa, experiência filosófica, o Ser e o Rio, o Ser e a Chama, o Ser e o Tempo, o Ser e a Fumaça. Neruda estava certo, os poetas são feitos de fumaça, bem dizia Sartre que fumar é uma maneira de ser, Camus e o seu inseparável cigarrinho...

Diferente da minha namorada que me infernizava no presente, o cigarro no presente só dá carinho. O inferno vem mais tarde, depois de consumado o casamento. A princípio é só o cheiro de toco de cigarro nas narinas. Depois a voz vai se alterando, ficando mais grave. A pele fica mais rugosa. O pulmão vermelho vira fornalha preta. A respiração fica curta. Enfisema. Enfarte. Câncer. A despedida prematura da vida, tão bonita: os outros ficam, eu me vou. Fica para outros esse mundo luminoso e cheio de alegrias... Essa amante se nutre de despedidas prematuras.

Ele sabia disso. Sabia que sua deliciosa amante era assassina. Mas ele a amava. E me dizia: "Quero deixar de fumar, mas não quero a dor...".

Não, não é possível evitar a dor. Não é possível pôr um fim a um grande amor sem chorar. Somente a razão nos convence de que há coisas que no princípio são prazeres e no final são dores – e outras que no início são dores e no final são prazeres.

Fiz bem em terminar aquele namoro, a despeito do sofrimento. Espero que o meu paciente e todos os que têm casos de amor semelhantes consigam dizer adeus ao seu objeto de amor. Há coisas bonitas demais na vida para se ir dela antes da hora, por causa de um amor idiota.

Conjugal

Li muitas vezes o poema do Drummond *As sem-razões do amor*. Ele é tão bonito! A leitura é mansa e fácil como uma carícia. Nunca senti nada que me causasse estranheza, exceto o delicioso "sem-razões", jogo escondido aos ouvidos, só perceptível a quem lê... Mas, na última vez que li, minha carícia encontrou um espinho que me obrigou a perguntar.

Eis as palavras do poeta:

> *Amor foge a dicionários*
> *e a regulamentos vários.*
> *Eu te amo porque não amo*
> *bastante ou demais a mim.*
> *Porque amor não se troca,*
> *não se conjuga...*

"Não se conjuga." Esse "conjuga" me incomodou. É claro que amor não se conjuga. O poeta está dizendo o que é óbvio. Perturbado por essa obviedade, suspeitei que houvesse algo mais, pois na poesia o óbvio é sempre disfarce: há alguma coisa escondida.

Tratei então de investigar. Em primeiro lugar me perguntei sobre o sentido de "conjugar".

"Conjugar" é fazer uma palavra dançar segundo uma lei. Em português temos quatro danças para os nossos verbos: a dança em "ar", a dança em "er", a dança em "ir", a dança em "or".

As danças dos verbos em nada se parecem com a lambada. São minuetos precisos e rigorosos. Invenções e improvisações são rigorosamente proibidas. Tudo está previsto no manual: as palavras vão se mexendo amarradas a uma barra fixa. Isso o próprio Drummond explica no poema, ao dizer que o "amor foge a dicionários e a regulamentos vários". Consultei a etimologia, e descobri que "conjugar" vem do latim *con* + *jugum*. *Jugum* quer dizer "canga". "Conjugar" é obrigar algo a se submeter a uma canga.

"Canga", como todo mundo sabe, é uma trava horizontal de madeira que se coloca sobre o pescoço dos bois. Graças às cangas os bois puxam os carros. Sem a canga, cada boi iria numa direção diferente e seria impossível controlar o carro. A canga existe para somar: dois bois valem mais do que um. Mas existem também para dissuadir: sob a canga, os bois desistem de ter ideias próprias. Boi em canga não faz nada errado. É inútil fazer planos de sair correndo pelo mato, porque não é possível arrastar o companheiro. Sob a canga, os bois ficam à mercê do carreiro e do seu ferrão. Como diria Dante: "Deixai toda esperança, vós, bois sob a canga!".

Meu dedo escorregou para *jugulare*, de onde vem "jugular", derivada da mesma raiz *jugum*. Jugular é a veia que passa pelo pescoço, no lugar da canga. Mas *jugulare*, em latim, tem o sentido sinistro de "degolar", "cortar a garganta". O lugar da canga é o lugar da degola!

Descobri então – e foi isso que me assustou – que "conjugal" vem da mesma raiz. Quem diria que uma palavra tão bonita, tão amorosa – leito conjugal, laços conjugais – tem a ver com canga. "Conjugal" quer dizer "aqueles que estão unidos pela mesma canga".

Deus me livre!

Tive então uma visão terrível. Imaginei que um desses sacerdotes novinhos, apreciadores de novidades, tentado pela etimologia e desejoso de fazer com que a liturgia fosse fiel às palavras no seu sentido original, resolvesse criar uma nova liturgia para os casamentos, "ao pé da letra". E assim, mandasse fixar sobre o altar um par de roldanas de onde penderia, definitiva, uma canga. Quando chegasse o momento solene da troca das alianças, ele diria que alianças não são necessárias, posto que não passam de transformações fracas de um símbolo forte: cangas são mais fortes que anéis. No que ele não deixaria de ter uma pitadinha de razão. Pois as alianças só têm sentido como elos de uma corrente, um instrumento usado para prender, amarrar. Prova disso é um símbolo do casamento que eu trouxe da África, faz muitos anos: um homem e uma mulher, esculpidos em madeira, amarrados um ao outro, pela cabeça, por meio de uma corrente, também de madeira. Não há como negar: o símbolo da canga é mais claro, convincente e definitivo.

Além de ser mais eficaz. Como já disse, a canga tem um enorme poder dissuasório – o que não é verdade em se tratando das alianças. Uma aliança se tira do dedo com facilidade – o que abre caminhos para inúmeros descaminhos. Mas quem pensaria em qualquer infidelidade tendo uma canga sobre o pescoço?

Assim, no momento solene das promessas, inverter-se-ia o dito pelo Drummond: os noivos seriam "conjugados", ou seja, curvar-se-iam, ao som da *Ária da 4ª corda*, de Bach, esticando seus pescoços, sobre os quais baixaria a canga, símbolo supremo da sua situação conjugada-conjugal.

O processional de saída da igreja seria um pouco difícil, dada a falta de prática dos noivos. Boi novo em canga é sempre desajeitado. Mas com o tempo a prática viria.

Como bem podem ver, fiquei horrorizado com essa possibilidade, razão por que venho solicitar das autoridades competentes que seja proibido o uso da palavra "conjugal" para se referir à condição dos casados. Temo que essa sinistra liturgia ainda venha a ser aprovada como ortodoxa, tendo-se em vista, especialmente, a ênfase na indissolubilidade dos laços conjugais. De fato, sob a canga, ou seja, conjugalmente, os casamentos são indissolúveis. Não conheço nenhum boi que tenha conseguido quebrar o jugo. Claro que isso só tem a ver com o casamento. Permanece, como verdadeiro, o dito do Drummond sobre o amor, que é outra coisa:

> *Amor foge a dicionários*
> *e a regulamentos vários.*
> *Eu te amo porque não amo*
> *bastante ou demais a mim.*
> *Porque amor não se troca,*
> *não se conjuga...*

A mentira da Maria

Dona Maria é uma mulher maravilhosa. Ela arruma as bagunças que eu faço. Arruma sem reclamar, sempre com um enorme sorriso no rosto.

Confesso ser bagunçado. Ainda bem que não se trata de pecado capital. Já tentei várias técnicas para ficar organizado. Em vão. Acho que é porque meu jeito de lidar com as coisas acompanha meu jeito de lidar com as ideias ou, mais precisamente, o jeito de as ideias lidarem comigo: elas vêm em desordem, não respeitam fila, vírgula, parágrafo ou ortografia, tomam conta desta casa que se chama cabeça, fazem uma orgia, e eu nada posso fazer contra elas. Valho-me de um velho ditado inglês: "If you cannot beat them, join them" (se você não pode derrotá-las, junte-se a elas). Para meu consolo, uma pessoa que não conheço e nem sabia que sou bagunçado me enviou, como presente, um lindo quadro em ponto de cruz com os dizeres: "Deus abençoe esta bagunça". Tomei isso como um sinal dos céus para que continue a ser bagunçado...

Pois descobri que dona Maria me contou uma mentira. Veio ela com o seu sorriso: "Não vou poder vir na quinta-feira da semana que vem. Será que o senhor concordaria que eu fizesse, neste sábado, a faxina que deveria fazer na quinta?". Entendi logo. Dona Maria queria um fim de semana comprido, provavelmente iria viajar, visitar algum parente, pagar alguma promessa em Aparecida. "A senhora vai viajar?", eu perguntei. Foi essa pergunta inocente que a induziu ao pecado da mentira.

"É", ela respondeu sem entusiasmo, deixando o assunto morrer.

Assim aconteceu. No sábado seguinte, ela veio e até trouxe a mais velha dos cinco filhos que ela tem. Na quinta-feira seguinte ela faltou. Pensei: "Ela está viajando...".

Viagem nada. Dona Maria me mentiu. Não quis me contar as verdadeiras razões da troca do dia de faxina. Mas a mentira tem pernas curtas. Acabei descobrindo, sem querer. É para que todo mundo saiba dos motivos que fizeram dona Maria me mentir que estou escrevendo esta crônica. Foi a irmã dela, Terê, que a denunciou.

Dona Maria estava se preparando para aquele fim de semana fazia muito tempo. Guardava o arroz das cestas básicas que recebia. Mais de 40 quilos. Ela tinha um sonho. Queria fazer um almoço para a criançada do seu bairro e para os pais e as mães deles. Pois foi para isso que a dona Maria deixou de fazer a faxina no dia normal. Aquela quinta-feira seria o dia dos preparativos para a grande festa. Todo mundo da família ajudou. Todo mundo participou da felicidade de fazer comida gostosa para a gurizada.

Quando a Terê me contou isso, fiquei pasmo. Dona Maria podia ter me contado. Eu teria ficado feliz de poder ajudar. Até gostaria de ter ido lá, participar da festa. Mas ela guardou segredo, queria fazer tudo sozinha, e até se arriscou a contar uma mentira.

Sei lá o que os teólogos vão dizer da mentira da dona Maria. Sei só o que Deus disse. E sabem o que é que Ele disse? Disse: "Quero mais". Um pretinho lindo, brilhante, dentes brancos, sorriso enorme, prato de repetição que ele limpara com a língua. Queria mais. Deus é assim. Ele sempre aparece disfarçado. Dona Maria não O reconheceu com os olhos. Mas o coração percebeu que era Ele, e ficou não cabendo em si de tanta felicidade.

A gente pensa no mistério da eucaristia, Deus convida a gente para um banquete, é o pão, é o vinho, e diz que aquilo é mais que pão e vinho, é Ele mesmo, isso é o meu corpo, Deus dá o seu próprio corpo para ser comido. Lembro-me, faz muito tempo, meu filho tinha uns cinco anos, estava tomando sopa, me perguntou: "Papai, onde é que está Deus?". "Deus está em todas as coisas", respondi eu de forma absolutamente ortodoxa. E ele então continuou de forma absolutamente lógica: "Se Ele está em todas as coisas Ele tem de estar nesta sopa que estou tomando...". Eu não quis continuar a conversa por nada ter a acrescentar àquela sabedoria infantil suprema. Todas as coisas, no universo, inclusive aquela sopa, são divinas, partes do corpo de Deus, de um grão de areia até uma galáxia inteira. Claro, claro, para se ver Deus, é preciso ter os olhos de criança, iguais aos de dona Maria.

Natural que Deus convide a gente para uma comidinha, "bem-aventurados os que têm fome porque eles serão fartos", quem tem corpo tem fome. Mas Deus não deve ter fome porque Ele não tem corpo e, além do mais, sendo Deus, Ele não precisa de nada. Tudo errado. Deus tem fome. Tem fome porque Deus é amor. Amor é fome. Deus tem uma fome imensa – e Ele não pode cozinhar para Ele mesmo. A comida que mata a fome de Deus, somente nós podemos fazer. Há, então, duas eucaristias. Uma é aquela que acontece na Igreja, o pão e o vinho, o corpo e o sangue de Nosso Senhor Jesus Cristo. Outra é aquela que acontece no mundo – comida para matar a fome de Deus, disfarçado em pobre, em criança, em mendigo, mas não só. Disfarçado também de gente que não tem fome. Os que têm fome são abençoados porque sabem que têm fome. Os que não têm fome, coitados, não sabem que não se vive só de pão e de comida. Para viver, é preciso aquela alegria que aparece no sorriso da dona Maria.

Perguntei para ela se era uma promessa. "Não, não foi promessa não. Eu só tive vontade de fazer comida para as crianças..." Teve vontade e fez.

Oração

Hoje vou escrever sobre a arte de rezar. Dirão que esse não é tópico que devesse ser tratado por um terapeuta. Rezas e orações são coisas de padres, pastores e gurus religiosos, a serem ensinadas em igrejas, mosteiros e terreiros. Acontece que eu sei que o que as pessoas desejam, ao procurar a terapia, é reaprender a esquecida arte de rezar. Claro que elas não sabem disso. Falam sobre outras coisas, 10 mil coisas. Não sabem que a alma deseja uma só coisa, cujo nome esquecemos. Como disse T.S. Eliot, temos

> conhecimento do movimento, mas não da tranquilidade; conhecimento das palavras e ignorância da Palavra. Todo o nosso conhecimento nos leva para mais perto da nossa ignorância, e toda a nossa ignorância nos leva para mais perto da morte.

A terapia é a busca desse nome esquecido. E quando ele é lembrado e é pronunciado com toda a paixão do corpo e da alma, a esse ato se dá o nome de poesia. A esse ato se pode dar também o nome de oração.

Por detrás da nossa tagarelice (falamos muito e escutamos pouco), está escondido o desejo de orar. Muitas palavras são ditas porque ainda não encontramos a única palavra que importa. Eu gostaria de demonstrar isso – e a demonstração começa com um passeio. Para começar, abra bem os olhos! Veja como este mundo é luminoso e belo! Tão bonito que Nietzsche até mesmo lhe compôs um poema:

> Olhei para este mundo – e era como se uma maçã redonda se oferecesse à minha mão, madura dourada maçã de pele de veludo fresco... Como se mãos delicadas me trouxessem um santuário, santuário aberto para o deleite de olhos tímidos e adorantes: assim este mundo hoje a mim se ofereceu...

Tudo está bem. Tudo está em ordem. Nada impede o deleite dessa dádiva. Ninguém doente. Nenhuma privação econômica terrível. E há mesmo o gostar das pessoas com quem se vive, sem o que a vida teria um gosto amargo.

Mas isso não é tudo. Além das necessidades vitais básicas, a alma precisa de beleza. E a beleza – o mundo a serve a mancheias. Está em todos os lugares, na lua, na rua, nas constelações, nas estações, no mar, no ar, nos rios, nas cachoeiras, na chuva, no cheiro das ervas, na luz que cintila na água crespa das lagoas, nos jardins, nos rostos, nas vozes, nos gestos.

Além da beleza, estão os prazeres que moram nos olhos, nos ouvidos, no nariz, na boca, na pele. Como no último dia da criação, temos de concordar com o Criador: olhando para o que tinha sido feito, viu que tudo era muito bom.

E, no entanto, sem que haja qualquer explicação para esse fato, tendo todas as coisas, a alma continua vazia. Álvaro de Campos colocou esse sentimento num poema:

Dá-me lírios, lírios, e rosas também. Crisântemos, dálias, violetas e os girassóis acima de todas as flores. Mas por mais rosas e lírios que me dês, eu nunca acharei que a vida é bastante. Faltar-me-á sempre qualquer coisa. Minha dor é inútil como uma gaiola numa terra onde não há aves. E minha dor é silenciosa e triste como a parte da praia onde o mar não chega.

Como se uma nuvem cinzenta de tristeza-tédio cobrisse todas as coisas. A vida pesa. Caminha-se com dificuldade. O corpo se arrasta. As pessoas procuram a terapia alegando faltar um lírio aqui, uma rosa ali, um crisântemo acolá. Buscam, nessas coisas, a única coisa que importa: a alegria. Acontece que as fontes da alegria não são encontradas no mundo de fora. É inútil que me sejam dadas todas as flores do mundo: as fontes da alegria se encontram no mundo de dentro.

O mundo de dentro: as pessoas religiosas lhe dão o nome de alma. O que é a alma? Alma são as paisagens que existem dentro do nosso corpo. Nosso corpo é uma fronteira entre as paisagens de fora e as paisagens de dentro. E elas são diferentes. "Temos dois olhos", disse o místico medieval Ângelus Silésius. "Com um, vemos as coisas que no tempo existem e desaparecem. Com o outro, as coisas divinas, eternas, que para sempre permanecem." Em algum lugar escondido das paisagens da alma se encontram as fontes da alegria – perdidas. Perdidas as fontes da alegria, as paisagens da alma se apagam, o corpo fica como uma casa vazia. E quando a casa está vazia, vai-se a alegria. E as paisagens de fora ficam feias (a despeito de serem belas).

O mundo de fora é um mercado onde pássaros engaiolados são vendidos e comprados. As pessoas pensam que, se comprarem o pássaro certo, terão alegria. Mas pássaros engaiolados, por mais belos que sejam, não podem dar alegria. Na alma não há gaiolas.

A alegria é um pássaro que só vem quando quer. Ela é livre. O máximo que podemos fazer é quebrar todas as gaiolas e cantar uma canção de amor, na esperança de que ela nos ouça. Oração é o nome que se dá a esta canção para invocar a alegria.

Muitas orações são produtos da insensatez das pessoas. Acham que o universo estaria melhor se Deus ouvisse os seus conselhos. Pedem que Deus lhes dê pássaros engaiolados, muitos pássaros. Nisso protestantes e católicos são iguais. Tagarelam. E nem se dão ao trabalho de ouvir. Não sabem que a oração é só um gemido. "Suspiro da criatura oprimida": haverá definição mais bonita? São palavras de Marx. Suspiro: gemido sem palavras que espera ouvir a música divina, a música que, se ouvida, nos traria a alegria.

Gosto de ler orações. Orações e poemas são a mesma coisa: palavras que se pronunciam a partir do silêncio, pedindo que o silêncio nos fale. A se acreditar em Ricardo Reis é no silêncio que existe no intervalo das palavras que se ouve a voz de "um Ser qualquer, alheio a nós", que nos fala. O nome do Ser? Não importa. Todos os nomes são metáforas para o Grande Mistério inominável que nos envolve. Gosto de ler orações porque elas dizem as palavras que eu gostaria de ter dito, mas não consegui. As orações põem música no meu silêncio.

Promessas

Não ligo para aquilo que os meus inimigos pensam de mim. O que eles pensam nada revela a meu respeito – mas diz muito sobre as condições do seu trato digestivo. Nietzsche dizia que havia pessoas que não gostavam dele porque suas palavras eram fogo para suas bocas. Mas as palavras, como as pimentas, podem ser fogo na boca e fogo em outro lugar. Quem diz que não gosta de pimenta, fico logo suspeitando que sofra de hemorroidas. Assim, não ligo se alguém pensar mal de mim.

Mas se os meus amigos pensarem mal de mim – isso sim vai me causar sofrimento. Se pensam mal de mim sendo meus amigos, isso quer dizer que existe uma pitada de verdade nos seus pensamentos. Os pensamentos dos amigos são espelhos. Aí vou ficar com vergonha e vou começar a fugir da presença deles.

Deus é feito a gente. Não sofre nem um pouco com aquilo que o Diabo e sua gangue pensam dele. Mas o caso é diferente quando o que está em jogo são calúnias e vilezas que dele pensam – quem diria? – justamente aqueles que se dizem seus amigos. Acho mesmo que este é o sentido da doutrina da Igreja que afirma que o Filho de Deus continua a ser crucificado todos os dias – tantas vezes quantas missas forem celebradas. Sempre me perguntei se esses sacrifícios não teriam fim. Só tardiamente compreendi que Nosso Senhor Jesus Cristo não para de ser crucificado porque os que se dizem seus filhos, amigos, adoradores, devotos etc., não param de espalhar aos quatro ventos mentiras horríveis sobre o seu caráter e os seus sentimentos. Abertamente eles não têm coragem de dizer. Abertamente é só piedade e temor. Falam "graças a Deus", "se Deus quiser", "louvado seja Deus", fazem sinal da cruz, vão às igrejas, acendem velas, leem a *Bíblia*. Mas secretamente, à boca miúda, sem palavras, espalham que Deus é um anormal, sádico, corrupto que se vende por pouca coisa. E isso é a pior cruz para ser sofrida: os maus pensamentos dos amigos. Se eu tivesse amigos assim, trataria de me mudar para bem longe deles.

Se você não está entendendo o que estou dizendo, trato de explicar.

Quando a gente dá uma coisa, a gente está dizendo o que pensa do outro que recebe o presente. Dou água para a planta porque sei que planta gosta de água. Dou um osso para um cachorro porque sei que cachorro gosta de osso. Dou alpiste para um passarinho porque sei que passarinho gosta de alpiste.

Isso vale também para os presentes que damos às pessoas. Eu estava com um casal amigo fazendo compras numa loja de presentes. Muitas eram as opções. Entre elas uns aventais lindos, coloridos, finos. Era ver e sentir-se tentado a dar um de presente para a mulher. Minha amiga, esposa do meu amigo, segredou-me baixinho: "Se ele [o marido] me der um avental de presente, eu me divorcio...". Claro! O presente estaria dizendo: "Querida, como você fica bonita na cozinha!". Mas ela não queria ser definida como cozinheira. O presente diz o que a gente pensa que o outro é.

Um CD de música clássica diz que o outro, tal como ele existe na minha cabeça, é um apreciador de música erudita. Se o CD for de sax-*jazz* já a imagem do outro será diferente, mais sensual. Um livro de poesia dirá ao outro que ele (ou ela) é uma pessoa sensível e amante do silêncio. Panelas, ferramentas, brinquedos, echarpes, cuecas de seda, sutiãs de rendinha, um livro de arte erótica, uma garrafa de vinho, *Bíblias* e terços, caixas de bombons: cada um desses presentes diz ao outro o que penso dele.

Deus também merece presentes. Deus também quer ficar feliz. As pessoas que dizem gostar dele tratam de dar-lhe presentes (como os Magos) – os melhores, os que lhe darão maior prazer. Presentes para fazer Deus sorrir de felicidade, presentes para fazer Deus voltar a ser criança! O presente que dou deve ser a realização do desejo do outro. E quais são os desejos de Deus – a se acreditar nos presentes que lhe são oferecidos?

Antigamente os mais devotos, para fazer Deus ter prazer, autoflagelavam-se com chicotes e coisas pontudas. Quando eu era menino, vi mulheres carregando pesadas pedras nas cabeças, como presente a Deus. Hoje essas coisas viraram presentes bregas. Deus melhorou, e só aceita cascas de feridas mais delicadas. Na casa de presentes a Deus se encontram, por exemplo, as seguintes opções: subir, de joelhos, o caminho até a igreja do Padre Cícero; subir, de joelhos, a escadaria da igreja da Penha; arrastar uma cruz, a pé, por 50 quilômetros; ficar sem comer por três dias; abster-se de beber cerveja por todo um mês; não tomar Coca-Cola por nove meses; não transar ou não se masturbar até que a graça seja concedida.

O que dizem tais presentes sobre o caráter de Deus? Dizem que ele não é Deus, é um ser monstruoso, sádico, que fica feliz quando nós sofremos, corrupto, concede graças a troco de dor. Se eu fosse Deus, trataria de me mudar para bem longe, um outro universo onde só houvesse plantas e animais. Plantas e animais entendem mais de Deus do que nós.

Portanto, com um pedido de perdão por tanta ofensa, sugiro que, na passagem do ano, façamos promessas bonitas a Deus, promessas que digam que o achamos normal e bonito como nós. Ele não é sádico. Não tem orgasmos quando nós sofremos. Ele sofre quando sofremos e dá risadas quando damos risadas. Assim, se oferecermos presentes de felicidade, ele ficará feliz e voltará. Como exemplo, aqui vão algumas das promessas que farei.

Vou andar diariamente, sem obrigação de fazer exercício, por algum bosque ou jardim deste universo maravilhoso, por puro prazer. Vou comprar uma cachorrinha *cocker-spaniel*. Vou gastar tempo observando o voo dos pássaros, a forma das nuvens, a folhagem das árvores. Vou ver de novo *O carteiro e o poeta*. Vou fugir do agito, do ruído, da confusão. Vou cultivar a solidão e o silêncio: um espaço sagrado. Vou fazer um jardim zen, com água e sinos que o vento toca. Vou ouvir muita música, canto gregoriano, Bach, Beethoven, Mahler, César Franck. Vou ler o Fernando Pessoa inteiro. Vou aprender a cozinhar. Vou receber os amigos. Vou beber cerveja, vinho, Jack Daniels. Vou brincar com coisas e com pessoas.

Que Deus me ajude. E que ele se alegre com minhas promessas.

Aos prefeitos, vereadores etc.

Acordei cedo, queria aproveitar o domingo. Dentro de mim fazia sol. Meu plano era passear pelos lugares bonitos daquela cidade que eu amava sem ser de lá. Torci para que o tempo do lado de fora estivesse como o tempo do meu lado de dentro. Abri a janela do quarto do hotel. Os deuses do tempo não concordavam comigo: o céu estava cinzento, e caía uma garoa fina. Não me intimidei. O sol de dentro foi mais forte que a garoa de fora. Resolvi levar a cabo os meus planos com ou sem chuva.

Tomei um táxi. Puxei conversa com o motorista. Motoristas de táxi sabem muito: um táxi é uma arca de Noé no varejo, um bicho de cada vez. Conversa vai, conversa vem, ele começou a me explicar o sistema de coleta de lixo da cidade. Não somente estava perfeitamente informado como também participava ativamente do processo. Um saco para os biodegradáveis, restos de comida, cascas de fruta, lixo que a terra transformaria em esterco, vida para as plantas. Um saco para objetos de vidro: os vidros podem ser reciclados e transformados em novos objetos. Um saco para as garrafas e sacos de plástico. Plásticos são pragas que não morrem. Não se decompõem. Ficam por milênios no fundo do mar, no fundo dos rios, nas matas. Nada pode com eles.

Coleta seletiva de lixo, coisa racional, econômica, civilizada, moderna. Cidade feliz aquela. Fiquei surpreso com o fato de que um motorista não falasse sobre o jogo de futebol e tivesse tanta consciência ecológica. Por razões que não entendi, essa conversa me trouxe um pouquinho de depressão. Dentro de mim algumas nuvens esconderam o sol.

Chegamos ao Jardim Botânico. A garoa havia melhorado. Eu e o Celso – esse era o nome dele – caminhamos juntos, ao longo dos canteiros de amores-perfeitos amarelos e brancos, plantados em padrões regulares. Não éramos os únicos. O Jardim Botânico estava cheio de gente, a despeito do tempo feio. Ao fundo dos gramados erguia-se uma gigantesca estrutura de ferro e vidro – mais parecia um castelo tirado de alguma estória de *Mil e uma noites*. Era uma estufa. Dentro dela, um jardim de plantas tropicais. Havia música ambiente: uma cantata de Bach. Adoro Bach. Mas, ao invés de ficar feliz, a música fez piorar o tempo dentro da minha alma. O céu ficou encoberto.

Dali fomos para um parque. Coisa estranha me aconteceu. A primeira impressão foi de beleza e alegria: o lago, os gansos e os paturis, as crianças. Mas logo meus olhos se puseram a buscar coisas feias. Procurei alguma lata de cerveja flutuando no lago, algum copo de plástico jogado no gramado. Minha busca foi infrutífera. Tudo estava impecavelmente limpo. Havia latas para o lixo e, o mais surpreendente e espantoso, as pessoas sabiam para que elas serviam. O sol apareceu lá fora deixando ver umas nesgas de azul. Mas dentro de mim começou a chover.

De repente entendi a razão para essa mudança do tempo dentro de mim. É que eu fiquei triste. Fiquei triste porque comparei. Comparei a cidade que amo, onde moro, com aquela cidade, e percebi que Campinas não era tão bonita e tão civilizada quanto eu pensava. Coleta seletiva de lixo, coisa racional, expressão de uma consciência ecológica mínima, exigência primeira para qualquer vereador ou qualquer prefeito: a gente não tem. Houve até uma tímida tentativa de coleta seletiva de lixo, anos atrás. Mas durou pouco. Logo acabou e foi esquecida. Nisso a gente continua atrasado como sempre foi. A conversa inteligente com o motorista de táxi, o lixo ecológico, a cantata de Bach, o uso das latas de lixo – tudo isso me revelava uma única coisa: o povo que morava naquela cidade era educado.

Lembrei-me do meu único passeio pelo Parque Ecológico – acho que não vou voltar para não sofrer de novo com as latas de refrigerante, os maços de cigarro, as garrafas de plástico espalhadas pelos gramados, lagos e bosques. (Caminho num outro lugar que continua limpo por ser desconhecido. Pouca gente vai lá.)

Aí eu pensei que uma cidade se parece com a gente. Temos um corpo e uma alma. O corpo é coisa material: músculos, ossos, veias, órgãos, tudo muito importante, sem o que não se vive. O corpo das cidades são suas casas, seus edifícios, praças, ruas, mercados, jardins, esgotos, cemitérios: coisas materiais, todas elas muito importantes, indispensáveis à vida.

Mas um corpo sem alma é coisa grotesca, pior que bicho, Mike Tyson, violento, sem sensibilidade. É a alma que torna belo o corpo. É a alma de uma cidade que a torna um lugar de felicidade. Mas a alma, eu já disse, é feito um bolso, coisa vazia. A alma, como o bolso, vale por aquilo que se coloca dentro dela: os sonhos, o amor à natureza, o respeito pelas regras de convivência mansa, o cultivo do silêncio, a proteção das coisas que pertencem a todos – jardins, praças, bosques, monumentos –, a sensibilidade à beleza, seja a beleza da música, das casas antigas, dos pássaros ou das igrejas.

A esse processo de encher a alma com as coisas bonitas da cidade – ou coisas que já existem nas ruas ou coisas que existem nos sonhos – se dá o nome de educação. É isso que faz com que uma cidade seja bela e civilizada.

É minha opinião que a educação do povo é a missão mais importante dos políticos, vereadores e prefeitos. Sei que isso é ideia estranha, pois os políticos se pensam mais como responsáveis pelo corpo da cidade. Mas de que vale o corpo se a alma é pobre ou aleijada? Se algum dia eu fosse político, é a isso que eu iria me dedicar: desejaria plantar sementes na cabeça do povo. E isso é tão fácil de fazer. Até já sugeri – faz tempo, inutilmente – que seria importante que a nossa cidade tivesse uma Rádio Cultura. Pelo rádio se pode semear dentro da cabeça do povo. Todo mundo escuta rádio. O povão escuta rádio. Os rádios estão nas construções, nas cozinhas, nas oficinas, nas lojas, nos elevadores, nos quartéis, nos hospitais, nos bancos... O rádio tem o poder de fazer o povão sonhar. Sonhando coisas bonitas – quem sabe? –, chegaremos perto daquela cidade que não está nem na Suíça, nem nos Estados Unidos, nem na Coreia. É no Brasil mesmo: Curitiba. Sugiro que, antes da posse, os eleitos passem uma semana por lá de olhos bem abertos. Porque, mais que o povão, são os políticos que precisam se educar. E tratem de conversar longamente com um homem chamado Jaime Lerner. Aprendam com ele a arte de educar o povo de uma cidade.

Viva o anarquismo!

Meu interesse pela política é igual ao interesse que a vaca tem pelos bernes: ela sabe que eles são inevitáveis, voltarão sempre, mas o que ela quer mesmo é se ver livre deles. Todos os dias elas rezam: "Mas livra-nos dos bernes, amém".

Rezo igual. Penso o mesmo dos políticos. Meu grande sonho é me livrar deles. Minha alma é anarquista. Anarquismo, no seu uso vulgar, é sinônimo de bagunça. No seu sentido filosófico, anarquismo é o sonho de uma sociedade livre de governantes (do grego *an* + *arxé*, sem autoridade) –, a harmonia sendo obtida não por lei ou medo de autoridade, mas por meio de acordos livremente estabelecidos entre os grupos sociais.

Sei que esse sonho é inatingível. Estamos destinados aos bernes, até o fim do mundo. Mas os sonhos são como as estrelas: inatingíveis, mas sem elas os navegantes estariam perdidos. São as coisas que não existem que dão beleza à vida humana. "Que seria de nós sem o socorro das coisas que não existem?", perguntava Valéry.

O meu ideal anárquico é o avesso do meu horror pela política. E o meu horror pela política é o avesso do meu amor pela política. Endoidei? Explico-me. Começo com uma coisa simples. Amo os jardins. Todo mundo ama os jardins. Os jardins são um dos sonhos fundamentais da humanidade. Deus também ama os jardins. Criou um universo enorme só para abrir um pequeno espaço onde pudesse plantar um jardim. Se gostasse mais das estrelas e do espaço infinito dos céus teria ficado por lá. Mas não. Dizem os poemas sagrados que ele plantou um jardim, com árvores frutíferas, flores, passarinhos, riachinhos, fontes, bichos e ao final aprovou dizendo que era muito bom. Ato contínuo pôs-se a desfrutar do jardim que criara: ficou por lá, tomando o vento fresco da tarde.

Isso nós dois temos em comum: o amor pelos jardins. E nem poderia ser de outra forma porque, por decreto divino, todos os homens e mulheres têm, por vocação primeira, antes de ser médicos, advogados ou engenheiros, a profissão de jardineiros. O mundo está destinado ao paraíso. O mundo deve ser transformado num jardim.

A política que eu amo, como estrela que não alcanço, é isto: a arte da jardinagem aplicada às coisas públicas. Assim sendo, não poderia haver coisa mais bonita que ela.

Mas mesmo no jardim paraíso havia uma serpente. E foi com ela que a política, tal como a conhecemos, começou. Sentença de Santo Agostinho. Por artes da política os homens viraram do avesso. Foi então que se iniciou o descrito por Goethe, no *Fausto*: a venda de almas ao demônio.

Duvidam?

Todos os homens e mulheres sonham com um jardim, lugar de prazeres. É preciso escolher um jardineiro. Em tempos idos, bárbaros, os mais fortes, com porretes nas mãos, decidiam sobre a forma do jardim. Quem não concordava recebia uma porretada. Aí os bárbaros de porrete na mão foram expulsos e chegou a democracia, coisa linda que eu amo e quero. Não é preciso brigar sobre a forma do jardim. A gente escolhe o jardineiro de acordo com gosto e interesse, pela coisa mais simples desse mundo: o voto. Quem tiver mais votos fica sendo o jardineiro.

Mas, como na prática a teoria é outra, na prática a democracia não é nada disso. Governo do povo e pelo povo: mentira. Os indivíduos não são nem livres nem racionais. São tolos. Moram em covas como toupeiras. Não veem o jardim. Só pensam na sua cova e por ela fazem qualquer negócio. Trocam um jardim para todos por um apartamento para si. Querem um pedaço de terra cercado de muros no meio de uma montanha de lixo. O que querem é uma canoa, não importando que, junto com ela, venha o dilúvio.

Os candidatos a jardineiro não amam o jardim. Apresentam-se como jardineiros, falam como jardineiros, prometem jardins. Mas o que desejam mesmo, depois de eleitos jardineiros, é derrubar as árvores. Eles amam menos os jardins que o lucro que deles possam obter.

Os indivíduos, eleitores, vendem-se por pouco. Amo a esquerda pela sua burrice ingênua: ela acredita no povo. Pensa que o povo é racional, e desanda a tentar convencer por meio de argumentos, verdade e razão. Não sabe que o povo é levado pela imagem. Nos Estados Unidos, os candidatos gastam fortunas para produzir a sua imagem. O retrato da família: o pai, que não pode ser nem baixinho nem gordo, Kennedy, Clinton, Ford, Bush, ao lado a esposa, dama finíssima (a Rosane Collor estaria perdida!), casal fidelíssimo, qualquer *affair* é fatal, vão sempre à igreja, os filhos, família unida e, o mais importante, o cachorro, tem de ter um *cocker* ou um *beagle*. Um *boxer* ou um *dobermann* poria a eleição a perder. O Collor é mais imagem que o Lula. A voz do Lula é gutural, o rosto é feroz. Ninguém quer um pai ou um filho assim. Sim, bem dizia o mestre Fernando Pessoa: "A alma humana é um abismo". Para entender política, é preciso ler menos os politicólogos e mais Maquiavel, Freud e Orwell.

Hoje os porretes da ditadura foram substituídos por artifícios de sedução. A fala macia da serpente é mais eficaz. Na ditadura o estupro é óbvio. Toda ditadura gera o desejo de vingança. Na democracia o eleitor permite o estupro, é cúmplice do estupro, na esperança do gozo.

Felizmente existe a dona Maria, minha faxineira, que fez almoço para as crianças do seu bairro. Acredito no seu gesto: uma fonte de bondade que jorra sem razões, por puro prazer. A fonte não tem razões; ela jorra porque jorra. Dessas fontes brota água fresca, esperança. E, como ela, há milhares de donas Marias e senhores João (lembram-se dele? O pedreiro que salvava as abelhas do afogamento?) por esse Brasil afora, pessoas anônimas que nunca se candidatarão e que, se se candidatassem, não se elegeriam. Faltam-lhes as condições mínimas para triunfar no jogo da democracia: não têm nem esperteza nem dinheiro...

Votarei triste. Votarei obrigado. Votarei com raiva. Votarei sem esperança. Não acredito em ninguém. Como disse, sou anarquista. Como a dona Maria, que fez porque quis...

CENAS
DA VIDA

Sobre poetas e crianças

Alguns se assustam com as coisas que escrevo. Os mais generosos, sabedores da minha vocação de bufão, concluem que estou representando uma cena cômica, para provocar riso. Outros, mais sinistros, me levam a sério e concluem que não devo estar bem – sofro de uma perturbação de ideias, com certeza provocada por um destempero hormonal previsível na menopausa masculina; se não fosse assim, eu não escreveria as coisas absurdas que escrevo. Tal foi a conclusão de uma respeitável senhora que não conheço, depois de ler a minha crônica em celebração à ressurreição de Nosso Senhor Jesus Cristo, crônica que terminei com uma série de sugestões práticas (não tão absurdas quanto a ressurreição) e endereçadas especialmente aos velhos: sugeri que levassem a mulher ao motel, que comprassem uma cueca colorida, uma calcinha *sexy* de rendas, que cancelassem a romaria a Aparecida e fossem mergulhar em Bonito. Claro que eu devia estar doido, porque todo mundo sabe o que deve ser feito para se comemorar a Páscoa: primeiro a gente vai à igreja; depois se dão presentes de ovos de chocolate; no almoço come-se peixe; de tarde vê-se o Sílvio Santos ou o Domingão do Faustão; de noite é o Fantástico. Ah! Que vida mais excitante! Para isso Deus criou o universo! Para isso Nosso Senhor Jesus Cristo morreu, desceu aos infernos e foi ressuscitado! Que alegria saber-se assim tão normal, tão do jeito como todo mundo é. (Cá entre nós: você sabe a razão por que se come peixe na Semana Santa? Por favor, não vá repetir a besteira que é para não comer a carne do Filho de Deus. Pois isso, precisamente, é o que ele mais deseja. Tanto que transformou pão e vinho na sua carne e no seu sangue: para que nós o comêssemos. Você come bacalhau sem saber por que, e ainda se julga bem de cabeça?)

Tive uma paciente que pensou que estava ficando louca porque ela, que sempre soubera o que todo mundo sabe, o que todo mundo faz, isto é, que cebolas são entidades para ser comidas, o seu lugar é a boca, o seu caminho é o trato digestivo, o seu destino é o destino de tudo o que entra pela boca, ela, que pensava assim, tão normal, tão como todo mundo, tão racional, ela, de repente, começou a achar bonitas as cebolas. As cebolas mudaram de lugar: da boca passaram para os olhos, bonitas especialmente quando cortadas na horizontal, vitrais de vidro branco quando as fatias são colocadas contra a luz. Se cortadas na vertical, os vitrais se transformam numa chama – e para que a chama brilhe basta que se ponha uma pitada de pó de urucum no ponto central. Faça você mesmo a experiência. Eu a fiz – e qualquer pessoa que chegasse na cozinha e me visse debruçado sobre a pia, colorindo a cebola com pó de urucum, sem a menor intenção de comê-la, e depois olhando-a contra a luz e sorrindo de felicidade, concluiria, com razão, que alguma coisa não está certa na minha cabeça. Eu não devo estar bem. Preciso de terapia. Resolvi, com uma curta frase, o surto de loucura da minha paciente: "Você não está louca. Você virou poeta". E logo lhe mostrei a "Ode à cebola", maravilhosa, do Neruda. Uma mulher que tivesse lido a tal ode ficaria feliz se o namorado lhe oferecesse um buquê de cebolas. Haverá coisa mais normal, mais banal, mais igual a todo mundo, mais previsível, que oferecer um buquê de rosas? Com um buquê de rosas estou dizendo: "Você é igual a todas as outras. Para todas as outras ofereci buquê de rosas. E todas elas disseram e fizeram o que você fez agora. Disseram: 'Que lindas!' E fizeram: cheiraram as rosas". Mas se eu desse um buquê de cebolas – que ela receberia com uma risada, sem cheirar –, ela saberia que eu lhe estava dizendo: "Você não é igual às outras. Você leu Pablo Neruda!". Claro que o pai dela ficaria furioso e tentaria me expulsar da casa, por aquele gesto ofensivo, grosseiro. Cebolas são entidades malcheirosas, culinárias, eu estava chamando sua filhinha de cozinheira. Coitado. Normal. Literal. Via do jeito como todo mundo via. Estava de posse da sua razão. Não lia Pablo Neruda. Só lia os jornais, via o Jornal Nacional, usava cueca branca, pijama de bolinha, no restaurante sempre pedia o mesmo prato, não levava a mulher ao motel e fazia romaria a Aparecida. Comia tédio com gosto. Todo mundo come. É o normal. E se todo mundo come deve ser bom. Deve ser o jeito certo de viver. Vai também morrer do jeito certo, sem nunca ter sentido o terror do vento frio batendo no rosto quando se sobe nas alturas dos montes solitários. Idiota.

Meu diagnóstico já foi feito. Minha doença se chama poesia. Não sei que poesia é só para recitar. Eu acredito. Acho que poesia é para viver. E os poetas são todos doidos. Poesia é uma forma de loucura. Veja só: o Fernando Pessoa diz: "Tudo, menos ter razão!". Se ele fosse normal, diria o contrário: "Tudo, menos não ter razão!". É por isso que os normais brigam uns com os outros, especialmente marido e mulher: cada um quer provar que está com a razão. Razão é o que todo mundo pensa e faz. Qualquer idiotice que seja feita por todos passa a ser considerada sabedoria. Disse-o o poeta T.S. Eliot: "Numa terra de fugitivos, aquele que anda na direção contrária parece estar fugindo". Andar sozinho na direção oposta à de todos só pode ser coisa de doido. Veja a Adélia Prado, doidona. É sabido por todos que os tapetes são para ser vistos pelo direito. Mas ela diz que o seu gosto é ver as coisas pelo avesso. Já imaginaram a cena? A Adélia vai visitar uma casa e desanda a olhar atrás das coisas? Isso é, no mínimo, falta de educação.

A psicanálise é uma falta de educação. Pois ela é o jeito da Adélia levado à sua última consequência. Ela acredita que a razão está sempre escondida. Isso a que normalmente damos o nome de razão são máscaras, mentiras, equívocos, farsas. A nossa verdade anda sempre enterrada. Ela é aquela menina que a madrasta enterrou viva: dela só se veem os cabelos que crescem como relva, e o jardineiro pensa que aquilo não passa de bom capim para o cavalo comer. Assim somos nós: a verdade, a razão que nos salvaria, isso nós consideramos que não passa de ração para animais.

O filósofo Hegel, no prefácio a *Fenomenologia do espírito*, faz uma declaração esquisitíssima. Ele diz que o triunfo da razão é uma "orgia bacanal na qual nenhum dos participantes está sóbrio". *A razão é sempre uma violência que se faz àquilo que normalmente se toma como verdade.* A razão é sempre o contrário do que normalmente se pensa.

E se Hegel não chegasse, bastar-me-ia o Evangelho, que insisto em ler pelo avesso: lá tudo é ao contrário. Quem caminha na direção contrária é Deus. As pessoas religiosas vivem é tentando convencer Deus a andar na direção em que elas estão andando. Para isso até lhe oferecem suborno, rezas e sacrifícios. Mas Deus não muda de opinião. Diz que todo velho tem de virar menino. Isso é doideira. Nicodemos, ouvindo isso da boca de Jesus, achou que era broma ou piração. "Velho não pode entrar de novo na barriga da mãe", ele argumentou. Jesus lhe respondeu: "Tolo! Você não entende poesia? Isso é metáfora. Vá ver *O carteiro e o poeta*. E só depois volte para conversar comigo!". Minha doideira é essa: eu acredito no Evangelho. Acredito que estamos destinados a ser, eternamente, crianças. Deus é uma criança. E quando ouvirem alguém dizendo que não estou bem, digam apenas: "Ele é assim mesmo. Vê o mundo como uma criança...".

Sobre a alma e a música

Eu viajava sozinho pelas estradas do sul de Minas Gerais. Gosto de viajar sozinho. É uma solidão abençoada. O pensamento voa, vagabundo. E, quando ele voa vagabundo, aves selvagens se aproximam. Ao contrário, quando ele marcha, metódico e prático, ao ritmo das obrigações do cotidiano, a cabeça vira um galinheiro... Pois assim eu ia, minha cabeça desdobrada em duas: com uma eu guiava, com a outra eu voava...

Tudo estava verde – com exceção das quaresmeiras, roxas. O ar, transparente e puro, lavado pelas chuvas, estava leve e luminoso. Mas eu estava triste. De fato, uma das minhas cabeças voava: mas a terra por onde ela voava estava coberta com uma neblina cinzenta. Eu gosto de neblinas. São misteriosas. Especialmente quando o sol as penetra sem ser capaz de atravessá-las. Então elas ficam luminosas. Mas aquela neblina era triste. Eu me sentia deprimido. Depressão é uma neblina cinzenta que encobre tudo. Só a gente vê. Os outros argumentam ao contrário, apontam sol, cores e belezas. Inutilmente. O mundo deles não é o mundo da gente. O mundo da gente está coberto pela neblina triste que sai de um lugar secreto da alma. Tudo fica sem sentido. A chegada da manhã é um sofrimento: como o dia é comprido! O corpo se arrasta, pedindo que as horas passem, que chegue logo a hora de dormir. A depressão é um permanente desejo de dormir. Pena que todo adormecer seja seguido por um acordar. O deprimido deseja não acordar.

Drummond descreveu a depressão num poema terrível:

Chega um tempo em que não se diz mais: meu Deus.
Tempo de absoluta depuração.

Tempo em que não se diz mais: meu amor.
Porque o amor resultou inútil.
E os olhos não choram.
E o coração está seco
E as mãos tecem apenas o rude trabalho.
Em vão mulheres batem à porta, não abrirás.
Ficaste sozinho, a luz apagou-se
mas na sombra teus olhos resplandecem enormes.
És todo certeza, já não sabes sofrer.
E nada esperas de teus amigos. (...)
Chegou um tempo em que não adianta morrer.
Chegou um tempo em que a vida é uma ordem...
A vida apenas, sem mistificação.

Eu não estava desse jeito, era só uma pitada de tristeza, sem nenhuma razão. Escolhi uma fita. Músicas antigas, sem nenhuma dignidade especial: a abertura de *O poeta e o camponês*, de Von Suppé, a *Barcarola*, de Offenbach, entre outras. Pus uma fita para tocar. A abertura de *O poeta e o camponês* começou depressiva também, um solo lânguido de violoncelo, acho que era a fala do poeta, todo poeta é triste, a minha depressão pensou encontrar uma aliada, deixou-a entrar, deixou-se embalar. Esperta, a abertura: conhecia psicologia. De repente, sem aviso prévio, veio uma rasteira, o camponês entrou em cena fazendo um enorme barulhão, a orquestra ficou furiosa, a depressão foi pega de surpresa, não teve tempo de se defender, e a alma foi invadida por uma maré de agitação. Aí a depressão e a música começaram uma briga. Como a música já havia entrado, ela foi mais forte. Foi enfiando alegria dentro de mim, quase que à força. Fui ficando duro: a depressão produz uma gelatinização da alma e do corpo. Todo depressivo é mole. A minha alma parou de produzir neblina e, de repente, eu senti que meu corpo estava dançando com a música. Ri. E, como sempre acontece comigo, o riso pôs meu pensador para funcionar. (Esse hábito estranho, de pensar a partir do riso, me valeu ser excluído da companhia dos cientistas da área que, à semelhança do irmão Pedro, de *O nome da rosa*, acham que o riso é incompatível com a gravidade científica.)

Pensei. E, quando estou alegre, meu pensamento se põe a dar saltos.

Pensei primeiro nos poderes mágicos da música. Sem dizer uma única palavra, usando uma linguagem universalmente compreendida... Lá vem o primeiro pulo: penso que a Babel, confusão de línguas, começou quando o Consciente assumiu totalitariamente o controle do corpo. Já o Pentecostes, que é o avesso da Babel, todos se entendendo, começou quando o Inconsciente começou a fazer ouvir sua linguagem, que é música e poesia. Estou ouvindo a *Quinta Sinfonia* de Felix (feliz!) Mendelssohn. Neste preciso momento começou o "coral": as cordas tocam a melodia do "Castelo forte" – hino da Reforma Protestante. Tocam os tímpanos. Fico todo arrepiado. Sem uma única palavra, eu e Mendelssohn nos entendemos. Meu corpo está possuído. Não há lugar para meus pequenos sentimentos. Sou invadido por sentimentos enormes, que não são só meus. São de milhares. Não estou sozinho. Sou parte de uma sinfonia. Pulo de novo. Pego o Bernardo Soares, *Livro do desassossego*, página 156: "Minha alma é uma orquestra. Só me conheço como sinfonia". Ah! Agora tudo ficou claro: a alma é sinfonia, música. Bem disse o Álvaro de Campos que, quando o poeta escreve seus poemas, nos intervalos silenciosos que há entre as palavras se ouve uma melodia que faz chorar. A verdade da alma é música. As palavras são só um suporte. Elas existem para produzir o espaço vazio e silencioso de que a música necessita para existir. Sabem disso os amantes: não são as palavras que contam. É a música.

Outro pulo. Lembrei-me de quando tive hérnia de disco. Doía demais. O Elson Montagno, neuro-amigo, me emprestou uma maquineta de tirar dor. Explicou: "A dor não existe, fisiológica, cientificamente. Cientificamente só existe uma corrente elétrica de uma certa frequência que o cérebro interpreta como dor. Se a gente conseguir anular a tal corrente, o cérebro não recebe a mensagem. Essa maquineta é para produzir uma corrente elétrica que, encaixada na sua, vai anulá-la, o negativo anula o positivo". Aí eu pensei se não seria possível imaginar que era mais ou menos assim que a música funcionava. O Inconsciente, mansão de muitas moradas, não é uma única sinfonia. É antes um tocador de CDs, os mais variados. Muitos são tristes, a "Marcha fúnebre" da sonata de Chopin, o primeiro movimento da *Sonata ao luar*, de Beethoven, a "Ária", da *Bachianas brasileiras n. 5*, o "tristeza não tem fim, felicidade sim...", o "Caminito". Depressão é quando o Inconsciente fica tocando uma única música triste. Por que ele não muda o disco? Pela mesma razão por que a gente põe a música para ser tocada de novo: porque é bonita. Há uma trágica beleza na depressão. Literariamente a depressão produz muitos romances e novelas. A alegria, ao contrário, sozinha, não produz literatura. É preciso fazer com ela aquilo que a maquineta de tirar dor faz com a dor: produzir uma *contramúsica*. A *Sonata ao luar* começa com tristeza mas termina com um *presto* furioso. O movimento final da sonata de Chopin é um triunfo sobre a beleza sedutora da morte. Não é curioso que esses movimentos rápidos se chamem *allegro*? A magia da música tem a ver com isto: a alma é seduzida pela beleza, possuída, deixa-se levar. Assim, imaginei que, talvez, pudesse haver uma terapia-feitiçaria musical antidepressão: começando com um "*Adagio* lamentoso" (é preciso enganar a depressão instalada na alma!), terminaria com o último movimento da *Nona Sinfonia*, a "Ode à alegria", beleza nascida do mais profundo sofrimento! Beethoven não nos proíbe a depressão: ele a conhecia muito bem. Mas ele nos proíbe de ser derrotados por ela.

Uma casa dentro do vulcão

Nietzsche aconselha aqueles que desejam ser criativos a que construam suas casas debaixo do Vesúvio. Fico a imaginar o cenário fantástico: uma minúscula cabana branca à espera do grande momento...

Já sonhei fazer muitas coisas loucas, coisas que sistematicamente transformo em literatura. Escrever é mais fácil que fazer. Mas coisa que nunca me passou pela cabeça foi construir uma casa ao lado de um vulcão. Mas como na vida nunca se pode dizer "dessa água não beberei", informo os meus leitores que estou prestes a fazer coisa ainda mais insólita: vou construir uma casa *dentro* da cratera de um vulcão. De verdade. Casa de se entrar dentro. Não se trata de metáfora poética.

Achei o vulcão. Não é longe daqui. Ficou manso. Os milênios de fogos acabaram por esgotá-lo. Da sua fúria antiga ninguém se lembra. Não há ninguém que o tenha visto incendiando os céus e rachando a terra com sua fúria. Como memória dos seus calores de juventude restam apenas suaves águas quentes que prometem beleza aos que nelas se banham, e, mesmo quando a promessa não é cumprida, o banho vale pelo prazer.

Os olhos dos que caminham nem se dão conta de estar dentro da cratera. Ela, de tão grande que é, só se torna visível de muito longe, através dos olhos dos satélites. Ela surge então como um imenso anel redondo, de quase cem quilômetros de diâmetro, coberto pelo verde das matas.

Resolvi construir uma casa numa das rugas daquele vulcão, ao lado das árvores, dos riachos, das cachoeiras... Contemplando um vale imenso que se abria à minha frente, lembrei-me de um conto oriental de Marguerite Yourcenar que repetirei a meu modo.

Havia, outrora, num país distante, um rei que todos amavam. Os sábios o amavam por sua sabedoria. As mulheres o amavam por sua beleza e suas palavras de poesia. Os soldados o amavam por sua coragem. O povo o amava por sua justiça. E todos o amavam porque sua face tinha a alegria do rosto de uma criança. Passou o tempo. Imperceptivelmente ele colocou no rosto do rei as marcas da velhice. Olhando-se no espelho e contemplando seu rosto marcado pelo tempo, ele disse para si mesmo: "Quero que o meu povo se lembre sempre do meu rosto de menino. Não quero que, olhando para mim, as pessoas digam com tristeza: 'Como ele era belo quando jovem...'". Assim, ordenou que se construísse para ele, num lugar alto e solitário de uma montanha, uma cabana simples, onde passaria o resto dos seus dias, longe dos olhos de todos. Terminada a construção, despediu-se dos que o amavam, da sua esposa e dos seus filhos, despediu-se dos seus palácios e jardins, do seu cão e dos seus cavalos, para nunca mais voltar. Depois de muito caminhar, chegou ao topo da montanha onde sua cabana fora construída. Olhou em volta e viu os cenários que se estendiam à sua volta, sem fim. Respirou o ar frio. Escutou o silêncio marcado pelo sopro do vento e o pio dos pássaros. Examinou sua cabana tosca. Experimentou, então, algo que nunca havia experimentado em sua vida: a indescritível liberdade de nada possuir.

A história continua. Mas essa introdução basta para descrever o que eu senti. Senti que eu precisava de muito pouca coisa para viver. Bastavam-me as coisas simples que estavam ao meu redor, recém-saídas do mistério da natureza. Não eram novidades. Eu as conhecera sempre. Haviam sido minhas companheiras de brinquedo nos meus tempos de menino. Sem saber, eu voltara a um lugar primordial do meu ser. Aquilo que eu via correspondia à saudade que sentia. Eu não desejava nada mais: as montanhas, os vales sem fim, o sol nascente, o sol poente, os sabiás, as saracuras, os frangos-d'água, os gritos das seriemas, os tucanos, os saguis saracoteando na orla das matas, os bugios escondidos no escuro das florestas, as histórias de onças, as manadas de capivaras, as borboletas azuis, os pintassilgos, as araucárias, as gralhas-azuis, os parreirais, as uvas, o doce de leite no tacho de cobre, o cheiro do fogão a lenha, o café com biscoito, o bolo de fubá, o pão de queijo, o pão amassado, crescido e assado no forno, o queijo, as castanhas catadas no pasto, cozidas e comidas com o vinho forte das adegas da região...

Cachoeiras, nunca vi tantas. Prova disso é o jeito único de ensinar o caminho. "O senhor vá indo até o primeiro barulho de cachoeira. Siga em frente. Ao passar pelo segundo barulho, vire à direita..."

De todas as cachoeiras que vi, a que mais amei foi a cachoeira dos Duendes. Suas águas possuem um poder mágico. Elas vêm vindo, borbulhando, escondidas pelas árvores, tocando o *Bolero* de Ravel, mas de repente é o precipício, uma enorme ladeira de pedras, falta o leito, as águas se jogam no vazio, transformam-se em espuma, põem-se a tocar *As quatro estações*, de Vivaldi, a água agora é espuma branca, o sol brinca com suas gotas, risca no espaço um arco-íris colorido, o corpo não resiste, entra na brincadeira de água, pedra, sol e frio – e abracadabra, a mágica acontece, todo mundo vira criança, até mesmo os velhos, o que me fez imaginar que aquele deveria ser o lugar das perdidas "Fontes da Juventude" a que o explorador Ponce de Leon se referiu.

Mas é preciso falar dos colibris. Pássaros mágicos: fazem o que nenhum outro pássaro faz. As flores, temerosas, se oferecem ao amor mas não se arriscam, raízes fincadas no chão. Os colibris, ao contrário, contrariam a gravidade, levitam, flutuam no ar, namoram a flor amada por um instante, para logo introduzir nos seus lugares doces seus longos bicos, num efêmero momento de prazer. Eu os vi, incontáveis, dos mais variados tamanhos, cores e formas, numa singela casa branca de sítio, rodeada de castanheiras.

E há o restaurante "Fogão de Lenha", as panelas sobre o fogão aceso, come-se quanto quiser, arroz, feijão, vaca atolada, mandioca frita, torresmo, frango ensopado, pernil, abobrinha refogada...

Tudo isso bem pertinho daqui, ignorado dos roteiros turísticos, Pocinhos do Rio Verde, irmã roceira da urbana Poços, filhas ambas da mesma mãe, Caldas.

Este é o lugar onde se encontra a cratera do vulcão. Ali vou construir uma cabana, no alto de uma colina, ao fim de um caminho, ao lado de uma floresta, de frente para um vale, ao som de uma cascata, depois do segundo barulho de cachoeira, virando-se à esquerda...

O rosto de menino

Nunca entendi aqueles que dormem até tarde, alguns até a hora do almoço. Desde menino amei levantar cedo, muito cedo. Cinco horas, eu já estava de pé, andando pela casa, sozinho. Para mim as razões do sono dos adultos eram incompreensíveis. A vida é tão boa, o mundo é tão bonito, há tantas coisas interessantes para ver, para fazer – eu queria mesmo era aproveitar o dia ao máximo. Dormindo a gente está meio morto – fora da circulação da alegria. "Eu durmo até tarde é só em dia feriado!", desculpam-se alguns. Para mim, desculpa inaceitável, por ser burra. Justamente nos feriados é que é preciso levantar mais cedo, para ter mais tempo ainda para vadiar.

Algo dessa coisa de criança ficou comigo. Tenho uma enorme alegria nas manhãs. Gosto de ver o sol nascer, o seu vagaroso aparecer, colorindo as nuvens. O ar está fresco, perfumado. A cidade, meio adormecida, ainda não enlouqueceu. Isso só vai acontecer por volta das 7 horas.

Acordei no horário normal: 15 para as 6. Chovia, aquela chuvinha persistente que logo me traz a ideia de sapatos molhados. As galochas caíram em desuso, aquelas camisinhas de borracha preta para evitar pés molhados e resfriados. Numa manhã, faz muitos anos, eu ainda era professor, chovia, eu ia dirigindo o meu carro para a Cidade Universitária. Eu havia tirado minhas galochas clássicas e as colocara no espaço vazio à frente do banco direito. Parei para dar lugar a uma aluna encorujada de cabelo molhado escorrido que esperava o ônibus. Ela entrou sorridente, agradecida. Assentou-se. Mas logo me fez uma pergunta espantada. "Que que é aquilo?" Disse e apontou para as duas galochas. "Aquilo são galochas", respondi. "Galochas?", ela observou espantada. "Não sabia que existiam. Pensei que só fossem uma expressão exclamativa do tipo 'Um chato de galochas...'" Pois é: falar em galocha é confessar idade.

Meu pensamento excursionou – assim acontece nos momentos de modorra, como naquela manhã chuvosa, fria, neblinenta. Gostoso, o quentinho da cama. O menino que mora em mim gritou alegre: "Hora de levantar. A vida o espera!". (Já disse que meu corpo é um palco onde aparecem muitos atores, muitos mesmo. Um deles é o menino. Quando ele aparece tudo fica bonito. Eu até fico mais moço.) Refuguei. Argumentei que não havia nada para fazer. Queria, mesmo, era continuar deitado. "Velho, velho, velho!", ele gritou. Estremeci. Apareceu-me, como assombração, um verso da Adélia: *Velhice é um modo de sentir frio que me assalta... O modo de um cachorro enrodilhar-se quando a casa se apaga e as pessoas se deitam.*

Saltei da cama, assombrado pela imagem do cachorro. (Quase escrevi "cão" que, segundo o dicionário, é o mesmo que cachorro. Mas não é. Na poesia os sinônimos não valem. E isso que eu escrevo, sem métrica ou rima, é poesia. A poesia sempre se me revela em prosa. O que me dá grande tristeza, pois eu gostaria de ter a graça de rimar. Cão dá um sentido de nobreza, de orgulho. Não se xinga o outro de "cão". O que humilha é "cachorro".)

Corri para o banheiro, para as liturgias de purificação. Não é por acaso que nas tirinhas cômicas dos jornais [que, sem dúvida alguma, são a parte mais importante dos periódicos. Nunca leio os editoriais que só dizem o que eu já sei. Mas não perco o Calvin. Velho lê editorial. Criança lê Calvin, Garfield, Mafalda, Asterix. Deveriam estar incluídos em qualquer dieta geriátrica, ao lado dos ortomoleculares, *ginkgo bilobas*, vitamina E e hidroginástica. Mas os especialistas pensam que velhice é coisa biológica. Até pode ser. Tudo fica velho. Mas, como diz o ditado, "é panela velha que faz comida boa". De fato, essa carcaça chamada corpo é panela (Grande ideia! Essa metáfora nunca me havia passado pela cabeça! De agora em diante nunca mais perguntarei: "Como vai de saúde?". Perguntarei: "Como vai a panela velha? Que comidas tem feito? Galinhada com arroz ou jiló sem sal?". E por falar em galinhada com arroz, prato goiano, que pode incluir o pequi – dizem os goianos que, para ser boa, tem de ser feita com galinha roubada. Hoje, quando escrevo, quinta-feira, irei comer galinhada com arroz e pequi na casa da Maria Alice e do Carlos Brandão. Não vai ser muito boa. Não foi roubada, a galinha. Foi comprada.)]

Divaguei demais. Estava nas tirinhas cômicas. Não é por acaso que, nelas, todos os que acabaram de acordar têm a boca feita com uma linha quebrada. Resolvido o aperto maior, passei à pia, onde pasta e escova haveriam de devolver à minha boca seu desenho normal. Olhei-me no espelho. Aí tive o susto definitivo que afugentou o sono que restava. O que eu vi – eu tenho de explicar.

Usei a metáfora "panela" para explicar o corpo. Agora uso outra: violino. Violino, em si mesmo, não é nada. Ele vale pela música. Stradivarius nas mãos de rabequeiro só produz guincho desafinado. E rabeca, nas mãos do Gramani, faz música tanto de deleite puro quanto de dança. Pois é: durante o dia o corpo, violino, é animado pela música que mora na gente, chamada alma. A alma – isso sobre que os teólogos deitam falação – é feita de música. Há música de todo tipo: marcha fúnebre, moto perpétuo, ária da 4ª corda, quadrilha, serenata de Schubert – e há até quem goste de guincho desafinado. Como acontece com a cobra que sai, ereta, da cesta, pelo encanto da flauta, o corpo se compõe – bonito ou feio – pelo encanto da música que a alma toca. Parafraseando o Evangelho: "... a música se faz carne". Essa é a razão por que há dias em que a gente está bonito e há dias em que a gente está feio – e isso sem mudar de carcaça.

De noite, entretanto, o violinista dorme. A alma viaja para o mundo dos sonhos. As carnes, abandonadas pela música, ficam entregues às forças insensíveis do mundo físico. A gravidade faz o seu trabalho. Puxa as carnes para baixo. Elas escorregam na direção do chão. Os sulcos se aprofundam. O rosto fica mole.

Pois foi isso que eu vi: o meu rosto, abandonado pela música, à mercê das forças do mundo físico. Fiquei horrorizado. Não era eu. Acho que foi numa experiência assim que Escher teve inspiração para o seu desenho *Olho* – em que o olho é pintado com a morte dentro! Foi isso que vi no meu rosto. (Acho que, ante essa confissão, os psicanalistas kleinianos me dirão, triunfantes: "Eu não falei?".)

Corri, rápido, e peguei um livro de poesias do Mario Quintana. Basta que a poesia seja ouvida para que a morte se ponha a correr. Comecei a rir de felicidade. Quando de novo me vi no espelho, olhei fundo dentro dos meus olhos. O que eu vi foi o rosto de um menino.

A seriema

Os médicos dizem que caminhar faz bem para o corpo, colesterol, diabete, pressão alta, prisão de ventre. Quem anda tem mais chances de viver uma vida longa. Sobre isso ninguém tem dúvidas. Mas é preciso que se diga que andar também faz bem à alma. A alma é o cenário onde os pensamentos caminham. Os pensamentos que não caminham ficam doentes, à semelhança do corpo que não caminha.

Quando caminho, eu não caminho. Caminhar, como o nome está dizendo, é percorrer um caminho. Percorre-se um caminho para chegar a algum lugar. Mas, quando eu caminho, eu não quero chegar a lugar algum. Quero simplesmente estar indo. Cada ponto do caminho é um ponto de chegada. Nietzsche se ria dos turistas que subiam montanhas, suando e bufando: o que eles queriam era chegar ao alto da montanha. Cegos pela estupidez, não viam que cada lugar da caminhada estava cheio de beleza. A felicidade não se encontra ao final. Dito pelo Guimarães Rosa: "(...) o real não está na saída nem na chegada: ele se dispõe para a gente é no meio da travessia".

Quando eu caminho, meus pensamentos ficam diferentes. Ficam vagabundos. "Vagabundo", do latim *vagabundus*, andar por aí, sem residência fixa. Pensamento sem destino. Ir "ao sabor". Pensar pela alegria de pensar. (Eu acho que o objetivo da educação é ensinar as crianças e os jovens que pensar não é sofrimento; é coisa alegre.) Pensamentos-*passarim*. É bom voar. Invejo os seres voantes. Especialmente os urubus. Voam sem fazer força. Antes de morrer, quero tirar brevê. Por enquanto, voo pela magia das palavras. Os tapetes mágicos voadores, das estórias de *Mil e uma noites*, são tecidos com pensamentos. Quando meu pensamento fica solto, os objetos se alteram. Fico com um estado alterado de consciência. Isso, sem precisar beber o chá ou cheirar o pó. A poesia é alucinógeno que chegue.

Eu tinha estado triste porque as chuvas me haviam impedido de caminhar. Mas, na véspera, de noite, as estrelas apareceram. Bem cedinho, de manhã, o sol ainda não havia nascido. O ar estava limpo e fresco. A neblina cobria campos e bosques com um ar de mistério. Lembrei-me do poema de Frost:

> *Os bosques são belos, sombrios, fundos.*
> *Mas há muitas milhas a andar*
> *e muitas promessas a guardar*
> *antes de se poder dormir,*
> *sim, antes de se poder dormir.*

Olhei para as árvores e respirei a tranquilidade que saía delas. O salmista, ao descrever o homem que Deus ama, comparou-o a uma árvore: "Pois será como a árvore plantada junto a ribeiros de águas, que na estação certa dá flores e frutos" (Salmo 1). As árvores nos ensinam lições de tranquilidade. Enfrentam as tempestades sem se perturbar. Alberto Caeiro dizia que desejava que aqueles que lessem seus versos pensassem que ele era qualquer coisa natural – por exemplo, uma árvore antiga à sombra da qual as crianças brincavam.

Deixei o bosque e entrei no campo coberto de orvalho. Lá estava o casal de tucanos, no alto de uma árvore desfolhada. Eu os vejo frequentemente, sempre juntos. Nunca imaginei que eu veria tucanos voando livres no céu de Campinas. O certo é que poucos os veem.

Uma tranquilidade absoluta cobre as plantas. Há uma silenciosa felicidade no ar. Nenhuma folha se mexe. Será que ainda estão dormindo? Ou estarão rezando, louvando o sol que aparece vermelho no horizonte?

Mas minha felicidade é interrompida por um gambazinho morto que encontro. Fico triste. Saiu para sua caminhada noturna, protegido pela escuridão, sem saber que algum cão ou algum homem iria interrompê-la. Ou terá sido simplesmente seu coração que, de cansado, parou? Brincando com o que escreveu Guimarães Rosa, a morte não está nem na partida nem na chegada, está é na travessia...

Passo pelo campo de futebol, forrado de grama finíssima, como nunca vi. Seu verde é lindo, sua textura é tenra. Me dá vontade de pastar. Lembro-me do Salmo 23: "O Senhor é meu pastor e nada me faltará. Leva-me a pastagens verdejantes...". Imaginei o campo coberto de ovelhas brancas, pastantes... Mas, naquela manhã, a grama estava branca, coberta pelo orvalho. Parecia a superfície de um lago gelado.

Chego a um lugar onde se fez um santuário: no meio de uma clareira no bosque, um largo gramado, um altar, um sino montado sobre verticais troncos de eucalipto. A visão de sinos me faz sonhar. Sonho que sou ladrão. Ladrão de sinos. O repicar dos sinos sempre me faz sentir saudades.

E assim vou, caminhando pela Fazenda Santa Elisa, do Instituto Agronômico de Campinas (IAC) que já tem mais de 100 anos. A Fazenda Santa Elisa é, para mim, inteira, um santuário onde se adora a natureza. Lugar tão sagrado que houve mesmo um tempo em que eu queria que minhas cinzas fossem colocadas lá, ao pé de uma palmeira imperial gigantesca, no meio de uma mata tropical. Queria que minhas cinzas ficassem num lugar que eu amava.

Vou voltando ao ponto de partida. Tudo é um retorno eterno. Todos os caminhos são circulares.

Passo por um pasto. É capim inútil que logo será cortado. Mas ele não se importa. Suas hastes estão cobertas com gotículas de água que, atravessadas pelos raios do sol, transformam-se em milhares de minúsculos e perfeitos arco-íris.

Ao final, no centro do pasto, uma imagem que me comove sempre. Ela está sempre ali, solitária: uma seriema. Não sei como ela chegou até lá. E nunca a ouvi cantar. O que é muito estranho, porque seriemas gostam de dar gargalhadas estridentes, batidas na bigorna: *IAC, IAC, IAC, IAC, IAC, IAC, IAC...* Talvez ela não tenha razões para rir. Para que dar risadas se não há ninguém que a ouça? Claro, claro, há os humanos, as outras aves, as árvores. Mas as seriemas só dão risadas... para outras seriemas... E ela está sozinha, sempre sozinha. Faço aqui, publicamente, um apelo às autoridades do Instituto Agronômico de Campinas e da Fazenda Santa Elisa: tratem de arranjar um casamento para a seriema. Para que o espaço sagrado da Santa Elisa se encha com a alegria das suas gargalhadas... Quem sabe ela venha até a ser adotada como mascote da Fazenda Santa Elisa, porque as suas risadas de bigorna, os seus *IACs* estridentes, são a sigla do Instituto Agronômico de Campinas. Vai a minha homenagem a vocês todos, que cuidam daquele paraíso de plantas, aves e bichos. Quem anda por lá fica mais feliz – termina a caminhada com a tranquilidade das plantas, a leveza das aves e a alegria dos bichos...

Escrevo o que não sou

Há uma pergunta que, quando feita a um poeta ou escritor, dói mais que picada de escorpião. A mim, pessoalmente, nunca fizeram. Mas fizeram a amigos meus. "Ele é do jeito mesmo como ele escreve?" é uma pergunta nascida do amor: acharam bonitas as coisas que escrevi e agora estão curiosos para saber se me pareço com o que escrevo. Como disse, nunca me fizeram a pergunta, diretamente. Mas eu respondo. "Não, eu não sou igual ao que escrevo." Sou um fingidor.

Quem disse isso, que o poeta é um fingidor, foi Fernando Pessoa:

O poeta é um fingidor.
Finge tão completamente
Que chega a fingir que é dor
A dor que deveras sente.

Fingir é palavra feia. Sugere uma mentira, com o intuito de enganar. No mundo de Fernando Pessoa, ela tem um outro sentido. Fingimento é aquilo que faz o ator no teatro: para representar ele tem de "fingir" sentimentos que não são dele. E finge tão completamente, que sente, realmente, uma dor que não é dele, mas de um personagem fictício, ausente. Assim é o poeta. Como pessoa comum, ele sofre. Essa pessoa sofredora não sabe escrever poemas. Ela só sabe sofrer. Mas nessa pessoa que sofre mora um outro, o poeta, seu duplo, heterônimo. Esse poeta olha para si mesmo, sofredor, e "finge": deixa-se possuir por aquela dor que é dele como se fosse de um outro – "Chega a fingir que é dor / A dor que deveras sente".

Sou um fingidor. O que escrevo é melhor que eu. Finjo ser um outro. O texto é mais bonito que o escritor. Fernando Pessoa se espantava com isso.

Ele tinha clara consciência de que ele era muito pequeno quando comparado com a sua obra. Num dos seus poemas, ele diz o seguinte:

Depois de escrever, leio... Por que escrevi isto? Onde fui buscar isto?
De onde me veio isto? Isto é melhor do que eu...

Vinha-lhe então a suspeita de que aquilo que ele escrevia não era obra dele, mas de um outro:

Seremos nós neste mundo apenas canetas com tinta
com que alguém escreve a valer o que nós aqui traçamos?

Contaram-me que ele, Fernando Pessoa, certa vez, aceitou encontrar-se com Cecília Meireles, e marcaram lugar, data e hora para o dito encontro. Cecília compareceu e esperou. Pessoa não foi e mandou, no seu lugar, um menino com uma desculpa esfarrapada. Esse incidente sempre me intrigou. Será que Pessoa era um grosseiro indelicado? Depois, lendo o *Livro do desassossego*, de Bernardo Soares, encontrei uma curta afirmação que esclareceu tudo: "Nunca pude admirar um poeta que me foi possível ver". Ao marcar o encontro com Cecília, movido por delicadeza ou entusiasmo, ele se esquecera disso. Foi só na hora que se lembrou. Cecília amava os seus poemas. Na ausência, certamente, fizera aquilo que todos fazem: imaginou que o poeta se parecia com os seus poemas. Agora, em algum hotel de Lisboa, ela se preparava para se encontrar com a beleza dos poemas na sua forma viva, verbo feito carne. A decepção seria muito grande. "Nunca pude admirar um poeta que me foi possível ver." Assim, para poupar Cecília da decepção, ele preferiu não aparecer.

Àqueles que fazem essa pergunta a meu respeito, que imaginam que eu possa ser parecido com o que escrevo, aconselho: "Não compareçam ao encontro. Fiquem com o texto".

Não é mentira, não é falsidade: a poesia é sempre assim. A poesia não é uma expressão do *ser* do poeta. A poesia é uma expressão do *não ser* do poeta. O que escrevo não é o que tenho; é o que me falta. Escrevo porque tenho sede e não tenho água. Sou pote. A poesia é água. O pote é um pedaço de *não ser* cercado de argila por todos os lados, menos um. O pote é útil porque ele é um vazio que se pode carregar. Nesse vazio que não mata a sede de ninguém, pode-se colher, na fonte, a água que mata a sede. Poeta é pote. Poesia é água. Pote não se parece com água. Poeta não se parece com poesia. O pote contém a água. No corpo do poeta estão as nascentes da poesia.

Escher, o desenhista mágico holandês, tem um desenho chamado *Poça de água*: numa estrada encharcada pela chuva, um caminhão deixou as marcas dos seus pneus, onde a água barrenta se empoçou. Coisas feias e sujas, as marcas dos pneus de um caminhão, cheias de água barrenta: nenhum turista seria tolo de fotografar uma delas, quando há tantas coisas coloridas para serem fotografadas. Pois Escher desenhou uma delas. E o que ele viu é motivo de espanto: na superfície de lama suja, refletidas, as copas dos pinheiros contra o céu azul.

Pensei que o poeta é isso: poça de lama onde se reflete algo que ela mesma não contém. A copa dos pinheiros contra o céu azul não está dentro da lama, não é parte do *ser* da poça de lama. Apenas reflexo: mora no seu *não ser*.

Pensei que assim é o poeta: poça de lama onde o céu se reflete.

Nietzsche, escrevendo sobre a poesia de Ésquilo, diz que ela "é apenas um imagem luminosa de nuvens e céu refletida no lago negro da tristeza". E Fernando Pessoa, no poema daquele verso que todo mundo canta – *Valeu a pena? Tudo vale a pena / se a alma não é pequena* –, diz o seguinte: *Deus ao mar o perigo e o abismo deu, mas nele é que espelhou o céu.* É essa contradição: o céu se fazendo visível, refletido, na poça de lama, no lago negro da tristeza, no perigo e no abismo do mar.

Não. Não escrevo o que sou. Escrevo o que não sou. Sou pedra. Escrevo pássaro. Sou tristeza. Escrevo alegria. A poesia é sempre o reverso das coisas. Não se trata de mentira. É que nós somos corpos dilacerados – "oh! pedaço arrancado de mim!". O corpo é o lugar onde moram as coisas amadas que nos foram tomadas, presença de ausências, daí a saudade, que é quando o corpo não está onde está... O poeta escreve para invocar essa coisa ausente. Toda poesia é um ato de feitiçaria cujo objetivo é tornar presente e real aquilo que está ausente e não tem realidade.

Enquanto pensava sobre esta crônica, ouvi, por acaso, aquela balada que diz: "Like a bridge over troubled waters" – "como uma ponte sobre águas revoltas...". Letra e música sempre me comoveram. Na liturgia do casamento do meu filho Sérgio com a Carla, liturgia que preparei, pedi ao Décio, cirurgião pianista, que tocasse essa canção: pois isso é o máximo que alguém pode ser para a pessoa amada: ponte sobre águas revoltas. Pensei, então, que eu sou "águas revoltas" (onde eu mesmo quase me afogo). O que escrevo é uma ponte de palavras que tento construir para atravessar o rio.

Assim, considero respondida a pergunta: não sou igual ao que escrevo. Guardem o conselho de Fernando Pessoa. É mais seguro não comparecer ao encontro.

Sopa de fubá, pão e vinho

A alma é um artista. Fotógrafa. Interessante é o jeito como ele procede. Os olhos vão deslizando pelas coisas, indiferentemente. De vez em quando, entretanto, algo estranho acontece: uma coisa à toa, indiferente a qualquer outro espectador, faz o corpo estremecer, alegria súbita, sem razão, nostalgia profunda, sem causa. Do jeito mesmo como disse o poeta Browning: "A gente vai andando solidamente pela rua e, de repente, um pôr do sol – e estamos perdidos de novo". Quando isso acontece, uma foto é automaticamente batida, foto que a alma vai guardar, para sempre, nos subterrâneos da memória. "O que a memória ama fica eterno." A alma é uma caixa de fotografias velhas.

Um dos livros mais lindos que já li, *A história sem fim*, de Michael Ende (grande tristeza – ele já morreu), descreve esse evento no capítulo "A mina das imagens". Bastian Balthasar Bux, o menino-herói da estória, havia se perdido entre os fascínios do mundo da Fantasia. Agora ele precisava encontrar o caminho que leva à "Fonte das águas da vida". Andando sem rumo, ele chega a um lugar estranho: era uma planície coberta de neve, na qual se encontrava uma mina onde trabalhava Yor, o mineiro cego.

Era a "mina das imagens". Nessa mina se encontravam milhares de imagens, todas elas dentro de delicadas placas de mica.

"Essas imagens nas placas de mica são os sonhos esquecidos do mundo do homens", explicou Yor, o mineiro cego.

"Depois de ter sido sonhado, um sonho não pode desaparecer. Mas quando o homem que o sonhou o esqueceu, para onde vai? Vem para cá, para junto de nós, em Fantasia, e fica enterrado nas profundezas da terra. É ali que estão os sonhos esquecidos, em camadas muito finas dispostas umas sobre as outras. Quanto mais fundo se cava, mais espessas são essas camadas. Todo reino de Fantasia assenta-se sobre alicerces de sonhos esquecidos."

"Os meus sonhos também estão lá?", perguntou Bastian, com os olhos muito abertos.

Yor acenou afirmativamente.

"E quer dizer que eu tenho de encontrá-los?", perguntou Bastian.

"Pelo menos um. Um chega", respondeu Yor.

E assim aconteceu. Bastian passou muito tempo cavando, procurando nas placas de mica o sonho que o levaria à "Fonte das águas da vida". Mas nenhuma lhe dizia nada. Até que um dia, ao examinar uma placa nova, ele sentiu algo que fazia tempo não sentia. A imagem era de um homem, de pé, com uma calma expressão no rosto; ele estava congelado dentro de um bloco límpido com cristal.

"Enquanto contemplava a imagem, Bastian sentiu muita saudade daquele homem que não conhecia. Era um sentimento que vinha de muito longe, como uma onda do mar que ao longe parece inofensiva, mas que, à medida que vai se aproximando, transforma-se numa parede de água da altura de uma casa, que arrasta tudo consigo. Bastian quase se afogou nessa onda de saudade..."

Assim é a alma, mina profunda e escura, onde se encontram, adormecidos e esquecidos, os nossos sonhos, as cenas que o amor tornou eternas.

As cenas do homem na escuridão do esquecimento. Acontece, entretanto, que em cada cena mora uma melodia. E, vez por outra, sem nenhuma razão aparente, a gente começa a ouvir a música – ("e a melodia que não havia / se bem me lembro / faz-me chorar...") –, afogamo-nos na onda de saudade, igual àquela em que se afogou Bastian.

Tomo nas mãos as placas de mica com as cenas do nascimento de Jesus. Não usarei a palavra "Natal". Em tempos passados, a palavra "Natal" evocava um homem e uma mulher pobres, numa estrebaria, partilhando do espaço das vacas, dos burros, das cabras. Numa manjedoura, um menininho deitado. Havia também o silêncio dos céus estrelados, os pastores, suas flautas e suas ovelhas. E uns sábios que liam os astros para deles aprender a sabedoria. E o que os astros lhes disseram foi que a sabedoria se encontra num nenezinho. Isso era o que eu via quando eu ouvia a palavra "Natal". Mas agora a folha de mica está coberta de adesivos que os homens foram colando nela: a cena original perturbava demais a sua vida.

As cenas do nascimento de Jesus. Acontece comigo o que aconteceu com Bastian. Elas me comovem: uma imensa nostalgia. Saudade de uma alegria simples. Alegria pobre. A cena do presépio me diz que a alegria se faz com pouca coisa. Lembro-me do minipoema da Adélia: "Minha mãe cozinhava precisamente: feijão-roxinho, batatinha e tomate. Mas cantava". O poético está neste "mas". Cozinhava precisamente feijão-roxinho, batatinha e tomate. Deveria se lamentar. Era o lógico. Deveria roer-se de inveja, pensando nos banquetes dos ricos. Mas não. Sua alma estava contente com o mínimo humilde. Por isso cantava. A alegria transformava o feijão-roxinho e a batatinha em festa de Babette.

Nessa próxima celebração do nascimento de Jesus, eu e alguns amigos desejamos reviver a cena. Queremos contemplar as placas de mica, para sentir a tranquilidade que a envolve. Celebraremos um ritual mágico, para tornar presente de novo o que foi esquecido.

Que teriam José e Maria comido naquela noite? Com certeza leite – estavam num estábulo – algum pão velho, trazido na caminhada, frutas secas, quem é pobre não pode comer frutas frescas, importadas, azeite, vinho, azeitonas. Vamos fazer uma ceia parecida. Terá de ser pobre e alegre. Brasileira, rural. Nossa ceia constará de sopa de fubá, pão, queijo minas, vinho, azeite, frutas. E vamos ver de novo as cenas do nascimento do menino Jesus, tal como foram pintadas pelos olhos dos artistas através dos séculos. Leremos, também, a história do menino Jesus, que fugiu do céu, escorregando por um raio de sol, para viver na terra, como uma criança comum, que o Alberto Caeiro conta num poema. Ouviremos as músicas antigas – hão de ser antigas, pois o presépio é uma celebração de saudades: o fato é que "parece que nos recordamos e quereríamos voltar para lá, para esse lugar onde as coisas são sempre assim, banhadas por uma luz antiquíssima e ao mesmo tempo acabada de nascer" (Octavio Paz).

O que Bastian Balthasar Bux viu dentro da placa de mica revelou o seu destino. O que vemos nas cenas do presépio nos revelam o nosso destino. A humanidade toda tem um destino de paz e simplicidade.

Tranquilize-se

Então você está com medo porque acha que a sua vida está prestes a desmoronar: paredes que você considerava firmes estão fora de prumo, há sinais de rachaduras no reboco, as lâmpadas no teto balançam sugerindo terremotos que se aproximam, pensa até em mudar para outras paragens, ninguém segura terremoto, você escora as paredes, mas não põe muita fé no que está fazendo, escora outras, mas você é fraco demais para tanta confusão, parece que tudo é inútil, as coisas não se encaixam, sua alma se agita, há muito que você não conhece a felicidade de uma noite de sono feliz, cada manhã é uma angústia, seu corpo está perturbado, faz coisas que não deveria fazer, fere pessoas por onde passa, justamente as pessoas que você ama e que são a razão de ser da sua vida. É triste isto: que frequentemente sejam as pessoas amadas as que vão receber o veneno que se ajuntou em nós. Aí, ao sentimento de catástrofe junta-se o sentimento de culpa, como se você fosse a causa de tudo o que existe de errado.

Quando isso ocorre, a gente começa a sentir raiva e dó da gente mesmo. Essa combinação de sentimentos é letal. Uma vez vi uma maria-fedida chupando os sucos de uma lagarta: enfiou dentro dela uma pequena tromba e foi chupando, chupando, do mesmo jeito que se chupa iogurte com canudinho. A lagarta foi esvaziando até ficar como um saco de pele vazio. Cuidado! Os sentimentos de autopiedade podem fazer com você o que a maria-fedida fez com a lagarta: eles nos exaurem de nossas energias.

Aconselho-o a tomar um banho frio. Banho quente não. Dá moleza. Fuja de quem tem dó de você e deseja consolá-lo. Prefira a voz dura do bruxo D. Juan. O aprendiz de feitiçaria Carlos Castanheda começou com uma conversa choramingas e logo recebeu do feiticeiro um golpe: "Sua cabeça é um saco de lixo. Você precisa ouvir a sabedoria da morte. A morte é a única conselheira sábia que temos. Sempre que você sentir, como você sente sempre, que tudo está errado e que você está prestes a ser aniquilado, volte-se para a sua morte e pergunte-lhe se é assim mesmo. Sua morte lhe dirá que você está errado. Nada realmente importa, fora do seu toque. Sua morte lhe dirá: 'Eu ainda não o toquei'".

A morte ainda não o tocou. Portanto, seus motivos de queixa não têm importância. Mais cedo ou mais tarde seus problemas vão se resolver, de um jeito ou de outro.

Há dois tipos de problemas.

Primeiro, os problemas reais: uma cólica renal, uma goteira, uma conta para pagar, uma perna quebrada, um pneu furado, os pratos do jantar para lavar, um amor que não deu certo, uma pessoa querida que morreu.

Esses problemas se resolvem de duas formas. Os pratos a gente lava, o pneu a gente troca, a perna quebrada se encana. Problemas que devem ser resolvidos sem reclamação e sem muito falatório, pois reclamações e falatórios, além de nada contribuírem para a solução dessas contrariedades, só servem para produzir irritação. Os faladores são especialistas nisso.

Outros não têm solução. O amor que não deu certo, a pessoa querida que morreu: só resta chorar. E o importante é enxotar os consoladores, que são a praga-mor daqueles que estão sofrendo. Os consoladores acham sempre que suas tolas palavras são capazes de encher o vazio do sofrimento.

Problemas, sofrimentos, frustrações são partes da vida. Não é possível evitá-los. Mas é possível sofrê-los com sabedoria.

Por isso cuide de seu corpo e de sua alma. Frequentemente as pessoas me perguntam: "Tudo bem?". Eu respondo: "Nem para Deus, todo-poderoso, as coisas vão bem. As coisas não vão bem, mas eu vou bem". É como no avião: lá fora está uma terrível tempestade, nuvens pretas, não se vê nada, os raios iluminam o escuro, o avião pula como um cavalo bravo. E eu, já que não posso mesmo fazer coisa alguma, vou tomando o meu uisquinho. O medo é enorme. Mas entre medo sem uísque e medo com uísque, prefiro a segunda alternativa. Na vida é assim: tudo vai mal, mas é preciso que o corpo e a alma sejam um centro de tranquilidade.

Mas essa tranquilidade não acontece por acaso. Ela é o resultado de disciplina.

Sugiro que o primeiro ato do seu dia seja um ato de defesa. Há uma série de encheções à sua espera: listas de coisas para fazer, compras, providências práticas, crianças a serem levadas à escola. Claro, você não poderá fugir dessas responsabilidades. Mas não deixe que sejam elas as primeiras a entrar em seu corpo. Lide com elas com a sobriedade zen. Caso contrário, elas tomarão conta do seu corpo e da sua alma e se transformarão numa legião de demônios a atormentá-lo através do dia.

Tire 15 minutos da manhã, antes de fazer qualquer coisa. Não é muito tempo. E você merece. Ponha uma música para tocar. Há tanta coisa bonita. O canto gregoriano, as sonatas de Scarlatti, as sonatas para violino e piano de Bach, os concertos de Vivaldi, os concertos de Mozart, as mazurcas de Chopin (pura brincadeira), as *Cenas infantis* ou as *Cenas de floresta* de Schumann. Esses são gostos meus. Você terá os gostos seus. O importante é que, no início da manhã, a música seja cheia de paz.

Enquanto você ouve música, leia. Estou me deleitando com a leitura do livro de Eclesiastes, e estou mesmo me atrevendo a uma tradução poética minha: "Neblinas, neblinas, tudo são neblinas", diz o poeta. "O homem, por mais que trabalhe, poderá por acaso produzir algo sólido, que não seja neblina? Uma geração passa, outra geração lhe sucede – como a neblina; somente a terra permanece..."

Esse sentimento de que tudo é espuma e areia tem um efeito tranquilizador. Tudo é neblina, tudo é espuma. Pense na praia, ao final do dia, arrasada pela praga dos humanos que a violentam de todas as formas possíveis. Vem a noite. A solidão. Sobe a maré. Pela manhã a praia é uma pele lisa, jovem, sem nenhuma cicatriz. Toda a loucura humana foi esquecida. Pois assim mesmo é a vida: tudo será esquecido – de sorte que não vale a pena nos afligirmos.

E reze o poema de Ricardo Reis, resumo da minha filosofia de vida:

Mestre, são plácidas todas as horas que nós perdemos, se no perdê-las, qual numa jarra, nós pomos flores. Não há tristezas nem alegrias na nossa vida. Assim saibamos, sábios incautos, não a viver, mas decorrê-la, tranquilos, plácidos, tendo as crianças por nossas mestras, e os olhos cheios de natureza. À beira-rio, à beira-estrada, conforme calha, sempre no mesmo leve descanso de estar vivendo. O tempo passa. Não nos diz nada. Envelhecemos. Saibamos, quase maliciosos, sentir-nos ir. Não vale a pena fazer um gesto. Não se resiste ao deus atroz que os próprios filhos devora sempre. Colhamos flores. Molhemos leves as nossas mãos nos rios calmos, para aprendermos calma também. Girassóis sempre fitando o sol, da vida iremos tranquilos, tendo nem o remorso de ter vivido.

Igual ao sábio das Escrituras é a Cecília Meireles: se a morte ainda não o tocou, trate de aprender a viver com sabedoria. A sabedoria não é garantia de felicidade. A vida não oferece garantias de felicidade para ninguém. Como disse Guimarães Rosa, "felicidade só em raros momentos de distração". Mas a sabedoria nos livra dos sofrimentos provocados pela nossa própria loucura. Quem é sábio sofre pelas razões justas e, por isso mesmo, sofre com tranquilidade. A sabedoria nos traz paz de espírito. Que é aquilo que mais o coração deseja. Paz de espírito é como um campo batido pelo vento, como um riacho de águas limpas, como uma borboleta pousada sobre uma flor.

A cabeça é um útero terrível. Dela tanto podem sair flores e borboletas quanto charcos e escorpiões. De vez em quando ela é invadida pelos demônios das catástrofes e dos horrores – e aí não existe corpo que aguente. Os tais demônios são produtores de filmes, que ficam sendo exibidos em sessão contínua em nossa cabeça.

O que quero é fome

Conheço muitos testes de inteligência. Não conheço nenhum teste de sabedoria. É importante saber a diferença entre essas duas, inteligência e sabedoria, frequentemente confundidas. A inteligência é a nossa capacidade de conhecer e manipular o mundo. Ela tem a ver com o poder. A sabedoria é a graça de saborear o mundo. Ela tem a ver com a felicidade. As escolas se dedicam a desenvolver e avaliar a inteligência. Para isso desenvolveram testes. Os testes avaliam a inteligência dos alunos por meio de números. Mas elas nada sabem sobre a sabedoria, e nem elaboram testes para avaliá-la. Nas escolas e universidades, muitos tolos são aprovados *cum laude*. A inteligência é muito importante. Ela nos dá os *meios para viver*. Mas somente a sabedoria é capaz de nos dar *razões para viver*. Muitas pessoas se suicidam porque, tendo todos os *meios para viver*, não tinham as *razões para viver*.

Proponho-lhe um teste de sabedoria. Ele é muito simples. O seu aniversário está chegando. Você já não é mais jovem. O espelho lhe revela coisas que você não gostaria de saber. Diante da sua imagem no espelho existe sempre o perigo de que uma magia perversa aconteça, e você seja repentinamente transformado em bruxa ou ogro – tal como aconteceu com a madrasta da Branca de Neve. Em desespero, você invoca os deuses. Eles vêm em seu socorro e lhe dizem que atenderão a um desejo seu, a um único desejo. Que súplica você lhes faria?

Digo-lhe que essa seria a hora da pureza de coração, quando todos os supérfluos têm de ser deixados de lado. "Pureza de coração" – assim disse Kierkegaard, meu querido filósofo solitário, companheiro já morto; por vezes os mortos são companhia melhor que os vivos, porque falam menos e ouvem mais –; pureza de coração, ele disse, "é desejar uma só coisa". Digo que isso é sabedoria, mas pode parecer mais coisa de neurótico obsessivo, ficar querendo uma coisa só, o tempo todo. Você entenderá o que digo se você prestar atenção no voo dos pássaros. E, para ajudá-lo nesse dever de casa, transcrevo o que Camus pensou, ao observá-los. "Se durante o dia o voo dos pássaros parece sempre sem destino, à noite, dir-se-ia reencontrar sempre uma finalidade. Voam para alguma coisa. Assim talvez, na noite da vida..." O texto termina assim, com essas reticências que, segundo Mario Quintana, são o caminho que o pensamento deve continuar a seguir. Assim é o coração. Há momentos na vida em que ele é como o voo dos pássaros durante o dia: oscila em todas as direções, sem saber direito o que quer, ao sabor das dez mil coisas que o fascinam, tão desejáveis, cada uma delas uma taça de prazer. Chega um momento, entretanto, em que é preciso escolher uma direção – é preciso descobrir aquela palavra, aquela única palavra que dá nome ao nosso sofrimento, que nomeia a nossa nostalgia, para que saibamos para onde ir.

A Adélia Prado passou por esse teste. Disse ela no seu poema "O tempo":

(...) Descobri que a seu tempo vão me chorar e esquecer. Vinte anos mais vinte é o que tenho. Nesse exato momento do dia vinte de julho de mil novecentos e setenta e seis, o céu é bruma, está frio, estou feia, acabo de receber um beijo pelo correio. Quarenta anos! *Não quero faca nem queijo. Quero a fome.*

A Adélia passou pelo teste. Ela sabia que seria inútil pedir um vestido novo ou uma operação plástica. Não existe nada que satisfaça o coração. As pessoas não acreditam. Pensam que existe algo que, se elas tiverem, as fará felizes. A felicidade se encontra depois de arranjar um emprego, depois de casar, depois de ter um filho, depois de comprar a casa, depois de comprar o carro, depois de ir aos *States*, depois de comprar outra casa, depois de comprar outro carro, depois de viajar à Europa. E assim a coisa vai, sem fim. Sempre depois, elas se sentirão felizes. Mas como a felicidade nunca chega, elas passam a vida inteira sendo levadas pela loucura das dez mil coisas. É sempre a mesma coisa: basta tocar o objeto desejado para compreender que não é bem assim. Disse o Álvaro de Campos:

Dá-me lírios, lírios, e rosas também. Dá-me rosas, rosas, e lírios também. Crisântemos, dálias, violetas, e os girassóis acima de todas as flores. Dá-me às mancheias, por cima da alma, dá-me rosas, rosas, e lírios também. Mas por mais rosas e lírios que me dês, eu nunca acharei que a vida é bastante. Faltar-me-á sempre qualquer coisa, sobrar-me-á sempre o que desejar.

Ela passou no teste. Fez a súplica sábia. Há um ditado que diz que a melhor comida é angu com fome. Que adianta o bufê servido com dez mil pratos se o corpo não deseja nenhum? Mas se existe a fome, feijão com arroz é uma alegria. Bem-aventurados os que têm fome...

Não parece – mas o que a Adélia fez foi uma oração. Ela rezou. Os poetas rezam sempre. Rezam sempre porque a poesia é coisa que se escreve diante do vazio, mínima refeição de palavras para matar uma fome que não pode ser matada. Os poetas sabem que é inútil que se comprem todas as coisas. Diferentemente daqueles que rezam para que Deus lhes encha a barriga, eles rezam para que nunca deixem de ter fome. Porque, se deixarem de ter fome, eles deixarão de ser poetas. Nada mais triste que um corpo sem desejo. Disso sabem muito bem os amantes. Vejam essa terrível oração de T.S. Eliot: "Salva-me, ó Deus, da dor do amor não satisfeito, e da dor muito maior do amor satisfeito".

O quarto dos horrores

Os chamados "contos de fadas", normalmente tidos como estórias para crianças, em suas versões originais contêm cenas de tal horror e violência que o leitor recua, horrorizado.

Na estória da Branca de Neve, a madrasta-mãe, transformada em bruxa pela inveja, ordena a um caçador que mate a menina e lhe traga seu coração e seu fígado. O caçador, mais bondoso que a mãe, deixa a menina viva e mata, no seu lugar, um javali, do qual extrai o fígado e o coração. A madrasta, recebendo aquilo que acreditava ser as partes vitais do corpo da menina cuja beleza invejava, faz com eles um guisado e come – uma refeição canibalística cujo objetivo era fazer com que a devoradora ganhasse a beleza da devorada.

Na estória da Cinderela, não havia Fada Madrinha. A mãe-morta se incorporou numa árvore (árvores, de fato, são maternais: acolhedoras, oferecem sombra, e ouvem sem falar). Era para essa árvore, onde se aninhavam pássaros, que a menina contava suas dores, e regava suas raízes com suas lágrimas. Ao final da estória, quando a Borralheira vai se casar com o príncipe, madrasta e filhas seguem o séquito, fingidas. Quando subiam as escadarias da catedral, vêm os pássaros e lhes furam o olho direito. Na saída, no mesmo lugar, vêm os pássaros e lhes furam o olho esquerdo.

Na estória da Chapeuzinho Vermelho, o Lobo não só mata a avó como a esquarteja, colocando suas partes anatômicas sobre a mesa, com as taças cheias de sangue. Chegada Chapeuzinho Vermelho, o Lobo, da cama, lhe diz para primeiro se alimentar – a ceia estava servida. E ela o faz; devora canibalisticamente a avó, antes de se deitar com o Lobo.

João e Maria ouvem, durante a noite, conversa dos seus pais que planejavam livrar-se deles. Para isso elaboraram um plano sinistro: as crianças seriam abandonadas na floresta, para que fossem devoradas pelas feras.

Há uma estória, entretanto, que hoje poucos conhecem. Barba Azul. Vi, faz dias, num aeroporto, uma senhora disfarçada de pitangueira – cabelos totalmente verdes. Para uma pitangueira só faltavam dois brincos vermelhos nas orelhas. Ela se julgava disfarçada de árvore, mas eu bem percebi a tentativa humana, sob a folhagem. Imaginem, agora, um homem com barba azul – natural – não pintada. Coisa linda! As mulheres caíam por ele. Que belas metáforas suas barbas sugeririam. Beijá-lo seria como afogar-se nas águas azuis de um mar tranquilo.

Além disso, Barba Azul era rico. Morava num castelo que tinha cem quartos. O que não estava bem explicado eram seus múltiplos casamentos e suas esposas desaparecidas, caso semelhante ao sultão das *Mil e uma noites*.

Uma jovem se apaixonou por Barba Azul e se casou com ele. A festa foi linda. A vida, uma felicidade. Chegou, entretanto, um dia quando Barba Azul precisou viajar. Ao se despedir, ele tirou da cintura um molho de cem chaves.

"Eis as chaves do meu castelo", ele disse para sua adorada esposa. "Você pode entrar em todos os quartos – menos um, o centésimo, o mais distante. Nesse quarto, não entre, pois será terrível se você fizer isso." E partiu.

A esposa se pôs alegremente a visitar todos os quartos, todos maravilhosos, mais que suficientes para a sua felicidade. Mas, visitado o quarto de número 99, ficou ela com a chave proibida na mão.

É natural que se pense: "Se era proibida a entrada, Barba Azul não deveria ter deixado a chave...". Note que essa estória é uma variação sobre o mito da queda: Deus enche o jardim de árvores maravilhosas e diz: "Daquela árvore não comereis, porque no dia em que dela comerdes certamente morrereis". Se a árvore não era para ser comida, por que a plantou? Se o quarto não podia ser aberto, por que deixou a chave? Quem faz essas perguntas ainda não entrou no mundo do faz de conta, pensa que se trata de "história". Mas as "estórias" acontecem na alma, e na alma não há formas de se guardarem as chaves.

Ela abriu o quarto. E o que ela viu a horrorizou. Corpos mortos. Sangue. O susto foi tão grande que ela deixou a chave cair no chão. A chave ficou suja de sangue. Tentou limpar a mancha. Inutilmente. A mancha resistiu a todos os sabões e lixas.

Volta o marido. Pede as chaves. Vê a chave manchada. Ela deveria se juntar às outras antigas esposas, mortas.

A estória, em sua versão original, deve ter terminado aqui. Mas algum redator posterior escreveu um fim idiota no qual os irmãos da curiosa a salvam. Com o final feliz perde-se a sabedoria da estória. É sempre assim. Os finais felizes sempre fazem parar o pensamento.

O castelo de cem quartos é metáfora do corpo humano. Noventa e nove quartos abertos à visitação do público. Ali, com os visitantes estranhos, tudo são sorrisos e conversa cordial. Mas o último quarto é o quarto que odiamos; ali mora nossa parte monstruosa. Gostaríamos de nunca visitá-lo. Gostaríamos de perder a sua chave. Na verdade – isso a estória não teve jeito de contar –, o dono da casa não possui a sua chave. Nós não podemos, mesmo querendo, abrir o nosso quarto de horrores. Não queremos ver o que está lá dentro: nós mesmos – *O retrato de Dorian Gray* –, nossa face deformada, horrenda, monstruosa. Você já teve um ataque de ódio e fúria? Já se viu assim no espelho?

O trágico é que, se nós mesmos não podemos abrir o nosso quarto dos horrores, é a pessoa amada, a mais íntima, que possui a chave. E nem é preciso que ela lhe seja dada. E nem é preciso que seja roubada. A chave aparece, miraculosamente, na sua mão.

Os inimigos podem atacar a casa. A batalha com eles me torna mais bonito. Quanto mais luto, mais feliz com a minha imagem. O que me torna horrendo é a visão daquela imagem que mora naquele quarto, e que somente a pessoa mais íntima tem o poder de soltar.

A chave não pode ser limpa: a imagem, depois de vista, não pode ser esquecida. No momento em que ela entrou no quarto, ela assassinou o seu amado Barba Azul. Aos seus olhos, ele se transformou em outro – aquele que ele mesmo odiava.

No momento em que Barba Azul viu a chave manchada, ele compreendeu que ela já vira o seu lado horrendo. Olhando nos olhos dela, espelho, ele se viu da forma como se detestava ver. Dali para frente sempre que olhasse nos olhos dela ele se veria horrendo.

E a odiaria por aquilo. A estória termina com a morte. Não a morte física, seja da esposa, seja do marido. O trágico da estória é a morte do amor: o amor não sobrevive depois que a pessoa amada abre o quarto dos horrores.

O fim da banda

Às vezes eu tenho saudades da ditadura. Meu amigo, que me ouvia, se horrorizou. Aí eu expliquei: "É que no tempo da ditadura a gente tinha uma explicação para as desgraças do país: a gente está do jeito como está porque tiraram a liberdade da gente: os milicos, bode expiatório. Quando existe um bode expiatório, todo mundo fica de acordo, unido contra ele. A gente sonhava: no dia em a que liberdade voltar tudo vai ficar diferente".

No tempo da ditadura eu era bonito. No tempo da ditadura o povo era bonito. Ainda choro ouvindo o Chico cantar: "Hoje você é quem manda, falou tá falado, não tem discussão". Mas aí vinha o refrão: "Apesar de você, amanhã há de ser outro dia (...) Como vai proibir quando o galo insistir em cantar / Água nova brotando e a gente se amando sem parar (...)". E pra terminar ele dizia que "esse dia há de vir antes do que você pensa".

O dia chegou. Mas o galo não cantou, o jardim não floresceu, a gente não se amou, a noite continuou, sem anúncios de madrugada.

Quem fez a festa foram os urubus.

Tem um texto do Evangelho que diz que Jesus, olhando as multidões, "compadeceu-se delas porque elas andavam desgarradas e errantes como ovelhas que não têm pastor". Pensei em nossa gente. Povo é ovelha. Ovelha não é cabrito montês. Cabrito montês tem ideias próprias, vive sozinho, no alto das montanhas, anda na beirada dos precipícios, sobe sobre as rochas: coitado do pastor que tentar mantê-los sob controle. Já as ovelhas não têm ideias próprias, seguem o rebanho, que vai andando seguindo a voz ou a flauta do pastor. Sem voz de pastor e sem flauta, elas ficam perdidas: vem o lobo e as dispersa, mata e come. Assim estamos nós: há lobos por todos os lados. Há os lobos gordos, de pele lustrosa, fantasiados de ovelhas: eles andam pelos corredores dos palácios e gozam de imunidades parlamentares.

Há os lobos que só se movimentam no escuro, ninguém sabe o nome deles até que alguém os pilhe fazendo o que sempre fazem, comendo a gordura das ovelhas às escondidas. Eles roubam de um jeito que eu nem entendo, roubos com nomes esquisitos que eu nunca pensei que houvesse. Há os outros lobos que mais se parecem com cães vadios ou hienas, dentes arreganhados, à espreita, na tocaia, esperando a hora de atacar. Nossas cidades se transformaram em lugares de medo.

Tem um conceito em sociologia que é importante: os "outros significantes". Outro é qualquer pessoa que não seja a gente. A gente está cercada de uma multidão de outros. Para a maioria dos outros, a gente não dá a menor bola. Esses grupos de outros para os quais a gente não dá a menor bola não têm nome sociológico. Eu vou criá-lo. São os "outros insignificantes". É como se eles não existissem. Ninguém quer pertencer ao grupo dos "outros insignificantes". Já os "outros significantes" são aqueles que importam, aqueles que levamos em consideração ao tomar atitudes. Precisamos deles. Temos medo deles.

Quais são os "outros significantes" do presidente? Eu tenho a impressão de que os "outros significantes" do presidente não são o povo. Não é culpa dele não, coitado. A combinação *narcisismo + poder* é fatal para qualquer pessoa. Se eu estivesse na posição dele, não posso garantir que não estivesse sofrendo da mesma doença que, no momento, o aflige. É doença mais mortal que Aids e não existe a menor esperança de que se descubra vacina para ela.

O poder da Evita se deveu ao fato de que ela conseguiu fazer o povo acreditar que eles, os pobres, os operários, os miseráveis, o povão, eram os "outros significantes" dela. Por isso o povo a amou. Mas, se o presidente disser isso, ninguém vai acreditar nele. Os "outros significantes" do presidente são as pessoas que têm poder, do tipo do senador Antônio Carlos Magalhães. Razão por que o povo deixou de amar o presidente.

Na verdade, acho que não existe povo no Brasil. Somos um bando de bois e vacas infestados por bernes gordos que não saem de nossas costas.

Santo Agostinho disse que "povo é um conjunto de pessoas racionais unidas pelo mesmo sonho". O Geraldo Vandré disse a mesma coisa, com poesia diferente: "Caminhando e cantando e seguindo a canção". É isso: há de haver uma canção que todos cantam e que indica o caminho. O Chico, nos anos de ditadura, esperto como ele só, falou de um jeito que os milicos não entenderam (milicos e cientistas são duros de entender metáfora. Sobre os milicos eu já sabia. Sobre os cientistas aprendi na última reunião da SBPC). Falou de uma *banda*. "Estava à toa na vida, o meu amor me chamou pra ver a banda passar cantando coisas de amor." Aí ele desanda a falar do faroleiro que contava vantagem, da namorada que contava as estrelas, do homem rico que contava o dinheiro, da moça feia debruçada na janela, cada um com o seu sonho pequeno. Mas foi só a *banda* tocar para que cada um deles se esquecesse dos sonhos pequenos por amor ao sonho grande. Começaram a seguir a *banda*: viraram *povo*. Um povo nasce quando as pessoas trocam seus sonhos pequenos (individuais) por um sonho grande (comum).

Um líder político é aquele que ajuda um povo a nascer. Mas um povo só nasce quando os indivíduos são seduzidos por um sonho de beleza. A beleza do sonho é a comida que mantém a vida do povo.

Que sonho temos? Moeda estável, sem inflação? Mas isso não é sonho que chegue para formar um povo. É verdade que inflação é barco furado. Com barco furado não se navega. Verdade é também que moeda estável é barco sem furo. Mas barco sem furo não basta pra navegar. Pra navegar é preciso sonhar com um porto. Esse porto, na linguagem da política, tem o nome de *utopia*. Vão me dizer que *utopias* são inatingíveis. Concordo e retruco com Mario Quintana:

> *Se as coisas são inatingíveis... ora!*
> *Não é motivo para não querê-las...*
> *Que tristes seriam os caminhos, se não fora*
> *A mágica presença das estrelas!*

A mágica presença das estrelas! É isso que os políticos nos roubaram. Os povos estão sempre dispostos a passar pelas mais duras provações, desde que essas mesmas provações tenham um sentido: as dores de parto são bem-vindas pelo filho que vai nascer. O presidente se esqueceu do povo. O povo não é o seu "outros significantes". Por isso ele não gasta tempo para fazer o povo sonhar. Estamos "desgarrados e errantes como ovelhas que não têm pastor...".

O tempo da ditadura era noite. Mas no céu havia estrelas. Eu sonhava. Veio o dia. Mas a noite continuou. Céu sem estrelas. Já não sonhamos. Resta-nos a dura vida sem sonhos. É hora de cantar o último verso de *A banda:*

"Mas para meu desencanto / o que era doce acabou / tudo tomou seu lugar / depois que a banda passou...".

Maria-fumaça

Faz algum tempo, encontrei um homem que me entende. É o Manoel de Barros. Ele diz coisas como: "Represente que o homem é um poço escuro. Aqui de cima não se vê nada. Mas quando se chega ao fundo do poço já se pode ver o nada. Perder o nada é um empobrecimento". Ou: "Prefiro as máquinas que servem para não funcionar: quando cheias de areia, de formiga e musgo – elas podem um dia milagrar de flores. Todas as coisas apropriadas ao abandono me religam a Deus". Ou: "O que eu queria era fazer brinquedos com palavras. Fazer coisas desúteis". Palavra maravilhosa essa. Salvou-me da que eu usava, por não ter outra: inútil. Desútil pinta muito mais. E ele disse curto o meu sofrimento diante das palavras:

A ciência pode classificar e nomear os órgãos de um sabiá
mas não pode medir seus encantos. A ciência não pode calcular quantos
cavalos de força existem
nos encantos de um sabiá.
Quem acumula muita informação perde o condão de adivinhar: divinare.
Os sabiás divinam.

E os sábios também.

Meditei sobre o aleijão dos psicólogos que acham que só é real o que pode ser medido. Na universidade, em tese científica há de haver medição e estatística. Já imaginaram uma tese sobre a saudade? Rejeitarão o candidato com a afirmação: "Não pode ser medido. Não existe". A maldição: serão obrigados a fazer de conta que não sentem saudade quando o sol se põe... E se chamam "psicólogos", aqueles que têm conhecimento da alma. A alma pode ser medida?

Pensei nessas coisas andando numa maria-fumaça – nome lindo. Primeiro por ser Maria. Certamente quem assim a batizou deveria ser casado com uma mulher que tinha fogo nas entranhas. Segundo, por ser fumaça. É Neruda quem diz que fogo e fumaça são as substâncias de que os poetas são feitos. Então uma maria-fumaça é uma mulher poeta. Feito a Adélia, que é atravessada por uma locomotiva, como ela mesma confessa:

> *Um trem de ferro é uma coisa mecânica*
> *mas atravessa a noite, a madrugada, o dia,*
> *atravessou minha vida, virou só sentimento.*

Foi numa viagem de Tiradentes para São João del Rei. Seria muito mais prático fazer a viagem de carro. Mas, como já disse, adoto a sabedoria do Manoel de Barros. "Prefiro as máquinas que servem para não funcionar. Todas as coisas apropriadas ao abandono me religam a Deus."

Maria-fumaça é uma máquina que serve para não funcionar. Não pode competir com carro. "Maria-fumaça já não canta mais para nossas casas, praças e quintais." Existe coisa mais triste que essa canção do Milton?

Já não canta mais: olhando a maria-fumaça abandonada nalgum galpão, à espera do desmonte e do ferro-velho, ele se lembrava de quando ela cantava e todo mundo – como em *A banda* – aparecia pra ver ela passar. E, quando ela passava, era tudo alegria. O Milton poetou olhando para o espaço vazio, onde a maria-fumaça era só o buraco da ausência chamado saudade.

Mas a minha maria-fumaça era presença. Cantava. Ai, que coisa mais triste! Nada mais pungente. É um lamento rouco que começa grave, e vez por outra oitava para cima, virando um grito. Fazia tempo que eu não ouvia. Mas quando ouvi o meu corpo se lembrou. Lembrou molhado, orvalhado. O apito da locomotiva saía de dentro de mim. "Todo cais é uma saudade de pedra", disse Álvaro de Campos. Disse eu: "Todo sino é uma saudade de bronze". E digo agora: "Toda maria-fumaça é uma saudade de ferro e fogo".

Eu acho que deveria ser proibido gente nova andar na maria-fumaça. É uma profanação. Acham que ela é objeto de parque de diversões, igual a outras marias-fumaças feitas por encomenda, fajutas, novinhas, desmemoriadas, e que andam nos *Disneyworlds* da vida. Mas maria-fumaça não é objeto de diversão. É lugar sagrado. Só devia ter direito de andar nela aqueles que têm memórias dos mundos que apareciam quando o seu apito se ouvia. Até o Villa-Lobos, que eu respeito tanto, não entendeu. Fez uma música sobre o trem e deu a ela o nome de *O trenzinho do caipira*. Do caipira? E eu, que não sou caipira? O trenzinho não era do caipira; era de todo mundo, nas Minas Gerais. Em Minas Gerais, o trem de ferro é uma entidade metafísica, ser saído de um outro mundo e que agora está retornando para lá. Daí o seu apito agoniado. Acho que devia ser assim: a pessoa chegava, dizendo que queria andar de trem. Aí a locomotiva apitava seu apito de vapor, cobre e dor. Aqueles cujos olhos ficassem molhados de lágrimas, esses poderiam entrar. Os outros ganhariam uma viagem gratuita para Orlando.

O apito, de direito, era só pra advertir os distraídos, pra que saíssem da linha e não entrassem na ponte; pra provocar alegria, dizendo do retorno antes que ele acontecesse. Cúmplice do apito, nesse anúncio antecipado da alegria, era o sino de estação – tenho um pendurado no meu coração: batia quando o trem partia da estação próxima. Aí, os que esperavam conferiam o relógio: só mais 20 minutos. E os risos começavam. Mas agora o trem não mais leva os que estão partindo. É ele mesmo que está partindo. Acho mesmo que já partiu. Uma maria-fumaça é uma alma do outro mundo. São poucos os que podem ver os mundos que moram no grito do apito. E quando é noite? Naquela escuridão, o apito rouco, e uma nuvem de milhares de faíscas formando não uma Via Láctea, mas uma Via Ígnea. Acho mesmo que foi assim que surgiu a lenda da mula sem cabeça: ele, homem humilde do campo, voltava para a casa à noite, e viu de repente aquela coisa horrenda, monstruosa, uivante, correndo atrás dele, com uma enorme língua de fogo. Desmaiou de terror e, quando acordou, só pôde pensar numa mula sem cabeça gigantesca que soltava fogo pelas ventas.

Era o entardecer. O sol estava se pondo, colorindo tudo de dourado. O dourado da luz do sol sobre os campos virava, vez por outra, explosões puras de amarelo-gema dos ipês floridos. Tinha de ser Minas Gerais. Minas Gerais é o lugar das máquinas que servem para não funcionar. Acho que a alma de Minas é uma maria-fumaça. A maria-fumaça ensina a filosofia de Minas: a felicidade custa pouco: basta uma viagem de trem de ferro. Acaba a agitação, por ser inútil. No trem de ferro se instaura o tempo tranquilo. O barulho do trem de ferro (quem não sabe ouça *O trenzinho do caipira*) tranquiliza. É uma canção de ninar. E ele vai sacolejando, fazendo dormir.

Pode ser que vocês não acreditem, mas é verdade: aquele jeito das mães de sacudir os nenezinhos, elas aprenderam ancestralmente com o sacolejo do trem de ferro.

Fiquei com saudade de um mundo que perdi (por culpa própria): o mundo do tempo comprido, arrastado (os paulistas ficam aflitos ouvindo a fala vagarosa e cantada dos mineiros...), dos móveis feitos a golpes de enxó, orgulhosos de sua rusticidade, das crianças de pés descalços na enxurrada, do cheiro dos cavalos suados, do frango com quiabo, angu e pimenta, do caldo de ora-pro-nóbis com fubá, do café na canequinha de folha, da cadeira de vime à porta da casa, na rua, a meninada brincando, meu pai fumando cachimbo, do banho de cachoeira. Sobretudo, saudades do mar de Minas.

> *O mar de Minas não é no mar*
> *O mar de Minas é no céu*
> *Pro mundo olhar pra cima e navegar*
> *Sem nunca ter um porto pra chegar.*

Que coisa mais louca: uma maria-fumaça resfolegando e apitando sob o mar infinito. Minas Gerais é assim: mistério...

O que amo na Igreja

Acho que o papa deveria promulgar uma encíclica tornando obrigatório o uso do latim nas coisas da Igreja. Assim eu me converteria. Os padres modernosos, que gostam de ensinar e conscientizar, dirão que o latim ninguém entende. Retruco: pois só assim eu me converteria. Seria preciso que eu não entendesse nada. Os carismáticos estão certos. Falam línguas estranhas, e nessa estranheza se encontram com o seu Deus. Um Deus que se compreende não pode ser grande coisa. Um mar que se compreende não passa de um aquário. A. Gottlieb disse que os seus símbolos favoritos eram aqueles que ele não entendeu. Digo amém. Por isso amo o latim: porque não o entendo. Como não entendo os riachos, os pássaros, o vento, as minhas netas, e os amo todos.

Minha educação foi protestante. Os protestantes tinham raiva dos católicos. E com razão. Latim era coisa de padre. Por isso protestante não estudava latim. Assim, não aprendi. Mas amo o latim por causa da música. Cristal puro. Beleza das esferas cósmicas. Se papas, bispos e padres só falassem latim, eu me converteria à Igreja: precisamente por não entender a letra da música que eles cantam, e ouvir a melodia do brando encanto do seu canto.

Tenho uma teoria sobre o Pentecostes. Como é sabido, naquele dia os apóstolos falaram a língua que sabiam falar, e todo mundo ouviu como se fosse nas próprias línguas estranhas que eles, turistas estrangeiros, falavam. Para mim só existe uma possibilidade de explicação desse milagre. Eles não falaram. Eles cantaram. Ali se inventou o "vocalise". Vocalise é uma canção sem palavras. A voz é usada como um instrumento. Pura voz, pura música, pura beleza, sem sentido, sem nada dizer. Por isso, por nada dizer, todo mundo entende. Quem não sabe sobre o que estou falando que escute a

Bachianas brasileiras n. 5, para soprano e oito violoncelos. Ou a *Pavana*, de Gabriel Fauré, cantada pela Barbra Streisand. A beleza não precisa do sentido. Ela salva sem nada dizer. Sim, eu me converteria a uma religião cujas palavras fossem silenciadas para que a música pudesse ser ouvida.

Assim fico eu diante da Igreja, repetindo o poema do Ricardo Reis:

Cessa o teu canto.
Cessa, porque enquanto o ouvi
ouvia uma outra voz
como que vindo nos interstícios
do brando encanto com que o teu canto vinha até nós...

Não quero entender nada do que se diz. Na verdade, não quero que coisa alguma seja dita. "A Palavra" – diz a Adélia – "é disfarce de uma coisa mais grave, surda-muda, foi inventada para ser calada".

Neste momento estou ouvindo canto gregoriano da Schola Ungarica. Agora entraram as vozes femininas dos meninos. Cantam em latim. Que estão dizendo? Sei lá. Nem quero saber. A beleza me basta. A beleza faz amor com o corpo. Por isso ele treme e chora. As palavras ficam na cabeça. Lembro-me do dito por Kierkegaard, um filósofo protestante que entendia dessas coisas: "A Verdade não está *naquilo* que é dito, mas no *como* ele é dito". Deus não está na letra. Está na música.

Para amar a Igreja, eu paro de pensar. É preciso fazer dormir a minha inteligência. Recito o verso do Alberto Caeiro: "Pensar é estar doente dos olhos". Cessado o pensamento, eu me transformo num ser só de sentidos, do jeito mesmo como nasci. Eu sou olho, ouvido, nariz, boca, pele. Vejo, ouço, sinto cheiros, sinto gostos, sinto toques. Amo a Igreja por suas artimanhas erotizantes, por aquilo que ela faz com os meus sentidos.

O canto gregoriano continua. Vai fazendo sua tarefa de sedução sensual. Penetra suavemente nos meus ouvidos como uma macia serpente de veludo, até atingir o centro da minha alma onde se localizam os meus pontos erógenos. Cada sentido tem pontos erógenos que lhe são peculiares. Me entrego à melodia. Estou derrotado. Esse canto gregoriano, talvez a maior produção da Igreja Católica no campo da música (como se sabe, J.S. Bach era protestante), me faz esquecer tudo o que disseram teólogos, bispos e papas em todos os séculos de vida (e morte) da Igreja.

A sedução da música não para aí. Amo os sinos. Para mim, um dos mais belos versos da língua portuguesa é o escrito pelo Álvaro de Campos: "Todo cais é uma saudade de pedra". Eu acrescento: "E todo sino é uma saudade de bronze". Os cais anunciam partidas e distâncias. Os sinos anunciam mundos que não existem mais. Não há nada mais contraditório que o repicar dos sinos nas cidades grandes. Às cidades pertence o barulho das buzinas, dos trios elétricos, dos alto-falantes. A música dos sinos é uma borboleta que entra na cela de uma prisão. Ela fala de mundos que só existem na saudade. A sua música nos vem de lugares indefinidos num passado distante. Como eu acho que Deus mora é na saudade, o repicar dos sinos, que nada diz e nada significa, é um altar construído com sons. Fosse eu o papa e ordenaria que os sinos fossem tocados três vezes por dia: às seis da manhã, ao meio-dia e às seis da tarde. Os sinos fariam o corpo se lembrar de Deus mais que muitos sermões.

Onde estão eles, os sinos? Sei não. A Igreja se modernizou. Acho que ficou com vergonha de suas coisas antigas. Em São Paulo havia um seminário e no centro do pátio havia um sino que marcava o ritmo da vida. O sino desapareceu. No seu lugar, uma coisa moderna, uma cigarra estridente, parecida com voz clerical.

E a sedução dos olhos? As terríveis telas de Grünenwald, os Cristos crucificados mais horrendos que jamais vi, os pesadelos de Bosch, os transparentes Cristos de Salvador Dalí, as madonas de Rafael, a *Pietà* de Michelangelo. O protestantismo não produziu nada que pudesse se comparar a essas obras de arte, por medo da idolatria. O protestantismo sempre teve medo da beleza em sua objetividade plástica: é muito fácil que o encantamento do belo transforme o belo objeto em fetiche. Para não correr o risco da tentação, os protestantes seguiram à risca o conselho evangélico: arrancaram os olhos.

Parei um pouco de escrever para folhear um maravilhoso livro que comprei – *Le vitrail* (*O vitral*). Ali se encontra a arte do trabalho com os vidros, as cores, as transparências, a luz. Ah! Como é maravilhosa uma catedral gótica quando a luz do sol se filtra através do vitral. Isso não pode se transformar em ídolo. É como o arco-íris: não pode ser tocado.

Amo os vitrais. Foi uma maravilhosa poetisa, a Maria Antonia, professora em Mato Grosso, que me ensinou que a alma é um vitral.

*A vida se retrata no tempo
formando um vitral,
de desenho sempre incompleto, de cores variadas,
brilhantes, quando passa o sol.
Pedradas ao acaso
acontece de partir pedaços,
ficando buracos irreversíveis...*

E amo também os espaços vazios das catedrais góticas, por onde a alma voa. E os mosteiros e seus claustros, os jardins, as fontes, as ervas. Também amo o incenso, erotização perfumada do meu corpo.

Vocês devem ter entendido: amo, na Igreja, tudo aquilo que saiu das mãos dos artistas. Mas, quando ouço as explicações dos teólogos e mestres, o encanto se quebra e eu desejo que eles tivessem falado em latim, para que eu não tivesse entendido. A letra acaba com a música. Por isso, só desejo repetir o dito pelo Ricardo Reis: "Cessa o teu canto...". Deixa que a Beleza, sem palavras ou catecismos, evangelize o mundo. Deus é Beleza.

O Betinho morreu...

O Betinho morreu.

É cedo, estou assentado à mesa do café da manhã: é a refeição de que mais gosto. Mamão, torradas com manteiga, presunto, café. O Betinho não mais se assentará à mesa de um café matutino.

Olho para fora. As folhas dos pinheiros brilham sob a luz fria do sol de inverno nascido há pouco. Elas estão imóveis. O azul absoluto do céu sem nuvens se deixa ver através das folhas. É um dia lindo para se partir para a eternidade.

Lembro-me dos primeiros versos da *Elegia* que a Cecília compôs para a avó morta:

Minha primeira lágrima caiu dentro dos teus olhos.
Tive medo de a enxugar: para não saberes que havia caído
No dia seguinte, estavas imóvel, na tua forma definitiva,
modelada pela noite, pelas estrelas, pelas minhas mãos.
Exalava-se de ti o mesmo frio do orvalho; a mesma claridade da lua.
Vi aquele dia levantar-se inutilmente para as tuas pálpebras,
e a voz dos pássaros e a das águas correr,
sem que a recolhessem teus ouvidos inertes.
Onde ficou teu outro corpo? Na parede? Nos móveis? No teto?

"O teu outro corpo", Betinho, onde estará? Sei que as suas cinzas foram espalhadas por um lugar de montanhas e riachos cristalinos. Meu desejo é idêntico ao seu. Mas "o teu outro corpo", onde estará?

Gosto de ouvir música enquanto tomo o meu café. A música é uma potência feiticeira: ela entra pelo meu corpo, me possui e eu fico outro.

Agora o órgão toca um coral de Bach, inspirado no Salmo 137: "Às margens dos rios de Babilônia nos assentamos e choramos, lembrando-nos de Sião...".

Estou numa igreja na qual nunca estive. A luz, filtrando-se pelos vitrais, mistura-se com a música de Bach, enchendo assim o espaço vazio com cores e sons. Tudo é belo e sem palavras.

Não, não se trata de uma alucinação psicótica. É que, nas paisagens da alma, mora um espaço assim, sagrado, onde tudo é belo e harmônico. Octavio Paz tinha visões semelhantes: "Parece que nos recordamos e quereríamos voltar para lá, para esse lugar onde as coisas são sempre assim, banhadas por uma luz antiquíssima e ao mesmo tempo acabada de nascer".

A música de Bach me faz ser protestante. Pena que o protestantismo não mais exista. Como o catolicismo. Ambos acabaram. Ficaram os vitrais e a música. Música e vitrais são o que acontece quando a eternidade brinca com o tempo.

O Betinho morreu. Minha tristeza é mansa, bonita e justa. Não desejo que me consolem. Se me consolarem, esse espaço sagrado desaparecerá. Pois é nesse espaço que se encontram as coisas que amei e perdi. Um espaço é sagrado quando está cheio de ausências. Nele acontece a presença das ausências. É o lugar da saudade.

Onde estará ele? Onde estarei eu? Onde estarão aqueles a quem amo, "ausências que se demoram, despedidas prontas a cumprir-se"?

As religiões sabem as respostas para essas perguntas. Mas as respostas que elas me dão não me fazem sorrir. Houve um tempo em que eu acreditei. Acreditei sem desejar. Por medo. Não tenho o menor interesse pelo céu. Nem mesmo turístico, como foi o caso de Dante. Há pessoas que afirmam desejar ir para o céu. Mas o seu cuidado com a saúde revela mesmo é que elas gostariam de ficar por aqui. Quem cuida da saúde não quer ir para o céu. Acho que as pessoas dizem querer ir para o céu por terem medo de que Deus as mande para o inferno. Como eu não acredito no inferno, não tenho medo de dizer que não quero ir para o céu. Um Deus que tenha uma câmara de torturas não merece o meu respeito e muito menos o meu amor. Concordo com Robert Browning: "Atrevo-me a dizer que uma minhoca que ama o seu torrão seria mais divina que um Deus sem amor no meio dos seus mundos".

Promessas de céu não me alegram. Não alegravam também a Cecília. "Fico tão longe como a estrela. / Pergunto se este mundo existe, / e se, depois que se navega, / a algum lugar enfim se chega... – O que será, talvez, mais triste. / Nem barca nem gaivota: / somente sobre-humanas companhias..."

Acho que a Cecília se inspirou no poema sobre o "Menino Jesus", de Alberto Caeiro, onde ele diz que "no céu tudo era falso, tudo em desacordo com flores e árvores e pedras".

Minha filha tinha dois anos. Eram seis horas da manhã e eu ainda estava dormindo. Acordei com ela de pé ao meu lado, de camisola, me perguntando: "Papai, papai, quando você morrer, você vai sentir saudades?". Fiquei mudo ante a pergunta. Nunca havia ouvido a questão ser posta de forma mais bonita. Ela sabia que eu estaria em algum lugar. Com a morte, eu passaria a morar no lugar da saudade. Saudade, do quê? Desse mundo maravilhoso onde vivemos. Aí ela completou: "Não chora não que eu vou abraçar você".

Não quero ir para o céu. Quem vai para o céu deve passar o tempo todo com saudades da terra. Eu quero mesmo é voltar. Lembrei-me de um poema de Robert Frost. Ele se referia a umas árvores lindas, casca de seda branca, folhas brilhantes ao sol, troncos finos, flexíveis, por nome *birch*, em inglês. Não existem por aqui. Os meninos sobem pelo tronco, e o tronco, no lugar onde se afina, não suportando o peso, dobra-se, flexível, em arco, e o menino, dependurado, é colocado de novo no chão. Diz Frost que, vez por outra, ele gostaria de deixar essa terra na direção do céu, do mesmo jeito como um menino sobe pelo tronco: só para ser devolvido de novo à terra.

O Betinho não queria ir para o céu. Ele queria trazer de novo o Paraíso para a terra. Claro que isso é utopia. Mas do Paraíso, bastam uns aperitivos. Quem arranca um espinho e planta uma flor está servindo, como aperitivo, um pedacinho do Paraíso.

Muitas peças de Bach já se passaram. Agora o organista chega ao fim da Tocata Dórica. É força pura, uma poção alquímica para quem está desistindo de viver. A força enche o corpo, circula quente pelas veias, aflora nos músculos, sobe e sai pelos olhos como lágrimas de alegria. Ao final, a beleza triunfa. Mas agora o fim se aproxima. A luta se acalma. A *Tocata* começa a dizer o seu fim: é preciso dizer o fim quando o que havia para ser dito já foi dito.

Eu, querendo, ponho a *Tocata* para tocar de novo. E vou fazer isso muitas vezes mais pela beleza que ela contém. Acho que é assim que Deus faz com a gente. Se a música da nossa vida é bonita, ele nos põe de novo na terra, para fazê-la ouvir.

"Onde ficou teu outro corpo", Betinho? Agora você é música pura, solta no espaço, com as nuvens, o vento, as cinzas. Mas logo, logo Deus vai querer ouvir você de novo tocando suas músicas de Paraíso nesta terra.

Sobre a inveja

Examinei cuidadosamente as cavernas da memória onde guardo minhas recordações de infância. Não encontrei nada, absolutamente nada, que se parecesse com uma memória infeliz. Memórias de dor, isso encontrei, a começar pelo nome da cidade onde nasci, que naquele tempo se chamava "Dores da Boa Esperança". Parece que os moradores ficaram com vergonha de se denominar "dorenses" e trataram de se livrar da dor, ficando só com a "boa esperança", esquecendo-se de que, por vezes, a esperança só se realiza através da dor, como é o caso do parto. Meu rol de dores incluía dores de dente, dor de queimaduras, dor de quedas, de ferimentos, de barriga. Mas dor e infelicidade são coisas diferentes. Há dores que são felizes.

As razões da minha felicidade? Parodiando o Drummond, escrevo: "As sem-razões da felicidade". Razões para ser feliz eu não tinha. Meu pai tinha perdido tudo. Morávamos numa fazenda velha que um cunhado emprestara ao meu pai. Não tinha luz elétrica: de noite acendiam-se as lamparinas de querosene com sua chama vermelha, sua fuligem negra, e seu cheiro inconfundível. Não tinha água dentro de casa: minha mãe ia buscar água na mina com uma lata de óleo vazia. Não tinha chuveiro: tomávamos banho de bacia com água aquecida no fogão a lenha. Não tinha forro: de noite víamos os ratos correndo nos vãos das telhas. Não tinha privada: o que havia era a clássica "casinha", do lado de fora. E eu não tinha brinquedos. Não me lembro de um, sequer. E, no entanto, não consegui encontrar nenhuma memória infeliz. Eu era um menino livre pelos campos, em meio a vacas, cavalos, pássaros e riachos.

Melhoramos de vida. Mudamos de cidade. A casa me pareceu um palácio. A privada, acho que alguém tinha jogado um tijolo dentro dela: havia um enorme buraco na louça. Hoje a gente logo compraria uma nova. Para isso meu pai não tinha dinheiro. Teve de encontrar uma solução inteligente, compatível com a pobreza: colou um pires velho com cimento sobre o buraco. Por cinco anos foi essa a nossa privada, cuja tampa foi feita de ripas. Era, portanto, quadrada, em conflito com a nossa anatomia básica arredondada. A tampa de ripas deixava sempre suas marcas em nosso traseiro. Quando chovia, era preciso usar todas as panelas, bacias e jarras para aparar a água que caía pelas goteiras – tantas que não era possível consertar. O porão era morada de escorpiões enormes e venenosos. Minha mãe foi picada por um deles. Quando as formigas se punham a marchar, os escorpiões se punham a correr: saíam do porão e invadiam a casa. Houve um dia em que matamos 11. E jamais ouvi qualquer queixa de qualquer um de nós. Aquela era a nossa casa. Muitas felicidades moravam dentro dela. Já podíamos nos dar ao luxo de uma mesa de verdade, com quatro pés sólidos. Na cidade onde havíamos morado antes, a mesa era uma porta pregada sobre um caixão: uma gangorra perigosa. Se alguém se apoiasse numa das extremidades, corria o risco de receber uma terrina de feijão na testa. Aprendemos boas maneiras: ninguém apoiava o cotovelo sobre a mesa.

Eu não sabia que éramos pobres. No meio daquela pobreza, éramos ricos. Meu pai comprou um automóvel, um Plymouth a manivela. E comprou também um rádio, motivo de grande orgulho e felicidade: podíamos ouvir novelas e música: Vicente Celestino, Orlando Silva, Jararaca e Ratinho.

Brinquedos comprados, acho que tive cinco: uma bola, um caminhãozinho de madeira, um barquinho a vela, um pião, um saco de bolinhas de gude. Os brinquedos, a gente fazia: pipas, carrinhos, estilingues. Fazer era brincar. Eu continuava a ser um menino livre e feliz.

Aí meu pai melhorou de vida de novo. Mudamo-nos para o Rio de Janeiro. Foi então que fiquei sabendo o que era infelicidade. Meu pai, na melhor das boas intenções, me matriculou no Colégio Andrews, onde estudavam os filhos dos embaixadores estrangeiros, os filhos dos médicos mais famosos, as meninas mais bonitas e mais bem tratadas da cidade. Foi inevitável: tive de me comparar com eles. A comparação é uma operação lógica indolor: B é menor que A. Mas quando a comparação que se faz é entre pessoas, o B, parte menor, que tanto pode ser Maria quanto João, sente uma dor profunda. Essa dor tem o nome de inveja. Comparei-me e descobrime pobre. Nada me foi tirado. Continuei a ter as coisas que me haviam feito feliz. Só que, depois da comparação, elas ficaram feias, estragadas, motivo de tristeza e vergonha. A inveja sempre faz isto: ela destrói a coisa boa que temos. Senti-me pobre, feio, ridículo, humilhado. Jamais convidei qualquer colega para que viesse à minha casa. Não queria que eles vissem a minha pobreza. Albert Camus relata experiência parecida. Disse que sua infelicidade começou quando entrou para o Liceu. Foi então que ele se comparou aos outros.

Dizem que o pecado original foi o sexo. Digo que o pecado original foi a inveja. Foi a inveja que fez Adão e Eva perderem o Paraíso. Paraíso, lugar de delícias: ali havia tudo para que qualquer ser humano fosse feliz. Aí veio a serpente, especialista em inveja. Riu-se da felicidade deles. "Vocês pensam que são felizes... É que vocês ainda não viram o mundo dos deuses: tão mais bonito! Vocês querem ver? É fácil. É só comer este fruto mágico..." E a malvada lhes deu para comer o fruto da inveja. Não lhes mentiu. Eles viram realmente um mundo muito mais bonito – e nesse momento os frutos das árvores do Paraíso apodreceram, as folhas das árvores caíram, as plantas murcharam, as fontes secaram, e eles se sentiram feios: começaram a se esconder um do outro.

Isso não aconteceu nunca. Isso acontece todo dia.

A minha casa é linda; eu a amo. Mas basta que eu visite uma outra, mais rica que ela, e a inveja surja. Volto e vejo minha casa feia, pequena, estragada: já não é possível amá-la. Quero uma outra. Isso está contado numa antiga estória, "O pescador e a sua mulher" – cuja leitura eu aconselho. Ouvi-a uma vez, e nunca me esqueci.

Isso que é verdade para a casa é verdade também para a esposa, o marido, o trabalho, os filhos: a inveja os faz entrar em decomposição. Já não é possível amá-los como antes.

A inveja não mata. Ela só faz destruir a felicidade. O invejoso é incapaz de olhar com alegria para as coisas boas que ele possui. Os seus olhos são maus. Basta que uma coisa boa que se possui seja por eles tocada, para que ela apodreça.

Para essa doença só há dois remédios: um doce e um amargo.

O remédio doce: usar o colírio da gratidão para curar o olho mau. Olhar para as coisas boas que se tem e dizer: "Que bom que vocês estão aí. Sou agradecido aos deuses, por vocês me terem sido dadas". Aí a casa, o marido, a mulher, os filhos e tudo o mais que se possui ganham de novo a sua vida e a sua beleza.

Aos que não fazem uso do remédio doce, mais cedo ou mais tarde lhes será aplicado o remédio amargo: quando a desgraça bate à porta e se parte a taça de cristal, e se rompe o fio de prata, e o que era reto fica torto, e o que estava vivo de repente morre. Quando a dor é muita, as lágrimas não deixam os olhos verem o que os outros têm. E a inveja, assim, morre. Mas então já é tarde demais.

Onde solidão se vai...

O caminho para o inferno se inicia num bar: assim estava escrito no catecismo que me ensinaram na igreja e em casa. Guardo cuidadosamente um velho quadro que era obrigatório em qualquer igreja protestante, chamado *Os dois caminhos*. Dois caminhos: o da direita, porta estreita, não mais que uma trilha no meio do pasto, rural e bucólico, fontes de água e riachinhos, mães e filhinhos, filhos sem sexo, igrejas, o caminho que leva aos céus; o da esquerda, porta larga, amplo, urbano e rico, homens e mulheres sem filhinhos, sexo sem filhos, terminando no inferno de fogo. Estátua de Baco de um lado, estátua de Vênus de outro – assim se inicia o caminho da perdição, entre o vinho e o sexo, cuja primeira cena é a de um grupo de homens e mulheres alegremente assentados numa mesa, conversando e bebendo. Cena de bar. Protestante não ia a bar. Se ia tinha o cuidado de só tomar água tônica, pois havia o perigo de que um católico, vendo o guaraná, pensasse que era cerveja. Seria testemunho indigno de um crente. Mas não era só protestante que pensava isso de bar. Todas as pessoas de moral inquestionável pensavam igual. Era sabido que os bares eram lugares de perdição, antro de maridos infiéis e homens debochados, onde se fumava, se bebia e se jogava. Mulher de respeito jamais iria a um bar. Lá era lugar de mulheres de outro tipo.

Naquele tempo, quando as pessoas se cansavam da solidão e queriam trocar conversa mole, faziam visitas. Não era preciso aviso prévio. A vida corria mansa e monótona, e uma visita era sempre uma alegria. Ninguém saía de noite – não havia para onde ir – e nem as pessoas ficavam hipnotizadas pelas novelas da televisão, ainda não nascida. A única coisa para se fazer de noite era visitar. De repente a mesmice monótona de uma noite igual às outras era interrompida por palmas à porta da rua. Chegavam, sem pedir desculpas, marido, mulher, crianças – vinham visitar, e a conversa fiada rolava, com café e rosquinhas.

A Adélia tem um poema nascido da saudade das visitas.

Seria tão bom, como já foi,
as comadres se visitarem nos domingos.
Os compadres na sala, cordiosos, pitando e rapando a goela...

Hoje ninguém mais faz isso. Fazer visita saiu de moda – podendo até ser grosseria. A menos que haja um convite. Todo mundo vive numa correria, o tempo não chega, há muitas coisas a fazer, os programas de televisão, programas a cumprir. Chegar sem avisar pode ser indelicadeza. Aconteceu comigo. Sempre desejei ouvir o pianista Paul Badura-Skoda. Pois ele veio tocar em Campinas. Comprei ingresso e estava alegrinho, me preparando para o programa de teatro. Aí a campainha tocou. Atendi. Era visita! Se tivessem telefonado, eu teria dito, com desculpas: "Hoje não dá". A visita ficaria para outro dia. Mas, naquela situação, fiquei sem saída. Não ouvi Badura-Skoda. Em compensação, fiquei fingindo que prestava atenção nas coisas que se falava, enquanto imaginava o que o pianista estaria tocando.

Quem quer se encontrar com os amigos em casa pode sempre convidá-los para uma comida. Faz alguns anos inventei uma alternativa ao normal "venha para o jantar": convidava uns cinco casais amigos para virem cozinhar comigo. A coisa começava por volta de seis horas, todo mundo trabalhando, descascando cebola, alho, batata, bebericando, conversando, rindo. Cozinhar juntos é uma alegria. A gente fica mais próximo. Esbarra. Bate os cotovelos. No dia da canjiquinha mineira (quem nunca comeu que leia a receita no livro *300 anos de cozinha mineira*), fomos comer às onze da noite. A Adélia Prado participou do frango com quiabo, angu e pimenta, prato sobre o qual concordam deuses e demônios. A reconciliação entre o céu e o inferno se fará em torno de um frango com quiabo. Trocamos receitas, conversamos sobre poesia, e esfregamos as almas. Era muito bom. Infelizmente uma hérnia de disco pôs fim àqueles eventos poético-erótico-gastronômicos.

Acontece que o desejo de não estar sozinho bate de repente. A gente quer sair. Não se atreve a visitar. É tarde para convidar. E foi nesse lugar de "desejar estar junto" que, me parece, aconteceu a metamorfose do bar, que de lugar de perdição acabou se tornando um lugar de comunhão. Os antigos não entendem. Minha sogra, educada no mundo de antigamente, não via os bares com bons olhos – e nem poderia ser de outra forma. Ficou sabendo do preço de uma cerveja em um bar. Comparou com o preço da cerveja no supermercado. Se espantou. "Não é muito mais inteligente comprar a cerveja no supermercado e beber em casa? Economiza dinheiro..." Ela não sabia que bar não é lugar de beber. No bar a bebida é só desculpa para se estar juntos. Do jeito mesmo como aconteceu no ritual eucarístico, que Salvador Dalí pintou tão bonito. Jesus não queria beber e comer. Ele queria estar junto, falar de amizade e saudade. E, para isso, se valeu de pão e vinho.

Faz muito que a sociologia dos bares me fascina. Sociologia dos bares tem a ver com os vários tipos de relações entre as pessoas que acontecem dentro daquele espaço. Percebi que se parecem muito com as relações que acontecem nos lugares sagrados. Há bares que se parecem com catedrais: são enormes, centenas de pessoas cabem lá dentro, as pessoas se perdem na multidão. Ir a esses bares é como participar de uma romaria. Outros bares se parecem com pequenas capelas de mosteiros: as relações são íntimas, as pessoas se conhecem, os garçons são chamados pelo nome. Voltar a esse bar é voltar a um lugar já conhecido e amigo. Um frequentador não é um cliente. Ele tem nome. Esses bares são lugares onde amigos e pessoas parecidas se encontram. Aí muitas coisas interessantes podem acontecer. Muita filosofia e muito amor nasceu em mesa de bar.

Não tem nada a ver com restaurante por quilo, aonde se vai para se realizar uma função biológica: comer. Raspado o prato, vai-se embora. Barriga cheia, não há mais o que fazer. O tempo anda rápido. Nos bares é diferente: o tempo para. Não se vai lá para comer ou beber. O importante é conversar.

Por vezes o que se deseja é estar sozinho. Muitas vezes entrei numa igreja, no meio do dia, só para estar só. Sozinho, num bar, lendo um livro, pensando. Isso, claro, se o bar não for do tipo de igreja pentecostal, onde é proibido estar sozinho, porque o barulho é de tal ordem que a solidão é impossível. De uma boate conhecida se diz: "É muito romântica: todos falam com a boca colada no ouvido do outro". Tem de ser assim, porque o barulho da música é tal que o ouvido de um não consegue ouvir o que a boca do outro diz.

O quadro *Os dois caminhos* precisa ser repintado. É verdade que os bares já foram lugares de perdição. Eram, não o lugar onde as pessoas se perdiam, mas o lugar onde os que se haviam perdido em outros lugares vazios de alegria tentavam encontrar a alegria perdida. Num tempo em que visitar saiu de moda, é bom saber que há um lugar onde é possível estar com os amigos.

O fim do mundo está próximo!

Liguei a televisão no quarto de hotel em Nova York. Era um programa sobre o El Niño. Prestei atenção. Enchente de um lado, seca de outro, gente morrendo afogada, gente morrendo de calor, dilúvios e holocaustos. Tudo desregulado... Aí, de repente, o documentário foi cortado e apareceu na tela um daqueles evangelistas de televisão, com *Bíblia* na mão (*Bíblia* nunca foi garantia de inteligência), anunciando o fim do mundo. "Cristo voltará em breve", ele dizia com a certeza de um psicopata. (Os psicopatas sempre têm certezas. Quando alguém disser "Estou certo de que...", ponha logo as barbas de molho.) Continuou: "Como eu sei? É simples. El Niño me contou. Porque El Niño significa 'o menino'. E 'o menino' é Jesus Cristo. El Niño anuncia a breve vinda de Cristo. Chegou o fim do mundo!".

Era assim em tempos antigos. Os homens, sempre que viam alguma catástrofe na natureza, vulcão em erupção, terremoto, furacão ou enchente, pensavam que o fim do mundo estava próximo. Bons tempos aqueles. Hoje, não preciso de nada disso para ver o fim do mundo. Basta olhar para minha cesta de lixo. É ela que anuncia: "O fim do mundo está próximo".

Pego um saco de papel. Não sei o que fazer com ele. Tivesse um fogão a lenha, e eu o guardaria para acender o fogo. Mas o meu fogão é a gás. Depois de alguns segundos de hesitação, jogo o saco de papel na cesta de lixo. Faço isso com um pedido de perdão à árvore que foi inutilmente cortada para que aquele saco de papel existisse. Vou para o escritório. Abro a caixa do correio e sou logo inundado por um dilúvio de envelopes: malas diretas, impressos, propagandas, todos eles tentando me convencer a comprar algo. Como não quero comprar nada, nem mesmo abro os envelopes. Eles vão diretamente para o lixo, sem ser abertos e lidos. Minha consciência dói de novo. Penso nas árvores que foram cortadas para que aqueles papéis existissem. O Natal se aproxima. Tempo de presentes. Os presentes vêm em caixas. As caixas não bastam. Pedimos que sejam embrulhados para presente. Lindas folhas de papel coloridas. Beleza efêmera. Eles serão rasgados impiedosamente e embolados num canto da sala. A seguir, irão para o lixo. Depois do Natal, uma montanha de lixo de papel. E os jornais, no mundo inteiro, diariamente? É horrendo o espetáculo das gigantescas bobinas de papel que, nas gráficas, serão transformadas em jornais. Imagino desertos depois das árvores cortadas para que as notícias fossem impressas. Pergunto-me: "Valeu a pena? As notícias valem mais do que as florestas?".

Lembro-me de uma música de Carnaval que dizia assim:

Todo mundo diz que sofre
sofre, sofre neste mundo,
mas a mulher do leiteiro sofre mais;
ela lava, passa e cose
e controla a freguesia
e ainda lava as garrafas vazias.

Era assim mesmo. O leiteiro deixava o litro de leite cheio e pegava o litro de leite vazio. Lembro-me muito bem que eu juntava os frascos vazios de vidro onde vinham os remédios, colocava-os dentro de uma bacia cheia de água, tirava os rótulos, lavava-os cuidadosamente e ia vendê-los nas farmácias. Um amigo me contou que, na Inglaterra, ao receber os medicamentos de uma receita que deixara numa farmácia, o farmacêutico, percebendo que ele era estrangeiro, disse-lhe: "Por favor, traga os vidros vazios após usar".

Que fazemos com os vidros? Para onde vão os milhões de frascos e garrafas que usamos?

Dirão: hoje não mais se usa vidro. Usa-se plástico. Pergunto: para onde vão os milhões de sacos, embalagens, garrafas, copos de plástico que diariamente usamos? Algumas fábricas de refrigerante anunciam, como se fosse vantagem, que a garrafa de plástico é "não retornável". Como se dissessem: "Não é preciso que você tenha o trabalho de devolver! Pode jogar no lixo".

O papel é biodegradável. Logo apodrece e é reincorporado à natureza. Mas o plástico não é biodegradável. Dizem os entendidos que leva milhares de anos para o plástico desaparecer. Ele permanece. Onde? Nas matas, no fundo dos rios, no fundo dos mares. Os plásticos têm atributos divinos. São eternos e são onipresentes. Nos lugares mais distantes, lá estão as garrafas de plástico que os homens deixaram.

E o que dizer dos milhões de latas de alumínio vazias? Seria tão bom se a Coca-Cola, a Skol, a Kaiser, a Antarctica, a Brahma liderassem uma campanha de devolução das latas vazias. É coisa simples: bastaria que dessem um desconto de dez centavos para quem, ao comprar uma lata cheia, devolvesse uma lata vazia. O comportamento humano, desgraçadamente, não é movido pelo amor à natureza. É movido pelo amor ao dinheiro. Mas elas nada fazem. Não é falta de ideia. Acontece que latas devolvidas fazem mal à economia. É mais lucrativo que elas não sejam devolvidas. No mundo capitalista, onde só importa o lucro e não a preservação da natureza – a preservação da natureza é antieconômica –, vale a lei do *Admirável mundo novo*, de Huxley: "jogar fora é melhor que consertar".

Se uma pessoa soltasse uma sonora ventilação escatológica malcheirosa num jantar, seria um escândalo que poderia, até, provocar reações violentas por parte dos outros convivas. No entanto, esse é um ato natural, biodegradável, que nenhum mal faz, além do incômodo fedor. Mas a gente não se horroriza quando alguém joga tocos e maços de cigarro no chão. Isso é considerado natural. Meu amigo Jether foi visitar as serras gaúchas – lindas. Andando em meio ao parque Knorr, absolutamente misterioso e lindo, uma dama elegante tranquilamente jogou nas plantas um copo de plástico. O horrível não foi o que ela fez. O horrível foi que ela achava que aquilo era normal, natural. É normal e natural emporcalhar a natureza. E assim vamos jogando plásticos, garrafas, maços e tocos de cigarro, latas de refrigerante e cerveja pelos lugares onde passamos, com a maior naturalidade.

De todos os perigos, parece que o maior são os automóveis, que estão transformando as cidades em câmaras de gás. Os norte-americanos, povo que precisa estar envolvido em cruzadas para salvar o mundo para ter identidade, lançaram uma campanha contra os fumantes. É preciso confessar que eles têm um bocado de razão. Quem quer fumar deve ter o direito de fumar. Mas os que não querem fumar têm o direito de não fumar contra a vontade. Em tudo eles são exagerados, é bem verdade. Encontrei, na porta de um apartamento, a seguinte advertência aos visitantes: "If you don't smoke, I will not fart". Mas eles ainda não tiveram coragem de lançar uma campanha semelhante contra os automóveis. O lógico seria que eles começassem a tratar os motoristas da mesma forma como tratam os fumantes. Afinal de contas, todos eles estão enchendo o ar com gases tóxicos.

As pessoas religiosas têm medo de que Deus venha a destruir o mundo. Podem ficar descansadas. O arco-íris, no céu, é prova de que ele jamais fará isso. Medo eu tenho é de que nós, com nossa estupidez, venhamos a destruir este mundo para ficarmos mais ricos. Pois, queiramos ou não, a degradação ecológica é o avesso do progresso econômico. Não preciso ler as profecias de Nostradamus. O fim do mundo, é a minha cesta de lixo que anuncia.

Ela não aprendeu a lição

A Mariana é minha neta. Tem seis anos. Entrou para a escola e anuncia orgulhosamente que está no "Pré-A". Ela aguardou este momento com grande ansiedade. Agora ela se sente possuidora de uma nova dignidade. Está crescendo. Está entrando no mundo dos adultos.

Novas responsabilidades: deveres de casa, pesquisas. Passados uns poucos dias do início das aulas, ela voltou da escola com um novo dever: uma pesquisa sobre uma palavra que ela nunca usara, não sabia o que era. Ela deveria encontrar uma resposta para a seguinte pergunta: "O que é a política?".

Só se pode pensar e aprender aquilo sobre que se pode falar. Imaginei então a Mariana com suas amiguinhas, cercadas de bonecas, conversando animadamente sobre política. Ou seja: imaginei um quadro surrealista. E, mais uma vez, tive raiva das escolas e dos professores.

Reacendeu-se em mim uma antiga convicção de que as escolas não gostam das crianças. Convicção que é partilhada por muita gente, inclusive o Calvin e o Charlie Brown. Parece que as escolas são máquinas de moer carne: numa extremidade entram as crianças com suas fantasias e seus brinquedos. Na outra saem rolos de carne moída, prontos para o consumo, "formados" em adultos produtivos. Alguns chegam mesmo a sugerir que a transição da infância para a condição adulta é a transição da inteligência para a burrice. Assim pensa Fernando Pessoa, vulgo Bernardo Soares, no *Livro do desassossego*: "... considerando a diferença hedionda entre a inteligência da criança e a estupidez dos adultos...". Anos atrás, o professor Ubiratan D'Ambrosio, da Unicamp, me apresentou a um senhor que, segundo ele, era um dos maiores professores de matemática vivos. Já ancião, cabelos brancos, olhos muito azuis, ele iniciou a conversa fazendo um comentário sobre a inteligência matemática das crianças, inteligência que é perdida quando, na escola, elas têm de aprender a "maneira certa" de lidar com as operações numéricas. À minha convicção de que as escolas não gostam de crianças (isso vale também para as universidades. Numa, que conheço bem, a voz corrente era que a universidade seria perfeita se não houvesse alunos para atrapalhar) juntou-se uma outra: a escola é burra. Pedir que uma menina de seis anos faça pesquisa sobre política é burrice. É o mesmo que dar uma picanha para um recém-nascido.

Para dar expressão à minha raiva vali-me da loucura poética da Adélia Prado. "Escola é uma coisa sarnenta; fosse terrorista, raptava era diretor de escola e dentro de três dias amarrava no formigueiro, se não aceitasse minhas condições. Quando acabarem as escolas quero nascer outra vez."

Pensam alguns que o problema da educação no Brasil é a falta de recursos. É verdade que há falta de recursos. Mas é mentira que se vierem os recursos a escola vai ficar inteligente. Computadores, satélites, parabólicas e televisões não substituem o cérebro. Panelas novas não transformam um cozinheiro ruim num cozinheiro bom. Cozinheiro não se faz com panelas, muito embora as panelas sejam indispensáveis. Escolas não se fazem com meios técnicos, embora estes possam ajudar. É perigoso dar meios eficazes a quem falta inteligência.

Sempre achei a escola burra. E não sou o único a ter essa opinião. Nietzsche chamava os professores de "meus inimigos naturais". Hermann Hesse declarou que entre os problemas da cultura moderna a escola era o único que ele levava a sério. A razão para tal interesse se encontrava precisamente no mal que ela fazia. "Em mim a escola destruiu muita coisa", ele afirma. "E conheço poucas personalidades importantes a que não tenha ocorrido o mesmo. Na escola só aprendi duas coisas: latim e mentiras." No seu *O jogo das contas de vidro*, o *magister ludi* Joseph Knecht sonhava em poder educar uma criança "ainda não deformada pela escola". Romain Rolland descreve a experiência de um aluno

> ... afinal de contas, não entender nada já é um hábito. Três quartas partes do que se diz e do que me fazem escrever na escola: a gramática, ciências, moral e mais um terço das palavras que leio, que me ditam, que eu mesmo emprego – eu não sei o que querem dizer. Já observei que em minhas redações as que menos compreendo são as que levam mais chances de ser classificadas em primeiro lugar.

Não admira que Ivan Illitch tivesse mesmo sonhado com a utopia de uma sociedade sem escolas.

Minha experiência pessoal com a escola foi semelhante. De todos os professores que tive, só me lembro com alegria de um professor de literatura que não dava provas e passava todo mundo. Mas ele falava sobre literatura com tal paixão que era impossível não ficar contagiado. Não sei quantas horas gastei estudando a análise sintática. Mas eu não tenho a menor ideia da sua utilidade. Se me disserem que é para falar e escrever português melhor eu contesto. Eu aprendi a escrever lendo e escrevendo. As crianças pequenas aprendem a falar falando. Falariam com sotaque se tivessem de aprender a falar em aulas formais. Você sabe resolver uma equação de segundo grau? Eu sei. Aprendi no ginásio. Só que não tenho a menor ideia da sua utilidade. Nunca me ensinaram. Ensinaram-me a manipular uma ferramenta mas não me disseram para que ela serve. Você sabe as causas da Guerra dos Cem Anos? Eu sei. Aprendi estudando com a minha filha, quando ela se preparava para o vestibular. Só que nem eu nem ela sabemos o que fazer com tal informação. Uma coisa é certa: nunca iremos conversar sobre a Guerra dos Cem Anos com os nossos amigos. O que eu disse da equação do segundo grau e da Guerra dos Cem Anos se aplica à maioria das coisas que as crianças e os adolescentes são obrigados a estudar e a devolver aos professores, na forma de avaliações.

Avaliações que nada avaliam porque, felizmente, logo a maioria do supostamente aprendido é esquecido. Um exame nos moços, seis meses depois dos vestibulares, revelará que a maior parte daquilo que eles "sabiam" para o exame terá sido esquecida. Passado um ano pouca coisa restará.

Concluirão que os métodos de ensino foram inadequados. Discordo. O problema não está nos métodos de ensino. O problema se encontra naquilo que foi ensinado. Aquilo sobre o que se fala tem de estar ligado à vida. O conhecimento que não faz sentido é prontamente esquecido. A mente não é burra. Ela não carrega carga inútil. Imagine que você está numa gincana e uma das provas é levar uma tora de madeira do ponto A até o ponto B. Chegado ao ponto B, que é que você vai fazer? Você colocará a tora no chão e se livrará dela para correr leve o resto da prova. Um competidor que continuasse a levar a tora de madeira nos ombros durante as outras provas seria um idiota. A mente procede do mesmo jeito. Ela se livra do conhecimento inútil por meio do esquecimento. Esquecimento é prova de inteligência.

A escola é burra e incompetente porque ela não fala sobre aquilo que é vitalmente importante para as crianças. Isso foi dito por Piaget no seu *Biologia e conhecimento*. Mas nem teria sido necessário que ele dissesse: o senso comum, sem precisar pesquisar, sabe disso muito bem.

Tentei conversar sobre política com a Mariana. Não consegui. Ela nada aprendeu sobre política. Fiquei feliz. Ela continua inteligente. Até quando, eu não sei...

Sobre a vida amorosa das estrelas-do-mar

Dei-me conta, repentinamente, da existência de uma grave lacuna na minha formação intelectual e produção literária. Nada sei sobre a vida amorosa das estrelas-do-mar e jamais escrevi qualquer crônica sobre o assunto. A revelação dessa limitação me foi feita quando, chegando em casa, vi o meu filho Sérgio, pai da Mariana, às voltas com a *Encyclopaedia Britannica*. Como sou fanático pela enciclopédia, de quem me tornei amante desde que a comprei em 1958, imaginei que meu filho também deveria estar em busca de algum prazer. Fiquei curioso. "O que é que você procura?", perguntei. Ele me respondeu com outra pergunta: "Pai, como é 'estrela-do-mar' em inglês?" Respondi: "É *starfish*". Mas fiquei curioso do seu interesse inusitado por esses animais tão distantes do nosso cotidiano. Afinal de contas, é só muito raramente que se topa com uma estrela-do-mar. Aí ele me explicou: "Nova pesquisa da Mariana. Ela deve descobrir a forma como as estrelas-do-mar se reproduzem".

Fiquei então assombrado e imaginei que a Mariana, minha neta de seis anos, deveria estar destinada a se transformar numa verdadeira enciclopédia, quando tivesse a minha idade. Antes ela já tivera de fazer uma pesquisa sobre o tema "o que é a política?". Agora, uma pesquisa sobre a vida amorosa das estrelas-do-mar. Invejei-a. Percebi logo que as crianças de hoje não são como as crianças de antigamente. Dei-me conta de que minhas ideias sobre educação, tão esquisitas, devem ser frutos de um equívoco psicobiológico: sempre pensei por meio de analogias, pressupondo que as crianças são as mesmas, em qualquer tempo, e que, para entender uma criança de hoje, é preciso começar por entender a criança que fui ontem (e ainda continuo a ser, secretamente). Assim eu pensava, assim eu agia: via a minha neta através dos meus olhos de menino.

Eu estava errado. Quando eu era menino eu não tinha o menor interesse na vida sexual das estrelas-do-mar, na verdade, nem mesmo sabia que elas existiam. Estrelas-do-mar eram entidades distantes, não habitavam o meu espaço, e, por não habitarem o meu espaço, elas não existiam nem para o meu corpo nem para a minha mente. Seria tolo, portanto, tentar ensinar-me algo seja da biologia, seja da sexualidade, tomando como referência essas notáveis hermafroditas. E eu nem sabia o que era hermafrodita. Muito mais fascinantes me eram as galinhas, que moravam no meu quintal, ciscavam a terra, botavam ovo, cacarejavam e eventualmente eram transformadas em canja. Que maravilhosos objetos de investigação, ponto de partida para reflexões biológicas, estéticas, ecológicas, econômicas, culinárias, religiosas, políticas e até mesmo erótico-poéticas. Religiosas, porque foi um galo que anunciou a traição de São Pedro. Políticas, porque cada galinheiro é um espaço político, onde as aves mais fortes bicam as mais fracas. E erótico-poéticas, porque as galinhas, por seus hábitos sexuais promíscuos, tornaram-se metáforas para as mulheres enfermas de furor uterino, que são denominadas "galinhas" – e daí o verbo "galinhar", que pode se aplicar também aos homens.

A gente aprendia por conta própria, movidos por uma curiosidade incontrolável. Só tardiamente descobri que meu pai era um mentiroso. Eu nada sabia sobre os fatos da vida, e corria atrás dos galos machistas que subiam nas costas das galinhas segurando-as pela crista. Perguntei ao meu pai por que os galos assim batiam nas galinhas e ele me respondeu que, com certeza, era punição por alguma malcriação que tinham feito, o que me convenceu, definitivo, a jamais fazer malcriações. A cena está absolutamente clara na minha mente, como se fosse agora: eu, agachado diante de um ninho onde uma galinha se esforçava por botar um ovo. Imóvel, não se perturbava com a minha proximidade, olhos arregalados, o esforço era demais, e no orifício traseiro, róseo, o ovo que aparecia. Como profecia de um médico que não fui, eu fazia o "toque" para ver se faltava muito. Botado o ovo, eu o levava triunfante para a cozinha, onde o feto seria transformado em ovo frito. Havia também as moscas que voavam acopladas, em maravilhosa sincronia olímpica, na felicidade singular e poética de copular voando, graça que aos seres humanos é dada em ocasiões muito especiais, quais sejam, na conjunção de astros, em eclipses de lua, ou quando os amantes riem enquanto fazem amor. E havia também os cachorros, enganchados na mais ridícula das posições, um resfolegando, língua de fora, olhando para o norte, o outro resfolegando, língua de fora, olhando para o sul, o que nos fazia supor que o sexo era coisa ridícula, que não devia ser feito com a mulher amada.

A gente aprendia olhando e pensando os objetos que habitavam o mesmo espaço que nós. E foi assim que eu, equivocadamente, elaborei um princípio pedagógico, que diz que a aprendizagem acontece no espaço habitado, espaço onde criança, sensações, sentimentos, bichos, coisas, ferramentas, cenários, situações, pessoas e atividades acontecem e formam um mundo. Eram os objetos do cotidiano, a gente não precisava de enciclopédia para fazer pesquisa. Pesquisa se fazia com os cinco sentidos e a curiosidade.

Percebi, então, que estou fora de moda. Também pudera! Não ando na companhia daqueles com quem os educadores andam. Não lemos os mesmos livros. Com a idade, passei a ler pouco. Se me criticarem por esse pecado acadêmico, direi que devem criticar também Bernardo Soares e Nietzsche. Acho que qualquer aluno de mestrado tem mais informações sobre a bibliografia recente de educação do que eu. Desconfio da leitura. Ela pode (notem bem, eu só disse "pode") produzir a cegueira. Isso se torna claro na universidade, que é o lugar onde se encontra a maior concentração de cegos que eu conheço. Perdão, a minha mania de exagerar! Não é que sejam cegos. É que olhos deles só veem o que está escrito nos livros. Se a gente pedir que os moradores da universidade façam um trabalho sobre coisa complicada, *sobre a qual existe uma bibliografia*, tudo bem; eles fazem. Mas se a gente pedir que façam um trabalho sobre aquilo que estão vendo, eles ficam paralisados. Para ver eles precisam de uma citação. Nietzsche tinha raiva dos intelectuais alemães, a quem ele chamava de "dedadores de livros" – tinham calos na ponta dos dedos de tanto virar páginas e ler os pensamentos dos outros. Schopenhauer chama a atenção para esse fato: que para ler é preciso parar de pensar para pensar os pensamentos de uma outra pessoa. O que é bom, até um certo ponto, e horrível depois dele, pois então desaprendemos a alegria de ter nossos próprios pensamentos. Diante de um pensamento escrito num livro, um pensamento simplesmente pensado na cabeça aparece como coisa insignificante, sem valor.

E o que aconteceu comigo foi que, ficando velho, dei-me conta de que os anos que me restavam não me davam tempo para acompanhar a literatura que se produzia sobre a educação. Parei de ler e tratei de gozar e cuidar dos meus próprios pensamentos sobre o assunto – que nada têm de científico, pois não se baseiam em estatísticas. As tartarugas caminham solidamente sobre o chão. A vantagem é que não correm o risco de quedas. Tartarugas não quebram pernas. A desvantagem é que são míopes, veem quase nada do mundo. Já as águias, correndo o risco das alturas, acham que o risco da queda vale a pena, pois lá de cima, sem pés no chão, se vê muito mais longe e muito mais bonito. Segundo o que penso, e seguindo minha filosofia da aprendizagem, o corpo aprende apenas aquelas coisas com as quais está em contato. A aprendizagem é uma função do viver. A gente aprende para sobreviver e para viver melhor, com alegria. Mas a vida tem a ver com a relação direta do corpo com o seu meio. Por isso a aprendizagem começa com os sentidos: o ver, o ouvir, o cheirar, o tocar, o gostar. Para os que só pensam com o auxílio de citações: *Magister dixit*! Assim falou Marx, que a tarefa da história é a educação dos sentidos.

Confesso que não sei o que a Mariana vai fazer com as informações sobre a vida sexual das estrelas-do-mar, seres ausentes do seu mundo. Acho que ela aproveitaria mais se estudasse sobre os seres que vivem no seu espaço: galinhas, cachorros, moscas, gatos, coelhos, homens e mulheres. Mas, como eu disse, estou fora de moda. Tudo mudou. As crianças de hoje não são iguais às de antigamente...

Sobre nabos crus e professores

Àqueles que desejam conhecer os mistérios da universidade, morada de professores eruditos e pesquisadores rigorosos, o meu conselho é muito simples: deleitem-se com a leitura do livro *Viagens de Gulliver*, escrito por Jonathan Swift. Das inúmeras viagens desse notável navegador, a mais conhecida é a sua viagem a Lilipute, país de homens muito pequenos. Na verdade, viagens a países de homens pequenos há muito deixaram de ser tema de literatura, posto que os liliputianos se espalharam por todo o mundo e agora podem ser encontrados em qualquer lugar. Mas houve muitas outras, uma das mais fascinantes sendo a viagem de Gulliver ao país de Lagado, notável por suas universidades e instituições de pesquisa.

Muitas transformações aconteceram desde a primeira edição do dito livro, publicado pela primeira vez no ano de 1726. A ciência progrediu de forma fantástica. O que nos levaria a pensar que as universidades daquele tempo nada têm a ver com as universidades de hoje. Mas aquilo que Gulliver contou sobre as universidades de Lagado comprova, de forma cabal, que, a despeito das enormes transformações acontecidas na ciência, houve algo que não mudou, que permaneceu igual: não mudaram as cabeças dos professores. Os professores de hoje agem e pensam do mesmo jeito que agiam e pensavam os professores de Lagado.

Fui informado, recentemente, da descoberta de um manuscrito de Jonathan Swift até então desconhecido, no qual ele relata sua visita ao Departamento de Arte Culinária do Instituto de Artes de uma das universidades do referido país. Se o meu leitor se espanta de que ali a arte culinária tivesse dignidade acadêmica, observo que eles estavam totalmente certos. Se existem em nossas universidades departamentos de música, a arte que dá prazer aos ouvidos, e departamentos de pintura e escultura, artes que dão prazer aos olhos, é natural que haja lugar acadêmico para a culinária, que é a arte que dá prazer à boca.

O curioso daquele departamento era a metodologia usada para introduzir os alunos à discriminação dos sabores, sensibilidade indispensável a todos os que pretendem se dedicar à produção dos prazeres da boca. Era uma metodologia rigorosa que afirmava ser indispensável começar pelo começo. A instauração dessa metodologia significou uma verdadeira revolução na arte de ensinar sabores. Porque anteriormente o referido departamento havia sido dominado pela metodologia oposta, que dizia que era necessário começar pelo fim. Durante esse período, os alunos aprendiam os sabores pela degustação dos assados, ensopados, guisados, sopas, tortas, sobremesas, vinhos – todos esses produtos que só se encontram ao fim da atividade culinária. Mas os metodólogos novos alegaram logicamente que havia algo de errado nesse caminho. "Nenhum caminho começa pelo fim", eles disseram. "É preciso começar pelo começo, pelos fundamentais, pela coisa mesma, na sua condição original." Estabeleceram, então, que o curso de degustação consistiria de sessões de mastigação de alhos, cebolas, nabos, cenouras, rabanetes, mandiocas, bardanas, aipos, repolhos, couves – todos no seu estado original, crus, sem sal ou tempero, sem haver passado pela alquimia do fogo. Aos alunos eram servidas substanciais porções de todos esses vegetais, alegando-se que os temperos viriam em cursos mais avançados. Somente depois, seguindo-se uma rigorosa ordem cartesiana, eles seriam introduzidos aos produtos finais da culinária, quando então passariam a trabalhar com os fogões, fornos e grelhas. Cada coisa na ordem devida.

Infelizmente o departamento de arte culinária teve de ser fechado porque os alunos, a despeito de seus grandes esforços, não conseguiam passar da primeira lição, qual seja, a mastigação de alhos, cebolas, nabos, cenouras, rabanetes, mandiocas etc. Não só isso. Essa primeira lição criava neles uma aversão generalizada pela comida. Houve mesmo casos de morte pela fome, pois os ex-alunos preferiam morrer a comer: a simples contemplação do prato, do garfo e da faca lhes produzia convulsões, desmaios e, em alguns casos, acessos de loucura.

Sempre pensei que esse relato fosse invenção de Jonathan Swift: eu não podia acreditar que houvesse professores assim tolos e loucos. Mas eu me enganei. Descobri que a mesma metodologia continua a ser usada.

Percebi isso ao observar uma jovem "mastigando" o primeiro "prato" que lhe dera o professor, texto que os alunos recém-ingressos na universidade teriam de ler: o seu rosto apresentava aspecto idêntico ao rosto dos alunos de Lagado, diante daquilo que eram obrigados a comer: um ar de espanto, de estupidez, de horror, de desespero mesmo. A alegria que se vira nele desde a notícia de haver passado no vestibular desaparecera. Passei os olhos no texto e logo entendi. Amostra: um único parágrafo continha referências a Weber, Kant, Hegel e Marx, sem nenhuma explicação, como se o leitor já soubesse de tudo, e pelo texto se encontravam espalhadas palavras em alemão como *Staatshilfe, Herrenvolk, Realpolitik, Wirklichkeit*, entre outras, traduzidas, é bem verdade. O esnobismo dos intelectuais não tem fim. Não foi o texto que me espantou. O texto, horroroso do ponto de vista literário, correspondia ao gosto que a educação universitária desenvolve: a erudição se revela pela capacidade de escrever feio. Os eruditos se deleitam com o feio e confuso e suspeitam do simples e belo. O que me espantou foi que o professor tivesse escolhido precisamente esse texto como o texto através do qual os alunos seriam iniciados na sua ciência. Lembro-me de um professor idêntico assim que afirmava: "Não me abaixo ao nível dos alunos. São os alunos que devem subir ao meu nível". Agora imaginem um professor de salto em altura que colocasse o sarrafo na marca dos 2 metros e não o baixasse dali. É claro que os alunos logo desistiriam daquela modalidade de esporte e iriam se dedicar a outras coisas. Asseguro que os alunos do tal professor já começaram a desenvolver ódio pela sua disciplina. Não só pela disciplina, pelo professor também. Porque, de saída, eles já perceberam uma coisa: o tal professor não se interessa e nada sabe sobre a arte de ensinar. E o pior: além da leitura irritante (deveria haver um texto com os "Direitos dos Alunos". Um deles rezaria: "Ninguém será obrigado a ler um texto que não entende"), o professor exigiu que os alunos fizessem o horror dos horrores: que resumissem o texto. Ler um texto para fazer resumo: é difícil imaginar algo mais deseducativo.

A escolha do professor revelou a sua alma. Cada vez eu mais me convenço: muitos professores são movidos pelo ódio aos estudantes. O seu objetivo não é ensinar e conduzir, mas confundir e fazer sofrer, virtudes de torturadores.

Podem me acusar de ingênuo e romântico: afirmo que a renovação da educação terá que passar pela transformação *afetiva* dos professores. A primeira pergunta que se deveria fazer a alguém que se candidatasse a uma posição de professor deveria ser: "O senhor gosta dos alunos?". Caso a resposta fosse afirmativa, a segunda pergunta se seguiria: "E qual é o primeiro prato que o senhor lhes serve?". E se ele responder que é mandioca e nabos crus, sem tempero, ele ganha logo um emprego na universidade de Lagado.

Sobre a ciência e a *sapientia*

O meu prazer é ver as coisas ao contrário. Ignoro as origens desse hábito estranho e de consequências frequentemente embaraçosas. Pode ser que isso seja coisa de poeta. A Adélia Prado confessa ser possuída por obsessão semelhante e se refere ao seu "caminho apócrifo de entender a palavra pelo seu reverso" (*Poesia reunida*, p. 61). Talvez isso seja doença ligada às minhas origens: nasci em Minas Gerais, estado onde nasceram Guimarães Rosa e Riobaldo. Ou pode ser vício ligado à minha profissão. Sou psicanalista, e psicanalista não acredita nunca nos reflexos cartesianos da superfície chamada consciência, morada dos saberes e da ciência. Eles preferem a fundura das águas onde as palavras nadam silenciosas como peixes.

Vou dizer as coisas ao contrário, conforme o meu hábito, pois é assim que meus olhos veem o mundo. Tempero meu embaraço com um aforismo de T.S. Eliot: "Num país de fugitivos, aquele que anda na direção contrária parece estar fugindo".

A Sociedade Brasileira para o Progresso da Ciência, ilustre assembleia de cientistas, pediu-me para falar sobre o tema ciência e consciência. A palavra *consciência*, em nossa língua, sofre de uma ambiguidade. Pode ela referir-se àquela *voz íntima* que nos chama a realizar a verdade do nosso ser. Sobre isso Heidegger meditou longamente no seu livro *O ser e o tempo*. Entre todos os seres vivos, nós somos os únicos que podem se perder pela sedução de formas inautênticas de vida: peixes colhidos nas redes do "eles anônimo" que vulgarmente recebe o nome de "sociedade". A *consciência* é a voz que nos faz lembrar nossas origens profundas: as correntes frescas, a fundura dos rios (Guimarães Rosa, como ele amava os rios! Confessou que, numa outra encarnação, gostaria de nascer jacaré!), a liberdade, o mistério, o silêncio, a solidão. A *consciência* mostra o rumo.

A *ciência* não tem *consciência*. Não poderia ter. Ciência é barco. Barco nada sabe sobre rumos: desconhece portos e destinos. Quem sabe sobre portos e destinos são os navegadores. Os cientistas são os navegadores que navegam o barco da ciência. Os cientistas antigos, fascinados pelo barco, acreditavam que nem seria preciso cuidar dos rumos. Sua paixão romântica pela *ciência* era tão intensa que pensavam que os ventos do saber sopravam sempre na direção do paraíso perdido. (Os apaixonados são todos iguais...) Acreditavam que o conhecimento produzia sempre a bondade. Por isso, bastava que se dedicassem à produção do conhecimento para que a bondade se seguisse, automaticamente. Infelizmente eles estavam errados. Os ventos do saber tanto podem levar ao paraíso quanto podem levar ao inferno. Os infernos também se fazem com ciência.

Essa religião, eu penso, cujos dogmas filosóficos caíram em descrédito, continua, entretanto, a determinar os rumos da nau: as heranças dos mortos são os sepulcros dos vivos. Ela se encontra sutilmente presente no próprio nome da Sociedade Brasileira para o Progresso da Ciência, como se a questão crucial fosse o *progresso da ciência*. Naus melhores não garantem, por si mesmas, o rumo ao paraíso. É possível que navios modernos naveguem (rapidamente) para o inferno enquanto primitivos barcos a vela naveguem (vagarosamente) na direção do paraíso.

Mas a palavra *consciência* tem também um segundo sentido: *consciência* como a forma pela qual conhecemos o mundo. Roland Barthes, no seu maravilhoso texto "Aula", diz que ao envelhecer estava trocando sua maneira de conhecer o mundo. Até ali, ele fora um professor de *saberes* – dedicara-se ao progresso da ciência. A *ciência* é uma forma *ocular* de experimentar o mundo. Ela nasceu a partir do desejo de *ver* o mundo com olhos capazes de ver o invisível. Pois é isto que são as *teorias*: óculos de palavras através dos quais vemos o mundo de uma forma escondida aos olhos comuns. Acho que foi Karl Popper que disse isso de forma metafórica: "Todas as nuvens são relógios". Ao que a física quântica retrucaria dizendo o contrário: "Todos os relógios são nuvens". O mundo ocular da ciência é fascinante.

Mas o olhar contém uma maldição: somente é possível ver a distância. Vejo o que está longe do corpo. Impossível ler um texto colado aos meus olhos. Os prazeres do contato do corpo são incompatíveis com a visão. (Imagino que essa é a razão pela qual os amantes fecham os olhos para beijar...) Daí a afirmação psicanalítica de que a nossa infelicidade se deve à impossibilidade de comer tudo aquilo que vemos. (Os poetas são aqueles que tentam transformar o visível em comestível. Eles fazem isso por meio de uma operação alquímica intermediária: transformam o visível em palavras que, por sua vez, são comidas. A poesia é formada por palavras comestíveis.)

Barthes disse que a velhice lhe permitiu entregar-se ao esquecimento: procurava desaprender os saberes que progressivamente haviam se depositado sobre o seu corpo através dos anos, da mesma forma como a craca se agarra ao casco dos barcos. Queria esquecer-se dos saberes acumulados para retornar ao saber esquecido do seu corpo. E, ao final desse processo de desaprendizagem purificadora, ele afirmou haver chegado àquilo que a ciência ocultara: ele encontrou *sapientia:* uma forma nova (velhíssima, original, infantil) de *consciência. Sapientia* é saber saboroso. Vale transcrever um curto parágrafo de Nietzsche:

> A palavra grega que designa o "sábio" se prende, etimologicamente, a *sapio*, eu saboreio, *sapiens*, o degustador, *sisyphos*, o homem de gosto mais apurado; um apurado degustar e distinguir, um significativo discernimento, constitui, pois, (...) a arte peculiar do filósofo. (...) A ciência, sem essa seleção, sem esse refinamento de gosto, precipita-se sobre tudo o que é possível saber, na cega avidez de querer conhecer a qualquer preço; enquanto o pensar filosófico está sempre no rastro das coisas dignas de serem sabidas... (*A filosofia na época trágica dos gregos*)

O meu embaraço, o meu andar na direção contrária, prende-se a este fato: que eu ouso pronunciar uma palavra há muito banida do discurso da *ciência: sapientia*. A *ciência* fez silêncio sobre a *sapientia* por julgá-la supérflua. Julgou que seus *saberes*, necessariamente, produziriam *sabores*; que o seu progresso, necessariamente, produziria a felicidade. Daí essa voracidade grotesca apontada por Nietzsche: se pode ser conhecido deve ser conhecido – desde que a coisa tenha sido produzida com a *metodologia* adequada. Não me recordo, em bancas de mestrado e doutoramento, de haver presenciado discussões sobre o *sabor* da comida sendo servida. As discussões se concentram, predominantemente, na *forma como a comida foi preparada, isto é, no método. Ciência* é igual a método? Qualquer coisa idiota e irrelevante pode ser conhecida com rigor científico. E pode, assim, transformar-se em objeto de pesquisa e de tese.

A *ciência* progride: os *saberes* se somam. A *ciência* é um ser do tempo. A *sapientia*, ao contrário, não se soma, não progride. Não somos mais sábios que Sócrates, Jesus, Buda, Lao Tsu, Ângelus Silésius. Não somos mais sábios que as crianças. Porque *sapientia* – essa *consciência* saborosa do mundo, o mundo como objeto de degustação – é a *consciência* da criança: o nenezinho é sábio; ele sabe que o mundo se divide em *coisas gostosas*, que dão prazer ao corpo, e que por isso mesmo devem ser comidas. E coisas *não gostosas*, que por isso mesmo devem ser cuspidas e vomitadas.

Sugiro, para a *ciência*, uma nova *consciência*: a de *serva* da *sapientia*. O único propósito dos *saberes* é tornar possível a exuberância dos *sabores*. Pois o que Barthes disse, afinal de contas, é que dali para frente ele tomava a *culinária* como modelo para seu labor intelectual. Quem sabe, algum dia, esquecidos os *saberes* acumulados, cientistas e mestres se tornarão *sábios*, e as escolas e universidades tomarão as *cozinhas* como modelo...

É brincando que se aprende...

No meu tempo, parte da alegria de brincar estava na alegria de *construir* o brinquedo. Fiz caminhõezinhos, carros de rolimã, caleidoscópios, periscópios, aviões, canhões de bambu, corrupios, arcos e flechas, cataventos, instrumentos musicais, um telégrafo, telefones, um projetor de cinema com caixa de sapato e lente feita com lâmpada cheia d'água, pernas de pau, balanços, gangorras, matracas de caixas de fósforo, papagaios, artefatos detonadores de cabeças de pau de fósforo, estilingues.

Fazendo estilingues, desenvolvi as virtudes necessárias à pesquisa: só se conseguia uma forquilha perfeita de jabuticabeira depois de longa pesquisa. Pesquisava forquilhas – as mesmas que inspiraram Salvador Dalí – exercendo minhas funções de "controle de qualidade" – arte que alguns anunciam como nova, mas que existiu desde a criação do mundo: Deus ia fazendo, testando e dizendo, alegre, que tinha ficado muito bom. Eu ia comparando a infinidade de ganchos que se encontravam nas jabuticabeiras com o gancho ideal, perfeito, simétrico, que existia em minha cabeça. Pois "controle de qualidade" é isto: comparar o "produto" real com o modelo ideal. As crianças já nascem sabendo o essencial. Na escola, esquecem.

Os grandes, morrendo de inveja, mas sem coragem para brincar, brincavam fazendo brinquedos. As mães faziam bonecas de pano, arte maravilhosa hoje só cultivada por poucas artistas. As mães modernas são de outro tipo, sempre muito ocupadas, correndo pra lá e pra cá, motoristas, levando as crianças para aula de balé, aula de judô, aula de inglês, aula de equitação, aula de computação – não lhes sobra tempo para fazer brinquedos para os filhos. (Será que as crianças de hoje sabem que os brinquedos podem ser fabricados por elas?) Hoje, quando a menina quer boneca, a mãe não faz a boneca: compra uma boneca pronta que faz xixi, engatinha, chora, fala quando a gente aperta um botão, e é logo esquecida no armário dos brinquedos. Pobres brinquedos prontos! Vindo já prontos, eles nos roubam a alegria de fazê-los. Brinquedo que se faz é arte, tem a cara da gente. Brinquedo pronto não tem a cara de ninguém. São todos iguais. Só servem para o tráfico de inveja que move pais e filhos, como esse tal "bichinho virtual...".

Fiquei com vontade de fazer uma sinuquinha. Naquele tempo não havia para se comprar. Mesmo que houvesse, não adiantava: a gente era pobre. Como tudo o que vale a pena neste mundo, a fabricação começava com um ato intelectual: *pensamento* – quem *deseja* pensa. O pensamento nasce no *desejo*. Era preciso, antes de construir a sinuquinha de verdade, construir a sinuquinha de mentira, na cabeça. Essa é a função da *imaginação*. Antes de Piaget, eu já sabia o essencial do *construtivismo*: meu conhecimento começava com uma *construção* mental do objeto. Diga-se, de passagem, que o homem vem praticando o construtivismo desde o período da Pedra Lascada. Piaget não descobriu nada: ele só descreveu aquilo que os homens (e mesmo alguns animais) sempre souberam.

Era preciso uma tábua larga e plana, flanela, madeiras e borracha de pneu de bicicleta para as tabelas; as caçapas seriam feitas de meias velhas. As bolas, de gude. Os tacos, cabos de vassoura. Preparei-me para fabricar o objeto dos meus sonhos. Meu pai, que era viajante, estava em casa naquele fim de semana. Ofereceu-se para me ajudar, contra a minha vontade. Valendo-se de sua autoridade, tomou a iniciativa. Pegou do serrote e pôs-se a serrar os cantos da tábua, no lugar das caçapas. Meu pai operou com uma lógica simples: se um buraquinho pequeno, que mal dá para passar uma bolinha, dá um x de prazer a uma criança, um buraco dez vezes maior dará à criança dez vezes mais prazer. E assim pôs-se a serrar buracos enormes nos ângulos da tábua. Eu protestava, desesperado: "Pai, não faz isso não!". Inutilmente. Confiante no seu saber, ele levou a sua lógica até as últimas consequências. Fez a sinuquinha. Só que nunca joguei uma única partida com os meus amigos. Por uma simples razão: quem começava o jogo encaçapava todas as bolinhas. Com buracos daquele tamanho, não tinha graça. Era fácil demais. A facilidade destruiu a alegria do brinquedo. *A alegria de um brinquedo está, precisamente, na sua dificuldade, isto é, no desafio que ele apresenta.*

Deliciei-me com uma história do Pato Donald. O professor Pardal, cientista, resolveu dar como presente de aniversário ao Huguinho, ao Zezinho e ao Luizinho brinquedos perfeitos. Fabricou uma pipa que voava sempre, mesmo sem vento. Um pião que rodava sempre, mesmo que fosse lançado do jeito errado. E um taco de beisebol que sempre acertava na bola, mesmo que o jogador não estivesse olhando para ela. Mas a alegria foi de curta duração. Que graça há em se empinar uma pipa, se não existe a luta com o vento? Que graça há em fazer rodar um pião, se qualquer pessoa, mesmo uma que nunca tenha visto um pião, o faz rodar? Que graça há em ter um taco que joga sozinho? Os brinquedos perfeitos foram logo para o monte de lixo, e os meninos voltaram aos desafios e alegrias dos brinquedos antigos.

Todo brinquedo bom apresenta um desafio. A gente olha para ele, e ele nos convida para medir forças. Aconteceu comigo, faz pouco tempo: abri uma gaveta e um pião que estava lá, largado, fazia tempo, me desafiou: "Veja se você pode comigo!". Foi o início de um longo processo de medição de forças, no qual fui derrotado muitas vezes. É preciso que haja a possibilidade de ser derrotado pelo brinquedo para que haja desafio e alegria. A alegria vem quando a gente ganha. No brinquedo a gente exercita o que Nietzsche denominou "vontade de poder".

Brinquedo é qualquer desafio que a gente aceita pelo simples prazer do desafio – sem nenhuma utilidade. São muitos os desafios. Alguns são desafios que têm a ver com a habilidade e a força física: salto com vara, encaçapar a bola de sinuca; enfiar o pino do bilboquê no buraco da bola de madeira. Outros têm a ver com nossa capacidade para resolver problemas lógicos, como o xadrez, a dama, a quina. Já os quebra-cabeças são desafios à nossa paciência e à nossa capacidade de reconhecer padrões.

É brincando que a gente se educa e aprende. Cada professor deve ser um *magister ludi* como no livro do Hermann Hesse. Alguns, ao ouvir isso, me acusam de querer tornar a educação uma coisa fácil. Essas são pessoas que nunca brincaram e não sabem o que é o brinquedo. Quem brinca sabe que a alegria se encontra precisamente no desafio e na dificuldade. Letras, palavras, números, formas, bichos, plantas, objetos (ah! o fascínio dos objetos!), estrelas, rios, mares, máquinas, ferramentas, comidas, músicas – todos são desafios que olham para nós e nos dizem: "Veja se você pode comigo!". Professor bom não é aquele que dá uma aula perfeita, explicando a matéria. Professor bom é aquele que transforma a matéria em brinquedo e *seduz* o aluno a brincar. Depois de seduzido o aluno, não há quem o segure.

A maquineta de roubar pitangas

Acho que eu teria dado um bom engenheiro. De que eu me lembre, as primeiras manifestações da minha inteligência foram na área da engenharia. A primeira delas, eu devia ter uns quatro anos, foi uma tentativa frustrada de fazer levitar um grave. Encantado com quatro pinos roliços de madeira que se encontravam na cristaleira, retirei-os dos buracos onde se encontravam, sem notar que eles eram o suporte de uma prateleira de vidro cheia de taças. Para minha decepção e contrariando minhas expectativas, a prateleira não flutuou, o que provocou um armagedon de vidros. O acontecido, entretanto, não me desencorajou, e se os acidentes da vida não tivessem me empurrado por caminhos não planejados, é certo que hoje eu seria um engenheiro.

Engenharia é coisa bonita. A começar pela palavra que vem do latim, *ingenium*, que quer dizer "a agudeza, a viveza, o entendimento, o espírito, engenhosidade, coisa inventada com engenho". Os engenheiros, assim, são pessoas que se dedicam a fabricar artefatos inteligentes.

As raízes do impulso para a engenharia são facilmente compreensíveis. O *corpo* deseja algo. Mas ele mesmo não tem os recursos físicos para conseguir aquilo que deseja. O seu *desejo* só será satisfeito se a *inteligência* for capaz de construir uma *ferramenta* que lhe permita atingir o seu objeto. Rapunzel operou com inteligência engenharial quando deixou crescer os seus cabelos. Não deixou que eles crescessem por razões de vaidade. Não lhe importava que fossem sedosos, macios e brilhantes. Seus cabelos tinham que ser uma corda forte o bastante para que o seu amado pudesse por eles subir. Os cabelos da Rapunzel eram um "artefato inteligente" – um *meio* para a realização do *desejo*. Essa estória, do ponto de vista psicanalítico, se presta a uma interpretação deliciosa: os cabelos crescem na cabeça; as ideias crescem também na cabeça. Cabelos: metáforas de ideias...

A capacidade de construir "artefatos inteligentes" não é monopólio dos seres humanos. As colmeias das abelhas, os ninhos dos guaxes, dos beija-flores, do joão-de-barro, as teias das aranhas, as conchas dos caracóis – são todos assombros engenhariais.

Dos homens dotados com inteligência engenharial, o que mais me assombra é Leonardo da Vinci, que, além de ser músico e pintor, era também arquiteto, fez projetos urbanísticos – Brasília não seria o horror que é se ele tivesse sido o arquiteto – e fez planos de uma máquina voadora que permitisse aos homens voar como pássaros, realizando assim o sonho imortal de Ícaro – ser pássaro é ser livre! –, e uma outra para navegar no fundos dos mares, permitindo aos homens navegar entre os peixes. Leonardo da Vinci foi uma prova viva de que a beleza e a inteligência engenharial podem andar de mãos dadas. O engenheiro pode amar a arte.

Defino o engenheiro: é uma pessoa que se dedica a construir "pontes" entre o corpo e o desejo. Pontes são construídas sobre abismos. Pelas pontes os encontros são possíveis. Encontros entre o *corpo* e o seu *desejo*. Quando o *desejo* é realizado, o *corpo* fica feliz.

Quero, agora, relatar a minha primeira experiência na construção de um "artefato inteligente". Foi, realmente, uma invenção, porque tal artefato, na medida do meu conhecimento, jamais havia sido construído.

Eu tinha seis anos de idade. Ao lado da minha casa pequena, uma casa com um quintal enorme, cheio de árvores frutíferas. Entre elas, perto do muro, uma árvore que eu nunca havia visto, carregadinha com umas frutinhas vermelhas, miniaturas delicadas e brilhantes de moranga: pitanga. O nome já diz do fascínio: pi x tanga: o erótico multiplicado por 3,1416. Ela, a sem-vergonha vermelha, tinha de ser deliciosa. Imaginei o prazer que eu teria comendo aquela frutinha. O prazer imaginado não dá descanso. Já o prazer realizado cansa logo. Quantos pedaços de picanha, quantos copos de chope, quantos beijos a gente aguenta? Prazer realizado tem vida curta: morre logo (podendo ressuscitar depois de três dias). Mas o prazer não realizado é um tormento. Disse o poeta inglês William Blake que "o prazer engravida". Isso mesmo: gravidez. Não tem jeito de parar.

Mas as pitangas estavam longe do meu braço. Foi então que, do lugar do *desejo*, partiu uma ordem para a *inteligência*. Na verdade, está errado falar em *inteligência* no singular. Nosso corpo é uma casa onde, em cada quarto, jaz adormecida, encantada, uma *inteligência* diferente: a lógica, a culinária, a esportiva, a musical, a humorística, a religiosa, a lúdica, a mecânica, a criminosa, a pedagógica, a médica – e uma infinidade de outras. Cada uma serve para uma operação específica. Adormecidas. Só acordarão quando forem tocadas por um beijo de amor. Aquela estória do Aladim e a lâmpada maravilhosa: o gênio da garrafa é a inteligência. O gênio não tem ideias próprias: ele só obedece às ordens do seu dono. Assim são as inteligências: elas obedecem àquilo que o desejo determina.

E foi assim que aconteceu comigo: meu desejo de comer pitangas deu um beijo numa inteligência – a criminosa –, que foi logo me dizendo: "Se você quer comer pitangas, pule o muro e roube as pitangas". Nesse momento outra inteligência acordou, a da prudência, que me disse: "De jeito algum. E se o homem sair no quintal e lhe der uns tapas?". Trancafiei a inteligência criminosa no seu lugar. Foi então que o *desejo* deu um beijo na *inteligência engenharial*. Ela acordou e disse: "Faça uma maquineta de roubar pitangas. Vou lhe ensinar como". E pôs-se a me dizer o que eu deveria fazer. Eu teria de trabalhar. A inteligência sozinha não faz nada. Ela só pensa. Precisa do corpo para transformar o pensamento em realidade. Completando o aforismo de Blake: "O prazer engravida; o sofrimento faz parir". Um professor que sabe esse aforismo sabe os essenciais da psicologia da criatividade. Eu teria que, primeiro, encompridar o meu braço. Procurei e achei um longo bambu. Depois, eu teria de acoplar uma mão mecânica na ponta do braço de bambu. Uma latinha de massa de tomate com um dente na borda fez as vezes de mão. Amarrei a latinha na ponta do bambu: eis pronta minha maquineta de roubar pitangas, que não cheguei a patentear. Roubei e comi quantas pitangas quis.

As inteligências dormem. Inúteis são todas as tentativas de acordá-las por meio da força e das ameaças. As inteligências só entendem os argumentos do desejo: elas são ferramentas e brinquedos do desejo.

A tarefa do professor: mostrar a frutinha. Comê-la diante dos olhos dos alunos. Provocar a fome. Erotizar os olhos. Fazê-los babar de desejo. Acordar a inteligência adormecida. Aí a cabeça fica grávida: engorda com ideias. E quando a cabeça engravida não há nada que segure o corpo.

NAVEGANDO

Em louvor à inutilidade

Brinquedo não serve para nada. Objeto inútil. Útil é uma coisa que pode ser usada para se fazer algo. Por exemplo, uma panela.

Ela é útil. Com ela se fazem feijoadas, moquecas e sopas. Uma escada também é útil: pode ser usada para se subir no telhado, para apanhar jabuticabas nos galhos altos, para trocar uma lâmpada. Um barco é útil: pode ser usado para atravessar um rio. Úteis são o palito, a vassoura, o canivete, o pente, a camisinha, a aspirina, o lápis, a bicicleta, o computador e os meus dedos que digitam as palavras que penso.

Convidaram-me para dar uma palestra para pessoas de terceira idade. Comecei minha fala de forma solene: "Então os senhores e as senhoras chegaram finalmente a essa idade maravilhosa em que podem se dar ao luxo de ser totalmente inúteis!". Pensaram que fosse xingamento, ofensa. E trataram, cada um, de me explicar a sua utilidade. E exigiram ser colocados na caixa das coisas úteis, onde estavam a vassoura, o papel higiênico e o serrote. Mas eu só queria que eles fossem colocados no mesmo baú onde estavam os brinquedos.

Lá em Minas era assim que se valorizava o marido, dizendo que ele morava na caixa de coisas úteis: "O Onofre é assim caladão, desengonçado e sem jeito. Mas marido melhor não pode haver. É sem defeito. Bom demais: não deixa faltar nada em casa...".

As mães, sagazes, sabiam que um casamento duradouro depende da utilidade das esposas. Como a expressão "esposa útil" não fica bem, substituíram-na por "esposa prendada". Sabedoria das mães sagazes: esposa prendada, casamento duradouro, mãe viúva abrigada. Preparavam suas filhas para o casamento transformando-as em ferramentas-complementos de panelas, agulhas e vassouras. Cozinhar, varrer, costurar: esses eram os saberes necessários à formação de uma mulher útil. Nunca ouvi falar, não conheço, ignoro qualquer esforço no sentido de desenvolver nos homens e nas mulheres os seus potenciais de brinquedo. Afinal de contas, brinquedo é coisa inútil.

O que se procura é um cavalo (ou égua) marchador, que não se espante com mau tempo, que fique amarrado no pau espantando moscas com o rabo sem relinchar: muito mais útil que um cavalo selvagem, lindo de se espiar, maravilhoso de se sonhar, mas impossível de se montar. Simetricamente, uma mulher submissa, caseira e trabalhadora vale mais que uma mulher com ideias próprias que voa por lugares não sabidos. Há um capítulo das Sagradas Escrituras, no livro de Provérbios (31:10-31), onde se encontra a mais fantástica ficção sobre a mulher virtuosa que eu jamais vi. Aquilo não é uma mulher; é uma máquina. Mulher faz-tudo, de um marido faz-nada. Porque não sobra nada para ele fazer. A descrição é tão doida que a única explicação que tenho para tal colar impossível de virtudes é que o autor devia estar fazendo uma brincadeira, gozação amorosa com sua mulherzinha que não era nada daquilo, mas que tinha virtudes de brinquedo que ele adorava.

Quando o valor das coisas está na utilidade, no momento em que deixam de ser úteis são jogadas fora. Uma lâmpada queimada, uma caneta Bic vazia, um saquinho de chá usado: vão todos para o lixo. Na hora de despedir os empregados, é sempre a lei da utilidade que funciona. Cozinheira que cozinha bem fica no emprego e tem aumento. Cozinheira que põe sal demais no feijão e deixa queimar o arroz é despedida. Esta é a lei da utilidade: o menos útil é jogado fora para que o mais útil tome o seu lugar. Minha máquina de escrever, faz mais de um ano que não toco nela. Isso vale para as pessoas. É a lei da selva, a sobrevivência do mais apto.

Muitas pessoas chegam mesmo a colocar Deus nesse rol de utilidades, ao lado desses objetos-ferramentas. Claro, a ferramenta mais potente, capaz de fazer tudo o que as outras não fazem: encontrar chave perdida, curar câncer, fazer o filho passar no vestibular, segurar o avião lá em cima, impedir acidente de automóvel, encontrar casa para alugar ou homem ou mulher com quem casar. Toda vez que alguém diz "Graças a Deus" está dizendo "Ferramenta útil é esse Deus. Até agora fez tudo direitinho".

As crianças, do jeito como saem das mãos de Deus, são brinquedos inúteis, não servem para coisa alguma. Assim são a Ana Carolina, a Isabel, a

Camila, a Flora, a Ana Paula, a Mariana, a Carol, a Aninha... É compreensível. Deus, segundo Jacob Boehme, místico medieval, é uma Criança que só faz brincar. Ele não se dá bem com os adultos. Tanto assim que, no momento em que Adão e Eva pararam de brincar e ficaram úteis, Deus os expulsou do Paraíso. Fez isso não por não gostar deles, mas por medida preventiva: sabia que qualquer Paraíso vira inferno quando um adulto entra lá. Agora, para entrar outra vez no Paraíso, é preciso nascer de novo e virar criança. Aquela estória do livro de contabilidade de Deus, nas mãos de São Pedro, na entrada do céu, é tudo invenção de adulto com cabeça de banqueiro. Na verdade, o que acontece é o seguinte. Na porta do Paraíso, está aquela Criança que Alberto Caeiro descreveu num longo poema. Ela não consulta livro e não pergunta nada. Só abre um baú enorme, onde estão guardados todos os brinquedos inventados e por inventar, e diz: "Escolha um para brincar comigo!".

Quem ficar feliz e souber brincar entra. Mas muitos ficam bravos. Traziam, numa mala etiquetada de "boas obras", todas as utilidades que haviam ajuntado. Queriam mostrá-las a Deus-Pai. Mas a Criança não se interessa pela mala. Os chegantes se sentem ofendidos. Desrespeito serem recebidos assim! Ficam desconfiados. Fecham a cara. Dizem que são pessoas sérias. Para isso foram à escola – para serem transformados de meninos em adultos.

A Criança lhes sorri e lhes diz que, naquela escola, eles não passaram. Não podem entrar no Paraíso. Ficaram de DP. "Voltem quando tiverem deixado de ser adultos. Voltem quando tiverem voltado a ser crianças. Voltem quando tiverem aprendido a brincar..."

A síndrome do pânico

Ai, como ficam alegres as pessoas quando cientistas anunciam haver descoberto que algum sofrimento da cabeça, ataque de loucura ou perturbação de sentimentos e ideias é produzido por desregulagem dos líquidos orgânicos, hormônios e companhia. Pois, sendo assim, o alívio para o sofrimento fica fácil: se a causa é atrapalhação de um líquido, basta tomar o contrário, um líquido consertante, pílula ou injeção, para que tudo se resolva num *vapt-vupt*, sem ter de passar pelos longos e incertos caminhos da terapia, coisa ainda primitiva que, sem contar com as poções milagrosas da ciência, só dispõe dos frágeis e incertos recursos do pensamento e da palavra para desatar o nó.

Esse, por exemplo, é o caso dos hipocondríacos, cuja maior infelicidade é quando vão ao médico com mil queixas e dores cancerosas, esperando que o esculápio confirme e marque a cirurgia, e o doutor, com sorriso inocente, anuncia que eles podem ficar descansados, não têm nada, é só coisa de cabeça, e os encaminha para um terapeuta.

Ah! Tudo, menos isso! Tudo, menos saber que os seus sofrimentos não se resolvem com bisturis e injeções! Tudo, menos saber que é preciso desatar os nós do pensamento!

Pois é isso que acontece com a tal "síndrome do pânico" – sobre a qual conheço pouquíssimo, só de ouvir falar. Suspeito que, quando os médicos dizem "síndrome", é porque eles nada sabem. Muita palavra sonora serve para disfarçar a ignorância. Pois "síndrome" só quer dizer "coisas que correm juntas", cacho. "Síndrome do pânico", assim, pode ser traduzida como "cacho do pânico", do jeito exato como há um cacho de bananas. Diz como a coisa aparece, mas não explica nada.

Pois foi anunciado que os cientistas comprovaram que a tal síndrome do pânico é produzida por uma perturbação na química do organismo. Tudo de ruim que vem no cacho, os sentimentos perturbados, o medo, a certeza da morte iminente, tudo isso é resultado de um líquido, não sei bem se de excesso ou de falta. Se ela é produzida pela química, será também pela química resolvida! Que maravilha! Finalmente a metafísica, com todos os seus enigmas e horrores, se resolve no laboratório do boticário!

Lembrei-me, então, da viagem que Gulliver – o mesmo que foi a Lilipute – fez ao país de Lagado, notável por suas instituições de pesquisa e universidades. O visitante foi levado de laboratório em laboratório, passou pelos engenheiros, pelos agrônomos, pelos linguistas, pelos cientistas políticos. Pena que Jonathan Swift tenha omitido a visita que ele fez ao laboratório dos psiquiatras – omissão que me apresso a corrigir, relatando o que se passou.

Recebido gentilmente pelo psiquiatra-chefe, Gulliver foi informado de que ali se trabalhava para pôr um fim definitivo a um dos mais graves sofrimentos da humanidade: o medo.

"Os dados empíricos demonstram que a síndrome do medo é produzida por um hormônio. Demos o nome de 'síndrome' a essa condição porque ela se manifesta sempre como um cacho de sintomas: suores, taquicardia, elevação da pressão sanguínea e, no nível das fantasias do sujeito, por um estado psicológico denominado vulgarmente medo. Pois bem" – ele continuou –, "verificou-se que todos os sujeitos acometidos da 'síndrome do medo' apresentam uma taxa anormalmente alta de adrenalina no sangue. Sendo esse o caso, concluímos logicamente que, com a eliminação da adrenalina, o medo teria que desaparecer. Assim, tratamos de produzir um composto químico que fosse capaz de impedir que as glândulas suprarrenais produzissem o referido hormônio. Esse produto recebeu o nome de 'gamabloqueador'. E, com essas palavras, o cientista exibiu um pequeno frasco com um líquido amarelado".

"O passo seguinte foi o teste da hipótese: um sujeito, colocado numa situação que normalmente produz medo, se nele injetarmos o gamabloqueador, não deverá sentir medo. Anunciamos a pesquisa, pedimos voluntários. As filas foram imensas. Todo mundo quer parar de ter medo.

O teste é assim: (1) injetamos no voluntário medroso o gamabloqueador; (2) colocamo-lo numa situação amedrontadora: um quarto fechado com um cão feroz; (3) observamos o que acontece. O resultado é assombroso: o voluntário permanece impassível. Não sente o menor medo. Aproxima-se mesmo do cão para afagá-lo. Pena que, até hoje, nenhum dos voluntários tenha sobrevivido ao encontro..."

Gulliver se espantou, e atreveu-se a sugerir uma hipótese alternativa que salvaria os voluntários do perigo de não ter medo.

"Talvez" – ele disse timidamente – "seja possível considerar a hipótese de que o medo seja produzido não pelo hormônio, mas pela simples *visão* do cão furioso. Informado pela visão horrível, o organismo produziria o hormônio não como causa, mas como resultado do medo".

O psiquiatra sorriu complacentemente.

"Vê-se logo que o senhor não é cientista. O senhor deseja que consideremos a *visão* como causa do medo. Mas *visões* não têm estatuto científico. Não são quantificáveis. Não podem ser medidas. Não podem ser testadas intersubjetivamente. Não são passíveis de tratamento estatístico. Não se pode fazer ciência sobre entidades assim."

E sem querer perder mais tempo com visitante tão ignorante, o psiquiatra-pesquisador se despediu e desapareceu no laboratório, fechando a porta. De longe se ouviam os latidos do cão e a voz do cientista que chamava os voluntários para o teste:

"O próximo..."

Você acreditou? Nem eu. Pois digo que quem afirma que síndrome do pânico é produzida por líquidos no organismo procede da mesma forma como o cientista de Lagado. As cabeças de agora não são diferentes das cabeças de há 300 anos. Acredito mais na hipótese de Gulliver. Acho que o pânico aparece quando a pessoa tem uma *visão*. A pessoa fica em pânico por ver algo que lhe dá grande pavor.

Quero viver muitos anos

Sim, eu quero viver muitos anos mais. Mas não a qualquer preço. Quero viver enquanto estiver acesa, em mim, a capacidade de me comover diante da beleza.

A comoção diante da beleza tem o nome de "alegria", mesmo quando as lágrimas escorrem pela face. A alegria e a tristeza são boas amigas. Assim o disse a minha amiga Adélia: "A poesia é tão triste. O que é bonito enche os olhos de lágrimas. Por prazer da tristeza eu vivo alegre".

Essa capacidade de sentir alegria é a essência da vida. Quase que disse "vida humana", mas parei a tempo. Pois é muita presunção de nossa parte pensar que somente nós recebemos essa graça. Aquela farra de pulos, correria, mordidas e gestos de faz de conta em que se envolvem minha velha *dobermann* (nunca tive cachorro mais gentil!) e a *cocker* novinha, nenê, aquilo é pura alegria. E o voo do beija-flor, flutuando parado no ar, gozando a água fria que sai do esguicho – também isso é alegria. E o meu pai dizia que, quando chovia, as plantas sentiam alegria. Lembrei-me de um místico que orava assim: "Ó Deus! Que aprendamos que todas as criaturas vivas não vivem só para nós, que elas vivem para si mesmas e para Ti. E que elas amam a doçura da vida tanto quanto nós".

Na alegria, a natureza atinge seu ponto mais alto: ela se torna divina. Quem tem alegria tem Deus. Nada existe, no universo, que seja maior que esse dom. O universo inteiro, com todas as suas galáxias: somos maiores e mais belos do que ele, porque nós podemos nos alegrar diante da beleza dele, enquanto ele mesmo não se alegra com coisa alguma.

Quero viver muito, mas o pensamento da morte não me dá medo. Me dá tristeza. Este mundo é tão bom. Não quero ser expulso do campo no meio do jogo. Não quero morrer com fome. Há tantos queijos esperando ser comidos. Quando o corpo não tiver mais fome, quando só existirem o enfado e o cansaço, então quererei morrer. Saberei que a vida se foi, a despeito dos sinais biológicos externos que parecem dizer o contrário. De fato, não há razões para o medo. Porque só há duas possibilidades. Nada existe depois da morte. Neste caso, eu serei simplesmente reconduzido ao lugar onde estive sempre, desde que o universo foi criado. Não me lembro de ter sentido qualquer ansiedade durante essa longa espera. Meu nascimento foi um surgir do nada. Se isso aconteceu uma vez, é possível que aconteça outras. O milagre pode voltar a se repetir algum dia. Assim esperava Alberto Caeiro, orando ao Menino Jesus: "... E dá-me sonhos teus para eu brincar / Até que nasça qualquer dia / Que tu sabes qual é...".

Se, ao contrário, a morte for a passagem para outro espaço, como afirmam as pessoas religiosas, também não há razões para temer. Deus é amor e, ao contrário do que reza a teologia cristã, ele não tem vinganças a realizar, mesmo que não acreditemos nele. E nem poderia ser de outra forma: eu jamais me vingaria dos meus filhos. Como poderia o "Pai Nosso" fazê-lo?

Mas eu tenho medo do morrer. Pode ser doloroso.

O que eu espero: não quero sentir dor. Para isso, há todas as maravilhosas drogas da ciência, as divinas morfinas, dolantinas e similares. Quero também estar junto das coisas e das pessoas que me dão alegria.

Quero o meu cachorro – e se algum médico ou enfermeira alegar, em nome da ciência, que cachorros podem transmitir enfermidades, eu os mandarei para aquele lugar. Os que estão morrendo se tornam invulneráveis. Eles estão além das bactérias, infecções e contraindicações. Lembro-me de um velhinho, meu amigo, que no leito de morte disse à filha que queria comer um pastel. "Mas papai", ela argumentou, "fritura faz mal...". Ela não sabia que os *morituri* estão além do que faz bem e do que faz mal.

Quero também ter a felicidade de poder conversar com meus amigos sobre a minha morte. Um dos grandes sofrimentos dos que estão morrendo é perceber que não há ninguém que os acompanhe até a beira do abismo. Eles falam sobre a morte e os outros logo desconversam. "Bobagem, você logo estará bom..." E eles, então, se calam, mergulham no silêncio e na solidão, para não incomodar os vivos. Só lhes resta caminhar sozinhos para o fim. Seria tão mais bonita uma conversa assim: "Ah, vamos sentir muito sua falta.

Pode ficar tranquilo: cuidarei do seu jardim. As coisas que você amou, depois da sua partida, vão se transformar em sacramentos: sinais da sua ausência. Você estará sempre nelas...". Aí os dois se dariam as mãos e chorariam pela tristeza da partida e pela alegria de uma amizade assim tão sincera.

Alguns há que pensam que a vida é coisa biológica, o pulsar do coração, uma onda cerebral elétrica. Não sabem que, depois que a alegria se foi, o corpo é só um ataúde. E aí os teólogos e médicos, invocando a autoridade da natureza, dizem que a vida física deve ser preservada a todo custo... Mas a vida humana não é coisa da natureza. Ela só existe enquanto houver a capacidade para sentir a beleza e a alegria.

E, assim, apoiados nessa doutrina cruel, submetem a torturas insuportáveis o corpo que deseja partir – cortam-no, perfuram-no, ligam-no a máquinas, enfiam-lhe tubos e fios para que a máquina continue a funcionar, mesmo diante de suas súplicas: "Por favor, deixem-me partir!". E é este o meu desejo final: que respeitem o meu corpo, quando disser: "Chegou a hora da despedida". Amarei muito aqueles que me deixarem ir. Como eu disse: amo a vida e desejo viver muitos anos mais, como Picasso, Cora Coralina, Hokusai, Zorba... Mas só quero viver enquanto estiver acesa a chama da alegria.

O *blazer* vermelho

Amo a Tomiko. Amor velho e manso. Amo a Tomiko como quem ama uma *ikebana*, um *bonsai*, um *hai-kai*. Ela é pura simplicidade e pureza nipônica. Pois a Tomiko, no dia mesmo em que ingressei na idade do sexo, isto é, quando me tornei sex/age/nário, telefonou-me com uma surpreendente informação que, de imediato, transformou-se em desafio. Disse-me que, no Japão, quando um homem faz 60 anos, ele compra um *blazer* vermelho. Antes dessa idade, ele não tem direito a essa cor – atributo dos deuses. Somente aos 60 anos essa liberdade lhe é concedida. Quem tem permissão para usar o vermelho tem permissão para tudo.

Por aqui é justamente o contrário. À medida que envelhecemos, as cores devem ir ficando sóbrias e tristes. Esse costume, eu acho, tem a ver com a nossa ideia de que o velho está a um pé da sepultura, e que é bom ir deixando os vermelhos, azuis e amarelos para trás, assumindo a gravidade de quem vai se encontrar com Deus, o mesmo que criou o arco-íris e as suas sete cores, mas que nunca se veste de amarelo com bolas roxas.

A moda que a sociedade escolheu para os velhos é uma *preparatio mortis*. Outra não é a razão por que, em certas regiões da Península Ibérica e da Itália, as mulheres velhas e viúvas (é costume geral que os homens morram primeiro) se cobrem de negro da cabeça aos pés, lúgubre imitação das vestimentas dos padres e dos urubus, especialistas em cadáveres. Com suas roupas negras elas estão proclamando: "Deixei a vida! Abandonei o amor! Que nenhum homem se atreva a me desejar!".

O costume chegou até nós de forma atenuada, mas chegou. Em tempos não muito distantes, o pudor e o respeito exigiam que as senhoras, a partir dos 50 anos, usassem vestidos tipo tubinho, indo até os tornozelos, golinha fechada no pescoço, mangas compridas, azul com bolinhas brancas e birote. Também os homens de respeito tinham que andar sempre de paletó, colete e gravata, obrigatoriamente de cores sóbrias. *Blazer* vermelho só em bailes de carnaval e no manicômio.

Mas eu resolvi comprar o tal blazer vermelho. Tenho prazer em ver a cara espantada dos outros. Resolvi mas não cumpri. Faltou-me coragem. Aí fomos viajar, eu, minha mulher, e um casal de amigos, Jether e Lucília. Gente maravilhosa. Basta dizer que somos capazes de viajar um mês inteiro, no mesmo carro, sem jamais nos irritarmos uns com os outros. Concordamos até sobre a hora de levantar. O Jether já fez 70 anos. Mas quem vê não acredita. Elegante, cabelo preto, pele lisa, topa tudo, sobe morro, desce morro, entra mato adentro, toma banho de cachoeira, mergulha em lago de água gelada – e a mulher dele não fica atrás. Jether e Lucília são adolescentes. Pois fomos a Berlim e ficamos hospedados na casa do filho deles, Luiz, que mora lá faz 20 anos. Numa bela manhã, para o café, aparece o Luiz com um lindo *blazer*, finíssimo, cor de vinho, *bordeaux*. A antiga decisão se acendeu dentro de mim. O Luiz me disse que aquele *blazer*, ele o comprara numa casa de roupas usadas. Terminamos o café e lá fomos atrás do *blazer* vermelho. Encontrei um lindo, novíssimo, baratíssimo. Desgraça: era um número menor que o meu. Entrava muito justo. Mas ficou perfeito para o Jether. Fiquei logo com inveja: ele com *blazer*, eu sem *blazer*. Mas aí veio o desapontamento: ele não comprou o *blazer* vermelho embora achasse linda a cor de vinho. Alegou que não combinava com a sua idade. Não ficaria bem. Os outros estranhariam.

Os outros: a sociedade tem um lugar preciso para os velhos. Antigamente se dizia de um negro bom: "Ele conhece o seu lugar". Coisa parecida se pode dizer do velho bom: "Ele conhece o seu papel": o papel que as gerações mais novas lhe atribuem. Os jovens acusam os velhos pais de serem quadrados. Com isso, querem dizer que os pais não compreendem os seus valores, os seus gostos estéticos, os seus hábitos sexuais, as suas músicas. Portanto, é inútil conversar com eles.

Agora imagine que o pai ou a mãe de algum jovem, de repente, em decorrência de um acidente vascular cerebral, virasse a cabeça, começasse a gostar de *rock*, passasse a frequentar barzinhos, trocasse as roupas antigas pelos *jeans* e cores jovens e comprasse um conversível – o que aconteceria? O filho ficaria feliz pelo fato de o pai ou a mãe ter deixado de ser quadrado?

De forma alguma. Se cobriria de vergonha. É só na cabeça que o pai e a mãe não devem ser quadrados. Na vida prática, o certo é que sejam quadrados. Velho que não é quadrado, na prática, é motivo de embaraço e de vergonha.

Estou lendo de novo o livro da Simone de Beauvoir, *A velhice.* Terrível. A sociedade tem um lindíssimo ideal para os velhos: cabelos brancos, ricos em experiência, pacientes, sábios, tolerantes, perdoadores. A sociedade lhes atribui virtudes de seres angelicais, muito diferentes dos seres humanos normais. Os direitos comuns a jovens e adultos, os velhos deixaram de ter. Diz a Simone:

> Se os velhos apresentarem os mesmos desejos, os mesmos sentimentos e as mesmas exigências dos jovens, o mundo olhará para eles com repulsa: neles, o amor e o ciúme parecem revoltantes e absurdos, a sexualidade é repulsiva, a violência, ridícula.

Mas a verdade sobre os velhos foi Marcel Proust quem disse: "Um velho é apenas um adolescente que viveu demais". No corpo de um velho, continua vivo um adolescente. A sociedade tudo faz para se livrar desse intruso inconveniente. Esconde-o atrás de uma máscara sorridente, mata-o secretamente e enterra-o num túmulo de hipocrisias. Mas o adolescente ressurge da morte ao terceiro dia.

Hoje, portanto, como celebração da Páscoa, convido você, classificado como velho, a soltar o adolescente que mora no seu corpo. Faça uma coisa insólita, proibida, que horrorizaria os jovens. Vá com a sua mulher a um motel. Compre uma cueca jovem, colorida. Compre uma calcinha *sexy*, com rendinhas. Vá a um barzinho, meta-se no meio dos moços. Cancele sua viagem para Fátima; prefira a Chapada Diamantina ou vá nadar em Bonito. Compre *jeans*, tênis e camiseta. E, se você tiver coragem suficiente, compre um *blazer* vermelho. Eu comprei e vou usá-lo. Depois descobri que o Jether não comprou só pra não despertar suspeitas. O adolescente dele está sempre solto. Jesus Cristo ressuscitou dos mortos. Aleluia!

"Você e o seu retrato"

Quem fala "retrato" já confessou a idade. É velho. Hoje se diz "foto".

Segundo o *Aurélio,* as duas palavras são sinônimas. Não são. Os dicionários frequentemente se enganam. "Retrato" e "foto" são habitantes de mundos que não se tocam.

A "foto" pertence ao mundo da banalidade: o piquenique, o turismo, a festa. Combina com Bic, com chicletes, com Disneylândia. Tirar uma foto é gesto automático, não precisa pensar. É só apertar um botão.

Um "retrato", ao contrário, só aparece ao fim de uma meditação metafísica, religiosa. É o ponto-final de uma busca. O retratista busca capturar um pássaro mágico invisível que mora na pessoa a ser retratada e que, vez por outra, faz uma aparição efêmera. Um retratista é um caçador de almas. Roland Barthes escreveu um livro maravilhoso sobre a fotografia: *A câmara clara.* Gostava tanto dele que tinha dois exemplares. Emprestei-os a amigos de memória curta. Acontece que a minha memória é mais curta que a deles. Esqueci-me deles. Perdi os livros. Mas minha memória é boa para as coisas que leio e amo. Lembro-me de Barthes examinando cuidadosamente retratos antigos de sua mãe morta. Tinha saudades dela. Desejava reencontrar-se, no retrato, com aquilo que ele amava nela. As fotos eram fiéis. O rosto era o dela. Mas faltava nelas a essência amada. Não eram fotografias. Depois de muito procurar, encontrou a essência amada numa fotografia velha de sua mãe menina.

Li muitos poemas de apaixonados. Via de regra, os apaixonados se perdem em sua própria paixão. Como se fossem canções sem palavras. Comovem os sentimentos sem provocar o pensamento. Exceção é o poema de Cassiano Ricardo "Você e seu retrato". Nele, o amor não se afogou em seus sentimentos. Deseja se conhecer a si mesmo. Por isso filosofa e faz essa estranha pergunta-confissão:

> *Por que tenho saudade*
> *de você, no retrato,*
> *ainda que o mais recente?*
> *E por que um simples retrato,*
> *mais que você, me comove,*
> *se você mesma está presente?*

É mais fácil amar o retrato. Eu já disse que o que se ama é uma "cena". "Cena" é um quadro belo e comovente que existe na alma antes de qualquer experiência amorosa. A busca amorosa é a busca da pessoa que, se achada, vai completar a cena. Antes de te conhecer eu já te amava... E então, inesperadamente, nos encontramos com o rosto que já conhecíamos antes de o conhecer. E somos, então, possuídos pela certeza absoluta de haver encontrado o que procurávamos. A cena está completa. Estamos apaixonados.

Cassiano Ricardo não fala de cena; fala de retrato. Não consegue entender a distância dolorosa que existe entre o retrato e a pessoa amada. A coisa que amo não está em você, minha amada. Onde terá se escondido? Olho para você e sinto uma sensação de estranheza: como se você não estivesse lá. Por isso tenho saudade de você – quando você mesma está presente. Quero você no retrato, porque você não está em você: "... o seu retrato mais se parece com você do que você mesma (ingrato)".

A paixão é o mais puro de todos os sentimentos: ela deseja uma coisa somente. Mas essa coisa que ela deseja, e que se mostra no retrato, mora num corpo habitado por muitas outras imagens, não amadas. Juntas, no mesmo corpo, a Bela e a Fera. A estória é até generosa porque as feras são belas. Haverá coisa mais bela que um tigre? Lya Luft dizia do seu amado, Hélio Pelegrino, que ele era fera: batia portas, brigava no trânsito, rachou um telefone que não dava linha. Mas nele morava um inesperado riso de menino.

As feras podem ser amadas porque é possível amar o terrível. Mas, e os sapos? Nojentos. O retrato, tocado pelo sapo, transforma-se, então, em caricatura ridícula. Não acontece de repente. García Márquez diz que a diferença está no pingo de urina na tampa da privada. Não é xixi, coisa de criança, carinhosa. É urina nojenta. Porco. Pingo de urina na tampa da privada destrói qualquer deus. Um jeito de vestir; um olhar estranho, que examina furtivamente sem nada dizer; uma música estranha numa palavra conhecida: tudo são pingos de urina. E a perversa metamorfose do retrato em sapo se opera.

Por isso seu retrato me dá mais saudade de você que você mesma. No retrato você está sempre abraçada à lua. E no meu retrato, guardado em sua caixa, eu estou sempre abraçado ao sol. No retrato mora a imagem adorada:

> *E, talvez, porque o retrato,*
> *já sem o enfeite das palavras,*
> *tenha um ar de lembrança.*
> *Talvez porque o retrato*
> *(exato, embora malicioso),*
> *revele algo de criança*
> *(como, no fundo da água, um coral em repouso)*

E, ao final, a revelação terrível e amorosa: "Talvez porque no retrato / você está imóvel, / (sem respiração...)". Morta? Os crimes de amor são sempre para preservar você, no retrato – contra você, presente. Entre você, presente, e o seu retrato, prefiro o retrato. Oscar Wilde, na *The ballad of the reading gaol,* diz o seguinte: "Pois todos os homens matam a coisa que eles amam...". Compare-se com o grito final de Don José, na ópera *Carmen*: "Sim. Eu a matei, eu – a minha Carmen adorada!".

O poema termina com uma afirmação comovente: "Talvez porque todo retrato é uma retratação". Retratação: desdizer, pedir perdão. Desdigo o que disse. Peço perdão. Disse que amava o retrato mais que você. Mas o retrato é mentiroso. O retrato e, morta no papel, a coisa viva que só tem vida no seu corpo, e que aparece e desaparece, no meio das feras e dos sapos. O amor sobrevive na esperança de reaparições. Que a amada apareça tal qual Nossa Senhora, abraçada à lua; e o amado, tal qual Nosso Senhor, abraçado ao sol. Pode ser que vocês não acreditem: mas foi para esse momento efêmero de felicidade que o universo foi criado.

Por um casamento

O meu fascínio pelos ritos me faz suspeitar que, numa outra vida, é possível que eu tenha sido um sacerdote ou um feiticeiro. Hoje, pouca gente sabe o que são. Um rito acontece quando um poema, achando que as palavras não bastam, encarna-se em gestos, em comida e bebida, em cores e perfumes, em música e dança. O rito é um poema transformado em festa! Escrevo hoje para os que casam, por medo de que, fascinados por um rito, se esqueçam do outro... Porque, caso não saibam, é desse outro, esquecido, que o casamento depende.

O primeiro rito, sobre que todos sabem, e para o qual se fazem convites, é feito com pedras, ferro e cimento.

Há um outro rito, secreto, que se faz com o voo das aves, com água, brisa, espuma e bolhas de sabão.

O primeiro rito nasceu de uma mistura de alegria e tristeza. Viram o voo do pássaro, ficaram alegres. Mas logo o pássaro se foi e ficaram tristes. Não lhes bastava que a alegria fosse infinita enquanto durasse. Queriam que ela fosse eterna. E disseram: "Queremos o voo do pássaro, eternamente". E que coisa melhor existe para conter o voo do pássaro que uma gaiola? E assim fizeram. Engaiolaram o pássaro e chamaram os mágicos, ordenando-lhes que dissessem as palavras do bruxedo: "Para sempre, até que a morte os separe".

A definição mais precisa desse rito, eu a ouvi da boca de um sacerdote. "Não é o amor que faz um casamento", ele afirmou. "São as promessas."

Assustei-me. Sabia que assim era, no civil, casamento-contrato, rito frio da sociedade, para definir os deveres (sobre os prazeres se faz silêncio) e a partilha dos bens e dos males. Sociedade é coisa sólida. Precisa de pedra, ferro e cimento. Garantias. Testemunhas. Documentos. O futuro há de ser da forma como o presente o desenhou. Para isso, os contratos. E a substância do contrato são as promessas. Sim. Ele estava certo. "Não é o amor que faz o casamento. São as promessas."

Promessas são as palavras que engaiolam o futuro. Por isso elas se fazem acompanhar sempre de testemunhas. Se o pássaro engaiolado, em algum momento do futuro, mudar de sentimento e de ideia e resolver voar, as testemunhas estão lá para reafirmar as promessas feitas no passado. O dito e contratado não pode ser mudado.

Muitas são as promessas que os noivos podem fazer: prometo dividir os meus bens, prometo não maltratá-la, prometo não humilhá-lo, prometo protegê-la, prometo cuidar de você na doença. Atos exteriores podem ser prometidos.

Assim se fazem os casamentos, com pedra, ferro, cimento e amor. Mas as coisas do amor não podem ser prometidas. Não posso prometer que, pelo resto da minha vida, sorrirei de alegria ao ouvir seu nome. Não posso prometer que, pelo resto de minha vida, sentirei saudades na sua ausência.

Sentimentos não podem ser prometidos. Não podem ser prometidos porque não dependem da nossa vontade. Sua existência é efêmera. Só existem no momento. Como o voo dos pássaros, o sopro do vento, as cores do crepúsculo. Esse é um rito de adultos, porque somente os adultos desejam que o futuro seja igual ao presente. A sua gravidade, a sua seriedade, os passos cadenciados, processionais, as suas roupas, as suas máscaras, as palavras sagradas, definitivas, para sempre, o que Deus ajunta os homens não podem separar, a exaltação dos deveres: tudo dá testemunho de que esse é um ritual adulto.

O outro ritual se faz com o voo das aves, com água, espuma e bolhas de sabão. Secreto, para ele não há convites. Secreto foi o casamento de Abelardo e Heloísa, o mais belo amor jamais vivido (proibido).

Não há convites, nem lugar certo, nem hora marcada: simplesmente acontece. "Amor é dado de graça, / é semeado no vento, / na cachoeira, no eclipse..." (Drummond). Não precisa de altares: sempre que ele acontece o arco-íris aparece: a promessa de Deus, porque Deus é amor. Pode ser a sombra de uma árvore, um carro, uma cozinha, um banco de jardim, um vagão de trem, um aeroporto, uma mesa de bar, uma caminhada ao luar...

Não há promessas para amarrar o futuro. Há confissões de amor para celebrar o presente. "Como és formosa, querida minha, como és formosa! Há mel debaixo da tua língua!", "O teu rosto, meu amado, é um canteiro de bálsamo e os teus lábios são lírios..." (*Bíblia Sagrada*); "Eu sei que vou te amar / por toda a minha vida eu vou te amar / em cada despedida eu vou te amar / desesperadamente eu sei que vou te amar..." (Vinicius); "Eu te amo, homem, amo o teu coração, o que é, a carne de que é feito, amo tua matéria, fauna e flora... Te amo com uma memória imperecível" (Adélia Prado).

E os convidados, muito poucos, vestem-se como crianças: pés descalços, balões coloridos nas mãos: eles sabem que o amor fica somente se permanecermos crianças, eternamente...

"Ego conjugo vobis in matrimonium", diz um velho com rosto de criança.

> Para vós invoco os prazeres que voam nos ventos e as alegrias que moram nas cores: beleza, harmonia, encantamento, magia, mistério, poesia: que essas potências divinas lhes façam companhia.
> Que o sorriso de um seja, para o outro, festa, fartura, mel, peixe assado no fogo, coco maduro na praia, onda salgada do mar...
> Que as palavras do outro sejam tecido branco, vestido transparente de alegria, a ser despido por sutil encantamento.
> E que no final das contas e no começo dos contos, em nome do nome não dito, bem dito, em nome de todos os nomes ausentes e nostalgias presentes, de *ágape* e *filia*, amizade e amor, em nome do nome sagrado, do pão partido e do vinho bebido, sejam felizes os dois, hoje, amanhã e depois...

Quem não pode transar não pode casar

Pouco antes de morrer, Guimarães Rosa fez a seguinte declaração, numa entrevista: "A lógica é a força com a qual o homem algum dia haverá de se matar. Apenas superando a lógica é que se pode pensar com justiça. Pense nisso: o amor é sempre ilógico, mas cada crime é cometido segundo as leis da lógica". Essa declaração estava guardada num arquivo do meu cérebro, esquecida. Mas, repentinamente, algo aconteceu – e ela surgiu fulgurante na minha memória.

O que aconteceu: uma estória comovente de amor, parecida com a de Abelardo e Heloísa. Ele, atingido por uma tragédia física, nunca mais poderia ter uma relação sexual. Ela, enfermeira, cuidou dele. Os dois se apaixonaram. Desejaram se unir para sempre. Resolveram se casar. Pensaram que Deus haveria de abençoar aquela manifestação tão pura dele mesmo porque Deus é amor. O amor é maior que o sexo.

Seria, então, a hora de a Igreja fazer uma festa, tocar os sinos, acender as velas, queimar o incenso: naqueles dois que desejavam se casar por puro amor estava a manifestação viva da espiritualidade do homem. O homem não vive só de pão e sexo: vive de beleza, de ternura, de sorrisos, de palavras, de gestos de carinho.

Mas aí falou o bispo. Discordou. Proibiu a festa do amor. Proibiu o casamento. Não culpem o bispo. Ele é inocente. Não é opinião dele. Bispos não têm opinião. Bispos são seres eclesiásticos: dizem o que a Igreja manda. É a própria Igreja que confirma o que digo, numa fórmula antiquíssima: "*Ubi episcopus, ibi ecclesia*" (onde está o bispo, ali se encontra a Igreja).

A voz do bispo é apenas a conclusão de um silogismo, cujas premissas são dadas pela Igreja. E o dito pelo bispo é ortodoxo. A conclusão é logicamente exigida pela teologia. As premissas já se encontram em Santo Agostinho, pai da doutrina sexual da Igreja Católica. Segundo ele, foi no sexo que primeiro se manifestou a desordem do pecado. Originariamente, segundo a vontade do criador, a função única do sexo era a procriação: completar o número daqueles destinados a habitar os céus ou a morar nos infernos.

Prazer, ternura, alegria, que normalmente associamos ao ato sexual, segundo o doutor da Igreja, não pertencem à sua essência. O propósito do sexo não é a realização da felicidade humana, mas a realização da demografia divina.

Vem agora a justa conclusão do bispo: se o objetivo do sexo é completar o número dos eleitos por meio da procriação, se a procriação se dá por meio do coito (essa é a palavra certa, num contexto desses), se o objetivo do casamento é legalizar e controlar sacramentalmente o exercício do coito, concluiu-se, logicamente, que um casamento em que o coito procriativo não pode acontecer não pode ser legitimado sacramentalmente.

Sugiro que a Igreja, por amor à lógica, beba o fel até o fim. Também devem ser proibidos todos os casamentos em que um dos cônjuges é estéril. Que não digam que não é assim porque um milagre é sempre possível. Se um milagre é sempre possível, por que não no caso em questão? Uma mulher que cirurgicamente perdeu o útero não pode ter permissão para casar. Uma mulher que passou da menopausa também não pode casar.

Um homem vasectomizado, igualmente, está impedido de receber o sacramento do matrimônio. E eu fico a imaginar o que a Igreja faz de São José que, segundo se espalhou à boca miúda, e para explicar a virgindade perpétua de Maria, era velho e impotente. Dirão que aquela foi uma exceção, que São José foi só para proteger as aparências – na verdade, ele nenhuma função tem na estória, porque o pai verdadeiro de Jesus Cristo foi o Espírito Santo. Maria nem precisava ter-se casado. Como disse o Alberto Caeiro, ela foi apenas uma mala que procriou sem amar.

Diz o Alberto Caeiro que "tudo no céu é estúpido como a Igreja Católica". Discordo. O certo seria, na linha do dito pelo Guimarães Rosa, dizer que "tudo no céu é lógico como a Igreja Católica". E virar a última gota do fel: "Lógico e mortal". É possível que chegue um dia em que, para se casar, será necessário apresentar atestados médicos de potência sexual e fertilidade.

Essa ideia de sexo como maquineta de fazer crianças me é repulsiva. Só podem tê-la aqueles que não leram o *Cântico dos cânticos*, livro tão sagrado e canônico quanto os evangelhos. Não existe naquele livro uma única sugestão de que sexo seja para procriar. Ali, sexo é só para a alegria do amor. Claro, a Igreja se livrou do incômodo transformando o poema erótico numa alegoria do amor de Cristo pela Igreja. E, ao fazer isso, deu razão ao Alberto Caeiro. Foi bom que o bispo tivesse falado. Assim, todos puderam ver com clareza a doutrina da Igreja sobre o sexo e o casamento: casamento não é para amar. Casamento é para transar. Quem não pode transar não pode casar.

O lobo e o falcão

Você disse estar enfeitiçada: você e o seu amado. Disse que o que está acontecendo com vocês é o que aconteceu no filme *O feitiço de Áquila*, sobre que já escrevi. Disse que eu sou feiticeiro. Pediu um contrafeitiço. De fato, sou um feiticeiro. Conto estórias para quebrar feitiços. É isso que faz um psicanalista contador de estórias. Estórias têm um poder mágico. Elas produzem metamorfoses inesperadas nas pessoas. Quem o diz é Guimarães Rosa. E se ele, bruxo-mor, disse, quem sou eu para contradizer?

Assim, no exercício de meus poderes de feiticeiro, vou recontar a estória. Menos o final. Preste bem atenção no final. Ele vai ser diferente. É nele que está o contrafeitiço.

"Ele, guerreiro, cavalgava um cavalo negro. Seus olhos eram tranquilos, seu rosto era triste, seus cabelos eram dourados como a luz do sol, e a sua voz só se ouvia depois de longos silêncios.

Ela era diáfana como a lua, seus cabelos eram negros como a noite, e a sua voz era mansa como a luz das estrelas.

Eles muito se amavam e o seu amor era belo.

Mas havia naquela terra um feiticeiro que manipulava os poderes do mal. Ele viu a moça-lua e se apaixonou por ela. Quis tê-la para si mesmo. Mas ela amava o guerreiro e repeliu os gestos do feiticeiro. Este, enfurecido, lançou sobre os amantes um feitiço: estariam condenados, pelo resto dos seus dias, a nunca se tocarem. A mulher seria como a lua. Só apareceria à noite, depois de o sol se pôr. Durante o dia ela seria um falcão caçador, branco, com bico e garras de rapina. E seu amado seria como o sol. Só apareceria durante o dia, depois de o sol nascer. Durante a noite ele seria um lobo negro caçador.

E assim aconteceu. Durante o dia o guerreiro cavalgava o seu cavalo levando no ombro sua amada, falcão branco. Vez por outra o falcão alçava voo, subia até as alturas e, de repente, com um pio estridente, mergulhava como uma flecha para pegar alguma presa. Durante a noite o falcão voltava a ser mulher, e ficava ao lado do seu amado, lobo negro, que se deitava aos seus pés e lambia suas mãos. Vez por outra ele se levantava e entrava sozinho na floresta escura, para viver a sua vida selvagem de lobo.

Mas havia um breve momento encantado quando eles quase se tocavam. Ao pôr do sol, quando a luz do dia se misturava com o escuro da noite, era o momento mágico: o falcão voltava a ser mulher e o guerreiro se transformava em lobo. Ao nascer do sol, quando o escuro da noite se misturava com a luz do dia, o lobo voltava a ser guerreiro e a mulher se transformava em falcão. Nesse brevíssimo momento os dois apareciam um ao outro como sempre tinham sido e viviam por um segundo a beleza do seu amor. Suas mãos se estendiam, uma querendo tocar a outra – mas o toque era impossível. Antes que suas mãos se tocassem a metamorfose acontecia. E não podiam se amar como homem e mulher.

O guerreiro amava o falcão. Ele sabia que dentro do falcão vivia sua amada de voz mansa. Mas ela vivia encantada, adormecida. Dela, o que ele tinha era apenas a ave muda, mergulhada no silêncio do seu mistério. Ele acariciava suas penas – mas um falcão não é uma mulher. O falcão não era a sua amada. Ele a carregava na pequena esperança do momento encantado e na grande esperança de que, um dia, o feitiço fosse quebrado.

A mulher amava o lobo. Ela sabia que dentro do lobo vivia o guerreiro de olhos profundos que ela amava. Mas ele vivia encantado, adormecido. Dele, ela só tinha os olhos mergulhados no silêncio. Ela acariciava o seu pelo negro – mas um lobo não é um homem. O lobo não era o guerreiro que ela amava. Ela o acariciava na pequena esperança do momento encantado e na grande esperança de que, um dia, o feitiço seria quebrado.

O amor pode muito. Ele é poder bruxo, mais forte que os feitiços maus. E aconteceu que, um dia, depois de uma luta horrenda, o feiticeiro foi morto e o feitiço foi quebrado. E o guerreiro voltou a ser o guerreiro que sempre fora, e a mulher voltou a ser a mulher que sempre fora. E as suas mãos puderam se tocar e tudo foi alegria e eles se casaram e viveram felizes para sempre..."

Assim termina a estória, com um final feliz. Pois o meu contrafeitiço exige que o fim da estória seja esse outro. E é esse outro fim que passo a lhe contar.

O guerreiro, não podendo suportar a tristeza da sua condição, resolveu procurar um feiticeiro bom que tivesse poder maior que o feiticeiro mau. Ele se chamava Merlin. O guerreiro foi à sua morada-caverna, no alto de uma montanha, levando ao ombro o seu falcão. Lá chegando contou-lhe a sua desgraça e formulou o seu pedido: queria que ele e sua amada deixassem de ser lobo e falcão e voltassem a ser homem e mulher, para que pudessem se amar.

Merlin fez um grande silêncio e lhe disse:

> Não posso atender ao seu pedido porque isso seria a sua perdição, o fim do seu amor. A magia nada cria. A magia só tem o poder para trazer das profundezas aquilo que lá existia. Você, no fundo da sua alma, é um lobo selvagem. A sua amada, no fundo da sua alma, é um falcão selvagem. Ela o amava porque via, no fundo dos seus olhos mansos, um lobo que andava sem medo por florestas escuras. E você a amava porque via, no fundo dos seus olhos mansos, um falcão que voava sem medo nas alturas. Se eu, por um feitiço, destruir o selvagem que há em você e o selvagem que há nela, não mais haverá mistérios dentro dos seus olhos. Vocês se transformarão em animais domésticos: um cão que abana o rabo para ganhar um osso, uma pata que não consegue voar. Vocês viverão sempre juntos, até que a morte os separe – animais domésticos não se separam; eles têm medo das matas escuras e das alturas das montanhas. Domesticados, vocês se transformarão em seres banais. Você não terá estórias das matas escuras para lhe contar nem ela terá estórias de voos pelos picos gelados das montanhas. Sobre o que vocês conversarão? O seu amor se transformará num tédio interminável.

O guerreiro chorou. "Então, nosso amor está condenado?" "Não", disse Merlin.

> Há esperança, mas não do jeito como vocês querem. O que vou fazer não é desfazer o feitiço, mas rearranjar o feitiço. Quando os primeiros raios de sol iluminarem o horizonte, você se transformará em lobo e ela se transformará em falcão. Você irá para o mistério das matas e ela, para os mistérios dos céus. E assim vocês serão lobo e falcão, cada um no seu caminho, sozinhos, até que o sol se ponha. Quando o sol se puser e a primeira estrela aparecer, você voltará a ser o guerreiro-sol, e ela voltará a ser a mulher-lua. Aí então, quando cessam os barulhos e a correria do dia, vocês se encontrarão, se abraçarão e se amarão.

Ditas essas palavras, Merlin ficou silencioso. Acendeu a fogueira na sua caverna, porque estava ficando frio. O sol estava se pondo. A noite se aproximava. Aceso o fogo, ele pronunciou palavras de bruxedo e despediu o guerreiro com o seu falcão.

O guerreiro, falcão no ombro, começou a longa descida da montanha para a planície. Seu rosto estava iluminado pelos últimos raios do sol que se punha. E foi então que, no meio do céu, ele viu a primeira estrela que aparecia...

Navegando...

Acabo de chegar de viagem. Fui a uma cidade próxima falar sobre as mesmas coisas das quais sempre falo. Falo sempre as mesmas coisas e disso não me envergonho. A música me justifica. Milan Kundera afirmou que a vida é composta como uma partitura musical. "O ser humano, guiado pelo sentido da beleza, descobre um tema que irá fazer parte da partitura da sua vida. Voltará ao tema, modificando-o, desenvolvendo-o e transpondo-o, como faz um compositor com os temas de sua sonata." Fez bem em falar de sonata. A sonata é uma forma musical que tem, geralmente, três partes: a primeira, rápida, alegre, uma festa. A segunda, lenta, meditativa, tristonha. E a última, de novo alegre.

Temos uns poucos temas e com eles vamos fazendo a nossa música. A alma é uma música. Além de todos os ruídos, além de todo o falatório, quando chega ao silêncio, quando se faz o vazio, ali, então, se ouve a música que mora nesse instrumento que se chama corpo. As pessoas religiosas pensam que rezar é palavrório para fazer Deus mudar de ideia. Não é não. É o silêncio que se faz para que Deus responda às súplicas que não fizemos com a sua música. Pois assim eu sou. Descobri uns poucos temas que me dão alegria, e eu os uso como ganchos nos quais vou pendurando tudo o que vejo, sinto e penso. Como na sonata, as notas variam. Mas elas sempre são arranjadas para dizer o tema.

Falei, dormi em casa de um casal de amigos – a Martha, bordadeira mágica, uma de cinco irmãs que fazem bordados divinos, até o Jô Soares as entrevistou. Somente os anjos bordam daquele jeito. Recebi de uma delas um bordado, *O quarto de Van Gogh*, igualzinho à tela, mas ela me disse, "Preste bem atenção, não é bem igual, tem uns objetos que não estão na tela do pintor, são objetos seus" – e assim elas me puseram dentro do quarto de Van Gogh. O irmão, Demóstenes, é ilustrador maravilhoso. Não resisti, apropriei-me de um livro que ele ilustrou, texto da irmã Sávia, *ABC do Rio São Francisco*. É que amo os rios e os peixes, igual ao Guimarães Rosa, que desejava renascer jacaré para morar nas eternidades que moram nas funduras das águas. "O rio não quer ir a nenhuma parte, ele quer é chegar a ser mais grosso, mais fundo." Assim sou eu. E foi desse jeito que começou o rio de alegrias em que estou me afogando nesta manhã.

Alegria é coisa fácil. Diz o Ricardo Reis que "basta o reflexo do sol ido na água de um charco, se lhe é grato". A alegria se encontra em qualquer lugar. O Escher, desenhista holandês, encontrou beleza e alegria numa poça de lama. A alegria e a beleza aparecem sempre misturadas com a tristeza – se assim não fosse, as sonatas seriam chatas, não haveria o segundo movimento –, são elas o tema de tudo o que tento escrever. Igual ao meu irmão Albert Camus, que escreveu no seu diário: "Meus escritos sairão das minhas horas de felicidade. Mesmo naquilo que eles tiverem de cruel. Preciso escrever assim como preciso nadar, porque o meu corpo o exige".

Pois eu fiquei alegre, logo no café da manhã na casa da bordadeira, comendo melão. As frutas – em cada uma delas mora um anjo diferente. Na pitanga, anjinho safadinho. No caqui, o mesmo anjo da pitanga, só que já crescido. Nas uvas, um anjo esnobe. No côco (por via das dúvidas eu ponho o acento), um anjo professor de filosofia. Nas laranjas, anjos das chamas. No melão, anjos verdes, dos bosques, florestas, seu orixá é Oxóssi, que, segundo revelações mágicas de uma feiticeira poeta, a Eliana, é também o meu orixá, razão por que gosto mais das matas que do mar. O suco de melão, verde / branco, é frio como a água das cachoeiras (o de laranja é quente, mesmo gelado, pode produzir comoções nas vísceras). Quem bebe suco de melão bebe espuma; nos sonhos, beber suco de melão é coisa erótica, produz alucinações verdes. Acho que, se continuo assim, vou acabar por desenvolver, à semelhança dos "Florais de Bach", os "frutais da selva", selva sendo meu sobrenome com letras trocadas.

Deixo meus amigos, volto para Campinas. A manhã está luminosa e colorida. Muitos, para terem paz, vão para mosteiros solitários no alto das montanhas – o que é muito bom. Isso não sendo possível, minha cela de monge é o carro. Ali, atrás do volante, acontece coisa curiosa. Entro em onda alfa, hipnotizado, ligo o piloto automático e, enquanto o corpo faz inconscientemente o que um motorista cuidadoso deve fazer, uma outra parte de mim fica voando, pensando. Nada pede a minha ação. Guiar – isso o piloto automático está fazendo.

Estou livre da compulsão para o trabalho. Entrego-me ao ver, ao ouvir, ao pensar. Viro rio: não quero chegar. Só quero ser mais grosso, mais fundo. Nado nas funduras. Aí, no fundo do meu rio, nadam como peixes as minhas ideias mais felizes. Peixes vêm e vão sem parar. Uma vez pensei poder segurá-las por meio de um gravador. Planejei: quando aparecerem ligo o gravador e as prendo lá. Malditas. Perceberam o truque. Sumiram. Elas só aparecem quando não estou à espera.

Que voz vem no som das ondas
que não é a voz do mar?
É a voz de alguém que nos fala,
mas que, se escutarmos, cala,
por ter havido escutar.

Estão vendo? Fernando Pessoa já sabia disso. É só haver o escutar para que a voz se cale.

Em transe, pus uma fita com poemas do Fernando Pessoa cantados, presente inesquecível de uma amiga, e fui flutuando na sua música: "o corpo naquela máquina, a alma por longes terras...". Um fado. O bandolim chora e treme – ah! instrumento, duplo da alma!

Ó mar salgado, quanto do teu sal
São lágrimas de Portugal!
Por te cruzarmos,
Quantas mães choraram,
Quantos filhos em vão rezaram!
Quantas noivas ficaram por casar
Para que fosses nosso, ó mar!
Valeu a pena? Tudo vale a pena
Se a alma não é pequena.
Quem quer passar além do Bojador
Tem que passar além da dor.
Deus ao mar o perigo e o abismo deu,
Mas nele é que espelhou o céu.

O Bojador era o cabo, limite entre o mar conhecido e o mar infinito, sem fim. Quem quiser ir além tem que ser capaz de suportar a dor! Qual a vantagem? A vantagem está dita no último verso. Deus deu aos homens a terra firme, as lagoas e os mares mansos. Mas o Mar Absoluto, esse ele deu ao perigo e ao abismo. Então, o jeito é só navegar no marzinho sem perigo e sem abismo! Pode ser. Mas aí o olho da gente fica feito olho de boi, parado, nada vê, e quando vê fica assustado. Deus é perigo, é abismo. Mora no grande mar. Por isso que é só nele que se espelha o céu. Quem viu o céu espelhado no abismo e no perigo – esse terá, para sempre, no olhar, o brilho da eternidade. E por isso será amado. Palavra de Nietzsche.

O barco

Em Pocinhos há um barco fora de lugar. Sei que ele está fora de lugar porque Pocinhos é lugar de montanhas, riachinhos e cachoeiras. O tal barco está ancorado num laguinho do tamanho de um campo de futebol, que se atravessa com umas poucas remadas. Mas aquele não é barco de remo. É barco de vela. Quem me conta isso é o seu mastro em ereção fálica inútil, à espera de sua amante, uma vela que não virá, pois num lago como aquele não se pode navegar. É um barco exilado.

Contaram-me a sua estória. Seu dono era marinheiro, navegador, amante dos mares bravos, entrando neles sem medo de vento ou onda forte, no que o barco em tudo concordava. Não sei se por doença, velhice ou desilusão no amor – sobre isso não me esclareceram adequadamente –, ele resolveu deixar os mares e se mudar para as montanhas. A sua estória – que pretendo escrever, depois de ouvir os depoimentos de marinheiro e barco – é o reverso preciso do conto de Guimarães Rosa "A terceira margem do rio", pois neste o homem troca a terra sólida pelas águas do rio, e o dono do barco trocou as águas do mar pela terra sólida.

Abandonar o mar – isso o marinheiro podia fazer, a despeito da dor. São muitos os que abandonam o ser amado com o coração sangrando. Mas o barco – dele, ele não podia se separar: seu barco e seu corpo eram uma mesma coisa. Assim, ignorando os transtornos e a loucura, tirou o barco do mar e levou-o para aquele lugar que ele, o barco, nunca sonhara que pudesse existir. As águas, para ele, sempre tiveram uma margem só. A outra eram os horizontes sem fim. Mas agora ele morava num mundo que terminava bem ali, à distância de duas rajadas de vento fraco.

O que me contaram não sei se é verdade. Mas me garantiram que o relatado foi testemunhado por pessoa fidedigna, de ouvidos excelentes, que se encontrava a poucos metros do sucedido. Aconteceu numa manhã de sol: o barco se pôs a chorar. O que não é de causar espanto para quem viu o filme *O carteiro e o poeta* – pois lá o carteiro disse que "as redes eram tristes". Ora, se as redes são tristes, um barco pode também ser triste, tão triste que se ponha a chorar. Seu amante, o marinheiro, perguntou-lhe: "Por que é que você chora?". O barco lhe respondeu: "Choro de saudades. Tenho saudades do mar. Sinto falta das suas ondas frias, sinto falta do seu beijo salgado, sinto falta da sua cor azul, sinto falta do mistério das suas profundezas...". O marinheiro tentou consolá-lo: "Mas o mar está cheio de naufrágios. Mar são tempestades imprevistas, recifes escondidos, calmarias sem fim. E você já está velho. Velhice é hora do descanso. Finalmente você chegou ao lugar ao qual todos os homens desejam chegar: a segurança. Agora você está aposentado. Até o fim dos seus dias, nenhum mal lhe poderá acontecer. Aqui não há naufrágios".

Ao ouvir essas palavras de consolo, o barco se pôs a soluçar convulsivamente, e mal se ouviram os versos de Fernando Pessoa que ele recitou baixinho, como se falasse consigo mesmo ou com Deus:

"Deus ao mar o perigo e o abismo deu, / Mas nele é que espelhou o céu...".

O barco se recompôs e disse com voz firme: "Tristeza maior que a segurança não existe. Quero o mar e os seus perigos. Somente as pessoas que deixaram de amar se contentam com a segurança. Quem ama ouve sempre a voz do mar". Você nunca leu, na Cecília Meireles, aquilo que ela diz sobre a alma dos homens?

Para adiante! Pelo mar largo! Livrando o corpo da lição da areia. Ao mar! (...) A solidez da terra, monótona, parece-mos fraca ilusão. Queremos a ilusão grande do mar, multiplicada em suas malhas de perigo.

"Vejo que você está ficando feio", ele continuou, dirigindo-se ao marinheiro. "Eu o amava pelo brilho de eternidade em seu olhar. Mas esse brilho se foi. Olhos opacos. Há morte dentro deles. Os homens buscam a segurança para fugir da morte. Eles não sabem que a segurança é a morte em vida. Os que encontraram a segurança já morreram. Não me diga que, além de não ler os poetas, você não lê também os evangelhos! Está lá escrito: 'Quem salvar a sua vida, perdê-la-á'. Esse lago seguro é minha sepultura. Quero viver", ele continuou. "Quero os perigos, quero o mar livre, quero poder contemplar o céu, quero poder naufragar em meio a uma tempestade. Ah! É doce morrer no mar..."

Relata a testemunha que, nesse momento, o marinheiro também se pôs a chorar.

Sei que o relatado é verdade porque assim é a alma humana, eternamente dividida entre o mar, seus perigos, sua juventude, sua liberdade, de um lado, e os portos e ancoradouros, sua segurança, velhice e monotonia, do outro.

Segurança é o que os pais desejam para seus filhos. Um emprego estável, preferivelmente público, sem demissões: o barco nunca será solto em alto-mar. Um sólido casamento, para todo sempre. Quando veem os filhos assim seguros em empregos e casamentos, os pais se consideram prontos para morrer. Sua missão foi cumprida. O barco está ancorado. Jamais navegará. Jamais naufragará.

Segurança é coisa boa, indispensável. Sabe disso o alpinista, ao verificar suas cordas: com elas se dependurará sobre o abismo. Sabe disso o paraquedista ao examinar seu paraquedas: com ele se lançará no vazio. Sabe disso o piloto que examina seu carro de Fórmula 1: com ele voará a 300 quilômetros por hora. Sabe disso o navegador que examina seu barco para navegar nos mares polares. Segurança é preciso, por amor ao calafrio dos riscos.

Lá está o barco. Acho que assim terminará os seus dias. É certo que não naufragará. Está seguro. Ele se consola dizendo que não está sozinho.

O avesso é mais divertido

Ver as coisas pelo avesso é muito mais divertido. O avesso revela que o mundo poderia ser diferente. Minha curiosidade pelo avesso valeu-me muitos anátemas e excomunhões, porque as pessoas do direito detestam ser mostradas pelo avesso.

Trata-se de um perigoso e divertido esporte, no qual tenho bons companheiros.

Companheira que não perde uma única chance é a Adélia Prado, que, sabedora dos perigos envolvidos, declara que são a própria "Virgem e os santos que consentem no seu caminho apócrifo de entender a palavra pelo seu reverso, captar a mensagem do arauto conforme sejam suas mãos e olhos", explicando que não fala aos quatro ventos por temer os doutores, a excomunhão e o escândalo dos fracos.

Jesus foi outro. E o que ele mostrava não era nada bonito, o que causava grande raiva nos que o escutavam. Posso bem ouvi-lo dizendo: Por fora, bela viola, por dentro, pão bolorento; por fora, mansa ovelhinha, por dentro, lobo malvado que come velhinha; por fora parede branca de caiação, por dentro, cadáveres em decomposição. Não é de admirar, portanto, que o seu fim tenha sido o que foi.

Para evitar destino semelhante, tornei-me psicanalista, cuja profissão é precisamente esta, a de mostrar o avesso das coisas, e a pessoa que o procura já sabe o que a aguarda, não tendo, portanto, nenhum direito a reclamar. Pois eu acabo de ouvir uma deliciosa canção de Dércio Marques em que ele conta um sonho que teve "do mundo ao revés", em que o lobo foi maltratado pelos carneirinhos, a bruxa formosa teve o seu dedo cortado e comido por Joãozinho e Maria, e uma princesinha beijou o príncipe e ele virou rãzinha...

Acabo de ler um livro com as estórias tradicionais, contadas agora do ponto de vista da mais recente moda norte-americana, que é o tal do "politicamente correto". Ao final, em meio ao rebuliço enorme causado pelas correrias em que se envolveram Chapeuzinho, Vovozinha e o Lobo, os três interromperam a confusão e juntos, numa nova aliança, deram cabo de um intrometido, intruso, um lenhador sexista. Este, ao ouvir os gritos femininos, e desejoso de se comportar como um cavalheiro, havia adentrado a casa sem ser chamado. Esse ato aparentemente cavalheiresco, como Chapeuzinho explicou, não passa de uma reminiscência do mundo medieval de donzelas bordadeiras e cavaleiros valentes. Mas o mundo mudou muito, e o tal lenhador deveria saber que hoje os gritos de mulheres perseguidas por lobos não são gritos de medo, mas gritos de guerra, à moda dos índios americanos. As mulheres sabem muito bem tomar conta de si mesmas sem o auxílio de lenhadores sexistas. Morto o intruso, Chapeuzinho, Vovozinha e o Lobo realizaram um ritual antropofágico que terminou numa bacanal sexual liberada, estilo de *ménage à trois*.

A verdade é que as estórias infantis tradicionais se especializaram em mostrar às crianças o lado direito da realidade que, de fato, não passa da versão paterna e materna da mesma, elaborada com o intuito de fazê-las submissas aos desejos dos adultos, como o Calvin muito bem percebeu.

Um exemplo claro disso é a estória dos Três Porquinhos. O autor de tal estória só pode ter sido o pai terrível do filme *Sociedade dos poetas mortos*, que não se conformou com o fato de o filho ter trocado a prática e próspera profissão de médico pela suspeita e incerta profissão de artista. Mas o filho não acreditou na moral da estória, e o final vocês sabem qual foi. Pois a estória dos Três Porquinhos tem, como moral, a mesma do pai terrível: arte é coisa boba e infantil. Se sua filha está oscilando entre casar-se com um artista ou juntar-se a um pedreiro, melhor juntar-se a um pedreiro.

Pois eu resolvi recontar a estória do ponto de vista "sapiencialmente correto".

Era uma vez uma mamãe porca que se cansou de ser explorada pelos seus três filhos, porcos adultos, já em condições de cuidar de si mesmos. Colocou-os para fora de casa e passou, a partir daquele momento, a gozar a imensa felicidade de se ver livre dos filhos, felicidade que Deus deu aos animais e negou aos humanos.

Saíram os três. O primeiro deles, flautista, pegou sua mala e pôs-se a caminhar, pensando que um bom lugar para viver seria a vila de Hamelin, caso ainda houvesse ratos por lá. O segundo, violinista, pegou sua mala e pôs-se a caminhar, imaginando emigrar para a Hungria, onde se juntaria a um bando de ciganos. O terceiro, por nome Prático, pedreiro, carrancudo, pegou sua caixa de ferramentas mais um enorme baú preto (esta é a novidade da minha estória; que conterá o baú? Mistério!), trancado a cadeado, cujo conteúdo se recusou a revelar a todos que lhe perguntaram.

Pois tudo acontece na minha estória do jeitinho mesmo como acontece na estória original. O lobo estufa e bufa as casinhas dos porquinhos. Os porquinhos se refugiam na casa de pedra e cimento do Prático. O lobo estufa e bufa a casa de pedra do Prático, que não cai. Resolve, então, entrar pela chaminé. Cai dentro da panela de água fervendo. E, como é bem sabido, lobo escaldado tem medo de porco. Ele se muda, então, para a Patagônia, imaginando ser ela a terra dos patos, aves mais fáceis de serem comidas que os porquinhos. Neste momento o novo final. O Prático, sempre sisudo, dá uma gargalhada: "Chegou a hora", ele diz. "O lobo foi embora! Posso agora abrir o meu baú!". Ato contínuo corre para o quarto, abre o baú e volta para a sala, triunfante, com seu misterioso conteúdo: um enorme contrabaixo. "Vou agora realizar meu sonho", ele diz. "Vamos formar um conjunto de *jazz*!"

Nova moral para a estória: o objetivo único do trabalho é o gozo da beleza. Até os porcos sabem disso.

A cozinha

Qual é o lugar mais importante da sua casa? Eu acho que essa é uma boa pergunta para início de uma sessão de psicanálise. Porque quando a gente revela qual é o lugar mais importante da casa, a gente revela também o lugar preferido da alma. Nas Minas Gerais onde nasci, o lugar mais importante era a cozinha. Não era o mais chique nem o mais arrumado. Lugar chique e arrumado era a sala de visitas, com bibelôs, retratos ovais nas paredes, espelhos e tapetes no chão. Na sala de visitas, as crianças se comportavam bem, eram só sorrisos e todos usavam máscaras. Na cozinha era diferente: a gente era a gente mesma, fogo, fome e alegria.

"Seria tão bom, como já foi...", diz a Adélia. A alma mineira vive de saudade. Tenho saudade do que já foi, as velhas cozinhas de Minas, com seus fogões a lenha, cascas de laranja secas, penduradas, para acender o fogo, bule de café sobre a chapa, lenha crepitando no fogo, o cheiro bom da fumaça, rostos vermelhos. Minha alma tem saudades dessas cozinhas antigas...

Fogo de fogão a lenha é diferente de todos os demais fogos. Veja o fogo de uma vela acesa sobre uma mesa. É fogo fácil. Basta encostar um fósforo aceso no pavio da vela para que ela se acenda. Não é preciso nem arte nem ciência. Até uma criança sabe. Só precisa um cuidado: deixar fechadas as janelas para que um vento súbito não apague a chama. O fogo do fogão é outra coisa... Bachelard notou a diferença: "A vela queima só. Não precisa de auxílio. A chama solitária tem uma personalidade onírica diferente da do fogo na lareira. O homem, diante de um fogo prolixo, pode ajudar a lenha a queimar: coloca uma acha suplementar no tempo devido. O homem que sabe se aquecer mantém uma atitude de Prometeu. Daí seu orgulho de atiçador perfeito...". Fogo de lareira é igual ao fogo do fogão a lenha. Antigamente não havia lareiras em nossas casas. O que havia era o fogo do fogão a lenha que era, a um tempo, fogo de lareira e fogo de cozinhar.

As pessoas da cidade, que só conhecem a chama dos fogões a gás, ignoram a arte que está por detrás de um fogão a lenha aceso. Se os paus grossos, os paus finos e os gravetos não forem colocados de forma certa, o fogo não pega. Isso exige ciência. E, depois de aceso o fogo, é preciso estar atento. É preciso colocar a acha suplementar, do tamanho certo, no lugar certo. Quem acende o fogo do fogão a lenha tem de ser também um atiçador.

O fogão a lenha nos faz voltar "às residências de outrora, as residências abandonadas, mas que são, em nossos devaneios, fielmente habitadas" (Bachelard). Antoine de Saint-Exupéry, no tempo em que os pilotos só podiam se orientar pelos fogos dos céus e os fogos da terra, conta de sua emoção solitária no céu escuro, ao vislumbrar, no meio da escuridão da terra, pequenas luzes: em algum lugar o fogo estava aceso e pessoas se aqueciam ao seu redor.

Já se disse que o homem surgiu quando a primeira canção foi cantada. Mas eu imagino que a primeira canção foi cantada ao redor do fogo. Antes da canção, o fogo. Um fogo aceso é um sacramento de comunhão solitária. Mas os sonhos solitários se tornam comunhão quando se aquece e se come.

Nas casas de Minas, a cozinha ficava no fim da casa. Ficava no fim não por ser menos importante, mas para ser protegida da presença de intrusos. Cozinha era intimidade. E também para ficar mais próxima do outro lugar de sonhos, a horta-jardim. Pois os jardins ficavam atrás. Lá estavam os manacás, o jasmim-do-imperador, as jabuticabeiras, laranjeiras e hortaliças. Era fácil sair da cozinha para colher chuchus, quiabos, abobrinhas, salsa, cebolinha, tomatinhos vermelhos, hortelã e, nas noites frias, folhas de laranjeira para fazer chá.

Ah! Como a arquitetura seria diferente se os arquitetos conhecessem também os mistérios da alma! Se Niemeyer tivesse feito terapia, Brasília seria outra. Brasília é arquitetura de arquitetos sem alma. Se eu fosse arquiteto minhas casas seriam planejadas em torno da cozinha. Das coisas boas que encontrei nos Estados Unidos, nos tempos em que lá vivi, estava o jeito de fazer as casas: a sala de estar, a sala de jantar, os livros, a escrivaninha, o aparelho de som, o jardim, todos integrados num enorme espaço integrado na cozinha. Todos podiam participar do ritual de cozinhar, enquanto ouviam música e conversavam. O ato de cozinhar, assim, era parte da convivência de família e amigos, e não apenas o ato de comer. Eu acho que nosso costume de fazer cozinhas isoladas do resto da casa é uma reminiscência dos tempos em que elas eram lugar de cozinheiras negras escravas, enquanto as sinhás e sinhazinhas se dedicavam, em lugares mais limpos, a atividades próprias de dondocas como o ponto de cruz, o *frivolité*, o crivo, a pintura e a música. Se alguém me dissesse, arquiteto, que o seu desejo era uma cozinha funcional e prática, eu imediatamente compreenderia que nossos sonhos não combinavam, delicadamente me despediria e lhe passaria o cartão de visitas de um arquiteto sem memórias de cozinhas de Minas.

As cozinhas de fogão a lenha não resistiram ao fascínio do progresso. As donas de casa, em Minas, por medo de serem consideradas pobres, dotaram suas casas de modernas cozinhas funcionais, onde o limpíssimo e apagado fogão a gás tomou o lugar do velho fogão a lenha. As cozinhas, agora, são extensões da sala de visitas. Mas isso é só para enganar. A alma delas continua a morar nas cozinhas velhas, agora transferidas para o quintal, onde a vida é como sempre foi. Lá é tão bom, porque é como já foi.

Eu gostaria de ser muitas coisas que não tive tempo e competência para ser. A vida é curta e as artes são muitas. Gostaria de ser pianista, jardineiro, artista de ferro e vidro – talvez monge. E gostaria de ter sido um cozinheiro. Babette. Tita. Meu pai adorava cozinhar. Eu me lembro dele preparando os peixes, cuidadosamente puxando a linha que percorre o corpo dos papa-terras, curimbas, para que não ficassem com gosto de terra. E me lembro do seu rosto iluminado ao trazer para a mesa o peixe assado no forno.

No espaço em que estava o meu restaurante Dalí, muito antes de imaginar que algum dia eu seria dono de restaurante, eu reunia casais de amigos uma vez por mês para cozinhar. Não os convidava para jantar. Convidava para cozinhar. A festa começava cedo, lá pelas seis da tarde. E todos se punham a trabalhar, descascando cebola, cortando tomates, preparando as carnes. Dizia Guimarães Rosa: "(...) o real não está na saída nem na chegada: ele se dispõe para a gente é no meio da travessia". Comer é a chegada. Passa rápido. Mas a travessia é longa. Era na travessia que estava o nosso maior prazer. A gente ia cozinhando, bebericando, beliscando petiscos, rindo, conversando. Ao final, lá pelas 11, a gente comia. Naqueles tempos o que já tinha sido voltava a ser. A gente era feliz.

Aquele tempo passou. Virei dono de restaurante, o que não é a mesma coisa. Mas bem que eu gostaria que fosse. Existia até um dia em que, no Dalí, quem quisesse cozinhar podia. O cliente ia para a cozinha e, ajudado pela equipe da casa, cozinhava para os seus amigos. Eu mesmo, num dia qualquer, seria o cozinheiro. Não sei direito o que cozinharia, porque minha especialidade não são pratos finos. É a sopa. Vaca atolada, sopa de fubá, sopa de coentro... Você já ouviu falar em sopa de coentro? É sopa de portugueses pobres, deliciosa, com muito azeite e pão torrado. A sopa desce quente e, chegando no estômago, confirma.

Qualquer dia desses, se vocês chegarem na minha casa, é possível que me vejam de avental e com chapéu de *chef*, preparando sopa de coentro. E até lhes darei a receita... Mas não se enganem. Estarei apenas realizando o sonho ancestral, o sonho da Adélia: "Seria tão bom, como já foi...".

Bicho-de-pé

Bicho-de-pé é uma felicidade. Pena que esteja se tornando cada vez mais raro. Quem deseja encontrá-lo terá que empreender longas viagens, por estradas de terra e lombo de cavalo, até os lugares onde ele ainda vive. Pertence à classe dos animais em perigo de extinção, muito embora jamais o tenha visto mencionado ao lado do mico-leão-dourado ou da ararinha-azul.

Como é provável que a maioria dos meus leitores nem tenha tido a felicidade de ter um bicho-de-pé no dedo do pé, nem mesmo tenha ouvido falar desse minúsculo animal, trato de dar as informações devidas. Trata-se de uma espécie de pulga, nome latino *tunga penetrans*, que tem especial predileção pelos dedos dos pés. Esse gosto é específico das fêmeas que, penetrando sob a pele dos humanos, ali se põem a botar uma enorme quantidade de ovos minúsculos que formam uma bolha transparente, como se fosse de plástico, do tamanho de uma pimenta-do-reino. Essa bolha recebe vulgarmente o nome de batata.

A descoberta de uma ou várias batatas nos dedos dos pés é sempre motivo de muita felicidade. É sabido o prazer erótico que sentem os namorados na espremeção de um cravo no nariz do outro. Pense que um bicho-de-pé é um cravo multiplicado por cem, cem vezes mais prazer. Mais complicada que a espremeção de um cravo, a extração de uma batata requer mesmo uma habilidade protocirúrgica, ou seja, a manipulação de uma agulha de costura. Procede-se de forma ordenada: com a ponta da agulha, vai-se cortando a pele circularmente à volta da batata até que, completada a operação, esta é espetada no seu centro, marcado pelo ponto negro da *tunga penetrans*, para, então, cuidadosamente proceder-se à conclusão da cirurgia, qual seja, puxar a batata para fora. Sendo bem-sucedida a operação, a batata sai redonda e inteira e é exibida triunfalmente como um troféu pelo cirurgião. No seu lugar fica uma pequena cratera vermelha na carne, cratera esta que tem uma capacidade extraordinária de produzir prazer, na forma de coceira.

Coceira é uma coisa estranha: dor prazerosa. Todo mundo já teve frieira – prazer parecido com o da batata. A gente coça até sair sangue. É provável que o mistério do masoquismo encontre sua explicação mais profunda no prazer doloroso da coceira. Meu irmão Murilo, por medo da agulha, não deixava que suas batatas fossem extraídas, mas tratava de obter o prazer a que tinha direito por um interminável esfrega-esfrega das batatas com uma bucha.

O bicho-de-pé merece sobreviver por suas múltiplas utilidades. A primeira é o seu uso terapêutico no tratamento das pessoas viciadas em drogas. O prazer produzido pelo bicho-de-pé é de tal grandeza que em muito ultrapassa o prazer das drogas. Viciado no prazer do bicho-de-pé, o drogadito alegremente se esquece do vício das cocaínas e similares. Há também o seu uso didático, utilíssimo em aulas de educação sexual. A jovem, com medo da noite de núpcias, perguntou à mãe se doía muito. Ao que a mãe respondeu: "É feito bicho-de-pé. Dói um pouquinho, mas depois a gente não quer parar de esfregar...". Se é igual a bicho-de-pé, é muito bom.

O amor à verdade, entretanto, obriga-me a uma informação desagradável: o bicho-de-pé, para existir, precisa de sujeira. É nos chiqueiros que ele engorda. Há prazeres que necessitam de um ambiente suíno para existir.

Imagino que você deve se perguntar sobre as razões que levam um escritor a escolher o bicho-de-pé como seu tema. Tudo começou com um sofrimento. Há muito que luto com uma questão: qual é a razão por que a alma humana encontra deleite especial nas coisas sujas? Nunca existe furo jornalístico por coisa boa. Furo é sempre sobre coisa escabrosa de violência, corrupção ou sexo. Essas coisas animam a conversa. Mas é só começar a falar sobre virtudes que a conversa morre. Será que a alma humana tem alguma coisa de suíno? Foi aí que os prazeres do bicho-de-pé me vieram à mente, como metáfora da dimensão erótico-suína da alma.

Desmond Morris, no seu livro *O macaco nu,* afirma que muitas das nossas produções culturais não passam de substitutos para hábitos biológicos fundamentais. Os cães e os lobos delimitam seus territórios urinando. Nós, humanos, abandonamos os artifícios diuréticos e os substituímos por artifícios estéticos: em vez de transformarmos nossa casa em mictório, enchemos a casa de quadros, objetos e música. Por esses meios, dizemos que aquele território é nosso. Foi então que o meu espanto perante a dimensão suína da alma humana e o prazer do bicho-de-pé se ligaram: o último como metáfora do primeiro. A expressão cultural dessa erótica suína se manifesta no mexerico. Pois mexerico é precisamente isto: o prazer que se obtém pelo esfrega-esfrega no lugar onde uma pulga suína botou os seus ovos.

Mexericos não se fazem com coisas boas. Coisas boas não dão prazer. Coisas boas não dão esfrega-esfrega. Se o assunto é coisa boa, a conversa termina logo. Coisas boas como uma crônica, um livro, uma ação generosa, um jardim que se plantou, na melhor das hipóteses, provocam exclamações de admiração. Mas a admiração morre logo. E se existe alguma *tunga penetrans* no esterco do jardim de flores, é a *tunga* e não as flores que se torna motivo do esfrega-esfrega prazeroso dos mexeriqueiros. O mexerico é a masturbação que se faz com aquilo que, no outro, aparece como uma batata de bicho-de-pé.

***

Ela sorriu com aquela máscara ingênua que as pessoas religiosas usam sempre. Olhou para os girassóis do meu jardim. Falei sobre eles. Parece que ela não escutou. Perguntou se eu usava esterco de porco. Desconversei. Ela insistiu. Aí eu lhe dei o que ela desejava: o esterco, onde moravam os bichos-de-pé. Ela agradeceu e continuou feliz o seu caminho. Já tinha provisão para seus prazeres suínos.

O ano 2000

Não sei quando foi que fiz a conta pela primeira vez, mas o fato é que fiz: na passagem do ano 1999 para 2000, eu teria 66 anos de vida. Eu sei que muita gente fez conta igual. Mas não conheço ninguém que tenha feito contas para saber qual seria sua idade em 1998 e em 2002. 2000 é importante. 1998 e 2002 não são.

O fato é que, por razões de simetria, a gente acredita que o calendário dos deuses só marca números redondos. Durante os anos de números quebrados, os deuses esperam. Quando o número fica redondo, eles tomam providências.

Foi assim ao final da Idade Média. Todo mundo acreditava que no ano 1000 o calendário divino chegaria ao fim, fim dos tempos, fim dos mundos, juízo final, os salvos para o céu, os condenados para o inferno, eternamente, porque dali para frente Deus não mais usaria calendários.

Um guia turístico do México, explicando-me uma pirâmide, disse que os maias e os astecas também acreditavam no calendário dos deuses. Só que, para eles, o número sagrado não era 1000, mas 7, o ciclo completo do tempo se completando em 49 anos, que é 7 vezes 7. Aí, quando chegava o finzinho do ano 48, e o mundo deveria acabar em um ou dois dias, todo mundo parava, ninguém trabalhava ou cozinhava, esperando a catástrofe terrível, e até se punham a ajudar os deuses, destruindo tudo o que havia, rasgando as roupas. Aí o fim não acontecia; concluíam, então, que os deuses haviam resolvido começar tudo de novo, punham-se a rir e a dançar sobre as ruínas do mundo que terminara, e tratavam de construir um mundo novo que começava do nada. Lindíssimo ritual de perdão, pois perdão, longe de ser um sentimento na alma, é um jeito de pôr um fim nas armadilhas que o passado e os seus mortos armaram para nós. O passado é sempre uma gaiola. É preciso esquecer, desatar os nós que, no passado, amarramos para toda eternidade. Grande perdão, grande esquecimento: podemos voar de novo, livres... Ah! Como gostaríamos de poder fazer isso!

Os judeus tinham coisas parecidas. Também de 49 em 49 anos tinham o "Ano do Jubileu", em que tudo que fora amarrado deveria ser desamarrado: os escravos eram soltos, as dívidas eram perdoadas, as terras compradas eram devolvidas aos seus antigos donos. Os espertos podiam somar por 49 anos. Mas Jeová decretava que essa esperteza não podia prosperar e, de repente, ao final do calendário divino, toda essa esperteza acumulada, somada, era desfeita, as portas das gaiolas eram abertas e tudo o que haviam ajuntado voava, livre. Deus é muito sábio!

Acho que foi uma grande decepção para os profetas do fim do mundo quando o fogo não desceu dos céus no dia 31 de dezembro do ano 999. Todo mundo na beirada dos rios e nas praias (diante da ameaça de fogo a gente procura a água para ficar de molho), batendo no peito e cantando: "No céu, no céu, com minha mãe estarei...".

Aí os profetas do fim de mundo, longas barbas e camisolão, passaram a ser motivo de zombaria. Enraivecidos, inventaram um versinho que, a se acreditar no que ouvi quando criança de beatos católicos, saiu da própria boca de Nosso Senhor Jesus Cristo: "1000 chegará, mas 2000 não passará".

Pois agora, ao final da soma vagarosa dos anos, chega o ano 2000. Ainda não ouvi nenhuma ameaça de fim do mundo, mas mesmo os que dizem não acreditar em Deus creem haver algo especial com esse número, tanto assim que fazem as contas para saber qual será a sua idade no momento da passagem. Pode ser que não acreditem em Deus, mas acreditam num relógio cósmico, que bate as horas de 1000 em 1000 anos, o que é o mesmo que acreditar em Deus.

Felizmente, por oposição ao que se acreditava no ano 999, todo mundo crê que não vai ser fim, mas começo: um momento maravilhoso de metamorfose se aproxima e com ela a esperança de que o mundo vai se transformar. E os educadores começaram a se agitar com isso, e estão se multiplicando, pelo país afora, congressos e reuniões similares, em que eles se perguntam sobre a educação no terceiro milênio. E para isso mandam chamar aqueles que acreditam ser os especialistas no calendário divino, videntes, profetas, gurus – entre eles eu, que mal dou conta de pensar o dia em que estou vivendo – para consultarem os livros sagrados, jogar búzios, ler tarô.

Não me furto. E o que vejo é muito simples.

Primeiro me vêm visões de loucura, as pessoas imbecilizadas pela infinita multiplicidade de coisas lindas, maravilhosas, fascinantes, que vão enchendo o mundo, nascidas da imaginação, da ciência, da técnica. É possível ter qualquer coisa. E tolo é aquele que diz que "ter" não é bom. Eu mesmo, graças a um aparelhinho de som baratinho, já ouvi mais Beethoven e Mozart do que eles mesmos ouviram. Nunca houve tanta possibilidade de felicidade quanto agora. Aquilo que já sabemos chega para a gente fazer um paraíso na terra.

E por que é que não o fazemos? Porque o conhecimento não basta. Sabedoria não se consegue com a soma de conhecimentos. As universidades estão cheias de doutores idiotas.

O conhecimento se soma com a passagem do tempo. Sabemos infinitamente mais que Sócrates, Leonardo da Vinci ou Newton... A sabedoria é diferente. Não se soma. Está fora do tempo. Ela ignora que seja o ano 2000. Não somos mais sábios que Sócrates, Buda, Jesus Cristo...

As escolas, do primeiro grau às universidades, dedicam-se a somar conhecimentos. Não há nelas lugar para o cultivo da sabedoria. Sabedoria não tem dignidades acadêmicas.

Digo, então, para as escolas, o que dizem os profetas dos fins dos tempos: "Arrependei-vos: é preciso ter novos olhos". A questão não é somar. As somas só fazem engordar.

É preciso passar por metamorfoses: do Conhecimento para a Sabedoria. Sabedoria é a arte dos sabores e dos prazeres. Uma nova filosofia: os saberes a serviço dos sabores, o poder a serviço do amor. Lição que se aprende com a Babette, cozinheira sábia suprema: fogos, panelas, facas e colheres só servem para dar prazer ao corpo e à alma. Pois, como disse Oswald de Andrade, "a alegria é a prova dos nove".

Quando a dor se transforma em poema

Hoje, sexta-feira, 20 de setembro de 1996: minha vontade é não escrever.

Escrevo como sonâmbulo, na esperança, talvez, de que as palavras consigam diminuir a minha dor. Mas eu não quero que a dor diminua. Não quero ser curado. Não quero ser consolado. Não quero ficar alegre de novo. Quando a dor diminui é porque o esquecimento já fez o seu trabalho. Mas eu não quero esquecer. O amor não suporta o esquecimento.

Vazia das palavras que a dor roubou, a alma se volta para os poetas. Na verdade não é bem assim. A alma não se volta para nada. Ela está abraçada com sua dor. São os poetas que vêm em nosso auxílio, mesmo sem serem chamados. Pois essa é a vocação da poesia: pôr palavras nos lugares onde a dor é demais. Não para que ela termine, mas para que ela se transforme em coisa eterna: uma estrela no Firmamento, brilhando sem cessar na noite escura. É isso que o amor deseja: eternizar a dor, transformando-a em coisa bela. Quando isso acontece, a dor se transforma em poema, objeto de comunhão, sacramento.

A dor é tanta que a procura das palavras – brinquedo puro quando se está alegre – se transforma num peso enorme, bola de ferro que se arrasta, pedra que se rola até o alto da montanha, sabendo ser inútil o esforço, pois ela rolará de novo morro abaixo. Sinto uma preguiça enorme, um desânimo sonolento de escrever. Arrasto-me. Obrigo-me a me arrastar. Empurro as palavras como quem empurra blocos de granito. Gostaria mesmo é de ficar quieto, não dizer nada, não escrever nada. Será que algum jornal aceitaria publicar uma crônica que fosse uma página em branco, silêncio puro? Escrevo para me calar, para produzir silêncio. Como numa catedral gótica: as paredes, as colunas e os vitrais servem só para criar um espaço vazio onde se pode orar. Álvaro de Campos entende que a poesia é isto, uma construção de palavras em cujas gretas se ouve uma outra voz, uma melodia que faz chorar.

Sei que minhas palavras são inúteis. A morte faz com que tudo seja inútil. Olho em volta, as coisas que amo, os objetos que me davam alegria, o jardim, a fonte, os CDs, os quadros, o vinho (ah! o riso dele era uma cachoeira, quando abria uma garrafa de vinho!): está tudo cinzento, sem brilho, sem cor, sem gosto. Não abro o vinho: sei que ele virou vinagre. Rego as plantas por obrigação. O dever me empurra: elas precisam de mim. Agrado o meu cachorro por obrigação também. Ele não é culpado. Atendo o telefone e sou delicado com as pessoas que falam comigo: elas ainda não receberam a notícia e nem receberão. Tentei dar a notícia a algumas pessoas. Disse-lhes que fazia seis horas que eu chorava sem parar. Elas riram. Não por maldade, mas por achar que eu estava brincando.

Meu melhor amigo morreu. Portanto todas as palavras são inúteis. Sobre a cachoeira do seu riso está escrito "nunca mais". Nenhuma delas será capaz de encher o vazio. Recordo as palavras da Cecília – palavras que, acredito, foram escritas muito depois da dor, depois que a dor já se havia transformado em beleza:

> Mas tudo é inútil, porque os teus ouvidos estão como conchas vazias, e a tua narina imóvel não recebe mais notícia do mundo que circula no vento. Tudo é inútil, porque estás encostado à terra fresca, e os teus olhos não buscam mais lugares nessa paisagem luminosa, e as tuas mãos não se arredondam já para a colheita nem para a carícia.

Meu melhor amigo. Amigo é uma pessoa que, só de se lembrar de você, dá uma risada de felicidade. Assim são os amigos – não há nem os mais nem os menos amigos. Ou é ou não é. Todos são iguais. Mas sei que meus outros amigos me entenderão, quando digo que o Elias Abrahão era o meu melhor amigo. Se a gente tem dez filhos e um morre, aquele era o que a gente mais amava. Se um pastor tem cem ovelhas e uma se perde, aquela era a de que ele mais gostava. O Elias morreu. Ele era o meu melhor amigo. Meu corpo e minha alma, hoje, são um vaso cheio com a dor do seu vazio.

O poeta W.H. Auden já disse, exato, o que estou sentindo:

Que parem os relógios, cale o telefone,
jogue-se ao cão um osso e que não ladre mais,
que emudeça o piano e o tambor sancione
a vinda do caixão e seu cortejo atrás.
Que os aviões, gemendo acima em alvoroço,
escrevam contra o céu o anúncio: ele morreu.
Que as pombas guardem luto – um laço no pescoço
e os guardas usem finas luvas cor de breu.
Era meu norte, sul, meu leste, oeste, enquanto viveu;
meus dias úteis, meus fins de semana,
meu meio-dia, meia-noite, fala e canto,
quem julga o amor eterno, como eu fiz, se engana.
É hora de apagar as estrelas – são molestas,
guardar a lua, desmontar o sol brilhante,
de despejar o mar, jogar fora as florestas,
pois nada mais há de dar certo doravante.

Em momentos assim tenho um dó imenso das pessoas que têm um deus forte. Pois – coitadas – estão perdidas diante da morte.

Ter um deus forte é saber que, se ele tivesse querido, ele teria evitado a morte. Se não evitou, é porque não quis. Ora, se foi ele quem matou, ele não pode estar sofrendo. Está é feliz, por ter feito o que queria. Assim, ele é culpado da minha dor. Eu e ele estamos muito distantes, infinitamente distantes. Como poderia amá-lo – um deus assim tão cruel? Mas se ele é um deus fraco, isso quer dizer que não foi ele quem ordenou – ele não pôde evitar. Um deus fraco pode chorar comigo. Ele até se desculpa:

"Não foi possível evitá-lo. Eu bem que tentei. Veja só estas feridas no meu corpo: elas provam que me esforcei..." Ele chora comigo. Assim, nós dois, eu e o meu deus, choramos juntos. E por isso nos amamos.

Tenho no meu quintal uma árvore, sândalo, de perfume delicioso. Foi o Elias que me deu a mudinha, vinda do Líbano. Cuidarei dela com redobrado carinho. De vez em quando vou regá-la com vinho. Não me surpreenderei se ela ficar bêbada e começar a dar risadas. Saberei que o Elias está por perto.

MANSAMENTE PASTAM AS OVELHAS...

Mansamente pastam as ovelhas...

O telefone tocou. Era uma hora da madrugada. Quem poderia ser? O que poderia ser? Atendo. "Pai, acordei você..." Era a voz da Raquel, minha filha. "Acordou" – respondi, numa mistura de mau humor e apreensão. "Pai, o nosso prefeito, o Toninho, acaba de ser assassinado..." Para a Raquel, o assassinato do prefeito era muito mais que um fato político. O Toninho tinha sido seu professor, na Faculdade de Arquitetura. Ela estava compartilhando comigo sua dor e seu ódio pela perda de um amigo, um homem que ela admirava. Meus pensamentos, ainda mergulhados na sonolência, transformaram-se num bloco de pedra: pura estupefação e puro horror.

Senti a dor da perda do Toninho. Ele era um homem manso que sonhava coisas bonitas para Campinas. Numa conversa, faz uns meses, ele me disse que estava imaginando um jeito de realizar, praticamente, aquela coisa de "política e jardinagem" sobre a qual já escrevi. E fiquei contente...

Mas o que senti foi muito mais que a dor pela perda de um homem bonito. Já havia passado por experiências semelhantes. Quando meu amigo Elias Abrahão, que havia sido secretário de Meio Ambiente de Curitiba, secretário de Educação do estado do Paraná e era deputado, morreu num desastre de carro, chorei como nunca havia chorado em toda a minha vida. Mas a dor era diferente. Minha dor pela morte do Elias Abrahão foi dor pela morte do Elias Abrahão, nada mais. Dor num estado puro. Mas minha dor pela morte do Toninho está sendo diferente. Porque a forma como ele morreu, assassinado, estabelece entre todos nós uma difícil comunhão... Nosso destino está ligado ao dele. Veio-me à memória um texto sagrado que diz que Jesus, "vendo as multidões, compadeceu-se delas, porque andavam desgarradas e errantes como ovelhas que não têm pastor".

Ovelhas são animais mansos, sem garras ou chifres, incapazes de se defender. Morrem mansamente nos dentes dos lobos. E dizem que nem mesmo balem. Morrem silenciosamente. Essa é a razão por que é preciso que haja pastores que as protejam. O pastor traz na mão o cajado, arma para a defesa do seu rebanho. E quando tudo está tranquilo, as ovelhas pastando, os lobos mantidos a distância pelo pastor, ele pode se dedicar a tocar sua flauta. "Ainda quando eu andar pelo vale onde a morte está à espreita, não temerei mal algum; a tua vara e o teu cajado me defendem e consolam..." (Salmo 23). Um dos corais mais lindos de Bach descreve essa cena: "Mansamente pastam as ovelhas...".

Ah! Que imagem linda! Seria bom que fosse assim! Os homens, as mulheres, os velhos, as crianças – todo mundo "pastando" pelas ruas da cidade nas noites frescas, sem medo... Que mais poderíamos desejar? A vida pode ser assim, se não houver medo.

E é para isso que pastor existe: para que não haja medo. A ausência do medo é o pré-requisito para a vida boa a que estamos destinados. Isso mesmo! Nisso os místicos, os poetas e a psicanálise estão de acordo: o coração está em busca de um mundo que possa ser amado. Nas palavras de Bachelard, "o universo tem, para além de todas as misérias, um destino de felicidade". Mas essa imagem de felicidade que dava sentido à nossa vida comum se transformou numa bolha de sabão. Os poetas insistem em acreditar, continuam soprando e falando de esperança – mas, tão logo se formam, as bolhas flutuam no ar e arrebentam.

O Toninho foi assassinado. O lobo ou os lobos – não sei – estavam à espreita. E ele era como uma ovelha – ia despreocupado, sem medo, inconsciente do perigo, sem pastor que o protegesse. Foi essa imagem, a imagem da fragilidade e do abandono diante dos lobos, que me comoveu. Sinto dor pela morte do Toninho. Mas sinto uma dor maior por nós mesmos, porque o que aconteceu com o Toninho é um símbolo da condição de todos nós: somos ovelhas sem pastor, à mercê dos lobos.

No tempo em que havia pastores, os lobos eram trancados em jaulas e as ovelhas pastavam soltas, mansamente. Agora, sem pastores, as ovelhas se trancam em jaulas e os lobos caminham soltos, tranquilamente. O medo nos leva a nos encerrarmos em jaulas. Não nos atrevemos a andar pelas ruas, pelos parques, pelos jardins, pelas praças. Abandonados, deixaram de ser nossa propriedade. Tornaram-se habitação dos lobos que neles ficam à espreita. E eu me pergunto: de que valem todas as coisas boas que se podem produzir numa sociedade, se estamos todos, todo o tempo, condenados ao medo?

Alguns explicam nossa condição como sendo decorrente das estruturas injustas de distribuição de renda: a violência criminosa seria, então, uma simples consequência da violência estrutural econômica, que seria a causa. Duvido. Penso segundo a lógica dos negócios. Era costume dizer: "O crime não compensa". Isso era verdadeiro num mundo onde os pastores protegiam as ovelhas. Mas nossa situação é outra. Vale agora uma outra afirmação: "O crime compensa". E compensa porque o Estado – pastor supremo – tornou-se um pastor sonolento, vagaroso, de cajado mole. O crime compensa por causa da impunidade. O crime se transformou num empreendimento econômico altamente lucrativo. E os que se dedicam ao negócio do crime não são os pobres, as vítimas das estruturas econômicas injustas. Será, por acaso, possível convencer os lobos a comer capim como as ovelhas? Os lobos só são convencidos pela força dos cajados.

A morte do Toninho me dá grande tristeza. Mas o que me dá tristeza maior é a falta de esperança. Por mais que eu pense, não consigo imaginar as ovelhas pastando mansamente... Assim, só me resta uma alternativa: trancar-me dentro da segurança precária do meu apartamento e, enquanto escrevo esta crônica, ouvir o coral de Bach "Mansamente pastam as ovelhas...".

É assim que acontece a bondade

"Se te perguntarem quem era essa que às areias e aos gelos quis ensinar a primavera...": é assim que Cecília Meireles inicia um de seus poemas. Ensinar primavera às areias e aos gelos é coisa difícil. Gelos e areias nada sabem sobre primaveras... Pois eu desejaria saber ensinar a solidariedade a quem nada sabe sobre ela. O mundo seria melhor. Mas como ensiná-la?

Será possível ensinar a beleza de uma sonata de Mozart a um surdo? Como, se ele não ouve? E poderei ensinar a beleza das telas de Monet a um cego? De que pedagogia irei me valer para comunicar cores e formas a quem não vê? Há coisas que não podem ser ensinadas. Há coisas que estão além das palavras. Os cientistas, os filósofos e os professores são aqueles que se dedicam a ensinar as coisas que podem ser ensinadas. Coisas que podem ser ensinadas são aquelas que podem ser ditas. Sobre a solidariedade muitas coisas podem ser ditas. Por exemplo: acho possível desenvolver uma psicologia da solidariedade. Acho também possível desenvolver uma sociologia da solidariedade. E, filosoficamente, uma ética da solidariedade... Mas os saberes científicos e filosóficos da solidariedade não ensinam a solidariedade, da mesma forma como a crítica da música e da pintura não ensina às pessoas a beleza da música e da pintura. A solidariedade, como a beleza, é inefável – está além das palavras.

Palavras que ensinam são gaiolas para pássaros engaioláveis. Os saberes, todos eles, são pássaros engaiolados. Mas a solidariedade é um pássaro que não pode ser engaiolado. Ela não pode ser dita. A solidariedade pertence a uma classe de pássaros que só existem em voo. Engaiolados, esses pássaros morrem.

A beleza é um desses pássaros. A beleza está além das palavras. Walt Whitman tinha consciência disso quando disse: "Sermões e lógicas jamais convencem. O peso da noite cala bem mais fundo em minha alma...". Ele conhecia os limites das suas próprias palavras. E Fernando Pessoa sabia que aquilo que o poeta quer comunicar não se encontra nas palavras que ele diz: ela aparece nos espaços vazios que se abrem entre elas, as palavras. Nesse espaço vazio se ouve uma música. Mas essa música – de onde vem ela se não foi o poeta que a tocou?

Não é possível fazer uma prova sobre a beleza porque ela não é um conhecimento. Tampouco é possível comandar a emoção diante da beleza. Somente atos podem ser comandados. "Ordinário! Marche!", o sargento ordena. Os recrutas obedecem. Marcham. À ordem segue-se o ato. Mas sentimentos não podem ser comandados. Não posso ordenar que alguém sinta a beleza que estou sentindo.

O que pode ser ensinado são as coisas que moram no mundo de fora: astronomia, física, química, gramática, anatomia, números, letras, palavras.

Mas há coisas que não estão do lado de fora. Coisas que moram dentro do corpo. Estão enterradas na carne, como se fossem sementes à espera...

Sim, sim! Imagine isso: o corpo como um grande canteiro! Nele se encontram, adormecidas, em estado de latência, as mais variadas sementes – lembre-se da estória da Bela Adormecida! Elas poderão acordar, brotar. Mas poderão também não brotar. Tudo depende... As sementes não brotarão se sobre elas houver uma pedra. E também pode acontecer que, depois de brotar, elas sejam arrancadas... De fato, muitas plantas precisam ser arrancadas, antes que cresçam. Nos jardins há pragas: tiriricas, picões...

Uma dessas sementes é a "solidariedade". A solidariedade não é uma entidade do mundo de fora, ao lado de estrelas, pedras, mercadorias, dinheiro, contratos. Se ela fosse uma entidade do mundo de fora, ela poderia ser ensinada e produzida. A solidariedade é uma entidade do mundo interior. Solidariedade nem se ensina, nem se ordena, nem se produz. A solidariedade tem de brotar e crescer como uma semente...

Veja o ipê florido! Nasceu de uma semente. Depois de crescer não será necessária nenhuma técnica, nenhum estímulo, nenhum truque para que ele floresça. Ângelus Silésius, místico antigo, tem um verso que diz: "A rosa não tem porquês. Ela floresce porque floresce". O ipê floresce porque floresce. Seu florescer é um simples transbordar natural da sua verdade.

A solidariedade é como o ipê: nasce e floresce. Mas não em decorrência de mandamentos éticos ou religiosos. Não se pode ordenar: "Seja solidário!". A solidariedade acontece como um simples transbordamento: as fontes transbordam... Da mesma forma como o poema é um transbordamento da alma do poeta e a canção, um transbordamento da alma do compositor...

Já disse que solidariedade é um sentimento. É esse o sentimento que nos torna humanos. É um sentimento estranho, que perturba nossos próprios sentimentos. A solidariedade me faz sentir sentimentos que não são meus, que são de um outro. Acontece assim: eu vejo uma criança vendendo balas num semáforo. Ela me pede que eu compre um pacotinho das suas balas. Eu e a criança – dois corpos separados e distintos. Mas, ao olhar para ela, estremeço: algo em mim me faz imaginar aquilo que ela está sentindo. E então, por uma magia inexplicável, esse sentimento imaginado se aloja junto dos meus próprios sentimentos. Na verdade, desaloja meus sentimentos, pois eu vinha, no meu carro, com sentimentos leves e alegres, e agora esse novo sentimento se coloca no lugar deles. O que sinto não são meus sentimentos. Foram-se a leveza e a alegria que me faziam cantar. Agora, são os sentimentos daquele menino que estão dentro de mim. Meu corpo sofre uma transformação: ele não é mais limitado pela pele que o cobre. Expande-se. Ele está agora ligado a um outro corpo que passa a ser parte dele mesmo. Isso não acontece nem por decisão racional, nem por convicção religiosa, nem por um mandamento ético. É o jeito natural de ser do meu próprio corpo, movido pela solidariedade. Acho que esse é o sentido do dito de Jesus de que temos de amar o próximo como amamos a nós mesmos. A solidariedade é a forma visível do amor. Pela magia do sentimento de solidariedade, meu corpo passa a ser morada do outro. É assim que acontece a bondade.

Mas fica pendente a pergunta inicial: como ensinar primaveras a gelos e areias? Para isso as palavras do conhecimento são inúteis. Seria necessário fazer nascer ipês no meio dos gelos e das areias! E eu só conheço uma palavra que tem esse poder: a palavra dos poetas. Ensinar solidariedade? Que se façam ouvir as palavras dos poetas nas igrejas, nas escolas, nas empresas, nas casas, na televisão, nos bares, nas reuniões políticas, e, principalmente, na solidão...

"O menino me olhou com olhos suplicantes.

E, de repente, eu era um menino que olhava com olhos suplicantes..."

Que vontade de chorar

Era uma manhã fresca e transparente de primavera. Parei o carro na luz vermelha do semáforo. Olhei para o lado e lá estava ela, menina, dez anos, não mais. Seu rosto era redondo, corado e sorria para mim. "O senhor compra um pacotinho de balas de goma? Faz tempo que o senhor não compra..." Sorri para ela, dei-lhe uma nota de um real e ela me deu o pacotinho de balas. Ela ficou feliz. Aí a luz ficou verde e eu acelerei o carro – não queria que ela percebesse que meus olhos tinham ficado repentinamente úmidos.

Quando eu era menino, lá na roça, havia uma mata fechada. Os grandes, malvados, para me fazer sofrer, diziam que na mata morava um menino como eu. "Quer ver?", eles perguntavam. E gritavam: "Ô, menino!". E da mata vinha uma voz: "Ô, menino!". Eu não sabia que era um eco. E acreditava. Nas noites frias, na cama, eu sofria, pensando no menino, sozinho, na mata escura. Onde estaria dormindo? Teria cobertores? Seus pais, onde estariam? Será que eles o haviam abandonado? É possível que os pais abandonem os filhos?

Sim, é possível. João e Maria, abandonados sozinhos na floresta. Seus pais os deixaram lá para serem devorados pelas feras. Diz a estória que eles fizeram isso porque já não tinham mais comida para eles mesmos. Será que os pais, por não terem o que comer, abandonam os filhos? Será por isso que as crianças são vistas frequentemente na floresta vendendo balas de goma? Será que havia balas de goma na cesta que "Chapeuzinho Vermelho" levava para a avó? Será que a mãe de "Chapeuzinho" queria que ela fosse devorada pelo lobo? Essa é a única explicação para o fato de ela, mãe, ter enviado a menina sozinha para uma floresta onde um lobo estava à espera.

Num dos contos de Andersen, uma menininha vendia fósforos de noite na rua (se fosse aqui, estaria num semáforo), enquanto a neve caía. Mas ninguém comprava. Ninguém estava precisando de fósforos. Por que uma menininha estaria vendendo fósforos numa noite fria? Não deveria estar em casa, com os pais? Talvez não tivesse pais. Fico a pensar nas razões que teriam levado Andersen a escolher caixas de fósforos como a coisa que a menininha estava a vender, sem que ninguém comprasse. Acho que é porque uma caixa de fósforos simboliza calor. Dentro de uma caixa de fósforos estão, na forma de sonhos, um fogão aceso, uma panela de sopa, um quarto aquecido... Ao pedir que lhe comprassem uma caixa de fósforos numa noite fria, a menininha estava pedindo que lhe dessem um lar aquecido. Lar é um lugar quente. Pois, se você não sabe, consulte o Aurélio. E ele vai lhe dizer que o primeiro sentido de "lar" é "o lugar da cozinha onde se acende o fogo". De manhã, a menininha estava morta na neve, com a caixa de fósforos na mão. Fria. Não encontrou um lar.

Um supermercado é uma celebração de abundância. No estacionamento, as famílias enchem os porta-malas dos seus carros com coisas boas de comer. "Graças a Deus!", elas dizem. Do lado de fora, os famintos, que os guardas não deixam entrar. Se entrassem no estacionamento a celebração seria perturbada. "Dona, me dá uns trocados?" O menino estava do lado de fora. Rosto encostado na grade, o braço esticado para dentro do espaço proibido, na direção da mulher. A mulher tirou um real da bolsa e lhe deu. Mas esse gesto não a tranquilizou. Queria saber um pouco mais sobre o menino. Puxou prosa. "Para que você quer o dinheiro?", perguntou. "Pra voltar pra onde eu durmo..." "E onde é a sua casa?" "Não vou voltar pra casa. Eu não moro em casa. Eu durmo na rua. Fugi da minha casa por causa do meu pai..."

Em muitas estórias, o pai é pintado como um gigante horrendo que devora as crianças. Na estória do João e o pé de feijão, ele é um ogro que mora longe, muito alto, nas nuvens, onde goza, sozinho, os prazeres da galinha dos ovos de ouro e da harpa encantada. Mãe e filho, lá embaixo, morrem de fome. Por vezes as crianças estão mais abandonadas com os pais que longe deles. Como aconteceu com a Gata Borralheira. Seu lar estava longe da mãe-madrasta e das irmãs: como uma gata, o borralho do fogão era o único lugar onde encontrava calor.

E comecei a pensar nas crianças que, para comer, fazem ponto nos semáforos, vendendo balas de goma, chocolate, biju. Ou distribuindo folhetos... Ah! Os inúteis folhetos que ninguém lê e ninguém quer e que serão amassados e jogados fora. O impulso é fechar o vidro e olhar para a criança com olhar indiferente – como se ela não existisse. Mas eu não aguento. Imagino o seu sofrimento. Abro o vidro, recebo o papel, agradeço e ainda pergunto o nome. Depois, discretamente, amasso o papel e ponho no lixinho...

E há também os adolescentes que querem limpar o para-brisa do carro por uma moeda. Já sou amigo da "turma" que trabalha no cruzamento da avenida Brasil com a avenida Orosimbo Maia. Um deles, o Pelé, tem inteligência e humor para ser um "relações-públicas"...

Lembro-me de um menino que encontrei no aeroporto de Guarapuava. No seu rosto, mistura de timidez e esperança. "O senhor compra um salgadinho para me ajudar?" Ficamos amigos e depois descobrimos que a mulher para quem ele vendia os salgadinhos o enganava na hora do pagamento...

Um outro, no aeroporto de Viracopos, era engraxate. O pai sofrera um acidente e não podia trabalhar. Tinha de ganhar R$ 20,00. Mas só podia trabalhar enquanto o engraxate adulto, de cadeira cativa, não chegava. Tinha, portanto, de trabalhar rápido. Tivemos uma longa conversa sobre a vida, que me deixou encantado com seu caráter e sua inteligência – a ponto de ele delicadamente me repreender por um juízo descuidado que emiti, pelo que me desculpei.

E me lembrei das meninas e dos meninos ainda mais abandonados que nada têm para vender e que, à noitinha, nos semáforos (onde serão suas casas?), pedem uma moedinha...

Houve uma autoridade que determinou que as crianças fossem retiradas da rua e devolvidas aos seus lares. Ela não sabia que, se as crianças estão nas ruas, é porque as ruas são o seu lar. Nos semáforos, de vez em quando, elas encontram olhares amigos.

Os especialistas no assunto já me disseram que não se deve ajudar pessoas nos semáforos, pois isso é incentivar a malandragem e a mendicância. Mas me diga: o que vou dizer àquela criança que me olha e pede: "Compre, por favor..."? Vou lhe dizer que já contribuo para uma instituição legalmente credenciada? Diga-me: o que é que eu faço com o olhar dela?

Minhas divagações me fizeram voltar a *Os irmãos Karamazov*, de Dostoievski. Um dos seus trechos mais pungentes é uma descrição que faz Ivan, ateu, a seu irmão Alioscha, monge, da crueldade de um pai e uma mãe para com sua filhinha.

> Espancavam-na, chicoteavam-na, pisoteavam-na, sem mesmo saber por que o faziam. O pobre corpinho vivia coberto de equimoses. Chegaram depois aos requintes supremos: durante um frio glacial, encerraram-na a noite inteira na privada com o pretexto de que a pequena não pedia para se levantar à noite (como se uma criança de cinco anos, dormindo o seu sono de anjo, pudesse sempre pedir a tempo para sair!). Como castigo, maculavam-lhe o rosto com os próprios excrementos e a obrigavam a comê-los. E era a mãe que fazia isso – a mãe! Imagina essa criaturinha, incapaz de compreender o que lhe acontecia, e que no frio, na escuridão e no mau cheiro, bate com os punhos minúsculos no peito, e chora lágrimas de sangue, inocentes e mansas, pedindo a "Deus que a acuda". Todo o universo do conhecimento não vale o pranto dessa criança suplicando a ajuda de Deus.

Num parágrafo mais tranquilo, o *starets* **Zossima medita:**

> Passas por uma criancinha: passas irritado, com más palavras na boca, a alma cheia de cólera; talvez tu próprio não avistasses aquela criança; mas ela te viu, e quem sabe se tua imagem ímpia e feia não se gravou no seu coração indefeso! Talvez o ignores, mas quem sabe se já disseminaste na sua alminha uma semente má que germinará! Meus amigos: pedi a Deus alegria! Sede alegres com as crianças, como os pássaros do céu.

Quando essas imagens começaram a aparecer na minha imaginação, comecei a ouvir (essas músicas que ficam tocando, tocando, na cabeça...), sem que a tivesse chamado, aquela canção *Gente humilde*, letra do Vinicius, música do Chico. "Tem certos dias em que eu penso em minha gente, e sinto assim todo o meu peito se apertar..." Pelo meio o Vinicius conta da sua comoção ao ver "as casas simples com cadeiras nas calçadas, e na fachada escrito em cima que é um lar". Termina, então, dizendo: "E aí me dá uma tristeza no meu peito, feito um despeito de eu não ter como lutar. E eu que não creio peço a Deus por minha gente. É gente humilde. Que vontade de chorar".

Se fosse hoje, o Vinicius não teria vontade de chorar. Ele riria de felicidade ao ver as cadeiras nas calçadas e as fachadas escrito em cima que é um lar... Vontade de chorar ele teria vendo essa multidão de crianças abandonadas, entregues ou à indiferença ou à maldade dos adultos: "E aí me dá uma tristeza no meu peito, feito um despeito de eu não saber como lutar...". Só me restam meu inútil sorriso, minhas inúteis palavras, meu inútil real por um pacotinho de balas de goma...

Um discreto bater de asas de anjos

O Victor é um adolescente. Arranjou um emprego no McDonald's. No McDonald's trabalham adolescentes. Antes de iniciarem seu trabalho, eles são treinados. São treinados, primeiro, a cuidar do espaço em que trabalham: a ordem, a limpeza, os materiais – guardanapos, canudinhos, temperos, bandejas. É preciso não desperdiçar. Depois, são treinados a lidar com os clientes. Delicadeza. Atenção. Simpatia. Sorrisos. Boa vontade. Clientes não devem ser contrariados. Têm que se sentir em casa. Têm que sair satisfeitos. Se saírem contrariados, não voltarão. O Victor aprendeu bem as lições: começou o seu trabalho. Mas logo descobriu uma coisa que não estava de acordo com o aprendido: os adolescentes, fregueses, não cuidavam das coisas como eles, empregados, cuidavam. Tiravam punhados de canudinhos para brincar. Usavam mais guardanapos do que o necessário. Punham as bandejas dentro do lixo. Aí o Victor não conseguiu se comportar de acordo com as regras. Se ele e seus colegas de trabalho obedeciam às regras, por que os clientes não deveriam obedecê-las? Por que sorrir e ser delicado com fregueses que não respeitavam as regras de educação e civilidade? E ficou claro para todo mundo, colegas e clientes, que o Victor não estava seguindo as lições... O chefe chamou o Victor. Lembrou-lhe do que lhe havia sido ensinado. O Victor não cedeu. Argumentou. Disse de forma clara o que estava sentindo. O que ele desejava era coerência. Aquela condescendência sorridente era uma má política educativa. Era injustiça. Seus colegas de trabalho sentiam e pensavam o mesmo que ele. Mas eram mais flexíveis... Não reclamavam. Engoliam o comportamento não educado dos clientes-adolescentes com o sorriso prescrito. E o chefe, sorrindo, acabou por dar razão ao Victor. Qual a diferença que havia entre o Victor e os seus colegas? O Victor tem síndrome de Down.

O Edmar é um adolescente. Calado. Quase não fala. Arranjou um emprego como lavador de automóveis num lava-rápido. Emprego bom para ele porque não é necessário falar enquanto se lava um carro. Mas de repente, sem nenhuma explicação, o Edmar passou a se recusar a trabalhar. Ficava quieto num canto sem dar explicações. O Edmar, como o Victor, tem síndrome de Down. A Fundação Síndrome de Down, que havia arranjado o emprego para o Edmar, foi informada do que estava acontecendo. Que tristeza! Um bom emprego – e parece que o Edmar ia jogar tudo fora. O caminho mais fácil seria simplesmente dizer: "Pena. Fracassamos. Não deu certo. Pessoas com síndrome de Down são assim...". Mas a equipe encarregada da inclusão não aceitou essa solução. Tinha de haver uma razão para o estranho comportamento do Edmar. E como ele é calado e não explica as razões do que faz, uma das pessoas da equipe se empregou como lavadora de carros, no lava-rápido onde o Edmar trabalhava. E foi lá, ao lado do Edmar, que ela descobriu o nó da questão: o Edmar odiava o "pretinho" – aquele líquido que é usado nos pneus. Odiava porque o tal líquido grudava na mão, não havia jeito de lavar, e a mão ficava preta e feia. O Edmar não gostava que sua mão ficasse preta e feia. Todos os outros lavadores – sem síndrome de Down – sentiam o mesmo que o Edmar sentia – também não gostavam de ver suas mãos pretas e sujas. Não gostavam mas não reclamavam. A solução? Despedir o Edmar? De jeito nenhum! A "lavadora" pôs-se a campo, numa pesquisa: haverá um outro líquido que produza o mesmo resultado nos pneus e que não seja preto? Descobriu. Havia. E assim o Edmar voltou a realizar alegremente o seu trabalho com as mãos brancas. E, graças a ele, e ao trabalho da "lavadora", todos os outros puderam ter mãos limpas ao fim do dia de trabalho.

Essa é uma surpreendente característica daqueles que têm síndrome de Down: não aceitam aquilo que contraria seu desejo e suas convicções. O Victor desejava coerência. Não iria engolir o comportamento não civilizado de ninguém. O Edmar queria ter suas mãos limpas. Não iria fazer uma coisa que sujasse suas mãos. Quem tem Síndrome de Down não consegue ser desonesto. Não consegue mentir. E é por isso que os adultos se sentem embaraçados pelo seu comportamento. Porque os adultos sabem fazer o jogo da mentira e do fingimento. Um adulto recebe um presente de aniversário que julga feio. Aí, com o presente feio nas mãos, ele olha para o presenteador e diz, sorridente: "Mas que lindo!". Quem me contou foi o Elba Mantovanelli:

ele deu um presente para a Andréa. Mas aquele presente não era o que ela queria! Ela não fingiu, nem se atrapalhou. Só disse, com um sorriso: "Vou dar o seu presente para o Fulano. Ele vai gostar...".

As crianças normais, na escola, aprendem que elas têm de engolir jilós, mandioca crua e pedaços de nabo: coisas que não fazem sentido. Aprendem o que é "dígrafo", "próclise", "ênclise", "mesóclise", os "usos da partícula *se*"... Você ainda se lembra? Esqueceu? Mas teve de estudar e responder certo na prova. Esqueceu, por quê? Porque não fazia sentido.

Fazer sentido: o que é isso? É simples. O corpo – sábio – carrega duas caixas na inteligência: a caixa de ferramentas e a caixa de brinquedos. Na caixa de ferramentas, estão coisas que podem ser usadas. Não todas, evidentemente. Caso contrário, a caixa teria o tamanho de um estádio de futebol. Seria pesada demais para ser carregada. Se vou cozinhar, na minha caixa de ferramentas deverão estar coisas necessárias para cozinhar. Mas não precisarei de machados e guindastes. Na outra caixa, de brinquedos, estão todas as coisas que dão prazer: pipas, flautas, estórias, piadas, jogos, brincadeiras, beijos, caquis... Se a coisa ensinada nem é ferramenta, nem é brinquedo, o corpo diz que não serve para nada. Não aprende. Esquece. As crianças "normais", havendo compreendido que os professores e diretores são mais fortes que elas, por ter o poder de reprovar, submetem-se. Engolem os jilós, as mandiocas cruas e os pedaços de nabo, porque terão de devolvê-los nas provas. Mas logo os vomitam pelo esquecimento. Não foi assim que aconteceu conosco? As crianças e os adolescentes com síndrome de Down simplesmente se recusam a aprender. Eles só aprendem aquilo que é expressão do seu desejo. Entrei numa sala, na Fundação Síndrome de Down. Todos estavam concentradíssimos equacionando os elementos necessários para a produção de um cachorro-quente. Certamente estavam planejando alguma festa... Numa folha estavam listados: salsicha, pão, vinagrete, mostarda... Entrei no jogo. "Esse cachorro-quente de vocês não é de nada. Está faltando a coisa mais importante!" Eles me olharam espantados. Teriam se esquecido de algo? Seu cachorro-quente estaria incompleto? Acrescentei: "Falta a pimenta!". Aí seus rostos se abriram num sorriso triunfante. Viraram a folha e me mostraram o que estava escrito na segunda folha: "pimenta".

Aí, vocês adultos vão dizer: "Que coisa mais boba estudar um cachorro-quente!". Respondo que bobo mesmo é estudar dígrafo, usos da partícula *se*, os afluentes da margem esquerda do Amazonas e assistir ao "Show do Milhão". Um cachorro-quente, um prato de comida, uma sopa: que maravilhosos objetos de estudo. Já pensaram que num cachorro-quente se encontra todo um mundo? Querem que eu explique? Não explicarei. Vocês, que se dizem normais e inteligentes, que tratem de pensar e concluir.

A sabedoria das crianças e dos adolescentes com síndrome de Down diz: "Dignas de serem sabidas são aquelas coisas que fazem sentido, que têm a ver com a minha vida e os meus desejos!". Mas isso é sabedoria para todo mundo, sabedoria fundamental que se encontra nas crianças e que vai sendo progressivamente perdida à medida que crescemos.

E há o caso delicioso do Nilson, que foi eleito "funcionário do mês" no McDonald's. E não o foi por condescendência, colher de chá... Foi por mérito. O Nilson é um elemento conciliador, amigo, que espalha amizade por onde quer que ande... Todos gostam dele e o querem como companheiro.

É preciso devolver as pessoas com síndrome de Down à vida comum de todos nós. Nós todos habitamos um mesmo mundo. Somos companheiros. É estúpido e injusto segregá-los em espaços e situações fechados. Claro que vocês já leram a estória da Cinderela – também conhecida como "Gata Borralheira". Sua madrasta a havia segregado no borralho. Não podia frequentar a sala. Todas as estórias são respostas a situações reais. Pois eu acho que, na vida real, a "Gata Borralheira" era uma adolescente com síndrome de Down de quem mãe e irmãs se envergonhavam. Mas a estória dá uma reviravolta e mostra que ela tinha uma beleza que a madrasta e as irmãs não possuíam. E eu sugiro que sua beleza está nessa inteligência infantil, absolutamente honesta, absolutamente comprometida com o desejo que nós, adultos, perdemos ao nos submeter ao jogo das hipocrisias sociais.

Quem quiser saber mais poderá visitar a Fundação Síndrome de Down, em Barão Geraldo. É uma instituição maravilhosa! E digo que me comovi ao observar o carinho, a inteligência e a persistência daqueles que lá trabalham. E, andando por seus corredores e salas, de repente senti que havia lágrimas nos meus olhos: lembrei-me do Guido Ivan de Carvalho, que foi um dos seus idealizadores e construtores, com a Lenir, sua esposa. O Guido não está mais lá. Ficou encantado... Sugeri a Lenir que plantasse, para o Guido, uma árvore, no jardim da Fundação. Se vocês não sabem, na estória original da

Cinderela não havia Fada Madrinha. Quem protegia a Cinderela era sua mãe morta, que continuava a viver na forma de uma árvore...

Pensando naquelas crianças e naqueles adolescentes, lembrei-me de uma afirmação do apóstolo Paulo: "Deus escolheu as coisas tolas desse mundo para confundir os sábios – porque a loucura de Deus é mais sábia que a sabedoria dos homens...". Quem sabe será possível ouvir, naqueles rostos sorridentes, um discreto bater de asas de anjos...

"O senhor compra um salgadinho para me ajudar?"

Não é certo falar de "inteligência", no singular: "Fulano é inteligente", "Beltrano não é inteligente", "O filho da Kátia é inteligente; o meu filho não é inteligente" ("Na escola, o filho da Kátia sempre tira notas melhores que o meu filho...").

O certo é falar no plural: "inteligências" – porque elas são muitas e diferentes.

Inteligências são sementes que se encontram no nosso corpo, por puro acidente genético. E a genética é prova de que os deuses ou equivalentes não são democráticos. As inteligências não são distribuídas de maneira igual. Veja, por exemplo, o caso extremo de Leonardo da Vinci, que era pintor, escultor, engenheiro, urbanista, inventor, fabricante de instrumentos musicais, filósofo. Se ele tivesse nascido aqui no Brasil, seu destino teria sido outro. Seus pais, movidos pelas melhores intenções, o teriam colocado numa escola "forte" (é provável que ele até tivesse aprendido alemão), ele teria passado no vestibular e teria se tornado um engenheiro bem-sucedido. Imaginem agora que o Da Vinci, do jeito como ele foi, vivendo entre nós, desempregado, tivesse enviado seu *curriculum vitae* para uma série de empresas. Ao lerem que o tal pretendente se dizia pintor, escultor, engenheiro, urbanista, inventor, fabricante de instrumentos musicais, filósofo, o pessoal de Recursos Humanos teria logo jogado no lixo o seu currículo. O tal "Da Vinci" só podia ser um doido.

Vai aqui uma digressão instrutiva, a propósito do Da Vinci. Há anos a IBM fez em Campinas uma exposição sobre ele – tendo inclusive produzido um lindo vídeo que possuo graças a um amigo que o furtou para me dar, posto que eu não me encontrava na lista de pessoas importantes a serem convidadas. (Sobre o furto, que é, sem dúvida, um pecado, uma quebra de um mandamento, aconselho o leitor a não perder o filme *Regras da vida*.) Sugiro que a IBM faça mais cópias e as distribua pelas escolas do Brasil como contribuição à educação da inteligência de alunos e professores. Pois me relataram que o convite para a exposição era em forma de carta, o próprio Da Vinci convidando. Começava assim: "Eu, Leonardo... etc.". Pois não é que uma das pessoas importantes e escolarizadas que se encontravam na lista, respondendo à carta-convite para justificar sua ausência, começou sua missiva (só podia ser missiva) da seguinte forma: "Prezado senhor Leonardo...". É: a inteligência não é distribuída democraticamente. Fim da digressão.

As sementes são um potencial de vida que precisa ser semeado para vir para fora. Se não forem semeadas, o potencial morre. Acontece o mesmo com a inteligência. Se ela não for semeada, permanece semente para sempre, sem nunca brotar.

Fui convidado para dar uma palestra em Faxinal do Céu. Sabia de uma outra cidade chamada Faxinal, no Paraná. Meu filho, quando estudava medicina em Londrina, dava plantões em Faxinal. Achava o nome esquisito. Para mim, Faxinal só podia ser um lugar onde se faz faxina. Fui consultar o *Aurélio*, que às vezes ajuda os que querem saber os sentidos das palavras e frequentemente atrapalha os que querem fazer literatura. Estava lá: "Faxinal: lenha miúda, gravetos". Pude ouvir a ordem de alguma mãe: "Menino, vai buscar lenha no faxinal senão a janta não sai...". Mas minha secretária, sempre meticulosa, a Natália, não conseguiu achar Faxinal do Céu no mapa. "Esse lugar não existe", ela disse. Mas, como eu já estava comprometido e as passagens já estavam compradas, fui. Viracopos-Guarulhos-Curitiba-Guarapuava. De Curitiba para Guarapuava é um aviãozinho, a gente vai conversando com o piloto. O aeroporto é pequeno. Descemos, umas seis pessoas. Na porta de saída, um menino louro, de uns dez anos. Havia um discreto sorriso no seu rosto, mistura de timidez e esperança. Tinha uma caixa de isopor sobre a barriga, pendurada no pescoço. "O senhor compra um salgadinho para me ajudar?", ele disse, com voz baixa. "Compro", eu disse. "Quanto custa?", perguntei. "Cinquenta centavos." Dei um real e disse para ele guardar o troco. Ele sorriu feliz. Aí comecei uma conversa. "O que é que você mais gosta de fazer?" Pensei que ele iria dizer "brincar", "jogar futebol", "pescar". A resposta me surpreendeu: "O que eu mais gosto de fazer é vender esses salgadinhos que a minha mãe faz e estudar". Aí o motorista do carro que me levaria a Faxinal do Céu me chamou, eu acenei para o menino e me fui.

Preciso dizer o que foi que eu encontrei em Faxinal do Céu, lugar inexistente no mapa, pois sei que vocês, leitores, devem estar curiosos. Foi o motorista que começou a me explicar: "Não é cidade não. Faz muitos anos, uma empreiteira que iria fazer uma hidroelétrica construiu um acampamento para seus empregados. Mais de mil. Terminada a construção, o acampamento ficou abandonado. É lá...". Estávamos chegando. Era noite. Contra a pouca luz do céu se podia ver as silhuetas de milhares de araucárias. Meu coração se encheu de alegria. Amo as araucárias. A loucura dos homens do progresso que devastaram o Paraná por causa da riqueza não havia percebido aquelas. Aí fui entrando. Era um lugar maravilhoso. O governador Jaime Lerner sonhara com uma "Universidade do Professor" – um lugar onde os professores poderiam se reunir para conversar sobre o ensino, as crianças, as coisas que estavam erradas, as coisas que estavam certas, as coisas que podiam ser mudadas. Pois vendo aquele lugar abandonado, ele decidiu: "A Universidade do Professor vai ser aqui...". E foi assim que nasceu um lugar maravilhoso, paradisíaco. Um dos hortos mais maravilhosos que jamais vi, nascido do trabalho do Mário Antônio Virmond Torres, engenheiro florestal, amante e conhecedor das árvores mais incríveis. Senti-me importante quando lhe falei sobre uma espécie de folhagem que ele não conhecia, e que tenho em Pocinhos (trouxe muda do sul do Chile: a *Gunnera manicata*). A Universidade do Professor é um local paradisíaco – árvores, flores, matas, riachos, lagos, animais, gramados, com amplas e gostosas acomodações para os professores. Nem sei quantos havia lá, de todo o Brasil: oitocentos, mil? Fiquei feliz. Quero voltar.

Cheguei ao aeroporto de Guarapuava às 7h30 da manhã, para a volta. Lá estava o menininho com sua caixa de isopor. Mesmo sorriso, mesma roupa, sandálias Havaianas. "O senhor compra um salgadinho para me ajudar?" "Claro", respondi. "Espera só um pouquinho. Vou despachar as malas..." Fui e voltei. "Que salgadinhos você tem?" "Pastéis de carne. Minha mãe faz..." "Outros irmãos?" "Três", ele respondeu. "Pra cima ou pra baixo?" "Pra baixo..." "E a mãe?", perguntei. "Não pode trabalhar. Sofre do coração. Desmaia." "E o pai?" "Está desempregado", ele respondeu com o mesmo sorriso, sem se lamentar.

Olhei pro menino e vi milhares de meninos como ele, com aquele sorriso onde brilha uma impossível esperança, perdidos por esse Brasil sem fim, e me veio uma vontade de chorar (como estou agora). Saí para o lado para ele não perceber. Engoli o nó no *gargomi*. (O *Aurélio*, que pensa saber tudo, ignora essa palavra. Não sabe que o nó do choro se dá, precisamente, no *gargomi*.) Pensei nele como uma criança que tem o direito de ser feliz. Que tem o direito de ver florescerem as inteligências que moram nele como sementes. Pensei, como educador, nas inteligências perdidas – milhares, milhões de sementes que nunca serão plantadas, inteligências que nunca verão o mundo, que nunca brincarão com as coisas. E, no entanto, elas estão lá, nas crianças.

Aí minha vontade de chorar se misturou com uma raiva sem fim desses criminosos que, democraticamente, valendo-se da estupidez do povo, apossaram-se do poder – "elementos" que não têm nem olhos, nem coração para ver e sentir a beleza e a tristeza dessas crianças. Já disse que não acredito em inferno. Bachelard comenta que, para acreditar no inferno, é preciso ter muitas vinganças a realizar. De acordo. Mas agora eu tenho vinganças a realizar. Quero criar um inferno só para eles. Não por toda a eternidade. Somente até o momento em que eles, ao verem seus rostos refletidos no espelho, começarem a vomitar de asco de si mesmos. Depois de se vomitarem pelo tempo da vida de uma criança, eles olharão para mim e me farão um pedido: "Por favor, me deleta...". E eu, então, amoravelmente, apertarei o botão "delete" do meu computador.

Desatei o nó no *gargomi*. Voltei com fala macha. "Como é que você chama?" "José Roberto Quadros." Sorri para ele, para ele não ficar intimidado pela minha macheza. "Eu escrevo estórias para crianças. Vou lhe enviar um livrinho. Me dá o seu endereço..." Despedi-me e fui andando. Já longe, voltei para trás e o vi, magro e sorridente, sobre as sandálias Havaianas. Imaginei que ele tinha o sonho de ter um par de tênis. "Qual é o número do seu sapato?" "Trinta e oito", ele respondeu. "Vou lhe mandar um par de tênis..." Virei rápido para ele não me ver chorando.

Mas não era sobre o José Roberto Quadros que eu ia escrever. Ia escrever um artigo científico sobre as pesquisas do professor Joe Tsien, da Universidade de Princeton, que criou camundongos mais burros que os camundongos domésticos. Ia falar sobre as teorias de Reuven Feuerstein (leia-se "fóier / stáin") relativas ao poder da inteligência para se regenerar. Perdi o rumo. Peço perdão. Fui levado pelo coração. Mas agora não posso deletar minha crônica. Não posso e não quero.

Jardins

Comecei a gostar dos livros mesmo antes de saber ler. Descobri que os livros eram um tapete mágico que me levava instantaneamente a viajar pelo mundo... Lendo, eu deixava de ser o menino pobre que era e me tornava um outro. Eu me vejo assentado no chão, num dos quartos do sobradão do meu avô. Via figuras. Era um livro, folhas de tecido vermelho. Nas suas páginas, alguém colara gravuras, recortadas de revistas. Não sei quem o fez. Só sei que quem o fez amava as crianças. Eu passava horas vendo as figuras e não me cansava de vê-las de novo. Um outro livro que me encantava era o *Jeca Tatu*, do Monteiro Lobato. Começava assim: "Jeca Tatu era um pobre caboclo...". De tanto ouvir a estória lida para mim, acabei por sabê-lo de cor. "De cor": no coração. Aquilo que o coração ama não é jamais esquecido. E eu o "lia" para minha tia Mema, que estava doente, presa numa cadeira de balanço. Ela ria o seu sorriso suave, ouvindo minha leitura. Um outro livro que eu amava pertencera à minha mãe criança. Era um livro muito velho. Façam as contas: minha mãe nasceu em 1896... Na capa havia um menino e uma menina que brincavam com o globo terrestre. Era um livro que me fazia viajar por países e povos distantes e estranhos. Gravuras apenas. Esquimós, em suas roupas de couro, dando tiros para o ar, saudando o fim do seu longo inverno. Embaixo, a explicação: "Onde os esquimós vivem, a noite é muito longa; dura seis meses". Um crocodilo, boca enorme aberta, com seus dentes pontiagudos, e um negro se arrastando em sua direção, tendo na mão direita um pau com duas pontas afiadas. O que ele queria era introduzir o pau na boca do crocodilo, sem que ele se desse conta. Quando o crocodilo fechasse a boca, estaria fisgado e haveria festa e comedoria! Na gravura dedicada aos Estados Unidos havia um edifício, com a explicação assombrosa: "Nos Estados Unidos há casas com dez andares...". Mas a gravura que mais mexia comigo representava um menino e uma menina brincando de fazer um jardim. Na verdade, era mais que um jardim. Era um minicenário. Haviam feito montanhas de terra e pedra. Entre as montanhas, um lago cuja água, transbordando, transformava-se num riachinho. E, às suas margens, o menino e a menina haviam plantado uma floresta de pequenas plantas e musgos. A menina enchia o lago com um regador. Eu não me contentava em ver o jardim: largava o livro e ia para a horta, com a ideia de plantar um jardim parecido. E assim passava toda uma tarde, fazendo o meu jardim e usando galhos de hortelã como as árvores da floresta... Onde foi parar o livro da minha mãe? Não sei. Também não importa. Ele continua aberto dentro de mim.

Bachelard refere-se aos "sonhos fundamentais" da alma. "Sonhos fundamentais": o que é isso? É simples. Há sonhos que nascem dos eventos fortuitos, peculiares a cada pessoa. Esses sonhos são só delas: sonhos acidentais, individuais. Mas há certos sonhos que moram na alma de todas as pessoas. Jung deu a esses sonhos universais o nome de "arquétipos". Esses são os sonhos fundamentais. O fato de termos, todos, os mesmos sonhos fundamentais cria a possibilidade de "comunhão". Ao compartilhar os mesmos sonhos, descobrimo-nos irmãos. Um desses sonhos fundamentais é um "jardim".

Faz de conta que sua alma é um útero. Ela está grávida. Dentro dela há um feto que quer nascer. Esse feto que quer nascer é o seu sonho. Quem engravidou sua alma, eu não sei. Acho que foi um ser de outro mundo... Imagino que o tal de *big-bang* a que se referem os astrônomos foi Deus ejaculando seu grande sonho e soltando pelo vazio milhões, bilhões, trilhões de sementes. Em cada uma delas estava o sonho fundamental de Deus: um jardim, um paraíso... Assim, sua alma está grávida com o sonho fundamental de Deus...

Mas toda semente quer brotar, todo feto quer nascer, todo sonho quer se realizar. Sementes que não nascem, fetos que são abortados, sonhos que não são realizados transformam-se em demônios dentro da alma. E ficam a nos atormentar. Aquelas tristezas, aquelas depressões, aquelas irritações – vez por outra elas tomam conta de você – aposto que são o sonho de jardim que está dentro e não consegue nascer. Deus não tem muita paciência com pessoas que não gostam de jardins...

Menino, os jardins eram o lugar de minha maior felicidade. Dentro da casa, os adultos estavam sempre vigiando: "Não mexa aí, não faça isso, não faça aquilo...". O Paraíso foi perdido quando Adão e Eva começaram a se vigiar. O inferno começa no olhar do outro que pede que eu preste contas. E como as crianças são seres paradisíacos, eu fugia para o jardim. Lá eu estava longe dos adultos. Eu podia ser eu mesmo. O jardim era o espaço da minha liberdade. As árvores eram minhas melhores amigas. A pitangueira, com seus frutinhos sem-vergonha. Meu primeiro furto foi o furto de uma pitanga: "furto" – "fruto" – é só trocar uma letra... Até mesmo inventei uma maquineta de roubar pitangas... Havia uma jabuticabeira que eu considerava minha, em especial. Fiz um rego à sua volta para que ela bebesse água todo dia. Jabuticabeiras regadas sempre florescem e frutificam várias vezes por ano. Na ocasião da florada, era uma festa. O perfume das suas flores brancas é inesquecível. E vinham milhares de abelhas. No pé de nêspera, eu fiz um balanço. Já disse que balançar é o melhor remédio para depressão. Quem balança vira criança de novo. Razão por que eu acho um crime que, nas praças públicas, só haja balancinhos para crianças pequenas. Há de haver balanços grandes para os grandes! Já imaginaram o pai e a mãe, o avô e a avó, balançando? Riram? Absurdo? Entendo. Vocês estão velhos. Têm medo do ridículo. Seu sonho fundamental está enterrado debaixo do cimento. Eu já sou avô e me rejuvenesço balançando até tocar a ponta do pé na folha do caquizeiro onde meu balanço está amarrado!

Crescido, os jardins começaram a ter para mim um sentido poético e espiritual. Percebi que a *Bíblia Sagrada* é um livro construído em torno de um jardim. Deus se cansou da imensidão dos céus e sonhou... Sonhou com um... jardim. Se ele – ou ela – estivesse feliz lá no céu, ele ou ela não teria se dado o trabalho de plantar um jardim. A gente só cria quando aquilo que se tem não corresponde ao sonho. Todo ato de criação tem por objetivo realizar um sonho. E quando o sonho se realiza, vem a experiência de alegria. No Gênesis está escrito que, ao término do seu trabalho, Deus viu que tudo "era muito bom". O mais alto sonho de Deus é um jardim. Essa é a razão por que no Paraíso não havia templos e altares. Para quê? "Deus andava pelo meio do jardim..." Gostaria de saber quem foi a pessoa que teve a ideia de que Deus mora dentro de quatro paredes! Uma coisa eu garanto: não foi ideia dele. Seria bonito se as religiões, em vez de gastar dinheiro construindo templos e catedrais, usassem esse mesmo dinheiro para fazer jardins onde, evidentemente, crianças, adultos e velhos poderiam balançar e tocar os pés nas folhas das árvores. Ninguém jamais viu Deus. Um jardim é o seu rosto sorridente... E se vocês lerem as visões dos profetas, verão que o Messias é jardineiro: vai plantar de novo o Paraíso, nascerão regatos nos desertos, nos lugares ermos crescerão a murta (perfumada!), as oliveiras, as videiras, as figueiras, os pés de romã, as palmeiras... E lá, à sombra das árvores, acontecerá o amor... Leia o livro do *Cântico dos cânticos*!

Pensei, então, que o ato de plantar uma árvore é um anúncio de esperança. Especialmente se for uma árvore de crescimento lento. E isso porque, sendo lento o seu crescimento, eu a plantarei sabendo que nem vou comer dos seus frutos, nem vou me assentar à sua sombra... Eu a plantarei pensando naqueles que comerão dos seus frutos e se assentarão à sua sombra. E isso bastará para me trazer felicidade!

O jardineiro

Faz tempo ganhei um presente maravilhoso: por conta da Fundação Rockefeller, passei um mês na "Villa Serbelloni". A "Villa Serbelloni" é um palácio, em tempos idos foi morada de príncipes e princesas. Dizem as – não sei se boas ou más – línguas que o presidente John Kennedy teve um encontro amoroso com Sophia Loren naquele lugar. Se teve, o lugar foi bem escolhido. Hoje ela está destinada a fins menos românticos: é um centro de estudos e conferências. Para ganhar presente igual ao meu, basta que se tenha um projeto acadêmico passível de ser realizado em um mês. Se for aprovado, o candidato passa um mês na "Villa Serbelloni"...

Quando cheguei, foi um deslumbramento! Lá embaixo, o lago de Como, azul, suas margens pontilhadas com pequenas vilas. Ao fundo, os Alpes cobertos de neve. Ao redor, bosques e jardins – 17 quilômetros para caminhar em meio à beleza. E a cada quarto de hora se ouviam os sinos, os mesmos sinos que eram tocados há séculos. A beleza era prenúncio de um mês de felicidade!

Mas, passados uns poucos dias, a tristeza bateu. A beleza dos bosques e jardins era a mesma, mas não me dava alegria. Comecei a ter saudades do meu jardim, jardinzinho que podia ser atravessado com duas dúzias de passos. Os jardins do palácio eram lindos, lindíssimos, muito mais lindos do que o meu. Mas não eram o *meu* jardim. Eu não os amava. O jardim que eu amava era aquele onde estavam as plantas que eu havia plantado.

Senti-me igual ao Pequeno Príncipe. No seu pequeno asteroide, ele tinha um jardim com uma rosa só. E ele imaginava que sua rosa era única, não havia nenhuma igual em todo o universo. Agora, caído neste mundo, longe da sua rosa, ele estava aflito. Sozinha, quem cuidaria dela? Havia o perigo de que o carneiro a comesse... Foi então que, andando pelo mundo, ele passou por um jardim florido. E lá ele viu o que nunca imaginara ver: centenas de rosas, todas iguais à sua. Seu primeiro sentimento foi de espanto: "Então, minha rosa não é a única! Ela me mentiu quando me fez acreditar que não havia outra igual...". Ao espanto seguiu-se a tristeza: rosas, centenas, milhares... Seu jardinzinho era ridiculamente pequeno... Levou tempo para que ele compreendesse que sua rosa lhe dissera a verdade: "Não! Essas rosas não são iguais à minha rosa. Não são iguais porque a minha rosa é a rosa de quem eu cuidei! Tirei as lagartas de suas folhas – nem todas, é verdade, por causa das borboletas –, eu a reguei e pus uma mordaça na boca do carneiro, para que ele não comesse suas folhas...".

Os adultos têm dificuldade de entender. As crianças são mais inteligentes, elas têm a inteligência do coração. Quando morre um cachorrinho e a criança chora, os grandes se apressam em consolar: "Não chore! Vamos comprar um outro cachorrinho igualzinho ao seu!". Só a criança sabe que nenhum outro cachorrinho do mundo será igual ao seu cachorrinho que morreu...

Foi assim que me senti em meio aos jardins da "Villa Serbelloni": eu queria voltar para casa para cuidar do meu jardinzinho! Aprendi, então, a primeira lição da jardinagem. Jardins bonitos há muitos. Mas só traz alegria o jardim que nasce dentro da gente. Vou repetir, porque é importante: só traz alegria o jardim que nasce dentro da gente. Plantar um jardim é como parir um filho. É preciso que o jardim se forme primeiro, como sonho. Li isso pela primeira vez nos escritos do místico Ângelus Silésius: "Se você não tiver um jardim dentro de você, é certo que você nunca encontrará o Paraíso!". Traduzindo: se o jardim não estiver dentro, o jardim de fora não produzirá alegria.

Rickert tem um poeminha que diz assim: "Nossos dias são curtos, mas com alegria os vemos passando se no seu lugar encontramos uma coisa mais preciosa crescendo: uma flor rara, exótica, alegria de um coração jardineiro... Uma criança que estamos ensinando. Um livrinho que estamos escrevendo". Se tivermos um coração jardineiro, a passagem do tempo, a velhice chegando, a morte espreitando deixam de ser uma experiência de dor. Plantar um jardim é uma liturgia para exorcizar a morte. Eu me alegro olhando para as árvores pequenas que estarão grandes depois que eu ficar encantado.

Conheci um homem muito rico, seu apartamento era imenso. Tendo muito dinheiro, ele contratou um decorador que encheu seu apartamento com objetos caros e bonitos. Mas todos os objetos eram belos e mortos. Haviam sido comprados em lojas de objetos de decoração. Não haviam saído da alma daquele homem. Não havia "aconchego". Aconchego existe quando os objetos têm o calor do corpo de alguém.

A mesma coisa eu sinto quando olho para certos jardins. Especialmente os jardins dos edifícios de apartamentos. São todos iguais: pedras, troncos, bromélias, palmeiras, as mesmas plantas, que não precisam de cuidados. Os moradores passam pelo jardim sem nada ver. Eles têm razão. O jardim não diz nada. Ele não é de ninguém. O jardim não faz diferença. Nem sequer pensam em cuidar dele. Não sofrem quando uma planta morre.

Um psicanalista tem de ser um jardineiro à procura de um "jardim secreto". Ele sabe da existência do "jardim secreto" pelas plantas minúsculas que brotam nas fendas das nossas paredes de cimento. Toda pessoa tem um "jardim secreto". Cecília Meireles descrevia o corpo de sua avó morta como um lugar onde cresciam "jardins de malva e trevo, com seus perfumes brancos e vermelhos". Rilke, mais selvagem, via dentro de si mesmo um "bosque antiquíssimo e adormecido...".

Um paisagista tem de ser um psicanalista que procura adivinhar o jardim que cresce dentro das pessoas. Fazer jardins convencionais é fácil. A marca de um jardim convencional é que logo os olhos se acostumam... É preciso ter sensibilidade poética para ver o "jardim secreto".

Todos estamos em busca de um jardim antiquíssimo. Todos queremos voltar para um jardim antiquíssimo. A alma não deseja novidades. A alma deseja aquilo que ela amou e perdeu. A alma quer sempre voltar. O "jardim secreto" é o lugar para onde se volta...

Você gostaria de plantar um jardim, mas seu espaço é pequeno. Mas isso não é impedimento. Pode-se plantar um jardim em qualquer lugar. Há jardins que se plantam à volta das janelas e das portas. São lindas as trepadeiras floridas caindo pelas sacadas. Haverá coisa mais delicada que as efêmeras "manhãs-gloriosas"? Walt Whitman dizia que a flor de uma "manhã-gloriosa" lhe dava mais alegria que todos os livros de filosofia! As sacadas coloridas com gerânios vermelhos são, numa cidade, a revelação da alma dos seus habitantes!

"Síndrome do grande" é uma perturbação oftálmica ainda não bem compreendida. Quem sofre dela só vê coisas grandes – não vê coisas pequenas. Para essa doença existe remédio. É só consultar um poeta japonês. Os japoneses sabem como educar os olhos para que eles se assombrem diante do pequeno. Por exemplo: minha amiga Meire, esposa do João Francisco, é uma poetisa das dobraduras. Faz *origamis* minúsculos, maravilhosos, perfeitos. São haicais de papel. As borboletas grandes chamam logo a atenção. Mas os desenhos mais elaborados e delicados, eu os encontrei nas borboletas pequenas. E as minúsculas flores silvestres, que passam despercebidas aos olhos que sofrem da "síndrome do grande", exibem cores e simetrias assombrosas.

Com coisas pequenas, plantas e flores minúsculas, é possível fazer cenários e jardins dentro de uma garrafa de boca larga (12 centímetros). Deita-se a garrafa. Dentro dela a gente constrói uma paisagem: pedras, areia, terra, cascas de árvore, musgos, minibromélias, plantas-miniatura, um pouco de água... Tapa-se a garrafa e está pronto o jardim. Ele assim vive por meses – e você poderá tê-lo na sua mesa de trabalho! Vamos! Anuncie o Paraíso! Plante um jardim!

Compaixão

Viajar é fácil. O difícil é a gente desembarcar da gente mesmo. Bernardo Soares achava que isso era impossível. "Que é viajar e para que serve viajar? Quem cruzou todos os mares cruzou somente a monotonia de si mesmo." Lembro-me de um grupo de pessoas, família e amigos, assentadas em círculo na praia. Mas bastava escutar sua conversa para perceber que eles não estavam nem vendo, nem sentindo nada do mundo maravilhoso que os cercava. Conversavam o mesmo que normalmente à roda dos churrascos e das cervejinhas em São Paulo. Não haviam desembarcado de si mesmos. A areia, o mar, as árvores lhes eram indiferentes: não haviam entrado nos seus cenários interiores. Eram apenas um espaço diferente para o qual haviam transferido a banalidade do seu cotidiano. Mas um outro Fernando Pessoa por nome Alberto Caeiro pensava diferente de Bernardo Soares. Ele sabia da maravilhosa possibilidade de ver o mundo como nunca tinha sido visto. Ver o mundo pela primeira vez, com os olhos de uma criança, não é fácil. Como ele mesmo disse, ver o mundo pela primeira vez, com olhos de criança, requer a difícil arte de desaprender o jeito de ver que nos ensinaram. Falo isso por experiência própria. Gosto de fugir para as montanhas. Mas, estando lá, por uns três dias não consigo estar lá. Não consigo ver. Minha cabeça está tomada pelos pensamentos que levei comigo da cidade. Mas, aos poucos, vou desembarcando de mim mesmo. Sem televisão, sem telefone, sem computador, sem relógio... Ah! Os relógios... Lembro-me de uma vez, quando vivi nos Estados Unidos, em que eu e minha família fomos passar uns tempos nas montanhas de Vermont. Penduramos os relógios em pregos, na parede. Naquele tempo não havia relógios a pilha. Eram os automáticos, que funcionavam pelo poder dos movimentos do braço. Pendurados, a corda acabava e eles paravam. Que horas são? Ninguém sabia. E não fazia diferença alguma. Sem relógios, os corpos começavam a seguir o tempo biológico: acordar quando o sono acaba, comer quando dá fome, andar quando se tem vontade. Desligado do tempo urbano, o corpo vai sendo contagiado pelo tempo da natureza. As horas são marcadas pelo canto dos galos, das seriemas, da luz do sol, das árvores, das nuvens, da chuva. De noite, sem televisão, na solidão, no silêncio, sem luzes, a gente ouve a música das estrelas. Elas falam de eternidade e a gente se dá conta do efêmero da vida e da tolice das nossas preocupações. O sentimento de eternidade nos torna mais sensíveis ao momento. Vamos entrando no tempo dos bichos e das plantas, que não têm passado, nem futuro, apenas o presente. *Carpe diem*! Viva o momento! Lembro-me do verso de Caeiro: "Ah, como os mais simples dos homens são doentes e confusos e estúpidos ao pé da clara simplicidade e saúde de existir das árvores e das plantas!". Nada melhor para desembarcarmos de nós mesmos que um banho de cachoeira! A água, batendo forte e fria na cabeça e no corpo, faz silenciarem os pensamentos perturbados. Sinto, então, uma vontade de me mudar para lá, de me desligar da correria da vida urbana, de parar de escrever. Por falar em escrever, com frequência pessoas me dizem: "Nesse lugar paradisíaco você deve ter muita inspiração!". Negativo. Nunca tive lá qualquer inspiração. Nunca escrevi uma linha. A escritura é um esforço para capturar em palavras uma felicidade que não se tem. Quando a gente está feliz, não tem necessidade de inspirações...

Mas logo termina o tempo que me foi dado, e a cabeça volta a pensar. Embarco de novo em mim mesmo. Ainda estou lá, mas não estou mais. Todo mundo que viaja de férias já teve essa experiência. Nos dois últimos dias, antes da viagem de volta, a gente já voltou. Não está mais lá. Acabou a graça.

Assim, tive que voltar para o mundo urbano. No posto de gasolina, comprei uma *Veja*. Na capa, a fotografia do Lalau. Logo me esqueci das árvores, das cachoeiras, dos macacos e das seriemas. Li o artigo que descreve a rede de corrupção e roubalheiras que ligou juiz, empresários e políticos. Mas essas informações não me disseram nada de novo. Variações de um *script* que eu já conhecia. O artigo não me fez pensar. Li, apenas. O que me faz pensar é o rosto do Lalau. Fico intrigado: Como é ele, lá dentro? O rosto é típico de um ser humano. Deve pertencer à espécie zoológica *homo sapiens*. Eu também pertenço à espécie *homo sapiens*. Somos parecidos? Irmãos?

Entre os animais, a espécie define um tipo definido de comportamento. Os beija-flores fazem sempre as mesmas coisas, os leões fazem sempre as mesmas coisas, as andorinhas fazem sempre as mesmas coisas. Pergunto: E quanto aos homens? O que é que os caracteriza? O que faz com que digamos que aquele indivíduo é um homem? Diferentemente das espécies animais, os indivíduos da espécie "homem" não fazem sempre as mesmas coisas. Eles não são os mesmos. Há os sábios, os santos, os heróis, os místicos – mas há também os canalhas, os crápulas, os corruptos, os assassinos, os torturadores. É certo que pertencem todos à mesma espécie zoológica. Mas será que uma classificação zoológica é adequada para compreender esse animal que destoa de todos os outros, na natureza? Os animais de uma mesma espécie são todos irmãos. E os homens? Serão eles todos irmãos? Entre os animais, a irmandade é dada por nascimento. Mas, entre os homens, a irmandade pode ou não acontecer. E se não acontecer? Continuam estes a merecer o título de "humanos", como se fossem irmãos dos outros?

O que é o humano? Acho que o humano não é uma qualidade biológica. É uma qualidade espiritual. E essa qualidade é a capacidade para ter "compaixão". O "paixão", de compaixão, vem do latim *passus*, sofrer. Compaixão é "sofrer com". Eu, indivíduo, não estou sofrendo. Sozinho estou feliz. Mas olho para um outro que está sofrendo: um menino sem agasalho, numa noite fria, pedindo uma moedinha, tarde da noite num semáforo. E, de repente, eu começo a sofrer um sofrimento que não é meu, é do menino. Fico fora de mim. Estou no corpo do menino. Sofro com ele. Essa terrível e maravilhosa capacidade de sofrer os sofrimentos dos outros, eu considero como a marca do humano. Ela é terrível porque nos arranca dos limites do nosso corpo: meu corpo estaria feliz se estivesse só nele; mas, porque ele está no corpo do menino, eu sofro. A compaixão aumenta o nosso sofrimento. E ela é maravilhosa porque, por meio dela, nunca estamos sozinhos: meu corpo é o centro sofredor do universo inteiro. Minha compaixão abraça tudo o que vejo e imagino. Pela compaixão estamos unidos a todas as coisas. E todas as coisas, assim, passam a fazer parte de nós mesmos. Fernando Pessoa sentia compaixão pelos arbustos. "Aquele arbusto fenece, e vai com ele parte da minha vida. Em tudo que olhei fiquei em parte. Com tudo quanto vi, se passa, passo. Nem distingue a memória do que vi do que fui." Compaixão é uma qualidade do olhar: olho e fico em parte no que vi. Por isso sofro com o ipê cortado, com o cão moribundo, com o velho abandonado. Quanto maior a compaixão, maior o sofrimento. Talvez seja essa a razão por que, no cristianismo, Deus esteja sendo permanentemente crucificado pelo mundo. Não para expiar pecados, como dizem os teólogos, mas por pura compaixão. É da compaixão que surge a suprema norma ética de "fazer aos outros o que queremos que nos façam". Mas a ironia está em que, para quem está movido pela compaixão, a norma não é necessária, e para quem não está movido por compaixão, ela é inútil.

Lalau é apenas o representante de uma enorme classe de indivíduos cujos olhos não foram tocados pela compaixão. Eles só sofrem suas próprias dores. Olham para os que sofrem e não sofrem. Por isso são insensíveis ao sofrimento dos outros. É essa insensibilidade ao sofrimento dos outros que lhes permite fazer o que fazem. Há a antiga definição do homem como animal racional. É certo que Lalau é um animal racional, formado em direito e juiz. Mas sua capacidade de pensar não lhe deu compaixão. A capacidade de pensar, assim, não me parece ser adequada para definir o que é o humano. Eu proponho, portanto, que o homem seja definido como uma nova espécie: o *homo compassivus*. Àqueles a quem falta a compaixão falta também a qualidade de humanidade. Não são meus irmãos.

Agora o Lalau está dentro de mim. Quero desembarcar de mim mesmo, mas não consigo. O rosto dele, na capa da *Veja*, não me deixa. O jeito é voltar para as montanhas para recuperar minha humanidade com as árvores, os macacos, os tatus e os jacus...

Pôr da lua

Hoje estou com uma tristeza mansa e bonita porque acabo de contemplar um pôr da lua...

Ah! Você nunca ouviu ninguém falar sobre "pôr da lua"! Nem eu. Os poetas falam muito é sobre o "pôr do sol". "Mas eu fico triste como um pôr do sol", escreveu Alberto Caeiro. E o Wordsworth, nos seus versos famosos: "As nuvens que se ajuntam ao redor do Sol que se põe / ganham suas cores solenes / de olhos que têm atentamente / montado guarda sobre a mortalidade humana...". E Browning: "Quando nos sentimos mais seguros, então acontece algo: um pôr do sol – e outra vez estamos perdidos...". E Bachelard: "A vela que se apaga é um Sol que morre. A vela morre mesmo mais suavemente que o astro celeste...".

Os pores do sol nos comovem porque somos seres diurnos. Pôr do sol é fim do dia. Metáfora do fim da vida. Daí sua tristeza.

Mas, e se fôssemos seres noturnos, aves para as quais o pôr do sol não é o fim mas o início – início da noite? Então, o Sol poente anunciaria a madrugada da noite, o nascer do viver.

Põe-se o Sol; nasce a Lua. Com a Lua nascente, para os seres noturnos, começa o tempo da vida, o tempo do amor. O cri-cri dos grilos, o coaxar dos sapos, o pio das corujas, o piscar dos vaga-lumes, o voo frenético das mariposas – tudo são pulsações de uma vida que desperta quando a noite cai e a Lua nasce. Então, para os seres noturnos, um pôr da lua deve ter a mesma beleza triste que tem um pôr do sol para os seres diurnos.

Entre nós, humanos, não haverá seres noturnos? Ou, indo um pouco mais a fundo: não haverá em todos nós um ser noturno que aparece quando o ser diurno vai dormir? O Sol desperta em nós o ser que pensa, age e trabalha.

A Lua desperta em nós o ser que sonha, contempla e ama. Fala a Cecília sobre a Lua que envolve os noivos abraçados. Ah! Como seu verso ficaria ridículo se, em vez de Lua, ela dissesse Sol! A luz da Lua desperta em nós o ser tranquilo. Parodiando Bachelard: "Quer ficar tranquilo? Contemple a Lua que faz mansamente o seu trabalho de luz...". Os amantes, contemplando a Lua refletida sobre o mar, estão vivendo a mansidão lisa que é necessária para o amor. Há recantos da alma que só acordam sob a luz branca e fria da Lua. Ouça os "Noturnos" de Chopin – sua nostálgica beleza: como o seu nome está dizendo, foi no silêncio da noite que Chopin os ouviu. E o *Clair de lune*, de Debussy? Debussy tinha de estar contemplando a Lua, quando a melodia lhe veio. É verdade que, lá pelo meio, há vestígios de agitação, os rápidos arpejos da mão esquerda, talvez nuvens negras que encobriram momentaneamente a Lua. Mas elas logo se foram, levadas pelo vento, e a agitação se dissolve na tranquilidade dos acordes simples, vagarosos e inquisitivos.

A psicanálise é um ser noturno. Ela só acorda quando o Sol se põe e a noite desce. Ela só vê bem na escuridão. A luz do Sol a ofusca. Por isso, durante o dia, ela fica em silêncio, deixando que outros falem. Descendo a noite, entretanto, os homens se põem a sonhar e a amar. É aí, em meio ao sonhar e ao amar, que a psicanálise acorda e se põe a cantar seu canto manso – coruja de Minerva...

Na noite escura do inconsciente, brilham luzes suaves: estrelas, vaga-lumes, meteoros, luas, muitas luas... Quando essas luzes brilham, acordam os artistas, os poetas, os místicos, os intérpretes de sonhos...

Estou triste porque contemplei um pôr da lua: Judith Andreucci era uma lua no mundo da psicanálise. Ela mergulhou no horizonte. Não mais veremos seu brilho suave. Quem era ela? Era uma maga de voz mansa e rosto tranquilo. Se estranham que eu a chame de maga, digo que foi o próprio Freud que reconheceu o parentesco entre a magia e a psicanálise (como Guimarães Rosa reconheceu o parentesco entre a magia e a poesia...). Na verdade, a psicanálise é um exercício de poesia. Não admira que Freud tenha encontrado iluminação para sua arte não na ciência mas na literatura. Somos literatura. Cada pessoa é um poema encarnado. Aprende-se psicanálise lendo-se ruminantemente os textos da literatura e da poesia – inclusive o corpo. Nossa infelicidade – neurose, se quiserem – se deve ao fato de que nos esquecemos do poema que está inscrito em nós. O psicanalista é o intérprete do poema estrangulado. Intérprete, não no seu sentido comum de alguém que diz em linguagem diurna o que o corpo diz em linguagem noturna. Essa interpretação, necessária quando se trata de esclarecer obscuridades diurnas, é de inspiração cartesiana, filosófica. Mas há um outro sentido para a palavra "interpretação" que vem da música. O pianista lê partitura silenciosa, deixa-se ser possuído por ela e assim, possuído, ele a "interpreta" ao piano: realiza-a como música, tornando sensível a beleza. Pois nós somos partituras que nós mesmos não sabemos interpretar. O ofício do psicanalista é o ofício do artista: ele lê a partitura misteriosa que nós mesmos não entendemos e interpreta-a para que, ouvindo nossa própria beleza, sejamos por ela libertados.

Judith Andreucci era psicanalista. Era uma intérprete, no sentido musical. Lembro-me bem da sessão em que conversamos sobre um sonho que eu tivera: eu tocava o prelúdio XXII do primeiro volume de *Cravo bem-temperado*, mas o tocava de uma forma estranha, com as mãos cruzadas, enquanto dizia: "Esse prelúdio é muito organístico...".

A psicanálise (como a religião) tem uma vertente a meu ver sinistra, identificada por Bachelard de forma humorística: "O psicanalista é alguém que, diante de uma flor, logo pergunta: Mas, e o estrume, onde está?". A doutora Juju – era assim que a chamávamos na intimidade – procedia ao inverso. Vendo estrume, perguntava: "E a flor, onde está?". Por isso ela se permitia ser levada pelo humor e pela beleza daquilo que se dizia, sem se valer de explicações escatológicas. Ela se deleitava com minha música... Lembro que, relatando-lhe as coisas incríveis que aconteciam no sobradão colonial do meu avô, onde passei boa parte da minha vida, ela dizia, com espanto e deslumbramento: "Mas, doutor, isso é mais fascinante que *Cem anos de solidão*...".

Foi ela que me encorajou a explorar o inconsciente belo e equilibrado que é o nosso destino. Dentro de todos nós viceja um jardim ou, se quiserem – seguindo a sugestão de Fernando Pessoa –, dentro de todos nós há uma melodia esquecida que se toca e que, se lembrada, nos faz chorar...

No seu consultório, havia uma gravura que me impressionou e da qual não me esqueço. Era um enorme bloco de gelo, transparente, um *iceberg* flutuando no mar e, dentro dele, uma figura humana congelada. Haverá metáfora mais forte para a condição humana?

A Lua se pôs. Mas sua luz, onde tocou, ficou...

Se eu tiver apenas um ano a mais de vida...

Faz cinco anos que um grupo de amigos se reúne comigo para ler poesia. Para que ler poesia? Para a gente ficar mais tranquilo e mais bonito. Mas não me entendam mal. Já observaram os urubus – como eles voam em meio à ventania? Eles nem batem as asas. Apenas se deixam levar, flutuam. Esse jeito de ser se chama sabedoria. A poesia nos torna mais sábios, retirando-nos do torvelinho agitado com que a confusão da vida nos perturba. Drummond, escrevendo sobre a Cecília Meireles, disse:

> Não me parecia criatura inquestionavelmente real; por mais que aferisse os traços de sua presença entre nós, marcada por gestos de cortesia e sociabilidade, restava-me a impressão de que ela não estava onde nós a víamos. Por onde erraria a verdadeira Cecília, que, respondendo à indagação de um curioso, admitiu ser seu principal defeito "uma certa ausência do mundo"? Do mundo como teatro, em que cada espectador se sente impelido a tomar parte frenética no espetáculo, sim; mas não, porém, do mundo das essências, em que a vida é mais intensa porque se desenvolve em um estado puro, sem atritos, liberta das contradições da existência.

Pois é isso que a poesia faz: ela nos convida a andar pelos caminhos da nossa própria verdade, os caminhos onde mora o essencial. Se as pessoas soubessem ler poesia, é certo que os terapeutas teriam menos trabalho e talvez suas terapias se transformassem em concertos de poesia!

Pois aconteceu que, numa dessas reuniões, quando líamos trechos da Agenda 2001 – *Carpe diem*, encontramos, no dia 2 de fevereiro, esta afirmação de Gandhi: "Eu nunca acreditei que a sobrevivência fosse um valor último. A vida, para ser bela, deve estar cercada de vontade, de bondade e de liberdade. Essas são coisas pelas quais vale a pena morrer". Essas palavras provocaram um silêncio meditativo, até que um dos membros do grupo que se chama "Canoeiros" sugeriu que fizéssemos um exercício espiritual. Um joguinho de "faz de conta". Vamos fazer de conta que sabemos que temos apenas um ano a mais de vida. Como é que viveremos, sabendo que o tempo é curto – *tempus fugit*?

A consciência da morte nos dá uma maravilhosa lucidez. D. Juan, o bruxo do livro *Viagem a Ixtlan*, advertia seu discípulo: "Essa bem pode ser sua última batalha sobre a Terra". Sim, bem pode ser. Somente os tolos pensam de outra forma. E se ela pode ser a última batalha, ela deve ser uma batalha que valha a pena. E, com isso, libertamo-nos de uma infinidade de coisas tolas e mesquinhas que permitimos se aninhem em nossos pensamentos e coração. Resta, então, a pergunta: "O que é o essencial?". Um conhecido meu, místico e teólogo da Igreja Ortodoxa Russa, ao saber que tinha um câncer no cérebro e que lhe restavam não mais que seis meses de vida, chegou à sua esposa e lhe disse: "Inicia-se aqui a liturgia final". E, com isso, começou uma vida nova. As etiquetas sociais não mais faziam sentido. Passou a receber somente as pessoas que desejava receber, os amigos com quem podia compartilhar seus sentimentos. Eliot se refere a um tempo em que ficamos livres da compulsão prática – fazer, fazer, fazer. Não havia mais nada a fazer. Era hora de se entregar inteiramente ao deleite da vida: ver os cenários que ele amava, ouvir as músicas que lhe davam prazer, ler os textos antigos que o haviam alimentado.

O fato é que, sem que o saibamos, todos nós estamos enfermos de morte e é preciso viver a vida com sabedoria para que ela, a vida, não seja estragada pela loucura que nos cerca.

Lembrei-me das palavras de Walt Whitman:

Quem anda duzentas jardas
sem vontade
anda seguindo o próprio funeral
vestindo a própria mortalha...

Pensei, então, nas minhas longas caminhadas pelo meu próprio funeral, fazendo aquilo que não desejo fazer, fazendo porque outros desejam que eu faça. "Sou o intervalo entre o meu desejo e aquilo que os desejos dos outros fizeram de mim" – Álvaro de Campos. Sou esse intervalo, esse vazio: de um lado, o meu desejo (onde foi que o perdi?); do outro lado, o desejo dos outros que esperam coisas de mim. Não, não são os inimigos que me impõem o intervalo. Inimigos – não lhes dou a menor importância. Os desejos que me pegam são os desejos das pessoas que amo – anzóis na carne. Como tenho raiva do Antoine de Saint-Exupéry – "tornamo-nos eternamente responsáveis por aqueles que cativamos...". Mas isso não é terrível? Ser responsável por tanta gente? Cristo, por amar demais, terminou na cruz. Embora não saibamos, o amor também mata.

Então, abandonar o amor? Não. Mas é preciso escolher. Porque o tempo foge. Não há tempo para tudo. Não poderei escutar todas as músicas que desejo, não poderei ler todos os livros que desejo, não poderei abraçar todas as pessoas que desejo. É necessário aprender a arte de "abrir mão" – a fim de nos dedicarmos àquilo que é essencial.

Aí eu comecei a pensar nas coisas que amo e que abandonei. Vejam só: neste preciso momento me dei conta de que, por causa desta crônica, não liguei a fonte que faz um barulhinho de água, nem pus nenhuma música no meu tocador de CDs – a pressa era demais, a obrigação era mais forte. Tudo bem agora: a fonte faz seu barulhinho e o Arthur Moreira Lima toca minha sonata favorita de Mozart, em lá maior KV 331 –, coisas que amo e abandonei. Eu, mau leitor de poesia! Poesia lida e não vivida! Não levei a sério o dito pelo Fernando Pessoa: "Ai, que prazer não cumprir um dever. Ter um livro para ler e não o fazer! Grande é a poesia, a bondade e as danças... Mas o melhor do mundo são as crianças...".

Sempre fui louco por jardins. Uns acham que eu não acredito em Deus. Como não acreditar em Deus se há jardins? Um jardim é a face visível de Deus. E essa face me basta. Não tenho necessidade de ir olhar atrás das estrelas... Escrevi inúmeros textos sobre jardins. Num jardim estou no paraíso. Mas, que foi que fiz com meu jardim? Abandonei. A caixa das abelhinhas apodreceu, caiu a tampa e eu não fiz nada. Cresceu o mato e eu não fiz nada. Da fonte tirei os peixes, coitados... De lugar de prazer, onde se assentar em abençoada vadiação contemplativa, meu jardim virou um lugar de passagem. Abandonei meu amigo, por causa do dever. Para o inferno com o dever! Vou mesmo é cuidar do meu jardim. Por prazer meu. E pela alegria das minhas netas. Vou reformar a fonte, vou fazer um balanço (que os paulistas insistem em chamar de balança...), vou reformar o gramado, vou refazer a casa das abelhinhas, vou fazer uma cobertura para as orquídeas. E mais, vou fazer uma "casinha de bruxa", cheia de brinquedos, para as minhas netas, a Mariana, a Camila, a Ana Carolina, a Rafaela e a Bruna... Quero brincar com elas. Breve elas terão crescido e não mais terei netas com quem brincar. "Mas o melhor do mundo são as crianças..."

Vou voltar a tocar piano – coisas fáceis: a *Fantasia*, de Mozart, a *Träumerai*, de Schumann, o *Improviso op. 90, n. 4*, de Schubert, o prelúdio de *Gota d'água*, de Chopin, alguns adágios de sonatas de Beethoven.

Quero ouvir música: aquelas que fazem parte da minha alma. Pois a alma, no seu lugar mais fundo, está cheia de música. E, sem precisar me desculpar pelo meu gosto, digo que amo música erudita. Música erudita é aquela que nos faz comungar com a eternidade. As outras são bonitas e gostosas – mas são coisa do tempo.

Quero ler livros que já li. Vou relê-los porque é sempre uma alegria caminhar por caminhos conhecidos e esquecidos. É como se fosse pela primeira vez.

Não quero novidades. Não vou comprar apartamentos ou terrenos. Não quero viajar por lugares que desconheço. Eliot: "E ao final de nossas longas explorações, chegaremos finalmente ao lugar de onde partimos e o conheceremos então pela primeira vez...". É isso. Voltar às minhas origens, às coisas de Minas que tanto amo, a cozinha, os jardins de trevo, malva, romãs e manacás, as montanhas, os riachinhos, as caminhadas...

Há coisas que só poderei gozar em solidão. Ninguém é obrigado a gostar das músicas que amo. Quando entro no seu mundo gozo de abençoada solidão. Lugar bom para ouvir música assim é guiando o carro, sozinho, sem precisar conversar.

Mas quero meus amigos. Não do jeito do Roberto Carlos, que queria ter um milhão de amigos. Não é possível ter um milhão de amigos. Quero meus poucos amigos. Amigos: pessoas em cuja presença não é preciso falar...

Estou tentando, estou começando. Espero que consiga...

Espiritualidade

Li, no *Journal for Advanced Practical Research*, sobre dois fascinantes projetos que estão sendo desenvolvidos por cientistas do MIT. Em decorrência dos problemas ambientais provocados pelo uso da energia, os cientistas têm estado à procura daquilo a que deram o nome de "tecnologias suaves", por oposição às "tecnologias duras". Tecnologias suaves são aquelas que têm por objetivo produzir energia sem poluir e com um gasto mínimo ou nulo dos combustíveis. Por exemplo: a produção de energia por meio de moinhos de vento ou de energia solar é suave porque nem polui, nem esgota recursos naturais. Já a produção de energia em usinas movidas a carvão é dura: esgota as reservas de carvão e polui. Preocupados com a crescente demanda de energia, a escassez de recursos e a poluição, os ditos pesquisadores estão trabalhando no sentido de produzir artefatos técnicos que não façam uso nem de energia elétrica comum, nem de pilhas, nem de energia nuclear. O primeiro projeto contempla a construção de um pequeno objeto produtor de luz, com essas características econômicas. Trata-se de um vaso de metal ou vidro, com boca afunilada como numa garrafa, cheio com querosene, do qual sai um barbante grosso e que produz luz quando uma faísca é produzida na ponta do pavio – nome técnico que se deu ao tal barbante grosso. A faísca, para ser produzida, dispensa o uso de fósforos. Basta que se batam duas peças de metal na proximidade da ponta do pavio. Do choque das duas peças de metal salta uma faísca que incendeia o pavio, produzindo uma chama amarelada suave. No momento o pesquisador está lutando com um problema para o qual ainda não encontrou solução: um cheiro característico desagradável, resultante da combustão do querosene. Mas, com os recursos da química, ele espera poder produzir chamas com os mais variados perfumes – o que permitirá que o dito artefato venha a ter o efeito espiritual dos incensos. Esse artefato dispensa o uso de pilhas e de energia elétrica tradicional, podendo ser usado em qualquer lugar. O outro projeto procura produzir um aparelho de som que funcione sem pilhas e sem eletricidade, bastando, para isso, o emprego da energia humana e do efeito armazenador das molas: gira-se uma manivela que aperta uma mola que faz girar o disco que, tocado por uma agulha, produz som por meio de uma corneta metálica. Com esse artefato, é possível ouvir música até no alto do Himalaia.

Neste momento espero que o leitor já se tenha dado conta de que tudo o que eu disse é pura brincadeira. Cortázar fez coisa semelhante com a história invertida das invenções. Partindo do avião supersônico em que as pessoas nada veem e ficam tolamente assentadas para chegar mais depressa, Cortázar passa por inumeráveis avanços intermediários, até chegar ao meio mais humano, mais saudável e mais ecológico de locomoção, ainda não descoberto: andar a pé. Claro, isso é pura brincadeira... Brincadeira, porque nenhum cientista iria gastar tempo criando o que já foi criado e abandonado, seja lamparina, seja gramofone...

Criar! A criatividade é a manifestação de um impulso que mora na alma humana. É isso que nos distingue dos animais. Os animais estão felizes no mundo, do jeito como ele é. Há milhares de anos as abelhas fazem colmeias do mesmo jeito, os pintassilgos cantam o mesmo canto, as aranhas fazem teias idênticas, os caramujos produzem as mesmas conchas espiraladas. Não criam nada de novo. Não precisam. Estão felizes com o que são. O que não acontece conosco. Somos essencialmente insatisfeitos e curiosos. Albert Camus disse que somos os únicos animais que se recusam a ser o que são. A gente quer mudar tudo. Inventamos jardins, inventamos casas, inventamos culinária, inventamos música, inventamos brinquedos, inventamos ferramentas e máquinas. Michelangelo inventou a *Pietà*, Rodin inventou *O beijo*, Beethoven inventou a *Nona Sinfonia*.

Como é que a criatividade acontece? É preciso, em primeiro lugar, que haja algo que nos incomode. Por que é que a ostra faz pérola? Porque, por acidente, um grão de areia entrou dentro de sua carne mole. O grão de areia incomoda. Aí, para acabar com o sofrimento, ela faz uma bolinha bem lisa em torno do grão de areia áspero. Dessa forma, ela deixa de sofrer. Aprenda isso: "Ostra feliz não faz pérola". Isso vale para nós. As pessoas felizes nunca criaram nada. Elas não precisam criar. Elas simplesmente gozam sua felicidade. Bem disse Octavio Paz: "Coisas e palavras sangram pela mesma ferida". Toda criatividade é um sangramento.

Como é que a criatividade se inicia? Já disse: inicia-se com um sofrimento. O sofrimento nos faz pensar. Pensamento não é uma coisa. O pensamento se faz com algo que não existe: ideias. Ideias são entidades espirituais. O espiritual é um espaço dentro do corpo onde coisas que não existem existem. A *Pietà*, antes de existir como escultura, existiu como pensamento, espírito, dentro do corpo do Michelangelo. *O beijo*, antes de existir como objeto de arte, existiu como espírito, dentro do corpo de Rodin. A *Nona Sinfonia*, antes de existir como peça musical que se pode ouvir, existiu como espírito, dentro da cabeça de Beethoven.

O espírito não se conforma em ser sempre espírito. Que mulher ficaria feliz com a ideia de um filho? Ela não quer a ideia de um filho, coisa linda. É linda, mas, como espírito, só dá infelicidade. A mulher quer que a ideia de um filho – sentida por ela como desejo e nostalgia – se transforme num filho de verdade. Por isso ela quer ficar grávida. Quando o filho nasce, aí ela experimenta a felicidade. Uma ideia que deseja se transformar em coisa tem o nome de "sonho". O sonho deseja transformar-se em matéria. A "espiritualidade" do espírito está precisamente nisso: o desejo e o trabalho para fazer com que aquilo que existe apenas dentro da gente (e que, portanto, só pode ser conhecido pela gente) se transforme numa coisa – que pode, então, ser gozada por muitos. A espiritualidade busca comunhão. Hegel dava a esses objetos, produtos da criatividade, o nome de "objetivações do espírito". O caminho do espírito é este: da espiritualidade pura e individual, para a coisa, objeto que existe no mundo, para deleite e uso de muitos. Os objetos, assim, são o espírito tornado sensível, audível, visível, usável, gozável. Uma canção só existe quando cantada. Um quadro só existe quando visto. Uma comida só existe quando comida. Um brinquedo só existe quando brincado. Um filho só existe quando parido. O espírito tem nostalgia pela matéria. Ele deseja fazer amor com a matéria. E quando espírito e matéria fazem amor, nasce a beleza. Deus não se contentou em sonhar o Paraíso. Se o sonho do Paraíso lhe tivesse dado felicidade, ele teria continuado apenas sonhando o Paraíso. Deus não se contentou em sonhar o homem. Se o sonho do homem lhe tivesse dado felicidade, ele teria continuado sonhando o homem. Mas ele (ou ela) só se realizou quando se transformou em homem: "... e o Verbo [sonho] se fez carne [corpo]". O espírito quer descer, mergulhar...

Tão diferente daqueles que pensam que espiritualidade é o espírito se despegando da matéria, o corpo morrendo para ser só espírito, sem carne e sem sentidos, como se o material fosse doença, coisa inferior. Beethoven por acaso acharia que os instrumentos da orquestra são coisa inferior? Mas como? Sem eles, a *Nona Sinfonia* nunca seria ouvida! Nesse caso ele ficaria feliz com sua surdez, porque, então, a *Nona Sinfonia* permaneceria para sempre espírito puro! Michelangelo por acaso pensaria que o mármore é coisa inferior? Mas como? Sem o mármore, a *Pietà* nunca seria vista e amada! E ele ficaria feliz se não tivesse mãos, porque assim a *Pietà* permaneceria para sempre espírito puro! Deus por acaso acharia que o corpo é coisa inferior? Mas como? Sem o corpo, o Verbo nunca viveria como carne, e ele, Deus, amaria a morte. Porque com a morte o homem permaneceria para sempre espírito puro...

Espiritual é o jardineiro que planta o jardim, o pintor que pinta o quadro, o cozinheiro que faz a comida, o arquiteto que faz a casa, o casal que gera um filho, o poeta que escreve o poema, o marceneiro que faz a cadeira. A criatividade deseja tornar-se sensível. E quando isso acontece, eis a beleza!

O vento fresco da tarde

Um bem-te-vi me visita todas as manhãs. Assenta-se no peitoril da janela e se põe a dar bicadas no vidro. Por que ele bica o vidro? Porque ele vê um bem-te-vi assentado no peitoril da janela, bem à sua frente. Inimigo. Como se atreve a invadir seu espaço? Não conhece ele as regras dos pássaros, que cada pássaro tem um espaço que é só seu e que não pode ser invadido por estranhos? Umas valentes bicadas vão ensinar-lhe quem é que manda ali. E lá vão as bicadas... Mas o danado do invasor é muito rápido. Parece adivinhar o que ele vai fazer. Ele também bica, no exato momento, no exato lugar da sua bicada. Os dois bicos se chocam e o outro não se abala. Depois de várias tentativas frustradas, ele se sente derrotado e vai embora. No dia seguinte, esquecido do que aconteceu, ele volta e repete tudo o que havia feito na véspera. O bem-te-vi não aprende. Ele não desconfia... Bem-te-vis não sabem o que são espelhos.

Nem todos sabem o que são espelhos. Jorge Luis Borges conta de um selvagem que caiu morto de susto ao ver pela primeira vez sua imagem refletida no espelho. Ele pensou que seu rosto havia sido roubado por aquele objeto mágico. É verdade que, vez por outra, também nos assustamos ao ver nossa própria imagem refletida num espelho – mas por outras razões. Nem sempre é prazeroso ver o nosso próprio rosto.

O místico Ângelus Silésius disse, num poema, que nós temos dois olhos. Com um olho nós vemos as coisas do mundo de fora, efêmeras. Com o outro nós vemos as coisas do mundo de dentro, eternas.

Efêmeras são as nuvens, efêmeras são as florações dos ipês, efêmero é o nosso próprio rosto. Heráclito, filósofo grego, para falar do efêmero das coisas, disse que elas são rio, que elas são fogo. O rio é sempre outro. O fogo é sempre outro. A cada momento que passa, as coisas que eram não são mais. Todas as coisas do mundo de fora, efêmeras, refletem-se em espelhos. Olhamos para a superfície do lago, espelho. Nele aparecem refletidas as nuvens, os ipês, o nosso rosto. E sabemos que são reflexos. Ao vê-los, não nos comportamos como o bem-te-vi.

Mas dentro de nós existe um outro mundo que está fora do tempo. Na memória ficam guardadas as coisas que amamos e perdemos. Não existem mais, no mundo de fora. Mas são reais, no mundo de dentro. Como disse a Adélia Prado, "aquilo que a memória ama fica eterno". Na alma as coisas ficam eternas porque ela, a memória, é o lugar do amor. E o amor não suporta que as coisas amadas sejam engolidas pelo tempo.

As coisas que existem no mundo de dentro aparecem refletidas no espelho da fantasia. A fantasia é o espelho da alma. Muitas pessoas, contemplando as imagens que aparecem refletidas no espelho da fantasia, tomam-nas como realidade. Comportam-se como o bem-te-vi. Quem se comporta como o bem-te-vi, confundindo imagens com a realidade, é louco.

Muitas são as expressões do espelho da fantasia. Os sonhos, por exemplo. Ninguém confunde os sonhos com a realidade de fora. Os sonhos são imagens do mundo de dentro. Reflexos da alma. Também a arte. Um quadro de Van Gogh não é um reflexo do mundo de fora. Pintores não pintam o mundo de fora. Por que pintá-lo, se ele já existe? Um quadro de Van Gogh é o mundo, tal como ele aparece refletido na alma do pintor. Em qualquer quadro está refletido o rosto da alma. O mesmo é verdadeiro em relação às imagens da religião. As imagens da religião não são imagens de um mundo que existe do lado de fora. São imagens do mundo que existe do lado de dentro. Retratos da alma. Conte-me sobre sua religião e eu lhe direi como é sua alma. Muitas pessoas, possuídas pela loucura do bem-te-vi, tomam as imagens da religião como reflexos de coisas que existem no mundo de fora. E, assombradas ou embriagadas por elas, fazem as coisas mais incríveis.

Entre as mais belas imagens jamais produzidas pela religião, estão os poemas da Criação. Os bem-te-vis leem os poemas da criação e pensam que eles são descrições de eventos que aconteceram do lado de fora, efêmeros, no tempo. E aí se põem a brigar com a ciência. A ciência, essa sim, são os reflexos do mundo de fora. E acontece que os reflexos da ciência são diferentes dos reflexos da religião: um *big-bang*, milhões de galáxias, a progressiva evolução da vida, o homem emergindo dos animais ditos inferiores, por meio de um longo processo, no tempo. Os bem-te-vis brigam com a ciência, sem se dar conta de que os poemas sagrados nada sabem sobre o mundo de fora. Eles só sabem sobre o mundo de dentro. Esses poemas não são ciência. Não pretendem dizer aquilo que aconteceu lá fora, no mundo do tempo. São poesia. Descrevem o eterno caminho da alma em busca da felicidade, em busca do Paraíso. A alma é bela porque nela mora, eternamente, um paraíso perdido... Deus é o nosso reflexo, no espelho... Está dito no próprio poema que Deus nos criou como imagem de si mesmo. Deus se vê ao nos contemplar. E nós nos vemos, ao contemplá-lo. Deus é nossa imagem refletida no espelho da fantasia. Como disse Ângelus Silésius, "o olho com que Deus nos vê é o mesmo olho com que o vemos...".

O que teria levado Deus a criar? Quando estamos felizes, não pensamos em criar. Não é preciso. O gozo da felicidade nos basta. O impulso criativo nos vem quando sentimos que algo está faltado, que a vida poderia ser melhor. Criamos para curar nossa infelicidade. O poeta alemão Heine escreveu um poema, *A canção do Criador*, no qual diz que Deus criou porque estava doente. Criou para ficar com saúde. Deus só pode ter criado porque seu mundo de espíritos, anjos e realidades espirituais não lhe bastava. Ele tinha fome de formas, cores, perfumes, sons, gostos. A Criação é o banquete que Deus preparou para sua fome. Deus tem fome de matéria. Deus tem fome de beleza. A Criação é o poema que descreve a culinária divina. Aquilo que Ele criou, isso é o que lhe dá prazer. Ninguém vai pensar que Deus pode criar algo pior do que o que já existia. Se criou algo novo, é porque esse novo era melhor: nosso mundo é melhor do que aquilo que havia desde toda a eternidade...

"No princípio de todas as coisas a terra era sem forma, vazia, e o Espírito de Deus pairava sobre a face das águas... E disse Deus: 'Haja luz'. E houve luz! E viu Deus que era bom." Assim se inicia o poema: com o que de mais espiritual existe. Haverá coisa mais espiritual que a luz? Era bom, mas não o suficiente. Se fosse suficiente, Deus teria ficado feliz. Mas não ficou. E conta o poema que a criação vai acontecendo, num processo de afunilamento – dos espaços espirituais infinitos para espaços cada vez mais limitados e definidos: o sol, a lua, as estrelas, a terra seca, as águas. Tudo muito bom, mas não o suficiente. Até que chega o momento culminante: Deus cria um pequeno espaço, um jardim – um Paraíso.

    Um jardim é uma excitação aos sentidos. De que adiantariam as cores das flores se não houvesse olhos que as percebessem? De que adiantariam seus perfumes se não houvesse narizes que os sentissem? De que adiantariam os gostos das frutas se não houvesse bocas que se deleitassem com eles? Um jardim é um objeto de felicidade. Terminada sua criação, diz o texto sagrado: "(...) e viu Deus que era muito bom". Nada de melhor poderia existir. Diz ainda o texto sagrado que aquele jardim era "um lugar de deleites". O movimento do espírito é na direção da matéria. Como espírito puro, ele está infeliz, incompleto. Como uma canção que nunca é cantada. Quando o espírito dá forma à matéria, aí temos a beleza. E, com a beleza, a alegria. Deus nos criou para a alegria. E a felicidade de Deus foi tanta que ele abandonou os espaços infinitos e eternos e passou a "passear pelo jardim no vento fresco da tarde". Ah! Então, Deus tem prazer no vento fresco da tarde... Se Deus tem prazer no vento fresco da tarde, o vento fresco da tarde é divino. Ser espiritual é gozar o vento fresco da tarde, gozar o perfume dos jasmins, sentir o gosto das frutas, deleitar-se na forma e nas cores das flores, amar as montanhas distantes, entregar-se ao frio da água das cachoeiras, sentir o arrepio das carícias na pele. Deus amou tanto esse mundo de prazeres que ele mesmo criou – melhor não poderia ter sido criado – que resolveu tornar-se homem. Ser homem, de carne e osso, com olhos, ouvidos, nariz, boca, pele, é melhor que ser espírito puro. Você quer ser espiritual? Abra os olhos e ande pelo jardim. No universo inteiro não existe nada mais divino...

Todo túmulo é um canteiro

Já falei sobre o "quarto do mistério" que havia no sobrado do meu avô. Lá ficavam, imobilizados no tempo, todos os tipos de objetos sem uso. Meu tio havia sido médico. Desiludiu-se. Resolveu plantar alface e criar galinhas. Colocou no "quarto do mistério" todos os aparelhos que usava no seu ofício. Eram grandes e complicados. Nós, meninos, sabíamos que deviam ter sido usados em operações delicadas. Mas não tínhamos maneiras de compreender seu uso. Eram objetos abandonados ao esquecimento, sem nenhum sentido para nós. Aí, usando nossa imaginação, fazíamos de conta que estávamos em naves interplanetárias voando com o Flash Gordon no terrível planeta Mongo, e aqueles aparelhos eram armas potentes, canhões e bombas que, ao simples apertar de um botão, destruiriam as naves do terrível Ming.

Pensei que nós também temos um "quarto do mistério" onde vamos depositando nossas quinquilharias simbólicas, já sem uso e sem sentido. Quem me fez pensar assim foi um lixeiro que bateu na minha porta para me desejar "Feliz Páscoa", na esperança de que minha resposta fosse uma nota de dez reais. Aí, só de maldade, eu disse: "Eu dou se você me disser o que é Páscoa". Ele não hesitou – sabia muito bem o que era Páscoa: "Páscoa, doutor, é aquele dia quando a gente compra uns ovos de chocolate para as crianças...". Dei-lhe os dez reais. Todo mundo sabe que Páscoa é dia de comer ovos de chocolate. O lixeiro sabia o que todo mundo sabe. No meu trajeto diário do meu apartamento para o meu consultório, passo em frente de uma casa de chocolates e lá está escrito, com letras grandes, numa faixa: "Páscoa é aqui, no 'Chocolate Feliz'". Claro que o nome da loja não é "Chocolate Feliz". Eu não cometeria a grosseria de revelar o nome verdadeiro. Isso é o que todo mundo sabe. Isso é o que as crianças sabem. É a verdade universal apregoada por todas as fábricas de chocolate. A Páscoa é dia de comer ovos de chocolate. Os símbolos sagrados foram jogados no "quarto do mistério", sem que se saiba mais o que querem dizer e para que servem, e lá estão fora do tempo ao lado dos aparelhos de medicina do meu tio transformados em armas espaciais.

Se eu dissesse para o lixeiro que Páscoa é dia de poesia, ele talvez não entendesse. A Adélia Prado diz que a poesia a salvará. É verdade. Poesia salva, o Verbo salva. Há palavras que ficam guardadas na cabeça, sala de visitas. O corpo nada sabe sobre elas. São informações, verdades. A palavra poética é outra coisa: é uma palavra que, quando ouvida, se apossa do corpo. Fica una com o corpo. Fica carne, fica sangue. O corpo fica diferente: ama, ri, chora, realiza atos heroicos ou loucos. Bem disse Milan Kundera que o amor começa quando ligamos uma metáfora poética ao rosto da pessoa amada. O amor acaba quando tomamos essa metáfora poética e a colocamos no "quarto do mistério". Aí acontece com a pessoa amada o mesmo que aconteceu com os aparelhos do meu tio: fica lá, como sempre tinha sido, mas seu sentido amoroso está perdido.

A poesia se faz com metáforas. As metáforas são mentirosas. O carteiro, amigo do Neruda, disse: "Sou um barco batido pelas ondas". Mentira. Ele era um carteiro. Não era um barco batido pelas ondas. Nenhuma pessoa, jamais, foi um barco batido pelas ondas. No entanto, qualquer pessoa sabe o que o carteiro queria dizer. Sabe, porque todos nós nos sentimos, por vezes, como barcos batidos pelas ondas. Esse sentimento, entretanto, não pode ser dito em linguagem literal. A poesia é a linguagem das coisas que não podem ser ditas. O poeta diz sua própria experiência. Mas essa fala, nascida dos sentimentos dele, individuais, tem um poder de reverberação. Ao bater em nós – como o repicar de um sino, ao longe –, o corpo estremece emocionalmente. Esse estremecer é a prova de que o poeta, dizendo o absolutamente particular, disse o absolutamente universal.

A Páscoa é um poema. Metáfora. Fala sobre o nosso destino, diante da Morte. Ou, de maneira mais precisa, fala do destino da Vida, diante da Morte. Há uma lei da ciência, a segunda lei da termodinâmica, que diz que o destino do universo é a morte. No fim dos tempos, o universo morrerá. Isso me dá uma grande tristeza. Para dizer a verdade, não me importo muito com minha eternidade. Mas pensar que o universo vai morrer, isso é muito triste. Adeus barcos, gaivotas, árvores, pássaros, cachorros, crianças, música, amizade, comida, amor: tudo se transformará em nada, eternamente. A morte é o fim. Pois a metáfora da Ressurreição é uma afirmação louca de que a verdade é o contrário: a morte se transformará em vida. Essa afirmação poética está contida na metáfora de um homem que, havendo descido à sepultura, voltou a viver. A semente é enterrada. Se continuar como sempre foi, morrerá. Mas, se morrer, brotará como árvore. Todo túmulo é um canteiro.

Os gregos resolveram o problema da mortalidade de forma muito simples. Disseram que somos compostos de duas substâncias: corpo e alma. O corpo é matéria, substância inferior, submetido à degradação do tempo. Mas a alma é eterna. Jamais experimentará corrupção ou morte. Para eles, o sentido da vida estava num progressivo desprender-se do corpo para que a alma voe. A morte física, assim, seria a passagem da morte para a vida eterna.

Vieram os cristãos e disseram o contrário. Disseram que o corpo não é coisa inferior. Ao contrário, ele é o ponto culminante da obra criadora de Deus. Se Deus não desejasse que fôssemos corpos, ele nos teria criado espíritos e não nos teria colocado num Paraíso, jardim, que é o espaço de prazer e alegria para o corpo. O poema da Ressurreição é um canto que afirma que não nossa alma mas nosso corpo está destinado à eternidade. Essa é a razão por que, no Credo Apostólico, não se diz "creio na imortalidade da alma" mas "creio na ressurreição da carne". Mas como o corpo-carne não sobrevive nos lugares sem barca e sem gaivota onde vagueiam os espíritos, o poema da Ressurreição exige uma outra afirmação: "Creio na eternidade dos Jardins". "O homem tem um destino de felicidade", diz Bachelard. "O universo deve reencontrar o Paraíso."

"O símbolo faz pensar", diz Ricoeur. A função dos dias sagrados, quando se faz uma interrupção nas rotinas da vida, é fazer pensar (não é viajar...). Ovos de Páscoa não fazem pensar. O poema da Ressurreição nos obriga a pensar. A estória não é história, um relato do que aconteceu no passado e, porque aconteceu no passado, nunca mais vai acontecer. A estória da Ressurreição é algo que não aconteceu porque acontece sempre. Ela não pertence ao tempo. Pertence à eternidade. E o eterno não é o tempo sem fim, mas o tempo que é sempre presente. A metáfora da Páscoa nos questiona sobre o que estamos fazendo com a nossa própria vida. Versos de Whitman:

Quem anda duzentas jardas
sem vontade
anda seguindo o próprio funeral
vestindo sua própria mortalha

Há muitos mortos com a aparência de vivos. A estória da Ressurreição é um desafio para nos livrarmos da mortalha.

Mas o poema, numa outra estrofe, diz que o Ressuscitado subiu aos céus – uma forma poética de dizer que o corpo, a vida, enche o universo inteiro. Na linguagem dos reformadores protestantes (não confundir com "evangélicos"), o corpo de Cristo é "ubíquo" – está em todos os lugares, até na mais efêmera flor, no menor grão de areia, no mais singelo gesto de amor. Por detrás dos espaços infinitos e do silêncio das estrelas que horrorizavam Pascal, há um Rosto que nos olha tranquilamente e nos desafia a sair da sepultura e a viver.

Os *flamboyants*

A manhã estava linda: céu azul, ventinho fresco. Infelizmente, muitas obrigações me aguardavam. Coisas que eu tinha de fazer. Aí, lembrei-me do menino-filósofo chamado Nietzsche que dizia que ficar em casa estudando, quando tudo é lindo lá fora, é uma evidência de estupidez. Mandei as obrigações às favas e fui caminhar na lagoa do Taquaral. Bem, não fui propriamente caminhar. Meu desejo não era médico, caminhar para combater o colesterol. Caminhar, para mim, é uma desculpa para ver, para cheirar, para ouvir... Caminho para levar meus sentidos a dar um passeio. Tanta coisa: os patos, os gansos, os eucaliptos, as libélulas, a brisa acarinhando a pele – os pensamentos esquecidos dos deveres. Sem pensar, porque, como disse Caeiro, "pensar é estar doente dos olhos". Aí, quando já me preparava para ir embora, já no carro, vejo um amigo. Paramos. Papeamos. Ele, com uma máquina fotográfica. Andava por lá, fotografando. Não tenho autorização para dizer o nome dele. Vou chamá-lo de Romeu, aquele que amava a Julieta. Confidenciou-me: "Vou fazer uma surpresa para a Julieta. Ela adora os *flamboyants*. E eles estão maravilhosos. Vou fazer um álbum de fotografias de *flamboyants* para ela... Você não quer vir até a nossa casa para tomar um cafezinho?". Fui. Mas ele me advertiu: "Não diga nada para ela. É surpresa...". Essa estória tem sua continuação um pouco abaixo. Recomeço em outro lugar.

As crianças da 3ª série do Parthenon, escola linda, convidaram-me para uma visita. Elas tinham feito um trabalho sobre um livrinho que escrevi, *O gambá que não sabia sorrir*. Queriam me mostrar. Foi uma gostosura. É uma felicidade sentir-se amado pelas crianças. Eu me senti feliz. Aí aconteceu uma coisa que não estava no programa. Uma menininha, na hora das perguntas, disse que havia lido minha crônica "Se eu tiver apenas um ano a mais de vida...". Espantei-me ao saber que uma menina de nove anos lia minhas crônicas. Lia e gostava. Lia e entendia. Aí ela acrescentou: "Recortei a crônica e trouxe para a professora...". Confirmou-se aquilo de que eu sempre suspeitara: as crianças são mais sábias que os adultos. Porque o fato é que muitos adultos ficaram espantados e não quiseram brincar de fazer de conta que tinham apenas um ano a mais para viver. Ficaram com medo. Acharam mórbido. As crianças, inconscientemente, sabem que a vida é coisa muito frágil, feito uma bolha de sabão. Minha filha Raquel tinha apenas dois anos. Eram seis horas da manhã. Eu estava dormindo. Ela saiu da caminha dela e veio me acordar. Veio me acordar porque ela estava lutando com uma ideia que a fazia sofrer. Sacudiu-me, eu acordei, sorri para ela, e ela me disse: "Papai, quando você morrer, você vai sentir saudades?". Eu fiquei pasmado, sem saber o que dizer. Mas aí ela me salvou: "Não chore, porque eu vou abraçar você...". As crianças sabem que a vida é marcada por perdas. As pessoas morrem, partem. Partindo, devem sentir saudades – porque a vida é tão boa! Por isso, o que nos resta fazer é abraçar o que amamos enquanto a bolha não estoura.

Os adultos não sabem disso porque foram educados. Um dos objetivos da educação é fazer-nos esquecer da morte. Você conhece alguma escola em que se fale sobre a morte com os alunos? É preciso esquecer da morte para levar a sério os deveres. Esquecidos da morte, a bolha de sabão vira esfera de aço. Inconscientes da morte, aceitamos como naturais as cargas de repressão, sofrimento e frustração que a realidade social nos impõe. Quem sabe que a vida é bolha de sabão passa a desconfiar dos deveres... E, como disse Walt Whitman, "quem anda duzentas jardas sem vontade, anda seguindo o próprio funeral, vestindo a própria mortalha...".

O pessoal da poesia está levando a sério a brincadeira. Eu mesmo já fiz vários cortes drásticos em compromissos que assumi. Eram esferas de aço. Transformei-os em bolhas de sabão e os estourei. Pois o pessoal da poesia decidiu que, no programa de um ano de vida apenas, num dos nossos encontros não haveria leitura de poesia, haveria brinquedos e brincadeiras. Cada um trataria de desenterrar os brinquedos que os deveres haviam enterrado. Obedeci. Abri meu baú de brinquedos. Piões, corrupios, bilboquês, ioiôs e uma infinidade de outros brinquedos que não têm nome.

Seria indigno que eu levasse piões e não soubesse rodá-los. Peguei um pião e uma fieira e fui praticar. Estava rodando o pião no meu jardim, quando um cliente chegou. Olhou-me espantado. Ele não imaginava que psicanalistas rodassem piões. Psicanalista é pessoa séria, ser do dever. Pião é coisa de criança, ser do prazer. Acho que meus colegas psicanalistas concordariam com meu paciente. A teoria diz que um cliente nada deve saber da vida do psicanalista. O psicanalista deve ser apenas um espaço vazio, tela na qual o paciente projeta suas identificações. Mas minha vocação é a heresia. Ando na direção contrária. "Você sabe rodar piões?", eu perguntei. Ele não sabia. Acho que ficou com inveja. A sessão de terapia foi sobre isso. E ele me disse que um dos seus maiores problemas era o medo do ridículo. Crianças são ridículas. Adultos não são ridículos. Aí conversamos sobre uma coisa na qual eu nunca havia pensado: que, talvez, uma das funções da terapia seja fazer com que as pessoas não tenham medo das coisas que os "outros" definem como ridículas. Quem não tem medo do ridículo está livre do olhar dos outros.

Preparei o encontro de poesia de um jeito diferente. Nada de sopas sofisticadas. Fui procurar macarrão de letrinha, coisa de criança. Não encontrei. Encontrei estrelinhas. Fiz sopa de estrelinhas. E toda festa de criança tem que ter cachorro-quente. Fiz molho de cachorro-quente. E nada de vinho. Criança não gosta de vinho. Gosta é de guaraná.

Foi uma alegria, todo mundo brincando: ioiôs, piões, corrupios, bilboquês, quebra-cabeças, pererecas (aquelas bolas coloridas na ponta de um elástico)... Rimos a mais não poder. Todo mundo ficou leve. Aí tive uma ideia que muito me divertiu: que na sala de visitas das casas houvesse um baú de brinquedos. Quando a conversa fica chata, a gente abre o baú de brinquedos e faz o convite: "Não gostaria de brincar com corrupio?". E a gente começa a brincar com o corrupio e a rir. A visita fica pasmada. Não entende. "Quem sabe, em vez do corrupio, um bilboquê?" E a gente brinca com o bilboquê. Aí a gente estende o brinquedo para a visita e diz: "Por favor, nada de acanhamentos! Experimente. Você vai gostar...". São duas as possibilidades. Primeira: a visita brinca, gosta e dá risadas. Segunda: ela acha que somos ridículos e trata de se despedir para nunca mais voltar... Pois a Julieta – aquela do Romeu – me trouxe uma pipa de presente. Vou empinar a pipa em algum gramado da Unicamp. E aí ela nos contou da surpresa que lhe fizera o Romeu. Fotografias de *flamboyants* vermelhos – que coisa mais romântica! Árvores em chamas, incendiadas! Cada apaixonado é um *flamboyant* vermelho! E nos contou das coisas que o Romeu tivera de fazer para que ela não descobrisse o que ele estava preparando. Mas o mais bonito foi o que ele lhe disse, na entrega do presente. Não sei se foi isso mesmo que ele disse. Sei que foi mais ou menos assim: "Sabe, Julieta, aquela estória de ter um ano apenas a mais para viver... Pensei que você gostava de *flamboyants* e que você ficaria feliz com um álbum de *flamboyants*. E concluí que, se eu tiver um ano apenas a mais para viver, o que quero é fazer as coisas que farão você feliz...".

Um ano apenas a mais para viver, aí os sentimentos se tornam puros. As palavras que devem ser ditas devem ser ditas agora. Os atos que devem ser feitos devem ser feitos agora. Quem acha que vai viver muito tempo fica deixando tudo para depois. A vida ainda não começou. Vai começar depois da construção da casa, depois da educação dos filhos, depois da segurança financeira, depois da aposentadoria...

As flores dos *flamboyants*, dentro de poucos dias, terão caído. Assim é a vida. É preciso viver enquanto a chama do amor está queimando...

Sobre política e jardinagem

De todas as vocações, a política é a mais nobre. Vocação, do latim *vocare*, quer dizer "chamado". Vocação é um chamado interior de amor. Amor, não por um homem ou por uma mulher, mas por um "fazer". Esse "fazer" marca o lugar onde o vocacionado quer fazer amor com o mundo. Ali, no lugar do seu "fazer", ele deseja penetrar, gozar, fecundar. Psicologia de amante: faria, mesmo que não ganhasse nada. Faria, mesmo que seu fazer o colocasse em perigo. Muitos amantes morreram por causa de efêmeros momentos de gozo num amor proibido.

A vocação política é uma paixão por um jardim. Vou explicar. "Política" vem de *polis*, cidade. A cidade era, para os gregos, um espaço seguro, ordenado e manso, onde os homens podiam se dedicar à busca da felicidade. O político é aquele que cuida desse espaço. A vocação política, assim, está a serviço da felicidade dos cidadãos, os moradores da cidade.

Ao contrário dos gregos, para os hebreus esse espaço de vida não era representado pela cidade. Deus não criou uma cidade. Ele criou um jardim. Seu Deus não era um urbanista, era um jardineiro, inventor de paraísos. Talvez pelo fato de terem sido nômades no deserto. Quem mora no deserto sonha com oásis. Assim, o jardim era para os hebreus aquilo que a *polis* era para os gregos. Se perguntássemos a um profeta hebreu "o que é política?", ele nos responderia: "a arte da jardinagem aplicada às coisas públicas".

O político por vocação é um apaixonado pelo grande jardim para todos. Seu amor é tão grande que ele abre mão do pequeno jardim que ele poderia plantar, para si mesmo. De que vale um pequeno jardim se à sua volta está o deserto? É preciso que o deserto inteiro se transforme em jardim.

Amo minha vocação, que é escrever. Mas sei que a beleza da literatura é fraca. Poeminha de Emily Dickinson:

Para fazer uma campina
é preciso um trevo e uma abelha.
Um trevo, uma abelha
e fantasia.
Mas, em se faltando abelhas, basta a fantasia.

Seria bom se fosse verdade. Mas o fato é que fantasias não bastam para plantar jardins. Para se transformarem em jardins, as fantasias precisam de abelhas: braços, ferramentas, poder. Mas poder é o que o poeta não tem. Mas o político tem. Um político por vocação é um poeta forte. Ele tem poder para cavar, plantar, cuidar, arrancar, podar, fazer muros. Políticos fazem leis e tomam as providências para que sejam cumpridas. A nobreza da vocação política está em que ela tem o poder para transformar o sonho de um jardim num jardim de verdade onde a vida acontece.

É uma vocação tão feliz que Platão sugeriu que os políticos não precisam possuir nada como propriedade privada. Não faz sentido ter um jardim privado quando se é jardineiro do grande jardim. Por isso, seria indigno que o jardineiro tivesse um espaço privilegiado, melhor e diferente do espaço ocupado por todos. As leis para o político são as leis para todos. Conheci e conheço muitos políticos por vocação. Sua vida foi e continua a ser um motivo de esperança.

Vocação é diferente de profissão. Na vocação, a pessoa encontra a felicidade na própria ação. Na profissão, o prazer se encontra não na ação mas no ganho que dela se deriva. O profissional, somente profissional, faz seu "fazer" não por amor a ele, mas por amor a algo fora dele: o salário, o ganho, o lucro, a vantagem. O homem movido pela vocação é um amante. O profissional, ao contrário, não ama a mulher, ele a usa para vantagem própria. Gigolô.

Todas as vocações podem ser transformadas em profissões: aos profetas seguem-se os mercenários... O jardineiro por vocação dá sua vida pelo jardim de todos. O jardineiro por profissão usa o jardim de todos para construir seu jardim privado, ainda que, para que isso aconteça, ao seu redor aumentem o deserto e o sofrimento.

Assim é a política. São muitos os políticos profissionais. Posso, então, enunciar minha segunda tese: de todas as profissões, a profissão política é a mais vil. O que explica o desencanto total do povo em relação à política. Ninguém acredita no que eles dizem.

Guimarães Rosa, perguntado por Günter Lorenz se ele se considerava político, respondeu:

> Eu jamais poderia ser político com toda essa charlatanice da realidade... Os políticos estão sempre falando de lógica, razão, realidade e outras coisas do gênero e ao mesmo tempo vão praticando os atos mais irracionais que se possa imaginar. Ao contrário dos "legítimos" políticos, acredito no homem e lhe desejo um futuro. O político pensa apenas em minutos. Sou escritor e penso em eternidades. Eu penso na ressurreição do homem.

Quem pensa em minutos não tem paciência para plantar árvores. Uma árvore leva muitos anos para crescer. É muito mais lucrativo cortá-las.

Nosso futuro depende dessa luta entre políticos por vocação e políticos por profissão. O triste é que muitos que sentem o chamado da política não têm coragem de atendê-lo, por medo da vergonha de ter que conviver com gigolôs. Eu mesmo – mas agora já é muito tarde.

Escrevo para vocês, jovens, para seduzi-los a se tornarem jardineiros. Talvez haja políticos adormecidos dentro de vocês (como na estória da "Bela Adormecida"...). A escuta da vocação é difícil, porque ela é perturbada pela barulheira das escolhas esperadas, normais, medicina, engenharia, computação, direito, ciência. Todas elas, legítimas, se forem vocação. Mas todas elas afunilantes: vão colocá-los num pequeno canto do jardim, muito distante do lugar onde o destino do jardim é decidido. Não seria muito mais fascinante participar dos destinos do jardim?

Já celebramos os 500 anos do Descobrimento do Brasil. Os descobridores, ao chegarem, não encontraram um jardim. Encontraram uma selva. Selva não é jardim. Selvas são cruéis e insensíveis, indiferentes ao sofrimento e à morte. Uma selva é uma parte da natureza ainda não tocada pela mão do homem. Aquela selva poderia ter sido transformada num jardim. Não foi. Os políticos que sobre ela agiram não eram amantes. Lenhadores e madeireiros. Gigolôs. E foi assim que a selva, que poderia ter se tornado jardim para a felicidade de todos, foi sendo transformada em desertos salpicados de luxuriantes jardins privados onde uns poucos encontram vida e prazer.

Há descobrimentos de origens. Mais belos são os descobrimentos de destinos.

Talvez, então, se os políticos por vocação se apossarem do jardim, poderemos começar a escrever uma nova história que não recorda o passado mas uma história que celebra o futuro. Mas isso só acontecerá se os lenhadores e madeireiros forem expulsos e substituídos pelos jardineiros. Então, em vez de deserto e jardins privados, teremos um grande jardim para todos, obra de homens que tiveram o amor de plantar árvores à cuja sombra nunca se assentariam e que se alimentavam da comida que aves lhes traziam do futuro (Nietzsche): a alegria de ver homens, mulheres e crianças vivendo e brincando num jardim...

Senhoras prefeitas, senhores prefeitos

Senhoras prefeitas, senhores prefeitos: eu não sou político. Nada entendo de administração. Não tenho conselhos técnicos a oferecer. Mas, ainda assim, ouso pedir que me leiam. O texto é curto. Não vai tomar muito do seu tempo. Ignorem minhas incompetências. Se o que vou dizer fizer sentido, ficarei feliz. Se não fizer sentido, é só esquecer.

Jay W. Forrester, professor de administração do MIT, enunciou a seguinte lei das organizações: "Em situações complicadas, esforços para melhorar as coisas frequentemente tendem a torná-las piores, algumas vezes muito piores e, ocasionalmente, calamitosas". Essa mesma lei foi enunciada há quase dois mil anos de forma mais simples e poética que todos podem compreender: "Não se costura remendo de tecido novo em roupa podre. Porque o remendo de tecido novo rasga o tecido podre e o buraco fica maior do que antes" (Jesus).

As senhoras e os senhores estão diante de uma situação complicada. O impulso administrativo é fazer coisas para melhorá-la. A roupa que têm nas mãos está podre e esburacada. O impulso administrativo é costurar remendos de pano novo no tecido podre. Forrester e Jesus profetizam: "Não vai dar certo".

O livro sagrado do taoismo, o *Tao Te Ching*, diz que estamos constantemente divididos: de um lado, a tentação de 10 mil coisas que demandam ação. Todas, não essenciais. Do outro lado, uma única coisa: o essencial, raiz das 10 mil perturbações. Sabedoria é deixar o sufoco das 10 mil coisas não essenciais e focalizar os olhos na única coisa que é essencial.

Pergunto: estão enrolados pelas 10 mil coisas não essenciais que demandam ação ou já conseguiram focar os olhos no coração do bicho de onde nascem as 10 mil coisas?

Faz algum tempo escrevi uma crônica intitulada "Sobre política e jardinagem". Gosto de jardins, gosto de jardinagem. Os jardins são o mais antigo sonho da humanidade. As Sagradas Escrituras contam que Deus se cansou dos seus infinitos espaços celestiais e começou a sonhar. Qual foi seu sonho? Um jardim: paraíso. E achou o jardim tão melhor que o seu céu anterior que resolveu mudar de casa: passou a morar no jardim e gostava de caminhar por ele quando a brisa da tarde era fresca.

Uma das necessidades mais profundas do corpo é o "espaço". O corpo precisa do "seu" espaço. Por isso, os lobos e os cães urinam em certos lugares. A urina é a cerca que usam para marcar o "seu" espaço. Os pássaros marcam seu espaço cantando. Esse espaço é parte do corpo. Quando ele é invadido por um estranho, o corpo estremece: ou com a fúria que leva à luta ou com o medo que faz fugir. Diferentemente dos lobos, cães e pássaros, não urinamos ou cantamos para marcar nosso espaço. Criamos símbolos. Para os homens, o símbolo que marca seu espaço-corpo é o jardim. Quando esse espaço é destruído, a vida social é destruída também.

"Paraíso" – jardim – é uma palavra que deriva do grego *paradeisos* que, por sua vez, vem do antigo pérsico *pairidaeza*, que quer dizer "espaço fechado". Jardim é um espaço fechado. Por que fechado? Para ser protegido. Para que seja nosso. Fora dos muros que fecham o jardim está o espaço selvagem, ainda não moldado pelo desejo de vida e beleza que mora nos seres humanos. Política é a arte de criar esse espaço. Política é a arte da jardinagem aplicada ao espaço público. Deixando de lado as 10 mil coisas a serem feitas, digo que a missão das prefeitas e dos prefeitos é criar esse espaço necessário para que a vida e a convivência humana possam acontecer. Tudo o mais é acessório.

Como se cria esse espaço? A resposta mais óbvia é: fazendo as 10 mil tarefas administrativas que a criação de um jardim exige. Perguntei, numa das minhas crônicas: "O que vem primeiro? O jardim ou o jardineiro?". É o jardineiro. O que é um jardineiro? É alguém que sonha com um jardim antes que o jardim exista. Um jardim, assim, não começa com 10 mil atos. Começa com um único sonho. O jardim começa na cabeça das pessoas. Começa com o pensamento. Se o povo não sonhar com jardins, os jardins não serão criados. E os que porventura existem logo se transformarão em lixo. Não há jardim que resista aos predadores. Predadores dos jardins são os seres humanos que não pensam jardins.

Digo, portanto, que a tarefa mais alta das prefeitas e dos prefeitos não são os 10 mil atos administrativos e as inaugurações que se lhes seguem. Sua missão mais importante é seduzir os habitantes das cidades a amar os jardins, a pensar jardins. Por favor, entendam-me: uso a palavra *jardim* como metáfora para o espaço da cidade, que deve ser uma extensão do corpo das pessoas. Se as pessoas não sentirem que o espaço da cidade é uma extensão do seu corpo, então ele não será jardim, espaço protegido. Será o espaço selvagem de onde se deve fugir. E cada qual se esconderá atrás dos muros, atrás das grades, atrás dos cães, e viverá no espaço pequeno do seu medíocre apartamento, do seu medíocre condomínio, das suas medíocres mansões. E a cidade será um espaço morto, entregue à fúria dos carros e à violência das feras...

As senhoras e os senhores já pensaram que, mais importante que as 10 mil coisas administrativas que podem ser feitas, sua tarefa essencial é fazer o povo pensar? Que o essencial é educar? O Diabo sugeriu que Jesus tomasse providências práticas imediatas para resolver o problema. Jesus respondeu que o que realmente importava era a palavra.

"Sonho que se sonha só é só um sonho. Sonho que se sonha junto é realidade" (Raul Seixas). É preciso que o espaço-jardim da cidade exista primeiro na cabeça das pessoas para, então, se tornar realidade. Isso é o essencial.

Presente para um pai sério

É inútil mostrar um quadro de Monet para um cego. É inútil tocar uma sonata de Mozart para um surdo. Isso é triste porque a cegueira e a surdez privam as pessoas de muitas coisas bonitas. Mas há o caso das pessoas que têm olhos e ouvidos perfeitos e não veem, nem escutam. Bem dizia o Alberto Caeiro que "não é bastante não ser cego para ver as árvores e as flores". E Murilo Mendes observava que há pessoas que só escutam depois que se lhes arrancam as orelhas. Acontece o mesmo com a poesia. Não basta saber ler. Leem o poema e ficam com cara abobalhada perguntando "E daí?". Foi por isso que um sábio oriental, há muitos séculos, depois de muitas decepções com leitores que liam seus poemas, deu o seguinte conselho aos poetas: "Não mostres teu poema a um não poeta".

Mas há casos de milagres súbitos: os cegos começam a ver, os surdos começam a ouvir. Como aconteceu com aquela paciente minha que chegou dizendo que achava que estava ficando louca. Ela sempre se divertia na cozinha cortando cebolas com gestos automáticos. É preciso cortar cebolas para cozinhar, muito embora o ato de cortá-las faça arder os olhos e deixe seu cheiro inconfundível nas mãos. É perigoso acariciar o rosto do namorado depois de cortar cebolas. Mas quem cozinha tem que cortá-las, porque servem para dar gosto aos molhos. Comida sem cebola é comida em que falta alguma coisa. Pois ela, cansada de cortar as banais cebolas, de repente, ao olhar para uma delas que ela acabara de cortar, levou um susto. Viu algo que nunca tinha visto: um vitral de catedral, cristais brancos em círculos concêntricos brilhando sob a luz. Por isso, por ter visto o que nunca vira, achava que estava ficando louca. Eu a tranquilizei. Não era loucura. Seus olhos haviam-se aberto. Agora ela tinha olhos de poeta. Neruda, olhando para uma cebola, viu uma rosa de água com escamas de cristal. Ela vira um vitral de catedral. A abertura dos ouvidos aconteceu com o senhor Américo, homem humilde, nascido na roça, religioso, que só tinha ouvidos para pachorrentos hinos de igreja. Pois, não sei como, depois dos 80 anos, seus ouvidos começaram a ouvir música clássica. Não é que ele nunca tivesse ouvido. Ouvira com o corpo, não ouvira com a alma. Mas, de repente, a alma começou a ouvir e a vida do senhor Américo se transformou. Ficou assombrado, inundado de alegria, e passou o resto de sua vida, até sua morte aos 92 anos, colecionando discos de música clássica.

O mesmo acontece com poesia. Quando jovem, eu pensava que poesia era besteira, coisa de gente que não tem mais o que fazer. Nas festas da escola, havia sempre meninas recitando poesia e esquecendo – para agonia de todos. Poesia era um sofrimento. Eu preferia as coisas exatas: matemática, física, química. Aí, de repente, sem que eu nada tivesse feito para que isso acontecesse, a poesia me agarrou – e desde então passou a ser comida para o meu corpo e para a minha alma.

Poesia é comida. Archibald MacLeish dizia que os poemas deveriam ser palpáveis e silenciosos como um fruto maduro. Mario Quintana sonhava com um poema cujas palavras sumarentas escorressem como a polpa de um fruto maduro pelos cantos da boca, um poema que matasse de amor pelo simples gosto, antes mesmo que seu sentido fosse compreendido. Coisa estranha essa: que os poemas têm poder mágico mesmo quando não os compreendemos.

Aconteceu, faz uns anos. Recebi uma caixa. No remetente, o nome de Maria Antonia. Tinha sido minha aluna. Barulho estranho dentro da caixa: coisas que rolavam para lá e para cá. Abri. Frutinhas amarelas, do tamanho de nêsperas. Não as conhecia. Eram seriguelas. Junto das seriguelas, um manuscrito de poemas. Ela pedia que eu escrevesse o prefácio. Como recusar, se ela me seduzia não com uma única maçã, mas com dezenas de seriguelas? Aí, lendo os poemas dela enquanto comia as seriguelas, concluí que cada poema era maroto e gostoso como uma seriguela. Comecei a rir. Senti-me como menino. E sugeri que o livro deveria ter o nome da frutinha – com o que ela concordou.

Depois ela publicou um outro. De novo fiz o prefácio. Vocês já devem ter percebido que eu gosto da Maria Antonia e ela gosta de mim. Na verdade, é impossível não gostar dela. Também ela é uma seriguela. Mas, dessa vez, não fui eu que dei o nome: *Terra de formigueiro*. Não sei como esse nome apareceu. A gente nunca sabe como aparecem as metáforas poéticas. Na contracapa está uma explicação: "*Terra de formigueiro*: assim são estes escritos, coisas simples que a gente passa por cima sem reparar, mas vêm do fundo, trazidas grãozinho por grãozinho...". Maria Antonia: formiga que vai trazendo poemas do fundo de sua alma.

Como pouca gente compra livro de poesia, especialmente se o poeta não for famoso, vou transcrever alguns dos poemas dela, para vocês sentirem o gosto e virarem crianças.

> Silêncio é o melhor alucinógeno. / Adoro injetá-lo na veia / ou cheirar longas fileirinhas de silêncio, / deixando descortinar tempestades de imagens / no deserto da razão.

> Tenho um panelão próprio pra cozinhar inveja. / Com ele produzo as invejinhas e invejonas diárias / que não causam nenhum dano se dou conta de digeri-las todas. / Duro é quando sobra inveja na panela de um dia pro outro / azedando, mofando, criando bicho. / Dai-me, Senhor, / paciência e estômago pra aguentar engolir tudinho / essa comida gosmenta / lavar todos os dias a vasilha, / arear com humildade / até ver refletido no fundo dela / o rosto de quem não é santa, / por isso mesmo humanamente simpática.

> Minha fome não é na barriga. / O buraco é mais em cima: / o peito é quem ronca. / E não encontro / nos melhores hipermercados / o que dar para ele.

> Alguém achou numa caixa toda regaçada / um estoque imenso de amor / novo em folha / todo amor que faltava no mundo. / Estava embolorado, / esquecido. / Que alívio! / Agora está aqui no tamanho certo / para crianças, jovens, adultos e velhos. / Cheirando a mofo / mas sem nenhum furo de traça. / O amor é incorroível.

> Estar feliz é bambolear, / soltar o corpo, / ver para crer / e ver que dá mais certo a vida combinada com felicidades, / quando a gente não põe o pé no freio, / deixando tudo deslizar / bicicletamente...

> Quero inventar minha própria religião. / Quero dogmas tão personalizados quanto meu DNA. / Uma seita tão nova que cheire a amanhecer, / onde serei pagã, sacerdotisa e quase deusa. / Quero reencontrar meus ritos nua, íntegra e silenciosa. / Diante do divino meu espírito em arco beijará a terra, / sorvendo seiva viva, / jorrando água pelo meu corpo num autobatismo infinito.

Uma caixa dentro de outra, de outra e outra. / Assim morei na barriga de uma mulher / que morou na de outra / que morou na de outra / desde o início dos tempos / formando correnteza infinita / onde deslizam, navegam mensagens hereditárias.

Tudo que se planta colhe. / E na entressafra é preciso deixar descansar a terra. / Sentar e ficar olhando o nada acontecendo. / Confiando que a vida se recompõe silenciosamente. / Então estar alerta quando chegarem as chuvas / e se fizer o momento de outra vez semear, / cuidar e lutar.

Manoel de Barros diz que "palavra poética tem que chegar ao grau de brinquedo para ser séria". A Maria Antonia sabia disso mesmo antes de ler o Manoel de Barros. Tudo que ela escreve é brinquedo. Adulto sério não entende. Fica com cara amarrada. Está ocupado com coisas importantes. Se começou a sorrir é porque o milagre está acontecendo, o adulto sério bobo está virando criança e é capaz que saia por aí molhando os pés na enxurrada. De agora para frente todo mundo vai ficar feliz na presença dele. E se for esse o caso do seu pai, aconselho que você lhe dê, como presente, o *Terra de formigueiro*. É baratinho. (Maria Antonia de Oliveira, Papirus.)

Para as mães extremosas

Tenho planos definidos sobre as coisas que quero deixar escritas, como se fossem um testamento, as tais "últimas palavras". Quero terminar um livro que comecei faz cinco anos, com os essenciais da minha filosofia da educação; quero terminar um outro, sobre a estética do envelhecer; quero também escrever um outro, contando aos meus colegas de profissão, terapeutas, aquilo que julgo ter aprendido. Infelizmente, entretanto, a vida está cheia de acidentes que me desviam do meu alvo. Aconteceu comigo esta semana: já tinha esboçado minha próxima crônica, que seria sobre a escola dos meus sonhos. Mas aí, numa curva do caminho, um demônio se apossou de mim, baralhou meus pensamentos pedagógicos e me ordenou que escrevesse uma coisa horrível que não estava nos meus planos. Refuguei, disse que aquilo eu não escreveria, sabia que seria odiado por quem me lesse, mas não houve jeito. Quanto mais eu resistia, mais ele me apertava o gogó. "Se você não fizer o que estou mandando, não deixarei que você escreva o que deseja escrever..." Assim, vou escrever o que ele me ordenou, não sem antes pedir perdão aos meus leitores – esperando que eles entendam que não sou eu quem está escrevendo. Estou possuído e só vou escrever o que ele ditar.

Dedicado às mães fofas, amorosas, extremosas, que só pensam nos seus queridos filhos, de todos, os mais bonitos, razão de suas vidas, só lhes desejando o bem e sabendo o que é melhor para eles, não economizando rezas, novenas e promessas no sentido de que eles sejam sempre seus filhinhos queridos, ficando com elas até o fim de suas vidas, como foi o caso da mãe da Tita, do filme *Como água para chocolate*. Amam tanto os seus filhos que já nem sobra tempo para os maridos, esquecidos e abandonados, muito importantes, é verdade, indispensáveis mesmo como o forte braço da lei que deve ser acionado sempre que os ditos filhos se recusarem a obedecer às ordens de suas extremosas e amoráveis mães. "Você vai ter que se entender com o seu pai!" – elas ameaçam. De tanto ouvir essa ameaça, os filhos acabam por compreender que pais são seres terríveis, que detêm o monopólio do dinheiro e da força física, ogros, tal como está explicado na estória do "João e o pé de feijão" – estória que, sem dúvida alguma, foi escrita por uma pobre e sofrida mãezinha!

Tudo começa nas deliciosas e inocentes brincadeiras de casinha. Panelinhas, pratinhos, paninhos, tudo arranjado de forma impecável – casinha tem que ser bonitinha. E entre as coisas arranjadinhas estão as bonecas. Ah! Como é gostoso brincar de boneca... A gente aperta um botãozinho e a boneca chora. Aperta outro e ela ri. Apertado o terceiro, ela fala "mamãe". Terminado o tempo da brincadeira, a gente desliga o botão da pilha e guarda a boneca na caixa (cometi, por obra do dito demônio que tomou conta de mim, um lapso freudiano terrível que logo apaguei, mas tenho de confessar: minha cabeça ordenou que meus dedos escrevessem "caixa", mas os dedos desobedeceram e escreveram "caixão"...), para onde ela vai sem protestar e dorme o tempo que mamãe ordenar.

A brincadeira fica ruim quando a amiguinha vem para brincar e traz uma boneca muito mais bonita que a nossa, com botõezinhos que fazem a boneca andar, cantar, dizer frases inteiras. Aí a mãe da boneca subdesenvolvida fica triste, não quer brincar mais, sua filhinha querida deixa de ser motivo de orgulho e passa a ser motivo de vergonha, e ela vai chorar com a mãe, dizendo que quer uma boneca igual à boneca superdesenvolvida da amiguinha. Quem quer que tenha dado uma Barbie para a filha sabe que é assim que a coisa funciona, à custa da inveja. Bonecas não têm vontade própria. Elas existem para que suas mães tenham orgulho delas.

A menininha cresce, tem um filho e a brincadeira continua. Ela quer que sua boneca viva seja a mais bonita e tenha um mundo de botõezinhos – para fazer inveja a todas as outras. Põe-se a sonhar e a colocar seus sonhos sobre a boneca viva. Sonha com a profissão – sonhos de inteligência, de importância, de riqueza. É preciso frequentar clubes ricos porque será lá que ela, se for uma menina, encontrará homens ricos que possuem BMWs. E será lá que ele, se for menino, encontrará seus futuros pares de importância. Cuidado especial na escolha do colégio. Deverá ser colégio "forte", pois é necessário ir desenvolvendo o botão que fará com que ele ou ela passe no vestibular. Escola pública nem pensar. Escola pública é evidência de pobreza: boneca malvestida... E é preciso pôr na aula de balé, de inglês, de equitação, de judô, de alemão (criança que nunca vai morar na Alemanha nem ler Goethe no original tem de aprender alemão. Que orgulho dizer: "Meu filho me disse: 'Mutti, Ich liebe dich...'").

A história da educação de um filho é a história do feitiço pelo qual pais e mães vão enredando seus filhos nas malhas dos seus desejos. Pode até ser que tenham, pendurado na parede, o texto do Khalil Gibran, em que ele diz que "nossos filhos não são nossos filhos. Os pais são o arco que dispara a flecha. Nossos filhos são a flecha". Eu já corrigi o erro do Khalil Gibran, que muito amo. Porque uma flecha, ainda que erre o alvo, vai sempre na direção do alvo. Nossos filhos são flechas que, uma vez disparadas, se transformam em aves que voam para onde querem – para destinos com que seus pais nunca sonharam ou mesmo odiaram. Os pais fazem valer seus desejos pela força. Como o fez o pai do jovem do filme *Sociedade dos poetas mortos*. O moço queria ser artista de teatro. Mas o pai tinha sonhos mais importantes para ele: médico. Filhos são bonecos, não têm entranhas, não têm coração. Devem fazer o que os pais mandam. Como as bonecas, quando o botão é apertado. O que tem suas vantagens. Quem faz obrigado, pela força, aprende logo a lição do ódio. O corpo vai na direção mandada. Mas o espírito voa e sonha com o dia em que, como o João, haverá de cortar o pé de feijão.

Aquela pobre menina odiava aqueles laços de fita enormes, gigantescos, com que as mães de antigamente enfeitavam suas filhinhas. Para quê? Para que suas filhinhas fossem felizes? Não. Para que elas, mães, ficassem felizes e orgulhosas, mostrando às outras mães suas filhinhas debaixo do laço de fita. Pois a menina não queria laço de fita na cabeça. Mas, como já disse, bonecas não têm vontade própria. A mãe era mais forte. E a pobre menininha ficava horas diante do espelho, achando-se ridícula e chorando. A mãe triunfava. Todos falavam sobre a beleza da fita e da menina. E a menina sofria. A ferida nunca sarou. Hoje, passados mais de 50 anos, ela ainda se lembra... e sofre. É possível perdoar. Não é possível esquecer. Mas as mães extremosas, fofas e amorosas usam um artifício muito mais sutil e eficiente que a força. O menino de seis anos vê os cabelos já grisalhos da mãe. "Mamãe, por que é que seus cabelos estão ficando brancos?" Responde a mãe, com um sorriso doce: "O cabelo preto vira cabelo branco com cada desobediência do filho...". Aí o menino descobre que ele é o assassino de sua mãe. A mãe, olhando para a filha adulta que não foi aquilo que ela desejava que ela fosse, pergunta-lhe, com voz chorosa: "Por que é que você me faz sofrer tanto? Filha malvada, esquecida das noites maldormidas, das lágrimas vertidas – agora ousa viver a sua própria vida!". As mães não usam a força. Usam algo mais terrível: o sentimento de culpa que, traduzido da forma mais grosseira, assim se resume: "Sofri por você. Agora você tem que viver para mim". Quem é fisgado pelo sentimento de culpa perdeu a liberdade, perdeu as asas. Nunca mais voará...

Por vezes os pais e as mães mandam os filhos para o terapeuta. Tomam o terapeuta como seu aliado. Acham que o terapeuta tem as ferramentas para cortar as asas da ave selvagem. Mas ficam atentos: "Meu filho, sobre o que você e seu terapeuta conversaram?". O moço ou moça, já fisgado(a) pela culpa, não mais tem direito a um espaço interior. Bonecas não têm espaço interior. Ter espaço interior seria trair as noites maldormidas e as lágrimas vertidas. Confessam que conversaram sobre a beleza do voo. E aí, os pais horrorizados descobrem o que não sabiam: que a missão dos terapeutas é dar asas aos que não as possuem e desejam voar... Mas é justamente isso o que eles não desejam.

Neste momento o demônio me abandonou...

Carta a um drogado

De todos os pássaros, os beija-flores são os que mais me fascinam. Suas cores brilhantes: verde, azul, preto. Nunca vi, mas sei que alguns têm cores vermelhas. Flutuam no espaço como nenhum outro pássaro, suas asas batendo com uma velocidade tal que as torna invisíveis. E a velocidade do seu voo: pairam no ar, imóveis, sugando a flor. De repente se transformam em flechas que disparam pelo ar. Vivem do mel das flores. Enfiam seu bico fálico no orifício vaginal das flores, suas pequenas línguas saem e sugam o néctar doce.

Foi assim a primeira vez: como o beijo manso e inofensivo de um beija-flor. Você sentiu aquela língua doce entrando no seu corpo. De repente tudo ficou colorido, brilhante, leve. Alegre. Como se você estivesse sendo tocado pelos deuses. Que bom se a vida fosse sempre assim!

O beija-flor se foi e sua vida voltou ao que era, o cotidiano de sempre que lhe parecia bobo e sem sentido. A vida ficava muito mais bonita com o beijo do beija-flor! O beija-flor voltou. Você ficou alegre. A experiência se repetiu. Você pediu que ele lhe enfiasse seu fino bico como da primeira vez. Esses beija-flores sempre obedecem. Você não percebeu que a linguinha do beija-flor estava um pouquinho maior, entrava mais fundo em você. Mas que importância tinha isso diante da alegria que o beija-flor lhe trazia?

Aí o beija-flor se transformou no seu pássaro encantado. Você pensava nele durante sua ausência e sua vida passou a ser uma espera do seu retorno.

Cada vez que ele voltava, sua língua ficava um pouco maior. Ia mais fundo. Dividiu-se em várias. Passou a entrar em muitas direções do seu corpo e da sua alma ao mesmo tempo. O beija-flor já não era o passarinho inofensivo do primeiro dia. Cresceu. Você percebeu que havia garras nos seus pés. E havia anzóis em suas línguas. Você começou a querer livrar-se dele. Mas ele já havia cavado buracos profundos no seu corpo e na sua alma. Na ausência do beija-flor, esses buracos doíam com uma dor insuportável. Mas ele sempre voltava – tão diferente! – e fazia a dor passar. Agora o que o ligava ao beija-flor não mais era o prazer do primeiro dia. Era o prazer (tolo) de ver a dor passar.

A mitologia grega conta de um herói, Prometeu, que desafiou os deuses, roubou o fogo e deu-o aos homens. Como castigo, ele foi acorrentado numa rocha e um abutre vinha diariamente comer um pedaço do seu fígado.

Prometeu é você. O beija-flor o enganou. Disse-lhe que era possível ter a felicidade dos deuses sem fazer esforço: bastava aceitar seu beijo. Você – menino bobão – acreditou. Agora você está acorrentado num rochedo. Você já notou que o beija-flor deixou de ser um beija-flor? Que ele se transformou num abutre? Vá diante de um espelho. Olhe-se com atenção. Veja a que lixo você foi reduzido!

O caminho em que você está tem apenas três fins possíveis.

O primeiro deles, o melhor, o que tem menos sofrimento, é a morte.

Ah! Elis Regina! Você cantava tão bonito! Alegria para tanta gente! Mas as alegrias comuns da vida não lhe bastaram! Você queria alegrias maiores! Afinal de contas, os artistas bem que a merecem! Não sei se foi acidente ou se foi de propósito. O fato é que o beija-flor a matou.

Ah! Chet Baker! Você não sabe quem é Chet Baker? Aconselho-o a ir a uma loja de CDs e procurar por ele. Você vai ouvir o pistão mais veludo, mais suave, mais triste, mais bonito que você já ouviu. Que felicidade poder tocar pistão daquele jeito! Que felicidade ser amado do jeito como ele era, pela música que ele fazia. Mas ele não suportou as exigências do beija-flor que já havia se apossado do seu corpo. Incapaz de quebrar as correntes, ele achou que o único caminho era morrer. Somente a morte colocaria um fim ao seu sofrimento. A morte, frequentemente, é a única saída.

O outro caminho é a loucura. O seu *hardware* e o seu *software* não aguentam a luta e você enlouquece. Será que há situações em que a pessoa deseja ficar louca? Sei que há situações em que a gente deseja ficar doente. Doente, a gente deixa de ter responsabilidades. Os outros cuidam da gente. Se você ficar louco, não adianta o beija-flor vir. Os outros não vão deixar que ele entre. Dói muito a princípio. Se você não estivesse louco, você deixaria que o abutre comesse mais um pedaço do seu fígado. Mas você está louco. Os médicos e enfermeiros o defendem.

O último caminho, eu acho, é o mais terrível. Por causa do beija-flor-abutre você é capaz de fazer qualquer coisa. E você vai entrando cada vez mais fundo num mundo sinistro e escuro do qual é muito difícil sair. Até que você comete um crime que o levará à prisão. Aí você passará sua vida atrás das grades, no meio de criminosos cruéis – e você nem imagina a que humilhações você será submetido.

Esta carta, eu a escrevo admitindo a hipótese de que você queira quebrar as correntes. Se você não quer, nem precisa continuar a ler. Será uma perda de tempo.

Há uma coisa que recebe o nome de "síndrome de abstinência": ela é a dor que se sente na ausência do beija-flor-abutre. É dor física, é ansiedade, é angústia, é pânico, é desespero – tudo junto. Para se livrar dessa dor, você será capaz de fazer qualquer coisa: você perde a razão. Aí, para que você não faça essa "qualquer coisa", pessoas que o amam – se é que elas existem – tomam uma providência: internam você numa clínica. Internação em clínica é um artifício de força a que se recorre para impedir que você faça a tal "qualquer coisa", na esperança de que, depois de muito sofrimento, a dor vá passando e as correntes fiquem mais fracas. De fato, com o tempo, as dores passam. Como passam também as dores que se tem quando uma pessoa querida morre. Com uma diferença: quem sofre a perda de uma pessoa amada sabe que não há nada que se possa fazer para que ela volte. Então, ela nem tenta. Convive com sua dor. Não há outra alternativa.

Mas esse não é o seu caso. O buraco parou de doer. Mas ele continua lá. Continuam as memórias das experiências divinas. E as memórias tentam. Ah! Como tentam! E você diz: "Já estou livre! Só uma vez! Só uma última vez, vez de despedida. Não haverá outra...".

Jesus era sábio. Conhecia as armadilhas da alma. Contou uma parábola, a estória de uma casa onde morava um demônio. Aí o dono da casa ficou cheio com o demônio e o pôs para fora. Vazia a casa, ele a varreu, pintou e decorou. Mas ficou vazia. Passados uns dias, o tal demônio, vagando pelas redondezas, passou pela casa onde morara e se surpreendeu: "Vazia! Ainda não tem morador!". Foi, chamou outros sete demônios e se alojaram na casa.

Jesus termina a parábola dizendo que o estado da casa ficou, então, pior do que era antes. Os demônios moram no *vazio*.

Passadas as dores da "síndrome de abstinência", seu maior inimigo será o *vazio*. Como diziam os filósofos antigos, a natureza não suporta o vazio. O vácuo "chupa" o que está ao seu redor. Com o que concordam os que conhecem a alma: o *vazio* é o lugar preferido dos demônios. Essa é a razão por que os místicos iam para o deserto, onde não havia ninguém. Não para ter paz. Mas para medir forças com os demônios. "E Jesus foi levado pelo Espírito ao deserto para ser testado pelo demônio."

Agora que você está livre da "síndrome de abstinência", trate de encher o seu *vazio*. Se você não o encher, os demônios voltarão.

Para lidar com o *vazio*, nada melhor que trabalho corporal, braçal. As atividades intelectuais e espirituais, que eu tanto amo, podem ser perigosas. Leitura, poesia, meditação são remédios fracos. Fracos porque eles são vizinhos do mundo do beija-flor. Atividades intelectuais e espirituais frequentemente têm efeitos parecidos com os das drogas. Marx estava certo quando comparou a religião ao ópio. Freud estava certo quando se referiu ao poder inebriante da música. Inebriante: que nos torna ébrios...

Aconselho que você se empregue numa oficina mecânica, numa construtora, como auxiliar de pedreiro, numa madeireira, numa carpintaria, como agricultor, como jardineiro, como enfermeiro, como lixeiro. Será inútil que você se dedique aos seus próprios *hobbies*. Você precisa de alguém, ligado aos trabalhos corporais, que saiba da sua situação, e que o aceite como aprendiz.

E é preciso não estar sozinho. Batalha que se batalha sozinho é batalha perdida. Batalha que se batalha com outros é batalha que pode ser ganha. Os AA sabem disso. Os Vigilantes do Peso sabem disso.

A vida, com todas as suas limitações e frustrações, merece ser vivida. Às margens do caminho esburacado há morangos que podem ser colhidos e comidos. Trate de viver. Trate de comer os morangos. Esforce-se por ser feliz!

Sobre coisas malcheirosas

Eu queria escrever sobre rosas perfumadas. Infelizmente, entretanto, um "outro" que mora no meu albergue me deu ordem contrária. Disse-me que teria que escrever sobre coisas fedorentas e repulsivas. E quando o "outro" fala, não me sobram alternativas. Tenho que obedecer.

Entre as muitas funções necessárias à preservação da vida, algumas são prazerosas e estéticas, como é o caso das funções digestivas, que são motivo de jantares em que os amigos se alegram. Outras, entretanto, igualmente vitais, são motivo de vergonha e embaraço, como é o caso das funções excretoras. Por isso, envergonhados de que nossas entranhas produzam coisas tão nojentas e malcheirosas, tratamos de realizar tais funções secretamente, sozinhos, longe dos olhos dos outros. Não tenho conhecimento de que jamais se tenham celebrado festivais fecal-urinários, à semelhança dos festivais gastronômicos. Os atos de defecar e urinar são protegidos por uma série de etiquetas e rituais cujo objetivo é escondê-los da vista alheia. Um amigo meu, psicólogo, contou-me do acontecido na cidade do interior onde ele morava, muitos anos atrás. Um mancebo começara a cortejar uma moçoila (era assim que se falava, naqueles tempos...) até ter a permissão do "pai fera" para uma visita, ato inicial de introdução à família, necessário para a averiguação das intenções. Tudo transcorria agradavelmente segundo os conformes até que o moço, pobrezinho, sentiu uma terrível e incontrolável dor de barriga, o que é perfeitamente compreensível numa situação daquelas. Vermelho de embaraço, pediu licença para ir ao banheiro. Foi, aliviou-se e, após a vergonha do barulho da descarga, voltou para a sala. Mas nem teve tempo de assentar-se. Foi imediatamente expulso da casa pelo pai indignado. Não se sabe bem as razões da indignação do pai. Duas são as hipóteses que levanto... Primeira: o pai ficou indignado porque o moço viu o lugar onde sua respeitável família mostrava o traseiro e fazia aquelas coisas inomináveis. Era imperdoável que alguém soubesse que os membros de sua família, mulher e filha, tivessem traseiro e fizessem aquelas coisas. Segunda: o pai ficou indignado pela petulância do moço em fazer cocô na sua casa. O fato é que um casamento que poderia ter sido feliz deixou de acontecer em virtude do exercício natural e necessário das funções excretoras.

Em tempos idos, a privada ficava fora da casa. Era a famosa "casinha". Fezes e urina não podiam ser depositadas no sagrado espaço do lar. Nos tempos da minha inocência, quando eu me instruía lendo *Reader's Digest*, li de uma mulher que deixou de frequentar a casa do irmão ao saber que ele, movido pela modernidade, colocara a privada dentro de sua casa. Mas as resistências originais foram vencidas e agora, graças à imaginação dos arquitetos, as privadas são obras de arte e técnica. Elas nunca devem abrir-se diretamente para a sala. Há sempre o perigo de que os convivas ouçam barulhos embaraçosos e sintam cheiros desagradáveis, o que inibiria aquele que estava premido pela necessidade. Visitando um amigo, vi, pela primeira vez, uma maravilha tecnológica: um exaustor, colocado na posição exata, cuja função é sugar pneumaticamente as ventilações malcheirosas expelidas pelo orifício escatológico final. Mas, para aqueles que ainda não dispõem de tal maravilha, há *spray* com perfume de lavanda.

O fato é que, sendo cocô e xixi coisas tão nojentas e vergonhosas, eles dão um grande prazer quando expelidos! Quando estamos "apertados" – vejam como essa palavra descreve bem a situação dos esfíncteres –, não queremos companhia, não queremos gastronomia, não queremos poesia, não queremos filosofia, não queremos liturgia. Só queremos uma coisa, uma coisa somente! E quando ela acontece, que felicidade!

Cocô e xixi são tão nojentos que foram transformados em símbolos de agressão e desprezo. Manda-se o outro "à merda" – deseja-se que ele se atole numa piscina de fezes. A enciclopédia do meu pai mencionava um antigo crime denominado "merda-à-boca", que consistia em obrigar uma pessoa a comer merda. E o mesmo vale para a urina. Diz-se, especialmente em gíria militar: "O capitão deu *uma mijada* no sargento...". Esse costume é universal. No livro *Sho-gun*, o samurai japonês deita seu inimigo no chão e urina nas suas costas... Este, deitado e humilhado, sente o líquido quente escorrendo nas suas costas. E teve que se deixar ser urinado sem protestar porque, caso contrário, uma espada deceparia sua cabeça. Melhor ser mijado que ser decapitado.

Na maioria dos casos, as funções excretoras podem ser controladas. Parte da educação das crianças é ensiná-las a controlar cocô e xixi. O fedorento e o nojento devem estar sob o controle da razão e eliminados no lugar próprio, discretamente.

Mas há situações em que a razão se demonstra impotente. Isso acontece quando, por razões incomuns, a pressão interna dos gases e da urina vai crescendo e se torna tão grande que, a despeito dos esforços da razão, a explosão acontece. E é aquela vergonha.

Melanie Klein é uma famosa psicanalista que teve ideias insólitas. Entre elas, a sugestão de que nossos processos mentais se parecem com os processos fecais e urinários. A cabeça de todo mundo se parece com os intestinos e os rins: produz fezes, urina e gases fétidos explosivos. Não há exceções. Todo mundo. Crianças, jovens, senhoras, juízes, freiras, cardeais. A educação, à semelhança do que acontece com as crianças, nos ensina a nos livrar desse lado malcheiroso e venenoso dos produtos mentais de maneira própria, nos lugares certos. A gente não deseja que os outros sintam o fedor dos nossos pensamentos.

Mas acontece que certas pessoas não aprenderam a fazer isso. Não conseguem controlar seus esfíncteres mentais. Isso, acrescido do fato de que seus processos mentais produzem excrementos em excesso. A fermentação decorrente eleva a pressão interna a níveis cada vez mais altos e, de repente, sem razão aparente, a coisa explode com grande barulho e fedor: Bum! O corpo inteiro se transforma num mecanismo excretor. Saem fezes, urina e gases fétidos por todos os lados: pela fala, pelos olhos, pelo rosto, pelas mãos, pelas pernas. A pessoa se transforma, literalmente, naquilo que ela está expelindo. E não adianta argumentar. De que me adiantaria dizer a uma pessoa com diarreia, as fezes escorrendo pelas pernas, que ela não deveria estar fazendo aquilo? A força das fezes é maior que a força da razão. Uma pessoa em tal estado "parece" estar falando coisas. Na verdade, ela diz coisas: ofensas, mentiras, grosserias, inverdades, obscenidades. Quem ignora os mistérios intestinais da mente pensa que suas palavras exprimem pensamentos. Mas ela não está pensando. Suas palavras não são palavras.

São fragmentos de fezes explosivas e jatos de urina envenenada. Daí ser inútil argumentar. Só há uma coisa a fazer: esperar o fim da expulsão dos excrementos mentais.

Passado o vexame das fezes moles e fedorentas escorrendo pelas pernas, a pessoa fica aliviada. Aí ela toma um banho, fica limpinha, põe perfume e desodorante e comporta-se como se nada tivesse acontecido. Está feliz. Livrou-se dos seus venenos. Mas o mesmo não acontece com aqueles que foram alvo da explosão. As fezes e urinas mentais são diferentes: elas grudam, agarram, igual a Superbonder. Inúteis os processos físicos e químicos de limpeza. Não há banho, sabonete, detergente ou bucha que resolva. Só há um jeito: é preciso digerir tudo! Eis aí a forma moderna, psicanalítica, do antigo crime de "merda-à-boca" que mencionei.

Mas não há ninguém que goste de comer merda e beber urina, ainda que seja de uma pessoa querida. Faz-se isso por não haver outro jeito. Aí o ódio vai crescendo devagarzinho, devagarzinho... E chega um dia em que o volume e a pressão das fezes e urinas engolidas atingem um ponto tão alto que nenhuma cabeça é capaz de contê-los. Aí acontece a explosão. E tudo começa de novo...

Escrevi isso contra a vontade porque desejava escrever sobre rosas. Mas não tive alternativa. Há momentos em que é impróprio dar rosas de presente. Que adianta perfume por fora se há fedentina por dentro?

Sobre peixinhos e tubarões

Há livros que a gente lê uma vez e nunca mais. Há livros que a gente lê uma vez e continua lendo pelo resto da vida, por puro prazer. É o caso dos livros do sociólogo Peter Berger, que escreve sobre sua ciência de um jeito que todo mundo entende e sempre com uma deliciosa pitada de humor. Um dos seus livros mais saborosos é *Introdução à sociologia* (Vozes. Original inglês: *Invitation to sociology*. Nova York: Doubleday, 1963). É impossível ler esse livro sem nos vermos de uma maneira desconhecida e surpreendente. Ele inicia o seu primeiro capítulo com a seguinte observação:

> Há poucas piadas sobre sociólogos. Isso é frustrante para os sociólogos, especialmente quando eles se comparam com seus primos mais afortunados, os psicólogos que, nos Estados Unidos tomaram o espaço do humor que antigamente pertencia aos clérigos. Um psicólogo, ao assim se apresentar em uma festa, imediatamente se torna objeto de considerável atenção e tietagem embaraçosa.

Isso é verdadeiro, especialmente em referência aos psicanalistas. Todo mundo repete: "Freud explica". Mas eu nunca ouvi ninguém dizendo: "Max Weber explica". Isso indica que a psicanálise invadiu o imaginário das pessoas comuns, mesmo que elas nada saibam sobre a psicanálise. O que comumente sabem são mitos e fábulas fantásticas que pintam os psicanalistas ou como charlatães ou como semideuses.

Dias atrás, lendo uma linda revista que me foi enviada de presente, com ilustrações maravilhosas, encontrei um artigo intitulado "As grandes fraudes do século XX" (não aparecia o nome do autor), que se abre com esta afirmação:

> Nenhuma teoria psicológica recebeu tantas críticas quanto a psicanálise. De todos os lados e por todos os meios ela tem sido considerada não só ineficiente como

também nociva ao ser humano. (...) Freud (...) só chegou à fama graças a uma fértil imaginação estimulada pelo uso da cocaína, que manteve até o final dos seus dias e que teve uma inegável influência na obsessão que ele demonstra sobre o sexo. Comprovadamente um cocainômano e um obsessivo sexual, Freud pode, ele próprio, ser caracterizado como um caso patológico...

A outra fraude que o artigo desmascara é Albert Einstein. Fiquei desconfiado. Freudianamente, perguntei-me: "Que intenção teria uma pessoa enviando um artigo assim para um psicanalista? É o mesmo que mandar *O evangelho segundo Jesus Cristo*, de Saramago, para o papa...". Mas logo compreendi. De novo interpretei psicanaliticamente os sete musculosos nus masculinos e os esculturais nove nus femininos que a revista publicou, e tudo se esclareceu. Compreendi por que não gostam de Freud. (Nota: a revista contém também um longo artigo apologético do *ayahuaska*, chá alucinógeno, louvado por suas virtudes religiosas.)

Relataram-me que, ao final de uma conferência, um desses cientistas para os quais todos os problemas mentais se resolvem com poções bioquímicas (Huxley, no seu livro *Admirável mundo novo*, já previa essa possibilidade: os habitantes do "Admirável mundo novo" carregavam em pochetes, na cintura, pílulas de felicidade chamadas "soma", que eram diariamente tomadas ao café da manhã para que, durante o dia, eles só tivessem ideias felizes. Os felizes são sempre conservadores...), empolgado com os avanços da bioquímica, anunciou: "Nas enciclopédias do futuro, Freud será descrito como um escritor de ficção científica..." (Sem saber, ele disse a verdade. Mais tarde eu explico...).

As fantasias sobre a psicanálise que habitam o imaginário popular são as mais variadas. Alguns acham que psicanálise é coisa para loucos, e fogem dela como podem. Outros, ao contrário, consideram-na prática milagrosa, explicação e cura para todos os males. Os religiosos a denunciam como inimiga da religião. Pessoas de moral ilibada acusam-na de terapia imoral que aconselha as pessoas a soltar as frangas e a fazer tudo o que desejarem. E existe, ainda, aquela suspeita em relação ao incompreensível divã. (Sobre o divã conversaremos em outra ocasião.)

Há muitas maneiras de compreender a psicanálise. Aconteceu com ela coisa parecida com o que aconteceu com o cristianismo. Num ponto os cristãos estiveram todos sempre de acordo: seu texto sagrado é a *Bíblia*. Aí o acordo termina, porque há uma infinidade de interpretações divergentes desse texto. Da multiplicidade de interpretações, surgiu a multiplicidade de seitas, cada uma afirmando que a sua interpretação é a única verdadeira. Sendo a sua a única verdadeira, as outras têm que ser consideradas falsas: heresias. Sendo heresias, são inimigas da verdade e devem ser combatidas. Católicos e protestantes, em nome da interpretação correta dos textos sagrados, mandaram para a fogueira milhares de pessoas que tinham interpretações diferentes. Na psicanálise todos concordam que a fonte são os textos de Freud. Mas muitas são as interpretações, várias as seitas. Eu também tenho a minha interpretação. Desejo advertir os meus leitores de que sou, por vocação e tradição, um herege. Gosto de ler os textos ao revés. Meu jeito não é ortodoxo. Já fui, inclusive, acusado de heresia por uma colega de ofício. Fiquei feliz que hoje não haja fogueiras. Se você gosta das coisas que escrevo, devo dizer-lhe que a psicanálise está presente em quase tudo o que escrevo – muito embora eu não use as palavras sagradas. E o que desejo é convidar você a passear comigo por esse mundo que me fascina.

Para começar, quero pedir que você esqueça as coisas comumente associadas à psicanálise: terapia, consultório, psicanalistas, neuroses, psicoses, sonhos, divã. Porque, antes de mais nada, a psicanálise é uma teoria.

O que é uma teoria? Teorias são óculos feitos com palavras para ajudar os olhos a ver o que normalmente não veem. Os olhos veem o mundo de um jeito. Usando os óculos da teoria, a gente passa a ver o mundo de uma maneira diferente. Olhando para o céu, sozinhos, os olhos veem o Sol e os céus estrelados girando em torno da terra plana, parada e imóvel. Usando os óculos da teoria, eles veem o contrário: uma terra redonda girando como um pião. Não são os céus que giram; é a terra. Os olhos nos dizem que a tendência de todo movimento é o repouso. Tudo o que se movimenta para: o pêndulo para, a bola que o jogador chuta para, a flecha que o arqueiro lança para. Pondo os óculos da teoria que Galileu construiu, chamada "princípio da inércia", a gente vê o contrário: a tendência de todo movimento é continuar em movimento, indefinidamente. Olhando para os animais, a gente vê aquela variedade fantástica de formas vivas, todas prontas. Pondo os óculos da teoria da evolução, todas essas formas vivas aparecem interligadas, umas saindo de dentro das outras. As teorias surgem quando a gente começa a desconfiar dos olhos. Elas são inventadas para a gente ver aquilo que os olhos não veem.

Pois a psicanálise é um par de óculos. Usando o par de óculos da psicanálise, tudo fica diferente: os homens, a sociedade. Ela nasceu quando alguns começaram a desconfiar de que os homens eram diferentes do que pareciam ser. Mas isso não é coisa nova, não foi inventado por Freud. Desde tempos imemoriais os homens sabem que os verdadeiros motivos da ação humana não são aqueles que parecem ser. Rostos são máscaras. Máscaras escondem. A psicanálise são óculos que nos ajudam a ver o que existe nas profundezas da alma da gente. E isso serve não apenas para pessoas que sofrem de perturbações emocionais. Todos nós temos profundezas escondidas. Por vezes o visível é bonito mas as funduras são feias. Por vezes o visível é feio e as funduras são belas. Psicanálise é uma teoria que nos ajuda a mergulhar em nossas profundezas. Como nos mares de Fernando de Noronha: no fundo há cardumes de peixinhos coloridos, mas há também tubarões ameaçadores.

Ninguém vai lhe dizer: "Seja um peixinho colorido". Ou: "Seja um tubarão ameaçador". A decisão sobre o que você pode e deseja ser, isso é coisa que somente você poderá fazer. A questão não é curar uma doença. A questão é ser o que desejamos ser.

Vai o meu convite: "Vamos mergulhar juntos para ver peixinhos e tubarões?".

A lagoa

Quero convidar vocês a irem comigo numa excursão. Eu serei o guia. Uma excursão é, antes de mais nada, uma experiência com os sentidos: ver cenários desconhecidos, ouvir sons incomuns, sentir perfumes novos, experimentar comidas estranhas, deixar que a pele sinta o sol, o frio, o vento. Não se vai a uma excursão para pensar. Não se trata de concordar ou discordar. Trata-se, simplesmente, de experimentar com o corpo. Antes de partir para uma excursão, todos deveriam ler, como devoção diária, os poemas de Alberto Caeiro: "O mundo não foi feito para ser pensado mas para ser visto e para se estar de acordo".

Quero levar vocês a passear pelo meu mundo, com o auxílio da psicanálise. Mas, para isso, é preciso desaprender e esquecer aquilo que vocês sabem a respeito dela. Perder a memória. A memória não deixa ver direito. A memória perturba os olhos.

Quero que vocês se esqueçam de que psicanálise é terapia. Quero que vocês se esqueçam das palavras que normalmente se usam quando a conversa sobre psicanálise aparece: identificação, transferência, repressão sexual, ego, id, superego, psicanalistas, divãs, honorários. A psicanálise não começa com essas palavras. A psicanálise é, antes de mais nada, um jeito de ver o corpo. E o mais fascinante: ela acredita que dentro do corpo haja um universo mais fantástico, mais incrível, mais maravilhoso, mais terrível, mais misterioso que o universo que existe do lado de fora. A ficção científica nos leva em viagens até os confins do universo. A psicanálise deseja fazer algo parecido: levar-nos a viajar pelos confins da alma. A alma é maior que o universo astronômico. A psicanálise é um roteiro de viagem.

São muitos os olhos que veem o corpo. E cada olho o vê de maneira diferente.

A medicina, por exemplo, tem muitos olhos. São tantos, que o certo seria falar em *medicinas*, no plural. Os olhos dos cirurgiões não veem o corpo da forma como os clínicos-gerais o veem. Se você for a um homeopata, ele lhe fará perguntas que um clínico jamais faria. A medicina chinesa, por sua vez, vê tudo de outro jeito. Quando você opta por um tipo de médico e recusa os outros é porque você não quer que seu corpo seja visto com os olhos daqueles que você rejeitou. Que curioso: na escolha de um médico, está presente uma filosofia!

As religiões também, todas elas, são maneiras diferentes de ver o corpo. As religiões cristãs veem o corpo com os olhos da culpa. O corpo, no mundo cristão, encontra-se sempre sob a observação do Grande Olho que nada deixa escapar. Já no taoismo, não há nenhum Grande Olho. O taoismo não sabe o que é culpa. Para o taoismo, o corpo é um pequeno barco que vai navegando, levado pelas correntes de um grande rio. Para o cristianismo, o corpo não é digno de confiança. Precisa ser reprimido. Para o taoismo, o corpo é sábio e precisa ser ouvido. Num, corpo devedor, títulos sob protesto. Noutro, corpo navegador, sem contas a pagar.

Que coisa mais estranha! É certo que existe um mundo sólido, material, físico. Mas nós nunca o vemos. O que vemos são os mundos que moram dentro dos nossos olhos. Duvida? Pergunte a Kant.

A psicanálise é um olho com o qual se vê um mundo – diferente de todos os demais. Não foi a psicanálise que descobriu esse mundo. Ele já tinha sido visto por místicos, poetas e artistas desde tempos imemoriais. Eles viram e o tornaram sensível por meio da pintura, da escultura, da música, dos poemas, das canções, das catedrais, da culinária, das obras literárias. O gênio da psicanálise está em que ela descobriu que as obras de arte são mais que obras de arte: são entradas para o mundo da alma. Um sonho: protótipo de todas as obras de arte!

Existe uma enorme diferença entre a experiência da arte, de um lado, que é essencialmente emocional, e a crítica da arte, do outro, que é essencialmente racional. Ler no jornal de hoje a crítica do concerto de ontem de forma alguma me comunica a emoção que se teve ao ouvir o concerto ontem. Ler a crítica da exposição das obras de Dalí não me comunica a emoção que foi possível ter estando diante dos seus quadros. Além da pura experiência estética, há a experiência de pensar: o corpo de Dalí esteve na mesma posição em que está o meu corpo, agora, diante do seu quadro... A experiência com o belo é uma experiência de possessão. A beleza faz-se uma com o corpo, o corpo "vira" obra de arte. Mas a experiência com a crítica só mexe com a cabeça. Não é emoção. É pensamento.

A psicanálise vê o corpo como uma obra de arte. Uma obra de arte encarnada. Parodiando o evangelho, que diz "o Verbo se fez Carne", eu digo "o Belo se fez Corpo"... Mas sua relação com esse Belo encarnado é a mesma relação que existe entre a crítica racional e a experiência emocional. A psicanálise, como teoria, é um exercício racional que investiga as "razões", o sentido humano que se encontra nas raízes dessa obra de arte encarnada. Mas as emoções estão em outro lugar.

Eu só sei pensar por meio de metáforas. Metáfora é uma imagem que não é a coisa mas que me ajuda a ver a coisa. Dizia o carteiro a Neruda: "Sou um barco batido pelas ondas". Claro, ele não era, literalmente, um barco. Mas quem ouvisse suas palavras entenderia perfeitamente o que ele estava dizendo. Assim, aqui vai minha primeira metáfora para o mundo pelo qual vamos viajar. Você sabe mergulhar? Trate de aprender...

À nossa frente, a lagoa imensa. Nem uma brisa encrespa sua superfície lisa. Nela aparecem refletidas, invertidas, as coisas do mundo de fora: chorões com seus longos galhos, altos pinheiros, os papiros com suas cabeleiras despenteadas, as nuvens brancas navegando o azul do céu, as garças em seus voos harmoniosos. Lagoa, espelho, onde tudo cabe. Vez por outra um peixe salta inesperadamente, para logo desaparecer, deixando ondas que se espalham em círculo pela superfície do lago. Um súbito encrespar da superfície anuncia a passagem de um cardume invisível. Por vezes, uma simples barbatana corta a água, revelando a presença de um grande peixe. E, perto das margens, bolhas estouram na superfície, vindas das funduras escuras. Assim é o lago, visto de fora. Mas se o observador for curioso e não tiver medo, ele poderá mergulhar. E seus olhos verão, então, um outro mundo que da superfície não se podia ver: mansos peixes coloridos, plantas aquáticas, traíras e piranhas vorazes, barcos apodrecidos, restos de naufrágios, e todo tipo de formas que do lado de fora não podiam ser vistas. Um mesmo lago: de fora uma coisa; nas funduras outra.

Os místicos, poetas e artistas desde muito sabem que o corpo é um lago: na superfície lisa, está espelhado o mundo de fora. Mas basta atravessar o espelho com um mergulho (não se assuste com essa imagem de atravessar o espelho. A Alice, do livro de Lewis Carroll, fez isso, e o espelho não se quebrou. Derreteu. Dê-se o prazer de ler *Alice no País das Maravilhas* e *Através do espelho*. Carroll era um guia maravilhoso no mundo da psicanálise, antes mesmo que ela existisse. Não se engane. Não são livros para crianças...) para chegar a um mundo que existe no avesso do corpo, que do lado de fora não se vê, estranho, totalmente diferente. Escher colocou esses dois mundos num desenho genial a que ele deu o nome *Ar e água*. Note os gansos voando. Eles são negros contra um fundo branco. Observe o que acontece nos intervalos, à medida que os olhos vão descendo. Começam a se delinear formas de peixes. Até que, mergulhando na água – o fundo é negro –, aparecem os peixes, enquanto os gansos vão desaparecendo nos intervalos. Está aqui representado, num simples desenho, o estranho mundo que os místicos e artistas viram e que a psicanálise tenta compreender. Nós mesmos: seres alados que voam no mundo luminoso, seres subaquáticos que nadam num mundo misterioso...

A cegueira

Gosto de ver aquários, especialmente os marinhos, com suas formas surpreendentes e coloridas, peixes azuis, amarelos, vermelhos, lisos, listrados, pintados, anêmonas, medusas. Os olhos se espantam com tanta beleza, tanta variedade de formas. O Criador tem que ter sido um brincalhão... Uma amiga colocou um pedaço do mar na sua casa, dividindo duas salas: um enorme aquário marinho. Lá, luzes apagadas, somente as luzes do aquário acesas, tudo fica calmo. Um aquário marinho, para que serve? Para nada. Não possui utilidade alguma. Peixes de aquário não são para ser comidos. Os aquários são para ser vistos. Aquários são belos. Os olhos se alimentam de beleza.

Fico com pena dos cegos. Eles não podem ver os peixes. Tempos atrás imaginei pela primeira vez a possibilidade da cegueira. Sem aviso prévio apareceu, dentro de um dos meus olhos, uma mancha negra. Ela se movia como se fosse um pingo de tinta nanquim na água. De fora ela não aparecia. Estava dentro. Percebi que era coisa séria. Corri para o João Alberto, oftalmo meu amigo. Ele olhou dentro do meu olho com aqueles aparelhos de última geração e disse: "Rasgo na retina. Cirurgia". "Quando?", perguntei. "Agora", ele respondeu. E lá fui eu para a sala de costura, para ter minha retina costurada a *laser*. A costura ficou boa. Estou vendo direito. Mas comecei a pensar no milagre delicado da visão. É sempre possível ficar cego. Aconteceu com Jorge Luis Borges, no fim de sua vida. Um dos seus ensaios mais fascinantes é sobre a cegueira, as cores que os cegos veem. Saramago fez da cegueira o tema central de um dos seus livros: uma cidade na qual todos os moradores vão ficando cegos. Cegueira é triste. Ver é uma felicidade.

Os poemas bíblicos que relatam a Criação contam que, ao fim de cada dia de trabalho, Deus se alegrava com a felicidade de ver. "E viu Deus que era bom": esse é o refrão que vai se repetindo. No Paraíso, diz Bachelard, "todos os seres são puros porque belos". O mundo foi criado para a beleza. "O mundo não se fez para pensarmos nele, mas para olharmos e estarmos de acordo", diz Alberto Caeiro. Bem observou Nicolas Berdiaeff, filósofo místico russo, que no Paraíso não há ética, só há estética. No Paraíso, a bondade se confunde com a beleza. Com o que concorda o filósofo chinês Hui-Neng, de não sei quantos séculos atrás: "O sentido da vida é ver". Quem sabe ver reencontra o Paraíso.

Do ponto de vista anatômico e fisiológico, a visão é o mais simples dos sentidos. Na sala de espera dos oftalmologistas, há aqueles pôsteres com cortes transversais do olho, em que a anatomia e a fisiologia do ver são explicadas. Tudo se passa como numa câmara fotográfica. A luz vem de fora, atravessa uma lente e projeta a imagem no fundo do olho. Tendo olhos bons, todos veem igual.

Veem igual? Veem nada. Ver é muito complicado. Não basta ter bons olhos para ver. "Não é bastante não ser cego para ver as árvores e as flores", dizia Alberto Caeiro. Édipo tinha olhos perfeitos e não via nada. Tirésias era cego e era o único que via com clareza. William Blake, num curto aforismo, afirma: "A árvore que o tolo vê não é a mesma árvore que o sábio vê". Mas como? A tolice e a sabedoria nos fazem ver diferente? As ideias interferem no ver? Caeiro diz que sim: "Pensar é estar doente dos olhos". E, num outro lugar, afirma que para ver com clareza "é preciso não ter filosofia nenhuma". Quem explica é Bernardo Soares: "Não vemos o que vemos; vemos o que somos". Naquilo que vemos estão escondidas as linhas do nosso próprio rosto. "Os olhos são as lâmpadas do corpo", disse Jesus. "Se as lâmpadas derem luz clara, o mundo será colorido. Se as lâmpadas derem luz trevosa, o mundo será tenebroso." O que vemos é o mundo arranjado à nossa imagem e semelhança. O Paraíso é o rosto visível de Deus. Uma companhia de cerveja colocou um divertido e inteligente comercial na televisão. Um moço entra num bar. No bar tudo é sinistro. As pessoas são tipos mal-encarados. O *barman* é grosseiro, disforme e feio. O moço olha desconfiado para os lados. Pede uma cerveja. Dá um gole – e então, o milagre: tudo se transforma. O bar fica alegre, todo mundo sorri, e o *barman* carrancudo se transforma numa moça linda. A teoria implícita no comercial é que a gente vê segundo o que está dentro. Bebendo alegria, o mundo fica alegre. Quando estamos deprimidos, é sempre dia chuvoso de inverno, mesmo que o Sol esteja brilhando. Quando não estamos deprimidos, até o dia chuvoso de inverno fica gostoso.

Os poemas bíblicos dizem que no Paraíso o homem e a mulher eram felizes. Aí aconteceu algo que estragou tudo: os olhos deles ficaram perturbados. Antes, seus olhos apenas viam. Nem precisavam pensar, porque a beleza enchia a alma. De repente os olhos deles se alteraram. O homem olhou desconfiado para a mulher, a mulher olhou desconfiada para o homem, e aquilo que antes era puro e belo ficou feio. À nudez, dantes bela, acrescentou-se uma palavra ruim: vergonha. A vergonha nasce de um pensamento: a gente olha para o outro e imagina que ele está rindo da gente. Pode ser que o outro nem esteja pensando isso. Mas na minha imaginação ele está rindo de mim. Meu ser se altera. Esconde-se. O olhar altera o ser. Adão e Eva se alteraram. Tiveram vergonha de seus corpos. E fizeram tangas de folhas. O "vergonhoso" foi condenado a ser esquecido.

Os mitos são relatos de coisas que não aconteceram nunca porque acontecem sempre. Esse poema é o nosso retrato. Nossos olhos puros foram enfeitiçados pelo olho mau de um "outro" que me observa. Álvaro de Campos lamenta: "Sou o intervalo entre o meu desejo e aquilo que os desejos dos outros fizeram de mim". Perseguido pelos olhos dos outros, nosso olho bom fica cego.

Místicos e poetas sabem que o Paraíso está espalhado pelo mundo – mas não conseguimos vê-lo com os olhos que temos. Para isso, seria necessário que nossa cegueira fosse curada. O zen budismo fala da necessidade de "abrir o terceiro olho". De repente a gente vê o que não via! Não se trata de ver coisas extraordinárias: anjos, aparições, espíritos, seres de um outro mundo. Trata-se de ver esse nosso mundo sob uma nova luz. Foi isso o que aconteceu com o operário, do poema do Vinicius. Perdido no seu trabalho, construindo casas e apartamentos, ele via tudo mas não via nada. Até que um dia, uma coisa extraordinária aconteceu:

> *De forma que, certo dia*
> *à mesa, ao cortar do pão*
> *o operário foi tomado*
> *de uma súbita emoção*
> *ao constatar, assombrado*

que tudo naquela mesa
– garrafa, prato, facão –
era ele quem os fazia
ele, um humilde operário,
um operário em construção.
(...) Naquela casa vazia
que ele mesmo levantara
um mundo novo nascia
de que sequer suspeitava.
O operário emocionado
olhou sua própria mão
sua rude mão de operário
e olhando bem para ela
teve um segundo a impressão
de que não havia no mundo
coisa que fosse mais bela. (...)

O operário adquiriu
uma nova dimensão:
a dimensão da poesia.

Os poetas e místicos sempre souberam disso, intuitivamente. Eles sabem que a beleza salva. Fairbairn disse num dos seus textos que a vocação da psicanálise era exorcizar demônios. Certo. E eu acrescento: e abrir os olhos aos cegos. Demônios causam sempre perturbações visuais... A psicanálise é uma teoria sobre a cegueira e uma busca da experiência que faz os olhos abrirem. Para que as pessoas possam ver, em meio às coisas que sempre viram e que formam o seu cotidiano, fragmentos do Paraíso perdido – tal como aconteceu com o operário. E quando isso acontece, o ser da pessoa se transforma. Porque a ele se acrescenta "uma nova dimensão: a dimensão da poesia".

Tenho medo

Um casal de amigos enviou-me um fax com um pedido: que lhes mandasse os nomes dos livros que tenho sobre o medo. Explicaram a razão do pedido: tinham medo... E pensavam que, pela leitura daquilo que sobre o medo se escreveu como ciência e filosofia, seu próprio medo ficaria mais leve.

Procurei fazer o que me pediam. Pus a funcionar os arquivos da minha memória, procurando identificar os livros sobre o medo que estariam na minha biblioteca. Inutilmente. Nenhum título me veio à mente. Dei-me conta de que não possuo nenhum livro sobre o medo. Sem livros a que recorrer, pus-me a pensar meus próprios pensamentos sobre o medo. E o primeiro pensamento que me veio foi o seguinte: Eu tenho medo. Eu sempre tive medo. Viver é lutar diariamente com o medo. Talvez esse seja o sentido da lenda de São Jorge, lutando com o dragão. O dragão não morre nunca. E a batalha se repete, a cada dia.

Como não pudesse ajudar meus amigos com bibliografia filosófica e científica, resolvi compartilhar com eles minha condição. O medo tem muitas faces. Lembro-me de que, bem pequeno ainda, acordei chorando, imaginando que um dia eu estaria sozinho no mundo. Foi uma dura experiência de abandono. Tive medo de não ser capaz de ganhar a minha vida quando meu pai e minha mãe partissem. Na verdade, eu tinha era medo da orfandade, do abandono. Minha filha Raquel tinha apenas dois anos. Era cedo, bem cedo. Ela me acordou e me perguntou: "Papai, quando você morrer, você vai sentir saudades?". Essa foi a forma delicada que ela teve de me dizer que tinha medo da saudade que ela iria sentir, quando eu partisse. O rosto do medo mudou. Mas o sentimento continua o mesmo. Tenho medo da solidão. Há uma solidão boa. É a solidão necessária para ouvir música, ler, pensar, escrever. Mas há a solidão do abandono. Buber relata que, numa língua africana, a palavra para dizer "solidão" é composta de uma série de palavras aglutinadas que, se traduzidas uma a uma, dariam a frase: "Lá, onde alguém grita: Oh! Mãe! Estou perdido!". O trágico dessa palavra é que o grito nunca será ouvido, nunca terá resposta. Tenho medo da degeneração estética da velhice. Tenho medo de que um derrame me paralise, deixando-me sem meios de efetivar a decisão que seria sábia e amorosa: partir. Tenho medo da morte. Antigamente esse medo me atormentava diariamente. Depois ele se tornou gentil. Ficou suave. Passei a compreender que a morte pode ser uma amiga. Veio-me à mente uma frase que se encontra na oração "Pelos que vão morrer", de Walter Rauschenbusch:

> Ó Deus, nós te louvamos porque para nós a morte não é mais uma inimiga, e sim um grande anjo teu, nosso amigo, o único a poder abrir, para alguns de nós, a prisão da dor e do sofrimento e nos levar para os espaços imensos de uma nova vida. Mas nós somos como crianças, com medo do escuro... (*Orações por um mundo melhor*, Paulus)

O Vinicius disse a mesma coisa de um outro jeito: "Resta esse diálogo cotidiano com a morte, esse fascínio pelo momento a vir, quando, emocionada, ela virá me abrir a porta como uma velha amante, sem saber que é a minha mais nova namorada". Boas são as palavras das orações e dos poemas: elas têm o poder de transfigurar a face do medo. Meu medo da morte ficou suave porque seu terror foi amenizado pela tristeza. Ah! Mario Quintana! Como eu gosto de você, velho que nunca deixou de ser menino! Você sabia tirar o terror do medo rindo diante dele. Você lidava com seus medos como se fossem brinquedos. Delicioso, esse brinquedinho: "Um dia... pronto!... me acabo. / Pois seja o que tem de ser. / Morrer, que me importa? O diabo é deixar de viver!". Isso mesmo. O terrível não é morrer; é deixar de viver. O terrível não é o que está à frente; é o que deixamos para trás. É um desaforo ter de deixar essa vida! Zorba, quando percebeu que seu momento chegara, foi até a janela, olhou para as montanhas no horizonte, pôs-se a relinchar como um cavalo e gritou: "Um homem como eu teria de viver mil anos!". E eu pergunto: "Por que tanta modéstia? Por que só mil?".

Mas tenho medo do morrer. Medo da morte e medo do morrer são coisas distintas. O morrer pode ser doloroso, longo, humilhante.

Especialmente quando os médicos não permitem que o corpo que deseja morrer morra.

Tenho medo também da loucura. Não há sinal algum de que eu vá ficar louco. Mas nunca se sabe! Muitas mentes luminosas ficaram insanas. E tenho medo de que algo ruim venha a acontecer com meus filhos e minhas netas. Sábias foram as palavras daquele homem que, no livro onde deveriam ser escritos os bons desejos à recém-nascida neta do rei, escreveu: "Morre o avô, morre o pai, morre o filho...". Enfurecido, o rei lhe pede explicações. "Majestade: haverá tristeza maior para um avô que ver seu filho morrer? E para seu filho? Haveria tristeza maior que ver sua filhinha morrer? É preciso que a morte aconteça na ordem certa..." Tenho medo de que a morte não aconteça na ordem certa.

Somos iguais aos animais: as mesmas coisas terríveis podem acontecer a eles e a nós. Mas somos diferentes deles porque eles só sofrem como se deve sofrer, isto é, quando o terrível acontece. E nós, tolos, sofremos sem que ele tenha acontecido. Sofremos imaginando o terrível. O medo é a presença do terrível não acontecido apossando-se das nossas vidas. Ele pode acontecer? Pode. Mas ainda não aconteceu, nem se sabe se acontecerá.

Curioso: nós, humanos, somos os únicos animais a ter prazer no medo. A colina suave não seduz o alpinista. Ele quer o perigo dos abismos, o calafrio das neves, a sensação de solidão. A terra firme, tão segura, tão sem medo, tão monótona! Mas é o mar sem fim que nos chama: "A solidez da terra, monótona, parece-mos fraca ilusão. Queremos a ilusão grande do mar, multiplicada em suas malhas de perigo" (Cecília Meireles).

A pomba que, por medo do gavião, se recusasse a sair do ninho já se teria perdido no próprio ato de fugir do gavião. Porque o medo lhe teria roubado aquilo que de mais precioso existe num pássaro: o voo. Quem, por medo do terrível, prefere o caminho prudente de fugir do risco já nesse ato estará morto. Porque o medo lhe terá roubado aquilo que de mais precioso existe na vida humana: a capacidade de se arriscar para viver o que se ama.

O medo não é uma perturbação psicológica. Ele é parte da nossa própria alma. O que é decisivo é se o medo nos faz rastejar ou se ele nos faz voar. Quem, por causa do medo, se encolhe e rasteja, vive a morte na própria vida. Quem, a despeito do medo, toma o risco e voa triunfa sobre a morte. Morrerá quando a morte vier. Mas só quando ela vier. Esse é o sentido das palavras de Jesus: "Aquele que quiser salvar sua vida perdê-la-á. Mas quem perder sua vida encontrá-la-á". Viver a vida, aceitando o risco da morte: isso tem o nome de coragem. Coragem não é ausência do medo. É viver, a despeito do medo.

Houve um tempo em que eu invocava os deuses para me proteger do medo. Eu repetia os poemas sagrados para exorcizar o medo: "Ainda que eu ande pelo vale da sombra da morte, não temerei mal algum..."; "Mil cairão à tua direita, dez mil à tua esquerda, mas nenhum mal te sucederá...". A vida me ensinou que esses consolos não são verdadeiros. Os deuses não nos protegem do medo. Eles nos convidam à coragem de viver a despeito dele.

# NA MORADA
DAS PALAVRAS

Os super-heróis

Lá fora o gelo cobria tudo. O frio era tanto que as cachoeiras haviam se transformado em esculturas de gelo. Não havia o que fazer fora do pequeno apartamento. A diversão era ver os desenhos na televisão, com minha filha. Entre eles, os desenhos dos Super-Heróis – o Batman, o Super-Homem, a Mulher Maravilha, entre outros. Na "Sala da Justiça", eles olhavam as telas de televisão, que vigiavam os bandidos em suas ações criminosas. Bastava que um bandido cometesse um crime para que os Super-Heróis saíssem velozes como raios, para derrotá-los com murros de força invencível. Todos os desenhos eram de uma assombrosa mesmice.

Mas houve um que tinha um *script* diferente. Os heróis estavam reunidos na "Sala da Justiça". Todas as televisões ligadas. Mas não havia nenhum crime sendo cometido, nenhum bandido em ação! Ah! Que felicidade! Um dia de paz! Os heróis poderiam, finalmente, descansar de lutar e de dar murros! Dar murros: que coisa mais besta! Sem crimes e bandidos, poderiam se dedicar aos prazeres da vida! O prazer do amor! Quem diria! O Batman de mãos dadas com a Mulher Maravilha, recitando um poema apaixonado! E o Super-Homem, numa poltrona, lendo uma obra de Shakespeare! Que nada! Os Super-Heróis, sem ter bandidos para combater, ficaram nervosos. Imaginem São Jorge: por séculos, diariamente, lutando com o Dragão. É só isso que ele sabe fazer. Pois, num belo dia, ao se dirigir à caverna do Dragão para a luta diária – surpresa! Milagre! O feitiço fora quebrado depois de mil anos. O Dragão voltara a ser a linda donzela que fora antes! Agora, em vez de soltar fogo pelas ventas, abria seus braços sensualmente ao santo. Que é que fez São Jorge? Tirou a armadura e partiu para o amor? Não. Teve um ataque de pânico tão grande que sua lança, sempre em riste, curvou-se como macarrão cozido... Pois é assim: quem foi feito para ser herói não sabe fazer amor. Foi o que aconteceu com os Super-Heróis. O Super-Homem se pôs a tamborilar numa mesa com os seus dedos, nervosamente. O Batman, a andar de um lado para outro, como um leão enjaulado. A Mulher Maravilha, a roer as unhas, com o perigo de ter o mesmo destino da Vênus de Milo, que ficou sem braços em virtude de não ter conseguido controlar esse detestável hábito...

Perdão pelo humor, quando o assunto é sério. Mas o que é o humor se não o traseiro grotesco da fachada solene? Como no conto de Andersen, o menino que gritou que o rei estava nu, quando todo mundo louvava a beleza de suas roupas.

Brinco com uma arte chamada psicanálise. Para a psicanálise, não há acidentes na vida mental. Se as imagens dos Super-Heróis têm sobrevivido por décadas, produzindo fenômenos de literatura e de bilheteria, é porque elas representam, exprimem, dão visibilidade às imagens inconscientes que formam a alma de um povo. "Super-Heróis": indivíduos solitários, fortes, corajosos, sempre lutando pela verdade e pela justiça: eles moram na alma do povo norte-americano. São violentos. Mas sua violência é necessária para a paz dos cidadãos indefesos. Por isso, ela é uma violência bonita. Está a serviço do bem. Os "mocinhos" – John Wayne, Clint Eastwood, Rocky, Rambo – são todos versões românticas do herói que usa sua espada para derrotar o dragão da maldade.

Aqueles que têm certezas sobre a justiça das suas ações não têm dores de consciência ao usar a força. Ficou célebre a afirmação do presidente Theodore Roosevelt: *Speak softly, carry a big stick in your hands: you will go far!* ("Fale brandamente, tenha um porrete grande nas suas mãos: você irá longe!"). Na sua crueza, essa afirmação soa como uma justificativa da truculência da política das canhoneiras e das intervenções militares que caracterizou a política externa americana. Dessa forma cínica, entretanto, ela é incompatível com a imagem do herói bonito. Todo povo quer um herói que seja forte. Mas que seja belo também! Quem fala com brandura e usa o porrete é tudo, menos belo. É forte e desprezível. O imaginário religioso norte-americano, profundamente enraizado em imagens bíblicas, não poderia aceitar essa imagem de anti-herói, na sua crueza. Mas o secretário de Estado Reuben Clark disse algo que justificou todos os usos da força: ele disse que a política externa americana estava sempre baseada na verdade e na justiça. Também o Cristo Pantocrator usa a espada. Mas ela é usada sempre na defesa dos mansos. A imagem do herói justo está preservada.

Um amigo que vê televisão mais do que eu me disse que, logo depois do ataque contra as duas torres, houve, em Washington, uma cerimônia ecumênica nacional. Certo. Quando um povo é batido pela tragédia, é próprio que se busquem os templos. O povo estava perplexo. Nunca, em toda a sua história, algo semelhante acontecera. O povo queria ouvir a voz de Deus. Se Deus falasse como falam os homens, que conselho Ele daria? Fiquei a imaginar. Se ali estivesse um verdadeiro profeta, qual seria o texto bíblico que ele escolheria? Lembrei-me de um, do Velho Testamento: "A resposta branda desvia o furor, mas a resposta de fúria aumenta a ira". Veio-me, a seguir, uma outra alternativa do Novo Testamento: "Se o teu inimigo tiver fome, dá-lhe de comer; se tiver sede, dá-lhe de beber...". Ou então: "Não te deixes vencer pelo mal, mas vence o mal com o bem...".

Pelo que está acontecendo, entretanto, parece que esses textos não foram lembrados. É compreensível. É preciso preservar a imagem do herói forte. O herói forte usa sempre a força. Heróis que não sabem usar a força não capturam o imaginário popular. Não são heróis. São Francisco, Martin Luther King Jr., Gandhi, a não violência: essas são imagens fracas.

O Batman, o Super-Homem e a Mulher Maravilha devem estar contentes. Há criminosos à solta. Há ações heroicas a serem realizadas. A guerra é mais excitante, é mais espetáculo que a não violência. A paz é monótona. Sossega, Super-Homem: você não vai ter que ler Shakespeare! Sossega, Batman: você não vai ter que recitar poemas para a Mulher Maravilha! Sossega, Mulher Maravilha: você não vai ter o destino da Vênus de Milo...

O rei, o guru e o burro

Viveu, há muitos e muitos anos, num distante país, um homem agraciado pelos deuses com dons extraordinários. Ele tinha o poder de, pelo simples uso da palavra, operar transformações mágicas nas pessoas que o procuravam: aqueles que entravam em sua casa de cabeças baixas e tristes saíam com as cabeças erguidas e sorridentes. A ele vinham pessoas de todos os lugares, trazendo seus sofrimentos, na esperança de ouvir, da boca do guru, conselhos sábios e práticos que lhes indicassem os rumos a seguir e as coisas a fazer a fim de livrarem-se dos seus sofrimentos. Desejo mais justo não existe, e é precisamente isso o que todos nós queremos. Queremos ficar curados, queremos arrancar o espinho da carne, queremos parar de sofrer. É isso que esperam todos aqueles que fazem peregrinações aos lugares sagrados, onde virgens e santos aparecem de vez em quando. Pena é que apareçam tão raramente, em lugares tão distantes. Melhor seria que aparecessem no coração das pessoas, lugar do amor. Bastaria, então, um simples gemido, e logo sairiam de sua invisibilidade, porque, sendo santos, eles estão sempre em todos os lugares, só que invisíveis aos nossos olhos, mas sensíveis ao coração. Pois é, como eu dizia, o que desejam todos os romeiros que buscam os lugares onde virgens e santos aparecem é o milagre de se verem curados do câncer, da cegueira, do aleijão, da impotência, da feiura, da solidão, da pobreza.

Não existe relato de que ele jamais tenha dado, a qualquer dessas pessoas sofredoras, conselhos sobre o que fazer para se livrarem dos seus sofrimentos. Nem consta que, jamais, cegos, paralíticos, aleijados ou doentes tenham sido curados de seus males. E, no entanto, todos saíam diferentes.

O guru os ouvia em silêncio profundo. Sua atenção desatenta tudo anotava. Não estranhem que eu fale sobre atenção desatenta – é preciso estar meio distraído para ver a verdade. Porque ela, a verdade, diferente dos santos, aparece sempre no lugar onde estamos, mas não onde a atenção está concentrada. Ela é sempre vista pelos cantos dos olhos, com olhar distraído, nas sombras, nos silêncios, nas indecisões gaguejantes. Depois de ouvir, ele falava. Aqueles que tiveram a felicidade de presenciar esse evento relatam que seu rosto se iluminava e que ele não falava nada diferente daquilo que lhe tinha sido dito. Mas as coisas que lhe haviam sido ditas como ruído, barulho, dissonância saíam de sua boca transformadas em música. Imagine que um principiante de piano se ponha a tocar um noturno de Chopin – mas lhe faltam técnica e sensibilidade, e ele esbarra nas notas, tropeça, vacila, quem está ouvindo sofre, não aguenta mais, quer que aquele sofrimento, espinho nos ouvidos, termine. Mas se é Rubinstein que toca as mesmas notas, no mesmo piano... Ouvir um noturno de Chopin tocado por Rubinstein é uma experiência de sofrimento feliz. Sofrimento porque todos os noturnos são tristes. Feliz porque todos os noturnos são belos.

Era isso que fazia o guru. Ele era intérprete. Não no sentido comum que os psicanalistas dão à palavra interpretação, que entendem como "dizer de forma clara o que o sofredor disse de forma obscura": "Você me está dizendo que..." – seguido pela explicação. Interpretação no sentido artístico não é explicação de coisa alguma. É tocar de forma bela o que o outro tocou de forma feia: a mesma coisa, a mesma partitura, o mesmo instrumento. Só que a peça aparece transfigurada. O feio fica belo.

Era isso que o guru fazia. Os rostos transformados das pessoas que saíam de sua casa eram rostos de pessoas que, pela primeira vez na vida, tinham contemplado a beleza que morava no seu sofrimento. O guru era uma fonte de Narciso onde a beleza das pessoas, escondida sob os acidentes da vida, aparecia de forma luminosa. E elas saíam transformadas. Não porque tivessem sido curadas do seu sofrimento. Mas porque o seu sofrimento se transformara em beleza. Todas as pessoas que se veem belas ficam melhores.

Correu, então, a fama de que o guru tinha o poder de transformar fezes em ouro. No sentido metafórico, é claro. Acontece que o rei daquele país era meio burro, faltava-lhe o dom da poesia, não fora aluno de Neruda, entendia tudo de forma literal e concluiu que o guru transformava cocô em ouro. E logo imaginou uma forma de locupletar os cofres do palácio sem provocar revoluções. Impostos, como é sabido, sempre provocam a raiva dos cidadãos. Em vez de cobrar impostos em dinheiro, ele cobraria impostos em merda. Eu ia escrever "fezes", por achar que merda é palavra literariamente grosseira. Mas eu aprendi, das falas do presidente Nixon, no incidente Watergate, que é merda mesmo que reis e presidentes falam. Pagar o imposto de renda em substância fecal seria uma felicidade para todo o povo. Seria o mesmo que mandar o governo à merda. Mandou, então, seus soldados buscarem e trazerem o guru, que veio acompanhado de dois discípulos.

"Ou você me ensina as fórmulas mágicas para transformar merda em ouro, ou mando cortar a sua cabeça!", disse o rei. Os discípulos estremeceram. Acharam que o mestre estava perdido. Mas, para seu espanto, o guru sorriu um sorriso discretamente safado ao se dirigir ao rei: "Suas ordens são o meu prazer, Majestade. Estou pronto a revelar as minhas fórmulas mágicas". Ato contínuo, passou a descrever um longo processo (os escribas tudo anotavam meticulosamente) que se iniciava na colheita de fezes em noites de lua cheia e terminava com palavras mágicas sobre as fezes curtidas, numa infusão de urina de mulheres grávidas, em tonéis de carvalho, pelo espaço de sete semanas.

"Obedecido esse processo, as fezes magicamente se transformarão em ouro", afirmou o guru. O rei esfregou as mãos de felicidade. Estava rico, para todo sempre. "Só há uma coisa que deve ser evitada, a qualquer preço, pois, se ela acontecer, todo o processo mágico será abortado. O senhor não poderá, durante o ritual, em hipótese alguma, pensar num burro. A imagem do burro põe tudo a perder..."

Relata-se que o rei passou o resto de sua vida coletando merda em noite de lua cheia e tentando não pensar num burro enquanto recitava as fórmulas mágicas. Mas, quanto mais tentava, mais pensava. E a mágica transformação não acontecia, como o guru havia dito. Quanto ao guru, conta-se que até hoje ele não conseguiu parar de rir.

As laranjas

Primeira lição da psicanálise: se você quiser descobrir segredos, preste atenção nas coisas pequenas, aquelas coisas que ninguém nota. É nelas que se revelam os segredos. Aqui em Campinas, por exemplo, há pessoas que falam "casa *de* Aurélia", "o livro *de* Pedro", "o aniversário *de* Margarida"... Quando ouço esse *de* já sei que se trata de pessoa ligada à nobreza dos grandes barões do café. E me cubro de cerimônias por me sentir na sala de visitas de um casarão colonial... É nesse insignificante *de* que se encontra a revelação.

Pois as origens da família do meu pai e da família de minha mãe se revelam no insignificante e banalíssimo ato de chupar laranja. Ah! Vocês pensavam que uma laranja é simplesmente uma laranja! Não é, não. Laranjas do mesmo pé podem ser nobres ou plebeias. Depende do jeito como são comidas. A família de minha mãe chupava laranja de gomo; a família do meu pai chupava laranja de tampa. Você pode imaginar uma senhora da alta sociedade chupando laranja de tampa num jantar? Jamais! Chupar laranja de tampa é coisa de plebeus: a laranja enfiada entre os beiços e os dentes, comprimida pelas mãos para lhe extrair o caldo, as sementes enchendo a boca para serem cuspidas para o lado. Pode-se dizer que chupar laranja de tampa é gostoso e descontraído. Mas elegante é que não é. Laranja de tampa pode-se chupar de pé e mesmo andando. O que não é possível fazer quando se chupa uma laranja de gomo. Não, laranja de gomo não se chupa. Chupar não é elegante. Laranja de gomo se come calmamente. Leva tempo. É preciso estar assentado à mesa. Primeiro é o cuidadoso ato de descascar. Descascada a laranja, segue-se a operação de retirar-lhe a película branca que a cobre. A seguir, abre-se a laranja em duas metades e separam-se os seus gomos. Tomam-se, então, os gomos, um a um, e vagarosamente se executa a operação cirúrgica de retirar a pele translúcida em que vêm revestidos. Desnudados os gomos, retiram-se-lhes com a ponta da faca os caroços que são colocados elegantemente no prato. Finalmente, come-se sua carne enquanto se conversa. É trabalhoso comer uma laranja de gomo. Trata-se de um elaborado *striptease*. Todos da família de minha mãe comiam as laranjas de gomo.

    Curioso sobre esse costume, procurei explicações com minha mãe. Ela me respondeu: "É para aproveitar melhor". De fato, aproveita-se melhor. Mas eu não via razão para aproveitar tanto quando as laranjeiras estavam cheias de laranjas que se perdiam, comidas pelos passarinhos e insetos e apodrecidas no chão. Não, não fazia sentido. Essa estória de "aproveitar melhor" só faz sentido quando laranjas são poucas e raras, frutas nobres e caras, possivelmente importadas... Mas lá no interior de Minas não se importavam laranjas. Elas não eram raras nem caras. Havia um descompasso entre a abundância das laranjas e a necessidade de comê-las de sorte que se aproveitassem todas as suas garrafinhas. (Se você não sabe, as garrafinhas de uma laranja são aquelas minúsculas gotas de caldo que compõem o gomo.) Isso não era costume brasileiro. Era costume que vinha das cortes reais da Europa... Lá, os nobres, ricos, comiam caras laranjas importadas, de gomo, elegantemente. O povo pobre não comia laranjas, talvez nem soubesse o que eram laranjas... Assim, ao comer as laranjas de gomo, os membros da família de minha mãe anunciavam suas origens nobres.

    Na família do meu pai, ao contrário, todo mundo chupava laranjas de tampa. Meu pai chegava a chupar 15 de uma vez, pendurando suas cascas inteiras no braço esquerdo para que fossem posteriormente usadas para acender fogo, em virtude de suas potências incendiárias. A família do meu pai nada tinha de nobreza. Era gente comum, sem etiqueta, e consta mesmo que havia índios, negros e mascates sírios nas suas origens.

    O fato era que a família de minha mãe orgulhosamente se julgava de *sangue azul*, e, se meu avô permitiu que minha mãe se casasse com meu pai, acho que foi porque ele era rico. O dinheiro perdoa um homem que chupa laranjas de tampa... Referiam-se desdenhosamente às pessoas da *prateleira de baixo* e quando uma delas tinha antecedentes negros, coçavam discretamente a bochecha com o dedo indicador como que para advertir quem não soubesse: "É negro".

Havia vários outros artifícios para estabelecer com clareza sua superioridade sobre a plebe. Um deles eram os nomes que se davam aos filhos. A plebe batizava seus filhos de Antônio, Manoel, João, José, Maria, Conceição, Tereza, nomes vulgares... Mas, para que não houvesse confusões, nossa diferença nobre já estava anunciada em nossos nomes: Aloísio, Augusto, Silvestre, Jorge, Eugênio, Noêmia, Yolanda, Cecília...

Uma outra marca de nobreza estava nas roupas que tínhamos de vestir. Os meninos da plebe muito cedo começavam a usar calças compridas. Mas a família de minha mãe achava que os filhos nobres tinham de usar calças curtas. Meu irmão me contou de sua vergonha: já tinha 14 anos, suas pernas eram peludas e tinha de usar calças curtas. Ele andava pelas ruas se espremendo contra as paredes para que ninguém o visse. Naqueles tempos, filho não tinha vontade. Minha mãe se justificava dizendo que os meninos do Rio de Janeiro usavam calças curtas. Eu mesmo fui vítima de uma castração. Eu tinha 12 anos e envergonhadamente usava calças curtas. Meu pai e minha mãe me levaram para comprar um terno. Minha mãe pediu um terno de calças curtas. O vendedor respondeu que, para um jovem da minha idade, não havia terno de calças curtas. Ri de felicidade! Finalmente iria realizar o meu desejo de ter um terno de calças compridas! Comprado o terno, minha mãe disse ao vendedor: "Por favor, mande cortar as pernas...". Ela não era culpada. Achava que, assim, estava me dando um toque de nobreza.

Na família do meu pai, as portas da rua das casas tinham um buraco pelo qual se passava um barbante amarrado ao trinco. Não era preciso bater. Bastava puxar o barbante que a porta se abria e a pessoa podia entrar pela casa indo até a cozinha, onde havia sempre uma cafeteira sobre a chapa do fogão de lenha. No sobradão do meu avô, ninguém passava da sala de visitas que ficava na frente, ao fim da escadaria. Era lá que as visitas eram cerimoniosamente recebidas e confinadas. Quem quiser ver a diferença, que assista ao filme *Casamento grego*. A família grega, imensa, pais, irmãos, tios, sobrinhos, todos falando ao mesmo tempo, uma farra de gritos e risadas. A família americana, pai, mãe e filho, tão educados, tão contidos, falando baixinho, tantos sorrisos, nenhuma risada... É preciso ter cuidado para não ofender... Pois era assim mesmo...

Mas, de todas as marcas de nobreza, havia uma que me humilhava mais: os meninos da plebe tinham seus cabelos raspados à escovinha, com uma franja na testa. Como tínhamos de nos diferenciar dos meninos da *prateleira de baixo*, tínhamos de ter cabelo comprido. O que era motivo de muita vergonha porque, naqueles tempos, cabelo comprido era coisa de menina. Cabelo comprido e calças curtas: era demais... Pois o meu irmão Ismael, já moço, que estudava num internato, veio nos visitar na cidade do trem de ferro, Lambari. Ele não disse nada. Pegou-me pela mão e levou-me a passear. Ao passar por uma barbearia, assentou-me na cadeira e ordenou ao barbeiro: "Escovinha". Me lembro como se fosse hoje. E até hoje sou grato ao meu irmão Ismael...

Os saberes de cada um

O galinheiro estava em polvorosa. Cocorocós de galos, cacarejos de galinhas, tô-fracos de angolinhas, pios de pintinhos – tudo se misturava num barulho infernal. É que todos haviam sido chamados para uma assembleia, convocada pelo Chantecler, o galo prefeito do galinheiro, para tratar de um assunto de grande importância, qual seja, o fato de vários ovos que estavam sendo chocados pela Cocota terem sido comidos por um ladrão, num breve momento em que ela abandonara o ninho para comer milho e beber água. As pegadas eram inconfundíveis: o ladrão era uma raposa. Raposas são animais muito perigosos. Comem não somente ovos, como também pintinhos e mesmo galinhas mais crescidas. Com um sonoro cocoricó, Chantecler pediu silêncio, expôs o problema e franqueou a palavra.

Encarapitado no galho de uma goiabeira, um galinho garnisé cantou estridente, sacudiu a crista para um lado e a barbela para o outro e se pôs a discursar. Era o Mundico, que viera de uma cidade grande e era formado em sociologia. Ele adorava discursar. "Companheiros", ele começou, "peço sua atenção para as ponderações que vou fazer acerca da crise conjuntural em que nos encontramos. Charles Darwin foi o primeiro a mostrar que a história dos bichos é marcada pela luta, os mais fortes devorando os mais fracos. Os leões comem os veados, os lobos comem os cordeiros, os gaviões comem as pombas, as raposas comem as galinhas. Os mais aptos sobrevivem; os outros morrem. Assim, a crise conjuntural em que nos encontramos nada mais é que uma manifestação da realidade estrutural que rege a história dos bichos. E o que faz com que as raposas sejam mais aptas do que nós? As raposas são mais aptas e nos devoram porque elas detêm o monopólio de um saber que nós não temos. Somente nos libertaremos do jugo das raposas quando nos apropriarmos dos saberes que elas têm. E como se transmitem os saberes? Por meio da educação. Sugiro, então, que empreendamos uma reforma em nossos currículos e programas. Se, até hoje, nossos currículos e programas ensinavam aos nossos filhos saberes galináceos, de hoje em diante eles ensinarão saberes de raposa".

"Primeiro, teremos de educar os nossos olhos para que eles passem a ver como veem as raposas. Onde é que as raposas têm os seus olhos? Na frente do focinho. Raposas, caçadoras, olham para a frente. E nós? Onde estão os nossos olhos? Do lado. Educaremos os nossos olhos para que eles olhem para a frente e, se preciso for, usaremos óculos especiais que nos permitam olhar para a frente e não para o lado. Segundo: teremos de reeducar o nosso andar. Raposas andam com quatro patas. Por isso valem o dobro que nós, que só temos duas patas. Como transformar duas patas em quatro? É simples. Por meio de um processo de adição. Nós, galinhas e galos, bípedes, passaremos a andar aos pares, um na frente, outro atrás, o de trás segurando o traseiro do que vai à frente, e assim seremos quadrúpedes. Terceiro: as raposas têm pelos, enquanto nós temos penas. Teremos de nos livrar de nossas penas para que no seu lugar cresçam pelos. E os nossos rabos, ridículos uropígios, estimulados por pelos, se alongarão para trás e se transformarão em rabos de raposa. Quarto: as raposas têm focinhos e nós temos bicos. Mas, o que é um focinho? Focinho é uma coisa sem bico. Ora, bastará, então, que extraiamos os nossos bicos para termos focinhos como as raposas. Assim, pela educação, nos apropriaremos dos saberes das raposas, espécie que por tantos milênios nos tem dominado. Será, então, o advento da liberdade!"

Mundico se calou. Todos estavam *biquiabertos* com sua eloquência. Todos o aplaudiram. E todos concordaram com seu projeto educacional. Galos e galinhas arrancaram uns aos outros as suas penas e, pelados, aguardavam o crescimento dos pelos. Por meio de exercícios apropriados, movimentavam seus olhos para que eles aprendessem a olhar para a frente. Desbicaram-se, lixando seus bicos em pedras ásperas. E andavam, como Mundico dissera, aos pares, um na frente e o outro agarrado atrás...

Mas parece que o currículo de raposa não deu resultado. A raposa continuou a comer ovos dos ninhos e chegou mesmo a devorar um pintinho distraído. Começaram, então, a imaginar que ela tivesse também devorado o

Sesfredo, um galo velho de pescoço pelado, vermelho, e que cantava com sotaque caipira.

Convocou-se, então, uma outra assembleia para discutir as providências a serem tomadas, ante o fracasso do currículo proposto por Mundico. Toda a população do galinheiro compareceu. E, para surpresa de todos, até mesmo o Sesfredo, que tomou lugar num galho de uma árvore muito alta, onde nenhum galo ou galinha jamais fora. "A gente pensava que você tinha sido devorado pela raposa", cantou o Godofredo, forte galo índio. "Que nada", disse Sesfredo. "É que me internei no *spa* do Urubuzão pra fazer uma reciclagem de voo. Urubu é ave como nós. Mas raposa não come urubu. Raposa não come urubu porque urubu sabe voar. Raposa come galos e galinhas porque desaprendemos o uso de nossas asas..."

Nesse momento uma angolinha que ficara de sentinela deu o alarme: "Aí vem a raposa, aí vem a raposa, aí vem a raposa...". Foi o pânico, correria, cada um correndo para um lado. Mas ninguém sabia voar. A raposa, valendo-se da confusão, abocanhou uma galinha garnisé, já depenada e desbicada...

Todo mundo entrou em pânico. Menos o Sesfredo. Lá de cima, ele abriu as asas e voou alto, muito alto, até parecia um urubu... Assim é: ave que sabe voar, raposa não consegue pegar...

Sobre rosas, formigas e tamanduás

O seu nome era Brasilino Jardim. Brasilino Jardim tinha jardim no nome e jardim no coração. Ele amava todas as coisas vivas, de plantas a urubus. A vida, para ele, era sagrada.

Brasilino Jardim não ia à igreja. As pessoas religiosas temiam por sua alma e se perguntavam: "Ele não sabe que é preciso ir à igreja para estar bem com Deus? Quem não está bem com Deus corre perigo! Deus castiga!".

Brasilino sorria um sorriso manso e perguntava: "Onde está dito, nas Sagradas Escrituras, que Deus fez uma igreja? Todo-Poderoso, se quisesse igrejas, teria feito igrejas. Todo-Poderoso, ele fez o que queria. E o que é que ele fez? Plantou um jardim. E está dito que ele 'andava pelo jardim, ao vento fresco da tarde'. Quando estou no jardim, sei que estou andando no lugar que Deus ama. Deus ama a vida, o vento, o Sol, a terra, a água – coisas que estão no jardim. Mas as igrejas são lugares fechados, abafados. Bichos e plantas não se sentem felizes lá dentro...".

Não frequentava igrejas, mas amava um santo: São Francisco. Porque São Francisco foi o homem que via Deus nas coisas da natureza. São Francisco amava tudo o que vivia e, segundo a lenda, as coisas que viviam o entendiam, tanto que ele pregava sermões aos peixes e aos pássaros. Frequentemente os animais ouvem melhor que os seres humanos...

Foi então que o Brasilino Jardim resolveu plantar um jardim em homenagem a São Francisco. Teria de ser um lindo jardim, com um canteiro de rosas no meio. E assim foi. Vendo as folhas viçosas das roseiras, a primeira rosa que se abrira e os botões que se abririam no dia seguinte, Brasilino foi dormir contente.

Ao acordar, pensou logo no jardim. Queria ver se os botões já estavam abertos. Mas, decepção! O que ele encontrou foi devastação. Durante a noite, as saúvas haviam cortado as folhas e as flores das roseiras. Brasilino ficou muito triste. Resolveu aconselhar-se com um vizinho que tinha um lindo canteiro de rosas floridas.

"O jeito é matar as formigas", disse o vizinho. "Formigas e jardins não combinam. Para as formigas, jardins são hortas, coisas para serem comidas."

"Matar as formigas? De jeito nenhum. São criaturas de Deus, como todos nós. Se foi Deus quem as fez, elas têm o direito de viver. Formigas têm direitos..." E, com essas palavras, deixou o vizinho falando sozinho. "Onde já se viu matar as formigas? São criaturas de Deus. Tem de haver outro jeito..."

Pensou: "Se as formigas comeram as roseiras, comeram porque estavam com fome. Não foi por maldade. Se eu der comida às formigas, elas deixarão de ter fome e não comerão as rosas".

Dito isso, plantou, à volta do jardim de rosas, um anel de cenouras tenras e doces que seriam o deleite alimentar das formigas. Mas as formigas ignoraram as cenouras. Continuaram a comer as roseiras.

"Talvez elas não tenham entendido", ele pensou. "Não perceberam nem que as cenouras são deliciosas, nem que são para elas. Ainda não foram educadas. Se forem educadas para gostos mais refinados, não comerão as rosas. Serei um educador de formigas."

E como sabia que a noite é o tempo preferido pelas formigas para cortar roseiras, Brasilino passou a dar aulas às formigas durante a noite, peripateticamente, no seu jardim. Queria que as formigas aprendessem a gostar gastronomicamente de cenouras e plasticamente de rosas.

O vizinho ficou incomodado com aquele falatório noturno. Foi ver do que se tratava. E se espantou: "Brasilino, você endoidou? Pregando às formigas?". Brasilino respondeu: "São Francisco pregou aos pássaros e aos peixes. E eles entenderam. Pois eu vou pregar às formigas e elas haverão de entender". Mas as formigas não ligavam para a aula do Brasilino. Não aprendiam a lição nova. Formiga continuava a ser formiga. Elas continuavam a cortar as roseiras.

Diante do fracasso da pedagogia, Brasilino se lembrou de um recurso inventado pelos humanos chamado "condomínio". O que é um condomínio?

São casas cercadas de muros por todos os lados, com o objetivo de impedir a entrada dos criminosos, que ficam do lado de fora. "Farei o mesmo com as minhas roseiras", ele disse, triunfante. Ato contínuo, tomou garrafas de Coca-Cola de 2 litros, cortou bicos e fundos, fez um corte vertical ao lado e usou esses cilindros ocos como cintas protetoras para os caules das roseiras. "Agora minhas roseiras estão protegidas! As formigas não entrarão!" Pobre Brasilino! Ele não conhecia a esperteza das formigas. Elas sabem fazer túneis, escalar muralhas, passar por frestas, fazer pontes. E quando ele foi ao jardim, pela manhã, viu que as formigas haviam devorado de novo suas roseiras.

Lembrou-se, então, Brasilino de uma velha estória que relata o feito de um flautista que livrou uma cidade de uma praga de ratos que a infestava. O que foi que o flautista fez? Simplesmente tocou sua flauta! "Ah! A música tem poderes mágicos! Claro, as formigas não entendem a linguagem pedagógica dos argumentos. Haverão de ser sensíveis à magia da música." Comprou uma flauta e pôs-se a tocar o *Bolero* de Ravel. As formigas reagiram imediatamente. Sentiram o poder da música. Até os bichos têm música na alma. Começaram a mastigar folhas e rosas ao ritmo da música encantadora.

Com o fracasso da música, veio-lhe, então, uma nova ideia: "Se as formigas não podem ser nem conscientizadas pela palavra, nem sensibilizadas pela música, as rosas podem ser. Assim, vou despertar nas minhas rosas o sentimento da não violência, da beleza da paz. O pensamento tem poder. Se todas as rosas fizerem juntas uma corrente de pensamentos de paz, a energia positiva no ar será tão forte que as formigas se converterão...".

Espalhou, pelo jardim, imagens coloridas de paz. Flores sorridentes. Pôs CDs com música sobre rosas, Strauss, Vandré e Caymmi. Tudo, no espaço do jardim, sugeria paz e não violência. Quem visitasse o seu jardim sentiria a energia positiva no ar. Mas parece que as formigas não eram sensíveis à energia positiva de paz. Continuaram a cortar as rosas.

Aí ele começou a ter raiva das rosas: "Não compreendo a passividade das rosas! Elas não se defendem! Tinham de se defender! Pois Deus não dotou as criaturas com o direito de defender a sua vida?".

Cobriu, então, os galhos das roseiras com espinhos pontudos e afiados, facas e espadas que as rosas deveriam usar para se defender das formigas. Mas as rosas não sabiam se defender. Não sabiam usar armas. Eram mansas e desajeitadas por natureza. As formigas continuaram a subir pelos seus galhos sem ligar para os espinhos.

No desespero, Brasilino resolveu tomar uma atitude mais radical, que até contrariava seu sentimento de reverência pela vida: foi para o jardim munido de um martelo e pôs-se a martelar as formigas que se aproximavam das suas roseiras. Mas o número de formigas era imenso. Elas não paravam de chegar. Matou muitas formigas a marteladas, o que não as perturbou. E havia também o fato de que Brasilino não podia ficar martelando formigas o tempo todo. Precisava dormir. Dormindo, o martelo descansava. E as formigas trabalhavam.

"Já sei!", ele disse. "Apelarei para o papa. O papa tem reza forte. Pedirei que ele ore para que as formigas parem de comer minhas rosas." Escreveu, então, uma carta para o papa, expondo o seu sofrimento, e pedindo que ele intercedesse aos santos, à virgem, a Deus... Afinal de contas, as hostes celestiais deviam ter um interesse especial na preservação do jardim, aperitivo do paraíso.

As autoridades eclesiásticas, de posse da carta de Brasilino, deram a ela a maior consideração e a colocaram na lista das orações pela paz que o papa rezava diariamente: paz entre judeus e palestinos, paz entre russos e chechênios, paz entre protestantes e católicos, paz na Espanha, paz na Colômbia, paz no Peru, paz na África... Era uma lista enorme. O papa orou, mas nada mudou. Os homens continuaram a se matar e as formigas continuaram a cortar suas roseiras.

De repente, ele ouviu uma voz que o chamava. Era a voz do seu vizinho, que contemplava tudo em silêncio: "Eu tenho uma solução para o seu problema com as formigas, sem que você tenha de matá-las".

Brasilino se espantou: "Como?".

O vizinho explicou: "Você acha que as formigas são criaturas de Deus. Sendo criaturas de Deus, têm direito a viver. Você está em boa companhia espiritual. Homens como São Francisco, Gandhi e Schweitzer também sentiam reverência pela vida". Brasilino ficou feliz ao se ver colocado ao lado desses santos.

Seu vizinho continuou: "Mas isso que você diz para as formigas deve valer para todas as criaturas. Certo?". "Certo", concordou Brasilino.

"Então, por que você não traz um tamanduá para morar no seu jardim? Tamanduás também são criaturas de Deus. E adoram comer formigas! Para isso têm uma língua fina e comprida, que entra até o fundo dos formigueiros! Para o tamanduá, comer formiga não é pecado – é virtude!"

E foi assim que o Brasilino, sem desrespeitar suas convicções espirituais, trouxe um tamanduá para viver no seu jardim.

E o tamanduá engordou, as formigas sumiram, o jardim floresceu e o Brasilino sorriu...

O pastor, as ovelhas, os lobos e os tigres

Era uma vez um pastor que gostava muito de suas ovelhas. Gostava delas porque eram mansas e indefesas: não tinham garras, não tinham presas, não tinham chifres. Eram incapazes de atacar e incapazes de se defender. Mansamente, elas deixavam-se tosquiar. O pastor gostava tanto delas que prometeu defendê-las sempre de qualquer perigo. Como prova do seu amor, tornou-se vegetariano. Jamais mataria uma ovelha para comer. Como resultado de sua dieta de frutas e vegetais, o pastor era muito magro.

Havia, nas matas vizinhas, lobos que também gostavam das ovelhas. Gostavam delas porque eram mansas e indefesas: não tinham garras, não tinham presas, não tinham chifres. Eram incapazes de atacar e incapazes de se defender. Mansamente, deixavam-se devorar. É: o gostar frequentemente produz resultados diferentes. O gostar do pastor produzia cobertores de lã. O gostar dos lobos produzia churrascos.

O pastor estava sempre atento para proteger suas ovelhas contra os ataques dos lobos. Levava um longo cajado nas mãos, para golpear os lobos atrevidos que chegavam perto, e arco e flechas para ferir os prudentes que ficavam longe.

Viviam, assim, pastor, ovelhas e lobos, num delicado equilíbrio.

A notícia das ovelhas chegou aos ouvidos de uns cães famintos e de umas hienas magras que moravam nas cercanias. Resolveram mudar-se para a floresta dos lobos para melhorar de vida. Parentes que eram, falavam a mesma língua e logo se entenderam. Organizaram-se, então, de forma racional, a fim de terem churrascos mais frequentes.

O cajado e as flechas do pastor se mostraram impotentes diante das novas táticas. Enquanto ele espantava os lobos que se aproximavam pelo sul, os cães e as hienas matavam as ovelhas que pastavam ao norte.

O pastor concluiu que providências urgentes tinham de ser tomadas para a segurança das ovelhas. Pensou: "Os lobos, os cães e as hienas atacam porque as ovelhas são indefesas. Se elas tiverem meios de se defender, eles não se atreverão. Preciso armar minhas ovelhas". Mandou, então, fazer dentaduras com dentes afiados, chifres pontudos e garras de ferro, com que dotou suas mansas ovelhas. Os lobos e seus aliados, vendo as ovelhas assim armadas, riram-se da ingenuidade do pastor. O fato é que as ovelhas ficaram ainda mais indefesas do que eram, pois não sabiam usar as armas com que o pastor as dotara. Os churrascos ficaram ainda mais frequentes. Com isso, lobos, hienas e cães engordaram.

O pastor teve, então, uma outra ideia: "Vou contratar guardas de segurança profissionais para proteger minhas ovelhas". Os guardas teriam de ser mais fortes do que cães, hienas e lobos. "Tigres", pensou o pastor. Mas logo teve medo. "Tigres são carnívoros. É possível que gostem de carne de ovelha." Só se houvesse tigres vegetarianos. Soube, então, que um criador de tigres, com o uso de técnicas psicológicas pavlovianas, havia conseguido transformar tigres carnívoros em tigres vegetarianos. Seus hábitos alimentares eram iguais aos das ovelhas. Nesse caso, não ofereciam perigo. O pastor, então, contratou os tigres vegetarianos como guardas de suas ovelhas. Os tigres, obedientes, começaram a guardar as ovelhas e diariamente recebiam, como pagamento, uma farta ração de abóboras, nabos e cenouras.

Os lobos, as hienas e os cães, vendo os tigres, ficaram com medo. Como medida de segurança, passaram a caçar as ovelhas durante a noite.

Os tigres, patrulhando a floresta, vez por outra encontravam os restos dos churrascos com que lobos, hienas e cães haviam se banqueteado. Sentiram, pela primeira vez, o cheiro delicioso de carne de ovelha. Lambendo os restos, sentiram pela primeira vez o gosto bom do seu sangue. E perceberam que carne de ovelha era muito mais gostosa que sua ração de abóboras, nabos e cenouras.

Pensaram, então: "Melhor que ser empregados do pastor seria ser aliados dos lobos, das hienas e dos cães". E foi o que aconteceu. Tigres, lobos, hienas e cães tornaram-se sócios.

Os lobos, as hienas e os cães tornaram-se atrevidos. Não atacavam mais durante a noite. Atacavam em pleno dia. Ouvindo os balidos das ovelhas, o pastor gritava pelos tigres. Mas eles não se mexiam. Faziam de conta que nada estava acontecendo. Mal sabia ele que os tigres, durante as noites, comiam churrasco com os lobos, as hienas e os cães. O pastor resolveu pôr ordem na casa. Chamou os tigres. Repreendeu-os. Ameaçou cortar sua ração, ameaçou despedi-los.

Foi então, em meio ao sermão do pastor, que os tigres começaram a se perguntar uns aos outros: "Qual será o gosto da carne de um pastor?". E responderam: "É preciso experimentar!". Dada essa resposta, o mais forte deles abriu uma boca enorme e emitiu um rugido horrendo, mostrando os dentes afiados. O pastor, olhando para a boca do tigre, viu, então, o que nunca imaginara ver: chumaços de lã entre os dentes do tigre.

Num relance, ele percebeu o destino que o aguardava: ser churrasco de tigre. E seu pensamento voou depressa. O pastor já notara que os lobos, as hienas, os cães e os tigres estavam gordos e felizes. Ele, vegetariano, defensor das ovelhas, estava cada vez mais magro. E assim, numa fração de segundo, ele compreendeu a realidade da vida. E, antes que o tigre o devorasse, ele propôs: "Façamos uma aliança...".

E, desde esse dia, a fazenda, que se chamava "Ovelha Feliz", passou a se chamar "Ovelha Saborosa". E o pastor, os tigres, os lobos, as hienas e os cães viveram felizes pelo resto dos seus dias, cada vez mais gordos, as bocas sempre lambuzadas com gordura de ovelha.

As rãs, o pintassilgo e a coruja

Era uma vez um bando de rãs. Rãs – embora sua aparência sugira o contrário – são seres poéticos. Sobre uma rãzinha, Matsuo Bashô (1644-1694) escreveu o seu mais famoso haicai: "Ah, o velho lago. / De repente a rã no ar / e o tchibum na água...". As rãs da nossa estória não saltavam em lagos porque viviam presas no fundo de um poço. Só que elas não sabiam que estavam presas no fundo de um poço por pensar que o universo era daquele jeito. (Muitas pessoas vivem também presas no fundo de poços sem se dar conta disso...)

Tudo começara muito tempo antes, num momento de enlevo amoroso. Um casal de rãs apaixonadas ia saltando numa noite de lua cheia em busca de um ninho onde fazer amor. Olhavam para a lua romântica e não viram o buraco à sua frente (isso acontece frequentemente com os apaixonados...). O pulo seguinte os levou da luz romântica da lua ao escuro do fundo do poço. Pularam muito, o mais que podiam, para sair do poço. Inutilmente. O poço era muito fundo.

Resolveram, então, transformar sua desdita em felicidade. Como naqueles filmes em que um lindo jovem e uma linda jovem naufragam e vão parar numa ilha paradisíaca de onde não podem sair. Lembro-me até do nome do filme: *Numa ilha com você...* Como não havia o que fazer no fundo do poço, puseram-se freneticamente a fazer amor, não por luxúria mas para matar o tempo. Frequentemente, na vida dos casais, acontece o mesmo: faz-se amor não por amor mas para combater o tédio. O resultado foi o esperado: rãzinhas e mais rãzinhas. O fundo do poço se encheu de rãs e o casal solitário se transformou numa grande sociedade de rãs.

Como acontece com todos os seres vivos, o casal original, o Adão e a Eva das rãs, ficou velho e morreu. Com isso, morreram os únicos que tinham memória do mundo de fora. As rãs-filhas, sem memória da beleza do mundo, pensavam que o poço era tudo o que havia no universo. E o que havia lá dentro era lama, lesmas, mau cheiro, moscas, minhocas, lacraias e escorpiões... Assim, suas cabeças só pensavam lama, lesmas, mau cheiro, moscas, minhocas, lacraias e escorpiões.

Aconteceu que, numa manhã ensolarada, voava por aqueles campos um pintassilgo que, passando perto do poço, ouviu a orquestra de rãs coaxando lá no fundo. Curioso, ele baixou o seu voo e entrou dentro do poço. Foi um grande susto para as rãs, que pensavam ser elas os únicos habitantes do universo. Algumas rãs disseram que se tratava de um *extrapoço* (pois não há extraterrestres?). Outras, que era uma alma do outro mundo. Umas poucas, de índole mística, pensaram tratar-se de um anjo. E outras havia que, tendo lido Freud, afirmavam que o pintassilgo era uma alucinação coletiva.

O pintassilgo, penalizado da triste condição das rãs (triste para ele, que conhecia as belezas do mundo; mas as rãs, elas mesmas, que só conheciam o fundo do poço, estavam muito felizes...), começou a cantar: cantou flores, cantou rios, cantou nuvens, cantou pássaros, cantou borboletas. O que mais fascinou as rãs foi pensar que havia animais que não pulavam como elas: animais que voavam como o pintassilgo. As rãs se dividiram. Os sociólogos fizeram uma pesquisa. O resultado foi: 45% das rãs achavam que o passarinho era doido, pois falava sobre coisas que todas as rãs em juízo perfeito sabiam ser fantasias; 50% concordavam com os teóricos da psicanálise – o dito passarinho, que se sabe não existir, por não existirem seres com asas, não passava de uma alucinação; somente 5% das rãs acreditaram no pintassilgo. E uma coisa curiosa aconteceu com estas: começaram a crescer asas nas suas costas, asas como as do pintassilgo. E elas viraram pássaros – meio desajeitados, é bem verdade. Mas não importa. O fato é que se puseram a voar e saíram do poço. O pintassilgo, sentindo-se rejeitado por 95% da população de rãs, achou prudente ir embora para nunca mais voltar. E assim ficaram as rãs, pelo resto de suas vidas, sem o canto do pintassilgo.

Corujas, como se sabe, são aves noturnas de rapina. Caçam animais no escuro. Pois o pintassilgo estava doido para contar sobre as rãs no fundo do poço. Viu uma coruja num galho de árvore. Chegou perto dela e lhe contou sobre as rãs no fundo do poço. Rãs, como se sabe, são um deleite para o paladar. Até os humanos as apreciam, especialmente fritas. Ouvindo falar de um punhado de rãs no fundo de um poço, a coruja abriu os olhos e prestou atenção. E pensou: "tenho comida garantida para a próxima estação".

Caída a noite, ela bateu suas asas e entrou dentro do poço. Noite ou dia, não fazia diferença: no poço era sempre noite. Chegando lá, foi outro susto para as rãs: um outro pássaro, diferente do pintassilgo. E a coruja, que não era boba, nada falou sobre as belezas do mundo de fora. Se as rãs acreditassem num mundo de fora cheio de coisas bonitas, era possível que começassem a ter esperança. E é a esperança que faz crescer asas nas costas não só das rãs, como também de todos os bichos, inclusive dos homens. Com asas nas costas, as rãs se transformariam em pássaros, voariam, sairiam do poço e iriam fazer tchibum na lagoa. E na lagoa estariam a salvo do seu bico. "Esqueçam as bobagens que o pintassilgo cantou", disse a coruja. "O pintassilgo é um poeta e fala sobre coisas que não existem. O que realmente importa é que vocês compreendam os seus próprios pensamentos. Podem acreditar em mim. As corujas, na literatura, são símbolos da sabedoria. Eu sou sábia. Até o filósofo Hegel me cita com respeito."

A coruja iniciou, então, um detalhado processo de análise das ideias das rãs. Mas, como as rãs só conheciam lama, lesmas, mau cheiro, moscas, minhocas, lacraias e escorpiões, o resultado da análise era sempre lama, lesmas, mau cheiro, moscas, minhocas, lacraias e escorpiões – reelaborados, é bem verdade. E assim aconteceu. As rãs, através dos anos de análise, foram ficando cada vez mais "resolvidas" quanto a lama, lesmas, mau cheiro, moscas, minhocas, lacraias e escorpiões. E se esqueceram das belezas cantadas pelo pintassilgo poeta. E a coruja, por sua vez, foi ficando cada vez mais gorda, enquanto, a intervalos regulares, uma rã desaparecia...

As estórias – coisas que nunca aconteceram – têm o poder de nos ajudar a compreender as coisas que acontecem. Essa estória, pura brincadeira, é sobre nós mesmos. Somos rãs no fundo do poço. Poços podem ser a casa, o casamento, o emprego, a bolsa de valores, a religião, as superstições, as memórias... O fundo do poço pode ser também a própria alma. Pois não disse Fernando Pessoa que a alma é um abismo? Para entender a alma, Platão inventou uma estória parecida com a das rãs. Ele nos descreveu como prisioneiros acorrentados no fundo de uma caverna, com as costas voltadas para a entrada. Nessa posição, não vemos o mundo lá fora (como as rãs), mas apenas as sombras desse mundo, projetadas na parede à nossa frente.

De que forma podemos quebrar a corrente que só nos permite ver as sombras? Qual o poder que dá asas às rãs, para que elas saiam do fundo do poço e vejam o mundo de fora?

Disse Bernardo Soares que nós não vemos o que vemos. Nós vemos o que somos. Só veem as belezas do mundo aqueles que têm belezas dentro de si. Com o que concordaria Ângelus Silésius, místico e poeta que viveu no século XVII, que dizia que, a menos que tenhamos o paraíso dentro de nós mesmos, não há forma de encontrá-lo fora de nós.

Essa é a questão central da terapia: abrir os olhos aos cegos para que vejam. Para isso há duas possibilidades. Primeira: a alternativa da coruja...

Bachelard – maravilhoso pintassilgo – dizia que um psicanalista é uma pessoa que, ao receber do seu cliente uma rosa, volta-se para ele e lhe pergunta: "E o esterco, onde está?". Como se o abismo da alma fosse um esgoto, fossa de excrementos! Essa visão terapêutica tem suas origens na psicologia do inquisidor que pressupunha que aquele que estava sendo interrogado mentia sempre. Assim, tudo o que ele dissesse de bondade e beleza não passava de uma máscara, um disfarce para o pecado horrendo, escondido. Sua tarefa, assim, era sistematicamente destruir a bela máscara para chegar ao rosto horrível: da rosa para o esterco.

A essa visão sinistra do inconsciente, Bachelard contrapõe um "inconsciente tranquilo, sem pesadelos...". Por oposição à psicanálise sinistra da coruja, Bachelard, se psicanalista fosse, ao receber esterco do seu paciente, perguntaria, com um sorriso: "E a rosa, onde está?". Isso nos faz voltar a Sócrates, tal como o descreveu Platão. Para explicar o seu método terapêutico, ele disse que todos os homens estão grávidos de beleza. Se vivemos como rãs no fundo de um poço, é porque ainda não contemplamos a beleza que mora escondida em nós. É o inverso: o que está escondido não é o horrendo – é o belo! A tarefa do terapeuta, então, não pode ser compreendida como uma infinita análise de fezes, ao estilo da coruja, mas como um alegre cultivo de flores. Há, de fato, no fundo do poço, uma lama escura, de cujas profundezas sobem bolhas malcheirosas. Mas nesse poço floresce o lótus imaculadamente branco...

O que salva não é a análise da lama. O que salva é a contemplação do lótus.

Borboletas e morcegos

Dedico esta estória às minhas netas Mariana, Camila, Bruna, Ana Carolina e Rafaela, que, com seu sorriso, transformam meus morcegos em borboletas.

Esta é uma estória sobre borboletas e morcegos. Borboletas são bichinhos leves, de asas coloridas, que gostam de brincar com as flores enquanto o Sol está brilhando no céu. As borboletas amam o dia. Os morcegos são bichos feios, de asas negras, que só voam durante a noite.

Esta estória aconteceu faz muito tempo. O Sol brilhava sozinho no céu, sorridente. Tinha estado brilhando, sem parar, desde toda a eternidade. Mas chegou um dia em que ele se cansou de brilhar sozinho. Ficou triste. E ele disse para si mesmo: "Para quem estou brilhando? Que adianta brilhar se não há ninguém que brinque com os meus raios? Só ficarei alegre de novo quando tiver amigos com quem brincar...".

Ditas essas palavras, o Sol resolveu criar o mundo. E foi assim que ele fez: começou a piscar, e, a cada piscada que ele dava, uma coisa nova aparecia. Piscou montanhas, piscou rios, piscou mares, piscou praias, piscou florestas. Piscou sapos, piscou girafas, piscou camelos, piscou macacos, piscou tucanos... Piscou caramujos, piscou joaninhas, piscou lagartixas, piscou grilos... Piscou jabuticabas, piscou mangas, piscou pitangas... Piscava, e, quando via a coisa que aparecia, o Sol morria de dar risada. Porque tudo era muito divertido. Por fim, ele piscou um jardim, piscou balanços, piscou gangorras – e piscou um punhado de crianças, meninas e meninos. E foi assim que a nossa Terra foi criada.

"Agora tenho para quem brilhar, agora tenho com quem brincar", disse o Sol, cheio de felicidade. E para que nunca houvesse tristeza, ele criou, por fim, as borboletas. As borboletas são os Anjos da Alegria que o Sol colocou no mundo. Mas, para isso, elas têm de ter uma dieta especial: alimentam-se do néctar das flores, porque as flores estão sempre alegres. E o Sol lhes disse: "Quando vocês virem uma pessoa triste, chorando, pousem no seu nariz! Com uma borboleta pousada no nariz, não há jeito de não sorrir!". E assim, graças às borboletas, o mundo que o Sol criou estava sempre alegre.

E o Sol piscou também lindas borboletas pretas de grandes asas brilhantes. Preto é uma linda cor: cor das jabuticabas, cor de cabelos, cor de olhos, cor da noite: é preciso que a noite seja preta para que as estrelas brilhem.

Mas as borboletas pretas não gostaram da sua cor. Acharam que preto era feio. Queriam ser coloridas. Ficaram com inveja das borboletas coloridas. Ficaram com raiva das borboletas coloridas. Ficaram com raiva do Sol, que as tinha feito pretas. E se recusaram a brincar.

"Brincar, nós não vamos", elas disseram. Deixaram a brincadeira e se esconderam em buracos profundos, em cavernas escuras. E ficaram lá, remoendo sua raiva, remoendo sua inveja. E foi assim que as borboletas pretas, de tanto ficarem no escuro, acabaram por ficar cegas para a luz. Só viam no escuro. Passaram a ter raiva do dia, quando tudo estava brincando. E a raiva fez nelas uma transformação feia. Raiva não beija. Raiva morde. Assim, a boca gostosa que tinham, para beijar as flores e sugar o seu mel, se encheu de dentes afiados. Deixaram de ser borboletas. Transformaram-se em morcegos.

Seu mundo passou a ser as cavernas fundas e escuras onde moravam. E foram se multiplicando, tendo filhos, muitos filhos, todos eles com olhos cegos para a luz, todos eles com dentes afiados em sua boca.

Mas chegou um dia em que as cavernas ficaram pequenas para os milhões, os zilhões de morcegos. O que acontece com uma bexiga que a gente vai enchendo de ar, sem parar? Chega um momento em que – bum! – a bexiga estoura. Pois foi o que aconteceu. As cavernas estouraram. Aconteceu uma erupção de morcegos, parecida com a erupção dos vulcões. Saíam morcegos por todos os buracos da terra, morcegos que não paravam de sair – e eram tantos, tantos, que eles se transformaram numa enorme nuvem negra que cobriu a luz do Sol.

Ficou noite. E os morcegos, vendo a escuridão, ficaram felizes e riram um riso malvado: "Estamos vingados! Agora será sempre noite! As borboletas coloridas não mais voarão. O Sol não terá com quem brincar!".

E foi isso mesmo que aconteceu. As borboletas, ao abrirem os olhos do seu sono, viram tudo escuro e disseram: "Ainda é noite. Não é hora de brincar". E voltaram a dormir.

O Sol não brilhando, ficou frio. As borboletas começaram a tremer. E trataram de se proteger. Teceram cobertores de fios e neles se enrolaram. E ficaram assim penduradas em árvores, em paus de telhado, em paredes, dormindo, dormindo, esperando que o dia voltasse... E o mundo ficou triste porque não havia mais borboletas que pousassem no nariz dos tristes para fazê-los espirrar e sorrir. E o Sol ficou triste porque não tinha mais com quem brincar.

Mas o Sol era esperto. Sabia que há duas maneiras de iluminar criaturas. A primeira é brilhando do lado de fora. A segunda é brilhando do lado de dentro. O brilho do Sol, no lado de dentro da gente, se chama "sonho". O sono é a hora em que o Sol brilha do lado de dentro da gente. Sonhamos com aquilo que desejamos. O Sol, então, começou a iluminar as borboletas durante os seus sonhos. Ele aparecia disfarçado de estrela.

Havia uma borboleta que, enrolada em seu cobertor, se pendurara no pau de um estábulo. Estábulo é onde ficam as vacas, os cavalos, as ovelhas... Essa borboleta sonhou com a estrela. Era uma estrela enorme, diferente. Brilhava com uma luz azul. Os morcegos não ligaram porque pensaram que era apenas a luz de mais uma estrela. Não sabiam que era a luz do Sol disfarçado...

A borboleta, dormindo pendurada no pau do estábulo, ficou feliz vendo a estrela. Tão feliz que começou a sorrir. E a felicidade, mesmo sonhada, tem um poder mágico: transforma as pessoas.

E a borboleta começou a engordar. É que o Sol havia colocado na luz da estrela-azul as suas sementes de alegria. A borboleta adormecida, iluminada com a luz da estrela-azul, ficou grávida com a alegria do Sol!

A barriga da borboleta foi crescendo, foi crescendo – até que chegou a hora do nascimento da alegria que o Sol plantara dentro dela.

Finalmente a alegria nasceu. Nasceu, e tinha a aparência de um Menininho. E como ele era filho do Sol, ele brilhava como seu pai. O brilho do Menininho fez tudo ficar luminoso. Quem visse o Menininho ficava iluminado: ficava alegre, se esquecia da tristeza.

E assim, iluminado pela luz do Menininho, o mundo foi acordando. Foi como acontece nas madrugadas: a escuridão da noite vai sumindo, iluminada pelas lindas cores que vão aparecendo no horizonte.

O mundo acordou da noite escura. Acordaram os pássaros, acordaram as flores, acordaram os riachos, acordou o mar, acordaram as nuvens, acordaram as borboletas. Acordadas, as borboletas começaram a voar. E foram elas pousando no nariz dos homens e das mulheres. E eles espirravam e davam risadas!

Os morcegos, quando perceberam que tinham sido enganados pelo Sol, ficaram furiosos. O Morcegão-Rei deu ordem aos morcegos para que fossem até o estábulo e comessem o Menino-Sol. E eles partiram cheios de raiva, com seus dentes afiados à mostra. Mas, quando iam chegando, a luz era tão bonita! A luz do Menino-Sol iluminava suas asas pretas. E o brilho do Sol nas suas asas era lindo. Era como o Sol nascendo, no meio da noite, luz brilhando na escuridão. E os morcegos olharam uns para os outros e se espantaram: nunca haviam se visto assim, tão bonitos. Assentaram-se na cerca que cercava o estábulo, encantados com a beleza que morava neles e que eles nunca haviam visto, por causa da inveja e da raiva. E começaram a sorrir. E quando sorriram, deram espirros, e o espirro foi tão forte que seus dentes afiados caíram. Voltaram a ser borboletas! E os outros morcegos, vendo o que estava acontecendo com seus amigos, ficaram curiosos e foram ver o Menino-Sol. E quando o viram, a mágica se repetiu: se acharam bonitos e foram transformados em borboletas.

Borboletas, passaram a gostar de brincar com a luz. O dia voltou. O Sol brilhou no céu. E as borboletas voltaram a fazer o seu trabalho de espantar a tristeza assentando-se no nariz dos tristes!

Que coisa mais bonita! O Sol, ninguém pode ver. Sua luz é muito forte. Quem olha para o Sol fica cego. Ninguém pode brincar com ele. Sua luz é muito quente. Queima. Mas, no rosto do Menino-Sol, a luz do Sol fica mansa: a gente pode brincar com ele.

E desde aquele dia é assim: se alguém está triste, basta olhar para o rosto de uma criança: uma borboleta vem voando, faz cócegas no nariz, vem um espirro, a tristeza vai embora e a gente começa a sorrir...

Sobre a morte e o morrer

Já tive medo da morte. Hoje não tenho mais. O que sinto é uma enorme tristeza. Concordo com Mario Quintana. "Morrer, que me importa? O diabo é deixar de viver!" A vida é tão boa! Não quero ir embora... Eram seis da manhã. Minha filha me acordou. Ela tinha dois anos. Fez-me, então, a pergunta que eu nunca imaginara: "Papai, quando você morrer, você vai sentir saudades?". Emudeci. Não sabia o que dizer. Ela entendeu e veio em meu socorro: "Não chore, porque eu vou abraçar você...". Ela, menina de dois anos, sabia que a morte é onde mora a saudade. Cecília Meireles sentia algo parecido:

> E eu fico a imaginar se depois de muito navegar a algum lugar enfim se chega... O que será, talvez, até mais triste. Nem barcas, nem gaivotas. Apenas sobre-humanas companhias... Com que tristeza o horizonte avisto, aproximado e sem recurso. Que pena a vida ser só isto...

Dona Clara era uma velhinha de 95 anos, lá em Minas. Vivia uma religiosidade mansa, sem culpas ou medos. Na cama, cega, a filha lhe lia a *Bíblia*. De repente, ela fez um gesto, interrompendo a leitura. O que ela tinha a dizer era infinitamente mais importante: "Minha filha, sei que minha hora está chegando... Mas, que pena! A vida é tão boa...".

Mas tenho muito medo do morrer. O morrer pode vir acompanhado de dores, humilhações, aparelhos e tubos enfiados no meu corpo contra a minha vontade, sem que eu nada possa fazer porque já não sou mais dono de mim mesmo, solidão, ninguém tem coragem ou palavras para, de mãos dadas comigo, falar sobre a minha morte, medo de que a passagem seja demorada. Bom seria se, depois de anunciada, ela acontecesse de forma mansa e sem dores, longe dos hospitais, em meio a pessoas que se ama, em meio a visões de beleza. Seria possível planejar a própria morte como uma obra de arte? Zorba morreu olhando para as montanhas. Uma amiga me disse que quer morrer olhando para o mar. Montanhas e mar: haverá metáforas mais belas para o Grande Mistério?

No entanto, a medicina não entende. Um amigo contou-me dos últimos dias do seu pai, já bem velho. As dores eram terríveis. Era-lhe insuportável a visão do sofrimento do pai. Dirigiu-se, então, ao médico: "O senhor não poderia aumentar a dose dos analgésicos para que meu pai não sofra?". O médico o olhou com olhar severo e disse: "O senhor está sugerindo que eu pratique a eutanásia?". Há dores que fazem sentido. Como as dores do parto: uma vida nova está nascendo. Mas há dores que não fazem sentido algum. Seu velho pai morreu sofrendo uma dor inútil. Qual foi o ganho humano? Que eu saiba, apenas a consciência apaziguada do médico que dormiu em paz por haver feito aquilo que o costume mandava, costume a que frequentemente se dá o nome de ética. Um outro velhinho querido, 92 anos, cego, surdo, todos os esfíncteres sem controle, numa cama, em meio aos fedores de fezes e urina – de repente um acontecimento feliz! O coração parou. Ah, com certeza fora o seu Anjo da Guarda que assim punha um fim à sua miséria! Aquela parada cardíaca era o último acorde da sonata alegre que fora a sua vida! Mas o médico, movido pelos automatismos costumeiros, se apressou a cumprir seu dever: debruçou-se sobre o velhinho e o fez respirar de novo. Sofreu inutilmente por mais dois dias antes de tocar de novo o acorde final.

Dir-me-ão que é dever dos médicos fazer todo o possível para que a vida continue. Eu também, da minha forma, luto pela vida. A literatura tem o poder de ressuscitar os mortos. Aprendi com Albert Schweitzer, desde a minha juventude, que a "reverência pela vida" é o supremo princípio ético do amor. Mas o que é vida? Mais precisamente: o que é a vida de um ser humano? O que e quem a define? O coração que continua a bater dentro de um corpo aparentemente morto? Ou serão os ziguezagues nos vídeos dos monitores que indicam a presença de ondas cerebrais? Confesso que, na minha experiência de ser humano, nunca me encontrei com a vida em forma de batidas de coração ou ondas cerebrais. A vida humana não se define biologicamente. Permanecemos humanos enquanto existe em nós a esperança da beleza e da alegria. Morta a possibilidade de sentir alegria ou gozar a beleza, o corpo se transforma numa casca de cigarra vazia.

Muitos dos chamados "recursos heroicos" para manter vivo um paciente são, do meu ponto de vista, uma violência ao princípio da "reverência pela vida". Porque se os médicos dessem ouvidos ao pedido que a vida está fazendo, eles a ouviriam dizer: "Liberta-me. Deixa-me ir". Comovi-me com o drama do jovem francês Vincent Humbert, de 22 anos, há três anos cego, surdo, mudo, tetraplégico, vítima de um acidente de carro. Comunicava-se por meio do único dedo que podia movimentar. E foi assim que escreveu um livro em que dizia: "Morri em 24 de setembro de 2000. Desde aquele dia, eu não vivo. Me fazem viver. Para quem, para quê, eu não sei...". Implorava que lhe dessem o direito de morrer. Como as autoridades, movidas pelo costume e pelas leis, se recusassem, sua mãe realizou o seu desejo: colocou uma mistura de barbitúricos na sonda que o alimentava. A morte o libertou do sofrimento.

Dizem as Escrituras Sagradas: "Para tudo há o seu tempo. Há tempo para nascer e tempo para morrer". A morte e a vida não são contrárias. São irmãs. A "reverência pela vida" exige que sejamos sábios para permitir que a morte chegue quando a vida deseja ir. Cheguei a sugerir uma nova especialidade médica, simétrica à obstetrícia: a *morienterapia*, o cuidado com os que estão morrendo. A obstetrícia é a especialidade que recebe a vida quando ela chega. A missão da *morienterapia* seria cuidar da vida que se prepara para partir. Cuidar para que ela seja mansa, sem dores e cercada de amigos, longe de UTIs. Já encontrei a padroeira para essa nova especialidade: a *Pietà* de Michelangelo, com o Cristo morto nos seus braços. Nos braços daquela mãe, o morrer deixa de causar medo.

Gandhi

T.S. Eliot, poeta, escreveu o seguinte aforismo: "Numa terra de fugitivos, aquele que anda na direção contrária parece estar fugindo". É fácil entender os que andam na direção em que todos andam. Seus pensamentos e atos têm suas origens no tempo e são expressões da teia das relações sociais em que estão enraizados. Eles pensam e falam aquilo que a linguagem *gregária* os obriga a pensar e falar. A linguagem gregária é como um jogo de xadrez, com uma lógica rigorosa e um desenvolvimento previsível. As instituições e os jornais se fazem com ela. Assim, basta que as primeiras palavras sejam ditas para que se possa adivinhar quais serão as últimas.

Os que andam na direção contrária, entretanto, são aqueles que dizem o que não se pode adivinhar e que não era previsto. Seus pensamentos e suas palavras são sempre um susto, uma surpresa, um *lapsus* freudiano. Estes são os hereges, os poetas, os místicos, os visionários, os palhaços, os profetas, os loucos, as crianças (antes de terem sido normatizadas pelas escolas...).

Não são seres deste mundo. O que dizem sugere que suas raízes estão fora do tempo. Estarão na eternidade? Seria essa a razão por que a *notícia* envelhece logo e é logo esquecida (quem seria tolo de ficar lendo jornais do mês passado?), enquanto a fala dos que andam na direção contrária atravessa os séculos? Isso explicaria também os sentimentos de solidão e exílio que são a sua marca. Da Cecília, Drummond disse que "distância, exílio e viagem transpareciam no seu sorriso benevolente". E ela mesma disse que seu principal defeito era "uma certa ausência do mundo". Também Nietzsche lamentava sua solidão e seu exílio. Desesperado por não ser entendido, disse que nunca mais falaria ao povo; só falaria aos amigos... e às crianças...

Dos que andaram na direção contrária, lembro-me agora de um de forma especial, pois já se completaram mais de 50 anos de sua morte. No dia 30 de janeiro de 1948, Gandhi foi assassinado. Os que andam na direção contrária são sempre sacrificados, de um jeito ou de outro.

Releio um livrinho que escrevi sobre ele. Foi uma experiência estranha. Ao escrevê-lo, tive a nítida impressão de estar num transe. Sem que eu fosse vegetariano, fiquei incapacitado de comer carne enquanto escrevia. A carne, que antes eu comia com prazer, passou a causar-me repugnância. Vou transcrever, em memória a Gandhi, uns curtos trechos do que escrevi. Não creio que o que eu pudesse escrever agora, sem estar em transe, pudesse ser melhor...

> Olhar para os animais e as plantas me enchia de alegria. Eu queria cuidar deles como quem cuida de algo frágil e precioso. Aí o mandamento cristão do amor me parecia pouco exigente. Pedia apenas amor ao próximo. Os cristãos entenderam que esse "próximo" se referia apenas às pessoas. Eu, ao contrário, penso que todas as coisas que vivem são minhas irmãs. Elas possuem uma alma. (...) Amarás a mais insignificante das criaturas como a ti mesmo. Quem não fizer isso jamais verá a Deus face a face. (...) Agora digam: acham que eu poderia me alimentar da carne de um animal que foi morto e sentiu a dor lancinante da faca, para que eu vivesse? Que alegria poderia eu ter em tamanha crueldade? A natureza foi generosa o bastante, dando-nos frutas, verduras, legumes, cereais. Por mais que tentem me convencer de que as maneiras ocidentais são as melhores para a saúde, sempre as encarei com horror. Antes morrer que matar. Em nenhuma hipótese causar medo ou dor a coisa alguma. (...) Nosso destino espiritual passa por nossos hábitos alimentares. Estou convencido de que a saúde depende de uma condição interior de harmonia com tudo o que nos cerca. Comer demais é uma transgressão dessa harmonia. (...) Quando nos abstemos estamos silenciosamente dizendo às coisas vivas: "Podem ficar tranquilas. Não as farei sofrer desnecessariamente. Só tomarei para mim o mínimo necessário para que meu corpo viva bem". Foi o que fiz. Vivi frugalmente. Fiz jejuns enormes. E minha saúde foi sempre boa.
> Toda vida é sagrada, porque tudo o que vive participa de Deus. E se até mesmo o mais insignificante grilo, no seu cricri rítmico, é um pulsar da divindade, não teríamos nós, com muito mais razão, de ter respeito igual pelos nossos inimigos? (...) Sempre acreditei que no fundo dos homens existe algo de bom. Como poderia eu odiar qualquer pessoa, mesmo os que me tinham por inimigo? Dirão que não é assim. Há crueldade, ódio, morte... Será que algumas gotas de água suja serão capazes de poluir o oceano inteiro? Que força do mal poderá apagar o divino que mora em nós? (...) Parece que os ocidentais não acreditam que os homens sejam

naturalmente bons e belos. É por isso que se tornaram especialistas em meios de coerção e sabem usar o dinheiro e os fuzis como ninguém mais... É por isso que estão sempre tentando melhorar os homens por meio de adições: a comida em excesso, a roupa desnecessária, a velocidade da máquina, a complicação da vida... Eu nunca quis entender de política. Só quis entender da bondade e dos seus caminhos. A política foi uma consequência e não a inspiração... Eu teria feito as mesmas coisas, ainda que não houvesse consequência alguma. (...) Os políticos, acostumados a usar o poder da força, desconhecem o poder das sementes... (...) Não haverá parto se a semente não for plantada muito tempo antes... Não haverá borboletas se a vida não passar por longas e silenciosas metamorfoses...

A multidão de políticos que andavam na mesma direção só via, pensava e falava uma única coisa: sobre como libertar a Índia do poder inglês – politicamente. Gandhi percebia que esse seria um ato inútil – como abrir o casulo antes que a borboleta estivesse com asas para voar.

Político, nunca pertenceu a partido, nunca se elegeu para nada, nunca inaugurou obras. Sabia que a grande tarefa do líder político, anterior a todas as outras, não era a de administrar o poder, mas a de formar um povo. E um povo se forma quando as pessoas tomam consciência da beleza e da bondade que nelas existe.

Andava na direção contrária. Pensava o que ninguém pensava. Fazia o que ninguém estava fazendo. É compreensível que tenha sido assassinado.

O presépio

Menino, lá em Minas, havia uma coisa – uma única coisa – que eu invejava nos católicos: no Natal eles armavam presépios e nós, protestantes, tínhamos árvores de Natal. Mas as árvores, por bonitas que fossem, não me comoviam como o presépio: uma cabaninha coberta de sapé, Maria, José, os pastores, ovelhas, vacas, burros, misturados com reis, anjos e estrelas, numa mansa fraternidade, contemplando uma criancinha. A contemplação de uma criancinha amansa o universo. Os católicos mais humildes tinham alegria em fazer os seus presépios. As pobres salas de visita se transformavam num lugar sagrado. As casas ficavam abertas para quem quisesse se juntar aos reis, pastores e bichos. E nós, meninos, pés descalços – os sapatos só eram usados em ocasiões especiais –, peregrinávamos de casa em casa, para ver a mesma cena repetida.

Nós, meninos, com inveja, tratávamos de fazer os nossos próprios presépios. Os preparativos começavam bem antes do Natal. Enchíamos latas vazias de goiabada com areia, e nelas semeávamos alpiste ou arroz. Logo os brotos verdes começavam a aparecer. O cenário do nascimento do Menino Jesus tinha de ser verdejante. Sobre os brotos verdes espalhávamos bichinhos de celuloide. Naquele tempo ainda não havia plástico. Tigres, leões, bois, vacas, macacos, elefantes, girafas. Sem saber, estávamos representando o sonho do profeta que anunciava um dia em que os leões haveriam de comer capim junto com os bois, e as crianças haveriam de brincar com as serpentes venenosas. A estrebaria, nós mesmos a fazíamos com bambus. E as figuras que faltavam, nós as completávamos artesanalmente com bonequinhos de argila. Tinha também de haver um laguinho onde nadavam patos e cisnes. Não importava que os patos fossem maiores que os elefantes. No mundo mágico tudo é possível. Era uma cena *naïf*, primitiva, indiferente às regras da perspectiva. Um presépio verdadeiro tem de ser infantil. E as figuras mais desproporcionais nessa cena tranquila éramos nós mesmos. Porque, se construíamos o presépio, era porque nós mesmos gostaríamos de estar dentro dele. Éramos adoradores do Menino, com os bichos, as estrelas, os reis e os pastores – não importando que estivéssemos de pés descalços e roupa suja.

Eu sempre me perguntei sobre as razões por que essa cena, em toda a sua irrealidade onírica, mexe tanto e tão fundo comigo. Não sinto alegria ao contemplar a cena. Sinto uma tranquila beleza triste. Gosto dela. É uma ausência aconchegante. O Drummond escreveu um poema chamado "Ausência". Não sei a propósito de que – se era por causa de um amor perdido, de uma pessoa querida que estava longe – a saudade doía. E ele escreveu, para se explicar e consolar:

> *Por muito tempo achei que a ausência é falta.*
> *E lastimava, ignorante, a falta.*
> *Hoje não a lastimo.*
> *Não há falta na ausência.*
> *A ausência é um estar em mim.*
> *E sinto-a, branca, tão pegada,*
> *aconchegada nos meus braços,*
> *que rio e danço e invento exclamações alegres,*
> *porque a ausência, essa ausência assimilada,*
> *ninguém a rouba mais de mim!*

É isso: a cena – presente diante dos meus olhos – faz acordar uma ausência na minha alma. Daí a minha tristeza mansa. O presépio me faz lembrar algo que tive e perdi. Essa ausência tem o nome de "saudade". Eu não tenho saudade. É a saudade que me tem. Mora, dentro de mim, a "ausência" de um presépio. Saudade é sentimento de quem ama e perdeu o objeto do amor. Quem não amou e não perdeu o objeto do amor não sente saudade. Pode ficar alegrinho. As muitas celebrações alegres não revelam que os celebrantes não sofrem de saudade? Celebram, talvez, porque na sua alma não mora a "ausência" de um presépio. Mas o que eu quero, mesmo, é fazer como o Drummond: aconchegar minha saudade nos meus braços. Porque saudade é um estar em mim. Assim, por favor, não tente me consolar.

Vou transcrever um texto de Octavio Paz. É um dos meus textos favoritos. Por isso quero pedir que você o leia bem devagar. Contemple as vacas do presépio que ruminam sem pressa. Leia bovinamente, como quem rumina...

> Todos os dias atravessamos a mesma rua ou o mesmo jardim; todas as tardes nossos olhos batem no mesmo muro avermelhado, feito de tijolos e tempo urbano. De repente, num dia qualquer, a rua dá para outro mundo, o jardim acaba de nascer, o muro fatigado se cobre de signos. Nunca os tínhamos visto e agora ficamos espantados por eles serem assim: tanto e tão esmagadoramente reais. Sua própria realidade compacta nos faz duvidar: são assim as coisas ou são de outro modo? Não, isso que estamos vendo pela primeira vez já havíamos visto antes. Em algum lugar, no qual nunca estivemos, já estavam o muro, a rua, o jardim. E à surpresa segue-se a nostalgia. Parece que nos recordamos e quereríamos voltar para lá, para esse lugar onde as coisas são sempre assim, banhadas por uma luz antiquíssima e, ao mesmo tempo, acabada de nascer. Nós também somos de lá. Um sopro nos golpeia a fronte. Estamos encantados, suspensos no meio da tarde imóvel. Adivinhamos que somos de outro mundo. É a "vida anterior", que retorna.

Octavio Paz está descrevendo uma experiência mística: quando, de repente, as coisas banais do cotidiano se abrem como portas, e somos levados a um outro mundo. Pode ser um perfume indefinível, pode ser uma fotografia que já vimos vezes sem conta, pode ser uma música vinda de longe... De repente experimentamos "êxtase" – estamos fora de nós mesmos, encantados –, somos transportados para um mundo que nem sabemos direito o que seja. Já estivemos lá. Não mais estamos. E vem a nostalgia. Quereríamos voltar. A alma sempre deseja voltar. O mundo das novidades é o mundo do seu exílio.

O presépio faz isso comigo. Aconteceu de verdade? Foi desse jeito mesmo? As crianças sabem que isso é irrelevante. Elas ouvem a estória e são transportadas para ela. Pedem que a mesma estória seja repetida, do mesmo jeito. Não querem explicações. Não querem interpretações. A beleza da estória lhes basta. A beleza da estória é alimento para a sua alma. Os teólogos que fiquem longe do presépio. Suas palavras atrapalham.

A cena do presépio exige a repetição. Há de ser as mesmas bolachas de mel, os mesmos bolos perfumados, as mesmas músicas... Comidas diferentes e músicas novas não têm nada a ver. São profanações. Não pertencem ao presépio. Houve um tempo em que eu tocava piano. Abandonei porque não tinha talento. Mas ainda me sobra uma técnica de principiante. Fui ao teclado e brinquei com os hinos antigos. Alguns deles soam como caixinhas de música, a serem cantados baixinho, como se para fazer uma criancinha dormir. "Pequena vila de Belém / repousa em teu dormir / enquanto os astros lá no céu estão a refulgir..." A maravilhosa melodia tradicional "Greensleeves", que aparece na letra "Quem é o infante, que no regaço da mãe, tranquilo dormita?". Depois, o mais querido: "Noite de paz, noite de amor! Tudo dorme em derredor...". E a *berceuse* "Sem lar e sem berço, deitado em capim...". E há os hinos triunfantes que exigem os sons triunfantes do órgão que enchem o universo: "Adeste Fideles", "Surgem anjos proclamando...".

A cena do Paraíso é também uma cena maravilhosa e inspirou muitos artistas plásticos. Mas ela não me comove como a cena do presépio. Talvez porque no Paraíso não houvesse crianças. Não existe nada mais comovente que uma criança adormecida. Quem contempla uma criança adormecida tem de ficar bom, tem de ficar manso. Uma criança adormecida não pede festas: pede silêncio e tranquilidade.

O presépio nos faz querer "voltar para lá, para esse lugar onde as coisas são sempre assim, banhadas por uma luz antiquíssima e ao mesmo tempo acabada de nascer. Nós também somos de lá. (...) Estamos encantados... Adivinhamos que somos de um outro mundo". Dentro de nós existe um presépio. Na manjedoura, dorme uma criança. O nome dessa criança é o nosso nome. Dorme em nós o "Menino-Deus".

A beleza dos pássaros em voo...

*Ao meu amigo Leopoldo Cervantes-Ortiz que,
como presente de aniversário,
teve a paciência de juntar
as peças do meu quebra-cabeça...*

Li que, na antiga tradição samurai, quando um guerreiro recebia a ordem de cometer o suicídio, ritual chamado *sepuku*, antes do gesto final ele deveria escrever um haicai. Haicais são poemas mínimos nos quais a condensação poética é levada ao seu grau máximo. A morte exige brevidade de palavras porque o tempo é curto. E, sendo curto o tempo, as palavras devem dizer o essencial. Em 2003 completei 70 anos. O tempo é curto. É preciso aprender a escrever haicais. É preciso dizer o essencial.

Jorge Luis Borges, creio, tinha cerca de 67 anos quando escreveu o seguinte:

> Um homem se propõe a tarefa de esboçar o mundo. Ao longo dos anos povoa um espaço com imagens de províncias, de reinos, de montanhas, de baías, de naves, de ilhas, de peixes, de habitações, de instrumentos, de astros, de cavalos e de pessoas. Pouco antes de morrer, descobre que esse paciente labirinto de linhas traça a imagem do seu rosto.

Faço minhas as palavras de Borges. Eu falo de crianças, brinquedos, árvores, velhos, amantes, quadros, escolas, crepúsculos, sonatas, rios, florestas, filhos, túmulos... Mas não se deixem enganar. Essas entidades, todas elas, traçam as linhas do meu rosto. Tudo o que escrevo é sempre uma meditação sobre mim mesmo.

A literatura é um processo de transformações alquímicas. O escritor transforma – ou, se preferirem uma palavra em desuso, usada pelos teólogos antigos, "o escritor transubstancia" – sua carne e seu sangue em palavras e diz a seus leitores: "Leiam! Comam! Bebam! Isso é a minha carne. Isso é o meu sangue!". A experiência literária é um ritual antropofágico. Antropofagia não é gastronomia. É magia. Come-se o corpo de um morto para se apropriar de suas virtudes. Não é esse o objetivo da Eucaristia, ritual antropofágico supremo? Come-se e bebe-se a carne e o sangue de Cristo para se ficar semelhante a ele. Eu mesmo sou o que sou pelos escritores que devorei... E se escrevo é na esperança de ser devorado pelos meus leitores.

Foi longo o itinerário que segui. Minha infância foi uma infância feliz. Vivi anos de pobreza, morando numa casa de pau a pique, fogão de lenha, noites iluminadas pela luz das lamparinas e das estrelas, minha mãe trazendo água da mina numa lata, meu pai trabalhando com a enxada e o machado. Mas não tenho desses anos nenhuma memória triste. As crianças ficam felizes com pouca coisa. Não era preciso dizer os nomes dos deuses, nem eu os sabia. O sagrado aparecia, sem nome, no capim, nos pássaros, nos riachos, na chuva, nas árvores, nas nuvens, nos animais. Isso me dava alegria! Como no Paraíso... No Paraíso não havia templos. Deus andava pelo Jardim, extasiado, dizendo: "Como é belo! Como é belo!". A beleza é a face visível de Deus. Menino, o mundo me era divino e sem deuses... Talvez seja essa a razão por que Jesus disse que era preciso que nos tornássemos crianças de novo, para ver o Paraíso espalhado pela Terra.

Foi minha mãe quem primeiro me falou de Deus. Ensinou-me a orar, ao ir para a cama: "Agora me deito para dormir. Guarda-me, ó Deus, em teu amor. Se eu morrer sem acordar, recebe a minh'alma, ó Senhor. Amém". Oração quase haicai. Condensação mínima da teologia cristã. Há a morte, o terror que no escuro nos espreita. Há uma alma que sobrevive à morte e vai para algum lugar. Há um Deus que é o senhor do mundo depois da morte... Meu sentimento foi medo. Rompia-se a felicidade paradisíaca. Será o medo o início da religião? Medo da morte. Medo de abandonar este mundo luminoso! Do inferno nunca tive medo. Talvez tenha sido essa a razão por que nunca consegui ser ortodoxo. Pois o fato é que o inferno é a base sobre a qual a teologia cristã se construiu – exceção feita aos místicos. A teologia cristã tradicional é um pião enorme que gira sobre essa aguda ponta de ferro chamada inferno. Mesmo quando se faz silêncio sobre ele, é ele que mantém o pião rodando: quem está em cima do pião que roda não pode ver a ponta de ferro que torna possível o seu giro. Sem essa ponta, o pião para de girar e cai... Pois Cristo não morreu na cruz para nos salvar do inferno, como reza a teologia ortodoxa? Inconscientemente, nunca acreditei que Deus pudesse lançar uma alma no inferno por toda a eternidade. É crueldade demais! Eu não admitiria que um homem fizesse isso. Como poderia admitir que Deus o fizesse? E também nunca fui atraído pelas propaladas delícias do céu. Para dizer a verdade, não conheço nenhuma pessoa que esteja ansiosa por deixar as pequenas alegrias desta vida para gozar eternamente a felicidade celestial perfeita. As pessoas religiosas que conheço cuidam bem da saúde, caminham, fazem hidroginástica, controlam o colesterol, a pressão, a glicemia... Elas querem continuar por aqui. Não querem partir. Cecília Meireles, a mais mística das nossas poetisas, também não se entusiasmava com a possibilidade de ir para os céus. E dizia: "E eu fico a imaginar se depois de muito navegar a algum lugar enfim se chega... O que será, talvez, até mais triste. Nem barcas, nem gaivotas. Apenas sobre-humanas companhias...". Mario Quintana, levíssimo poeta, explicou a coisa com humor: "Um dia... pronto!... me acabo. / Pois seja o que tem de ser. / Morrer, que me importa? O diabo é deixar de viver!". É assim que me sinto. Como a Cecília, eu amo barcas e gaivotas. Como o Mario Quintana, eu não quero deixar de viver. Sou um ser deste mundo.

Essa alegria de viver me faz encontrar Deus a passear pelo jardim ao vento fresco da tarde. Como eu, Deus prefere as delícias deste mundo material às delícias espirituais do céu. É claro que, se ele estivesse feliz nos céus, não teria criado a Terra. Pois Deus, segundo os teólogos, em virtude de sua perfeição, não pode criar o pior. Faz sempre o melhor. Assim, o paraíso tem de ser melhor que os céus que já havia... E Deus gostou tanto da Terra e seus jardins que resolveu para ela se mudar em definitivo e se encarnou eternamente... Deus ama a vida sobre a Terra, mesmo com a terrível possibilidade de morrer. Porque a vida é bela a despeito de tudo. "A despeito de": é aí que moram os deuses. E os poetas. Assim canta a Adélia Prado, minha teóloga mais próxima: "Louvado sejas, porque a vida é horrível, porque mais é o tempo que eu passo recolhendo os despojos, *mas* limpo os olhos e o muco do meu nariz por um canteiro de grama...".

Desviei-me, assim, de uma das mais influentes escolas da teologia contemporânea que, sob a inspiração da espiritualidade do martírio, só tinha olhos para a coroa de espinhos, os cravos e as feridas, e não tinha olhos para a flor... Lembro-me de um poema de Bertolt Brecht, a quem muito amo, em que ele diz: "Que tempos são esses, em que falar de árvores é quase um crime, pois implica silenciar sobre tantas barbaridades?". Eu me atrevi a falar sobre as árvores e fiz silêncio sobre os ossos secos. Isso me condenou a anos de solidão. Mas se falei sobre árvores é porque acredito que são os poemas sobre árvores que ressuscitam os ossos secos espalhados no deserto. Visões de ossos secos não têm poder para dar vida aos ossos secos... Imaginei uma política que nascesse da beleza. Lutam melhor os que têm sonhos belos. Somente aqueles que contemplam a beleza são capazes de endurecer "sem nunca perder a ternura". Guerreiros ternos. Guerreiros que leem poesia. Guerreiros que brincam como crianças...

Assim, abandonei as inspirações éticas e políticas da teologia – justificação pelas obras – e deixei-me levar pela felicidade estética – justificação pela graça. "E viu Deus que era muito bom..." "O paraíso é, antes de tudo, um belo quadro", diz Bachelard. Alegria para os olhos, alegria para o corpo. Deus, em oposição aos seus adoradores que fecham os olhos para vê-lo melhor, abre os seus e se alegra. O ato de ver é uma oração. O místico não se encontra no invisível. O místico se encontra no visível. O visível é o espelho onde Deus aparece refletido em forma de beleza. Deus é um esteta. Quem experimenta a beleza está em comunhão com o sagrado.

Me acusarão, como me acusaram: "Uma opção aristocrática, para poucos!". Sim, se se acreditar que os humildes e pobres são criaturas embrutecidas pelo sofrimento, com sentidos e almas insensíveis. Mas eu não creio nisso. Creio que, dentro de todos, mora, adormecida, a nostalgia pela beleza. Estou apenas fazendo eco a um poema que se encontra incrustado nas *Confissões* de Santo Agostinho:

Perguntei à terra, perguntei ao mar e às profundezas,
entre os animais viventes às coisas que rastejam.
Perguntei aos ventos que sopram,
aos céus, ao sol, à lua, às estrelas,
e a todas as coisas que se encontram às portas da minha carne...
Minha pergunta era o olhar com que as olhava.
Sua resposta era a sua beleza...

Neruda, em *Confesso que vivi*, declara que foi por meio da estética que ele encontrou o caminho para a alma do seu povo. Também os humildes e os pobres se alimentam de beleza.

Eu nunca imaginei que seria escritor. Não me preparei para isso. Conheço pouco da tradição literária. A literatura me chegou sem que eu esperasse, sem que eu preparasse o seu caminho. Chegou-me por meio de experiências de solidão e sofrimento. A solidão e o sofrimento me fizeram sensível à voz dos poetas. A decisão foi tomada depois de completar 40 anos: não mais escreveria para os meus pares do mundo acadêmico, filósofos ou teólogos. Escreveria para as pessoas comuns. E que outra maneira existe de se comunicar com as pessoas comuns que simplesmente dizer as palavras que o amor escolhe? Fernando Pessoa declara que "arte é a comunicação aos outros de nossa identidade íntima com eles". Toda alma é uma música que se toca. Quis muito ser pianista. Fracassei. Não tinha talento. Mas descobri que posso fazer música com palavras. Assim, toco a minha música... Outras pessoas, ouvindo a minha música, podem sentir sua carne reverberando como um instrumento musical. Quando isso acontece, sei que não estou só. Se alguém, lendo o que escrevo, sente um movimento na alma, é porque somos iguais. A poesia revela a comunhão.

Não escrevo teologia. Como poderia escrever sobre Deus? O que faço é tentar pintar com palavras as minhas fantasias – imagens modeladas pelo desejo – diante do assombro que é a vida. Se o Grande Mistério, vez por outra, faz ouvir a sua música nos interstícios silenciosos das minhas palavras, isso não é mérito meu. É graça. Esse é o mistério da literatura: a música que se faz ouvir, independentemente das intenções de quem escreve. É por isso que poesia, como bem lembrou Guimarães Rosa, é essa irmã tão próxima da magia... Poesia é magia, feitiçaria... O feiticeiro é aquele que diz uma palavra e, pelo puro poder dessa palavra, sem o auxílio das mãos, o dito acontece. Deus é o feiticeiro-mor: falou e o universo foi criado. Os poetas são aprendizes de feiticeiro. O desejo que move os poetas não é ensinar, esclarecer, interpretar. Essas são coisas da razão. O seu desejo é mágico: fazer soar de novo a melodia esquecida. Mas isso só acontece pelo poder do sangue do coração humano.

Escrevi, faz muitos anos, uma estória para a minha filha de quatro anos. Era sobre um Pássaro Encantado e uma Menina que se amavam. O

Pássaro era encantado porque não vivia em gaiolas, vinha quando queria, partia quando queria... A Menina sofria com isso, porque amava o Pássaro e queria que ele fosse seu, para sempre. Aí ela teve um pensamento perverso: "Se eu prender o Pássaro Encantado numa gaiola, ele nunca mais partirá e seremos felizes, sem fim...". E foi isso que ela fez. Mas aconteceu o que ela não imaginava: o Pássaro perdeu o encanto. A Menina não sabia que, para ser encantado, o Pássaro precisava voar... Dei-me conta de que essa estória é uma parábola da teologia. Existe sempre a tentação de prender o Pássaro Encantado, o Grande Mistério, em gaiolas de palavras. O poeta é aquele que ama o Pássaro em voo. O poeta voa com ele e vê as terras desconhecidas a que seu voo leva. Por isso, não há nada mais terrível para um poeta que ver um Pássaro engaiolado... Daí que ele se dedique, hereticamente, à tarefa de abrir as portas das gaiolas para que o Pássaro voe... E é para isso que escrevo: pela alegria de ver o Pássaro em voo.

T.S. Eliot tem um verso em que diz: "E ao final de nossas longas explorações, chegaremos finalmente ao lugar de onde partimos e o conheceremos então pela primeira vez...". Somente na velhice nos reencontramos com a infância, com a nossa infância. Creio que essas coisas que escrevo são uma tentativa de recuperar a felicidade perdida da minha infância. Agora, na velhice, experimento a alegria de ver muitas gaiolas vazias. E a alegria de ver os amigos que sorriem comigo, ao ver os Pássaros em voo. Mas há uma tristeza. Sinto-me como Ravel que, ao ver aproximar-se o fim, dizia, num lamento: "Mas há tantas músicas esperando ser escritas!".

O pequeno barco de velas brancas

Nasci nas Minas Gerais. Minas não tem mar. Minas tem montanhas, matas e tem céu. É aí que me sinto em casa. Um babalorixá, sem que eu perguntasse, me revelou que meu orixá era Oxóssi, o guarda das matas. Acreditei. E, por causa disso, quase fiz uma loucura. Estava no aeroporto, vi uma loja de arte, entrei para ver, e o que vi me fascinou: uma coleção de máscaras de orixás, assombrosas, fascinantes. Entre elas, a máscara do meu orixá, Oxóssi. Perguntei o preço. Muito cara. Mas eu estava em transe, enfeitiçado. Puxei o talão de cheques. "Vou levar", eu disse para a vendedora. "O seu cartão de embarque, por favor...", ela disse. Mostrei. "Mas o seu voo é doméstico. E essa loja só vende artigos para voos internacionais." Saí triste, sem o meu Oxóssi.

Minas não tem mar. Lá, quem quiser navegar tem de aprender que o mar de Minas é em outro lugar.

O mar de Minas não é no mar
O mar de Minas é no céu
Pro mundo olhar pra cima e navegar
Sem nunca ter um porto pra chegar.

Acho que é por isso que em Minas nasce tanto poeta. Poeta é quem navega nos céus.

Comecei a navegar no mar de Minas quando era menino. Me deitava no capim e ficava vendo as nuvens e os urubus. Pensava poesia sem saber que era poesia. A Adélia diz que poesia é quando a gente olha para uma pedra e vê outra coisa. Como no famoso poema do Drummond, "No meio do caminho tinha uma pedra...". Estou certo de que essa pedra que ele via era outra coisa cujo nome ele não podia dizer. Pois eu ficava olhando para as nuvens e não via as nuvens: via navios, bichos, rostos, monstros. As nuvens me ensinaram minha primeira lição de filosofia. Elas me ensinaram a filosofia de Heráclito: "Tudo flui, nada permanece". "Sou e não sou no que estou sendo" (Cecília). Todo ser é um permanente deixar de ser. A vida acontece morrendo. Como o rio. Como a chama.

Meus mestres navegadores eram os urubus. Desajeitados em terra, não conheço poeta que tenha falado deles com carinho. É romântico dizer da amada que ela se parece com uma garça branca. Mas quem diria que ela se parece com um urubu? Que eu saiba, somente a Cecília viu a sua beleza: "Até os urubus são belos / nos largos círculos dos dias sossegados". Urubus voam sem bater asas. Nas alturas, apenas as inclinam ligeiramente para flutuar ao sabor do vento. Voam sem fazer nada. Fazer nada é o seu jeito de fazer, para voar. Deixam-se ser levados. Flutuam ao sabor do vento. São mestres do taoismo.

O mar de água, eu só fui ver depois que me mudei para o Rio. Debruçado na murada de pedra da praia de Botafogo, ficava a ver os barcos de velas brancas levados pelo vento. Como as garças, voando no céu de Minas.

O mar me fascina. Mas, como não sou do mar, sou das matas, não vou. O mar me dá medo. Mar é perigo, naufrágio. Disse Fernando Pessoa, gravemente: "Deus ao mar o perigo e o abismo deu...". Ele, português, sabia do que estava falando.

Ó mar salgado, quanto do teu sal
são lágrimas de Portugal!
Por te cruzarmos quantas mães choraram,
Quantos filhos em vão rezaram!
Quantas noivas ficaram por casar
Para que fosses nosso, ó mar!

Sabia disso Dorival Caymmi quando cantou o jangadeiro que entrou no mar e a jangada voltou só. Doce morrer no mar? Talvez. Melhor morrer no mistério indecifrável do mar que morrer as mortes banais da terra seca.

Mas o perigo não importa. O fascínio é maior. Somos os únicos seres que amam o perigo. Sabia disso a Cecília, que nasceu olhando o mar.

A solidez da terra, monótona,
parece-mos fraca ilusão.
Queremos a ilusão grande do mar,
multiplicada em suas malhas de perigo.
Queremos a sua solidão robusta,
uma solidão para todos os lados,
uma ausência humana que se opõe
ao mesquinho formigar do mundo.

Lá está o barquinho de velas brancas, navegando no mar! Bem que ele poderia navegar só nas baías e enseadas, onde não há perigo e o mar é sempre manso. Mas não! Deixando a solidez da terra firme, ele se aventura para sentir o vento forte enfunando as velas e o salpicar da água salgada que salta da quilha contra as ondas. "Sem nunca ter um porto aonde chegar", ele navega pelo puro prazer de entrar no mar.

A vida é assim mesmo. É sempre possível deixar o barco atracado ou só navegar nas baías mansas. Aí não há perigo de naufrágio. Mas não há o prazer do calafrio e do desconhecido.

Segundo o taoismo, a vida é assim: somos pequenos barcos de velas brancas no mar desconhecido. Os remos são inúteis. A força dos elementos é maior que a nossa força. Gosto de ver os urubus voando nos prenúncios de tempestade. Eles não batem asas. Não lutam contra o vento. Flutuam, deixam-se levar. A sabedoria dos barcos a vela é a mesma sabedoria dos urubus. Brincar com vento e onda, vela e leme, e deixarmo-nos ser levados. A sabedoria suprema não é fazer – remar –, mas fazer nada, deixar-se levar pelo mar da vida que é mais forte. Eu nunca consegui chegar a lugar algum usando remos. Sempre fui levado por uma força mais forte que a minha razão a praias com que nunca havia sonhado. Foi assim que me tornei escritor, porque o mar foi mais forte que o meu plano de viagem.

De fato, "Deus ao mar o perigo e o abismo deu, / Mas nele é que espelhou o céu". Talvez seja por isso que os navegadores navegam: porque no perigo e no abismo eles veem refletida a eternidade.

Você tem um furúnculo?

Há um ditado zen que diz: "Nunca mostres o teu poema a um não poeta". Você me enviou os seus poemas. Isso quer dizer que você me considera um poeta. Mas eu mesmo não sei se sou poeta. Sei que escrevo poeticamente, porque brinco com imagens, sons e ritmos. Mas um poema nunca me pediu que o escrevesse. Régis de Morais, amigo meu, poeta, disse-me que, quando há dentro dele um poema para ser escrito, ele se sente como uma galinha que tem um ovo para ser botado. Eu nunca senti isso...

Você me enviou os seus poemas desejando que eu os leia. Nada mais justo: quem escreve deseja ser lido. Mas, mais do que isso: você deseja que eu goste dos seus poemas. E que eu diga: "Você é um poeta! Merece ser publicado!". Está certo: quem escreve deseja que seus textos sejam transformados em livro.

Houve uma só vez, em toda a minha vida, em que lutei para que um livro de poemas fosse publicado. A Maria Antonia era minha aluna na Unicamp. Tinha – e ainda tem – uma carinha de menina travessa. Acho que vai morrer com ela, a carinha travessa... Me deu um livrinho artesanal, *Fogo-Pagô*, com esta dedicatória: "Rubem: eu acho você engraçado e gosto de você e fico desejando que você leia este livro e ache alguma graça nele. 1 abraço. Maria Antonia. 15.4.82". Isso ocorreu há mais de 20 anos. Ela não foi a primeira mulher a me achar engraçado. Quando fui professor visitante no Union Theological Seminary (Nova York, 1971), meus alunos começaram a vir ao meu escritório, na véspera da minha volta ao Brasil, para se despedirem. Chegou uma jovem, longos cabelos ruivos, sardenta. Olhou-me nos olhos e disse: "Sonhei com você...". Sorri, imaginando o que ela teria sonhado. "Sonhei que você era um palhaço..." Aí meu sorriso virou riso: ela havia entendido. Sou palhaço. E estou em boa companhia: no final de um dos seus poemas, Nietzsche disse que ele era apenas um palhaço, apenas um poeta... O fato é que o rosto de menina travessa e o fato de ela me haver achado engraçado me seduziram.

> *Fogo-pagô canta manso e triste*
> *fazendo eco no fundo da gente*
> *encavalando alegria e agonia,*
> *que daí ficam disputando entre si*
> *pra reinarem no peito...*

Foi amor à primeira vista porque o poema dela chamou pelo nome certo o canto que eu ouvia sempre no meu peito... Depois ela escreveu outros. Um deles eu batizei e prefaciei, *Seriguela*. Até que, indignado com a dificuldade que têm os poetas para publicar seus poemas, batalhei com o pessoal da Papirus e eles também sentiram o que eu sentia e publicaram o *Terra de formigueiro*.

Mas não me julgo em condições de avaliar poemas. Eu não sou poeta. Assim, faltam-me as credenciais. E o pior: falta-me tempo. Minha assessora comentou dias atrás que, se eu fosse ler todos os textos que me são enviados para ser apreciados, eu teria que abandonar tudo o que faço, deixar de escrever minhas coisas, e ler sem parar, 24 horas por dia, e ainda assim eu não daria conta... Razão por que eu nem mais aceito convites para participar de bancas de tese. O tempo não dá! O tempo não dá! O Drummond se viu em situação idêntica e até escreveu um texto bravo com o título "Apelo aos meus dessemelhantes em favor da paz". Não, não era a paz mundial. Era a paz dele... Ele também não dava conta. Ele só queria ter tempo para escrever as coisas dele e ler os livros que quisesse...

Lamento, mas minha prioridade de vida é botar os meus ovos, escrever as coisas que me doem. Igual a um furúnculo... Você já teve furúnculo? Incha, fica vermelho, lateja, dói, forma aquele ponto amarelo de pus. Tem de ser espremido. Dói para ser espremido. Mas é só por meio da dor do espremer que ele para de doer. Escrever é assim. Um texto a ser escrito é um furúnculo que dói. Os seus poemas doem em você? Ficam atormentando você, pedindo para ser escritos? Ou são simples coceiras? Só se meta a ser poeta se seus poemas doerem muito... Escrever poesia é um ofício terrível. Primeiro, porque há poetas gigantescos como Fernando Pessoa, Hilda Hilst, Cecília Meireles. Segundo, porque é muito difícil que as editoras publiquem livros de poemas. Poesia, com raríssimas exceções, é mau negócio. Dá prejuízo.

Seus poemas nascem de inspiração? Leia atentamente esta precisa descrição da experiência da inspiração, feita por Nietzsche e, honestamente, diga se esse é o seu caso:

> Será que alguém, ao final do século XIX, tem uma ideia clara daquilo a que os poetas das eras fortes chamaram pelo nome de inspiração? Se não, vou descrevê-la. Repentinamente, com certeza e sutileza indescritíveis, algo se torna visível, audível, algo que nos sacode em nossas últimas profundezas e nos lança por terra... A gente não busca; ouve. Não pede ou dá; aceita. Como um relâmpago, um pensamento se ilumina de forma irresistível, sem hesitações com respeito à sua forma. Eu nunca tive qualquer escolha! Tudo acontece de forma involuntária no mais alto grau, mas como uma onda enorme de liberdade, um sentimento de algo absoluto, de poder, de divindade.

É assim que acontece com você?

Se é assim que acontece com você, então, vale a pena prosseguir. Não pelos livros que você venha a publicar, mas pela simples alegria de... botar o seu ovo... Mas é preciso honestidade para distinguir entre furúnculos e coceiras...

O que melhor posso fazer é dar a você, e a todos os que amam poesia, algumas sugestões.

Em primeiro lugar, leia o maravilhoso livro de Rainer Maria Rilke: *Cartas a um jovem poeta*. São cartas de enorme delicadeza, sensibilidade e honestidade. Rilke as escreveu a um jovem que lhe enviara poemas de sua autoria, pedindo que o poeta desse sua opinião. Que tempo maravilhoso aquele, quando o tempo andava devagar, e havia tempo para escrever longas cartas em papel, com tinta, caneta, mata-borrão, envelope, selo e caminhadas até o correio... Tempo feliz aquele, quando a chegada do carteiro era um evento grave, pois se sabia que cartas eram, sempre, portadoras do essencial.

Leia, depois, Manoel de Barros, poeta mato-grossense... *Livro sobre nada, Livro de pré-coisas, Arranjos para assobio, O livro das ignoráças*... O Manoel de Barros é mestre de aforismos, afirmações curtas, marteladas na cabeça de um prego, que desarrumam o arrumado e fazem pensar.

Palavra poética tem que chegar ao grau de brinquedo para ser séria.
A terapia literária consiste em desarrumar a linguagem a ponto que ela expresse nossos mais fundos desejos.
Melhor que nomear é aludir. Verso não precisa dar noção. Tem mais presença em mim o que me falta.
Quem acumula muita informação perde o condão de adivinhar. Eu queria avançar para o começo. Chegar ao acriançamento das palavras.
Deus deu forma. Os artistas desformam. É preciso desformar o mundo: Tirar da natureza as naturalidades. Fazer cavalo verde, por exemplo. Fazer noiva camponesa voar – como em Chagall...

E ler, bovinamente, ruminantemente, em voz alta, os poetas... É preciso ler em voz alta. Poesia não é pensamento. É música. Você sabe ler? Claro: eu sei que você sabe ler... Mas não é isso que estou perguntando. Estou perguntando se, ao ler, suas palavras fazem música. E os seus poemas? Que música fazem eles? Leia Alberto Caeiro, Álvaro de Campos, Fernando Pessoa, Mario Quintana, Adélia Prado, Cecília Meireles, Hilda Hilst, Chico Buarque, Vinicius...

Para terminar, vou transcrever o que Rilke escreveu ao término de sua primeira carta: "Mas talvez se dê o caso de ter o senhor de renunciar a se tornar poeta. Basta sentir que poderia viver sem escrever para não mais se ter o direito de fazê-lo...".

O poder do que não existe

Sou psicanalista. E tenho fé. E não tenho de cometer nenhum suicídio intelectual para que elas convivam dentro de mim.

A psicanálise diz em prosa aquilo que a poesia e a literatura souberam sempre: "somos feitos da mesma matéria dos nossos sonhos" (Shakespeare). Essa afirmação, se interpretada cientificamente, é um *non-sense*. Pois ela diz que o nosso corpo é feito com uma mistura impossível de realidade e irrealidade. Realidade: ossos, músculos, sangue, cérebro, neurônios, hormônios – entidades que moram no mundo da ciência. Mas sonhos? Sonhos são irrealidades. Não possuem substância. São imagens que aparecem fortuitamente na mente para logo desaparecerem, faltando-lhes as qualidades cartesianas de clareza e distinção. Não é por acaso que a ciência os tenha eliminado do seu discurso, com a consequente redução da poesia e da literatura à categoria de "diversões", brinquedos mentais vazios de qualquer realidade. Um cientista, como cientista, jamais iria à literatura para aprender sobre a realidade. Literatura é *relax*, uma alternativa aos tranquilizantes... A frase de Shakespeare, na verdade, contém uma nova filosofia herética que afirma que "aquilo que não é é". E a prova de que "o que não é é" está em que o corpo chora, ri, ama, luta, produz arte, movido por essa irrealidade. Parafraseando Sartre: "O nada é ser".

A psicanálise, assim, antes de ser uma prática terapêutica, é uma metafísica. E o seu poder terapêutico se deve ao fato de que ela trata as coisas que não foram, não são e não serão como se fossem. Tudo começou nos sonhos: "A interpretação dos sonhos é o caminho áureo para o conhecimento do inconsciente". O grande salto filosófico aconteceu quando Freud se deu conta de que os traumas que se encontravam na origem dos sofrimentos dos seus pacientes não pertenciam ao mundo que a ciência define como realidade. Não haviam acontecido de fato. Eram fantasias. Mesmo quando havia um núcleo de realidade na memória desses traumas, seu poder patogênico se encontrava numa ficção, a forma literária que a mente lhes dava.

Mas isso não era novidade para os místicos e os poetas. Eles sempre o souberam. Está escrito no texto sagrado que o corpo é o Verbo encarnado. D. Miguel de Unamuno, filósofo e místico espanhol (Guimarães Rosa, perguntado sobre o que ele pensava dos filósofos, respondeu: "A filosofia é a maldição do idioma. Mata a poesia desde que não venha de Kierkegaard ou Unamuno, mas então é metafísica" [*Arte em Revista*, ano I, n. 2. São Paulo: Centro de Estudos de Arte Contemporânea, p. 7]), num humoroso diálogo fictício com um materialista que chamava as produções poéticas de "sardinhas fritas", conclui o diálogo impossível retornando à sua solidão e repetindo para si mesmo:

> *Recuerda, pues, o sueña tú, alma mía*
> *– la fantasía es tu sustancia eterna –,*
> *lo que no fué;*
> *con tus figuraciones hazte fuerte,*
> *que eso es vivir, y lo demás es muerte.*
> (Miguel de Unamuno, "Conversación segunda", *Ensayos*. Madri: Aguilar Ediciones, 1951, p. 554)

Fernando Pessoa também se movia no mundo das coisas que não existem:

> *O que me dói não é*
> *O que há no coração*
> *Mas essas coisas lindas que nunca existirão...*
> *São as formas sem forma*
> *Que passam sem que a dor*
> *As possa conhecer*
> *Ou as sonhar o amor...*
> (Fernando Pessoa, *Obra poética*. Rio de Janeiro: Nova Aguilar, 1990, p. 169)

Manoel de Barros, esse maravilhoso poeta mato-grossense, especialista em aforismos, também faz a sua escritura sobre o que não existe: "As coisas que não existem são mais bonitas..." (*Livro das ignorãças*. Rio de Janeiro: Record, 1993, p. 7).

E Paul Valèry: "Que seria de nós sem o socorro das coisas que não existem?". Então, o que não existe ajuda? Se ajuda, tem poder. Se tem poder, é real. Será que Deus pertenceria a essa classe de não existentes que existem? Riobaldo diria que sim: "Deus existe mesmo quando não há. Mas o demônio não precisa de existir para haver" (Guimarães Rosa, *Grande sertão: Veredas*. Rio de Janeiro: José Olympio, 1978, p. 49). Esse "mas" parece introduzir uma diferença entre a "realidade" de Deus e a "realidade" do demônio. Mas basta ler o texto com atenção para perceber que tanto Deus quanto o demônio não precisam existir para haver; existem mesmo quando não há. O que nos conduz ao aforismo por meio do qual Guimarães Rosa resumiu essa metafísica insólita: "Tudo é real porque tudo é inventado".

Os artistas fazem amor com o que não existe. Trabalham para dar forma sensível a esse objeto – sabendo que ele sempre lhes escapará.

> *Por mais rosas e lírios que me dês*
> *eu nunca acharei que a vida é bastante.*
> *Faltar-me-á sempre qualquer coisa,*
> *sobrar-me-á sempre o que desejar...*
> (Fernando Pessoa, *Obra poética*. Rio de Janeiro: Nova Aguilar, 1990, p. 406)

A psicanálise, nos seus primórdios, participava da metafísica científica dominante. Considerava os sonhos (não existentes) como "efeitos" de "causas" históricas e biográficas, eventos realmente acontecidos. O processo interpretativo tinha por objetivo encontrar as raízes materiais das quais surgiam os sintomas que afloravam no corpo e na mente de pessoas perturbadas. Comentando Roheim (*Magic and schizophrenia*), Norman O. Brown diz o seguinte:

> A psicanálise se iniciou como um avanço a mais da objetividade científica civilizada; expor os resíduos de participação primitiva, eliminá-los; estudar o mundo dos sonhos, da magia primitiva, da loucura. Mas o resultado da psicanálise foi a descoberta de que a magia e a loucura estão em todo lugar, e que os sonhos são aquilo de que somos feitos. (Norman O. Brown, *Love's body*. Nova York: Random House, 1966, p. 154)

Assim, estamos destinados a viver fazendo amor com o que não existe. É impossível amar uma fórmula de física. Mas um poema, uma canção, um raio de Sol refletido numa gota d'água – isso nos comove. Amamos uma pessoa não por aquilo que ela é, mas pelo manto de fantasia com que a cobrimos.

Ludwig Feuerbach, antes de Freud, no seu livro *A essência do cristianismo* (que deveria ser leitura obrigatória para todo psicanalista), disse o seguinte:

> A religião é um sonho da mente humana. (...) Vemos as coisas reais no fascinante esplendor da imaginação e do capricho... O homem – esse é o mistério da religião – projeta o seu ser na objetividade e, a seguir, faz-se objeto dessa imagem projetada de si mesmo, agora transformada em sujeito. (Ludwig Feuerbach, *The essence of christianity*. Nova York: Harper, 1957, pp. xxxix e 29-30)

Segundo Feuerbach – creio que Freud concordaria com ele –, o fenômeno objetivo denominado religião se deve a um mecanismo psicológico: o homem toma a sua essência (essa é a palavra usada por ele) e a projeta para fora, tendo o universo como tela. Assim, aquilo que era "sonho" é transformado numa realidade objetiva exterior, independente do homem, a qual se volta sobre ele e o domina. Essa é a essência da idolatria: a transformação do sonho em realidade. Os deuses são ídolos. Espero que as pessoas religiosas concordem comigo em que essa crítica está presente nos textos proféticos do Antigo Testamento. Entendo que toda a crítica freudiana da religião se refere a esse mecanismo de projeção e a seus resultados institucionais.

Eu me lembro da primeira vez que fui ao cinema. Menino, sete anos, sul de Minas. Terminado o filme, fiquei olhando para uma porta que havia ao lado da tela, esperando a saída dos artistas... Eu não sabia o que era "projeção"! As religiões são assim: pensam que as projeções que a alma faz sobre a tela da imaginação são coisas objetivas, lá fora. Contra essa fé religiosa, a crítica freudiana é implacável. Pela simples razão de que a existência das projeções se dissolve sob a análise dos mecanismos mentais. A religião, assim entendida, não passa de uma ilusão.

Mas haverá uma outra forma de entender a fé?
Uma fé que não seja crença nos seres que a religião afirma existir?

Uma fé que não necessite de ídolos?
Uma fé que seja capaz de conversar tranquilamente com a psicanálise?
Uma fé que respire o ar dos sonhos?
Digo agora o que entendo por fé.

Já disse que, na experiência artística, fazemos amor com coisas que não existem. "As coisas que não existem são mais bonitas": delas, a alma se alimenta. A própria existência da arte é uma evidência de que "as coisas que não existem têm o poder de nos socorrer".

Quando, no meio de todos os sonhos que amamos, encontramos um sobre o qual lançamos a nossa vida, abandonando-nos a ele em virtude de sua beleza, sem nenhuma certeza, quando "apostamos" (Pascal, Kierkegaard) a nossa vida e nos lançamos no vazio do "não ser" – a esse ato eu dou o nome de fé. Ele nada tem a ver com a crença na existência de seres sobrenaturais. Não se trata de um suicídio intelectual pelo qual afirmamos a existência de algo que não pode ser testado. Trata-se de um ato de amor, de vontade e de coragem. Abandonando todas as certezas, por esse sonho eu arrisco a minha vida. Paul Tillich dava a esse gesto supremo de amor por um sonho o nome de *ultimate concern* – expressão que não sei traduzir, talvez "comprometimento último". Como disse Miguel de Unamuno, católico convicto, no seu livro *O sentimento trágico da vida* (Porto: Educação Nacional, 1953, p. 145), "acreditar em Deus é, antes de mais nada e principalmente, querer que ele exista". Ora, existe uma distância abissal entre afirmar "creio que Deus existe" e "desejo que Deus exista".

Segundo Ernst Jones, "Freud disse de Nietzsche que ele tinha um conhecimento mais penetrante de si mesmo que qualquer outro homem que tenha existido ou que venha a existir" (Walter Kaufmann, *Basic writings of Nietzsche*. Nova York: The Modern Library, 1968, p. xi). Nietzsche tinha um profundo desprezo pelas religiões e pelos religiosos. E, no entanto, ele era um homem de fé. Acusando os cientistas de sua época que só reconheciam a realidade física, ele disse: "Vós sois estéreis; esta é a razão por que não tendes fé. Mas quem quer que tenha criado teve seus sonhos proféticos e signos astrais – fé na fé". Segundo o próprio Nietzsche, a louca firmação do eterno retorno de todas as coisas foi a mais alta forma de afirmação da vida que ele encontrou. Fato empírico? Não. Sonho. Esperança. Fé. Como Nietzsche, Freud desprezava as religiões e o pensamento religioso: ilusões, neurose. Por vezes, psicose. E, no entanto, como Nietzsche, ele tinha também a sua fé. Olhando para a vida, ele podia ver potências invisíveis, por detrás de tudo o que acontece. Dois deuses poderosos, Eros e Tânatos, Amor e Morte. Realidades? Não. Poesia, metáforas, sonhos. E olhando para esses dois deuses, ele orientou a sua vida. Apostou em Eros, a despeito da sombra de Tânatos que ameaçava a civilização. Todo o trabalho psicanalítico é, em última instância, um ato de fé, uma batalha para fazer com que o Amor triunfe sobre a Morte.

Garantias de um final feliz não há. A experiência clínica o comprova. A despeito disso, a fé brilha, invocando o socorro das coisas que não existem.

Por que não me mudo pra Bahia

Há dois tipos de férias. O primeiro é quando o cavalo cansado, magro, castrado, vai para uma campina verde, sem ninguém que lhe dê ordens, sem hora pra levantar, sem nada pra fazer, é só vadiar, pastar, descansar, correr, dormir, fazer o que lhe der na telha! Que felicidade! Bom seria que a vida toda fosse assim! Mas o tempo corre rápido. Passadas duas semanas, descansado e gordo, é hora de voltar para onde estava antes, para o cabresto, a cerca, o arreio, a carroça, as esporas e o chicote, para isso que se chama "realidade". É hora de retomar o trabalho no lugar onde ele o havia deixado. Ah! Todo cavalo precisa de férias para aguentar mais um ano de trabalho duro... Descansar para trabalhar! As empresas sabem disso. Se dão férias para seus cavalos não é porque os amem em liberdade. É porque precisam deles na sua volta, revigorados e trabalhadores, agradecidos à empresa que lhes dá férias. E há mesmo os cavalos que, ao final das férias, começam a sentir saudades do arreio e da carroça, querem voltar, porque se cansam da liberdade. Todo mundo diz que quer liberdade. É mentira. A liberdade traz muita confusão à cabeça. Melhores são as rotinas que nos livram da maçada de ter de tomar decisões sobre o que fazer com a liberdade. Quem tem rotinas não precisa tomar decisões. A vida já está decidida. O cavaleiro nem precisa puxar a rédea: o cavalo sabe o caminho a seguir.

O segundo tipo é quando as férias produzem uma perturbação não esperada na cabeça do cavalo. Aqueles campos verdes sem cercas começam a mexer lá no fundo da sua alma, justo no lugar onde estava enterrado o cavalo selvagem que ele fora um dia, antes do cabresto, do arreio e da castração. E aí um milagre acontece: o cavalo selvagem morto ressuscita, se apossa do corpo do cavalo doméstico que vira outro, e até reaprende as esquecidas artes de relinchar, de empinar, de saltar cercas, de disparar a galope pela pura alegria de correr, imaginando-se um ser alado, Pégaso, voando pelas pastagens azuis do céu e pulando sobre as nuvens... É tão bom... E, de repente, deitado sob uma árvore, ele se lembra de que está chegando a hora de voltar... Mas ele não quer voltar. Quer ficar. Surgem, então, na sua cabeça, perguntas que nunca fizera: "Por que é que eu volto sempre? Será mesmo preciso voltar? Estou condenado ao cabresto, ao arreio e à castração? É isso que é a vida? Por que voltar se não quero? Volto porque é preciso? Mas será preciso mesmo? Minha vida não pode ser diferente?".

Essas ideias malucas só acontecem quando o cavalo está só com os seus pensamentos. Férias em solidão são perigosas. É por isso que muitas empresas fazem colônias de férias para seus empregados. Para que não fiquem sozinhos. Para que não pensem pensamentos doidos. Juntos, eles pensam os pensamentos que todos pensam. Pensamentos normais. Os de sempre. O mesmo. Sobre o que conversam os cavalos domésticos nas colônias de férias? Eles conversam sobre cabrestos, arreios, carroças, cavaleiros, carroceiros... E assim, os cavalos selvagens continuam enterrados...

Eu quero me mudar para a Bahia. Eu posso me mudar para a Bahia. Mas não vou me mudar para a Bahia. Cavalo doméstico, voltei e vou ficar onde estou, onde sempre estive, pensando e escrevendo que quero me mudar para a Bahia mas não vou me mudar para a Bahia. A Bahia soltou meu cavalo selvagem... Uma Bahia diferente, sem axé, sem atabaques, sem berimbau, sem capoeira, sem acarajé, sem som eletrônico, sem "o que é que a baiana tem?", sem vatapá... Uma Bahia anterior à Bahia, uma Bahia muito antiga que está se perdendo na espuma do mar, uma Bahia que me leva ao início do mundo. Foi essa Bahia que viu Sophia de Mello Breyner Andresen, maravilhosa poetisa portuguesa, Bahia virgem, Bahia dos descobridores:

> Um oceano de músculos verdes, um ídolo de muitos braços como um polvo, caos incorruptível que irrompe e um tumulto ordenado, bailarino contorcido em redor dos navios esticados. (...) O mar tornou-se de repente muito novo e muito antigo para mostrar as praias e um povo de homens recém-criados ainda cor de barro, ainda nus, ainda deslumbrados...

Não, não se trata de praia. Praia é Guarujá, Ipanema, Porto Seguro, Cabo Frio, Camboriú, formigação humana, agito. Nessas praias, o barulho não permite que se ouçam nem a música do mar, nem a música do vento que balança as folhas dos coqueiros. Uma amiga, voltando de férias em Porto Seguro, disse-me que o barulho das batucadas era tal que ela teve de viajar 40 quilômetros para ouvir o mar. Faz muitos anos, viajei 700 quilômetros até Cabo Frio. Quando cheguei à praia, na ilusão do silêncio, fui agredido pelo som infernal que saía de uma barraca. Imagino que chegará um tempo em que todas as praias terão sido estupradas pela insensibilidade humana.

Foi na praia de Mangue Seco, aquela da *Tieta do agreste*, a mais linda que já vi, areias brancas alisadas pelo mar imenso, mar sem fim, azul, verde e branco. Meu filho Sérgio tinha três anos quando viu o mar pela primeira vez. Em silêncio, ficou a contemplar o mar, as ondas se quebrando sem cessar. E me perguntou: "O que é que o mar faz quando a gente vai dormir?". Era-lhe incompreensível a eternidade do mar. Também me espanto e me pergunto, sem resposta: "Há quanto tempo o mar se quebra alisando a areia?". O mar, a praia, as conchas, o céu, os peixes invisíveis nas profundezas, as gaivotas em voo me falam da eternidade. Senti-me retornado ao início do mundo: "Foi, desde sempre, o mar...". Até as marcas dos pés, coisas do tempo, haviam sido apagadas pelo vento e pelas ondas. Solidão, "solidão robusta, solidão para todos os lados, uma ausência humana que se opõe ao mesquinho formigar do mundo..." (Cecília Meireles). Senti o que sentia Murilo Mendes: "O minúsculo animal que sou acha-se inserido no corpo do enorme Animal que é o universo". Universo, Animal enorme que me faz viver... Que mais bela experiência mística posso desejar? Eu e o universo em silenciosa harmonia... Que milagre ou aparição de Virgem pode se comparar a esse sentimento? Eu, infinitamente pequeno, grão de areia, e, ao mesmo tempo, infinitamente grande, bebendo o universo com meus olhos...

Quero me mudar para a Bahia. Mas sei que não vou me mudar para a Bahia. E não importa que seja a Bahia. As montanhas de Minas com suas matas e cachoeiras, o mar em cima, porque "o mar de Minas não é no mar / O mar de Minas é no céu / Pro mundo olhar pra cima e navegar / Sem nunca ter um porto pra chegar" – também as montanhas de Minas são parte do enorme Animal que é o universo... Quem sabe Pasárgada? Ou Maracangalha...

Todo mundo tem nostalgia por um outro lugar. Todo mundo gostaria de se mudar para um outro lugar mágico. Mas são poucos os que têm coragem de tentar. Talvez por saberem que a Bahia, como Pasárgada, não existe.

Ela é um sonho que encanta, que acorda o cavalo selvagem desembestado pelas planícies do infinito. Mas a duração é curta porque a Bahia só existe no efêmero tempo das férias, dentro de uma bolha encantada de eternidade. Quando se volta lá, à procura, descobre-se que a bolha estourou e a Bahia mudou... Para onde terá ido? O triste é que o sonho acaba, mas o cavalo selvagem que o sonho acordou continua vivo. Quer galopar, relinchar, saltar... Mas não tem jeito. No mundo real, os cavalos andam devagar, em círculos, sempre no mesmo caminho, fazendo girar a mó. E, enquanto andam, sonham que querem se mudar para a Bahia...

Sobra a memória: as lavadeiras alegremente lavando roupas dentro de riachos de água límpida; sobra o brilho do Sol da tarde refletido na água espraiada na areia; sobram os divertidos caranguejos assustados correndo de lado com seus olhos-periscópios esticados...; sobra a imensidão do mar; sobra a imensidão das praias; sobram o azul, o branco, o verde; sobra o silêncio das vozes dos homens; sobra o céu estrelado; sobram os coqueirais, a água de coco...; sobra a sensação de estar em paz com a vida. Disse a Adélia: "Aquilo que a memória amou fica eterno". Talvez eu não precise me mudar para a Bahia porque ela sobrou dentro de mim...

A solidão amiga

A noite chegou, o trabalho acabou, é hora de voltar para casa. Lar, doce lar? Mas a casa está escura, a televisão, apagada e tudo é silêncio. Ninguém para abrir a porta, ninguém à espera. Você está só. Vem a tristeza da solidão... O que mais você deseja é não estar em solidão...

Mas deixa que eu lhe diga: sua tristeza não vem da solidão. Vem das fantasias que surgem na solidão. Lembro-me de um jovem que amava a solidão: ficar sozinho, ler, ouvir música... Assim, aos sábados, ele se preparava para uma noite de solidão feliz. Mas bastava que ele se assentasse para que as fantasias surgissem. Cenas. De um lado, amigos em festas felizes, em meio ao falatório, aos risos, à cervejinha. Aí a cena se alterava: ele, sozinho naquela sala. Com certeza ninguém estava se lembrando dele. Naquela festa feliz, quem se lembraria dele? E aí a tristeza entrava e ele não mais podia curtir a sua amiga solidão. O remédio era sair, encontrar-se com a turma para encontrar a alegria da festa. Vestia-se, saía, ia para a festa... Mas na festa ele percebia que festas reais não são iguais às festas imaginadas. Era um desencontro, uma impossibilidade de compartilhar as coisas da sua solidão... A noite estava perdida.

Faço-lhe uma sugestão: leia o livro *A chama de uma vela*, de Bachelard. É um dos livros mais solitários e mais bonitos que jamais li. A chama de uma vela, por oposição às luzes das lâmpadas elétricas, é sempre solitária. A chama de uma vela cria, ao seu redor, um círculo de claridade mansa que se perde nas sombras. Bachelard medita diante da chama solitária de uma vela. Ao seu redor, as sombras e o silêncio. Nenhum falatório bobo ou riso fácil para perturbar a verdade da sua alma. Lendo o livro solitário de Bachelard, eu encontrei comunhão. Sempre encontro comunhão quando o leio. As grandes comunhões não acontecem em meio aos risos da festa. Elas acontecem, paradoxalmente, na ausência do outro. Quem ama sabe disso. É precisamente na ausência que a proximidade é maior. Bachelard, ausente: eu o abracei agradecido por ele assim me entender tão bem. Como ele observa, "parece que há em nós cantos sombrios que toleram apenas uma luz bruxuleante. Um coração sensível gosta de valores frágeis". A vela solitária de Bachelard iluminou meus cantos sombrios, fez-me ver os objetos que se escondem quando há mais gente na cena. E ele faz uma pergunta que julgo fundamental e que proponho a você, como motivo de meditação: "Como se comporta a sua solidão?". Minha solidão? Há uma solidão que é minha, diferente das "solidões" dos outros? A solidão se comporta? Se a minha solidão se comporta, ela não é apenas uma realidade bruta e morta. Ela tem vida.

Entre as muitas coisas profundas que Sartre disse, esta é a que mais amo: "Não importa o que fizeram com você. O que importa é o que você faz com aquilo que fizeram com você". Pare. Leia de novo. E pense. Você lamenta essa maldade que a vida está fazendo com você, a solidão. Se Sartre está certo, essa maldade pode ser o lugar onde você vai plantar o seu jardim.

Como é que a sua solidão se comporta? Ou, talvez, dando um giro na pergunta: Como você se comporta com a sua solidão? O que é que você está fazendo com a sua solidão? Quando você a lamenta, você está dizendo que gostaria de se livrar dela, que ela é um sofrimento, uma doença, uma inimiga... Aprenda isto: as coisas são os nomes que lhes damos. Se chamo minha solidão de inimiga, ela será minha inimiga. Mas será possível chamá-la de amiga? Drummond acha que sim:

Por muito tempo achei que a ausência é falta.
E lastimava, ignorante, a falta.
Hoje não a lastimo.
Não há falta na ausência.
A ausência é um estar em mim.
E sinto-a, branca, tão pegada,
aconchegada nos meus braços,
que rio e danço e invento exclamações alegres,
porque a ausência, essa ausência assimilada,
ninguém a rouba mais de mim!

Nietzsche também tinha a solidão como sua companheira. Sozinho, doente, tinha enxaquecas terríveis que duravam três dias e o deixavam cego. Ele tirava suas alegrias de longas caminhadas pelas montanhas, da música e de uns poucos livros que ele amava. Eis aí três companheiras maravilhosas! Vejo, frequentemente, pessoas que caminham por razões de saúde. Incapazes de caminhar sozinhas, vão aos pares, aos bandos. E vão falando, falando, sem ver o mundo maravilhoso que as cerca. Falam porque não suportariam caminhar sozinhas. E, por isso mesmo, perdem a maior alegria das caminhadas, que é a alegria de estar em comunhão com a natureza. Elas não veem as árvores, nem as flores, nem as nuvens, nem sentem o vento. Que troca infeliz! Trocam as vozes do silêncio pelo falatório vulgar. Se estivessem a sós com a natureza, em silêncio, sua solidão tornaria possível que elas ouvissem o que a natureza tem a dizer. O estar juntos não quer dizer comunhão. O estar juntos, frequentemente, é uma forma terrível de solidão, um artifício para evitar o contato com nós mesmos. Sartre chegou ao ponto de dizer que "o inferno são os outros". Sobre isso, quem sabe, conversaremos outro dia... Mas, voltando a Nietzsche, eis o que ele escreveu sobre a sua solidão:

> Ó solidão! Solidão, meu lar!... Tua voz – ela me fala com ternura e felicidade! Não discutimos, não queixamos e muitas vezes caminhamos juntos através de portas abertas.
> Pois onde quer que estás, ali as coisas são abertas e luminosas. E até mesmo as horas caminham com pés saltitantes.
> Ali as palavras e os tempos / poemas de todo o ser se abrem diante de mim. Ali todo ser deseja transformar-se em palavra, e toda mudança pede para aprender de mim a falar.

E o Vinicius? Você se lembra do seu poema "O operário em construção"? Vivia o operário em meio a muita gente, trabalhando, falando. E, enquanto trabalhava e falava, ele nada via, nada compreendia. Mas aconteceu que,

> (...) certo dia, à mesa, ao cortar o pão, o operário foi tomado de uma súbita emoção, ao constatar, assombrado, que tudo naquela casa – garrafa, prato, facão – era ele que os fazia, ele, um humilde operário, um operário em construção. (...) Ah! homens de pensamento, não sabereis nunca o quanto aquele humilde operário soube naquele momento! Naquela casa vazia que ele mesmo levantara, um mundo novo nascia de que sequer suspeitava. O operário emocionado olhou sua

própria mão sua rude mão de operário e olhando bem para ela teve um segundo a impressão de que não havia no mundo coisa que fosse mais bela. Foi dentro da compreensão desse instante solitário que, tal sua construção, cresceu também o operário. (...) O operário adquiriu uma nova dimensão: a dimensão da poesia.

Rainer Maria Rilke, um dos poetas mais solitários e densos que conheço, disse o seguinte: "As obras de arte são de uma solidão infinita". É na solidão que elas são geradas. Foi na casa vazia, num momento solitário, que o operário viu o mundo pela primeira vez e se transformou em poeta.

E me lembro também de Cecília Meireles, tão lindamente descrita por Drummond:

> (...) Não me parecia criatura inquestionavelmente real; e por mais que aferisse os traços positivos de sua presença entre nós, marcada por gestos de cortesia e sociabilidade, restava-me a impressão de que ela não estava onde nós a víamos... Distância, exílio e viagem transpareciam no seu sorriso benevolente. Por onde erraria a verdadeira Cecília...

Sim, lá estava ela delicadamente entre os outros, participando de um jogo de relações gregárias que a delicadeza a obrigava a jogar. Mas a verdadeira Cecília estava longe, muito longe, num lugar onde ela estava irremediavelmente sozinha.

O primeiro filósofo que li, o dinamarquês Söeren Kierkegaard, um solitário que me faz companhia até hoje, observou que o início da infelicidade humana se encontra na comparação. Experimentei isso em minha própria carne. Foi quando eu, menino caipira de uma cidadezinha do interior de Minas, me mudei para o Rio de Janeiro que conheci a infelicidade. Comparei-me com eles: cariocas, espertos, bem falantes, ricos. Eu diferente, sotaque ridículo, gaguejando de vergonha, pobre: entre eles eu não passava de um patinho feio que os outros se comprazam em bicar. Nunca fui convidado a ir à casa de qualquer um deles. Nunca convidei nenhum deles a ir à minha casa. Eu não me atreveria. Conheci, então, a solidão. A solidão de ser diferente. E sofri muito. Nem sequer me atrevi a compartilhar com meus pais esse meu sofrimento. Seria inútil. Eles não compreenderiam. E mesmo que compreendessem, eles nada podiam fazer. Assim, tive de sofrer a minha solidão duas vezes sozinho. Mas foi nela que se formou aquele que sou hoje. As caminhadas pelo deserto me fizeram forte. Aprendi a cuidar de mim mesmo. E aprendi a buscar as coisas que, para mim, solitário, faziam sentido. Como, por exemplo, a música clássica, a beleza que torna alegre a minha solidão...

A sua infelicidade com a solidão: não se deriva ela, em parte, das comparações? Você compara a cena de você, só, na casa vazia, com a cena (fantasiada) dos outros, em celebrações cheias de risos... Essa comparação é destrutiva porque nasce da inveja. Sofra a dor real da solidão porque a solidão dói. Dói uma dor da qual pode nascer a beleza. Mas não sofra a dor da comparação. Ela não é verdadeira.

Os olhos de Camila

O tempo opera cruéis transformações sobre o corpo. Um dos livros mais sábios jamais escritos, o *Tao Te Ching*, assim as descreve: "Um homem, ao nascer, é macio e frágil. Ao morrer, ele é duro e rígido. As plantas verdes são macias e cheias de seiva. Na sua morte, elas estão murchas e secas. Portanto, o rígido e o que não se curva são discípulos de vida".

Esse processo inexorável de endurecimento se manifesta primeiramente nos olhos. A morte tem especial predileção pelo olhar. Bachelard sabia disso e se perguntava: "Sim, a luz de um olhar, para onde ela vai quando a morte coloca seu dedo frio sobre os olhos de um morto?".

É nos olhos que ela injeta o seu sêmen...

Escher. Não sei se esse nome lhe é familiar. É melhor que seja porque, no dia do Juízo Final, Deus vai lhe perguntar sobre ele, e não vai gostar se você disser que nunca ouviu esse nome. Assim, trate de conhecê-lo antes de morrer.

Os desenhos de Escher se encontram em qualquer livraria boa. Não são baratos. Se forem caros demais, veja na livraria mesmo. Frequentar livrarias para brincar de ver figuras e ler é uma felicidade gratuita. Já passou pela sua cabeça que livrarias são *playcenters*? Brincam as ideias com as palavras, brincam os olhos com as imagens, brinca o nariz com os cheiros cheios de memórias que moram nos livros, brinca o tato, os dedos acariciando o papel liso como se fosse a pele do corpo amado...

Mas, se você tem o dinheiro, vale a pena comprar. Você gastou dinheiro comprando óculos para ver melhor. Gaste dinheiro agora dando aos seus olhos o que ver. Caso contrário, você será como o tolo que compra panelas e não compra comida. As gravuras de Escher são comida para os olhos: fazem mais bem aos olhos do que os melhores colírios...

Os desenhos de Escher são *koans*, desafios ao olhar, terremoto da inteligência. Uma das suas gravuras mais terríveis tem o nome de *Olho*: é só um olho e, dentro dele, refletida, a imagem da morte.

Comparando o dito de *Tao Te Ching* com a gravura de Escher, concluo que aquele é um olho adulto, pois é no corpo endurecido de adultos que a morte mora.

O remédio, segundo o mesmo livro, é tornarmo-nos "de novo como crianças pequenas". Se isso lhe acontecer, você não voltará a ser criança pequena de novo, como pensou o tolo Nicodemus quando Jesus lhe disse a mesma coisa; você ficará como criança pequena. Ficar como criança pequena é ficar sábio. Diz o *Tao Te Ching* que o segredo do sábio – a razão por que todos olham para ele e o escutam – é que "ele se comporta como uma criança pequena". O sábio é um adulto com olhos de criança. Os olhos, diferentemente do resto do corpo, preservam para sempre a propriedade mágica de rejuvenescimento.

Sua cabeça de cientista provavelmente discordará. Você dirá que somente os adultos veem direito. Os adultos passaram muitos anos nas escolas, seus olhos fizeram caminhadas infinitas pelos livros. Os seus olhos sabem muito, estão cheios. Por isso, devem ver melhor.

Mas esse é, precisamente, o problema. Quando um balde está cheio de água, não é possível colocar mais água dentro dele. Os olhos dos adultos são como balde cheio, como um espelho no qual se colou uma infinidade de adesivos coloridos. O quadro ficou bonito. Mas o espelho se foi. O espelho parou de ver. Ficou cego.

Os olhos das crianças são baldes vazios. Vazios de saber. Prontos para ver. Querem ter tudo. Tudo cabe dentro deles. Minhocas, sementinhas, bichinhos, figuras, colheres, pentes, folhas, bolinhas, colares, botões. Os olhos de Camila, minha neta, se encantam com as coisas. Para eles, tudo é fantástico, espantoso, maravilhoso, incrível, assombroso.

Os olhos das crianças gozam da capacidade de ter o "pasmo essencial" do recém-nascido que abre seus olhos pela primeira vez. A cada momento eles se sentem nascidos de novo para a eterna novidade do mundo.

Walt Whitman diz que, ao começar os seus estudos, o que mais o agradou foi o dom de ver. Ficava encantado com as formas infinitas das coisas, com os mais pequenos insetos ou animais: "[o passo inicial] me assustou tanto, e me agradou tanto, que não foi fácil para mim passar, e não foi fácil seguir adiante, pois eu teria querido ficar ali flanando o tempo todo, cantando aquilo em cânticos extasiados".

Os olhos dos adultos, havendo se enchido de saber, e havendo, portanto, perdido a capacidade de ver das crianças, olham sem nada ver (daí o seu tédio crônico) e ficam procurando cura para sua monotonia de ver em experiências místicas esquisitas, em visões de outros mundos, ou em experiências psicodélicas multicoloridas. Pois eu lhe garanto que não existe visão de outro mundo que se compare, em beleza, à asa de uma borboleta. Quem o disse foi Cecília Meireles, poetisa. Os poetas são religiosos que não necessitam de religião porque os assombros deste mundo maravilhoso lhes são suficientes. Foi assim que ela pintou a cosmologia poética que seus olhos viam:

> *No mistério do Sem-Fim,*
> *equilibra-se um planeta.*
> *E, no planeta, um jardim,*
> *e, no jardim, um canteiro:*
> *e no canteiro, uma violeta,*
> *e sobre ela, o dia inteiro,*
> *entre o planeta e o Sem-Fim,*
> *a asa de uma borboleta.*

"Um homem, ao nascer, é macio e frágil. Ao morrer, ele é duro e rígido."

O que o sábio chinês disse ao corpo inteiro, o poeta espanhol Antônio Machado disse aos olhos:

> *Olhos que para a luz se abriram*
> *um dia para, depois,*
> *cegos retornar a terra,*
> *fartos de olhar sem ver!*

As contas de vidro e o fio de *nylon*

Confesso a minha impiedade: não consigo amar a Deus. Não consigo amar nada em abstrato. Preciso de um rosto, uma voz, de um olhar, de um toque de mão. Amo com os meus sentidos. Mas Deus, eu nunca vi. Não sei como ele é. Por isso, não consigo amá-lo. Meu mestre Alberto Caeiro está pior do que eu, pois chega ao ponto de afirmar que nem mesmo pensar em Deus ele consegue: "Pensar em Deus é desobedecer a Deus, porque Deus quis que não o conhecêssemos, por isso se nos não mostrou".

O amor é o melhor tônico de memória. Quando o nome da coisa amada é pronunciado, ela logo ressuscita dos mortos e aparece viva em nossa imaginação. E o corpo se enche de saudades. A saudade é o sintoma de que uma coisa amada-perdida saiu do túmulo. Mas o nome de Deus não faz nada com a minha memória. Não provoca ressurreições. Não sinto saudade de coisa alguma. O corpo não se comove.

Gosto do poema de Brecht intitulado "Prazeres". Sem rimas ou métrica, é uma simples enumeração de algumas das coisas que o faziam feliz. Vidros coloridos de um vitral.

A primeira olhada pela janela de manhã.
O velho livro de novo encontrado.
Rostos entusiasmados.
Neve, a mudança das estações.
O jornal.
O cão.
Tomar banho.
Nadar.
Velha música.

Sapato confortável.
Perceber.
Nova música.
Escrever, plantar.
Viajar.
Cantar.
Ser amigo.

O meu "Prazeres" seria parecido.

Acordar, pensar na faca, no queijo e na fome.
Caminhar,
os olhos passeando pelas árvores,
pela grama molhada de chuva,
pelos pássaros.
O Sol acabado de nascer.
Suco de laranja, café fumegante,
pão com manteiga, ovo quente.
Os pensamentos que me vêm enquanto caminho.
Planejar o meu jardim Zen.
Música.
A Mariana e a Camila.
O outro neto ou neta, ainda sem nome.
Chá gelado com limão.
Memórias.
Livros.
O Calvin.

Basta escrever o seu "Prazeres". Quando os olhos ficam atentos às pequenas alegrias, é fácil ser poeta.

Hermann Hesse escreveu um livro intitulado *O jogo das contas de vidro*. É a estória de uma ordem monástica na qual os seus membros, em vez de gastarem seu tempo com ladainhas e exercícios semelhantes, se dedicavam a um jogo que era jogado com contas de vidro coloridas. Eles sabiam que os deuses preferem a beleza às monótonas repetições sem sentido. O livro não descreve os detalhes do jogo. Mas eu sei do que se tratava. Enquanto escrevo, ouço a *Sonata n. 27, op. 90*, de Beethoven. É linda. As contas de vidro coloridas de Beethoven, nessa sonata, são as notas do piano.

Vitrais também são jogos de contas de vidro. Foi na poesia de uma poetisa minha amiga, ex-aluna, Maria Antonia de Oliveira, no livro *Seriguelas*, que pela primeira vez vi a vida como um vitral.

> *A vida se retrata no tempo*
> *formando um vitral,*
> *de desenho sempre incompleto,*
> *de cores variadas,*
> *brilhantes,*
> *quando passa o Sol.*
> *Pedradas ao acaso*
> *acontece de partir pedaços*
> *ficando buracos,*
> *irreversíveis.*
> *Os cacos se perdem*
> *por aí.*
> *Às vezes eu encontro*
> *cacos de vida*
> *que foram meus,*
> *que foram vivos.*
> *Examino-os atentamente tentando lembrar*
> *de que resto faziam parte.*
> *Já achei caco pequeno e amarelinho*
> *que ressuscitou*
> *de mentira, um velho amigo.*
> *Achei outro pontudo e azul, que trouxe em nuvens*
> *um beijo antigo.*
> *Houve um caco vermelho*
> *que muito me fez chorar,*
> *sem que eu lembrasse*
> *de onde me pertencera.*

Esses cacos de vitral, essas contas de vidro coloridas – isso meu corpo e minha alma amam, para todo o sempre. O amor não se conforma com o veredicto do tempo – os cacos do cristal se perdendo dentro do mar, as contas de vidro colorido afundando para sempre no rio do tempo.

Quero que tudo que eu amei e perdi me seja devolvido. Todas essas coisas moram nesse imenso buraco dolorido da minha alma que se chama saudade.

Para isso eu preciso de Deus, para me curar da saudade. Dizem que o remédio está no esquecimento. Mas isso é o que menos deseja aquele que ama. Conta-se de um homem que amava apaixonadamente uma mulher que a morte levou. Desesperado, apelou para os deuses, pedindo que usassem seu poder para lhe devolver a mulher que tanto amava. Compadecidos, eles lhe disseram que devolver sua amada não podiam. Nem eles tinham poder sobre a morte. Mas poderiam curar seu sofrimento, fazendo-o esquecer-se dela. Ao que ele respondeu: "Tudo, menos isso. Pois é o meu sofrimento o único poder que a mantém viva, ao meu lado!".

Também eu não quero que os deuses me curem, pelo esquecimento. Quero antes que eles me devolvam minhas contas de vidro. E é assim que eu imagino Deus: como um fino fio de *nylon*, invisível, que procura minhas contas de vidro no fundo do rio e as devolve a mim, como um colar. Não por ele mesmo (sobre quem nada sei), mas por aquilo que ele faz com minhas contas...

Quero Deus como um artista que cata os cacos do meu vitral, partido por pedradas ao acaso, e os coloca de novo na janela da catedral, para que os raios de Sol de novo por eles passem.

O que eu quero é um Deus que jogue o jogo das contas de vidro, sendo eu uma das contas coloridas do seu jogo...

A alegria da música

    Eu gosto muito de música clássica. Comecei a ouvir música clássica antes de nascer, quando ainda estava na barriga da minha mãe. Ela era pianista e tocava... Sem nada ouvir, eu ouvia. E assim a música clássica se misturou com minha carne e meu sangue. Agora, quando ouço as músicas que minha mãe tocava, eu retorno ao mundo inefável que existe antes das palavras, onde moram a perfeição e a beleza.

    Em outros tempos, falava-se muito mal da alienação. A palavra "alienado" era usada como xingamento. Alienação era uma doença pessoal e política a ser denunciada e combatida. A palavra *alienação* vem do latim *alienum*, que quer dizer "que pertence a um outro". Daí a expressão *alienar um imóvel*. Pois a música produz alienação: ela me faz sair do meu mundo medíocre e entrar num outro, de beleza e formas perfeitas. Nesse outro mundo eu me liberto da pequenez e das picuinhas do meu cotidiano e experimento, ainda que momentaneamente, uma felicidade divina. A música me faz retornar à harmonia do ventre materno. Esse ventre é, por vezes, do tamanho de um ovo, como na *Reverie*, de Schumann; por vezes é maior que o universo, como no *Concerto n. 3* de Rachmaninoff. Porque a música é parte de mim, para me conhecer e me amar é preciso conhecer e amar as músicas que amo. Agora mesmo estou a ouvir uma fita cassete que me deu o Ademar Ferreira dos Santos, um amigo português. Viajávamos de carro a caminho de Coimbra. O Ademar pôs música a tocar. Ele sempre faz isso. Fauré, numa transcrição para piano. A beleza pôs fim à nossa conversa. Nada do que disséssemos era melhor que a música. A música produz silêncio. Toda palavra é profanação. Faz-se silêncio porque a beleza é uma epifania do divino. Ouvir música é oração. Assim, eu e o Ademar, descrentes de outros deuses, adoramos juntos no altar da beleza. Terminada a viagem, o Ademar retirou a fita e m'a deu. "É sua", ele disse de forma definitiva. Protestei. Senti-me mal, como se fosse um ladrão. Mas não adiantou. Há gestos de amizade que não podem ser rejeitados. Assim, trouxe comigo um pedaço do Ademar que é também um pedaço de mim.

A música clássica dá alegria. Há músicas que dão prazer. Mas a alegria é muito mais que prazer. O prazer é coisa humana, deliciosa. Mas é criatura do primeiro olho, onde moram as coisas do tempo, efêmeras, que aparecem e logo desaparecem. A alegria, ao contrário, é criatura do segundo olho, das coisas eternas que permanecem. Superior ao prazer, a alegria tem o poder divino de transfigurar a tristeza. Haverá maior explosão de alegria do que a parte final da *Nona Sinfonia*? E, no entanto, a vida de Beethoven chegava ao fim, marcada pela tristeza suprema de não poder ouvir o que mais amava, a música. Estava totalmente surdo. Mas é precisamente dessa tristeza que nasce a beleza. No último movimento, Beethoven faz o coro cantar a *Ode à alegria*, de Schiller. Sempre que a ouço, imagino Beethoven de pé sobre um alto rochedo à beira-mar. O céu está negro. O mar ruge furioso. Respingos e espumas molham sua roupa. Mas ele parece ignorar a fúria da natureza. Sorri, abre os braços e rege... o mar. A tempestade não cessa, continua. Mas a fúria se põe a cantar a alegria! Abre-se uma fresta nas nuvens negras através da qual se pode ver o céu azul...

A *Nona Sinfonia* me faz triste-alegre. Essa é a magia da beleza: ela é um triunfo sobre a tristeza. Feiticeira, a beleza é o poder mágico que transforma a tristeza triste em tristeza alegre... É só por isso que eu a quero ouvir vezes sem conta. Porque a vida é triste. E nisso está a honestidade da música clássica: ela não mente. Se soubéssemos disso, se sentíssemos a tristeza da vida, seríamos mais mansos, mais sábios, mais bonitos.

Meu outro amigo português, professor José Pacheco, pastor da Escola da Ponte (ele se recusa a ser chamado de diretor. Por isso o chamo de "pastor", aquele que ama e cuida das ovelhas, as crianças. Não seria bonito se os professores se vissem como pastores de crianças?), conversando comigo sobre a música de Ravel, me dizia que, por vezes, ele fica tão "possuído" que ouve um mesmo CD vezes repetidas, sem parar, não deseja ouvir outro. Comigo acontece o mesmo. A beleza produz uma "compulsão à repetição". Kierkegaard dizia que um amante seria capaz de falar sobre sua amada dias a fio sem se cansar, repetindo as mesmas coisas. Falamos para transformar a ausência em presença. Ao escrever estas linhas, estou tornando presente aquela viagem com o Ademar, a caminho de Coimbra, ouvindo Fauré. E estou de novo com o José Pacheco, conversando sobre Ravel e bebendo vinho.

Há músicas que contêm memórias de momentos vividos. Trazem-nos de volta um passado. Lembramo-nos de lugares, objetos, rostos, gestos, sentimentos... Lembrar-se do passado é triste-alegre... Alegre porque houve beleza de que nos lembramos. Triste porque a beleza é apenas lembrança... Não mais existe. Mas há músicas que nos fazem retornar a um passado que nunca aconteceu. É uma saudade indefinível, sentimento puro, sem conteúdo. Não nos lembramos de nada. Apenas sentimos. Sentimos a presença de uma ausência... Fernando Pessoa se refere a uma saudade vazia. Saudade é sempre "saudade de". Mas essa saudade é saudade pura, sem ser saudade de coisa alguma. Será possível ter saudades de algo que não foi vivido? Octavio Paz descreve uma dessas experiências no seu maravilhoso livro *O arco e a lira*. Ele diz:

> Todos os dias atravessamos a mesma rua ou o mesmo jardim; todas as tardes nossos olhos batem no mesmo muro avermelhado, feito de tijolos e tempo urbano. [Coisas do primeiro olho!] De repente, num dia qualquer, a rua dá para outro mundo, o jardim acaba de nascer, o muro fatigado se cobre de signos. [O segundo olho!] Nunca os tínhamos visto e agora ficamos espantados por eles serem assim: tanto e tão esmagadoramente reais. Sua própria realidade compacta nos faz duvidar: são assim as coisas ou são de outro modo? Não, isso que estamos vendo pela primeira vez já havíamos visto antes. Em algum lugar, no qual nunca estivemos, já estavam o muro, a rua, o jardim. E à surpresa segue-se a nostalgia. Parece que nos recordamos e quereríamos voltar para lá, para esse lugar onde as coisas são sempre assim, banhadas por uma luz antiquíssima e, ao mesmo tempo, acabada de nascer. Nós também somos de lá. Um sopro nos golpeia a fronte. Estamos encantados, suspensos no meio da tarde imóvel. Adivinhamos que somos de outro mundo. É a "vida anterior", que retorna.

Mas esse lugar encantado, onde se encontra? Nunca o vimos e, a despeito disso, sabemos que é o nosso destino: queremos voltar. Você nunca sentiu isso, uma saudade indefinível de um lugar encantado em que você nunca esteve?

Na sua *Ode marítima*, Fernando Pessoa escreve sobre a mesma experiência. De longe ele contempla o cais e seus navios.

> *E quando o navio larga do cais*
> *E se repara de repente que se abriu um espaço*
> *Entre o cais e o navio,*
> *Vem-me, não sei por quê,*
> *uma angústia recente.*
> *Ah, todo o cais é uma saudade de pedra.*
> *Ah, quem sabe, quem sabe,*
> *Se não parti outrora, antes de mim,*
> *Dum cais, se não deixei, navio ao Sol*
> *Oblíquo de madrugada,*
> *Uma outra espécie de porto...*

Partir outrora, antes dele mesmo?

Há músicas que nos levam para o tempo "antes de nós mesmos" e para lugares onde nunca estivemos. Talvez o que Ângelus Silésius disse para os olhos possa ser dito também para os ouvidos. Parafraseando-o: Temos dois ouvidos. Com um, ouvimos as coisas que no tempo existem e desaparecem. Com o outro, ouvimos as coisas divinas, eternas, que para sempre permanecem.

A *Valsinha* de Chico Buarque faz isso comigo. O que a *Valsinha* canta nunca aconteceu. Está fora do tempo. Está fora do espaço. E, no entanto, está no espaço e no tempo da minha alma. A *Valsinha* é um "pedaço arrancado de mim". Por isso, rio e choro ao ouvi-la. Também a *Primeira balada* de Chopin, aquela que o pianista triste e esquálido tocou para o oficial alemão no filme *O pianista*. A *Chacona*, de Bach. A sonata *Appassionata*, de Beethoven, que Lenin dizia ser capaz de ouvir indefinidamente. *Oblivion*, de Piazzolla, que tanto comovia o Guido, meu amigo querido, que agora mora naquele "lugar onde as coisas são sempre banhadas por uma luz antiquíssima e ao mesmo tempo acabada de nascer".

A música tem virtudes médicas. Cura. Nesse tempo em que todo mundo sofre de estresse, aconselha-se música do estilo *new age* para acalmar. Comigo música *new age* não funciona. Tira-me o estresse transformando-me em gelatina. Dissolvo-me em águas indefinidas. Quando estou aos pedaços, deito-me no tapete da sala e o que quero ouvir é Bach. A música de Bach me estrutura, devolve-me o esqueleto, põe meus pedaços no lugar. O Bach dos corais, não o dos florais... Há música para os mais variados tipos de doença: Mozart, Beethoven, Schumann, Chopin, Brahms,

Ravel. Os médicos deveriam receitar aos seus pacientes, com os remédios bioquímicos, a música...

Bom seria se a música clássica se ouvisse nos consultórios médicos, nas escolas, nas fábricas, nos escritórios, nas rádios. Há cidades que têm essa felicidade: rádios FM que tocam música clássica o dia inteiro. A música clássica desperta, nas pessoas, aquilo que elas têm de melhor e de mais bonito. Música clássica contribui para a cidadania.

Fico triste pensando naqueles que nunca conhecerão esse prazer. Simplesmente porque a possibilidade não lhes foi oferecida. Eu tive a sorte de ter a minha mãe.

Música é vida interior.
E quem tem vida interior jamais está sozinho.

O menininho

O Natal está chegando. Todo mundo fica agitado, é preciso comprar presentes no cartão de crédito, fazer dívidas a serem pagas no outro ano, preparar comilanças... Mas, afinal de contas, por que tanto agito? Eu acho que a maioria se agita sem saber por quê. E, se soubessem, não se agitariam... Pois eu vou dizer o que penso do porquê do Natal. O Natal é o dia em que se para tudo a fim de contar e a fim de ouvir uma estória, a mais bela e a mais simples jamais contada.

Todo esse agito por causa de uma estória? É. Vocês, que gostam do Harry Potter, fiquem sabendo: a estória do Natal é uma estória do mundo dos mágicos, dos bruxos, das fadas, das varinhas de condão, dos encantamentos. As estórias têm poderes mágicos. Vocês já notaram que, quando a gente ouve uma estória que nos comove, ela entra dentro da gente, faz a gente rir, faz a gente chorar, faz a gente amar, faz a gente ficar com raiva? As estórias dos mundos dos mágicos saltam das páginas dos livros onde estão escritas, entram dentro da gente e se alojam no coração. Quando isso acontece, a estória fica viva, toma conta do nosso corpo e da nossa alma, e nós passamos a ser parte dela. Pois a estória do Natal faz isso com a gente.

Quando vai chegando o Natal, eu fico com saudade das músicas antigas de Natal (tem que ser das antigas; as modernas não servem) e começo a folhear meus livros de arte em que há pinturas do presépio. É muito simples: um menininho que nasceu em meio aos bois, às vacas, às ovelhas, aos cavalos, aos jumentos... Era menininho pobre. Mas diz a estória que, quando ele nasceu, aconteceu uma mágica com o mundo; tudo ficou diferente: as árvores se cobriram de vaga-lumes, as estrelas brilharam com um brilho mais forte, e até uns reis deixaram seus palácios e foram ver o nenezinho.

A visão do menininho os transformou: eles largaram suas coroas, suas joias e seus mantos de veludo junto com os bichos, na estrebaria. Quem vê o menininho fica curado de perturbação. Perturbados são os adultos que, ao falarem sobre Deus, imaginam um ser muito grande, muito poderoso, muito terrível, ameaçador, sempre a vigiar o que fazemos para castigar. Pois o Natal diz que isso é mentira. Porque Deus é uma criancinha. Ele está muito mais próximo das crianças do que dos adultos. E foi essa mesma criancinha que, depois de crescida, disse que para estar com Deus bastava voltar a ser criança. Se os adultos, antes de comprar presentes e preparar ceias, se lembrassem da estória, eles ficariam curados da sua doidice.

Na noite do Natal que se aproxima, antes de abrir os presentes, antes de começar a comedoria, peça ao seu pai ou à sua mãe: "Por favor, conte a estória do menininho...". E, se eles não souberem contar, peça que eles leiam esse poema sobre o Menino Jesus, escrito por um poeta que queria ser menino, por nome de Alberto Caeiro:

O guardador de rebanhos

Num meio-dia de fim de primavera
Tive um sonho como uma fotografia.
Vi Jesus Cristo descer à Terra.
Veio pela encosta de um monte
Tornado outra vez menino,
A correr e a rolar-se pela erva
E a arrancar flores para as deitar fora
E a rir de modo a ouvir-se de longe.
Tinha fugido do céu.
Era nosso demais para fingir
De segunda pessoa da Trindade.
No céu era tudo falso, tudo em desacordo
Com flores e árvores e pedras.
(...)
Um dia que Deus estava a dormir
E o Espírito Santo andava a voar, (...)
Depois fugiu para o Sol
E desceu pelo primeiro raio que apanhou.

Hoje vive na minha aldeia comigo.
É uma criança bonita de riso e natural.
Limpa o nariz ao braço direito,
Chapinha nas poças de água,
Colhe as flores e gosta delas e esquece-as.
Atira pedras aos burros,
Rouba a fruta dos pomares
E foge a chorar e a gritar dos cães.
E, porque sabe que elas não gostam
E que toda a gente acha graça,
Corre atrás das raparigas pelas estradas
Que vão em ranchos pelas estradas
Com as bilhas às cabeças
E levanta-lhes as saias.

A mim ensinou-me tudo.
Ensinou-me a olhar para as cousas.
Aponta-me todas as cousas que há nas flores.
Mostra-me como as pedras são engraçadas
Quando a gente as tem na mão
E olha devagar para elas.
(...)
Ele mora comigo na minha casa a meio do outeiro.
Ele é a Eterna Criança, o deus que faltava.
Ele é o humano que é natural,
Ele é o divino que sorri e que brinca.
E por isso é que eu sei com toda a certeza
Que ele é o Menino Jesus verdadeiro.
E a criança tão humana que é divina
É esta minha quotidiana vida de poeta,
E é porque ele anda sempre comigo que eu sou poeta sempre,
E que o meu mínimo olhar
Me enche de sensação,
E o mais pequeno som, seja do que for,
Parece falar comigo.

A Criança Nova que habita onde vivo
Dá-me uma mão a mim
E a outra a tudo que existe
E assim vamos os três pelo caminho que houver,
Saltando e cantando e rindo

E gozando o nosso segredo comum
Que é o de saber por toda a parte
Que não há mistério no mundo
E que tudo vale a pena.

A Criança Eterna acompanha-me sempre.
A direção do meu olhar é o seu dedo apontando.
O meu ouvido atento alegremente a todos os sons
São as cócegas que ele me faz, brincando, nas orelhas.

Damo-nos tão bem um com o outro
Na companhia de tudo
Que nunca pensamos um no outro.
Mas vivemos juntos e dois
Com um acordo íntimo
Como a mão direita e a esquerda.

Ao anoitecer brincamos as cinco pedrinhas
No degrau da porta de casa,
Graves como convém a um deus e a um poeta,
E como se cada pedra
Fosse todo um universo
E fosse por isso um grande perigo para ela
Deixá-la cair no chão.

Depois eu conto-lhe histórias das cousas só dos homens
E ele sorri, porque tudo é incrível.
Ri dos reis e dos que não são reis,
E tem pena de ouvir falar das guerras,
E dos comércios, e dos navios
Que ficam fumo no ar dos altos-mares.
Porque ele sabe que tudo isso falta àquela verdade
Que uma flor tem ao florescer
E que anda com a luz do Sol
A variar os montes e os vales,
E a fazer doer nos olhos os muros caiados.

Depois ele adormece e eu deito-o.
Levo-o ao colo para dentro de casa
E deito-o, despindo-o lentamente
E como seguindo um ritual muito limpo
E todo materno até ele estar nu.

Ele dorme dentro da minha alma
E às vezes acorda de noite
E brinca com os meus sonhos.
Vira uns de pernas para o ar,
Põe uns em cima dos outros
E bate as palmas sozinho
Sorrindo para o meu sono.

Quando eu morrer, filhinho,
Seja eu a criança, o mais pequeno.
Pega-me tu ao colo
E leva-me para dentro da tua casa.
Despe o meu ser cansado e humano
E deita-me na tua cama.
E conta-me histórias, caso eu acorde,
Para eu tornar a adormecer.
E dá-me sonhos teus para eu brincar
Até que nasça qualquer dia
Que tu sabes qual é.

Esta é a história do meu Menino Jesus.
Por que razão que se perceba
Não há de ser ela mais verdadeira
Que tudo quanto os filósofos pensam
E tudo quanto as religiões ensinam?

A Rafaela e as estrelas

Meu filho Marcos, pai da Rafaela, me disse que ela gosta de ver as estrelas, que eles dois, no escuro da noite, se deitam na rede e ficam conversando sobre elas... Tem de ser no escuro da noite. É no escuro que a gente vê melhor o seu brilho. Faça uma brincadeira. Na sala, iluminada com lâmpadas elétricas, acenda uma vela. A luz da vela não vai fazer diferença alguma. Nem vai ser notada. Agora, apague as luzes e acenda uma vela... Ah! Como é linda a luz da vela! A vela se torna o centro da sala, a coisa mais importante. E a gente cuida para que um sopro de vento não a apague! Assim são as estrelas. Nas cidades iluminadas pelas lâmpadas elétricas, o céu fica embaçado, a luz das estrelas fica fraquinha e a maioria desaparece.

Agora imagine: nos tempos de antigamente, quando não havia luz elétrica e as noites eram realmente escuras! O escuro é ruim. Dá medo. Os olhos precisam de luz. Sem luz, ficamos cegos. Naquele escuro enorme, quando não se podiam ver as coisas da Terra por causa da escuridão, era possível ver os céus, iluminados por milhares, milhões de estrelas, piscando... A luz das estrelas traz alegria! Mario Quintana, um poeta velho com alma de criança, amava as estrelas e disse: "(...) que tristes seriam as noites sem a luz mágica das estrelas!".

Quando eu era menino, gostava de ficar deitado na grama, barriga para o ar, olhando as nuvens. E imaginava com o que elas se pareciam: um pato, um peixe, uma cafeteira, um jacaré, uma abóbora, um dragão... Essa é uma brincadeira divertida que todo mundo faz. Pois os homens que gostavam de olhar para as estrelas, há milhares de anos, faziam coisa parecida. Você já deve ter feito um desenho assim: uma folha de papel com vários pontos; a gente vai ligando os pontos com um risco e, de repente, aparece uma coisa: casa, árvore, sapato... Acho que essa brincadeira foi inspirada naquilo que os antigos faziam com as estrelas. Pois os céus, durante a noite, não são uma imensa folha de papel preto cheia de pontinhos luminosos? Eles ligavam as estrelas com riscos imaginários e diziam: é um escorpião, é um caçador com dois cães, é uma cruz, é um peixe, é uma águia! É isso que tem o nome de *constelação*.

Constelação é uma palavra formada por duas outras, do latim. Latim é uma língua muito antiga da qual nasceram o italiano, o espanhol, o francês, o português. A palavra *constelação* é formada pela junção (*junção* quer dizer *ligação*, duas ou mais coisas que se encontram) de *con*, que quer dizer *junto*, e *stella*, que quer dizer *estrela*. Uma menina que se chama *Stela* é *estrela*. Se for *Stela Maris* é *estrela-do-mar*... *Constelação*, assim, quer dizer *ajuntamento de estrelas*. Aqui no Brasil a constelação mais conhecida é o *Cruzeiro do Sul*. Se você olhar para o Cruzeiro do Sul às 7 da noite, às 9 e às 11, você verá que ele muda de posição. Ele vai girando em torno de um ponto. Esse ponto é o *sul*. A outra, mais famosa, é o *Órion*, aquela que tem as *Três Marias* no meio. *Órion*, na mitologia dos gregos, era o nome de um caçador, o mais bonito de todos. As *Três Marias* são o seu cinturão. Todo caçador tem de ter um cinturão! E todo caçador tem também de ter cães de caça. Pois o Órion tem, ao seu lado, as constelações chamadas *Cão Maior* e *Cão Menor*. Na constelação *Cão Maior* se encontra a estrela de maior brilho no céu, chamada *Sírius*. E há a constelação chamada *Plêiades*. A gente quase não vê. Mas com um binóculo comum aparecem as estrelas, nem sei quantas, lindas. Cecília Meireles, talvez a maior das nossas poetisas, fala delas num dos seus poemas: "Vimos as Plêiades. / Vemos agora a Estrela Polar. / Muitas velas. Muitos remos. / Curta vida. Longo mar...".

A Cecília, logo após falar das estrelas, parece que muda de assunto. Começa a falar sobre barcos a vela. Mas o que é que barcos a vela do mar têm a ver com as estrelas do céu? Têm muito a ver. Navegando perto da costa, o navegador não se perde. Mas, e quando ele está no meio do mar, longe da terra? Água por todos os lados, nenhum sinal de terra no horizonte! Que rumo seguir? É tão fácil navegar na direção errada! Pois os navegadores descobriram que, faltando a terra para se orientarem, navegariam na direção certa se olhassem para os céus. Aquela oração que vocês fazem e que diz "assim na terra como no céu" vale para os navegadores: as direções da terra estão mostradas nas estrelas do céu. Que coisa mais interessante essa, que olhando para as estrelas distantes podemos saber onde estamos e em que direção estamos navegando!

O Sol também é uma estrela. É uma estrela que está muito próxima da Terra e, por isso, aparece tão grande! E sua luz muito forte não permite que as outras estrelas sejam vistas durante o dia. Mas há uma situação em que a luz do Sol se apaga durante o dia e o dia vira noite! Você sabe qual é? Eu disse que a luz do Sol se apaga. Não é bem assim. Vou explicar. A luz do Sol está batendo nos seus olhos. Incomoda. Que é que você faz? Coloca a mão entre o Sol e os seus olhos. Assim, seus olhos ficam na sombra e você não vê a luz do Sol. Pois coisa semelhante acontece quando a Lua fica entre o Sol e a Terra. A Lua tampa a luz do Sol. E a Terra, durante o dia, fica na sombra. E o dia vira noite! Quando isso acontece, os céus ficam negros e podemos ver as estrelas que normalmente não vemos, por causa da luz do Sol.

Eu acho que a Rafaela pode se transformar numa astrônoma! Uma astrônoma é uma mulher cuja profissão é estudar os céus! Vou contar uma coisa sobre a trisavó da Rafaela. Eu sou avô da Rafaela, pai do seu pai. Minha mãe era sua bisavó. E a mãe da sua bisavó era sua trisavó. Sua trisavó era minha avó... Não sei o ano em que ela nasceu. Mas imagino que deve ter sido por volta de 1870... Pois ela, que se chamava Delminda, era uma mulher diferente. Era doida por astronomia! Conhecia o nome das estrelas e tinha mesmo uma luneta para ver os céus. Eu mesmo usei a luneta da trisavó da minha neta para ver estrelas... Pois aconteceu durante a sua vida – minha mãe era menina – uma coisa extraordinária: o cometa Halley passou pertinho da Terra! Cometa... Há uma variedade imensa de "coisas" no céu: estrelas dos mais variados tipos e tamanhos, planetas, satélites, asteroides, cometas e uma infinidade de outros corpos celestes... Um cometa é um corpo celeste que aparece de tempos em tempos com uma cauda. Minha mãe, que era criança quando isso aconteceu (1910), me disse que o cometa aparecia enorme no céu, muito maior do que a Lua cheia, com uma luminosa cauda brilhante que fazia a noite virar dia!

Sim, pode ser que a Rafinha venha a ser uma astrônoma. Ou pode ser que ela venha a ser uma poetisa. Um astrônomo examina as estrelas, tira fotografias, estuda os seus caminhos e a sua vida. Vida, sim. As estrelas, como nós, nascem e morrem! Mas os poetas, diferentemente dos astrônomos, ouvem as estrelas! Não são todos os que podem ouvir as estrelas. Para ouvir as estrelas, é preciso tranquilidade. Os adultos, coitados, não podem ouvir a voz das estrelas. Eles são seres perturbados, agitados, não têm tempo, só ouvem barulhos e os programas de televisão. Para ouvir a voz das estrelas, é preciso ser poeta ou... criança. Quem ouve as estrelas fica tranquilo. Eu me lembro, faz muitos anos... Eu estava angustiado com um problema e não podia dormir. Cansado de rolar na cama, levantei-me e fui para a janela do apartamento. A cidade estava em silêncio. Olhei para as estrelas que brilhavam. Já tinha visto o seu brilho muitas e muitas vezes. Aí elas começaram a falar: "Por que você está aflito? Nós estamos aqui brilhando, faz bilhões de anos. E continuaremos a brilhar por outros bilhões de anos". Compreendi que eu estava aflito porque dava muita importância a mim mesmo. Mas quem pode se considerar importante olhando para as estrelas? Nossa vida é tão curta! Voltei para a cama e dormi, embalado pela luz das estrelas.

Muitos há que acham que as estrelas não falam. Elas tocam música. O universo é uma orquestra regida por Deus, compositor. Houve mesmo um astrônomo chamado Kepler que chegou ao ponto de escrever as estrelas como se fossem notas numa partitura musical. Ele afirmava haver ouvido a música que Deus estava tocando! Um compositor de nome Holst escreveu um poema sinfônico chamado "Os planetas". Mercúrio, Vênus, Marte, Terra, Saturno, Júpiter, cada um toca uma música que é só sua. Mas o poeta Fernando Pessoa, ao contrário, ao contemplar as estrelas, não ouvia música. Ele tinha dó:

> *Tenho dó das estrelas*
> *Luzindo há tanto tempo,*
> *Há tanto tempo...*
> *Tenho dó das estrelas...*

Peça ao seu pai para ler para você a estória do Pequeno Príncipe. O Pequeno Príncipe morava num asteroide. Um asteroide é um planeta bem pequeno, que gira em torno do Sol. O Pequeno Príncipe morava sozinho no seu asteroide com uma rosa, um carneiro e uma árvore gigantesca chamada Baobá. Aí o Pequeno Príncipe resolveu fazer uma viagem e, de asteroide em asteroide (em cada asteroide morava um tipo divertido: o rei, o acendedor de lampiões, o vaidoso, o geógrafo, o astrônomo...), chegou à Terra... Na Terra, ele ficou amigo de um homem e de uma raposa. Mas chegou a hora da despedida. Na Terra, tudo se despede... Ele não gostava de despedidas, mas era preciso voltar para casa, para sua rosa, o seu carneiro e o Baobá, lá no asteroide, na fundura escura do céu. E assim aconteceu. O principezinho se foi. E o seu amigo que ficara aqui na Terra, sozinho, olhava para os céus nas noites estreladas e se perguntava: "Em que pontinho de luz ele estará?".

Memórias da infância

Pena que a vida seja tão curta! Há tantas coisas bonitas para ser vistas... Acho que a noite estava chegando quando Robert Frost escreveu... Ah! Mas antes de ler... Já disse que os poetas deveriam aprender dos compositores. Os compositores indicam, no início da partitura, o andamento e o sentimento daquela música. Poesia é música. Portanto, os poetas deveriam fazer o que fazem os compositores. Frost não fez. Eu farei. Assim, coloco no início do seu poema: "lentamente", "nostalgicamente"... Agora podemos ler.

> *Os bosques são belos, sombrios, fundos.*
> *Mas há promessas a guardar,*
> *E muitas milhas a andar,*
> *Antes de poder dormir,*
> *Sim, antes de poder dormir.*

Uma aluna minha chorou ao ouvir esses versos pela primeira vez. A dor se encontra nessa palavrinha "mas". Sim, os bosques são belos, cheios de mistérios... Convidam. O poeta ouve a sua voz. "Mas" não aceita o convite. E explica:

> *Não posso. É crepúsculo.*
> *A noite se aproxima.*
> *Há urgências que me chamam:*
> *promessas a guardar, milhas a andar,*
> *antes de se poder dormir.*

Antes de se poder dormir? Aquela cena será uma metáfora da vida que chega ao fim, como o dia? E o "dormir" – será a morte? É preciso caminhar rápido. O tempo é breve. Não há tempo para atender a todos os convites da beleza à beira do caminho. A vida é breve. Que pena... Ravel se lamentava: "Há tantas músicas a serem escritas...". Eu acrescento: Há tantos poemas a serem lidos...

Os desencontros da vida fizeram com que eu só descobrisse a poesia ao entardecer. Quantos poemas eu não li! Mas agora o tempo não dá. Sinto inveja de Murilo Mendes. Ao lê-lo tenho vislumbres dos poemas que ele leu e eu nunca lerei, dos quadros que ele viu e eu nunca verei. Sinto a mesma coisa lendo Bachelard. Homens afortunados, encontraram-se com a poesia quando eram ainda crianças! Que lamentável falha em nosso sistema educativo que o prazer da poesia não se encontre entre as exigências para ingressar na universidade! E, no entanto, Norbert Wiener afirmou que existe mais comunicação num poema de Keats que num relatório científico!

Releio o capítulo "Os devaneios voltados para a infância", do maravilhoso livro *A poética do devaneio*, de Bachelard. Ah! Como os terapeutas e os educadores ficariam mais sábios se lessem esse texto maravilhoso. Compreenderiam melhor as crianças se se entregassem aos seus próprios devaneios de criança! São tantos os poetas que Bachelard cita e que desconheço! Bem que gostaria de ter tempo para conhecê-los. Mas não posso. Já anoitece. Eu nunca havia ouvido o nome de Henri Bosco. Mas agora, depois de ler dois pequenos fragmentos, eu já o amo. Porque ele põe palavras nos meus sentimentos. Falando sobre sua infância, ele diz: "Eu retinha com uma memória imaginária toda uma infância que ainda não conhecia e que, no entanto, reconhecia!". Para conhecer a alma de uma criança é preciso abandonar a memória biográfica e entrar na imaginação, aquilo que nunca foi. Como é isso, não conhecer e, no entanto, *re-conhecer*? Os poetas sabem que é assim. Na mais bela declaração de amor jamais escrita, Fernando Pessoa diz:

> Quando te vi, amei-te já muito antes. Tornei a achar-te quando te encontrei... (...) Sim, meu amor por ti já estava em mim, antes que te conhecesse. Então, eu te conhecia sem o saber! Agora, que te encontrei, re-conheci o rosto que eu já amava sem saber. Tu, minha amada, já existias em mim desde antes do começo dos mundos!

A amada morava no amante numa memória anterior à história, aquela mesma memória na qual Santo Agostinho encontrou o seu Deus.

Assim são as memórias da infância. Elas são anteriores à infância real. São fantasias felizes. Assim Bosco podia escrever: "No meio de vastas extensões despojadas pelo esquecimento, luzia continuamente essa infância maravilhosa que me parecia ter inventado outrora...". É preciso esquecer os fatos para que as essências apareçam.

Ao reler o que escrevi, tive medo de que não estivesse claro. Mas talvez até fosse bom que não estivesse claro. A clareza nos mantém ligados ao texto, o que inibe a fantasia. O pensamento, como os olhos, se esforça mais em meio às neblinas... Mas ainda sou vítima dos antigos hábitos de professor. Desejo retirar as neblinas... Assim, vou tentar explicar.

Já falei em outros lugares sobre Ângelus Silésius, o místico que escrevia de forma poética. Um dos seus poemas diz assim: "Temos dois olhos. Com um, vemos as coisas que no tempo existem e desaparecem. Com o outro, as coisas divinas, eternas, que para sempre permanecem". Dois olhos, cada um deles tem uma memória diferente. Na memória do primeiro olho, estão guardadas, numa infinidade de arquivos, as informações sobre o mundo de fora, coisas que realmente aconteceram. Basta que eu diga o nome da informação desejada para que o arquivo se abra e eu me lembre. É assim que funcionam os computadores. Nós, em muitos aspectos, nos parecemos com eles. Mas as memórias do segundo olho são diferentes. E isso porque elas moram na alma. E a alma é uma artista. Artistas não aceitam a realidade. Como disse o filósofo Ernst Bloch: "O que é não pode ser verdade". Ou, no dizer do poeta Manoel de Barros: "Deus dá a forma: o artista desforma...". Imagine um ceramista. Trabalha com a argila. Argila é coisa sem sentido, sem beleza. Aí ele, artista, toma a argila e com suas mãos lhe dá a forma de beleza que sua fantasia pede. Pois é isso que faz a alma: ela toma as memórias do primeiro olho como se fossem argila e lhes dá a forma que o coração pede. Por oposição às memórias do primeiro olho, que são exteriores a nós, as memórias do segundo olho são partes de nós mesmos. Quando as recordamos, o corpo se altera: ele ri, chora, brinca, sente saudades, medo, quer voltar – às vezes para pegar no colo aquela criança amedrontada. E nem sabemos se foi daquele jeito mesmo ou se o recordado é uma fantasia criada pela alma. Mas para a alma isso não importa.

Meu amigo Jether Ramalho me contou uma dessas memórias. Ele, menino, há mais de 70 anos. Com seus pais e irmãos. Estão no convés de um navio. No cais, os amigos e irmãos da igreja acenam adeus e cantam: "Deus vos guarde pelo seu poder...". Estão deixando o Brasil para se mudar para Portugal. O navio apita seu apito rouco e triste. Ouve-se mais forte o barulho das máquinas. O navio despega-se do cais. Abre-se o espaço entre o cais e o navio, o espaço da ausência. Todo cais é uma saudade de pedra... O navio vai se distanciando. As pessoas, com seus lenços brancos, vão ficando pequenas. E as vozes, aos poucos, vão se tornando inaudíveis...

Essa cena está fora do tempo, paralisada. Não tem antecedentes. Não tem consequentes. Ela aparece pura e eterna na memória, como se fosse um belo quadro. Ou um sonho que se repete. E basta que ela seja lembrada para que a alma deseje voltar. Não é parte de um passado. É sempre presente.

Essas reflexões me vieram no meu esforço de recuperar o meu tempo perdido. Quero revisitar o meu passado para contar... Mas percebi que a minha memória, nesse esforço, não me contava uma "história", uma série ordenada de eventos acontecidos que poderiam até se transformar numa biografia. Pois não é isso que é uma biografia? Um relato de coisas acontecidas? Ah! Como o Riobaldo era sábio! Ele dizia:

> Contar é muito dificultoso. Não pelos anos que já se passaram. Mas pela astúcia que têm certas coisas passadas de fazer balancê, de se remexerem dos lugares. A lembrança da vida da gente se guarda em trechos diversos; uns com os outros acho que nem não se misturam. Contar seguido, alinhavado, só mesmo sendo coisas de rasa importância. Tem horas antigas que ficaram muito mais perto da gente do que outras de recente data. Toda saudade é uma espécie de velhice. Talvez, então, a melhor coisa seria contar a infância não como um filme em que a vida acontece no tempo, uma coisa depois da outra, na ordem certa, sendo essa conexão que lhe dá sentido, princípio, meio e fim, mas como um álbum de retratos, cada um completo em si mesmo, cada um contendo o sentido inteiro. Talvez seja esse o jeito de escrever sobre a alma em cuja memória se encontram as coisas eternas, que permanecem...

A MÚSICA
DA NATUREZA

A árvore que floresce no inverno

Já recebi muito presente velho, usado. Guardados em alguma caixa por amor, durante muito tempo, de repente alguém que ama a gente os tira da caixa e nos dá de presente. Eu estava doente, era menino, sete anos, semana do Natal, e o pacote chegou: um livro e um quebra-cabeça, usados. O livro era *Alice no País das maravilhas*, e o quebra-cabeça, o primeiro que vi em minha vida, era uma cena da oficina do Gepeto: relógios de cuco, ferramentas de marceneiro, latas de tinta, o gato, o peixinho e o Pinóquio. Foi um Natal de muita alegria.

Pois eu resolvi dar de presente uma coisa velha, que escrevi faz muito tempo. Eu a reli, fiquei feliz e concluí que não conseguiria escrever nada melhor.

> Os sinais eram inequívocos. Aquelas nuvens baixas, escuras... O vento que soprava desde a véspera, arrancando das árvores folhas amarelas e vermelhas. Não queriam partir... É, estava chegando o inverno. Deveria nevar. Viriam, então, a tristeza, as árvores peladas, a vida recolhida para funduras mais quentes, os pássaros já ausentes, fugidos para outro clima, e aquele longo sono da natureza, bonito quando cai a primeira nevada, triste com o passar do tempo... Resolvi passear, para dizer adeus às plantas que se preparavam para dormir, e fui, assim, andando, encontrando-as silenciosas e conformadas diante do inevitável, o inverno que se aproximava. Qualquer queixa seria inútil. E foi então que me espantei ao ver um arbusto estranho. Se fosse um ser humano, certamente o internariam num hospício, pois lhe faltava o senso da realidade, não sabia reconhecer os sinais do tempo. Lá estava ele, ignorando tudo, cheio de botões, alguns deles já abrindo, como se a primavera estivesse chegando. Não resisti e, me aproveitando de que não houvesse ninguém por perto, comecei a conversar com ele, e lhe perguntei se não percebia que o inverno estava chegando, que os seus botões seriam queimados pela neve naquela mesma tarde.

Argumentei sobre a inutilidade daquilo tudo, um gesto tão fraco que não faria diferença alguma. Dentro em breve tudo estaria morto... E ele me falou, naquela linguagem que só as plantas entendem, que o inverno de fora não lhe importava, o seu era um ritmo diferente, o ritmo das estações que havia dentro. Se era inverno do lado de fora, era primavera lá dentro dele, e seus botões eram um testemunho da teimosia da vida que se compraz mesmo em fazer o gesto inútil. As razões para isso? Puro prazer. Ah! Há tantas canções inúteis, fracas para entortar o cano das armas, para ressuscitar os mortos, para engravidar as virgens, mas não tem importância, elas continuam a ser cantadas pela alegria que contêm... E há os gestos de amor, os nomes que se escrevem em troncos de árvores, preces silenciosas que ninguém escuta, corpos que se abraçam, árvores que se plantam para gerações futuras, lugares que ficam vazios, à espera do retorno, poemas inúteis que se escrevem para ouvidos que não podem mais ouvir, porque alguma coisa vai crescendo por dentro, um ritmo, uma esperança, um botão – pela pura alegria, um gozo de amor. E me lembrei de um pôster que tenho no meu escritório, palavras de Albert Camus: "No meio do inverno eu finalmente aprendi que havia dentro de mim um verão invencível".
Agradeci àquele arbusto silencioso o seu gesto poético. Ah, sim! Quando os pássaros fugiam amedrontados, eles levavam no seu voo as marcas do inverno que se aproximava. Quando as árvores pintavam suas folhas de amarelo e vermelho, como se fossem ipês ou *flamboyants*, era o seu último grito, um protesto contra o adeus, aquilo que de mais bonito tinham escondido lá dentro, para que todos chorassem quando elas lhes fossem arrancadas. Sim, eles sabiam o que os aguardava. E os seus gestos tinham aquele ar de tristeza inútil ante o inevitável. Mas aquele arbusto teimoso vivia em um outro mundo, num outro tempo. E, a despeito do inverno, ele saudava uma primavera que haveria de chegar e que naquele momento só existia como um desejo louco. As outras plantas, eu as encontrei como nós, realistas e precavidas, inteligentes e cuidadosas. Já o arbusto tinha aquele ar de criança sonhadora, uma pitada de loucura em cada botão, um poema em cada flor. As outras, se fossem gente, construiriam casas que as protegessem do frio. Já o meu arbusto faria liturgias que anunciam o retorno da vida. Porque liturgia é isto: florescer pela manhã mesmo se for nevar pela tarde. E aí a alucinação teológica tomou conta da minha cabeça e me lembrei da canção do profeta Habacuque:

Muito embora não haja flores na figueira,
nem frutos se vejam nos ramos da videira;

nada se encontre nos galhos da oliveira
e nos campos não exista o que comer;
no aprisco não se vejam ovelhas
e nos currais não haja gado:
todavia
eu me alegro.

Nos brotos do arbusto, as palavras do profeta: um gesto a despeito de tudo. Lembrei-me, então, de uma velha tradição de Natal, ligada à árvore. As famílias levavam arbustos para dentro de suas casas. E ali, neve por todas as partes, elas os faziam florescer, regando-os com água aquecida. Para que não se esquecessem de que, em meio ao inverno, a primavera continuava escondida em alguma parte. As primeiras liturgias cantaram este poema dizendo: "(...) nasceu da Virgem Maria". Virgindade: caminho bloqueado, sementes inúteis, jardins interditados, nascimentos proibidos, vida impossível.
Um botão que floresce no inverno?
Inverno é o frio, a neve, o silêncio, o torpor, a morte.
Herodes: cascos de cavalos, espadas de aço e queixos de ferro; a razão diz que a mansidão não pode triunfar contra a brutalidade.
No entanto, em algum lugar, um arbusto floresce no inverno e uma Virgem fica grávida. E quem a engravidou? O Vento, esperança, nostalgia. E o Vento se fez Evento. O afeto se fez feto...
Quando as plantas florescem na primavera, ali os homens escrevem os seus nomes. Mas quando as plantas florescem no inverno, ali se escreve o nome do Grande Mistério...

Os ipês estão floridos

Thoreau, que amava muito a natureza, escreveu que, se um homem resolver viver nas matas para gozar o mistério da vida selvagem, será considerado pessoa estranha, possivelmente um louco, que nenhuma mãe quereria ter como genro. Se, ao contrário, se puser a cortar as árvores para transformá-las em dinheiro – muito embora vá deixando um rastro de desolação por onde passa –, será tido como homem empreendedor e responsável: que alegria ter um *businessman* como marido da filha!

Tenho me lembrado sempre disso, ao caminhar pelas manhãs. Passo por um ipê florido. A beleza é tão grande que fico ali parado, olhando sua copa contra o azul. E imagino que os outros, encerrados em suas bolhas metálicas rodantes, tentando ultrapassar as outras bolhas metálicas à sua frente, devem imaginar que sou um vagabundo que não tem o que fazer. Gosto dos ipês de forma especial. Questão de afinidade. A gente tem afinidade por árvores também. Os ipês se parecem comigo: alegram-se em fazer as coisas ao contrário. As outras árvores fazem o que é normal – abrem-se para o amor na primavera, quando o clima é ameno e o verão está para chegar, com seu calor e chuvas. O ipê faz amor justo quando o inverno chega, e a sua copa florida é uma despudorada e triunfante exaltação do cio.

Conheci ipês na minha infância, em Minas; os pastos queimados pela geada, a poeira subindo pelas estradas secas e, no meio dos campos, os ipês solitários, colorindo o inverno de alegria. O tempo era diferente, moroso como as vacas que voltam ao fim da tarde. As coisas andavam ao ritmo da própria vida, nos seus giros naturais. Mas agora, de repente, essa árvore de outros espaços irrompe no meio do asfalto, interrompe o tempo urbano de semáforos, buzinas e ultrapassagens, e eu tenho de parar ante essa aparição do outro mundo. Como aconteceu com Moisés, que pastoreava os rebanhos do seu sogro e viu um arbusto pegando fogo, sem se consumir. Ao se aproximar para ver melhor, ouviu uma voz que dizia: "Tira as sandálias dos teus pés, pois a terra em que pisas é santa". Acho que não foi sarça ardente. Para ser sincero, nem sei o que é sarça. Deve ter sido um ipê florido. Ipês são porta-fogos, fogos róseos, fogos amarelos, fogos brancos.

Bachelard concordaria comigo. Retiro do Capítulo V do seu maravilhoso livro *A chama de uma vela* estas frases que misturam as árvores e o fogo: "As laranjas são as lâmpadas do jardim. (...) Existem árvores que têm fogo em seus rebentos: faíscas verdes. (...) Árvore fonte, arco de fogo". De fato, algo arde, sem queimar, não a árvore, mas a alma. O escritor sagrado estava certo. É sacrilégio pisar nos milhares de flores caídas, pingos de fogo que continuam a iluminar a partir do chão. Sacrilégio pisar naquelas centelhas divinas, lindas, agonizantes, tendo já cumprido sua vocação de amor.

Mas o espaço urbano provoca perversas insensibilidades na alma. O que é milagre para certos olhos é canseira para a vassoura de outros. Melhor o cimento limpo que a copa colorida. Lembro-me de um ipê, lindo, indefeso como todas as árvores, com sua casca cortada a toda volta. Meses depois, estava seco, morto. A dona da casa estava feliz. Sua vassoura diligente e virtuosa teria descanso, finalmente. Não mais seria incomodada pelas fagulhas da divindade.

Mas não importa. O ritual de amor no inverno espalhará sementes pela terra e a vida triunfará sobre a morte. O verde arrebentará o asfalto. A despeito de nossa cegueira, os ipês continuam fiéis à sua vocação de beleza, e nos esperarão fiéis. Ainda haverá um tempo em que os homens e a natureza conviverão em harmonia.

Agora são os ipês cor-de-rosa. Depois virão os amarelos. Por fim, os brancos. Cada um dizendo a mesma coisa de forma diferente. Variações sobre o mesmo tema, brincadeira musical que poderia ter sido composta por Vivaldi ou Mozart, se Deus não lhes tivesse tomado a dianteira. Sugiro uma pequena sinfonia em três partes. Primeiro movimento, "Ipê-rosa", *andante tranquilo*, como o coral de Bach que descreve as ovelhas pastando. Ouve-se o som rural do órgão. Segundo movimento, "Ipê-amarelo", *rondo vivace*, em que metais, trombones, trompas, tubas, pistões, cores parecidas com as do ipê-amarelo, fazem soar a exuberância da vida. Terceiro movimento,

"Ipê-branco", *moderato*, em que os veludosos violoncelos falam de paz e esperança.

Os ipês são metáforas do que poderíamos ser. Seria bom se pudéssemos nos abrir para o amor no inverno. Seria bom se, no inverno, nos incendiássemos. Seria bom se, no inverno, a beleza brotasse dos nossos galhos nus.

***

Essa crônica eu escrevi faz muitos anos. Vendo os ipês-rosas que agora florescem por todos os lugares, lembrei-me dela. Achei que não seria errado repeti-la. Eu a reescrevi com ligeiras modificações. Bachelard estava ausente na versão original. A gente sempre repete as coisas que ama; neste momento estou ouvindo de novo o coral de Bach *Wachtet auf, ruft uns die Stimme*. Nem sei quantas vezes já o ouvi. E quero ouvi-lo sempre, até a morte e depois dela. A beleza da música me faz acreditar na eternidade. Amo os ipês; amei essa crônica – e assim eu a toco de novo. Ritual mágico: pela palavra, destino os ipês à eternidade. O céu será chato se nele não houver inverno. Terá de haver inverno para que os ipês possam florir.

Haverá coisa mais divina que a possibilidade de florescer no inverno?

Amaromar

Gosto de me assentar à praia para ouvir o mar.

Fico ali, tomado pelo mistério azul.

Ele entra pelos meus olhos, meus ouvidos, meu nariz, minha língua, minha pele. Sinto-me tranquilamente possuído. E meus pensamentos agitados se acalmam. Existe uma sabedoria na voz do mar. Ela tem o poder de colocar as coisas nos seus devidos lugares:

> *Para que correr tanto?*
> *Atrás do vento?*
> *Indo para onde?*
> *Daqui a mil anos sua agitação já não mais será,*
> *esquecida e desaparecida com as espumas das ondas.*
> *Mas eu continuarei aqui,*
> *neste mesmo lugar,*
> *com meu eterno brinquedo,*
> *sem pressa...*

Há um lugar em que ele se arrebenta, imponente e pirotécnico, sobre os rochedos (que um dia serão areia). Assentado ali, invadido por pensamentos de fim de mundo, apocalipses nucleares e devastações ecológicas, o mar me acalmava, dizendo que, mesmo depois que tudo tivesse sido destruído, ele ainda estaria lá, eternamente fiel a si mesmo, para a gestação de novos começos. Um dia, quem sabe, a vida voltaria, o milagre se repetiria... Isso me enchia de alegria. É bom pensar no recomeço da vida, mesmo que não estejamos lá.

Tempo apressado de homens agitados,
tempo eterno de um mar sem pressa.
Mar, símbolo de um outro,
Grande Mar, mistério da vida.

Cecília Meireles:

Muitas velas, muitos remos,
âncora é outro falar.
Tempo que navegaremos não se pode calcular.
Vimos as Plêiades; vemos agora a Estrela Polar.
Muitas velas, muitos remos.
Curta vida, longo mar.

Gosto de olhar para a praia molhada, ou bem de manhã quando o sol acabou de nascer, ou bem de tardinha. Tudo fica maravilhosamente luminoso, diáfano, e o ar se enche de uma transparência azul.

É gostoso andar, tranquilamente, sem querer nada. Lembro-me de Thoreau: "Quero viver como quem passeia junto ao mar, tão perto do abismo quanto possível".

Mar, Deus azul.

Preciso dele. Ele é parte do meu próprio corpo, mora em minhas fantasias. Lembro-me da carta do chefe índio, dizendo da grande solidão que seria o mundo que os brancos criariam com seus rifles, sem búfalos, sem águias, sem antílopes. Apenas o grande deserto deixado pelo progresso. Tenho medo de que algo assim aconteça com o mar, mar petróleo, mar privada de detritos...

Preciso do mar, das florestas, do vento. Há pessoas que, quando se fala em pátria, pensam em paradas militares, aviões de combate e bandeiras. "Auriverde pendão... que a brisa do Brasil beija e balança." Mas, e se a brisa tiver o cheiro da decomposição? Então a bandeira será infinitamente triste.

Desejo o mar, para poder ficar mais tranquilo, e para ter esperança. Também isso pertence àquilo que se chama pátria... E quando penso no que desejo do futuro, quero dizer que nada desejo dos homens que fazem guerra. Sei que nunca transformarão suas espadas em arados. Nada desejo também dos banqueiros. Sei que nunca abrirão mão dos seus lucros, ainda que sua riqueza se faça com a carne dos pobres. Nada desejo também da polícia. Sei que ela nunca amará a virtude da autocontenção e da mansidão. Mas espero muito do povo, pois é só nele que se gera a renovação da vida – como no mar...

Mas o que vi me despertou horror. Não, não amam o mar, amam a praia. Se amassem, não fariam o que fazem. Como nas privadas onde as pessoas escrevem obscenidades, sem se dar conta de que ali mesmo, na parede pornográfica, está uma revelação de sua própria alma.

Não vão para ouvir. Trazem consigo os demônios da agitação. Os rádios urram, cada qual a seu modo, sem que ninguém os ouça, sem que ninguém se importe. Porque não é a música que se está buscando: é o barulho que silencia o silêncio. Para que as vozes que moram nele não se façam ouvir. E a areia, pele branca e lisa do mar, se cobre de lixo: latas vazias, garrafas eternas de plástico, vidros quebrados, fraldas descartáveis, cascas de frutas, sobras de comida. E ninguém percebe que a areia sente, que o mar sofre. Espaço invadido por demônios incontroláveis, os mansos perdendo sempre: chegam os rádios, vai-se o silêncio; a correria põe um fim à contemplação; o lixo se espalha sobre o branco. Ao fim do dia, a praia é um campo de batalha, coberto de destroços.

> *Tristeza: ali estava a revelação de uma alma, pesadelo...*
> *E o povo me pareceu tão feio,*
> *e me senti longe dele...*
> *Mas eu preciso que não seja assim,*
> *que o povo seja belo,*
> *tão belo quanto o mar...*
> *E os seus sonhos*
> *mais bonitos surgindo de onde estavam escondidos...*

E é isto que eu pediria do futuro: que o povo fosse belo, porque então a esperança renasceria, e eu amaria o povo, ali na praia, ao amar o mar.

Proseando

Eu ia indo, guiando meu carro, de Pocinhos do Rio Verde para Caldas, lá em Minas, quando vi, ao longe, na estrada, um bando de crianças que caminhava pelo acostamento. Chegando mais perto, pelo jeito delas, concluí que eram escolares. Sorriam, naquela manhã de sábado, como se estivessem indo para um piquenique. Crianças felizes. Eram pássaros livres. Chegando ainda mais perto, tive uma explosão de alegria. Comecei a rir. Acenei para elas. Elas acenaram para mim. Percebi o que estavam fazendo: traziam sacos nas mãos e estavam catando o lixo acumulado à beira da estrada. Isso de catar lixo nas manhãs de sábado não está nos programas. E também não cai nas provas. Mas elas estavam fazendo aquilo que, talvez, elas já soubessem: que é preciso cuidar do mundo em que vivemos. Talvez soubessem, mas as inúmeras obrigações curriculares não lhes deixavam tempo livre para fazer o essencial. Tanto assim que aquilo que estavam fazendo era num sábado... Isso é sinal de esperança. Acho bom!

Sou formado em teologia e penso que, frequentemente, tenho ideias teológicas legais. Tanto assim, que as escrevo. Se não as achasse legais, não as escreveria. Uma delas se caracterizou (verbo no passado, porque faz tempo que a tive) por sua absoluta originalidade. Digo isso sem pudor algum, porque não sei de nenhum teólogo que a tenha tido antes. Nem mesmo o terrível Ratzinger, que ameaça cortar a língua e os dedos de todos os que não jogam "boca de forno" com ele. Foi uma proposta que fiz ao papa. Uma nova e revolucionária encíclica. Por meio dela, seria criada uma nova ordem monástica, ao lado das incontáveis que já existem: a "Ordem dos Cata-Lixos". Isso mesmo. Hoje, catar lixo é uma virtude teologal. Imaginei, teologicamente, que o Diabo mudou de tática. Antigamente, segundo testemunho dos entendidos, ele era especialista em tentações sexuais. Pensava que, assim, iria bagunçar a criação de Deus. Mas não deu muito certo porque o sexo, frequentemente, está associado ao amor. E, sendo associado ao amor, é coisa bonita, que Deus aprova com um sorriso discreto. O Diabo, especialista em excrementos e ventilações sulfúricas malcheirosas, percebeu que a maneira mais fácil de acabar com o mundo que Deus criou seria submergi-lo em fezes. E está sendo bem-sucedido. Prova disso é a quantidade inacreditável de lixo que a civilização capitalista produz diariamente. Faça as contas: um quilo de lixo por habitante diariamente. Multiplique pelo número de habitantes do mundo. E multiplique pelos dias do ano. Você terá a quantidade de lixo que nossa civilização higiênica (higiênica, sim; a quantidade de produtos de limpeza que se encontram nos supermercados é assombrosa; e basta apertar um botão para que as coisas feias e malcheirosas que estavam dentro da privada desapareçam, tudo ficando limpinho, cheiroso e bonito de novo...) produz por ano. Concluí, com firme fundamento teológico, que o lixo são as fezes do Demônio, que quer transformar o paraíso que Deus criou num grande lixão. Concluí, logicamente, que uma das formas modernas de lutar contra o Demo é lutar contra o lixo. Daí a necessidade da criação da "Ordem dos Cata-Lixos" – que seria bem recebida por todas as pessoas. Os membros dessa Ordem sairiam diariamente pelas ruas, praças e estradas catando lixo e pregando a nova mensagem: "Arrependei-vos e catai lixo para que o inferno não venha...". Sugeri também que as penitências, normalmente medidas em rezas que Deus não precisa ouvir de novo por já as ter ouvido bilhões de vezes, fossem transformadas em sacos de lixo. Os pecados, sobejamente conhecidos pelos seus prazeres – todo pecado dá prazer; se não desse, não haveria tentação –, seriam traduzidos em quantidade de sacos de lixo. (Os marxistas entenderão o que estou propondo se eu disser que se trata de uma simples transformação de valores de uso em valores de troca...) Por exemplo: mentir para o Imposto de Renda = um saco de lixo; masturbação = meio saco de lixo; gula = meio saco de lixo; mentir para um amigo = dez sacos de lixo; infidelidade conjugal = dez sacos de lixo; roubalheira de senador = para esse crime não há penitência; é pecado sem perdão; o senador pecador vai direto para o grande lixão do Diabo chamado Inferno; terá de comer lixo por toda a eternidade, junto com os urubus... Acho uma pena que o papa não tenha acolhido a minha sugestão.

Choveu. Manhã fresca. Fui caminhar. Passei pela praça sem nome que há, espremida entre as ruas Clóvis Bevilacqua e José do Patrocínio. Em tempos idos, era leito da estrada de ferro que ligava Campinas a Barão Geraldo. É uma praça com tipuanas velhas de troncos rugosos e murtas de flores brancas perfumadas. Está triste, abandonada. Não fiquei com raiva da prefeitura. Pensei, ao contrário, que as praças pertencem àqueles que têm a felicidade de morar perto delas. Esse sentimento de que a rua é continuação da casa acontecia quando eu era menino. As pessoas, ao entardecer, punham cadeiras nas calçadas e se assentavam para papear, enquanto as crianças brincavam na rua. Hoje isso ainda acontece nos bairros mais pobres. Em condomínio, jamais! Imaginem moradores de condomínio colocando cadeiras de vime na rua! Esse ato revelaria origens que devem ser escondidas. Pensar que o cuidado das praças e dos jardins é responsabilidade da prefeitura – "afinal de contas, foi para isso que elegemos o prefeito e pagamos impostos" –, eu considero uma negação da cidadania. A cidadania nasce de uma relação de afetividade entre o morador e o espaço urbano que o cerca. Dica para os educadores: não falem em cidadania. Cidadania é conceito abstrato. Não evoca nenhuma imagem. Não pode despertar amor. Falem de coisas que podem ser vistas e imaginadas. Essa praça desemboca numa escola estadual. O cuidado dessa praça poderia ser um projeto ambiental dos adolescentes que nela estudam. O projeto poderia começar simplesmente como catação de lixo. Às segundas-feiras, de manhã, no caminho para a escola, a moçada iria catando lixo seletivamente: latinhas de alumínio, garrafas de plástico, papel... Desafio aos professores: organizar os temas curriculares com base no lixo: literatura, matemática, ciências, geografia, história do lixo (maravilhoso projeto de pesquisa!), política, saúde, economia, ética, ecologia... Se os professores não se mexerem, sugiro que os alunos tomem a iniciativa. E a catação de lixo iria se transformando em jardinagem...

Lições de bichos e coisas

Tenho inveja das plantas e dos animais. Parecem-me tão tranquilos, possuidores de uma sabedoria que nós não temos. Como se desfrutassem da felicidade do paraíso. Sofrem, pois não existe vida sem sofrimento. Mas sofrem sempre como se deve, quando o sofrimento vem, na hora certa, e não por antecipação. Saber sofrer é uma lição difícil de aprender. Se o terrível nos golpeia e não sofremos, algo está errado.

Pois como não chorar, se o destino nos faz sangrar? Se não choramos é porque o coração está doente, perdeu a capacidade de sentir. Mas sofrer fora de hora é doença também, permitir-se ser cortado por golpes que ainda não aconteceram e que só existem como fantasmas da imaginação. Os animais sabem sofrer. Nós não.

Somos prisioneiros da ansiedade. Pois ansiedade é isto: sofrer fora de hora, por um golpe que, por enquanto, só existe no futuro que imaginamos.

Talvez os animais sejam sadios de alma e nós, doentes. Norman O. Brown, um intérprete dissidente da teoria psicanalítica, parece concordar, ao se referir à "saúde simples que os animais gozam, mas não os homens". E Alberto Caeiro chama as próprias plantas como testemunhas da nossa doença. Diz ele:

Ah, como os mais simples dos homens
são doentes e confusos e estúpidos
ao pé da clara simplicidade
e saúde em existir
das árvores e das plantas!

E Jesus, sofrendo com a nossa dor pelos sofrimentos que a ansiedade coloca no futuro, nos aconselhou a aprender com a sabedoria das aves dos céus e dos lírios dos campos, reconciliados com a vida, vivendo as dores e felicidades do presente, e livres dos fantasmas da imaginação ansiosa. Sofremos pelo futuro e, por isso, não podemos colher as modestas mas reais alegrias que o presente nos oferece. Há um texto famoso (que foi atribuído a Borges mas não é dele) que é um pungente documento, em que o autor declara que foi assim que ele deixou passar a sua vida:

> Eu era um desses que nunca ia a parte alguma sem um termômetro, uma bolsa de água quente, um guarda-chuva e um paraquedas. Se voltasse a viver, viajaria mais leve. Se eu pudesse voltar a viver, correria mais riscos, viajaria mais, contemplaria mais entardeceres, subiria mais montanhas, nadaria mais rios.
> Se não o sabem, disto é feita a vida, só de momentos. Não percam o agora. Mas, já viram, tenho 85 anos e sei que estou morrendo.

Acho que todo mundo sabe, intuitivamente, que existe uma loucura na maneira de ser dos homens. E é por isso que a nostalgia por um sítio ou por uma casa na praia aparece como um dos nossos sonhos mais persistentes. Para longe do falatório dos homens, quando todos falam e ninguém escuta. De volta para a natureza, onde nada se diz e, no silêncio, se ouve uma sabedoria esquecida.

Dizem que São Francisco pregava sermões aos animais. Não acredito. Acho que se equivocaram. Pois só pregam sermões aqueles que se julgam portadores de uma sabedoria que os outros não têm. Prega-se para convencer os outros a reconhecer os seus erros – que se arrependam! – e para que, pela palavra ouvida, eles se tornem melhores. Mas de que erro convenceremos as plantas e os animais? Pois são perfeitos em tudo que fazem. Borboletas e beija-flores, lobos e urubus, tigres e golfinhos – todos eles se movem harmônicos ao som da melodia que toca dentro dos seus corpos. Nenhum dos seus movimentos é uma mentira.

Por dentro e por fora são a mesma coisa. E que ensinamento temos que possa melhorá-los? Os animais ditos amestrados, deleite dos frequentadores de circos, só me dão tristeza. Pois eles só aprendem o que os homens lhes ensinam na medida em que se esquecem daquilo que a natureza lhes ensinou. Acredito, ao contrário, que o santo conversava com os animais, escutava seu silêncio, e, se falava alguma coisa, era como o aluno que repete em voz alta aquilo que aprendeu de seus mestres. Não era o santo que pregava aos animais; eram os animais que lhe ensinavam a sua sabedoria. E talvez seja esta a razão por que ele seja tão amado: porque em seus gestos e suas palavras, ele nos diz de um jeito de ser de plantas e bichos de que nos esquecemos e de que queremos nos lembrar, para sermos menos infelizes.

São Francisco não foi o único. Zaratustra, segundo os poemas que relatam sua vida, cansou-se dos homens e, por dez anos, viveu sozinho no alto de uma montanha, tendo como seus únicos companheiros uma águia e uma serpente. Thoreau, da mesma forma, abandonou a civilização para viver no meio das matas, para ali aprender um saber que não se encontrava nos livros e nas escolas.

E Santo Agostinho, em suas *Confissões*, declara que os seus mestres foram as coisas, as plantas, os animais:

> *Perguntei à terra,*
> *ao mar, à profundeza*
> *e, entre os animais, às criaturas que rastejam.*
> *Perguntei aos ventos que sopram*
> *e aos seres que o mar encerra.*
> *Perguntei aos céus, ao sol, à lua e às estrelas*
> *e a todas as criaturas à volta da minha carne:*
> *Minha pergunta era o olhar que eu lhes lançava.*
> *Sua resposta era a sua beleza.*

Vão me dizer que plantas e animais não falam. Engano. É verdade que estão mergulhados no silêncio. Mas é nesse silêncio que interrompe o vozerio dos homens que uma voz é ouvida, vinda das profundezas do nosso ser. Pois é aí que mora a sabedoria que perdemos. Você tem dificuldade em ouvir a voz das plantas e dos animais? Pois que leia os poetas, profetas do seu saber sem palavras. Por exemplo o poema *Sugestão* de Cecília Meireles, onde ela diz que deveríamos ser como a flor que se cumpre sem pergunta, a cigarra, queimando-se em música, o camelo que mastiga sua longa solidão, o pássaro que procura o fim do mundo, o boi que vai com inocência para a morte. E conclui:

> *Sede assim qualquer coisa*
> *serena, isenta, fiel.*
> *Não como o resto dos homens.*

Com o que concorda Alberto Caeiro, discípulo dos mesmos mestres:

Sejamos simples e calmos,
Como os regatos e as árvores,
E Deus amar-nos-á fazendo de nós
Belos como as árvores e os regatos,
E dar-nos-á verdor na sua primavera,
E um rio aonde ir ter quando acabemos...

Campos e cerrados

Tenho um pedacinho de terra na Serra da Mantiqueira. Não faço nada com ele. Fica lá como objeto de puro gozo, do jeito como vai renascendo, a cada ano, das forças misteriosas da natureza. Nem preciso estar lá para sentir prazer. Basta-me pensar nele, e saber que ele está à minha espera. Os olhos ficam logo fascinados com as coisas grandes: as montanhas que se sucedem, até desaparecerem no horizonte, azuladas, escondidas, em brumas. Os riachos de água transparente que correm sobre pedras, em meio às samambaias, aos lírios-do-brejo, a flores vermelhas cujo nome não sei, e que de tempos em tempos se transformam em cachoeiras. As gigantescas araucárias, de troncos enrugados, paraíso dos pica-paus de penacho vermelho e dos pintassilgos. Mas o meu assombro fica maior quando os olhos passam das coisas grandes para as coisas pequenas, quase invisíveis. Os campos. É preciso andar com cuidado e com olhos atentos, pois a beleza aparece em lugares escondidos e inesperados, e o seu tamanho é tão diminuto que quase não é vista. Parece que a natureza ignora as distinções que fazemos entre o grande e o pequeno, pois sua arte é tão perfeita num quanto no outro. Há os musgos que crescem na madeira apodrecida, com florescências cor de abóbora. Tapetes de verde-veludo macio em lugares sombrios e úmidos. Flores minúsculas, nas cores e formas mais variadas, de simetria perfeita: brancas, roxas, vermelhas, amarelas, azuis; violetas, cruzes, estrelas, sóis, miniorquídeas. Sobre um morro de terra ruim, cresceu um cerrado. As barbas-de-bode são mechas de cabelo sobre a calva do chão árido. Crescem arbustos de troncos retorcidos e rugosos, que para nada servem. Há um verso do taoismo que diz: "A árvore reta é a primeira a ser cortada". E é verdade. Os homens de negócios veem as gigantescas e retas araucárias e logo pensam que poderiam ser transformadas em tábuas e dinheiro. Mas o que fazer com troncos mirrados e tortos? Nada. Ali, no meio do mirrado e do torto, o cheiro das flores silvestres é delicioso – razão por que se ouve o zumbido das abelhas. E se os olhos forem atentos, descobrirão os ninhos dos pássaros escondidos entre as folhas. E há também os frutos silvestres, entre eles as guabirobas com gosto de saudade.

A vida animal se anuncia ruidosa na barulheira dos frangos-d'água, nos gritos das seriemas, nos trinados sem fim dos pintassilgos, na tagarelice das maitacas, no coaxar dos sapos ao cair da tarde. Mas é sobretudo na imensa, variada e surpreendente família dos invertebrados que a natureza parece mais se deleitar, exibindo sua arte de miniaturista. Há aranhas minúsculas que tecem suas teias sobre o capim, guarda-chuvas de renda transparente, que aparecem cobertas de gotas de orvalho pela manhã. Todas as vezes que vejo uma delas eu paro, pasmado, sem poder entender como é que arte tão perfeita pode existir, sem ter sido ensinada ou aprendida, num corpo tão pequeno e solitário. Borboletas, joaninhas, grilos, formigas, carrapatos, abelhas, marimbondos, bichos sem conta que vejo pela primeira vez e cujo nome desconheço: à volta de cada um deles, um universo maravilhoso que é só seu, incomunicável; em cada corpo uma dança, uma simetria, uma beleza, uma melodia.

Não há o que fazer, só gozar. Meus pensamentos ficam diferentes. A cabeça é como uma taça que pode estar cheia ou vazia. Se estiver cheia com seus próprios pensamentos, todas as maravilhas do mundo lhe serão inúteis: derramarão pela borda, como a água que se derrama pelas bordas de um copo já cheio. Para poder ver, é preciso parar de pensar. Coisa que Fernando Pessoa sabia:

Creio no mundo como num mal-me-quer,
Porque o vejo. Mas não penso nele,
Porque pensar é não compreender...
O Mundo não se fez para pensarmos nele
(Pensar é estar doente dos olhos)
Mas para olharmos para ele e estarmos de acordo...

O mundo entra na alma quando ela está vazia de pensamentos. E assim somos invadidos por sua dança, sua simetria, sua beleza, sua melodia.

Sentimos alegria. Alegria é uma experiência de encaixe, bem igual àquela do encaixe de corpos apaixonados no ato do amor. Em cada um de nós mora um Vazio que espera por algo que vai enchê-lo. Todos somos femininos. E quando o Vazio se deixa penetrar pelo belo, acontece a alegria. Assim, para conhecer bem a alma, basta que se conheça o objeto que lhe traz alegria.

Toda beleza e todo mistério daqueles campos na Mantiqueira me dão alegria porque, de alguma forma, eles vivem dentro de mim como desejo, como nostalgia. O universo inteiro mora, adormecido, dentro dos nossos corpos. Nas palavras de Hermann Hesse:

> Quando nos detemos na contemplação de certas formas irracionais, estranhas, raras, da natureza, gera-se em nós um sentimento de harmonia entre nosso íntimo e a vontade que fez surgirem tais seres. É que a mesma e indivisível divindade opera em nós e na natureza. E se o mundo exterior acaso desaparecesse, qualquer de nós seria capaz de recriá-lo, pois a montanha e o rio, a árvore e a folha, a raiz e a flor, toda forma que habita o mundo está pré-formada em nós, procede da alma, cuja existência é eterna, cuja essência desconhecemos, e que, entretanto, se dá a nós sobretudo como força de amar e como poder de criar – força e poder ansiosos de plenitude.

Aconselharam-me a tornar produtivos aqueles campos inúteis. Disseram-me que o cerrado deveria ser queimado para, no seu lugar, fazer crescer uma mata de *pinus eliotis*.

Explicaram-me que esse *pinus* cresce muito rápido e que, em poucos anos, as árvores poderiam ser cortadas e transformadas em bom lucro. Andei por uma mata de *pinus eliotis*. Senti medo. Escura. O silêncio é total. Nenhum pio de pássaro. Eles não vão lá. Acho que também têm medo. O chão é coberto por uma compacta camada de folhas secas, tão compacta que ali não cresce nem tiririca. E fiquei pensando nas tortas e rugosas árvores do cerrado, e na vida que nelas mora.

Pensei no destino das guabirobas, das flores silvestres, das abelhas... E concluí que minha alma é um cerrado, mas não é uma mata de *pinus eliotis*. Aconselharam-me, também, a queimar os campos para neles plantar feijão. "Feijão dá bom dinheiro", argumentaram. Mas, antes de fazer isso, tive de ter uma conversa com as florzinhas quase invisíveis, os pequenos insetos, os passarinhos, as aranhas e suas teias. E não tive coragem. Minha alma é um campo, tal como saiu do ventre da mãe-natureza, mas não é uma plantação rentosa. Fazer o que me aconselhavam era transformar uma grande e divina sinfonia na monotonia de um samba de uma nota só... "Não só de pão viverá o homem", dizem os textos sagrados. Precisamos de beleza, precisamos de mistério, precisamos do místico sentimento de harmonia com a natureza de onde nascemos e para a qual voltaremos.

Enquanto depender de mim, os campos ficarão lá. Enquanto depender de mim, os cerrados ficarão lá. Porque tenho medo de que, se eles forem destruídos, a minha alma também o será. Ficarei como as florestas de *pinus*, úteis e mortas. Ficarei como as plantações rentosas, úteis e vazias de mistérios. E me perguntei se não é isto que o progresso e a educação estão fazendo com as nossas almas: transformando a beleza selvagem que mora em nós na monótona utilidade das monoculturas. Não é de admirar que, de mãos dadas com a riqueza, vá caminhando também uma incurável tristeza.

Pastoreio

Manhã de domingo. Depois de muita chuva, o céu amanheceu azul. Céu azul, depois de muita chuva, é uma felicidade. Vou levar meu rebanho para passear. Convido meu amigo Alberto Caeiro a me acompanhar. Também ele é um guardador de rebanhos. Diz ele:

> *Minha alma é como um pastor*
> *Conhece o vento e o sol*
> *E anda pela mão das Estações*
> *A seguir e a olhar.*
> *Toda a paz da natureza sem gente*
> *Vem sentar-se ao meu lado...*

Se alguém o chamar de mentiroso, dizendo que nunca o viu guardar rebanhos, ele logo explica que, de fato, ele não pastoreia ovelhinhas brancas de lã e berros. Suas ovelhas são as suas ideias, que ele leva a passear pelos campos.

Os campos fazem bem tanto às ovelhas quanto às ideias, especialmente neste dia lindo por fora, mas meio cinzento por dentro – que põe em mim uma sombra de tristeza. Mas meu companheiro logo me consola, dizendo que aquela "tristeza é sossego / Porque é natural e justa / E é o que deve estar na alma / Quando já pensa que existe / E as mãos colhem flores sem ela dar por isso". Vou, assim, contente com a minha tristeza, levando minhas ovelhas, que estão visivelmente agitadas. Acho que sentiram cheiro de lobo no ar.

Olho para o campo. Sinto que o outono está chegando. Suas marcas são inconfundíveis. Primeiro o ar, que fica mais fresco, quase frio. Uma brisa vai passando, brincando de fazer cintilar as folhas das árvores sob a luz do sol. Nas folhas dos eucaliptos, ela toma um banho de perfume e vem fazer cócegas no nariz da gente e nos pelos do corpo, que se arrepiam de prazer. Friozinho gostoso. Dali salta para o capim-gordura e vai soprando suas hastes floridas. As florescências de outono, eu as acho mais bonitas que as florescências de primavera. As florescências de primavera são "por causa de". As florescências de outono são "a despeito de".

Acho as flores do capim-gordura mil vezes mais bonitas que as rosas. Rosas são entidades domesticadas. Elas são como o leite das vacas de estábulo, aquelas vacas enormes, protegidas de sol e chuva, enormes olhos parados, obedientes, jamais pensam um pensamento proibido, só sabem comer, ruminar, parir, dar leite que se vende em caixas longa vida. Assim também são as rosas, crescidas em estufas, nada sabem sobre a natureza, tal como ela é, ora bruta, ora brincante – protegidas de sol e chuva, todas iguais, bonitas e vazias.

As flores do capim, ao contrário, são selvagens. Inúteis todos os esforços para domesticá-las. Basta tocá-las com mais força para que suas flores se desfaçam. Elas acham que é preferível morrer a serem colocadas em jarra. As flores do capim só são belas em liberdade, tocadas pela brisa, pelo sol, pelo olhar.

Eu não tenho a felicidade do meu amigo Alberto Caeiro, que dizia que só vê direito quem não pensa. Disse mesmo que pensamento é doença dos olhos. Entendo e concordo. Bom seria olhar para os campos e os meus pensamentos serem só os campos. Nos campos há árvores, brisa, céu azul, nuvens, riachos, insetos, pássaros. Você, por acaso, já viu uma ansiedade andando pelos campos? Ou uma raiva navegando ao lado das nuvens? Ou um medo piando como os pássaros? Não. Essas coisas não existem nos campos. Elas só existem na cabeça. Assim, se os meus pensamentos fossem iguais ao que vejo, ouço, cheiro e sinto ao andar pelos campos, o meu mundo interior seria igual ao mundo exterior, e a minha mente teria a simplicidade e a calma da natureza. Eu teria a mesma felicidade que têm os deuses porque, como o meu companheiro me segredou num momento de excitação teológica, nos deuses o interior é igual ao exterior. Eles não possuem inconsciente. Por isso são felizes.

Essa felicidade eu não tenho. Vejo e penso. Lembrei-me do conselho de Jesus, de que deveríamos olhar para as flores do campo.

Olhei e elas começaram a falar. O que disseram? Disseram o que dizem sempre, mesmo quando eu não estou lá:

> Os seus olhos estão contemplando o que tem acontecido por milhares de anos. Por milhares de anos assim temos florescido. Por outros milhares de anos assim continuaremos a florescer. Muitos outros rebanhos perturbados como o seu já passaram por aqui. Mas deles não temos mais memória. Passaram e nunca mais voltaram. Desapareceram no Rio do Tempo. O Rio do Tempo faz todas as coisas desaparecerem. Por isso nada é importante. Nossas ansiedades também estão destinadas ao Rio. Também elas desaparecerão em suas águas. O seu sofrimento se deve a isso. Que você se sente importante demais, que você não presta atenção na voz do Rio. Quando nos sentimos importantes, ficamos grandes demais. E, junto com o tamanho da nossa importância, cresce também o tamanho da nossa dor. O Rio nos torna pequenos e humildes. Quando isso acontece, a nossa dor fica menor. Se você ficar pequeno e humilde como nós, perceberá que somos parte de uma grande sinfonia. Cada capim, cada regato, cada nuvem, cada coruja, cada pessoa é parte de uma Harmonia Universal. Quem disse isso foi Jesus. Ele disse que para nos livrarmos da ansiedade é preciso ficarmos humildes como os pássaros e as flores.

Aí o meu amigo Alberto Caeiro tomou a palavra e disse:

Quando vier a Primavera,
Se eu já estiver morto,
As flores florirão da mesma maneira
E as árvores não serão menos verdes que na Primavera passada.
A realidade não precisa de mim.

Sinto uma alegria enorme
Ao pensar que a minha morte não tem importância nenhuma.

Eu fiquei assustado com essas palavras, mas acho que, para me tranquilizar, ele diria: "Se você se julgar muito importante, então tudo dependerá de você. Mas se você se sentir humilde, então tudo dependerá de algo maior que você. Você estará, finalmente, nos braços de um Pai ou no colo de uma Mãe. E quem está nos braços do Pai ou no colo da Mãe pode dormir em paz...".

Aí as flores do capim retomaram a palavra:

O inverno vem. Com ele, o frio e a seca. Parecerá que morremos. Mas nossas sementes já foram espalhadas. A primavera vai voltar, e com ela a alegria das crianças e do brinquedo. Está lá nas Sagradas Escrituras: "Lança o teu pão sobre as águas porque depois de muitos dias o encontrarás". Coisa de doido. Pão lançado sobre as águas some, não volta jamais. Mas é assim que acontece no Rio de Tempo. Ele é circular. O que foi perdido retorna. O que vem vindo é o que já foi.

Olhei em volta e vi minhas ovelhas mansamente deitadas sob uma árvore. Dormiam tranquilamente. Percebi que já não havia cheiro de lobo no ar. Só o cheiro do capim-gordura.

Araucárias e eucaliptos

Já falei de um pedacinho de terra que tenho na Mantiqueira. Muita coisa bonita, do jeito mesmo que a natureza fez, sem o auxílio do homem: um regato de água cristalina que desce do alto da serra, por entre pedras, samambaias, avencas, brincos-de-princesa, formando cachoeiras e remansos gelados. Campos nos quais as flores agrestes brotam onde querem, e enormes pinheiros-do-paraná, araucárias, de casca rugosa onde crescem bromélias. Ali a gente sente a solidariedade entre a beleza e a vida. O que é vivo é belo, o que é belo é bom para a vida.

Há também um morro de terra ruim, tão ruim que até o capim protesta. Olhei para a terra e pensei em dar uma mãozinha. Seria bonito se aquele cerrado um dia se transformasse numa mata de araucárias. E comecei a sonhar.

Como pouco entendo dessas coisas, tratei de consultar as pessoas entendidas do lugar. Não aprovaram. As araucárias levam muito tempo para crescer. Era provável que eu nem mesmo vivesse o bastante para vê-las crescidas. E mesmo que eu as visse crescidas, não poderia cortá-las. As araucárias são protegidas por lei. Cortar uma dessas árvores é crime. Assim, todo o meu trabalho e a minha espera resultariam em nada. Pois é sabido que só se planta uma árvore para cortá-la depois. Somente uma árvore cortada pode ser vendida. Somente as árvores cortadas se transformam em dinheiro. Negócio mais lucrativo é plantar eucaliptos: crescem rápido e dão três cortes. Um eucalipto plantado é melhor que dinheiro no banco.

Percebi que não me entenderam. Por isso não disse nada. Morávamos em mundos diferentes. Eu era um ser da floresta, ser sem pressa, onde o tempo passa devagar. Tem de ser assim, porque a vida é vagarosa.

Vejam o caso das sequoias, árvores que levam mil anos para crescer. É certo que a natureza não pensou no mesquinho tempo dos homens ao fazê-las brotar. Ela só deve ter tido sonhos de beleza distante – tão distante que só apareceria em sua plena exuberância depois que tudo o que estava vivo naquele momento tivesse morrido. A vida não tem lugar para utilidade rápida. Se os seus pensamentos fossem curtos como os nossos, não haveria sequoias, por demorarem demais para crescer, nem avencas, samambaias, musgos, bromélias, flores do campo, borboletas e beija-flores, por serem inúteis. Não circulam pelo mundo dos bancos e dos bons negócios. Então, servem para quê? Para nada. Só para existir do jeito como são, espetáculo colorido e perfumado para um corpo que se sente feliz só de ver e cheirar.

Mas os meus conselheiros pensavam pensamentos aprendidos do dinheiro e do lucro que, segundo se diz, é de onde a salvação há de vir. O mundo será salvo quando as coisas vivas se transformarem em dinheiro – como as árvores cortadas.

Assim funciona a cabeça dos ativos empresários. E não estou me referindo a vilões e corruptos. Refiro-me àqueles que pensam com a imaginação dos negociantes japoneses e com o rigor comercial dos banqueiros suíços... No seu mundo de negócios, não há lugar nem para a beleza inútil, nem para o tempo lento da vida. Tudo deve ser transformado em lucro. Essa é a razão por que um eucalipto a ser cortado em três anos é infinitamente mais importante que uma araucária a não ser cortada daqui a 50 anos.

Empresários japoneses viram os pinguins do Ártico. Se, num momento inicial de enlevo estético, eles se entregaram ao deleite de sua beleza inútil, sua alma econômica logo os chamou à razão. E pensaram que seria possível usar os pinguins para fazer ração para cachorro. E até tentaram iniciar o negócio. Pois belos pinguins inúteis – que bem poderiam trazer para as finanças argentina e japonesa? Mas pinguins transformados em ração, isso sim é bom para a economia...

Há, no sul do Chile, uma floresta de sequoias que o fogo devorou. Em poucas horas, o fogo destruiu aquilo que a vida levara séculos para construir. A vida é lenta. A morte é rápida. A suspeita é de que o incêndio tenha sido proposital, com objetivos imobiliários. Pois sequoias, por milenares, lindas e sagradas que sejam, ocupam inutilmente um espaço que poderia ser oportunidade de bons negócios, se elas lá não estivessem.

E nem mesmo os belos e inúteis beija-flores e sabiás estão a salvo da lógica rápida do lucro e da morte. São caçados, mortos, salgados e vendidos em fieiras, para serem comidos fritos, como tira-gosto, em meio a cervejas e risadas...

Esses são apenas exemplos de como funciona a cabeça dos homens que se dedicam ao lucro, dos que matam beija-flores, dos que destroem as florestas. Fogem da vida, por estar ela cheia de beleza inútil e por se mover num tempo lento demais. Preferem o tempo do lucro, que é rápido, como a morte. As sementes são mais vagarosas que os machados. Haveria esperança se os políticos fossem seres das florestas, se tivessem alma de poeta. Poderiam, então, plantar árvores a cuja sombra nunca se assentariam. Seriam profetas, emissários da posteridade, semeadores do futuro.

Mas o tempo do político é o mesmo tempo dos bons negócios. "Eles só pensam no presente", denunciava Guimarães Rosa. Esperam o corte próximo dos eucaliptos, a colheita das abóboras que se aproxima... Seu tempo é o curto tempo que vai de eleição a eleição. Tempo curto, pequeno, sem sonhos a longo prazo. Prometer abóboras dá maiores resultados que plantar araucárias.

Por isso, não tenho esperanças. As araucárias estão condenadas. As florestas estão condenadas. A beleza está condenada. A vida está condenada. Mas, a despeito disso, vou mesmo é plantar minhas araucárias, na louca esperança de que, quem sabe um dia, o poder será de novo dado à vida...

A música das estrelas

Antigamente, quando eu ficava aflito, entrar numa igreja me tranquilizava. O silêncio me fazia bem. Hoje não faço mais isso: o Cristo crucificado me perturba. A ideia de que um Pai, especialmente o Pai Divino, para satisfazer as leis que ele mesmo estabeleceu, tenha matado o próprio filho de maneira tão cruel fica atravessada na minha garganta. Mil vezes pior que Édipo. Pai não é assim. Pai, se puder, se deixa crucificar pelo filho. Gostaria que o Deus cristão e não o Vinicius tivesse escrito estas palavras para nós, seus filhos: "(...) eu, muitas noites, me debrucei sobre o teu berço e verti sobre teu pequenino corpo adormecido as minhas mais indefesas lágrimas de amor, e pedi a todas as divindades que cravassem na minha carne as farpas feitas para a tua". Pois eu estava aflito, os pensamentos perturbados, precisava de um lugar de paz; minha cabeça trabalhou, procurando, até que o encontrei. Fui. O sol estava se pondo quando cheguei. Lá do alto se podia ver um cenário de 270 graus. Um vento fresco soprava sobre os campos silenciosos. De vez em quando, o pio de alguma ave solitária. Mas eu me enganara. Pensara que seria o único. Um outro tivera a mesma ideia, um outro também escolhera aquele lugar como o seu lugar sagrado. Executava uma dança: tai-chi. A cena era magnífica, o seu corpo se movimentando no palco de tijolos contra o sol poente. Parei em silêncio. Não me atrevi a perturbar aquele momento mágico. A beleza era tanta, que meus pensamentos ansiosos tiveram que fugir: não havia lugar para eles. Parei de pensar. "Pensar é estar doente dos olhos", disse o Alberto Caeiro. Naquele momento, meus olhos gozavam perfeita saúde. Eu era só olhos. Só desejava ver. O pio dos pássaros e o vento na minha pele eram parte daquele êxtase do olhar.

Sempre que posso vou lá. Geralmente, o lugar está vazio. Acho que poucos sabem da sua existência. É o "Observatório a olho nu" da Unicamp. O caminho é simples: sobe-se entre o Instituto de Economia e a Faculdade de Educação, dobra-se à esquerda e depois, à direita. Ele fica no alto da subida, numa estrada de terra, à direita, quase invisível.

É um lugar feito para observar os céus. Observar e escutar. "Os céus proclamam a glória de Deus", diz o poeta sagrado. "Sem linguagem e sem fala, a sua voz se faz ouvir até os confins da terra..." Quem observa os céus ouve palavras e melodias que só existem no silêncio: são as sussurrantes palavras dos deuses. Os deuses falam sempre em voz baixa. A contemplação das estrelas é poderoso antídoto contra a loucura.

Quem ouve os céus desendoida e fica sábio. Quem ouve a música das estrelas nos céus consegue viver tranquilo em meio ao barulho da Terra.

Kepler foi o astrônomo que conseguiu colocar em fórmulas matemáticas as órbitas dos planetas. Poucos, entretanto, sabem que ele usava a matemática apenas como instrumento para ouvir a música divina que os astros tocavam desde a criação do mundo. E nós também. É por isso que amamos o canto gregoriano: ele é uma tradução, para ouvidos humanos, das harmonias musicais das esferas de cristal: tudo é perfeito, tudo é equilíbrio.

Sem lunetas, sem telescópios, sem computadores: somente os olhos, do jeito mesmo como o fizeram os babilônios e os astecas, muitos séculos atrás. Tudo lá tem sentido. Há, por exemplo, bem no meio da plataforma superior, um orifício vertical, igual ao de uma das pirâmides astecas, no México. Por aquele orifício, no dia e no momento em que o sol estiver no umbigo absoluto do céu, por ele passará um raio de sol que incidirá sobre o vértice superior de uma pirâmide de espelhos, colocada no centro de um espelho-d'água no piso inferior, repartindo-se, então, em quatro, indicando os quatro pontos cardeais. Não seria maravilhoso estar lá, naquele momento, esperando o raio de sol? As quatro janelas do andar inferior marcam o movimento do sol em cada uma das estações do ano. O sonho original dizia que, diante de cada uma dessas janelas, se plantaria um pequeno bosque de árvores que floresceriam naquela estação. De modo que, ao crepúsculo, seria possível ver o sol mergulhado na copa florida das árvores. E havia também o sonho de um relógio de flores – pois as flores se abrem e fecham em horas certas: há a ipomeia (*morning glory*), a onze-horas, a dama-da-noite, a flor-da-lua.

Certamente seria um templo aos quatro elementos fundamentais dos filósofos antigos: o *vento*, soprando sobre a pele, o *fogo*, se pondo no horizonte, a *terra*, onde crescem as flores, e a *água*, que teria de jorrar em alguma fonte.

Mas esses foram sonhos. O lugar está abandonado. Vândalos o usaram como desafio para suas motos. Outros cobriram as paredes com palavras idiotas. Não se plantaram as árvores, não se plantou o jardim, não se fez o espelho-d'água com a sua mágica pirâmide. O raio de sol deve ter entrado belo buraco, mas o que ele encontrou não foi beleza, mas só sujeira.

A despeito disso, eu continuo a amar aquele lugar. É só não olhar para baixo, olhar para as estrelas, para o sol, para longe dos homens e os seus detritos. As estrelas continuarão a girar, o vento continuará a soprar, os pássaros continuarão a piar, muito depois de termos desaparecido. E haverá outros dançarinos que ali celebrarão o mistério do corpo e da vida.

Nos tempos em que eu era professor da Unicamp, o "Observatório a olho nu" era, para mim, símbolo daquilo que sempre sonhei e sonho como ideal para a universidade: a combinação de ciência com sapiência, de conhecimento com sabedoria. As universidades têm tido uma grande capacidade de produzir ciência. Nesse sentido, elas têm investido todos os seus esforços e recursos. Mas não estou certo de que elas tenham tido interesse e sucesso comparáveis na produção de sabedoria. E a sabedoria, sem dúvida alguma, é mais importante que a ciência. O conhecimento científico nos dá poder, meios para viver. Mas é só a sabedoria que nos dá as razões para viver.

O sermão das árvores

Relata-se que São Francisco – a quem muito amo – pregava aos peixes e às aves. Se a lenda é verdadeira, imagino que os peixes e as aves, ouvindo a pregação do santo, riam e sorriam discretamente para não ofendê-lo. E isso porque não se pode pregar a seres perfeitos. Prega-se a seres imperfeitos para que eles se tornem perfeitos. Acontece que peixes e aves são perfeitos, são felizes naquilo que são. Peixes não querem ser aves. Aves não querem ser peixes. Mangueiras não pensam jabuticabas. Jabuticabeiras não pensam mangas. Fico pasmado, olhando uma jabuticabeira florida na casa de um amigo. Pobrezinha, teve galhos cortados, ficou espremida entre paredes. Mas ela tudo ignora. Está coberta de flores brancas. É como se tivesse caído neve. As flores têm aquele delicioso perfume de infância e pés descalços. As abelhas, atraídas pelo perfume, vêm e zumbem, zumbem... Assim é: cada bicho, cada planta está contente com o que é. São felizes no que são. Feuerbach, filósofo-poeta sensível, observou, sobre a desconhecida psicologia das plantas: "Se as plantas tivessem olhos, gosto e capacidade de julgar, cada planta diria que a sua flor é a mais bonita". Esse não é o nosso caso. Somos os únicos seres que não estão contentes com o que são. Queremos ser diferentes. Por isso estamos infelizes e doentes. "Ah, como os mais simples dos homens / São doentes e confusos e estúpidos / Ao pé da clara simplicidade / E saúde em existir / Das árvores e das plantas!", dizia Alberto Caeiro. Assim, o certo não é que nós, confusos e estúpidos, preguemos às criaturas. O certo é que elas, felizes, preguem a nós. As criaturas falam. O salmista olhava para os céus e percebia que pelos espaços vazios se ouvia a pregação sem linguagem e sem fala das estrelas (Salmo 19). Olhava, fechava a boca e escutava. Mas nós, cuja loucura está em nos considerarmos superiores, achamos que podemos pregar e ensinar. Parte da nossa estupidez é a incontinência verbal, a constante ejaculação de palavras – quando a verdadeira sabedoria seria fazer silêncio, parar os pensamentos, para ouvir a pregação das estrelas, dos peixes, das aves, das plantas.

Jesus dizia aos perturbados pelas ansiedades da vida que eles deviam olhar para as flores a fim de aprender delas tranquilidade. O salmista (Salmo 1) pregava aos homens falando de um ideal de vida em que somos como "a árvore plantada junto a ribeiros de águas". Regatos e árvores nos ensinam sabedoria.

Por isso, continua em mim a suspeita de que as árvores são uma forma mais evoluída de vida que a nossa. Vão me contestar dizendo que somos superiores porque pensamos e as árvores não. Pergunto se a capacidade de pensar é sinal de superioridade. O pensamento não surge, precisamente, da nossa doença? Ou como sintoma dela ou como tentativa de cura? Pensamos porque não estamos felizes com o que somos. Quando estou feliz, meus olhos veem a árvore e descansam nela. Não penso outras coisas. Eu e a árvore somos um. Quando estou doente, meus olhos veem a árvore, mas não descansam nela. Penso. E o corpo, no pensamento, vai para um outro lugar. Pensamos porque não estamos felizes onde estamos. Daí a nossa agitação, tão bem descrita na palavra inglesa *restlessness* – o estado em que estamos permanentemente sem descanso. Inclusive eu, que penso esses pensamentos: penso para ver se descubro uma forma de ficar simples e calmo como as árvores.

Gosto de caminhar. Caminho olhando para cima e para os lados. Acho estranhas as pessoas que caminham olhando para o chão. Compreendo. Para elas, não faz diferença. O pensamento delas não está colado ao corpo. Se estivesse, elas estariam olhando para os lados e para cima, o pensamento colado às árvores, aos pássaros, ao céu. Infelizes, o pensamento caminha por outros lugares. Por isso é indiferente que olhem para o chão ou para as árvores.

Olho para cima e para os lados para ver as árvores. Tento ouvir a sua silenciosa pregação. Se pregam, é porque pensam. Mas seus pensamentos são diferentes dos nossos. Elas pensam da mesma forma como produzem brotos e flores. Não pensam pensamentos da cabeça, como nós. As árvores não têm cabeça. Não precisam ter cabeça. Elas pensam com o corpo: raízes, tronco, galhos, folhas, flores, frutos. Pensam sempre os pensamentos que devem ser pensados, isto é, pensamentos que têm a ver com a vida. Agora, depois da chuva, as tipuanas e outras árvores estão cobertas de brotos novos. Os brotos novos são seus pensamentos alegres, pensamentos que as árvores devem ter, quando a primavera se aproxima. Os ipês têm outros pensamentos. Eles não são iguais às tipuanas. Estão floridos. Faz duas semanas, eram os ipês-amarelos. Agora, os ipês-rosas e os ipês-brancos. Floriram não por felicidade, mas por medo. Floriram por causa da seca. Floriram por medo de morrer e trataram de ejacular sementes para que, no evento de sua morte, suas sementes estivessem espalhadas pelo mundo. Os ciprestes italianos têm fantasias teológicas: afinam-se e querem tocar os céus. Os chapéus-de-sol – que alguns chamam de amendoeiras –, ao contrário, são seres deste mundo. Estendem seus galhos na horizontal. Os paus-ferro, livres de cascas velhas enrugadas, exibem uma pele lisa e branca, onde pessoas malvadas gravam, a canivete, seus nomes. Passo nelas a minha mão porque é gostoso sentir sua lisura.

As árvores jovens têm a sua beleza. Mas, sendo jovens, não têm estórias para contar. Não se pode assentar à sua sombra, suas copas oferecem pouco lugar para os pássaros e seus galhos não são fortes o bastante para que neles se amarrem balanços. "Olha estas velhas árvores, mais belas / Do que as árvores novas, mais amigas. / Tanto mais belas quanto mais antigas...", dizia Bilac.

As árvores são amigas. Estão sempre fielmente no mesmo lugar, à espera. E se não comparecermos, elas continuarão lá, do mesmo jeito. Sem nada a dizer. Às vezes me pergunto se elas, nas noites de tempestade, não sentem medo. Basta olhar para elas com a cabeça livre de pensamentos: nossas tempestades deixam de amedrontar. As árvores sabem que a única razão da sua vida é viver. Vivem para viver. Viver é bom. Raízes mergulhadas na terra, não fazem planos de viagem. Estão felizes onde estão. Enfrentam seca e chuva, noite e dia, chuva e calor, com silenciosa tranquilidade, sem acusar, sem lamentar. E morrem também tranquilas, sem medo. Ah! Como as pessoas seriam mais belas e felizes se fossem como as árvores. É possível que os estoicos e Espinosa tenham se tornado filósofos tomando lições com as árvores.

Olhando para as árvores, tive por um momento a ideia de que Deus é uma árvore a cuja sombra nós, crianças, brincamos e descansamos. Pura generosidade sem memória.

Acho que o verdadeiro, sobre São Francisco, não é que ele tenha pregado aos peixes e pássaros. A verdade é que ele ouviu o sermão das árvores. Por isso ficou tão manso, tão tranquilo. Ele tinha a beleza das árvores. Estava reconciliado com a vida. Então os pássaros fizeram ninhos nos seus galhos e os peixes comeram dos seus frutos que caíam na água...

> *Sejamos simples e calmos,*
> *Como os regatos e as árvores,*
> *E Deus amar-nos-á fazendo de nós*
> *Belos como as árvores e os regatos,*
> *E dar-nos-á verdor na sua primavera,*
> *E um rio aonde ir ter quando acabemos...*
> (Alberto Caeiro)

Em defesa das árvores

Estava eu na sala de espera do meu médico, trabalhando absorto no meu *laptop* para matar o tempo, os "oclinhos" de ver de perto na frente dos olhos, ao longe tudo era um borrão, quando, de repente, um borrão alto se colocou à minha frente; baixei os "oclinhos" para ver a distância: era um homem que conheci menino, de precoce vocação científica, posto que, menino ainda, se comprazia em experimentos incendiários com gases malcheirosos. Depois dos cumprimentos de praxe e sem mais delongas, ele disse: "Rubem, escreva uma crônica em defesa das árvores". Havia indignação em sua voz, e ele relatou:

> Havia, no terreno do meu vizinho, um ipê maravilhoso, árvore muito velha, tronco grosso, que anualmente produzia uma floração cor-de-rosa, para espanto e felicidade de todos. Pois, sem maiores avisos, o tal vizinho cortou o ipê. Fiquei indignado e fui saber das razões do assassinato. Que mal lhe teria feito aquela árvore mansa? E ele me explicou que as raízes do velho ipê estavam rachando o seu muro de tijolos e argamassa. Um ipê que leva 50 anos para crescer, cortado por causa de um muro que se constrói num dia! Aí lhe perguntei: "Por que você não me falou? Eu teria pago a reconstrução do seu muro...". [E concluiu] Você escreve uma crônica?

Tive uma reação desanimada. Lembrei-me das palavras tristes do Vinicius em seu poema "O haver", em que fala da sua "inútil poesia". Sinto assim, de vez em quando, que aquilo que escrevo é inútil. Os que têm poder nem leem. E, se leem, não levam a sério. As razões que movem a política são as razões dos machados e das serras; não são as razões da beleza. Escrever, para quê? Para sensibilizar o vizinho que gosta mais de um muro do que de um ipê? O que eu escrevesse só encontraria eco naqueles que amam mais os ipês que os muros. Mas, nesse caso, minha escritura seria desnecessária. E para os que amam mais os muros que os ipês, ela seria inútil. Aí me lembrei de um poema de Chuang-Tzu, escrito séculos antes de Cristo: "Eu sei que não terei sucesso. Tentar forçar os resultados somente aumentaria a confusão. Não será melhor desistir e parar de me esforçar? Mas, se eu não me esforçar, quem o fará?". As palavras do sábio foram uma repreensão ao meu desânimo. Comecei a pensar. Lembrei-me de fato semelhante acontecido na minha rua. Havia um ipê-amarelo que florescia no mês de julho. O chão ficava dourado com suas flores. Mas a dona da casa em frente ao ipê e a sua incansável vassoura deram o nome de "sujeira" ao dourado das flores caídas. E, um belo dia, a árvore amanheceu com um anel cortado na sua casca. As veias pelas quais sua seiva circulava haviam sido seccionadas durante a noite. O ipê morreu. A vassoura triunfou. Há pessoas cujas ideias nascem da vassoura.

Visitando um amigo que mora num rico condomínio de Campinas, alegrei-me vendo que ele era todo arborizado com magnólias. As flores da magnólia são quase insignificantes. Mas o perfume é maravilhoso. Quem respira o perfume de uma magnólia tem a alma tocada pelo divino. Aí o meu amigo apontou para uma casa do outro lado da rua. Lá não havia magnólias. E explicou: "A dona da casa disse que dava muito trabalho varrer as folhas que caíam no chão". Agora mesmo, a um quarteirão de onde escrevo, havia três daquelas árvores que se chamam chapéus-de-sol, de folhas largas e sombra generosa. Pois a dona da casa mandou cortar todos os galhos das três, ficando só os toquinhos. Ficaram parecidas com cabides de pendurar chapéu. Mas as árvores não guardam rancor. Trataram de continuar a viver – e nos toquinhos surgiram brotos verdes, como um gesto de perdão. Percebendo que as árvores insistiam em viver, ela mandou que todos os brotos fossem arrancados. Quando as serras da CPFL mutilaram as velhas paineiras da avenida Orosimbo Maia, que todos amavam, houve uma onda de indignação na cidade que ocupou as manchetes dos jornais. Pois um leitor escreveu aborrecido porque se perdia tanto tempo com uma coisa sem importância como árvores.

O prazer em cortar árvores, me parece, está ligado à volúpia do poder. Quem corta, tortura ou mata experimenta o prazer de exercer poder sobre o mais fraco. Mas acho que o prazer em cortar árvores está ligado a uma coisa mais sinistra. Suspeito que estejamos vivendo um momento de metamorfose da nossa condição humana. Até agora temos sido habitantes do mundo da vida. Nosso *habitat* é constituído por florestas, animais, rios e mares. Somos seres biológicos, corpos. Mas agora estamos mudando de casa. Estamos trocando nossa casa biológica por uma outra casa eletrônica. Faz tempo fiz a travessia dos lagos andinos – cenários maravilhosos, entre lagos, vulcões e florestas – passando por Bariloche e terminando em Buenos Aires. Em Bariloche, fiquei conhecendo um casal que fazia o mesmo percurso com dois filhos adolescentes. Fui reencontrá-los numa das ruas centrais de Buenos Aires: "Graças a Deus estamos aqui!", me disse o marido. "Já não aguentávamos mais: só lagos, montanhas e árvores. Aqui, felizmente, temos os *videogames*." Virei Hulk na mesma hora e lhe disse: "Tomaram a excursão errada. Seu destino era Las Vegas!". Mas eles nada mais fizeram que expressar de forma grosseira o que já ficou normal. Nenhum adolescente troca um videogame por jardinagem. Nos filmes de ficção científica do tipo *Guerra nas estrelas*, que emocionam milhões, não há árvores: somente máquinas com inteligência eletrônica. Nossas inteligências estão cada vez mais ligadas aos vídeos e computadores e cada vez mais distantes da natureza. Há crianças que nunca viram uma galinha de verdade, nunca sentiram o cheiro de um pinheiro, nunca ouviram o canto do pintassilgo e não têm prazer em brincar com terra. Pensam que terra é sujeira. Não sabem que terra é vida.

As nossas escolas – seria bom se elas ensinassem as crianças a amar as árvores. Chamar pelo nome e amar as paineiras, as sibipirunas, as magnólias, os pinheiros, as mangueiras, as pitangueiras, os jequitibás, os ipês, as quaresmeiras...

Aprendi na escola que os homens são uma forma de vida mais evoluída que as árvores. Estou brincando com a possibilidade do contrário: que as árvores sejam mais evoluídas do que nós. Se assim não fosse, por que haveriam as Escrituras Sagradas de comparar o homem feliz com uma árvore plantada junto a ribeiros de águas? Lembremos novamente de Alberto Caeiro: "Sejamos simples e calmos, / Como os regatos e as árvores, / E Deus amar-nos-á fazendo de nós / Belos como as árvores e os regatos". Deus nos amará quando formos como as árvores!

Ninguém vai para o inferno. Os que não amam as árvores também vão para o céu. Mas, como todos sabem, o céu é o lugar onde se encontram as coisas que amamos. O lugar onde se encontram as coisas que não amamos é o inferno. Assim, para os que não amam as árvores, um lugar com bosques, florestas, flores e riachos seria o inferno. Eles não irão para o inferno de árvores. Irão para o seu céu sem árvores, pois é isso que eles amam. Morarão numa cidade planejada pelo Niemeyer, onde tudo será feito de concreto, segundo formas geométricas perfeitas, em nada semelhantes às coisas vivas. Os prédios do Congresso Nacional, em Brasília, são uma metade de esfera voltada para cima e uma metade de esfera voltada para baixo, sem janelas. Na cidade planejada pelo Niemeyer, as árvores não sujarão as calçadas com suas folhas e flores. As árvores serão de concreto, semelhantes aos cogumelos: uma esfera cortada pelo meio equilibrando-se sobre um cilindro. O bom disso é que não haverá despesas com jardineiros. E as donas de casa não precisarão varrer a calçada.

Vou plantar uma árvore

Muito tempo atrás, há mais de dez anos, eu escrevi o seguinte:

Vou plantar uma árvore: será o meu gesto de esperança. Copa grande, sombra amiga, galhos fortes, crianças no balanço e muitos frutos carnudos, passarinhos em revoada. Mas, o mais importante de tudo: ela terá de crescer devagar, muito devagar. Tão devagar que à sua sombra eu nunca me assentarei... O primeiro a plantar uma árvore a cuja sombra nunca se assentaria foi o primeiro a pronunciar o nome do Messias.

Camus, meu querido irmão Camus, num entardecer de crepúsculo preguiçoso – os momentos preguiçosos são os mais criativos; é neles que os deuses nos abrem os olhos para vermos o que nunca havíamos visto –, escreveu o seguinte no seu diário: "Se, durante o dia, o voo dos pássaros parece sempre sem destino, à noite, dir-se-ia reencontrar sempre uma finalidade. Voam para alguma coisa. Assim, talvez, na noite da vida...".

Pois é: quando jovens, voamos em todas as direções. As esperanças à nossa volta são muitas, e não queremos perder nenhuma. Velhos, nos damos conta de que uma vale mais que muitas. É como naquela parábola contada por Jesus sobre um homem que, de repente, encontrou uma joia maravilhosa. Fascinado por ela, foi e vendeu tudo o que possuía para comprá-la. "Pureza de coração", dizia Kierkegaard, "é desejar uma só coisa". Quem tem muitas esperanças é um monte de cacos de vidro. Quem tem uma única esperança é um vitral colorido de uma catedral.

Meu vitral continua a ser aquela cena: a árvore e as crianças no balanço. É uma cena paradisíaca. Fico feliz só de imaginar a alegria das crianças. Na velhice, mudam-se os hábitos alimentares da gente. Basta-nos que nos seja dada para comer, a cada dia, a imagem de felicidade dos nossos netos...

Emily Dickinson escreveu este delicioso poeminha:

Para fazer uma campina
é preciso um trevo e uma abelha.
Um trevo, uma abelha
e fantasia.
Mas, em se faltando abelhas, basta a fantasia.

Tão bonito e tão mentiroso! Esse é um defeito dos poetas. Na falta de comida sólida, eles frequentemente mentem e "fazem de conta" (como confessou Fernando Pessoa, "o poeta é um fingidor...") que suas mentiras são comida. Era o caso da solitária Emily, que se alimentava de campinas virtuais. Eu até que poderia comer comida semelhante, se eu fosse a única pessoa envolvida. Mas meus netos não são virtuais. São crianças de carne e osso. Para eles, a fantasia não basta. Assim, para mim, o final do poema teria que ser outro: "Mas, em se faltando abelhas, tenho de chamar abelhas!". Como seria fácil se eu tivesse uma flauta mágica, como aquela da estória do flautista de Hamelin: eu tocaria a música encantada, e as abelhas me seguiriam.

Como me falta a flauta, resta-me fazer aquilo que de mais próximo existe: tento ser um educador. Um educador é uma pessoa que, desejando uma campina, se põe a chamar as abelhas. Na falta da flauta, ele fala – e, com sua fala, desenha os mundos que ele ama. Um educador é um criador de mundos. O seu desejo é ser um Deus, porque, se ele fosse um Deus, ele poderia criar, sozinho, o seu paraíso. Bastaria dizer a palavra mágica e a árvore com balanço e crianças apareceria. Não sendo Deus – tendo apenas o sonho dos deuses sem ter o seu poder –, resta-lhe sair pelo mundo falando os seus sonhos. Veio-me a imagem daquela flor do campo: uma bola de sementes brancas, a gente dá um sopro, as sementes saem voando como se fossem paraquedas, para irem nascer lá longe, onde o vento as levou... Assim é o educador: uma bola de sementes-palavras onde se encontra o sonho que ele deseja plantar.

Educador, bola de sementes: uma espécie em extinção. O que prolifera são os professores, especialistas em ensinar pedaços e fragmentos. Cada matéria é um fragmento. A serviço da ciência, não lhes resta outra alternativa, porque somente pedaços e fragmentos podem ser tratados com objetividade científica.

Mas árvores, balanços e crianças não moram no lugar onde os cientistas pesquisam e os professores ensinam. Cientistas e professores moram no espaço do conhecimento, o que é muito bom e necessário: para plantar uma árvore e fazer um balanço é preciso conhecimento. Mas o conhecimento, sozinho, não faz ninguém desejar plantar uma árvore e fazer um balanço. Para isso é preciso o amor. Mundos a serem criados, antes de existirem como realidade, existem como fantasias de amor.

A minha tristeza tem a ver com este fato: tudo indica que meu sonho não se realizará. As abelhas são poucas, as aves de rapina são muitas. As campinas vão sendo progressivamente substituídas por coisas mortas. Leio, com profunda tristeza, uma oração escrita há quase 100 anos:

> Ó Deus, nós oramos por aqueles que virão depois de nós, por nossos filhos e por todas as vidas que estão nascendo agora, puras e esperançosas... Lembramos, com angústia, que eles viverão no mundo que estamos construindo para eles. Estamos esgotando os recursos da terra com a nossa avidez, e eles sofrerão necessidades por causa disso. Estamos envenenando o ar de nossa terra com nossa sujeira, e eles terão de respirá-lo. (*Orações por um mundo melhor*, Paulus)

Amo as cachoeiras, as trilhas no meio das matas, os caminhos pelas montanhas, os rios e seus remansos, o mar e as praias. Mas, por onde quer que os homens passem, lá se encontram os sinais de sua vocação de destruição e devastação. Eles não vão para as praias para ouvir a música do mar. Eles vão para as praias para lá socializar sua loucura e agitação. Não vão para as cachoeiras e matas para recuperar a harmonia perdida com a natureza. Vão para as cachoeiras e matas para lá deixarem seus lixos e excrementos. Passada a horda de selvagens (perdão, perdão, selvagens! Os selvagens precisamente são os que jamais fariam isso, pois eles são os que habitam as selvas e sabem que elas são sagradas. Horda de quê? Não encontro uma palavra que descreva o horror do comportamento dos homens diante da natureza), ficam os testemunhos do desrespeito dos homens pela mãe-natureza. O que os homens estão construindo como futuro para seus filhos e netos não é um paraíso de árvores e riachos, mas uma selva eletrônica de metal, cimento e lixo.

E.E. Cummings disse que "mundos melhores não são feitos; eles nascem". Nascem de onde? O amor é o único poder de onde as coisas nascem. Os artistas sabem disso. E é isso que eu procuro, como educador: desejo ensinar o amor. Se não amarmos a natureza, não existirá a menor possibilidade de que ela venha a ser preservada. Sei que isso soa piegas. Cientistas da educação se rirão de mim – pois o que lhes interessa é a transmissão do conhecimento. Pesquisadores, nas universidades, preferirão escrever seus artigos para revistas internacionais. Confesso que, no momento, essa não seria uma joia pela qual eu venderia tudo, nem o rumo do meu voo crepuscular. Não me entusiasma, no momento, o aumento do conhecimento. Já conhecemos demais, muito mais do que usamos. Se usássemos um centésimo do que sabemos o mundo seria maravilhoso. O que nos falta não é conhecimento. É amor. Para isso sou educador. Quero companheiros na tarefa de plantar árvores e construir balanços...

Em defesa das flores

"Quero lhe fazer um pedido", disse a voz feminina do outro lado da linha. Era uma voz agradável, musical, firme – de uma mulher ainda jovem. "Sim?", eu perguntei de forma lacônico-psicanalítica, não sem uma pitada de medo. Muitos pedidos estranhos me são feitos. "Eu queria que o senhor escrevesse uma crônica em defesa das flores..." Sorri feliz. As flores fazem parte da minha felicidade. Do outro lado da linha, estava uma pessoa que amava as flores como eu. Na minha imaginação, apareceram campos floridos: tulipas, girassóis, margaridas, trevos (sim, essa praga! Lembrem-se do versinho de Emily Dickinson: "Para fazer uma campina / é preciso um trevo e uma abelha. / Um trevo, uma abelha / e fantasia. / Mas, em se faltando abelhas, basta a fantasia". Sim, com trevos se fazem campinas floridas!) – qualquer tipo de flor vale a pena... Aí ela se explicou: "Tenho dó das flores nas coroas funerárias. Eu queria que algo fosse feito para protegê-las, para impedir que aquele horror se fizesse a elas". Minha imaginação passou das flores livres dos campos para as flores torturadas dos velórios. Concordei com a Carolina (esse era o nome da mulher – jovem de 80 anos). Não conheço nada de mais mau gosto que os velórios. Ali tudo é feio. Tudo é grosseiro. As urnas funerárias – falta a elas a simplicidade de linhas. Parecem-se com essas mulheres que se cobrem de bijuterias, pensando que assim ficam bonitas. Os suportes metálicos, então, são horrendos. O saguão de velório do Cemitério da Saudade, em Campinas, até a última vez que fui lá, estava cheio de frases graves e amedrontadoras, do tipo: "Eterno e silencioso é o descanso dos mortos". Que coisa horrível! Pior que as piores visões do inferno! No inferno pelo menos há movimento. Mas no tal descanso eterno tudo é silencioso. A música e os risos estão proibidos. Eu ficaria louco na hora, teria impulsos suicidas. Mas a desgraça é que, estando eu já morto, me seria impossível dar cabo de minha vida.

Aos múltiplos horrores estéticos junta-se o horror das coroas de flores. Comparem a beleza de uma flor, uma única flor, um trevo azul de simetria pentagonal, com o horror de uma coroa. Olhando para a florzinha do trevo, meus pensamentos ficam leves, flutuam. Olhando para uma coroa, meus pensamentos ficam pesados e feios. Numa coroa, todas as flores deixam de ser flores. Elas não mais dizem o que diziam. Não mais são o que eram. Amarradas, contra a vontade, num anel artificial, do qual pendem fitas roxas com palavras douradas. São, as coroas, de uma vulgaridade espantosa. Ali, as não flores só servem de enchimento para os nomes.

Eu tenho uma teoria para explicar o horror estético dos velórios. Quem me instruiu foi a Adélia Prado. Diz ela: "No cemitério é bom de passear. / A vida perde a estridência, / o mau gosto ampara-nos das dilacerações". E eu que nunca havia pensado nisso, na função terapêutica do mau gosto! Nem Freud pensou. A gente vai lá, com a alma doída, coração dilacerado de saudade, e o mau gosto nos dá um soco. A saudade foge, horrorizada, por precisar da beleza para existir – e o que fica no seu lugar é o espanto. Pronto! Estamos curados! O mau gosto exorcizou a dilaceração. Foi precisamente isso que aconteceu com uma amiga minha. Foi ao velório de uma pessoa querida para chorar. Aí o oficiante (se foi padre ou pastor não vou dizer) começou a falar. E as coisas que ele disse foram de tão mau gosto que sua alma foi se enchendo de raiva por ele, e a dor pela amiga morta se foi.

Os velórios são ofensas estéticas que se fazem aos mortos. Velórios deveriam ser belos. Camus, no seu estudo sobre o suicídio, diz que o suicida prepara o seu suicídio como uma obra de arte. Não sei se isso é verdade. Mas sei que cada um deveria preparar o seu velório como uma obra de arte.

"Beber o morto" – essa é a expressão que se usa em algumas regiões do Brasil para designar o ato de beber um gole de pinga em homenagem ao falecido. Costume certamente inspirado na eucaristia, que é o ritual onde se bebe um copo de vinho em homenagem a Jesus Cristo. Acho que um velório deveria ser assim, uma refeição antropofágica em que se servem aquelas coisas que o morto mais amava. Poderíamos, assim, definir um velório como um ritual no qual se serve a beleza que o morto gostaria de servir. Os vivos, amigos, têm de garantir que a sua vontade seja realizada.

Um conhecido, nos Estados Unidos, doou o seu corpo para a escola de medicina. Então, não haveria nem velório, nem enterro. Ele – malandro – deixou uma soma de dinheiro para um jantar oferecido aos seus amigos. Eles se reuniram, comeram, beberam, conversaram e riram e choraram pela vida do amigo querido. Outro, também nos Estados Unidos, morreu no outono. No outono as folhas das árvores ficam vermelhas e amarelas, antes de caírem das árvores mortas. O outono anuncia o velório do ano com uma beleza que não pode ser descrita. Pois ele pediu que seu ataúde fosse simples, rústico, tábuas nodosas de pinheiro, que a sua esposa cobriu com um lençol branco em que folhas de outono, vermelhas e amarelas, haviam sido costuradas.

Um velório deveria ter a beleza do outono, toda a beleza do último adeus. Os oficiantes teriam de ser os melhores amigos. Que sabem os profissionais da religião da beleza que morava naquele corpo? Quanto a mim, não desejo ser enterrado em ataúde. Sofro de claustrofobia. A ideia de ficar trancado numa caixa me causa arrepios. Acho a cremação um lindo ritual. Neruda declarou que os poetas são feitos de fogo e fumaça. As cinzas, soltas ao vento, lançadas sobre o mar, colocadas ao pé de uma árvore, são símbolos da leveza, da liberdade e da vida. Teria de haver música, do canto gregoriano ao Milton. E poesia. Nada de poesia fúnebre. Cecília Meireles para dar tristeza. Fernando Pessoa para dar sabedoria. Vinicius de Moraes para falar de amor. Adélia Prado para fazer rir. E Walt Whitman para dar alegria. E comida. De aperitivo, Jack Daniels. Ainda vou contar a estória do Jack – estória de amizade. Comida de Minas. De entrada, sopa de fubá com alho, minha especialidade. Depois, frango com quiabo, angu e pimenta, a mais não poder. E, de sobremesa, minhas frutas favoritas, se sua estação for: caqui, manga, jabuticaba, banana prata bem madura.

Coroas de flores mortas, nem pensar! Pedirei aos que me amam que semeiem flores em algum lugar – um vaso, um canteiro, a beira de um caminho. Se não for possível, que distribuam pacotinhos de sementes para as crianças de alguma escola, para os velhos de algum asilo. E, se for possível, uma árvore. Ah! Que linda prova de amor é plantar uma árvore para que alguém amado, ausente, possa se assentar à sua sombra.

Se você for primeiro do que eu, Carolina, prometo: não mandarei coroa. Mas plantarei uma flor.

O ninho

Acho que minhas netas vão ficar desapontadas comigo. Hoje é domingo de Páscoa, todo mundo sabe que domingo de Páscoa é dia de comer ovos de chocolate; é tão bonitinho, é um coelhinho invisível que traz os ovos – "coelhinho da Páscoa, que trazes pra mim? Um ovo, dois ovos, três ovos assim..." –, a criançadinha fica excitada procurando os ovinhos que tinham sido escondidos, os grandes ficam felizes vendo a alegria das crianças. Os avós participam da festa e é claro que eles chegam cedo, escondendo os sacos cheios de ovinhos de chocolate para os netinhos. Todo mundo faz assim.

Mas eu não vou dar ovinhos para minhas netas, a quem muito amo, muito embora vá lhes dar caixas de bombons no próximo domingo. Eu não quero enganá-las. O fato é que os verdadeiros ovos de Páscoa não são para ser comidos. É proibido que sejam comidos. Ovos de Páscoa são aqueles que podem ser chocados: neles, a vida espera o momento de acordar e voar. Mas ovo que é comido não pode ser chocado. O que é comido não pode ser comparado ao que é imaginado. A alegria dos ovos de Páscoa está em imaginar que, dentro de sua casca mineral morta, frágil, a vida se esconde, espera. Diz a Adélia, num poeminha intitulado "Ovos de Páscoa":

> *O ovo não cabe em si, túrgido de promessa,*
> *a natureza morta palpitante.*
> *Branco tão frágil guarda um sol ocluso,*
> *o que vai viver espera. (...) Nada está morto.*
> *O que não parece vivo aduba.*
> *O que parece estático espera.*

Gostaria mesmo é que minhas netas estivessem comigo em Pocinhos do Rio Verde. Eu sairia com elas pelos pastos, à procura de ninhos de galinha-d'angola. Os ninhos das galinhas domésticas são maravilhosos. Lembro-me da alegria que eu tinha, menino, ao ver o ovo ainda quente que a galinha havia acabado de botar. Eu pensava logo: "Vai virar gemada". Os ovos são sempre objetos assombrosos. Mas aos ninhos das galinhas domésticas falta o elemento de surpresa. A gente sabe onde estão. Eles estão simplesmente lá, e as pobres aves vão neles colocando seus ovos, que vão sendo impiedosamente transformados em ovos fritos, omeletes, ovos quentes, ovos escaldados, gemadas, bolos, fios de ovos – para serem comidos. Todo ovo comido é um aborto.

Ninho de galinha-d'angola é outra coisa. Embora voltem sempre para casa para dormir, as galinhas-d'angola permanecem aves selvagens: fazem seus ninhos longe, no meio do mato, escondidos na vegetação. Que emoção extraordinária é descobrir um ninho. Podem imaginar que um ninho tenha dignidade filosófica? Filósofos antigos diziam que o pensar filosófico surge quando a gente se espanta, se maravilha diante de algo. Aquele que contempla, num estado de assombro, é um filósofo no momento do seu nascimento. Não é preciso que seja uma coisa grande, extraordinária. Uma coisa comum, que a gente sempre viu, repentinamente aparece como algo assombroso que intriga o pensamento. Como, por exemplo, a asa de uma mosca, a simetria de um cristal, uma fresta de céu azul nas nuvens negras, o sentimento de beleza, a criança que lê a primeira palavra.

Bachelard sentiu esse assombro diante de um ninho. O ninho o fez pensar e lhe deu pensamentos de felicidade. Ele meditou filosoficamente sobre o ninho:

> A fenomenologia filosófica do ninho começaria se pudéssemos elucidar o interesse que sentimos ao folhear um álbum de ninhos ou, mais radicalmente ainda, se pudéssemos reviver a ingênua admiração com que outrora descobríamos um ninho. Essa admiração não se desgasta. Descobrir um ninho leva-nos de volta à nossa infância... Ergo suavemente um galho; o pássaro está ali, chocando os ovos. Não levanta voo. Somente estremece um pouco. Tremo por fazê-lo tremer. Tenho medo de que o pássaro que choca saiba que sou um homem, o ser que deixou de ter a confiança dos pássaros. Fico imóvel. Lentamente se acalmam – imagino eu! – o medo do pássaro e o meu medo de causar medo. Respiro melhor. Deixo o galho voltar ao seu lugar. Voltarei amanhã. Hoje trago comigo uma alegria: os pássaros fizeram um ninho no meu jardim.

Bachelard deu dignidade filosófica ao ninho. Pois eu desejo dar-lhe dignidade teológica. A descoberta de um ninho escondido é uma experiência religiosa, um momento de revelação. Não para todos, é bem verdade. Para ter espanto diante de um ninho, é preciso ou ser criança ou ser poeta. Dignidade teológica? Sim, pois, como diz Bachelard, no momento da sua descoberta, o ninho se torna "o centro de um universo, o dado de uma situação cósmica". Quem descobre um ninho descobre o segredo da vida. Os ninhos são metáforas da Páscoa. A Páscoa é quando percebemos que no centro do universo está um ninho. Ou melhor: quando percebemos que o universo – todos os seus lugares, inclusive o meu corpo – é um ninho imenso, cheio de ovos onde a vida espera.

***

Imaginei uma festa, todos animadamente ligados às banalidades rotineiras, fios com que se tece o tecido das conversas em tais ocasiões – e repentinamente a conversa alegre é interrompida pelo som de um sino, vindo, parece, de um outro mundo, e todos sentem, sem que saibam explicar nem como nem por quê, um arrepio frio percorrendo o corpo, junto com aquilo que sempre acompanha o som dos sinos, mistura de saudade e beleza. E todos se transfiguram e por alguns minutos fazem silêncio e se olham profundamente dentro dos olhos, enquanto seus dedos tocam as linhas do rosto e do corpo de quem está lá.

Pois essa era a intenção original dos nomes litúrgicos: eram para ser como som de um sino, uma interrupção das rotinas da vida, símbolos que nos falassem da vida e da morte. Para que nos lembrássemos daquilo que é essencial. Mas os nomes sagrados se gastaram e perderam o seu poder poético: já não são capazes nem de produzir silêncio, nem de nos fazer lembrar. Quem fala *Páscoa* ou pensa em ovos de chocolate ou na viagem que vai fazer...

A Páscoa é símbolo que ajunta a Vida e a Morte. Não se trata do triunfo da Vida sobre a Morte, como se elas fossem inimigas. Trata-se da amizade entre a Vida e a Morte. Elas são amigas, irmãs inseparáveis, como no símbolo do Tao. Nas folhas mortas, apodrecidas, que cobrem o chão da mata, a natureza choca novas plantas que vão viver e depois morrer, para se tornarem ninhos onde outras plantas vão nascer, num eterno retorno sem fim. As folhas mortas são um ninho onde a natureza, ave selvagem, bota seus ovos. Também a minha tristeza é um ninho onde coloco meus sonhos de alegria e os transformo em beleza. Também o meu corpo envelhecido é um ninho onde um menino colocou seus ovos que, depois de chocados, se transformarão em brinquedos. Também a noite é ninho onde o dia-ovo dorme: "(...) a noite carrega o dia no seu colo de açucena...".

E se me pedissem para resumir a Páscoa numa frase curta, é isto que eu diria: "Toda sepultura é um ninho". Isso eu gostaria de poder ensinar para as minhas netas.

O fogo está chegando

A paineira era gigantesca. Na verdade, não sei se era gigantesca mesmo, ou se era eu que era pequeno. Que era muito velha, disso tenho certeza: sua casca era escura e enrugada e havia, no lugar onde o tronco entrava na terra, um buraco grande e escuro, sem fundo. De tarde, depois da janta, os homens da vizinhança se assentavam nas raízes da paineira para pitar cigarro de palha e contar lorota. Muitas eram as assombrações. Nós, meninos, escutávamos arrepiados de terror. Vez por outra, ouvia-se alguma profecia sobre o fim do mundo. Que o mundo teria um fim era coisa certa e inevitável. Pois tudo o que começa tem de ter um fim. E todos concordavam em que, se da primeira vez o mundo acabara afogado num dilúvio de água, salvando-se apenas Noé e a bicharada, o segundo fim seria pelo fogo. Desse, ninguém se salvaria, pois não há arcas que nos façam navegar sobre o fogo. E a gente imaginava a cena terrível, o fogo caindo do céu como se fosse chuva, do jeito mesmo como aconteceu com Sodoma e Gomorra e com Herculano e Pompeia.

Tarde de domingo. O céu era de um azul absoluto, esmaecido pelo excesso da luz do sol. O calor abafado cobria o rosto com gotas de suor que escorriam. Nem uma única nuvem que desse sombra. Nenhuma promessa de chuva que apagasse aquela fogueira no meio do céu. O carro corria pela estrada em meio a um cenário triste. As árvores eram raras, perdidas naqueles campos pobres onde crescia um capim vagabundo e teimoso. Se o calor continuasse, também as árvores e o capim morreriam. Nenhuma vida resiste ao calor por muito tempo. Lembrei-me da paineira e das profecias de fim do mundo da minha infância. Percebi que nossas imagens estavam equivocadas. O mundo não terminaria com uma chuva de fogo que faria tudo arder numa fogueira. O fogo de fim do mundo seria mais cruel, como aquele daquela tarde: fogo de forno baixo, que assa vagarosamente.

Em tempos passados, o cenário era outro. Os campos eram matas verdes, onde corriam riachos de águas frescas, cheias de samambaias, avencas, orquídeas, bichos e aves de todo o tipo. Onde há matas, há água. Onde há água, há vida. As matas foram cortadas por homens empreendedores, progressistas, amantes dos lucros e curtos de visão. Uma árvore de pé não vale nada. Uma árvore no chão vale dinheiro. Cortaram as matas para plantar café e criar gado. Agora não servem para pasto, nem para café. Dentro de pouco tempo se transformarão em desertos. Do que outrora foi, sobraram as matas nas montanhas. As matas das montanhas foram poupadas não por amor, mas porque elas não se prestam nem para gado, nem para café. Sobraram as matas inúteis para o progresso e o lucro. É nelas que a vida verde se refugiou: oásis precário em meio a um deserto que avança.

Isso foi lá no estado do Rio. Mas por onde quer que se vá, lá encontramos os rastros dos homens empreendedores e progressistas. Região de Governador Valadares, Minas Gerais. Há mais de 50 anos, tudo era verde e vida, matas, fontes e riachos. Os homens olharam para as árvores e não as amaram. Viram-nas de pé, belas e inúteis, e contabilizaram-nas deitadas, mortas e lucrativas. Hoje restam os campos tristes onde se plantam eucaliptos que, tão logo cresçam, serão cortados e transformados em lenha. O perfume fresco das matas foi substituído pelo cheiro quente da fumaça.

Aconteceu o mesmo com as matas de araucária do Paraná. No seu lugar, estende-se um tapete verde sem fim: as lindas plantações de soja que se perdem no horizonte. Por aqui são as plantações de cana. Vistas de avião, assemelham-se a imensos gramados. Mas são desertos. Nas plantações de soja e nos canaviais, não há nem árvores, nem fontes, nem bichos, nem aves.

Agora, os homens empreendedores e progressistas se voltam para o que ainda resta: a Floresta Amazônica. Visitei uma região da Floresta Amazônica que havia sido devastada pelo lucro. Era igual a uma praia: só faltava o mar. Areia pura. Cortadas as árvores, evapora-se a água e a floresta se transforma em deserto. É possível que, num futuro não muito distante, o lugar onde um dia existiu a Floresta Amazônica seja apenas a continuação do deserto do Saara.

O presidente dos Estados Unidos escreveu ao chefe índio Seattle, com uma proposta para comprar suas terras. A resposta do chefe índio é um dos mais belos e comoventes manifestos de amor à natureza jamais produzidos. Ele sabia qual seria o destino de suas terras, se os civilizados se apossassem delas.

> Não há, nas cidades do homem branco, um só lugar calmo. Nenhum lugar onde se possa ouvir o desabrochar das flores na primavera ou o bater das asas de um inseto. (...) E o que resta da vida se um homem não pode escutar o choro solitário de um pássaro ou o coaxar dos sapos à volta de uma lagoa à noite? (...) O índio prefere o suave murmúrio do vento encrespando a face do lago, e o seu aroma molhado por uma chuva diurna ou perfumado pelos pinheiros.

Horroriza-me a nossa impotência diante do poder destruidor das empresas que arrasam a natureza por amor ao dinheiro. Mas fico mais horrorizado ainda ao sentir que as pessoas não se horrorizam. Elas não amam a natureza. Para elas, é natural tratar a natureza como depósito de lixo. Lembro-me da tristeza que senti em Pocinhos do Rio Verde: à minha frente seguia uma caminhoneta cheia de jovens alegres, de classe média, passados pelas escolas. Iam, tranquilamente, jogando, na beira da estrada, as latas vazias de cerveja, como se isso fosse a coisa mais natural do mundo. As escolas lhes ensinaram muitas coisas, mas não o essencial. Fui uma vez caminhar no Parque Ecológico e nunca mais voltei: a vista das latas de refrigerantes e garrafas de plástico ao longo dos caminhos só me produziu raiva. Contaram-me que, terminados os vestibulares da PUC-Campinas, uma empresa distribuiu latinhas de refrigerantes para os jovens que saíam. À noite, a rua era uma montanha de lixo. Havia, na Unicamp, um dia denominado "Universidade Aberta". O *day after* era trágico: o campus era um lixão absoluto, coberto com detritos de todo tipo. Meu querido amigo Hermógenes, professor, diretor do Horto, já morto, me relatava que depois daquele dia era preciso replantar as jovens árvores que os futuros universitários haviam quebrado por puro prazer.

Eu creio que a preservação da natureza é o desafio mais importante do nosso tempo. Tem a ver com a preservação da vida, o futuro da nossa terra, o futuro dos nossos netos. Mais importante que todas as doutrinas que podem ser pregadas nas igrejas. Porque, a se acreditar nos textos sagrados, a nossa vocação primordial é a de jardineiros. Deus nos deu a missão de cuidar do paraíso. Mais importante que toda ciência que possa ser ensinada nas escolas. Porque toda ciência será vazia e inútil se o nosso mundo vier a ser transformado num deserto.

Gostaria de poder voltar à paineira a cuja sombra ouvi os primeiros agouros de fim do mundo – só para ler ali um texto sagrado, contrafeitiço, a profecia de um mundo novo que nasce:

> Os aflitos e necessitados buscam águas, e não as há, e a sua língua se seca de sede. Mas rios se abrirão nos montes desnudos e fontes brotarão nos vales. O deserto se transformará num açude de águas e a terra seca se encherá de mananciais. E no deserto crescerão o cedro, a murta, a acácia, a oliveira, o cipreste, o olmeiro e o buxo... (Isaías 41, 17-19)

Andar de manhã

Durante as duas últimas semanas tenho começado os meus dias cometendo um furto. Não sei como evitar esse pecado e, para dizer a verdade, não quero evitá-lo. A culpa é de uma amoreira que, desobedecendo às ordens do muro que a cerca, lançou seus galhos sobre a calçada. Não satisfeita, encheu-os de gordas amoras pretas, apetitosas, tentadoras, ao alcance de minha mão. Parece que os frutos são, por vocação, convites a furtos: basta mudar a ordem de uma única letra... Penso que o caso da amoreira comprova essa tese linguística: tudo tem a ver com o nome. Pois amora é palavra que, se repetida muitas vezes, amoramoramoramoramora, vira amor. Pois não é isso que é o amor? Um desejo de comer, um desejo de ser comido... O muro, tal como o mandamento, diz que é proibido. Mas o amor não se contém e, travestido de amora, salta por cima da proibição. Foi assim no Paraíso... Os poucos transeuntes que passam por ali àquela hora da manhã talvez se espantem ao ver um homem de cabelos brancos colhendo amoras proibidas. Mas, se prestarem bem atenção, verão que quem está ali não é um homem com cerca de 70 anos, é um menino. E como foi o próprio filho de Deus que disse que é preciso voltar a ser menino para entrar no Reino dos Céus, colho e como as amoras com convicção redobrada. E para que não pairem dúvidas sobre a inspiração teologal do meu ato, enquanto mastigo e o caldo roxo me suja dedos e boca, vou repetindo as palavras sagradas: "Tomai e bebei, este é o meu sangue...". Ah! A divina amora, graciosa dádiva sacramental! Começo assim o meu dia, furtando o fruto mágico que opera o milagre por todos sonhado de voltar a ser criança.

Assim revigorado no corpo e na alma por esse maná divino caído dos céus, prossigo na minha caminhada matutina. Ando não mais que 50 passos e estou sob uma longa alameda de pinheiros. Neles, não há nenhuma fruta que eu possa roubar, pois nada produzem que possa ser comido. Pinheiros não são para a boca. São dádivas aos olhos. É cedo ainda. O sol acabado de nascer ilumina suas espículas verdes, que brilham como agulhas de cristal. Lembro-me de Le Corbusier, que dizia que "as alegrias essenciais são o sol, o espaço, o verde". Mas os pinheiros sabem mais que o arquiteto, e às alegrias da luz acrescentam as alegrias do cheiro. Respiro fundo e sinto o perfume de resina.

Se me perguntarem no que penso, respondo com um verso Tao: "O barulho da água diz o que eu penso". Penso as amoras, penso os pinheiros, penso a luz do sol, penso o cheiro da resina.

É tempo da floração das sibipirunas. Verdes e amarelas, elas cresceram dos dois lados da rua onde ando, transformando-a num longo túnel sombrio. Durante a noite, suas flores caíram, cobrindo a calçada, e transformando-a num tapete dourado. Desço da calçada e ando no asfalto para não pisá-las. Lembro-me da voz misteriosa que falou a Moisés, de dentro da sarça que ardia: "Tira as sandálias dos teus pés, pois o chão onde pisas é santo".

Para contemplar esse espetáculo, é necessário levantar cedo, pois logo as donas de casa e suas vassouras tratarão de restaurar no cimento a sua fria limpeza. Isso me dói, e com a dor vem o pensamento. Pergunto-me sobre a educação perversa que fez com que as pessoas se tornassem cegas para a beleza generosa das árvores, tratando suas flores como se fossem sujeira. Mas as sibipirunas, indiferentes à cegueira dos homens e das vassouras, repetirão o milagre durante a noite. Amanhã as calçadas estarão de novo cobertas de ouro.

Caminho um pouco mais e chego ao Bosque dos Alemães. Espera-me ali um outro deleite, o deleite dos ouvidos: há uma infinidade de cantos de pássaros que se misturam ao barulho das folhas sopradas pelo vento. Não estou sozinho. Fazem-me companhia muitas outras pessoas, entregues ao exercício matutino do andar e do correr. Estão ali por medo de morrer antes da hora. É preciso exercitar o coração. Mas parece que é só isso que exercitam. Pois, por mais que me esforce, não consigo perceber em seus rostos sinais de que estejam exercitando também o deleite dos olhos, do nariz ou dos ouvidos. Correm e caminham com olhos fixos no chão, graves e concentradas, compelidas pelas necessidades médicas. E, por causa disso, por não saberem ver e ouvir, não se dão conta de um comovente caso de amor que ali se desenrola. Percebi o romance faz muito tempo, quando ouvi os gemidos que me vinham do alto. Lá em cima, longe dos olhares indiscretos, um gigantesco eucalipto e uma árvore de rolha se abraçam. Seus galhos entrelaçados revelam o amor dos namorados. Acho que fazem amor, pois, quando o vento sopra fazendo suas cascas se esfregarem uma na outra, elas gemem de prazer... e dor.

Ando toda manhã. Por razões médicas, é bem verdade. Mas mesmo que não existissem, andaria da mesma forma, pelos pensamentos leves e alegres que a natureza me faz pensar. Boa psicanalista é a natureza, sem nada cobrar, pelos sonhos de amor que nos faz sonhar.

Piracema

E me veio uma ideia de que eu gostei...

A marca de que a gente gostou da ideia é um discreto sorriso no canto dos lábios, sorriso que não é dirigido a ninguém, gratuito, sem nenhuma intenção, alegria pura, revelação de que a gente estava brincando sem que ninguém percebesse – e isso pode acontecer em qualquer lugar, na cozinha, no ônibus, na privada, bem no meio do sermão do padre, bem no meio da reunião do partido, bem na frente do chato que não para de falar... Isso é que é bom sobre as ideias – elas são brinquedos que carregamos no bolso e, sem que os outros percebam, começam a brincar com a gente...

Pois uma ideia feliz me aconteceu. Pensei que o corpo se parece com um rio. Como o rio, ele nasce em lugares altos e inacessíveis, são poucos os que têm a felicidade de ver o lugar onde ele sai de entre as pernas abertas da terra. Nasce como um fiozinho de água, em meio a pedras cobertas de limo, samambaias, avencas e orquídeas. Ali o silêncio é grande. Porque o silêncio é grande, se ouve muito – ouvem-se o borbulhar da água, o barulho do vento nas folhas das árvores, o pio dos pássaros e, se prestarmos atenção, até o barulho das asas das borboletas. Quando o silêncio é grande mesmo, nas noites estreladas, ouvem-se o pulsar luminoso do brilho das estrelas e o pulsar milagroso do sangue correndo nas veias.

Aí eles vão correndo, o sangue nas veias e o rio na terra, descendo sempre, de queda em queda, sem jeito de voltar atrás – rios não sobem morro –, não há cachoeiras ao contrário, o tempo corre numa direção só... E o rio vai se alargando, dizendo adeus ao mistério das montanhas, chega às planícies, engorda como os homens que moram às suas margens, desaprende as brincadeiras de menino, fica vagaroso, arrasta-se pesado, os homens entram nele com seus barcos e esgotos, ele suporta tudo sem reclamar, nem sei se guarda memórias da infância... Deve guardar, pois os rios também pensam. Se você não sabia, fique sabendo que "as nuvens são do rio / seus calmos pensamentos / que um dia serão rio / e levarão o suor dos homens / entre claras cantigas / e mãos frescas / ai: limpas de lavarem..." – pois assim o disse o poeta Heládio Brito. E os rios devem ter saudades, e, por não poderem voltar ao lugar da infância, e por não poderem suportar a saudade, lançam-se no mar, suicidam-se, na esperança de se transformarem em nuvem e renascerem rio menino, no alto da montanha...

Mas aí olhei e vi um movimento prateado que encrespava a pele lisa do rio, no sentido contrário. T.S. Eliot disse que "numa terra de fugitivos, aquele que anda na direção contrária parece estar fugindo...". Eram os peixes, centenas, milhares: nadavam na direção contrária. De que estariam fugindo? Não, não estavam fugindo. Apenas nadavam na direção da saudade, em busca dos lugares das águas frias e cristalinas onde haviam nascido e cuja memória ficara guardada em algum lugar. Esse lugar onde mora a saudade, eu o chamo de "alma". Pois de repente a "alma" acordou, e um movimento diferente se apossou do rio onde ela morava, e nas corredeiras se puderam ver os peixes prateados saltando, formando cachoeiras para cima, piracema... Para a saudade, tudo é possível. Fiquei feliz com essas imagens porque elas representam o que sinto. De um lado, sou o rio que vai indo pela planície, sem retorno para o mar. Do outro, sou piracema, peixes rio acima em busca da infância...

Jesus disse coisa parecida a um sabido chamado Nicodemos. Disse que era preciso nascer de novo. Nicodemos quis fazer troça e perguntou como se faz para entrar de novo na barriga da mãe. Jesus desconversou, aplicou-lhe um *koan zen*, dizendo que ele tratasse de aprender a ouvir a voz do vento.

Eu, que não tenho tanta sutileza, responderia mais direto: convidaria Nicodemos para brincar. Os adultos, especialistas no assunto, dizem que o brinquedo é uma atividade pela qual as crianças se preparam para a vida. Discordo. Brinquedo não é preparo para viver. Brinquedo é viver. Fomos criados para brincar. São os adultos, coitados, que passam a vida tentando imitar, com seu trabalho, aquilo que as crianças fazem com seu brinquedo.

E assim vou indo, o corpo trabalhando, na direção do mar, a alma brincando, na direção das nascentes...

Flora

Grande é o mistério da alma humana: pode ficar indiferente e fria diante das enormes tragédias da vida e se comover até as lágrimas diante da coisa mais banal. Bernardo Soares também se espantou com tal mistério e confessou que muitos pores do sol o comoviam mais que a morte de crianças.

Sou cronista. Uma crônica é um escrito que nomeia um tempo. Na véspera de Natal, todos pensam sobre o milagre supremo da encarnação. Deus cansou-se de ser Deus na solidão dos céus infinitos e concluiu que era muito melhor ser homem, ainda que nascendo entre os bichos, ainda que tendo de morrer. Deus tornou-se homem, revelando que não existe coisa mais alta no universo que ser homem e mulher. Somente a humanidade é divina.

Sobre isso eu deveria escrever, mas não consigo. Só escrevo o que o coração dita e hoje ele nada tem a dizer sobre mistérios teologais. Ele está triste. Muito triste. Triste por uma coisa muito pequena. Triste de um jeito como não fiquei com a guerra na Bósnia ou o desastre de ônibus em que 20 pessoas morreram.

Minha cabeça continua a funcionar de maneira racional. Ela sabe que, objetivamente, a causa de minha tristeza não pode ser comparada a essas tragédias. Ela me informa que o meu coração está desregulado. Sofro muito pouco pelo que deveria sofrer muito e sofro muito por aquilo que deveria sofrer pouco. A menos que haja razões que a razão desconhece...

Deus se encarnou numa criancinha. Sobre isso todo mundo sabe e todo mundo celebra. Meu coração desregulado pergunta: "E poderá Deus, por acaso, se encarnar num animalzinho?". Essa foi a maneira que meu coração encontrou de juntar a minha dor com a véspera de Natal em que se celebra a encarnação de Deus no Menino Jesus.

Os teólogos logo me contestarão, acusando-me de heresia. Mas eu não lhes dou a mínima. Eles só repetem palavras aprendidas em catecismos. Elas escorrem do cérebro; não sangram com o coração. Pergunto de novo: Deus pode se encarnar num animal?

Os antigos pensavam que Deus era um músico cósmico que desejava que a criação inteira tocasse a sua sinfonia. O universo, uma grande orquestra! O concerto começa. Abre-se com uma orgia dos tímpanos, tambores e pratos, uma explosão dos instrumentos de percussão: o *big-bang*. As galáxias entram com seus contrabaixos. Juntam-se os ventos violinos. Confirmam, das montanhas, os trombones. Fluem, com seus violoncelos, os rios, riachos e ribeirões. Cantam, com as flautas, os pássaros e as borboletas. Uma longa silenciosa pausa de geleiras. O maestro faz um sinal e o solo se inicia, o mesmo tema que todos os outros haviam tocado, a mesma divina melodia: os homens tocam oboé.

Então, tudo não é encarnação? Deus não está em todas as coisas? As lesmas não tocam a melodia de Deus do mesmo jeito que a Via Láctea? Pois é, eu achava que minha cadelinha *cocker* preta, a Flora, tocava pífaro. O pífaro é um instrumento que só serve para a alegria, só para a brincadeira. Assim era ela. De manhã, era a primeira coisa viva a me saudar, na cozinha, pulando para receber o meu carinho. Era só isso que ela queria: brincar. E isso era o divino que morava nela. Mas ela morreu, tão de repente, num momento ela estava pulando, no outro estava sem vida – e tudo ficou triste.

Quando me levantei, a cozinha estava vazia. Nunca mais... Essa é a dor: nunca mais. Eu disse "minha cadelinha", mas não é verdade. Ela era da minha filha Raquel, que, neste momento, está longe, alegrinha, visitando amigos, e nem sabe do sucedido, e eu fico imaginando o momento da sua volta, quando alguém terá de lhe dizer: "A Florinha morreu".

Os que não compreendem me aconselham a comprar uma outra cadelinha, mesma raça, mesma cor, para consolo. Sei que, com o tempo, a dor vai passar. Mas agora, nem eu nem ninguém queremos outro cachorro, por maravilhoso que seja. Um cão é um objeto de amor. Não é um objeto de uso. Sim, sim, há aqueles que possuem cães como objetos de uso, ferozes cães de guarda, úteis. Brecht tem um curto poeminha que diz assim: "Meu jardineiro me diz: o cão / é forte e astuto e foi comprado / para guardar o jardim. Mas o senhor / criou-o como amigo dos homens. / Para que / recebe ele sua comida?". O jardineiro o acusava de gastar dinheiro inutilmente. Para ele, um cão só se justificaria se fosse útil. Ele não podia compreender que Brecht tivesse o seu cão por amor.

Utilidades são substituíveis. Quando uma acaba, compra-se outra: assim fazemos com lâmpadas, canetas, sapatos... A Flora não era útil. Não servia para nada. Só servia para ter alegria e dar alegria. Por isso, não pode ser substituída.

O que me surpreende é a intensidade da minha dor. Já tive muitos cães que ficaram comigo muitos anos, cães que foram amigos e amei. Mas a morte de nenhum deles me causou a dor que a morte da Florinha está causando. Pergunto-me sobre as razões...

Talvez porque a Flora, brincando sem parar como criança, se parecesse com alguma coisa que mora dentro de mim. Talvez, em algum lugar da minha alma, more uma Florinha – um desejo de leveza e liberdade, um desejo de irresponsabilidade, de não cumprir os deveres, de entrar no canteiro proibido e sujar os pés.

O triste é saber que as coisas belas e leves são muito frágeis. Basta pouca coisa para que morram. É muito perigoso entrar no canteiro proibido. Todas as criaturas são encarnações de Deus. Também a Flora. Nos presépios estão sempre o burro, o boi, as ovelhas. Que injustiça com os outros bichos. Quando eu for pintor, tratarei de corrigi-la. Pintarei um presépio no qual a Florinha estará lambendo o pezinho do Menino Jesus... Deus se encarna de muitas formas. A Florinha, eu penso, também aguarda a ressurreição dos mortos.

O jardim

> Sursum corda! *Ó Terra, jardim suspenso, berço*
> *Que embala a Alma dispersa da humanidade sucessiva!*
> *Mãe verde e florida todos os anos recente,*
> *Todos os anos vernal, estival, outonal, hiemal,*
> *Todos os anos celebrando às mancheias as festas de Adônis.*
> Álvaro de Campos

> *O universo tem, para além de todas as misérias, um*
> *destino de felicidade. O homem deve*
> *reencontrar o paraíso.*
> Bachelard

Depois de uma longa espera consegui, finalmente, plantar o meu jardim. Tive de esperar porque a terra não me pertencia. De meu, eu só tinha o sonho. E sonho, sendo coisa bela, que se ama, é coisa fraca. Sozinho nada faz. Como a semente, que precisa da terra. Sonho é isto: muito amor, pouco poder...

O terreno ficava ao lado da minha casa. Era baldio, cheio de lixo, mato, espinhos, garrafas quebradas, latas enferrujadas, além de enormes ratazanas e aranhas. De vez em quando, eu encostava a escada no muro e ficava espiando. Com os olhos, via as coisas feias; com o nariz, sentia o seu fedor. Mas a imaginação é coisa mágica. Ela vê e cheira o que está ausente. Assim, com ela, via o meu jardim e sentia o cheiro de flores e ervas. E dizia, como o Criador ao final da obra de criação, ao contemplar o Paraíso, que "era muito bom". Jardim é isto: Paraíso, o mais antigo sonho da humanidade.

Eu não acreditava que meu sonho fosse se realizar, jamais. E até andei procurando uma outra casa para onde me mudar, porque constava que outros, mais fortes que eu (pois o terreno não era meu: possuir é ter poder...), tinham outros planos. E se o sonho deles se realizasse, então eu ficaria como pássaro engaiolado, sem luz e sem ar.

Mas um dia o inesperado aconteceu. O terreno ficou meu. E o meu sonho fez amor com a terra: o jardim nasceu. Não chamei paisagista. Eu queria ser o pai. O que eu desejava não era um jardim bonito. Era o meu jardim.

Um paisagista até que poderia fazer um jardim mais bonito que o meu. Paisagistas são especialistas em estética: tomam as cores e as formas e com elas compõem um espaço exterior. E ali a natureza exibe sua exuberância, desperdício que transborda, cores e formas em combinações que não se esgotam nunca, perfumes que entram corpo adentro por canais invisíveis, o ritmo das plantas que se movimentam, os ruídos das fontes, das folhas, dos pássaros... A natureza, no jardim, torna-se graciosa e mansa, amante, mãe, e nos acaricia. E como é bom!

Mas não era bem isso que eu queria. Queria o jardim dos meus sonhos, aquele que já existia dentro de mim. O que eu buscava não era a estética dos espaços de fora, era a poética dos espaços interiores. Em busca de jardins passados, de alegrias já idas, de felicidades perdidas. Porque felicidade é isto: quando as ausências que formam o nosso mundo interior encontram, de fora, a "coisa" que nelas se encaixa. Como na experiência do amor. Somos todos femininos, marcados por algo que não temos, mas que, se tivéssemos, seríamos bem-aventurados – para usar a maravilhosa expressão de Santo Agostinho. A psicanálise usa uma palavra terrível para dizer isso: "castração". Mas não será verdade? Perdemos aquilo que nos faria felizes e agora estamos condenados a procurar, sem fim, este objeto de amor... Entendem por que um paisagista seria inútil? Para fazer o meu jardim, ele teria de ser capaz de sonhar os meus sonhos.

Há um mundo vegetal que cresce dentro de mim. As palavras de Rilke reverberam em meu corpo: nosso mundo interior é "um bosque antiquíssimo e adormecido, em cujo silencioso despertar verde-luz o nosso coração bate". Sei que isso é verdade a meu respeito. E não conheço horror maior que um mundo sem plantas. Não posso compreender o fascínio dos filmes de ficção científica, onde a vida acontece em meio a metais, eletrônica, astros mortos e o vazio... Para mim, são celebrações de Tânatos. Em nada comparáveis ao prazer de cheirar uma simples folha de hortelã... Corrijo-me: compreendo o fascínio – é que eles são exercícios sobre o poder puro, esvaziado de qualquer conteúdo erótico. Quando o poder não busca objeto algum, além de si mesmo: possessão demoníaca. Tenho pesadelos da morte das plantas. Lembro-me de um deles em que eu via, horrorizado, todas as plantas do meu jardim arrancadas, raízes expostas, e eu chorava desesperado, perguntando: "Mas como foram fazer isto?". Tenho uma alma vegetal. E houve até mesmo alguém que me escreveu para dizer que revelações do invisível haviam dito que meu orixá era Oxóssi, o espírito que mora nas florestas. Sinto-me como um irmão daquele chefe índio que escreveu uma carta ao presidente dos Estados Unidos, ao ser informado de que os brancos queriam comprar suas terras.

> Cada pedaço desta terra é sagrado para meu povo. Cada ramo brilhante de um pinheiro, cada punhado de areia das praias, a penumbra na floresta densa, cada clareira e inseto a zumbir são sagrados na memória e na vida de meu povo. A seiva que percorre o corpo das árvores carrega consigo as lembranças do homem vermelho.
> Os mortos do homem branco esquecem sua terra de origem quando vão caminhar entre as estrelas. Nossos mortos jamais esquecem esta bela terra, pois ela é a mãe do homem vermelho. Somos parte da terra e ela faz parte de nós. As flores perfumadas são nossas irmãs; o cervo, o cavalo, a grande águia, são nossos irmãos. Os picos rochosos das montanhas, os sulcos úmidos nas campinas (...).
> Não há, nas cidades do homem branco, um só lugar calmo. Nenhum lugar onde se possa ouvir o desabrochar das flores na primavera ou o bater das asas de um inseto. (...) O índio prefere o suave murmúrio do vento encrespando a face do lago, e o seu aroma molhado por uma chuva diurna ou perfumado pelos pinheiros. (...) A terra não pertence ao homem. É o homem que pertence à terra. (...) O que ocorrer com a terra recairá sobre os filhos da terra. O homem não tramou a teia da vida; ele é simplesmente um de seus fios. Tudo o que fizer a esta teia, estará fazendo a si mesmo...

Meu sonho de jardim é minha declaração de amor a esta terra. Quero que ela sobreviva, bela e amiga, e que meus descendentes possam gozar dela, como eu gozei...

Eu queria tomar as coisas do jardim para, com elas, reconstruir uma saudade. Usar as cores, os gostos, os perfumes, os sons, as sensações táteis como pontes para voltar a algum lugar do passado, que mora dentro de mim. As minhas memórias revelam o segredo daquilo que poderá me fazer feliz no futuro. Felicidade é sempre um reencontro. Só posso sentir saudades daquilo que um dia tive, e depois perdi. Platão sabia disso. Tanto que afirmou que Eros, amor, é filho de Poros e Penia, plenitude e pobreza. Fui rico agora sou pobre. Por isso desejo...

As *cores* do caqui, dos bagos roxos da romã, do girassol, das primaveras; o *gosto* dos maracujás, dos tomatinhos silvestres, do mel da madressilva (favorita de Shakespeare); o *cheiro* da murta, da hortelã, da quase invisível flor-do-imperador; o *barulho* das folhas ao vento; o *frio* da água e o *quente* do sol – são muito mais que estímulos físicos e químicos prazerosos. Não é só ao meu corpo biológico que eles agradam. É o corpo poético que reverbera, isto a que se dá o nome de alma, lugar das memórias. Potências sacramentais. Os medievais diziam que sacramento é sinal visível de uma graça invisível. Digo de um jeito ligeiramente diferente: sinal presente de uma felicidade ausente. Junto ao meu jardim, de fora, existe um outro, invisível, onde se move a minha alma. E o meu corpo descobre ser de um outro mundo. Move-se em meio a ausências, sombras. É esta percepção, penso, que sugere que o corpo tem um espírito. Mas espírito é vento, coisa diáfana, leve, mágica. O corpo tem asas... Coisa que o Octavio Paz disse com uma beleza insuperável:

> Todos os dias atravessamos a mesma rua ou o mesmo jardim; todas as tardes nossos olhos batem no mesmo muro avermelhado, feito de tijolos e tempo urbano. De repente, num dia qualquer, a rua dá para outro mundo, o jardim acaba de nascer, o muro fatigado se cobre de signos. Nunca os tínhamos visto e agora ficamos espantados por eles serem assim: tanto e tão esmagadoramente reais. Sua própria realidade compacta nos faz duvidar: são assim as coisas ou são de outro modo? Não, isso que estamos vendo pela primeira vez já havíamos visto antes. Em algum lugar, no qual nunca estivemos, já estavam o muro, a rua, o jardim. E à surpresa segue-se a nostalgia. Parece que nos recordamos e quereríamos voltar para lá, para esse lugar onde as coisas são sempre assim, banhadas por uma luz antiquíssima e, ao mesmo tempo, acabada de nascer. Nós também somos de lá. Um sopro nos golpeia a fronte. Estamos encantados, suspensos no meio da tarde imóvel. Adivinhamos que somos de outro mundo. É a "vida anterior", que retorna.*

---

* Octavio Paz, *El arco y la lira*, pp. 133-134. (N.E.)

É isto: neste jardim que está lá todos os dias mora um outro jardim que acaba de nascer, vindo de um lugar antiquíssimo, onde já estivemos. E queremos voltar para lá...

O jardim é um destino. Se Freud está certo, e o programa da vida é determinado pelo princípio do prazer, eu estou pronto a dizer que o objeto supremo do prazer é o jardim. A vida é uma busca do paraíso perdido, pedaço arrancado de mim, inscrito como memória inolvidável, poema, dentro do meu próprio corpo. Como dizia Bachelard, "o universo tem, para além de todas as misérias, um destino de felicidade. O homem deve reencontrar o paraíso" (*O direito de sonhar*, p. 21).

Jardim é paraíso. E paraíso é felicidade. Plantar um jardim é afirmar a confiança de que estamos destinados à felicidade. Pois é isso que significa jardim, que nada mais é que uma tradução do *paradisus* latino e do *paradeisos* grego. Palavras que, por sua vez, se derivam do pérsico antigo *pairidaeza*, que quer dizer "espaço interno fechado".

Jardim é um espaço fechado. Sei que há muitos que não poupam seus louvores às maravilhas da natureza. Mas a natureza só é bela quando a contemplamos da segurança do nosso espaço fechado. Como deve ser terrível, para aqueles que se encontram no navio que afunda, contemplar o mesmo pôr do sol que inspirará os poetas. E para aqueles que se perderam, a selva nada tem de belo: é o inferno puro. A natureza sem limites, ali a vida e a morte se misturam, e o medo e o ar não podem se separar. O jardim começa quando os homens separam um espaço e dizem: "Aqui a natureza será graciosa, um espelho dos meus desejos". Na linguagem do jovem Marx, o jardim é a natureza humanizada, que se tornou um bom lugar para se morar. Extensão do meu corpo, porque cada planta que planto ou cada fonte que construo respondem ao pedido da minha saudade. E é como se nele se repetissem as primeiras lições da criança, junto ao seio materno, que aprende que vida e prazer escorrem de um mesmo lugar. O jardim é a natureza que nos oferece seu corpo como seio, fruto para ser comido, objeto de fruição erótica.

Com isto concordam os mitos da Criação: tudo o que Deus fez terminou num jardim. Mas o que eles contam é a estória que está gravada em nossa carne. Aquilo que é narrado como tendo acontecido muitos anos atrás, numa terra distante, na realidade, acontece agora, dentro de nós. Daí o seu poder evocativo. Há um jardim plantado dentro de nós. Por isso, nós e o universo só seremos felizes quando todos formos um jardim... E os poemas sagrados relatam que o Criador, depois de plantado o jardim, parou o seu trabalho. Entregou-se ao puro prazer daquela coisa linda, paraíso, objeto supremo do desejo. E se sentiu feliz. Viu que era muito bom...

Ah! No jardim dos primódios, não havia nem ética nem política; só estética e erótica...

Se é verdade que os teólogos têm insistido, séculos afora, na onipresença divina, dizendo que Deus se espalha igualmente por todos os espaços, não era assim que pensavam os antigos.

Deus prefere os jardins. E passeava por entre as árvores, à hora da brisa fresca da tarde (Gênesis 3,8). Tão divino era o lugar, que nem altares se encontravam nele.

Já os maus espíritos preferem os lugares desolados. E é por isso que Jesus, quando chega a hora de ser testado pelo demônio, embrenha-se pelo deserto. Era ali que moravam as hostes infernais...

Vem-me, então, esta sugestão de que – a se acreditar no dito nas Escrituras –, se Deus nos criou a sua imagem e semelhança, não devemos nos espantar se houver alguma parecença entre nós. Possivelmente também ele tenha espiado sobre o muro, contemplando o caos primitivo, onde o Nada e as Trevas se misturavam. E pensava se, naquele terreno baldio cósmico, seria possível plantar o jardim dos seus sonhos. E plantou.

E nos colocou como jardineiros. Somos guardadores de jardins. Os jardins estão plantados dentro de nós.

E nossa vocação suprema, a única coisa que importa, é fazer com que a natureza seja um lugar de onde escorrem a vida e o prazer...

Dizem que, depois do jardim plantado, Deus nunca mais foi visto. Acho que por boas razões. Para que todos soubessem que nada mais havia para ser dito. O jardim é a palavra final, o destino. As entranhas de Deus. São os "objetos internos" (Melanie Klein) de Deus, oferecidos como objetos de fruição. Antes de existir como jardim, ele já existia como nostalgia e desejo. E o Criador se dizia: "Isto me faria feliz...". Jardim, *summum bonum* da divindade, o Deus de Deus... Aquilo que lhe faltava. Se assim não fosse, por que o teria criado?

E Deus revela o seu corpo como coisa erótica, de 10 mil (para usar o número mágico do Tao) cores, 10 mil gostos, 10 mil cheiros, 10 mil sons, 10 mil carícias...

Para os teólogos antigos, Deus era apenas objeto para a visão. Tanto assim que falavam na "visão beatífica" de Deus, e os místicos se entregavam à contemplação das perfeições divinas. Como se Deus fosse um objeto que só se oferecesse ao olho e, como tal, ficasse subordinado a todas as limitações da ocularidade – é preciso ficar distante e de fora para ser visto. Já, no jardim, as coisas são diferentes. Porque o corpo inteiro é erotizado, e o prazer se espalha por todos os órgãos dos sentidos. Deus tem os gostos de todas as frutas, os cheiros de todas as folhas, as cores de todas as flores, as carícias de todas as plantas. Assim, ao prazer de contemplar a beleza junta-se o prazer do perfume, que entra pelo nariz até os lugares mais antigos do corpo, onde se processam reações químicas e evocações poéticas; e o prazer de comer, *Hoc est corpus meum*, tomar o fruto, objeto do desejo, saboreá-lo, parte de mim mesmo que estava fora (se não fosse assim, como poderia ter nele prazer?); e o prazer dos ruídos, o borbulhar da água, as folhas ao vento, os galhos gemendo um de encontro ao outro, o arrepio da pele ao vento e à água, ao veludo dos musgos, à carícia áspera dos troncos... No jardim acordam nossas potências eróticas adormecidas e experimentamos um pouco da ressurreição dos corpos. Com o que concordaria Lutero, que pensava que o corpo de Deus se espalha por todas as coisas da Criação, até mesmo a mais insignificante folhinha de árvore. E penso que é por isso que os profetas messiânicos descrevem a felicidade não como o triunfo da ocularidade, mas o triunfo dos jardins sobre os desertos: goza o corpo inteiro, na realização da fantasia psicanalítica do polimorfismo erótico do corpo.

Sinto-me tentado a propor que os compêndios de teologia, que discutem a anatomia e a fisiologia divinas, sejam substituídos por compêndios de jardinagem, porque o jardim é a face graciosa que Deus oferece aos homens. Ou, se preferirem o inverso, em verso, o jardim é a face divina da nostalgia que mora em nós. O que nada mais é que uma tradução poética de uma exigência de Marx, que dizia ser necessário que "a crítica dos céus se transforme na crítica da terra". Eu só faço modificar um pouco o fraseado, sugerindo que a jardinagem dos céus se transforme na jardinagem da terra. O que se deseja é uma coisa só: "que o homem arrebente a corrente que o prende e colha a flor viva" (K. Marx, *Contribuição à crítica da filosofia do direito de Hegel*).

A política se realiza na jardinagem... Lá está o jardim, construído com coisas materiais – os elementos míticos dos filósofos antigos, a terra, o ar, a água, o fogo solar, e nessa mistura a vida acontece, exuberante. Mas, para que existisse como coisa material, foi preciso que existisse primeiro como sonho. O jardim é, assim, o avesso do nosso mundo interno. Lembro-me de Feuerbach, precursor da psicanálise, que afirmava: "ao contemplar um objeto o homem se familiariza consigo mesmo. Conhecemos o homem pelo objeto. No objeto a sua natureza se torna evidente; este objeto é a sua natureza revelada, sua verdade interior..." (*A essência do cristianismo*, cap. I, § 1). Como se fosse um instrumento musical, o corpo somente reverbera com aquilo que lhe é harmônico. Como poderia amar o Adágio da *Sonata op. 31 n. 2* de Beethoven, que estou ouvindo, se ele já não existisse em mim, como desejo e nostalgia? Não, não é o adágio da sonata. É o meu adágio, pedaço arrancado de mim que Beethoven transformou em música. O que o meu corpo recolhe é o mundo que já morava nele como uma ausência. O corpo é a presença de uma ausência.

O jardim é o rosto de nossas entranhas; somos o jardim que plantamos. Ou o jardim que amamos, sem que o tenhamos plantado, mas que outro plantou. E quando isso acontece podemos ter certeza de que sonhamos sonhos parecidos. É possível que possamos nos tornar conspiradores... Eu e o outro jardineiro.

O contrário também é verdadeiro. Lembro-me do jardim municipal de uma cidade onde morei, e que sempre me horrorizou. Não tinha árvores. Acho que entendo por quê. É que as árvores, sendo coisas vivas, podem ficar fora de controle, copas além do alcance das tesouras educativas dos jardineiros. Pois educação não é isso? Em compensação havia arbustos baixos, sem permissão de crescimento, esculpidos em forma de bichos. Acho que o jardineiro não gostava do desejo da planta. Pois a copa, não é ela a forma do desejo que mora na planta? Preferiam, ao contrário, negá-las como plantas, impondo-lhes um destino animal. E o jardim era povoado por formas fantasmagóricas de outros mundos, bichos vegetais ou plantas animais. Bem no meio, coitada, uma cegonha de bico aberto, pelo qual esguichava água, sem cessar. E eu, menino, ficava a pensar na sua triste sina de vomitar água pelo resto de seus dias. Ali, pelas duas da tarde, nem as crianças, nem os velhos, nem os namorados se assentavam. Pois aquele jardim não fora feito para o corpo em busca de sombra. A meninada, ao contrário, preferia o "jardim do sapo", abandonado, de que ninguém cuidava e onde não se realizavam cerimônias públicas. Era todo árvores copadas, a sombra era gostosa e a praça era circundada de casas velhas e quintais cheios de jabuticabeiras e pés de romã. Tenho saudades do jardim do sapo, não do outro...

Pois é, os jardins revelam as muitas almas das cidades, e também as almas das pessoas.

Já mencionei Rilke, que fala de "um bosque antiquíssimo e adormecido", que provoca evocações de Bela Adormecida, tema que Fernando Pessoa transformou no seu maravilhoso poema "Eros e Psiquê": os vegetais guardam, escondido, o nosso rosto. Como o Éden escondia o rosto de Deus... O jardim aparece como um lugar de mistérios profundos. Coisa que Robert Frost vai dizer a seu modo:

Os bosques são belos, sombrios, fundos...
Mas há muitas milhas a andar
e muitas promessas a guardar
antes de se poder dormir,
sim, antes de se poder dormir.

Não, não é o jardim fechado. Ele se esconde dentro dos bosques, e o viajante sente o seu chamado – abandonar o caminho iluminado para o descanso das sombras fundas. Que haverá ali, ao abrigo da luz? O poeta ouve, mas interrompe a tentação com um "mas". Há outras coisas a serem feitas antes do sono. Que sono? Na casa? No bosque? Lugar de mistério, nebuloso, que faz a imaginação se inclinar para observar a neblina, metáfora de algum recanto igualmente belo, sombrio e fundo da alma do poeta.

Aí a gente entra nos jardins da Cecília Meireles, e tudo se enche de nostalgia: a beleza é triste, pois ela está no lugar de algo que se foi. O tempo perdido não pode ser recuperado. Sua beleza só pode ser vivida como ausência: a beleza dói.

"Nestes jardins – há 20 anos, andaram os nossos muitos passos, e aqueles que então éramos se contemplaram nestes lagos..."

O poeta canta o jardim para ressuscitar uma presença que se foi. É o que aparece na "Elegia", que escreveu para a sua avó. O poema é uma oferta de amor.

> *Queria deixar-te aqui as imagens do mundo que amaste:*
> *o mar com seus peixes e suas barcas,*
> *os pomares com cestos derramados de frutos,*
> *os jardins de malva e trevo,*
> *com seus perfumes brancos e vermelhos,*
> *e as flores novas, como aroma em brasa,*
> *com suas coroas crepitantes de abelhas...*

Mas agora o jardim é um outro:

> *Um jardineiro desconhecido se ocupará da simetria*
> *desse pequeno mundo onde estás.*

Acho que há um pouco disso também no meu jardim de malvas e trevos. Por entre suas árvores e folhagens espalha-se um mundo que se perdeu: a minha infância. Descubro que ando por esses espaços, mas sou também morador de um outro mundo. E não será isso que torna os nossos corpos o único lugar mágico do universo, como sugeria Lichtenberg? Porque magia é isto: invocar o que se foi, mas que continua a nos habitar. Ou será poesia? Como no poema de Mallarmé:

> *Digo: uma flor!*
> *e, para além de todo olvido ao qual minha voz relega qualquer contorno,*
> *enquanto alguma coisa outra que não os cálices sabidos,*
> *musicalmente se ergue,*
> *ideia mesma e suave,*
> *a ausente de todos os buquês.*

Em meio às folhagens e às flores moram ideias, memórias, imagens, poemas. Estranha erótica. O corpo voa. O jardim nos torna seres alados. E, respirando o ar diáfano das ausências que o jardim exala, gozamos a ressurreição do que já está morto, mas que é querido...

Os jardins da Adélia Prado são outra coisa. Uma grande brincadeira, cheia de risos, e o corpo se liberta da nostalgia para gozar o puro presente, coisa necessária no momento de se fazer amor.

> *Nasceu no meu jardim um pé de mato*
> *que dá flor amarela.*
> *Toda manhã vou lá pra escutar a zoeira*
> *da insetaria na festa.*
> *Tem zoado de todo jeito:*
> *tem do grosso, do fino, de aprendiz e de mestre.*
> *É pata, é asa, é boca, é bico,*
> *é grão de poeira e pólen na fogueira do sol.*
> *Parece que a arvorezinha conversa.*

E há os jardins do Guimarães Rosa, vidente, que suspeita as escondidas simetrias que vicejam no agreste.

> Atrás de grade – os varões sumidos pela roseira branca da qual os galhos, de lenho, em jeito espesso se torciam e trançavam – começava outro espaço. Dele, a primeira presença dando-se no cheiro, mistura de muitos. De maior lembrança quando se juntavam: o das rosas-chá; o da flor-do-imperador, de todos o mais grato; o do manacá, que fraga vago a limão; o dos guaimbés, apenas de tardinha saindo a evolar-se; e, maravilha, delas só, o das dracenas. Era um grande jardim abandonado. Seu fundo vinha com as árvores. Seu fim, o muro musgoengo. Sem gente, virara-se matagalzinho, sílvula, pequena brenha...

Jardim, coisa brava que vai crescendo justo na ausência dos homens, parente do sertão, lugar por onde anda a alma do João Guimarães, o da Rosa.

Não há como evitar. Jardim, cada um tem o seu. Se não está plantado por fora, está plantado por dentro. Claro, alguns preferem o cimento e os lajotões, para evitar a terra e as folhas...

Cada planta é o início de um mundo. Porque cada uma delas é figura poética. Pode ser metáfora: a namorada é a rosa silvestre dos prados. Ou metonímia: a pétala seca, dentro do livro, um dia esteve na mão dela. Ando entre as plantas e meus pensamentos ficam leves, por universos que não estão ali. As ideias ganham asas...

E assim, de cada vegetal, vão surgindo imagens que saltam e enchem o meu mundo – e experimento a suprema alegria de pensar. Coisa estranha, falar na suprema alegria de pensar... Pensar leve é felicidade. Pensar pesado é depressão, inferno. É por isso que as pessoas lutam tanto para não pensar, e têm horror do tempo vazio, e tratam de enchê-lo com atividades "alegres". É o medo dos pensamentos que poderiam vir, se elas se descuidassem.

Mas, no jardim, os pensamentos ficam leves, entidades etéreas, saltitantes, dançarinas, e até mesmo o corpo ameaça voar ante as provocações das ervas de cheiro, a hortelã; o manjericão; a erva-cidreira, boa para o chá de beira de estrada (para mim sacramento – lembro-me do Douglas, colega querido, professor que gostava de coisas caipiras, não largava seu cigarrinho de palha. Tomamos o chá de beira de estrada em sua casa, a última vez que nos vimos, antes que ele tivesse entrado em sua canoa em direção à terceira margem do rio. É, os rios têm uma terceira margem. É o que diz o Guimarães Rosa, no seu conto...). A salsa; a cebolinha; o tomatinho agreste (ah! eu, menino, catando as frutinhas redondas vermelhas, crescidas sem pedir licença), praga deliciosa que os tomates de caixote, se pudessem, matariam de vez; o orégano; o ora-pro-nóbis, verdura de gente pobre, no interior de Minas, refogado como couve, mais gostoso, com angu e pimenta – planta de nome litúrgico, acho que é porque pobre, quando come, dá graças a Deus e invoca o nome da Virgem, ora-pro-nóbis (quem quiser saber como fazer que leia o *Fogão de lenha – 300 anos de cozinha mineira*, da Maria Stella Libânio Christo); uns pezinhos de morango que estão lá e não dão nada que preste, os bichos e os passarinhos comem antes, mas não tem importância; o rosmaninho (disseram-me que este nome significa "orvalho do mar"...); o manacá-da-serra, o perfumado, que cresce "lá atrás daquele morro, nós vamos casar, nós vamos pra lá..."; as magnólias; a jabuticabeira (em sua copa mora um universo inteiro de crianças e de abelhas); a pitangueira, que me faz lembrar meu primeiro furto, uma pitanga do vizinho; a romã, árvore dos amantes do *Cântico dos cânticos*; o chorão (aconselharam-me a cortar, vejam só, dizendo que dá azar, só porque a pobrezinha chora...); a flor-do-imperador, cheiro de pêssego; a madressilva; a murta, planta dos poemas messiânicos do Antigo Testamento; uma amora que nasceu sozinha e fica dizendo o tempo todo que "amor há", "amor há", por isso a deixei lá. E a ipomeia (que eu chamo de "glória-da-manhã", como em inglês, *morning glory*), alegria suprema, prima nobre da curriola, prima pobre que cresce nos pastos. Azul-claro, celestial, centro branco, diáfana como papel de seda, e só vive sete horas. Abre-se de manhãzinha e, às duas da tarde, já murchou, secou, morreu. Olho para sua beleza perfeita e efêmera e me lembro, primeiro, do poema da Cecília, "Sede assim – qualquer coisa / serena, isenta, fiel. / Flor que se cumpre, / sem pergunta...".

E, depois, de Walt Whitmann, que dizia que uma glória-da-manhã à sua janela lhe dava mais alegria que todos os tratados de metafísica. Talvez pela intensidade tranquila do seu viver, em tempo tão curto...

Disseram-me que Mallarmé tinha o sonho de escrever um livro com uma palavra só. A princípio achei-o louco. Depois compreendi que há palavras que contêm todo um universo. Muitas palavras dizem menos que uma palavra só. As muitas palavras dissimulam. A única palavra é verdadeira. Pureza de coração, dizia Kierkegaard, é desejar uma só coisa. Só pode dizer a única palavra aquele que conseguiu ver o desejo, em toda a sua pureza.

E o que dizem os poemas sagrados da criação é que a última palavra do Criador foi paraíso, jardim... Última, por ter sido a primeira. Antes que todas as coisas fossem feitas, a Palavra estava com Deus; a Palavra era Deus. Diante do caos, esta palavra surgiu como o desejo. Jardim: imagem de um sonho. No jardim, Deus realiza o seu sonho. E fica feliz. Cessa de todas as suas obras. Por que continuar se o objeto do seu Desejo já está ali, lindo, diante dos seus olhos? "Viu que era muito bom..." Paraíso é felicidade. E é por isso que Deus, deixando a solidão escura dos infinitos espaços do universo, preferiu andar pelo jardim pela hora da brisa fresca da tarde. Certamente que seu corpo se arrepiava de prazer.

Compreendo, então, as razões que fizeram com que os poetas sagrados tivessem preferido seguir, em sua narrativa, um caminho inverso ao dos olhos. O natural seria que os olhos, partindo do jardim, olhassem para cima, para longe, as distâncias infinitas do cosmos, o corpo se dissolvendo no vazio. Parece que é assim que fazem os astrônomos, mergulhando cada vez mais longe. Os poetas seguem o caminho inverso. E partindo das infinitas distâncias do universo, vão chegando cada vez mais perto, a narrativa vai se afunilando através dos espaços estelares até (re)pousar neste pequeno lugar fechado, onde a vida é boa e é bela: o jardim. Não, o jardim não sonha com o vazio indefinido. É o vazio indefinido que sonha com o jardim. O universo sonha com o paraíso. O universo tem um destino de felicidade.

E até me atrevo a parafrasear Mallarmé:

Do meu pequeno espaço fechado
musicalmente se eleva
algo mais (e diferente)
que os perfumes dali:
uma coisa ausente,
sem lugar,
sonhada,
falada,
suave ideia,
utopia...

O fim de todo o trabalho cósmico foi a criação de um jardim. O jardim é o fim de tudo o que se faz. Puro prazer, ressurreição do corpo...

A horta

Uma horta é uma festa para os cinco sentidos. Boa de cheirar, ver, ouvir, tocar e comer. É coisa mágica, erótica, o cio da terra provocando o cio dos homens.

Cheguei de viagem e antes de entrar em casa fui ver a minha horta. O mato crescera muito. Mas minhas plantas também. O verde anunciava uma exuberância de vida, nascida do calor e das chuvas que se alternavam sem parar. O meu coração se alegrou. Pode parecer estranho, mas é pelo coração que me ligo à minha horta. Daí a alegria... Estranho porque para muitos a relação acontece através da boca e do estômago. Horta como o lugar onde crescem as coisas que, no momento próprio, viram saladas, refogados, sopas e suflês. Também isso. Mas não só. Gosto dela, mesmo que não tenha nada para colher. Ou melhor, há sempre o que colher, só que não pra comer.

Semente, sêmen

Horta se parece com filho.

Vai acontecendo aos poucos, a gente vai se alegrando a cada momento, cada momento é hora de colheita. Tanto o filho quanto a horta nascem de semeaduras. Semente, sêmen: a coisinha é colocada dentro, seja da mãe-mulher, seja da mãe-terra, e a gente fica esperando, pra ver se o milagre ocorreu, se a vida aconteceu. E quando germina – seja criança, seja planta – é uma sensação de euforia, de fertilidade, de vitalidade. Tenho vida dentro de mim! E a gente se sente um semideus, pelo poder de gerar, pela capacidade de despertar o cio da terra.

Não é à toa que povos de tradições milenares ligavam a fertilidade da terra à fertilidade dos homens e das mulheres. Faziam suas celebrações religiosas em meio aos campos recém-semeados, para que o cio humano provocasse a inveja da terra, e ela também se excitasse para o recebimento das sementes. O cio dos homens provocando o cio da terra. Mas o inverso também é verdadeiro: o cio da terra pode provocar o cio dos homens...

Cio é desejo intenso, não dá descanso, invade tudo e provoca sonhos, semente que não se esquece do seu destino, vida querendo fertilizar e ser fertilizada, para crescer. Pois a horta é assim também. Não é coisa só para boca. Se apossa do corpo inteiro, entra pelo nariz, pelos olhos, pelos ouvidos, pela pele, toma conta da imaginação, invoca memórias...

Cheiração beatífica

Horta é coisa boa de se cheirar.

Estranho o desprezo com que tratamos o nariz. Os teólogos de outros tempos falavam da "visão beatífica de Deus". Mas nunca li, em nenhum deles, coisa alguma sobre "a cheiração beatífica de Deus". Como se fosse indigno que Deus tivesse cheiros, que ele entrasse pelos nossos narizes adentro, por escuros canais até as origens mais primitivas do nosso corpo.

Pois, se eu pudesse, faria uma teologia inspirada na horta, e o meu Deus teria o cheiro das folhas do tomateiro depois de regadas, e também da hortelã, do manjericão, do orégano, do coentro. Essa coisa indefinível, invisível, que entra fundo na nossa alma e daí se irradia para o corpo inteiro como uma onda embriagante, o cheiro é a aura erótica do objeto, sua presença dentro de nós, emanação mágica por meio da qual nós o possuímos. Quem cheira fundo – e para isso até fecha os olhos, porque o cheiro vai mais dentro que os olhos – está dizendo o quanto ama...

E fico pensando nessa coisa curiosa: que a horta só seja percebida como produtora de coisas boas para comer. Isso só pode ser devido a uma degeneração do nosso corpo, de sua imensa riqueza erótica, à monotonia canibalesca que só reconhece o comer como forma de apropriação do objeto.

Os cheiros moram na horta, e quem não se dá o trabalho de cultivá-la não pode ter a alegria de reconhecê-los. Há pessoas que se reúnem para ouvir música; outras pelo puro prazer do paladar. Mas ainda não se convidam pessoas para concertos e banquetes de perfumes. O mais próximo seria, talvez, convidá-las para passear pela nossa horta, e ali nos deliciar com a sua perplexidade na medida em que lhes oferecemos folhinhas para cheirar e lhes perguntamos: "Sabe o que é isto? Veja como é gostoso...".

Olhares para a vida

Horta é coisa boa de ver.

Dizem os poemas sagrados que Deus Todo-Poderoso, depois de criar todas as coisas, parou, deixou cair os braços e foi invadido pelo puro deleite de ver a beleza de tudo o que existia. Ver é experiência estética, não serve para coisa alguma. Diferente do comer. Comer é útil. A mãe insiste com a criança: "Coma o espinafre, meu bem, ele faz você ficar forte". O "ficar forte". justifica suportar o gosto ruim: é a utilidade da coisa.

Mas nada disso se pode dizer do ato de ver. Ver os espinafres, as couves, as alfaces, os tomates não é útil para coisa alguma, não serve para nada. Mas faz bem à alma. "Não só de pão viverá o homem", diz o texto sagrado. Vivemos também das coisas belas.

Há o belo das cores: o vermelho dos pimentões, das pimentinhas ardidas, dos tomatinhos... Ah! Os tomatinhos... Falo daqueles pequenos, minúsculos, que não se encontram em lugar civilizado, não se vendem em feiras (quanto poderiam valer?). Mas eu os descobri numa velha fazenda, e não resisti à tentação de trazer uma muda. Sua maior utilidade, além de serem redondinhos e vermelhos, é serem planta da minha infância. De modo que, na minha horta, eu tenho um arbusto mágico, que me leva através do tempo, e, quando eu os apanho e os como, sinto renascer dentro do meu corpo o corpo de um menino que mora nele.

Há o verde também dos pimentões, que se comprazem em brincar com as cores das cebolinhas, das alfaces, das couves, dos espinafres, da salsa. O amarelo das cenouras e, de novo, dos pimentões (vocês já viram pimentões amarelos? São raros, brilhantes, maravilhosos. Eu até tive uma árvore de Natal enfeitada só com pimentões verdes, vermelhos e amarelos). O roxo das beterrabas, dos rabanetes, das berinjelas. O branco dos nabos.

E ao ver essa abundância de cores, imagino que a natureza é brincalhona, ela se compraz na exuberância e no excesso. E enquanto meus olhos vão andando pela variedade das cores, coisas vão acontecendo dentro de mim. Porque isso significa que elas existem dentro de mim. Se eu fosse cego para as cores, não me aperceberia de nenhuma diferença. O objeto que vejo revela um objeto que existe dentro de mim. Os olhos só veem fora aquilo que já existe dentro como desejo.

Tenho também um pé de ora-pro-nóbis, coisa de gente pobre, em Minas Gerais. Só vi referências a ele em dois lugares. Primeiro, no livro *Fogão de lenha*, de Maria Stella Libânio Christo, como uma receita culinária no meio de uma celebração de 300 anos de cozinha mineira, que vale pelo puro deleite de ler. E depois num poema de Adélia Prado – ela sabe muito bem do encanto das hortas. Ora-pro-nóbis, nome que parece responso litúrgico, é um arbusto que se planta uma vez na vida. Ele é tão amigo que fica lá, soltando folhas sem parar.

Pois é, uma festa. Cores e formas, tudo diferente, natureza brincalhona, artista, imaginação sem fim. Morangas gomosas; abobronas e abobrinhas; quiabos escorregadios; berinjelas roxo-pretas, engraçadas em tudo, até no nome; mandiocas; carás de debaixo da terra; carás do ar, pendentes; inhames; chuchus; nabos redondos; nabos fálicos; alcachofras; folhas de todos os desenhos; alfaces; almeirão; acelgas; brócolis; couve; bertalha; repolhos brancos; repolhos roxos; agrião; espinafre. Diante desse esbanjamento de inventividade, o jeito é o espanto, o riso e a gratidão de que este seja um mundo onde o enfado é impossível.

Sons e toques

Horta também é coisa boa de se ouvir.

Ora, direis, ouvir a horta... Plantas não dizem nada, não cantam! Se fosse passarinho, ou o mar, ou as casuarinas, se compreenderia. Mas a horta? Horta é coisa calma e silenciosa. E isso é bom. Ouvir o silêncio.

As pessoas exigem sempre uma palavra. Têm medo de ficar quietas. Entram em pânico quando o assunto acaba, começam a falar bobagens só por falar, porque é melhor dizer besteira que ficar ali na presença do outro, sem nada dizer e sem nada ouvir.

Com as plantas é diferente. Elas nos tranquilizam. Se quisermos falar com elas, tudo bem. Acho que gostam. Mas o melhor de tudo é que, ao falar com elas, não é preciso fingir, porque as plantas são extremamente discretas. Guardam os segredos com uma fidelidade vegetal...

E as hortas são também coisas boas de se tocar. Sentir o capim molhado, enfiar a mão na terra... Se você tiver a felicidade rara de ter uma aguinha que escorre e cai, você terá uma das experiências mais calmas que se pode ter. Ouvir o barulhinho da água. Ele trará memórias ou fantasias de regatos escondidos no meio do mato, correndo entre pedras, fazendo crescer o limo verde. E aí você enfiará seus pés dentro dela. Difícil um prazer igual pela tranquilidade, pela pureza, pela profundidade. Porque a água nos reconduz às nossas origens.

E a terra. Não, não é sujeira. Terra preta com esterco: ali a vida está acontecendo, invisivelmente. Meu destino. Um dia serei terra, de mim a vida poderá nascer de novo. As crianças, sem que ninguém as ensine, sabem dessas coisas. Somos nós que dizemos que terra é sujeira, porque preferimos os carpetes assépticos e mortos e os pisos vitrificados onde mão nenhuma pode penetrar.

Brincar com a terra, conquistar sua dureza, misturar o esterco esfarelado, senti-la leve e solta, esguichar a água. Ali, diante dos nossos olhos, uma metamorfose vai acontecendo, e a terra, de coisa estéril, dura, virgem, é agora mulher em cio, pedindo as sementes. Vamos abrindo os sulcos, canteiros, e neles colocamos a vida que o nosso desejo escolheu. Coisa gostosa. Estamos muito próximos de nossas origens. Nossos pensamentos ficam diferentes. Deixam de perambular pelos desertos de ansiedade e ficam cada vez mais próximos, colados à mão, colados à terra. Os pensamentos fantasmas voltam ao aqui e ao agora do corpo, passam a ser coisas amigas e alegres.

Segundo filósofos de outros tempos, tudo o que existe se reduz a quatro elementos: a terra, a água, o vento e o fogo. E ali estamos nós, mãos na terra, terra molhada, e a brisa sopra. Horta, pedaço de nós mesmos, mãe. Se compreendermos que ela é não só a nossa origem, como também nosso destino, e se a amarmos, então estaremos amando a nós mesmos, como seremos. Não, não tenho uma horta para economizar na feira. Tenho uma horta porque preciso dela, como preciso de alguém a quem amo.

Sabores amigos

Há, por fim, o ato supremo de comer.

Comer: dizer que o que estava fora pode entrar, será bem recebido, eu o desejo, tenho fome. Para isso examino o que ainda não conheço, pois todo cuidado é pouco. Nem tudo é bom de se comer: há coisas de nojo e de vômito, venenosas e de morte. Provo a coisa: primeiro a aparência, a cor, o cheiro e, cuidadosamente, na ponta da língua, o gosto, para o veredito final – amigo ou inimigo... É assim que a criança aprende sua primeira lição sobre o mundo, mundo reduzido a coisas boas que devem ser engolidas e coisas más que devem ser vomitadas. Assim nasceu a ética, na boca, pois é ela a primeira a dizer "é bom", "é mau". E a sua sabedoria é imensa, pois o corpo é o grande juiz.

A horta é lugar de coisas boas para comer, ali onde se planta a amizade pelo corpo, onde se plantam os objetos do nosso desejo, que nos fazem alegres quando estão de fora e mais alegres ainda quando os colocamos na boca e dizemos: "Que gostoso...". Sem saber, estamos afirmando nossa solidariedade com a terra. A horta é parte do meu corpo, do lado de fora, e é por isso que pode ser comida, entrar para dentro, transformar-se em vida, minha vida. Eu dou vida à horta, preparo a terra, planto as sementes, rego, elas vivem, e depois se oferecem a mim, através do meu desejo.

E como elas são brincalhonas. Jiló amargo, careta pra quem não está acostumado; o picante da pimenta; o duro amarelo adocicado da cenoura recém-arrancada da terra; o estranho gosto dos nabos obscenos; as ervilhas, brincalhonas e redondas; e a peça que os alhos e as cebolas nos pregam, fica o cheiro, evidência do crime...

E nós tomamos os frutos da horta e os transformamos pelo poder alquímico do fogo. Já disse dos quatro elementos dos sábios de outro tempo, terra, água, ar e fogo. Sem o fogo, só podemos juntar as coisas, do jeito como a terra nos deu. Mas o fogo nos dá um outro poder, tudo fica diferente. Misturamos, alteramos, inventamos. No peixe branco e pálido, o vermelho do urucum, extraído da frutinha pelo poder do calor. Vermelho pra excitar: na cor mora o quente. Junta-se mais: a cebola, os pimentões, verdes e vermelhos, o tomate, o coentro. E a pimenta, magia estranha, ainda não entendi por que gosto dela. Talvez por ser metáfora de certos amores que de tão ardentes viram ardume, e machucam. E aí, tudo junto, pelo poder do fogo, a moqueca, a horta transformada em culinária, em gosto inventado.

Comer é ato complicado, há nele uma mistura de amor e de destruição. As mandíbulas mastigando, infatigáveis, o movimento brusco da cabeça para frente e para baixo, boca aberta, para abocanhar o naco que o garfo espetou, as bochechas estufadas de comida. O ato de comer é como os sonhos – pode ser psicanalisado, porque revela nossos segredos de ódio e de amor, nosso nojo ou nossa voracidade, nossa mansidão ou nossa violência.

Ao comer nós nos revelamos. E nisto está a diferença entre a comida crescida na horta e a comprada na feira: na primeira está um pouco de nós mesmos – e ao sentir seu gosto bom é como se eu estivesse sentindo meu próprio gosto. "Eu plantei, eu colhi..." O que está em jogo não é o tomate, a alface – é o *eu* que está sendo servido, disfarçado de hortaliça. A refeição fica meio sacramental. Come-se um pedaço da própria pessoa, que se oferece, de forma vegetal, num banquete canibal. "Tomai, comei, isto é o meu corpo. Tomai, bebei, isto é o meu sangue..."

Alegria do encontro

Pois é, horta é algo mágico, erótico, onde a vida cresce e também nós, no que plantamos. Daí a alegria. E isso é saúde, porque dá vontade de viver. Saúde não mora no corpo, mas existe *entre* o corpo e o mundo – é o desejo, o apetite, a nostalgia, o sentimento de uma fome imensa que nos leva a desejar o mundo inteiro. Alguém já disse que somos infelizes só porque não podemos comer tudo aquilo que vemos. Concordo em parte, pois há aqueles que veem tudo, mas não desejam nada. Estão doentes, prisioneiros deles mesmos. Saúde: quando o desejo pulsa forte, cio por coisas amadas, e o corpo vai, em busca do objeto desejado – a horta podendo ser um pequeno (e delicioso) fragmento dos nossos maiores e infinitos desejos. O mundo bem poderia ser uma grande horta: canteiros sem fim, terra fértil, nossas sementes se espalhando, nosso corpo ressuscitando de sua grande e mortal letargia.

E penso esta coisa insólita: há lições de kama-sutra a serem aprendidas na horta, no despertar dos sentidos que ela provoca. O caminho da saúde, o caminho da libertação do corpo para copular com os objetos do desejo (e uso a palavra copular no seu preciso sentido gramatical de "fazer conexão" e também no sentido erótico de união entre duas pessoas que se querem e, por isso, se interpenetram, transgredindo os limites do próprio corpo) passa pelo caminho do despertamento erótico dos nossos sentidos adormecidos. A capacidade sutil de distinguir os perfumes, o olhar extasiado que diz, para a planta ou para a pessoa, não importa: "Como é bom que você existe!"; o ouvido que tem a tranquilidade para morar no silêncio, sem se perturbar; a pele que se deleita com o vento, com a água, com a terra; e a boca que sente o gosto da coisa como quem prova um vinho.

Uma horta é um bom lugar para começar. E pra continuar, até acabar. Seria bom saber que alguém colherá coisas que nós semeamos, depois da nossa partida, e as plantas continuarão, como um gesto nosso de amor.

A MAÇÃ E OUTROS SABORES

A maçã

Faz muito tempo, eu era professor visitante no estado do Maine, na ponta norte dos Estados Unidos, junto ao mar. Era outubro. Outubro é outono. O outono é quando o vento frio chega e sopra, endurecendo as orelhas, avermelhando o nariz, e as folhas, tocadas pela geada, entram em agonia. Felizes aquelas folhas! Como elas morrem tranquilas! Como elas morrem belas! O outono por aquelas bandas é a coisa mais bonita que vi na minha vida. Tão bonito que dói. Dói porque é uma beleza que diz adeus. As folhas das árvores transfiguram-se. Explodem em cores que estavam escondidas. Os bosques não têm fim... "Os bosques são belos, sombrios, fundos. Mas há muitas milhas a andar e muitas promessas a guardar antes de se poder dormir. Sim, antes de se poder dormir..." – assim escreveu Robert Frost, que viveu muitos outonos. As folhas de algumas árvores ficam cor de gema de ovo. Outras se transformam em fogo. É o último orgasmo da natureza. Os poemas outonais de Frost têm sempre uma pitada de nostalgia. Porque ele se via partindo, com a natureza. Traduzi um desses poemas. Tão perfeito em inglês, tão pobre na minha tradução... Nunca fui bom em rimas e, para Frost, a rima é o que há de divertido na poesia. Fiz o melhor que pude.

> *Oh! Silenciosa e tranquila manhã de outono!*
> *Tuas folhas dentro em pouco vão cair.*
> *Se amanhã o vento soprar forte*
> *Todas juntas vão partir.*
> *Piam pássaros na floresta*
> *anunciando que amanhã se irão, de repente.*
> *Oh! Silenciosa tranquila manhã de outono,*
> *faz as horas passarem lentamente.*
> *Meu coração compreenderá se o enganares;*

engana-me com teus falares:
faz o dia parecer menos curto.
Soltando só uma folha pela manhã.
A outra, que só ao meio dia se vá.
Uma de nossas árvores,
outra de acolá.
Retarda o sol com suave bruma,
Encanta os campos com sua verde espuma.
Devagar! Devagar!
Por amor às uvas amedrontadas,
já queimadas de geada:
seus bagos poderão gelar.
Devagar! Devagar!
Por amor às uvas amedrontadas,
desamparadas, ao longo da estrada...

Depois de terminada a tradução, dei-me conta de que a palavra inglesa para "geada", *frost*, é o nome do poeta... Ele era a uva amedrontada, desamparada, ao longo da estrada.

Eu costumava reunir os meus alunos no meu apartamento para combater a solidão noturna. Lá se janta às 17 horas e se vai para a cama muito cedo. As luzes vão logo se apagando nas casas espalhadas no meio das árvores. Dando aulas no meu apartamento, eu trazia alegria para as minhas noites. Lá estavam eles, uns 15, assentados em roda, no chão, nas poltronas. No meio, uma pequena mesa com uma cesta de maçãs. O outono é o tempo das maçãs. O cheiro das maçãs se mistura com o cheiro das folhas que cobrem o chão. Coisa gostosa era ir aos pequenos sítios para comprar suco de maçã. As maçãs eram retiradas de montanhas de maçãs e moídas na hora...

Eu falava sobre palavras, sobre poesia. E disse uma coisa que eles não entenderam: "Amamos não a coisa, mas as palavras que colamos nelas...". Ah! Como são perigosas as palavras! Milan Kundera nos advertiu dizendo que o amor nasce quando associamos o rosto da pessoa a uma metáfora poética. Amamos aquele rosto por ser ele o suporte de uma metáfora. É a metáfora que amamos. Se a metáfora se for, vai-se também o amor. Ela emigra, em busca de um outro rosto...

Um jovem sorriu para mim, um sorriso de amizade e desafio; tomou uma maçã, mordeu-a e disse: "Eu amo maçãs...". E ficou em silêncio. Eu entendi. Ele estava me dizendo: "Eu amo maçãs. Maçãs, simplesmente, sem metáforas; sua forma, seu cheiro, sua cor, seu gosto. As maçãs, elas mesmas...". Eu tomei outra maçã, mordi-a e disse: "Eu também amo maçãs... Só que você nunca comerá a maçã que eu estou comendo, ainda que você a morda no mesmo lugar onde eu a mordi, e eu nunca comerei a maçã que você está comendo, ainda que eu a morda no mesmo lugar em que você a mordeu...".

Expliquei. Aquelas maçãs estavam cheias de outono, de folhas amarelas, de folhas vermelhas, de geada, de cheiro de folhas no chão, de nostalgia. Dentro de cada maçã havia um mundo, o mundo deles. Comendo a maçã, eles comiam também o mundo que havia nela. As maçãs eram sacramentos... As minhas maçãs eram sacramentos de um outro mundo, ainda que estivessem na mesma cesta...

A memória é poder estranho. Ela guarda coisas nas suas gavetas, coisas que nem sabemos que existem. Não adianta tentar abrir as gavetas. Elas não abrem. Elas só abrem quando querem. Pois assim aconteceu. Uma gaveta se abriu e dentro dela havia uma maçã vermelha, embrulhada num papel de seda amarelo. Era minha primeira maçã. Eu era um menino pequeno. Véspera de Natal. Meu pai estava viajando. Voltaria a tempo? Voltou. Trouxe-me presentes. Não me lembro de nenhum deles. Mas ele me trouxe uma maçã embrulhada em papel de seda amarelo. Naquele tempo, naquele lugar, uma maçã era uma fruta encantada, que crescia muito longe, em outros países. Atravessara mares para chegar até as minhas mãos. Em Dores (era assim que Boa Esperança era chamada, naqueles tempos...) não cresciam maçãs. Havia mangas, jabuticabas, bananas, laranjas, mexericas, pitangas. E também os marolos, frutas grosseiras dos cerrados, de cheiro forte, com que se faziam licores.

Mas eu ganhei uma maçã. Eu era o único menino em Dores a ter uma maçã. Se eu comesse a maçã, deixaria de ser o menino que tinha uma maçã. Eu voltaria a ser como todos os meninos de Dores que haviam ganhado bolas e caminhõezinhos. Eu não a mordia. Não queria machucá-la. Segurava-a. Polia-a, para que ficasse mais brilhante.

É, minha única maçã em nada se parecia com as montanhas de maçãs, todas iguais, que se comiam lá no Maine. Elas eram sacramentos de mundos diferentes. Senti-me como o Pequeno Príncipe, que, no seu minúsculo asteroide, tinha uma rosa que estava sempre em risco de ser devorada por um carneiro. Ela era a única rosa do universo. Como ele a amava! Aí ele resolveu visitar a Terra, esse planeta imenso e espantoso. Então encontrou um jardim, e que decepção! Havia milhares de rosas, todas iguais à sua! Então a sua rosa não era a única no universo! Ela era como muitas... Foi então que percebeu que havia uma diferença: ele cuidava da sua rosa e ela fazia dengo... O amor aparece quando colocamos uma imagem poética sobre o seu rosto...

Hoje tenho relações ambíguas com as maçãs. Nos supermercados, elas perderam seu encantamento. Já não vêm embrulhadas em papel de seda amarelo. São como os milhares de rosas que o Pequeno Príncipe encontrou. Mas, vez por outra, eu me comovo. Gostaria que meu pai me desse de novo, como presente de Natal, uma maçã... Qual a metáfora que pus nessa maçã? Acho que foi o rosto de um menino sorrindo, encantado por ter ganhado uma maçã...

> Por viver muitos anos dentro do mato o menino pegou um olhar de pássaro – contraiu visão Fontana. Por forma que ele enxergava as coisas por igual como os pássaros enxergam. As coisas todas inominadas. Água não era ainda a palavra água. Pedra não era ainda a palavra pedra. E tal. As palavras eram livres de gramáticas e podiam ficar em qualquer posição. Por forma que o menino podia inaugurar. Podia dar às pedras costumes de flor. Podia dar ao canto formato de sol. E, se quisesse caber em uma abelha, era só abrir a palavra abelha e entrar dentro dela. Como se fosse infância da língua. (Manoel de Barros)

A morte dos heróis

Eu fiquei muito triste com a morte dele. Dizer que fiquei triste não diz muito, porque é preciso distinguir entre os vários tipos de tristeza, que não são iguais. Foi o tipo de tristeza que tive que me surpreendeu: era diferente, injustificavelmente diferente.

E logo me pus a fazer cobranças: "Por que é que eu não fico triste desse jeito pelas crianças que morrem abandonadas, pelos inocentes que os criminosos matam, pelos doentes que agonizam torturados pela dor, pelos suicidas solitários?".

Minha tristeza me forçou a perguntar-me acerca dessa surpreendente geografia da sensibilidade da minha alma, que me parecia em conflito com a geografia das minhas sensibilidades morais. O que estava errado não era minha tristeza por ele, mas minha pouca tristeza pelos outros que morrem. Lembrei-me de uma confissão de Bernardo Soares que me chocava todas as vezes que eu a lia: "Há idas de poente que me doem mais que a morte de crianças". E agora era eu mesmo que fazia confissão parecida. Qual a razão da minha tristeza?

Eu não estava triste por razões pessoais. Não tinha razão alguma para gostar dele. Não éramos amigos, nem mesmo conhecidos. Eu não tinha a menor ideia do que ele pensava. Se porventura nos encontrássemos, teríamos sobre o que conversar? Literatura, música, política, arte, jardinagem, culinária, religião? Será que as idas do poente lhe doíam mais que a morte de crianças? Será que ele tinha ideias de poente? Por vezes se fica mais triste quando não se conhece: porque eu nada sabia a seu respeito, então podia imaginá-lo do jeito do meu desejo. Nisso, então, minha tristeza se parecia com a tristeza das mocinhas apaixonadas que choravam porque tinham esperanças de se casar com ele. Elas não sabiam que não estavam apaixonadas por um ser real, mas por uma criação das suas fantasias.

Há o verso de Vallejo: "O seu cadáver estava cheio de mundos...". Sim, o cadáver dele estava cheio de mundos, todos os mundos que *minhas* fantasias de herói eram capazes de criar.

O que é chorado é uma cena luminosa, dentro de nós, que repentinamente se apagou. Choramos um sonho. Ele era uma figura mitológica, saída dos livros que narram a saga dos heróis. Os heróis cavalgavam cavalos brancos, usavam elmos de ferro e tinham espadas nas mãos. Eram sempre solitários, belos e puros. Iam sozinhos ao encontro dos dragões da maldade. Os homens que ficavam os invejavam. As mulheres os amavam.

Mas as sagas dos heróis só são comoventes porque são a estória da nossa própria alma. Todos nós desejaríamos ser daquele jeito, heróis solitários...

Ele usava elmo branco, viseira de cristal, cavalgava um bólido de aço, tinha a velocidade do raio e assim partia para lutar contra um dragão invisível.

Era certo que o dragão era invisível. Cada herói está na liça – e o seu desafiante é a Morte. Enganam-se os que pensam que ele competia com os *outros*. Os outros também desejavam ser heróis, todos saíam juntos, em procissão, como se numa liturgia, a desafiar a Morte. Como o toureiro solitário, frente a frente com o touro, cada vez mais perto, desafiando-o ao golpe fatal.

Assim era ele: parecia não ter medo, parecia rir-se dela, e saía sempre vitorioso, com aquela cara de menino. Ele parecia não levar a sério que os heróis não são deuses: são de carne e osso, como todos os demais. E a Morte não tem pressa: ela dá sempre o último golpe.

Por isso ficamos tristes. A morte dele foi uma bela saga de herói que terminou...

No nosso mundo não existe mais lugar para os heróis solitários. As máquinas, as instituições, as organizações, os partidos – tudo é grande demais. Ali os indivíduos desaparecem. Ficam sem rosto. São substituíveis. Mesmo os heróis do futebol: se jogam mal, ficam de fora...

O herói é o símbolo do nosso eterno desejo de sermos belos, puros e valentes. Que todos nos vejam! Que os homens nos admirem! Que as mulheres nos amem! Morto o herói, apaga-se o sonho e mergulhamos de novo no anonimato da multidão...

Preferiram morrer

A notícia era curta e vinha espremida no meio das outras. As outras eu esqueci. Mas esta não me sai da cabeça. Relata o suicídio de crianças em Hong Kong. Uma menina de 5 anos, um menino de 10, um de 11 e um de 14, todos eles saltando dos apartamentos onde moravam. Com esses quatro, eleva-se a 13 o número de crianças que se suicidaram desde o início das aulas, em setembro do ano passado. Não se trata de um fenômeno novo, pois naquele ano foram 17 os estudantes que se mataram. Coisa semelhante vem acontecendo no Japão.

Albert Camus, no seu livro *O mito de Sísifo*, declara que o suicídio é a única questão filosófica verdadeira, pois ele tem a ver com o dilema com que todos temos de nos defrontar: se a vida vale ou não a pena ser vivida. Algumas pessoas são de opinião de que o suicídio só pode ser compreendido como resultado da loucura. Não concordo. Acho que, com muita frequência, é para fugir da loucura que as pessoas se matam. Eu tendo a concordar com Hermann Hesse, quando ele afirma ser de opinião que a pessoa que se mata usa, para se matar, o mesmo direito que têm os outros de morrer de morte natural. "Lembro-me de muitos suicidas", ele diz, "e considero sua morte mais natural e sensata do que de outros que não se suicidaram".

Lembro-me de um casal que conheci e aprendi a respeitar, quando estive pela primeira vez nos Estados Unidos. Ele era um homem brilhante, de vitalidade fulgurante e palavra fácil, presidente de uma tradicional instituição de ensino teológico. Já velho, teve um derrame, ficou praticamente paralisado, perdeu a capacidade de falar, que era toda a sua alegria, e os dois se descobriram condenados a uma solidão sem remédio. Sem nenhuma esperança que lhes desse razões para viver, o suicídio lhes apareceu como a única alternativa para aquela situação sem saída. Arthur Koestler e sua mulher fizeram a mesma coisa. Por vezes é a dor sem sentido que torna a vida insuportável e é frequente que os torturados apelem para o suicídio como a única forma de fugir à crueldade do torturador.

Outros – e eu penso que os poetas Maiakovski e Ana Cristina César se enquadram neste caso – se suicidaram por não vislumbrar esperanças de escapar das câmaras de tortura que existiam dentro de sua própria alma.

O que leva ao suicídio não é o sofrimento físico. Nós temos uma capacidade quase infinita de suportar a dor, desde que haja esperança. Enquanto existe esperança, a vida luta. Até mesmo se diz que a esperança é a última que morre. Mas o mais certo seria dizer: a penúltima. Porque a sua morte é o prenúncio da última morte, a morte daquele que conclui que não há mais razões para viver. Quando morrem as razões para viver, entram em cena as razões para morrer.

Concordo com Camus, quando ele diz que "um ato como este é preparado no silêncio do coração, como uma grande obra de arte". O ato suicida não é somente um ato físico que põe fim à vida. O futuro suicida imagina os outros, os seus olhares, sentimentos e pensamentos, diante do seu corpo morto. O seu ato é um gesto que deseja ser compreendido, uma palavra que deseja ser ouvida.

Aquelas crianças, que experiência terrível as teria levado a concluir, após uns poucos anos de vida, que era preferível morrer? Elas não estavam doentes e não passavam por privações físicas: viviam num paraíso de progresso, num dos Tigres Asiáticos – aqueles países que se têm destacado pela capacidade de produzir riqueza.

Eram estudantes. Frequentavam as escolas. Nas escolas elas eram preparadas para entrar no fabuloso mundo de ciência, tecnologia, trabalho e riqueza...

E, no entanto, isso não lhes deu razões para viver.

Talvez, ao contrário, tenha sido este mesmo mundo, representado pelas escolas, que lhes tenha dado razões para morrer. A notícia afirma que seu suicídio estava ligado às pressões insuportáveis que as escolas lhes impunham, no sentido do desempenho intelectual. Pois é com isto que o progresso é feito. O progresso é feito com a competição impiedosa. Não há nele lugar para aqueles que são sensíveis aos valores suaves. Apenas os implacáveis sobrevivem.

Acho que aquelas crianças concluíram que não valia a pena viver num mundo como este. Suicidaram-se por não suportar a violência que a produção da riqueza exige. No mundo da riqueza, toda criança deve ser destruída a fim de ser transformada numa unidade de produção econômica. E é para isso que são mandadas às escolas.

As plantas mais delicadas são as primeiras a morrer. Sobrevivem os cáctus, os espinhos, as espécies selvagens, as parasitas ferozes...

Mas isso aquelas crianças não queriam ser... Se lhes tivesse sido dada uma chance de viver, é possível que se tivessem transformado em poetas... O seu último gesto, na verdade, foi um poema sem palavras. Lançaram-se no vazio, quiseram transformar-se em pássaros...

Sobre a bonificação

Meu pai, quando tinha 40 anos, dizia que até os 60 a vida é um direito. Mas depois dos 60 a vida é uma bonificação, uma gorjeta. Mas quando os 60 chegaram, ele mudou de ideia...

Já estou vivendo de gorjetas. Completei 71 anos e estou velho. Nessa idade os pensamentos são outros. Os pensamentos que pensamos pelas manhãs não são os mesmos que pensamos quando o Sol se põe.

A velhice nos faz pensar pensamentos diferentes. No crepúsculo tomamos consciência da passagem do tempo. O tempo escorre pelo meio dos nossos dedos cada vez mais rápido. *Tempus fugit...* Isso nos faz agudamente conscientes do encanto de cada momento: lindas bolhas de sabão, efêmeras... Cada momento é um fruto maduro que temos de comer no agora porque no depois ele estará podre. *Carpe diem!* Assim, tenho estado pensando nas bolhas que quero soprar, nos frutos que quero comer...

Meu primeiro desejo é cometer um assassinato. Quero matar um Rubem que mora dentro de mim e que não me deixa descansar. Torturador. Não me deixa vagabundear. Basta que eu me deite na rede para que ele me diga com voz severa: "Há muitos deveres à sua espera!". O pior é que eu levanto. Gostaria de poder recitar com convicção um poema do Fernando Pessoa que começa mais ou menos assim: "Ah, a delícia de não cumprir um dever...". Para isso seria preciso que o Rubem torturador, guardador dos deveres havidos e por haver, fosse morto. Como eu gostaria de me entregar às delícias da preguiça com uma consciência tranquila. Acho que, na minha idade, já conquistei esse direito. O poeta inglês William Blake tem um aforismo que diz: "No tempo da semeadura, aprender. No tempo da colheita, ensinar. No tempo do inverno, gozar...". É isso que quero:

gozar! Quero, a partir de agora, iniciar um tempo de vagabundagem. Morte ao Rubem torturador!

Esse Rubem torturador, que na psicanálise tem o nome de superego, por vezes se vale de emissários. Seus emissários não são as pessoas que não gostam de mim. Não perco tempo dando ouvidos a quem não gosta de mim. Seus emissários são precisamente as pessoas que gostam de mim. A esses eu ouço. E, por causa do seu amor por mim, eles me pedem: faça isso, faça aquilo, gostamos tanto de você, não nos decepcione. E não adianta eu dizer um "não" manso. Eles não acreditam. Meu corpo diz: "DIGA NÃO!". Mas, porque eles são amigos, eu digo sim. Faço o que não quero fazer. Quando isso acontece, lembro-me dos versos de Walt Whitman: "Quem anda duzentas jardas sem vontade, anda seguindo o próprio funeral, vestindo a própria mortalha...". Assim, quero, daqui pra frente, aprender a dizer NÃO aos que gostam de mim, para que eu possa gostar de mim.

Não vou comprar um apartamento na praia. Dá muito trabalho. E raramente se vai lá. Não vou comprar um BMW. Meu carro modesto faz tudo aquilo de que necessito. Que é que eu poderia fazer com um BMW que não faço com o meu? As duas únicas coisas seriam voar a 160, o que nunca faço, e mostrar para os outros, o que acho bobo. Na verdade, não quero comprar nada, a não ser alguns CDs e alguns livros. Viajar pode ser bom, mas pode ser canseira. Mas gostaria de viajar pela Patagônia, fora de grupos de excursão. O terrível de grupos de excursão é que a gente fica obrigado a ouvir as piadas dos alegrinhos o tempo todo. Pra dizer a verdade, contento-me com o meu pedaço de terra dentro da cratera do vulcão, Pocinhos do Rio Verde. Conselho de Nietzsche para permanecermos jovens: "Viva perigosamente. Construa a sua casa ao pé do Vesúvio". Fui mais radical. Construí minha casinha dentro da cratera do vulcão. De vez em quando, entrego-me à fantasia de que ele, repentinamente, depois de um sono de 500 milhões de anos, vai acordar. Que maneira fantástica de morrer! Por enquanto lá tudo é manso: as árvores, os riachos, os pássaros, as borboletas, as mariposas (fantásticas!). Pus lá uma placa com um poema de Alberto Caeiro: "Sejamos simples e calmos, / Como os regatos e as árvores, / E Deus amar-nos-á fazendo de nós, / Belos como as árvores e os regatos, / E dar-nos-á verdor na sua primavera, / E um rio aonde ir ter quando acabemos...".

E vou escrever. Escrever é minha maneira de ser. Escrever me dá alegria. Escrever nasce da minha alegria (mesmo quando estou triste).

Escrevo para derrotar a tristeza. É só começar a escrever para que coisas felizes comecem a dançar na minha imaginação. É uma alegria solitária, só minha. Mas logo a solidão se transforma em comunhão. O riso salta do papel do livro e faz cócegas nos leitores. E eles riem o meu riso. Vou escrever as "memórias da minha vida": por prazer e para os meus filhos e amigos. Eles têm curiosidade sobre o meu passado e eu também...

Isso tudo, é claro, se minha bonificação não se esgotar...

Carta aos filhos de pais velhos

Tenho relações muito boas com os meus filhos. Somos amigos. Não me intrometo na vida deles e eles não se intrometem na minha. Conversamos sobre os problemas comuns, mas ninguém se atreve a dar conselhos. Porque ninguém gosta de ouvir conselhos. Quem dá conselhos está silenciosamente dizendo: "Sei mais sobre a sua vida que você. Se eu fosse você, eu etc. etc...".

Mas o fato é que os filhos frequentemente acham que os velhos perderam o juízo e que fariam melhor se obedecessem aos seus sábios e desinteressados conselhos. "Papai, é para o seu bem..." Os filhos sabem o que é bom para os seus pais.

Pois o que digo aos filhos – não como conselho, mas como grito – é o seguinte: "Parem de ser chatos. Deixem seus pais em paz. Estão no fim da vida. Eles têm o direito de fazer o que desejam, ainda que seja errado. Um desejo errado é melhor que um não desejo certo".

Ah! Como os seus pais os amariam se vocês os ouvissem com respeito. Porque é isso que mais se deseja. Quando se ouve com respeito, acontece a amizade. E não existe nada de mais precioso que vocês possam dar aos seus pais que a amizade. Quando os filhos se põem a dar conselhos sábios aos seus pais, o que se produz é um abismo entre ambos.

Chata é uma pessoa que está convencida da verdade das suas opiniões e se põe a atormentar os outros com as ditas opiniões. Por isso não lhe passa pela cabeça que seria interessante ouvir o que o outro tem a dizer. Na verdade, ela não imagina que o outro tenha alguma coisa para dizer que valha a pena ser ouvida. Uma vez, numa festinha, fui capturado por um chato. Ele falava sem parar a dois palmos do meu nariz, cuspindo, e me cutucando a barriga para que eu prestasse atenção. Eu fui me afastando para evitar os cutucões e os perdigotos, até que me vi contra a parede sem ter para onde fugir. De repente me veio uma ideia que me produziu pânico: "A festa vai acabar e eu ficarei livre dele. Mas a mulher dele vai dormir na mesma cama que ele...". O pânico que tive foi por causa dela. Hoje de manhã me dei conta de que os chatos podem ser os filhos. Nesse caso, em vez de um, podem ser muitos: nuvens de pernilongos a cantar o mesmo canto e a nos ferroar, impedindo o sono.

Os gerontologistas se preocupam com a saúde física e mental dos velhos. Pois me veio à cabeça que aos seus programas de reeducação dos velhos deveria acrescentar-se um programa de reeducação dos filhos dos velhos. À longa lista de doenças que afligem os velhos – reumatismo, surdez, osteoporose, catarata, dor no corpo, barbela de nelore (nelore é uma raça bovina que se caracteriza por longas papadas pendentes balouçantes), urina solta, dentadura (pois dentadura não é uma doença?) – deveria ser acrescentada mais uma doença de cura difícil: os filhos chatos que querem mandar nos seus pais.

Sugiro que os velhos leiam o livro da Simone de Beauvoir *A velhice*. É um murro na cara. Filhos de pais velhos: divirtam-se no próximo fim de semana! Vejam o filme *A balada de Narayama*. É uma tendência que se encontra em muitas culturas: chegada uma idade, aquilo que os filhos mais desejam é a morte dos pais. Porque os pais velhos deixaram de ser uma presença alegre. E útil. Principalmente útil. Passaram a ser uma presença incômoda. O poema da pedra, do Drummond, serve para uma infinidade de situações. Uma delas é a seguinte: "Tinha um velho no meio do caminho, no meio do caminho tinha um velho...". O que me faz lembrar aquela piadinha: O neto, dirigindo-se ao vovozinho querido: "Vovô, quando é que você vai virar sapateiro?". Responde o vovô, espantado: "Virar sapateiro? Por quê?". Explica o netinho: "É que eu ouvi o papai conversando com a mamãe e ele disse que, quando você bater as botas, nós vamos fazer uma viagem à Disneylândia...". O filme *A balada de Narayama* tem como cenário altas montanhas nevadas. Se fosse filmado num cenário moderno, em vez das montanhas teríamos as instituições onde os velhos são colocados à espera da morte.

Há uma estética da velhice. Quem desenha a estética da velhice são os jovens. Ah! Que linda é a vovó que fica com os netos para que os filhos possam viajar ou ir ao cinema! Vovó que faz bolinho de chuva, que faz manta de tricô para os netos, vovô que conta estórias para os netinhos dormirem... Há o Dia das Mães. Há o Dia dos Pais. Seria justo que houvesse um dia dedicado aos avós! Que presente dar à vovozinha? Um par de chinelos! Que presente dar ao vovozinho? Um gorro de lã para proteger as orelhas do frio!

Mas a beleza dos velhos acaba quando eles se recusam a ser úteis aos desejos dos filhos. Principalmente quando eles começam a ter ideias amorosas. Velho que ama é velho tarado. Faz muito escrevi uma crônica sobre dois velhinhos que haviam sido namorados quando adolescentes, separaram-se, nunca mais se viram, reencontraram-se muitos anos depois, ele com 79 anos, ela com 76. Apaixonaram-se e resolveram casar-se. Os filhos protestaram. Velho deve se preparar para morrer e não se meter em ridículas aventuras amorosas! Já pensaram em noite de núpcias de velho? É de rachar de dar risada! Ele morreu aos 81. Ela me telefonou, interurbano, e, depois de uma conversa de 40 minutos, me confessou: "Pois é, professor, nessa idade a gente não mexe muito com as coisas do sexo. Nós vivíamos de ternura...".

O que mais assusta os filhos quando os velhos se metem a arranjar namoradas é o destino da herança. Lembro-me de um respeitável senhor, professor, que viveu uma longa vida conjugal. ("Conjugal", do latim, *con* + *jugum*, canga: aqueles que andam ligados por uma mesma canga.) Ficou viúvo. A ausência da canga o tornou eufórico. Começou a arranjar namoradas. Os filhos ficaram muito bravos. Acharam que o velho estava fazendo papel ridículo. E o pior: gastando seu dinheiro com mulher à toa. Convocaram uma reunião de família para recolocar o velho nos trilhos da elegância socialmente aceita. Assentados à volta da mesa, os filhos despejaram suas reprimendas contra o velho, que tudo ouviu mansamente, sem uma única queixa. Terminada a rodada, dada a palavra ao velho, ele disse só uma frase: "Tenho minhas necessidades afetivas...". E com esse argumento final, que não comporta contestação, levantou-se e deixou os filhos falando sozinhos...

Essas ideias me vieram à cabeça porque hoje pela manhã recebi um telefonema de uma pessoa muito querida, um velho, com uma queixa dolorida: a sua solidão. Ele já não é mais ouvido, não é respeitado, são os filhos que sabem a sua verdade e querem obrigá-lo a fazer o que ele não quer fazer e a não fazer o que ele quer fazer. E não pensem que são coisas absurdas o que ele quer fazer. São coisas que eu mesmo quereria se estivesse no lugar dele. Pequenos voos de generosidade...

Diante disso, só me resta um grito de guerra: "Velhos de todo o mundo! Uni-vos!".

Os dois olhos

"Temos dois olhos. Com um, vemos as coisas que no tempo existem e desaparecem. Com o outro, as coisas, divinas, eternas, que para sempre permanecem" – assim escreveu o místico Ângelus Silésius.

No consultório do oftalmologista estava uma gravura com o corte anatômico do olho. Científica. Verdadeira. Naquela noite, o mesmo oftalmologista foi se encontrar com sua bem-amada. Olhando apaixonado os seus olhos e esquecido da gravura pendurada na parede do seu consultório, ele falou: "Teus olhos, mar profundo...". No consultório ele jamais falaria assim. Falaria como cientista. Mas os olhos da sua amada o transformaram em poeta. Cientista, ele fala o que vê com o primeiro olho. Apaixonado, ele fala o que vê com o segundo olho. Cada olho vê certo no mundo a que pertence.

O filósofo Ludwig Wittgenstein criou a expressão "jogos de linguagem" para descrever o que fazemos ao falar. Jogamos com palavras... Veja este jogo de palavras chamado "piada". O que se espera de uma piada é que ela provoque o riso. Imagine, entretanto, que um homem, em meio aos risos dos outros, lhe pergunte: "Mas isso que você contou aconteceu mesmo?". Aí você o olha perplexo e pensa: "Coitado! Ele não sabe que nesse jogo não há verdades. Só há coisas engraçadas". Vamos agora para um outro jogo de palavras, a poesia: "(...) e, no fundo dessa fria luz marinha, nadam meus olhos, dois baços peixes, à procura de mim mesma". Aí o mesmo homem contesta o que o poema diz: "Mas isso não pode ser verdade. Se a Cecília Meireles estivesse no fundo do mar, ela teria se afogado. E olhos não são peixes...". Pobre homem... Não sabe que a poesia não é linguagem para dizer as coisas que existem. É jogo pra fazer beleza. A ciência também é um jogo de palavras. É o jogo da verdade, falar o mundo como ele é.

Acontece que nós, seres humanos, sofremos de uma "anomalia": não conseguimos viver no mundo da verdade, no mundo como ele é. O mundo, como ele é, é muito pequeno para o nosso amor. Temos nostalgia de beleza, de alegria e – quem sabe? – de eternidade. Desejamos que as alegrias não tenham fim! Mas beleza e alegria, onde se encontram essas "coisas"? Elas não estão soltas no mundo, ao lado das coisas do mundo tal como ele é. Elas não são, existem não existindo, como sonhos, e só podem ser vistas com o "segundo olho". Quem as vê são os artistas. E se alguém, no uso do primeiro olho, objeta que elas não existem, os artistas retrucam: "Não importa. As coisas que não existem são mais bonitas" (Manoel de Barros). Pois os sonhos, no final das contas, são a substância de que somos feitos. Como disse Miguel de Unamuno:

> *Recuerda, pues, o sueña tú, alma mía*
> *– la fantasía es tu sustancia eterna –,*
> *lo que no fué;*
> *con tus figuraciones hazte fuerte,*
> *que eso es vivir, y lo demás es muerte.*

É no mundo encantado de sonhos que nascem as fantasias religiosas. As religiões são sonhos da alma humana que só podem ser vistos com o segundo olho. São poemas. E não se pode perguntar a um poema se ele aconteceu mesmo... Jesus se movia em meio às coisas que não existiam e as transformava em parábolas, que são estórias que nunca aconteceram. E não obstante a sua não existência, as parábolas têm o poder de nos fazer ver o que nunca havíamos visto antes. O que não é, o que nunca existiu, o que é sonho e poesia tem poder para mudar o mundo. "Que seria de nós sem o socorro do que não existe?" – perguntava Paul Valéry. Leio os poemas da Criação. Nada me ensinam sobre o início do universo e o nascimento do homem. Sobre isso falam os cientistas. Mas eles me fazem sentir amoravelmente ligado a este mundo maravilhoso em que vivo e que minha vocação é ser seu jardineiro... Leio a parábola do Filho Pródigo, uma estória que nunca aconteceu. Mas ao lê-la minhas culpas se esfumaçam e compreendo que Deus não soma débitos nem créditos...

Dois olhos, dois mundos, cada um vendo bem no seu próprio mundo...

Aí vieram os burocratas da religião e expulsaram os poetas como hereges. Sendo cegos do segundo olho, os burocratas não conseguem ver o que os poetas veem. E os poemas passaram a ser interpretados literalmente. E, com isso, o que era belo ficou ridículo. Todo poema interpretado literalmente é ridículo. Toda religião que pretenda ter conhecimento científico sobre o mundo é ridícula.

Não haveria conflitos se o primeiro olho visse bem as coisas do seu lugar, e o segundo também as visse do seu lugar. Conhecimento e poesia, assim, de mãos dadas, poderiam ajudar a transformar o mundo.

Quero um brinquedo!

O que eu queria era um brinquedo. Minhas tias não concordavam. Elas, frágeis mulheres a quem a abstinência do amor tornara frígidas, nada sabiam da alma de um menino. Discordavam da filosofia do Papai Noel. Suspeitavam, inclusive, que ele era dado ao vinho e, como evidência, apontavam para suas bochechas rosadas e felizes. Somente uma pessoa embriagada teria a ideia de andar pelo mundo estragando os meninos com um saco de brinquedos inúteis. Vinham embrulhados em papel colorido, mas eu já sabia o que estava lá dentro. Ou era lenço, ou era meia, ou era sabonete. E eu tinha de fingir surpresa, alegria e gratidão.

Elas não sabiam que o Natal é quando se conta a história de como Deus decidiu que a melhor coisa é brincar. Tanto assim que, contrariando o que diziam os graves doutores da Igreja, o místico medieval Jacob Boehme afirmava que a única coisa que Deus faz é brincar, e declarava também que Adão foi expulso do Paraíso quando deixou de brincar e passou a trabalhar.

Lembro-me de um dos Natais mais felizes que passei, à volta de um brinquedo... Para a felicidade, basta um único brinquedo. Se são muitos, o que trazem é confusão.

A gente morava numa casa velha de tábuas largas no assoalho, fogão de lenha, galinhas no quintal e goteiras no telhado. O correio me trouxe um pacote. Vinha do Rio de Janeiro. De uma tia de terceiro grau, que eu nem mesmo conhecia. Meus irmãos e meu pai se ajuntaram à minha volta, enquanto eu cortava os barbantes. Presente da tia Elisinha. Ela devia ser diferente. Conhecia a alma de um menino. Era um brinquedo. Nunca havíamos visto nada parecido. Mas não foi preciso que ninguém nos ensinasse. Era preciso encaixar aquelas centenas de pequenas peças, até que formassem um quadro: o Gepeto na sua oficina, o gato Fígaro, o peixinho Cleo, o Grilo Falante escorregando nas cordas de uma rabeca, três relógios de cuco na parede e o Pinóquio dançando ao som da concertina de Gepeto.

Não me esqueço da alegria que tivemos. Não tenho memória de outro brinquedo que nos tivesse feito brincar tanto...

Lembro-me, também, da alegria que tive a primeira vez que consegui empinar um papagaio. O brinquedo começava bem antes. Porque era preciso procurar e cortar os bambus, cortar as taquaras que deviam ser alisadas, até que as varetas não tivessem farpas. Enquanto isso, na chapa do fogão de lenha se preparava a goma arábica, que era comprada no armazém, em forma de bolas grudentas, parecidas com bolas de goma, e que devia ser derretida na água fervente, numa lata vazia. Havia também a difícil arte de fazer carretilhas, que eram parte do brinquedo.

De tarde, na Praça do Virador, ao lado das três paineiras, pequenos e grandes se juntavam com papagaios na mão, cada qual mais bonito, de todos os tamanhos e formas, e ninguém iria humilhar o seu papagaio, soltando-o com linha enrolada em lata. Eu era pequeno demais, não me metia, ficava só espiando, me roendo de inveja. Até que um dia o vento se compadeceu da minha humilhação, fez meu papagaio subir, e eu fiquei ali, extasiado, vendo aquele milagre, o meu papagaio lá no alto, pedindo mais linha.

Depois, a alegria do pião. Tenho um. Não sei por quanto tempo ele ficou esquecido, numa caixa de brinquedos. Um dia dei de cara com ele. Ele olhou para mim e foi logo fazendo um desafio: "Duvido que você possa comigo!".

Brinquedo é assim: convida sempre a uma medição de forças, ver quem pode mais. Pois o pião me desafiou, fiquei picado, peguei a fieira, enrolei como sempre fizera, e fiz o pião rodar. Nós dois, eu e o pião, rimos de felicidade. E desde então meu pião não teve mais descanso. E até perdeu a graça. Pois brinquedo, para ser brinquedo, não pode ser muito fácil. Por isso nós dois, o pião e eu, estamos ensaiando novos passos de dança. O que fizemos até agora foi uma simples valsinha. O que queremos agora é dançar tango: jogar o pião no ar e fazer com que ele caia e rode na minha mão, sem tocar o chão. Enquanto eu não conseguir, continuaremos a brincar.

No Natal eu sinto uma dor mansa, saudade da infância que não volta mais. Saudade do meu pai, armando o quebra-cabeça com a gente...

Saudade das tardes na praça das três paineiras, carretilha na mão, pés no chão, papagaio no céu. Saudade dos piões zunindo no ar e girando na terra...

A saudade me levou a abrir a porta do armário dos brinquedos velhos. Lá estão eles, do jeito como os deixei: silenciosos, eternos, fora do tempo. São como eram. Brinquedos não envelhecem. Acordam do seu sono e me olham espantados, ao notar as marcas do tempo no meu rosto. E zombam de mim, com uma acusação: "Bem feito! Esqueceu da gente, parou de brincar, envelheceu de repente!". Mas logo se apressaram a me consolar, vendo a minha tristeza: "Mas pra velhice tem um remédio que só nós guardamos. É só tomar: o tempo começa a rodar para trás e *vapt-vupt*, o velho fica menino de novo. E esse remédio se chama brincar. Venha brincar conosco!".

Convite que não recuso. Pego logo um brinquedo e me preparo para voltar a ser criança. Não há nada mais divino que eu possa desejar! E assim, Deus e eu, cada um a seu modo, celebramos o Natal. Pomo-nos a brincar. Enquanto eu brinco de rodar piões, Deus brinca de rodar estrelas. Ou será que as estrelas são suas bolas de gude? Pode até mesmo ser que ele, com carretilha, linha e pés descalços, esteja empinando a linda constelação do Órion, que toda noite aparece bem acima das nossas cabeças.

A caixa de brinquedos

A ideia de que o corpo carrega duas caixas, uma caixa de ferramentas, na mão direita, e uma caixa de brinquedos, na mão esquerda, me apareceu enquanto me dedicava a mastigar, ruminar e digerir Santo Agostinho. Como vocês devem saber, eu leio antropofagicamente. Porque os livros são feitos com a carne e o sangue daqueles que os escrevem. Dos livros se pode dizer o que os sacerdotes dizem da eucaristia: "Isso é o meu corpo; isso é a minha carne". Ele não disse como eu digo. O que digo é o que ele disse depois de passado pelos meus processos digestivos. A diferença é que ele disse na grave linguagem dos teólogos e filósofos. E eu digo a mesma coisa na leve linguagem dos bufões e do riso. Pois ele, resumindo o seu pensamento, disse que todas as coisas que existem se dividem em duas ordens distintas. A ordem do *uti* (ele escrevia em latim) e a ordem do *frui*. *Uti* = o que é útil, utilizável, utensílio. Usar uma coisa é utilizá-la para obter uma outra coisa. *Frui* = fruir, usufruir, desfrutar, amar uma coisa por causa dela mesma. A ordem do *uti* é o lugar do poder. Todos os utensílios – ferramentas – são inventados para aumentar o poder do corpo. A ordem do *frui*, ao contrário, é a ordem do amor – coisas que não são utilizadas, que não são ferramentas, que não servem para nada. Elas não são úteis; são inúteis. Porque não são para ser usadas, mas para ser gozadas.

Aí vocês me perguntam: quem seria tolo de gastar tempo com coisas que não servem para nada, que são inúteis? Aquilo que não tem utilidade é jogado no lixo: lâmpada queimada, tubo de pasta dental vazio, caneta sem tinta...

Faz tempo preguei uma peça num grupo de cidadãos da terceira idade. Velhos aposentados. Inúteis. Comecei a minha fala solenemente. "Então, os senhores e as senhoras finalmente chegaram à idade em que são totalmente inúteis..." Foi um pandemônio. Ficaram bravos. Interromperam-me. E trataram de apresentar as provas de que ainda eram úteis. Da sua utilidade dependia o sentido de suas vidas. Minha provocação dera o resultado que eu esperava. Comecei, então, mansamente, a argumentar.

> Então, vocês encontram sentido para suas vidas na sua utilidade... Vocês são ferramentas... Não serão jogados no lixo... Vassouras, mesmo velhas, são úteis. Já uma música do Tom Jobim é inútil. Não há o que se fazer com ela. Os senhores e as senhoras estão me dizendo que se parecem mais com as vassouras que com a música do Tom... Papel higiênico é muito útil. Não é preciso explicar. Mas um poema da Cecília Meireles é inútil. Não é ferramenta. Não há o que fazer com ele. Os senhores e as senhoras estão me dizendo que preferem a companhia do papel higiênico à companhia do poema da Cecília...

E assim fui, acrescentando exemplos. De repente os seus rostos se modificaram e compreenderam... A vida não se justifica pela utilidade. Ela se justifica pelo prazer e pela alegria – moradores da ordem da fruição. Por isso que Oswald de Andrade, no "Manifesto antropofágico", repetiu várias vezes: "A alegria é a prova dos nove, a alegria é a prova dos nove...".

E foi precisamente isso que disse Santo Agostinho. As coisas da caixa de ferramentas, do poder, são *meios* de vida, necessários para a sobrevivência. (Saúde é uma das coisas que moram na caixa de ferramentas. Saúde é poder. Mas há muitas pessoas que gozam perfeita saúde física e, a despeito disso, se matam de tédio.) As ferramentas não nos dão razões para viver. Elas só servem como chaves para abrir a caixa dos brinquedos.

Santo Agostinho não usou a palavra "brinquedo". Sou eu quem a usa porque não encontro outra mais apropriada. Armar quebra-cabeças, empinar pipa, rodar pião, jogar xadrez, bilboquê, jogar sinuca, dançar, ler um conto, ver caleidoscópio: essas coisas não levam a nada. Não existem para levar a coisa alguma. Quem está brincando já chegou. Comparem a intensidade das crianças ao brincar com o seu sofrimento ao fazer fichas de leitura! Afinal de contas, para que servem as fichas de leitura? São úteis? Dão prazer? Livros podem ser brinquedos?

O inglês e o alemão têm uma felicidade que não temos. Têm uma única palavra para se referir ao brinquedo e à arte. No inglês, *play*. No alemão, *spielen*. Arte e brinquedo são a mesma coisa: atividades inúteis que dão prazer e alegria. Poesia, música, pintura, escultura, dança, teatro, culinária: são todas brincadeiras que inventamos para que o corpo encontre a felicidade, ainda que em breves momentos de distração, como diria Guimarães Rosa.

Esse é o resumo da minha filosofia da educação. Resta perguntar: os saberes que se ensinam em nossas escolas são ferramentas? Tornam os alunos mais competentes para executar as tarefas práticas do cotidiano? E eles, alunos, aprendem a ver os objetos do mundo como se fossem brinquedos? Têm mais alegria?

Alegria

"Não, eu não quero prazer! Eu quero alegria!" – era isso o que dizia uma das amantes de Tomás, o médico de *A insustentável leveza do ser*. E Tomás ficava perdido porque prazer, ele sabia dar, é coisa de receita fácil, mora no corpo. Mas alegria é coisa mais sutil, mora na alma, no lugar das fantasias e da saudade.

Há um jeito fácil de saber se o que se sente é prazer ou alegria. Basta prestar atenção no corpo. Se ele for ficando cada vez mais pesado, é prazer. Se for ficando cada vez mais leve, é alegria.

Todo mundo já experimentou isso num churrasco ou numa feijoada: a comida é gostosa, agrada à boca e ao nariz, boca sempre cheia, dentes incansáveis, mais uma cervejinha e, aos poucos, a gente vai ficando desanimado, estufado, incomodado, não aguenta mais. Pena que o costume romano de ter um vomitório em cada refeitório tenha sido esquecido; quem sabe algum arquiteto imaginoso vai convencer um dono de restaurante a introduzir tal progresso no seu estabelecimento.

O prazer é sempre assim – ao final o corpo diz: "Chega! Não aguento mais!". E isso é verdade também para as coisas do amor carnal. No ônibus a mocinha incansavelmente se dedicava a abraçar, acariciar, apalpar, beijar, mordiscar o namorado, coitadinha, pensando que assim os desejos dele seriam acesos de forma incontrolável e ele nunca mais a abandonaria. Fiquei com dó dela, por não entender das coisas do prazer, e dele, pois de forma alguma gostaria de estar na sua pele. O final, que não presenciei, era inevitável: ela seria mandada embora. E era justamente isso que o Tomás fazia com todas as suas amantes: não deixava que nenhuma delas dormisse em sua casa. Terminada a orgia do amor, tratava de chamar um táxi e despachá-las para suas casas, porque sua maquineta de prazer não era realejo que fica tocando enquanto se gira a manivela. Há manivelas que, depois de algumas voltas, se recusam a girar de novo, ficam emperradas. Assim é a máquina do amor – tanto nos homens quanto nas mulheres.

Com a alegria é diferente. O corpo vai ficando cada vez mais leve; quanto mais come, com mais fome fica.

Você vai dizer que não pode ser, que não existe jeito de comer sem se encher. Pois eu digo que tudo tem a ver com a fome que se tem e com a comida que se come.

Foi justamente isso que pôs meu realejo de pensamento a funcionar. E esse realejo, posso assegurar, não precisa de manivela para produzir música, é moto-contínuo, movido por alegria, pois pensar é uma alegria, brincar com as ideias, como se fosse criança brincando: criança não se cansa, só para de brincar por imposição dos superiores, pois brinquedo, além de dar prazer, dá alegria também. E é por isso que, mesmo quando o corpo é obrigado a parar, a cabeça desobedece e continua a brincar. O que não é o caso do prazer, pois quem seria louco de continuar a comer a feijoada no pensamento, se o estômago não aguenta mais? Barriga que se encheu gostaria mesmo é de se esquecer do que comeu...

Uma outra diferença é que o prazer, para acontecer, precisa que a coisa exista. Ele precisa da feijoada, do churrasco, da boca que dá o beijo. Já a alegria, para haver, não precisa que a coisa exista. O que me faz pensar que ela deve ser mais divina que o prazer, pois, a se acreditar no Riobaldo, "Deus é aquele que é, mesmo quando não existe".

A alegria é coisa de criança. Pois criança se alegra com qualquer coisa, bolinha de gude, pião, casa de toquinho, torre de dominó, panelinha de fazer comidinha, coisas do mundo do faz de conta. E percebi que também sou assim. Claro que meu pensamento sabe trabalhar as coisas importantes. Mas quando ele está livre e não lhe dou uma tarefa a cumprir, ele anda vagabundo como criança, do jeitinho do Menino Jesus como conta Alberto Caeiro, brincando com ideias sem importância, como os riachinhos, as cachoeiras, as saracuras, os pintassilgos, os pica-paus, as araucárias, um inútil monjolo velho, um forninho de barro que ainda não fiz, as galinhas-d'angola que ainda não estão lá, uma casinha que vou fazer para a minha neta, tudo lá nos ermos da Mantiqueira, mesmo quando lá não estou, só na imaginação, que é o lugar onde a alegria vem, me faz virar menino e começo a voar como o Peter Pan.

Pra quem não sabe, é bom prestar atenção. Assim também é o amor. Para alguns, a dita pessoa amada é só objeto de prazer, feijoada, comeu, gostou, ficou cheio, enjoou... Para outros, a pessoa amada é alegria leve do pensamento, que brinca com ela mesmo quando está longe. Esses estarão sempre com fome...

Prazer

Quem leu o que escrevi sobre a alegria talvez tenha pensado que eu estivesse dizendo que a alegria e o prazer não combinam e que por isso não se encontram nunca; quando o prazer entra por uma porta, a alegria sai pela outra, como se o prazer estivesse condenado a ser sempre doce no começo e amargo no fim...

Fico até bravo quando me atribuem coisa tão perversa, pois quem me conhece sabe muito bem que acho que o prazer é uma dádiva divina. Se Deus não nos tivesse criado para o prazer, Ele (ou Ela) não nos teria dado tantos brinquedos para o corpo, como os gostos, os sons, as cores, as formas, os cheiros, as carícias, e não teria dotado o corpo de tantos órgãos eróticos. Os desatentos pensam que órgãos eróticos são só os genitais, não percebem que erótica é a boca, como naquela cena maravilhosa do filme *Nove semanas e meia de amor*, a mais erótica que jamais vi: o amante, na cozinha, fazia a amante, de olhos fechados, morder e provar coisinhas de comer. Não é por acaso que "comer" tenha dois sentidos, nada mais vulgar que reduzir a erótica aos genitais e à cama, logo vira rotina cansativa, que trabalheira, que mão de obra, mas é preciso bater o ponto, e assim se prova o meu ponto, que o prazer sozinho acaba por ficar chato, e não percebem que eróticos são os ouvidos. Ah! Como a voz é taça que por vezes está cheia do néctar dos deuses, como também, por vezes, está cheia de uma mistura de losna e fezes. Infernal, erótico é o nariz – quem diria! – de cujas potências nos resta muito pouco, castrados do olfato que somos, tão diferentes dos cachorros que, se fossem homens, não pintariam quadros com cores, pintariam quadros com cheiros; já imaginaram isso – um museu de quadros pintados a cheiro? Eróticos são os olhos, boca cósmica – por meio deles comemos o universo inteiro, montanhas, árvores, rios, mares, a lua e as estrelas, as nuvens, tudo é comida, tudo entra. Dizia Neruda, "sou onívoro de sentimentos, de seres, de livros, de acontecimentos e lutas. Comeria toda a terra. Beberia todo o mar". A nossa infelicidade se deve a isto: não podemos comer com a boca tudo o que comemos com os olhos. E duplamente erótica é a boca, de novo, primeiro porque dentro dela moram os sabores, e agora porque é o lugar supremo do tato, da carícia, o toque molhado dos lábios, a língua, o mordiscar, o beijo...

Dizem os teólogos que Deus fez todas as coisas. Dizem também que, se Deus fez, é bom. Claro. Seria heresia imaginar que Deus tivesse feito coisa ruim e proibida.

Primeira conclusão: foi Deus que fez esse festival de possibilidades de prazer.

Segunda conclusão: se Deus criou tantos jeitos de ter prazer, é porque ele nos destina ao prazer.

Confesso que fico horrorizado com o fato de nunca, mas nunca mesmo, ter visto qualquer padre ou pastor pregar sobre o imperativo divino de ter prazer na vida. Ao contrário, estão sempre advertindo, graves e solenes, sobre os perigos do prazer, como se ele fosse coisa do Diabo. Contaram-me (recusei-me a acreditar, pelo absurdo da coisa, mas me garantiram ser verdade) que, num curso para casais, aconselhava-se que os noivos, sempre que tivessem de ter uma relação sexual (depois de casados, é claro), dessem-se as mãos e rezassem um "padre-nosso". Ai, se eu fosse Deus, fulminava um religioso desses com um raio! Pois é mais ou menos como se eu desse uma boneca para a minha neta e lhe dissesse: "Olha, Mariana, todas as vezes que você quiser brincar com a sua boneca, chama o vovô ao telefone para pedir permissão, tá?".

Pelo que conheço dos doutores em coisas divinas, de cuja companhia privei por longos anos, eles têm ideias diferentes sobre Deus. Pintam-no sempre de cenho carregado; não há registro algum de que ele jamais tenha dado uma boa risada, o que nos obriga a concluir que ele não tenha senso de humor, sempre com seu enorme olho sem pálpebras aberto (e sem pálpebras para não fechar nunca, para não passar nada, "Deus te vê, cuidado com o lugar onde você põe a mão"; ao se deitarem, nos colégios de freiras, as meninas tinham de dormir com as mãos sobre as cobertas). Sua biblioteca só tem livros de ética, ordens, ameaças, advertências, nenhum livro de estética, ou erótica, ou ficção, a despeito de Nosso Senhor Jesus Cristo ter dito que no Reino de Deus só entram crianças, o que nos obrigaria a concluir que Deus também é uma criança, como o fez o Alberto Caeiro. Nunca li um tratado sobre os brinquedos de Deus... E eu me pergunto: "Como é possível amar um ser assim?".

Acho o prazer uma coisa divina. Para ele fomos feitos. O amor, o humor, a comida, a música, o brinquedo, a caminhada, a viagem, a vadiagem, a preguiça, a cama, o banho de cachoeira, o jardim – para essas coisas fomos feitos. Para isso trabalhamos e lutamos: para que o mundo seja um lugar de delícias. Pois esse, somente esse, é o sentido do Paraíso: o lugar onde o corpo experimenta o prazer.

As ideias loucas...

Outro dia fui subitamente invadido por um medo de que os meus leitores, ao tomarem conhecimento das ideias malucas que passam pela minha cabeça, concluíssem que devo ser meio louco.

Pois desejo tranquilizá-los. Depois de muito meditar sobre o assunto, cheguei à conclusão de que nenhuma ideia, por louca que seja, é louca. Quem pensa ideias loucas não é louco.

Essa afirmação, eu imagino, ao juízo dos meus leitores, é prova de minha loucura. Ao invés de me inocentar pela minha explicação, acabo por confessar minha culpa.

Se eu sou louco, vou para o hospício na companhia de pessoas muito interessantes. Por exemplo, a Cecília Meireles, que teve a ideia louca de que seus olhos eram dois peixes que nadavam no fundo do mar, lugar onde se encontrou com os olhos de um outro louco parecido, o poeta T.S. Eliot, que, a se acreditar em suas palavras, também gostavam de nadar no azul profundo.

E o Fernando Pessoa que, de forma desavergonhada, insistia em contar uma mentira, dizendo que um dia o Jesus menino se encheu da chatura dos céus e baixou no seu quintal, tendo os dois, o Deus e o Poeta, se tornado bons amigos e mesmo jogado as cinco pedrinhas.

Depois o Drummond que, mais louco do que eu, se entregava a divagações sobre se Deus era canhoto – para ele a única explicação possível para a condição sinistra do nosso mundo.

Também o Lewis Carroll, que conversava não só com um coelho que usava relógio como também com as cartas do baralho, além de viver se gabando do seu poder de atravessar o espelho sem quebrar o vidro.

Aquele cego vidente assentado à biblioteca é Jorge Luis Borges, que tem nas mãos mapas imaginários de lugares que não existem, como Tlon, Uqbar, Zahir e Aleph, e sobre os quais discorre longamente com uma profusão de detalhes que até nos faz suspeitar de que ele deve ter estado lá... na Terra do Nunca...

Os pintores são os mais loucos de todos. Bosch pintou animais de três cabeças, corpos com órgãos vegetais, como se árvores fossem, e, de forma despudorada e suspeita, indivíduos nus com ramos floridos enfiados naquele lugar íntimo, assim transformado em vaso de flor, por artes do pintor.

Salvador Dalí exibe seus relógios surrealistas, moles como panquecas, ao lado dos rios que sobem morros, do Escher, e a monstruosa menina ao espelho, de Picasso.

Todas essas são ideias completamente loucas. Se qualquer um deles chegasse ao doutor Simão Bacamarte e, deitado no divã terapêutico, se pusesse a relatá-las, seria imediatamente internado no hospício.

Mas nenhum deles foi internado por ter tido tais ideias e visões. Pelo contrário, foram honrados como artistas e alguns conseguiram mesmo ficar ricos com tais loucuras.

Compreendem agora o que eu disse no início, que nenhuma ideia, por louca que seja, é louca? O que faz um louco não é a loucura da ideia. É a força da ideia.

O louco tem ideias fortes. O não louco tem ideias fracas. De novo digo uma doidice, pois todo mundo sabe que a verdade é o contrário; doido é pessoa fraca de ideias, enquanto os não doidos têm ideias fortes.

Errado. Os não loucos sabem que as ideias são entidades fraquinhas, meras bolhas de sabão sem poder, não podem fazer nada, brinquedos etéreos com que a cabeça se diverte. Por isso as ideias não os assustam. Nem mesmo se mexem quando a sala se enche de elefantes, não têm medo de bichos de três cabeças, nem se apavoram com a visão de rituais sexuais invertidos e perversos. Eles sabem que aquilo tudo é só ideia, coisa do mundo do faz de conta... Assim sendo, apressam-se em brincar com as ideias loucas, transformando-as em literatura, poesia, pintura... A alegria da cabeça se faz assim: com ideias loucas, fracas.

Já o louco, coitado, não sabe disso. A ideia louca aparece, ele não sabe que a ideia é fraca e não pode fazer nada, pensa que ela é forte, de verdade... O elefante, em vez de virar estória, pisa no sofá. O bicho de três cabeças, em vez de virar quadro, morde a sua orelha. E o ritual sexual, em vez de virar filme pornô, entra no quarto dele e ele acaba estuprado...

Para deixar de ser louco não é preciso mudar de ideia. É só pegar a ideia e transformá-la em arte e poesia. Assim, não pensem que estou louco. O que eu gosto mesmo é de brincar com as ideias. E os brinquedos – quanto mais loucos, mais divertidos...

Assim, para se livrar da loucura é fácil: basta ter o poder de rir das ideias loucas e brincar com elas. O mundo é um circo das coisas loucas, soltas e enjauladas. Seja, desse circo, o palhaço... Siga o conselho do Mario Quintana que dizia que, para afugentar o dragão que corre atrás da gente soltando fogo pela boca, basta olhar para ele e dizer: "Fifi! Fifi!". Não há dragão forte que resista ao poder de uma palavrinha fraca que provoca o riso...

Dentaduras & cia.

Uma brincadeira divertida é deixar-se levar pela associação de ideias. Associação de ideias é assim: a gente está no devaneio, flutuando, sem querer ir a lugar algum, aí aparece uma ideia, essa ideia chama outra, essa outra chama uma outra e logo elas estão dançando, sem que a gente tente pôr ordem na bagunça. Quando os pensamentos estão livres, eles dançam. Quando têm uma obrigação a cumprir, eles marcham em ordem unida, um atrás do outro.

Estávamos nós assentados à mesa de um restaurante, um pequeno grupo. Havíamos saído de um sarau de poesias escritas e recitadas por crianças e adolescentes. É delicioso ver crianças e adolescentes brincando com as poesias. Pois, conversa vai, conversa vem, uma amiga se lembrou, por associação de ideias, de um incidente ao mesmo tempo trágico e hilariante relacionado com a arte de recitar. Nesses saraus, o normal é que só crianças e adolescentes participem. Entretanto, num ano anterior, um respeitável senhor se ofereceu para recitar o poema "I-Juca Pirama", poema longo que exige memória muito boa. Não puderam dizer não. Aí, iniciado o poema, os ouvintes atentos, o declamador concentrado, algo não previsto ocorreu: a dentadura do declamador estava frouxa, escorregava da gengiva, ameaçava sair pela boca. O declamador, sem poder interromper o recitativo, lutava com a dentadura fazendo uso dos artifícios possíveis para mantê-la encaixada nas gengivas. O público em suspense não conseguia ouvir o poema porque a luta que se desenvolvia entre recitador e dentadura era muito mais eletrizante. Aguardava-se o final trágico, como se fosse final de ópera. Era uma situação hilariante, mas ninguém ria, tal era o suspense. A dentadura venceu. O recitador jogou a toalha e abandonou o tablado sem terminar o poema.

Aí, por associação de ideias, meu pensamento começou a dançar sobre dentaduras. Contei o acontecido ao meu dentista, que me contou algo parecido. Um cliente seu estava de amores novos e iria levar sua amada num cruzeiro marítimo. Ah! Um navio, longe de tudo, tão bom para o amor! O navio partiria de Santos e iria parando por portos turísticos para o norte. Para que tudo corresse bem, ele achou prudente fazer uma dentadura nova, que não fosse frouxa. Dentaduras frouxas são um perigo quando se beija, porque podem ser sugadas pelo amor da parceira ou do parceiro. Já imaginaram a cena? Dá-se um beijo apaixonado e descobre-se com uma dentadura estranha dentro da boca? De dentadura nova, os dois abraçadinhos na amurada do navio, eis que um repentino golpe de vento frio faz o apaixonado espirrar. Sem tempo para se valer do lenço, a dentadura não suportou a pressão do espirro e foi projetada ao mar, irremediavelmente, encontrando-se submersa no mesmo local até o dia de hoje. Em desespero e falando aos sopros, dada a falta da dentadura, o apaixonado pediu socorro ao seu dentista, que lhe sugeriu um procedimento emergencial rápido: que viesse para Campinas imediatamente. Que a bem-amada prosseguisse viagem para o Rio, como programado, sozinha. Em Campinas seria feita uma dentadura nova, em regime de urgência urgentíssima. De dentadura nova na boca, ele tomaria o avião e se juntaria ao seu amor no porto do Rio de Janeiro. Assim foi e foram felizes para sempre. Daria um belo conto...

Minhas ideias dançando me fizeram pensar que a pessoa que inventou as dentaduras foi uma benfeitora da humanidade. Houve, não sei se ainda há, culturas que condenavam à morte os velhos que não tivessem dentes. Se houvesse dentaduras, esse costume cruel teria sido abolido. Na realidade, não houve um inventor da dentadura. Foram muitos inventores porque as dentaduras, tais como as conhecemos hoje, se fizeram através de séculos de experimentos e sofrimento. Há monumentos ao soldado desconhecido. Sugiro que se erijam monumentos aos inventores desconhecidos. Um monumento ao inventor da dentadura, sobre quem ninguém pensa! Injustiça! Ingratidão!

Vocês não sabem, mas houve – e pode ser que ainda haja – lojas onde se vendem dentaduras. Eu as vi na rua Barão de São Félix, Rio de Janeiro, perto da Central do Brasil, rua com cheiro de peixe frito. As vitrines estavam lá, cheias de dentaduras. Os fregueses viam, entravam, experimentavam, compravam. Ignoro as origens daquelas dentaduras. Um protético as fazia especialmente para aquelas lojas? Ou teriam origens mais humildes, como, por exemplo, doações de parentes de mortos?

Fico a pensar: por que é que as dentaduras são objetos cômicos? As pessoas que as usam têm vergonha, não querem que os outros saibam... Isso não acontece com os óculos, que são as dentaduras dos olhos. Ninguém ri deles. São charmosos. Sexy. Sedutores. Exibidos. Os especialistas em *marketing* bem que podiam desenvolver uma estratégia para dar charme às dentaduras, para que as pessoas tivessem orgulho em mostrá-las. Conheci um ilustre cientista que não se envergonhava da sua dentadura. Com toda a tranquilidade, para que todos vissem, ele a retirava da boca e a colocava no bolso, em caso de incômodo. Está certo. Pois não é isso que fazemos com os óculos? Tiramos os óculos e ainda os limpamos, elegantemente, com um paninho! Dentaduras de vários estilos, de várias cores, imitando os atores de TV... E assim como há óticas, lojas onde se vendem óculos, deveria também haver as "dênticas", lojas onde se vendem dentaduras. As vitrines cheias de dentaduras! As pessoas, exibindo as receitas dos seus dentistas, do jeito mesmo como procedem as pessoas nas óticas, examinariam as dentaduras e comprariam aquela que mais lhes agradasse. Entrariam de boca murcha, soprando, e sairiam de boca cheia, sorrindo. "Transforme suas gengivas em sorriso!" – que grande frase publicitária!

A Barbie

Fiquei comovido quando li que foram encontradas bonecas em túmulos de crianças no Egito, na Grécia e em Roma. Pude imaginar o que os pais deveriam estar sentindo ao colocar aquele brinquedo junto ao corpo da filha morta. Eles o faziam para que ela não partisse sozinha, para que ela não tivesse medo...

De fato, uma criança abraçada a uma boneca é uma criança sem medo, uma criança feliz. Os meninos, proibidos de ter bonecas, se abraçam aos seus ursinhos de pelúcia. E nós, adultos, proibidos de ter bonecas e de ter ursinhos de pelúcia, nos abraçamos ao travesseiro... Os objetos são diferentes, mas o seu sentido é o mesmo: o desejo de aconchego e de ternura.

Por isso eu acho que o senhor e a senhora fizeram muito bem ao dar uma boneca de presente para a sua filhinha.

Com uma exceção, é claro: se a boneca não foi a Barbie. Porque a Barbie não é uma boneca. Falta a ela o poder que têm as outras bonecas, bebezinhos, de afugentar o medo e provocar sentimentos maternais de ternura. Não posso imaginar uma menina dormindo abraçada à sua Barbie. Nenhum pai colocaria a Barbie no túmulo da filha morta.

A Barbie não é boneca. É uma bruxa.

Posso bem imaginar o espanto nos seus olhos. Eu imagino também os seus pensamentos: "O Rubem perdeu o juízo. A Barbie é uma boneca de plástico, não mexe, não pensa, não fala. E agora ele diz que ela é uma bruxa...".

Que as bonecas, ao contrário das aparências, têm uma vida própria, eu aprendi no segundo ano primário. Minha professora me deu um livro sobre bonecas e bonecos: enquanto nós estávamos acordados, eles ficavam deitadinhos, olhinhos fechados, fingindo que dormiam. Mas bastava que os vivos dormissem para que eles acordassem e se pusessem a falar coisas.

As bonecas foram os primeiros brinquedos inventados pelos homens.

E foram também os primeiros instrumentos de magia negra. Um alfinete, aplicado no lugar certo de uma boneca – assim afirmam os entendidos –, tem o poder de matar a pessoa que se parece com ela.

Pois eu digo que a Barbie é uma bruxa. Bruxa enfeitiça. Enfeitiçada, a pessoa deixa de ter pensamentos próprios. Só pensa o que a bruxa manda. A pessoa enfeitiçada fica possuída pelos pensamentos da feiticeira e só faz aquilo que ela manda.

Se falo é porque vi, com esses olhos que a terra há de comer. Basta que as crianças comecem a brincar com a Barbie, para que fiquem diferentes. O pai manda, a mãe manda, a criança faz birra e não obedece. Não é assim com a Barbie. Basta que a Barbie mande para que elas obedeçam.

De novo você vai me contestar, dizendo que a Barbie não fala e não tem vontade. Por isso não pode dar ordens nem ser obedecida.

Errado. O fantástico é que ela, sem falar e sem ter vontade, tenha mais poder sobre a alma da criança que os pais. Quem me revelou isso foi o futurólogo Alvin Toffler, no seu livro *O choque do futuro*, que li em 1971. O capítulo "A sociedade do joga-fora" começa com a Barbie. Nascida em 1959, em 1970 mais de 12 milhões já tinham sido vendidas. Um negócio da China. E por quê? Porque a Barbie, diferentemente das bonecas antigas, bebês que se contentam com uma chupeta e um chocalho, tem uma voracidade insaciável. A Barbie é uma boneca que nunca está contente: ela sempre pede mais. E essa é a grande lição que ela ensina às crianças: "Compra, por favor!".

Para se comprar, há as roupas da Barbie, a banheira da Barbie, o secador de cabelo, o jogo de beleza, o guarda-roupa, a cama, a cozinha, o jogo de sala de estar, o carro, o jipe, a piscina, o chalé de praia, o cavalo e os maridos, que podem ser escolhidos e alternados entre o loiro e o moreno etc. etc.

A Barbie está sempre incompleta. Portanto, com ela vem sempre uma pitada de infelicidade. Aliás, essa é a regra fundamental da sociedade consumista: é preciso que as pessoas se sintam infelizes com o que têm, para que trabalhem e comprem o que não têm. A Barbie tem esse poder: quem a tem está sempre infeliz porque há sempre algo que não tem, ainda. E os engenheiros da inveja, a serviço das fábricas, encarregam-se de produzir o tempo todo esse novo objeto que ainda não foi comprado. Mas é inútil comprar. Porque logo um outro será produzido. É a cenoura na frente do burro... Ela nunca será comida.

Quem dá uma Barbie para uma criança põe a criança numa arapuca sem saída. Porque, ao ter uma Barbie, ela ingressa no "Clube das meninas que têm Barbie". E as conversas, nesse clube, são assim: "Eu tenho o chalé de praia da Barbie. Você não tem". Ao que a outra retruca: "Não tenho o chalé, mas tenho o marido loiro da Barbie, que você não tem".

Essa é a primeira lição que a inofensiva boneca de plástico ensina. Ensina a horrível fala do "eu tenho, você não tem". A maldição das comparações. A maldição da inveja. Você deve conhecer alguns adultos que fazem esse jogo. Haverá coisa mais chata, mais burra, mais mesquinha? Ao dar uma Barbie de presente, é preciso que você saiba que a menina inevitavelmente aprenderá essa fala.

Isso feito, uma segunda fala entra inevitavelmente em cena, impulsionada pelas ilusões da inveja. A menininha pensa: "Estou infeliz porque não tenho. Se tiver, serei feliz. O jeito de se ter é comprar".

– Papai...

– Que é, minha filha?

– Compra o chalé de praia da Barbie? Eu quero tanto...

Filha na arapuca. Pai na arapuca.

Mas há uma saída. E, para ela, procuro sócios. Vamos começar a produzir o próximo e definitivo complemento para a bruxa de plástico: urnas funerárias para a Barbie. Por vezes o feitiço só se quebra com o assassinato da feiticeira – por bonitinha que ela seja...

A decolagem

O ar que respirávamos estava misturado com medo. Era alguma noite do mês de setembro de 1965. Estávamos no aeroporto de Viracopos eu, minha mulher e nossos dois filhos, Sérgio, de cinco anos, e Marcos, de três. Amigos nos Estados Unidos nos haviam enviado as passagens. O motivo oficial da nossa viagem era "estudos". Iria fazer o meu doutoramento. Mas o motivo real era outro: estávamos fugindo do medo. Passagens na mão, passaportes, tudo certo. Mas, na verdade, tudo era incerto. O veredicto viria de dentro de um biombo circular negro que fora colocado no meio do saguão do aeroporto, paredes de mais de dois metros de altura. Tudo era secreto. O que acontecia lá dentro não podia ser sabido. Os que estavam dentro não queriam que seus rostos fossem reconhecidos. Havia um pequeno furo na parede do biombo, semelhante a esses de caixas de correio. Uma voz, de dentro, ordenava que ali colocássemos os passaportes. Nossos destinos estavam nas mãos de rostos que não víamos. Os passaportes iriam ser comparados com os nomes que estavam na lista negra. Os procurados por subversão. Meu nome estaria nela? Se estivesse, eu não viajaria... A burrice popular gosta de repetir: "Quem não deve não teme...". Esse ditado tolo está implicitamente afirmando que as forças policiais são sempre verdadeiras e justas, que elas jamais fariam mal a um inocente. Pois não é para isso que elas existem, para proteger os inocentes? Os inocentes podem descansar tranquilos. Se foi morto, isso era prova de que era culpado. Tal como aconteceu com os seis milhões de judeus que os nazistas mataram nas câmaras de gás: crianças, velhos, mulheres, homens comuns – eram todos culpados. Se fossem inocentes nada lhes teria acontecido. Naqueles anos inventou-se uma expressão: "Até provar que focinho de porco não é tomada elétrica vai muito tempo...". Há pessoas que têm dificuldade em distinguir uma coisa da outra. Eu sabia que estava em outras listas. Quando, um ano antes, eu regressara do meu primeiro ano nos Estados Unidos, justo um mês depois do golpe, um amigo que me fora buscar no aeroporto me contara: "Há um documento secreto de acusações contra você e outros seis pastores, na Secretaria Executiva do Supremo Concílio da Igreja...". Eu era pastor da Igreja Presbiteriana do Brasil. Como sempre aconteceu comigo durante toda a vida, eu estava do lado errado. Eu fazia parte de um grupo que se opunha ao poder constituído na Igreja. E que coisa melhor para se livrar de adversários eclesiásticos que os entregar ao poder militar? A Igreja sempre procedeu assim. A Inquisição nunca queimou os hereges. Suas mãos sempre estiveram limpas de sangue derramado. Para manter a sua pureza diante de Deus, ela entregava os condenados ao "braço secular" do Estado para os procedimentos de eliminação daqueles que tinham ideias diferentes. Os fracos e covardes amam estar perto das fardas. Isso lhes dá um sentimento de poder, de invulnerabilidade. Contrariamente à Igreja Católica, que tudo fazia para proteger os seus filhos acusados de subversão, a Igreja Presbiteriana do Brasil se apressava em entregá-los para assim demonstrar o seu amor à ditadura.

Voltando ao tal documento. Dirigi-me à Comissão Executiva do Supremo Concílio da Igreja Presbiteriana no Brasil pedindo uma cópia dele. É um direito elementar de qualquer pessoa saber o crime de que está sendo acusada. Responderam-me que eu não tinha direito de saber as acusações que havia contra mim. Um amigo, Nilo Gimeno Rédua, já encantado, roubou-me uma cópia do dito documento e m'a enviou. Estava assinado por dezenas de pastores que eu nunca vira. Mas o autor do texto era um tal de Presbítero Eder Acorsi, de Niterói, que veio a ser presidente da diretoria do Seminário Presbiteriano de Campinas. Que mau historiador eu teria sido! Não guardo os documentos. Quem sabe o meu amigo Eduardo Oscar Chaves o terá, no seu acervo. Ele guarda tudo... Havia mais de 40 acusações. Que nós, os seis acusados, pregávamos que Jesus tinha relações sexuais com uma prostituta. Que estimulávamos nossos filhos a escrever frases de ódio contra os norte-americanos, nas latas de leite em pó do programa "Food for Peace" (meus filhos pequenos não sabiam escrever...). Que recebíamos dinheiro de Moscou... Esqueci-me das restantes 37. E havia um outro documento, assinado por uma pessoa que eu considerava um dos meus amigos mais chegados. Era reitor do Instituto Gammon, instituição que existia, em parte, graças à proteção da minha família. Quem sabe contarei essa estória noutra ocasião... Eu era um jovem professor naquela escola. Conversava com meus alunos sobre reforma agrária. Naqueles tempos de 1960 já se falava nisso... Vindo o golpe, os militares o procuraram, pedindo um depoimento a meu respeito. Ele poderia ter dito: "Conheço o professor Rubem Alves e ele é merecedor de nossa confiança". Isso teria posto fim ao meu sofrimento. Mas o que ele escreveu foi: "Sabemos que o referido professor defendia, perante os seus alunos, as reformas propostas pelo governo anterior...". Traduzindo de forma direta: "Ideologicamente ele estava junto ao governo deposto". Isso me valeu um IPM, Inquérito Policial Militar, da Infantaria Divisionária de Juiz de Fora. Nenhum protestante me ajudou. Quem me ajudou foi um enfermeiro maçom, o Eugênio. Bateu à minha porta. Atendi. Eu nunca havia conversado com ele. Sem qualquer introdução, ele foi direto ao assunto: "Sei que o senhor está em dificuldades. Gostaria de ajudá-lo...". O meu muito obrigado póstumo ao enfermeiro Eugênio, homem bom...

Diz a Cecília Meireles, no "Cancioneiro da Inconfidência": "Quando a desgraça é profunda, que amigo se compadece?". De fato, os amigos raleiam. É perigoso ter o nome na caderneta de endereços de uma pessoa que pode vir a ser presa como subversiva... Nas cadernetas de endereços se revelam teias de relações.

Nada me aconteceu. Não fui preso. Não fui torturado. Foi só o medo e a solidão. Lembro-me de uma noite, eu rolava na cama sem poder dormir. Já era madrugada. Meu filho Sérgio, menino de quatro anos, dormia em nosso quarto. Pensei que ele estivesse dormindo. De repente ouvi sua voz no escuro. De alguma forma ele sentira o que eu estava sentindo. "Papai!", ele chamou. Respondi: "O que é, meu filho?". Ele disse o que queria dizer: "Eu gosto muito de você...". Sou agradecido à ditadura por esse momento eterno que não teria acontecido se ela não tivesse existido.

O que eu temia não aconteceu. Os passaportes saíram pelos orifícios do biombo negro. Nosso voo foi chamado. Encaminhamo-nos ainda respirando medo. Entramos no avião. O avião taxiou até o início da pista. Acelerou as turbinas. Rodou rápido, cada vez mais rápido. Decolou. Que sensação maravilhosa! Depois de muito tempo, era a primeira vez que eu sentia a delícia de não ter medo. Ainda hoje aquela experiência se repete sempre que sinto o avião decolando. É a liberdade. Sou pássaro. Ninguém me pega. Chamei a aeromoça e pedi um uísque. Desde então o uísque se transformou para mim num sacramento de liberdade...

"Que seria de nós sem o socorro do que não existe?"*

"Mesmo o mais corajoso entre nós só raramente tem coragem para aquilo que ele realmente conhece", observou Nietzsche. Camus acrescentou um detalhe acerca da hora quando a coragem chega: "Só *tardiamente* ganhamos a coragem de assumir aquilo que sabemos". Só tardiamente. Foi o que aconteceu comigo. Eu sabia mas não tinha coragem de dizer. O mundo universitário que me cercava me amedrontava. Por prudência, optei pelo silêncio. Aí, de repente, uma criança entrou na minha vida, tardiamente. Uma filha temporã. Foi ela que me fez ter coragem. Penso que Bachelard deve ter tido experiência semelhante. Se assim não fosse, como poderia ter afirmado que "a inquietação que temos pela criança sustenta uma coragem invencível"?

Foi a criança que me deu coragem para que eu deixasse que o inventor de estórias que em mim vivia calado pelo medo falasse. "Estórias", não "histórias", contrariando, assim, dicionários e revisores. O mundo dos escritores não é o mundo dos gramáticos. Guimarães Rosa tinha o mesmo problema. Começa *Tutameia* afirmando: "A estória não quer ser história. A estória, em rigor, deve ser contra a História". A "história" nos abre o mundo das coisas acontecidas no passado. Mas as "estórias" nos levam para o mundo das coisas que nunca aconteceram e só existem na imaginação.

Disse que sou um "inventor" de estórias. Mas não é bem assim. As estórias não são inventadas pelo escritor da mesma forma como as músicas não são compostas pelo compositor. Estórias e músicas já existem em algum lugar místico. Escritores e compositores são seres que têm a graça de, repentinamente, se defrontarem com essas entidades, vindas não se sabe de

---

* Expressão emprestada de Paul Valéry.

onde, como se fossem emissárias de um outro mundo. Fernando Pessoa se espantava com isso e dizia que era como se um anjo que não conhecemos descesse à Terra e com suas asas soprasse as brasas de lugares esquecidos... Uma coisa é certa: ao terminar a estória vem o espanto de que a tenhamos escrito. E perguntamos: "Por que escrevi isto? Onde fui buscar isto? De onde me veio isto? Isto é melhor do que eu...". Seremos nós neste mundo apenas canetas com tinta com que alguém escreve a valer o que nós aqui traçamos?

Aconteceu assim comigo, sem se anunciar, de repente, sem preparo, sem credenciais. As estórias começaram a aparecer porque havia uma menina que precisava delas. Sim, *precisava delas...*

De noite, quando eu terminava a estória, ela me perguntava: "Papai, essa estória aconteceu de verdade?". Ela não era boba. Pequena, já tinha um agudo senso de realidade. Pássaros encantados, gigantes verdes, dragões dourados, panteras que falam, flores que empinam pipas, sementinhas que têm medo, gansos que envelhecem ficando cada vez mais leves até que voam na direção das montanhas onde cresce o fruto mágico vermelho – não são seres deste mundo. Nunca existiram. Assim, conclui-se obrigatoriamente que as estórias são feitas com mentiras. Mas mentira é uma palavra tão feia! Ela tem o poder de matar qualquer estória. Acontecia, entretanto, que minha filha amava as estórias. Elas eram belas, ela ficava encantada ao ouvi-las. O seu coração exigia que fosse verdadeira. O amor deseja a eternidade da coisa amada. Acho que o Padre Antônio Vieira deveria ter acabado de ouvir uma estória bonita quando escreveu: "Se os olhos veem com amor, o que não é tem de ser". Minha filha filosofava sem saber. Perguntava-me sobre o estatuto ontológico da imaginação, lugar onde moram as estórias. E eu não podia dar a resposta. Era muito difícil para ela. A resposta seria: "Esta estória não aconteceu nunca para que aconteça sempre". *Romeu e Julieta, A Bela Adormecida, Cinderela, Édipo, O amor nos tempos do cólera,* "A terceira margem do rio", "O operário em construção": essas estórias não aconteceram nunca. Mas a despeito disso queremos lê-las de novo, e todas as vezes que as relemos elas acontecem. A Palavra se faz carne... Prova disso são os tremores que percorrem nosso corpo, ora como riso, ora como choro. Se tivessem acontecido de fato, elas seriam criaturas da história, tempo do "nunca mais". "Never more, never more" – repetia o corvo de Poe. "Nunca mais" é o tempo dos mortos, das sepulturas, do sem-volta. Mas as estórias são criaturas do tempo da imaginação, tempo do eterno retorno, das repetições, das ressurreições. Quando se conta de novo uma estória, aquilo que nela aconteceu no passado imaginário se torna vivo no presente. Sim, já ouvimos a música muitas vezes. Sabemo-la de cor. Mas queremos ouvi-la de novo para sentir a sua beleza sempre presente, para rir e chorar. Assim é o tempo da imaginação. A alma é o lugar onde o amor guarda o que não aconteceu, em forma de imaginação, para que aconteça sempre.

Havíamos ido ao cinema ver *E.T.* Minha filha, cinco anos, chorava convulsivamente ao voltar para a casa. Depois do lanche, quis consolá-la das lágrimas que não paravam. "Vamos lá fora procurar a estrelinha do E.T.!", sugeri. Ela me acompanhou. Mas o céu se cobrira de nuvens. Não havia nenhuma estrela visível. Fiquei sem saber o que dizer. Improvisei, então. Corri para trás de uma árvore e disse: "Venha! O E.T. está aqui!". Ela parou de chorar, olhou-me séria e disse com voz firme: "Papai, não seja bobo. O E.T. não existe". Essa resposta realista e fria me pegou desprevenido. Defendi-me. Armei um xeque-mate: "Não existe? Então, por que é que você estava chorando?". O seu choro não era uma evidência de que ela acreditava na existência do E.T.? Mas quem levou o xeque fui eu. Foi isto que ela me respondeu: "Eu estava chorando por isso mesmo, porque o E.T. não existe".

Eu, tolo, misturara o que não podia ser misturado. Tirara o E.T. do mundo da fantasia onde vivia – uma estrela distante, provavelmente vizinha da estrela sorridente, morada do Pequeno Príncipe – e o matara ao trazê-lo para o mundo real. Ela sabia mais do que eu. Sabia que o E.T. só existia no mundo da fantasia. Até a minha intervenção desastrada, o E.T. era real. A estória estava acontecendo. Por isso ela chorava. A alma chora pelo que não existe. Mas o seu choro parou de repente quando tirei o E.T. de sua estrela distante e o coloquei atrás da árvore do meu jardim. Acho que Fernando Pessoa teve muitos choros parecidos com o choro de minha filha. E foi para explicar aos sem-razões dos seus choros que ele escreveu: "O que me dói não é o que há no coração mas essas coisas lindas que nunca existirão...".

Ri muito ao reler, depois de muitos anos, o *Cem anos de solidão*. E sempre choro ao ler os poemas da poetisa portuguesa Sophia de Mello Breyner Andresen. Por que rimos e choramos por aquilo que não existe, por aquilo que é fantasia? A resposta é simples: choramos e rimos porque a alma é feita com o que não existe, coisa que só os artistas sabem. "Somos feitos da mesma matéria dos nossos sonhos", afirmava Shakespeare. Com o que concorda Manoel de Barros, rude poeta do Pantanal: "Tem mais presença em mim o que me falta".

    As estórias são flores que a imaginação faz crescer no lugar da dor. Minhas estórias cresceram das dores da minha filha, que eram minhas próprias dores. Por isso disse que comecei a escrever porque ela precisava delas, das estórias. Curar a dor, isso elas não podem fazer. Mas podem transfigurá-la. A imaginação é a artista que transforma o sofrimento em beleza. E a beleza torna a dor suportável. Por isso escrevo estórias: para realizar a alquimia de transformar dor em flor. Minhas estórias são as minhas poções mágicas... Não há contraindicações nem é preciso receitas...

Solidão pequena, solidão grande

Eu e a galinha. Ela, deitada no ninho, me olhava com seus olhos cor de laranja. Eu, agachado diante dela, a observava. Ela não se mexia. Tinha um ovo para ser botado. Não se mexia talvez porque estava ciente da gravidade do momento. Ou, talvez, porque soubesse que não precisava ter medo de mim. Crianças não matavam galinhas para fazer canja. Só os adultos. Ela tinha se recolhido de suas ciscações e correrias em fugas fingidas do galo. Estava no seu pequeno espaço, o ninho. O ninho, leito redondo feito com palha de milho rasgada, estava dentro de um balaio. Fascinava-me a galinha botando ovo. Fascinava-me aquele pequeno espaço, o ninho. Bachelard dedicou ao ninho 14 páginas do seu livro *A poética do espaço*.

Descobrir um ninho leva-nos de volta à nossa infância, a uma infância. A infância que deveríamos ter tido. Como compreendo agora a página que Toussel escreveu: "A lembrança do primeiro ninho de pássaros que encontrei completamente sozinho ficou mais profundamente gravada em minha memória do que a do primeiro prêmio de redação que obtive no colégio. Fui imediatamente invadido por uma comoção de prazer indizível que me paralisou durante mais de uma hora o olhar e as pernas".

O ninho é espaço mínimo, "sonho da proteção mais próxima, da proteção ajustada ao nosso corpo".

Um psicanalista sensível sugeriria que o ninho nos reconduz ao útero. Pois o útero não é um ninho? Pequeno espaço ajustado ao corpo, sem ansiedades. Talvez seja daí que venha o fascínio das crianças pelos pequenos espaços. Os pequenos espaços são espaços de aconchego. O colo. O colo envolve e aperta suavemente. Lembro-me com alegria das brincadeiras na cama, as cobertas transformadas em tenda sustentada pelo dedão do pé. O sonho da casa no alto da árvore, onde os adultos não podem subir. Sim, a terrível intromissão dos adultos que estragam o espaço das crianças. Guimarães Rosa, comentando a sua infância, diz que o terrível era a presença permanente dos adultos em tudo o que fazia. Só encontrou descanso quando conseguiu uma chave para se fechar no seu quarto. Seu quarto, seu ninho. Lembro-me da menininha que não tinha um único lugar que fosse só seu. Aí ela descobriu, num canto de corredor, um taco solto. Ela transformou o espaço entre o cimento e o taco no seu refúgio secreto. Ali guardava os seus tesouros, longe da intromissão dos adultos. Na minha casa, em Varginha, havia um enorme forno de barro no quintal. Eu me esgueirava pela abertura e ficava lá dentro. Lá dentro não tinha nada. O que era bom naquele espaço era que os adultos não podiam ir lá. E o fascínio do "Quarto do Mistério", no sobrado do meu avô? Entrada proibida. Haverá coisa que mais tente que o proibido? Lá dentro era o mistério das teias de aranha, do pó que se acumulava sobre mesas, camas, canastras, livros, revistas. Eu roubava a chave, daquelas chaves grandes, pretas, que se compram nos antiquários, abria a porta, entrava, trancava-me – e desaparecia por horas. É bom estar num espaço onde os adultos não entram. São espaços de solidão. Uma solidão feliz, solidão mansa.

Entristeço-me ao perceber que essa experiência está ficando cada vez mais rara, cada vez mais impossível. Não há ninhos no mundo das crianças. O seu mundo é cheio de eventos gregários onde o amor à solidão é uma doença.

Mas há também a solidão feliz dos grandes espaços: uma criança correndo sozinha pelo campo... Guimarães Rosa, que amava a solidão pequena, amava também a solidão grande. "Lugar sertão se divulga: é onde os pastos carecem de fechos; onde um pode torar dez, quinze léguas, sem topar com casa de morador... O sertão está em toda parte..." E o Carlos Brandão fez jogo de palavras: "Ser tão dentro de mim...". No sertão mora a solidão forte, sem cercas, solidão do vazio, do desconhecido. O homem só pode contar com a sua força. Gritar é inútil. Não há quem responda.

Na roça havia também essa solidão grande... Não estava longe. Bastava olhar para cima. "O mar de Minas não é no mar, / O mar de Minas é no céu / Pro mundo olhar pra cima e navegar / Sem nunca ter um porto pra chegar." Minha memória navegou. Me vi menino. Mas não era eu. Era outro. Eu sou aquele que agora se lembra depois de mais de 60 anos. Mas o menino não se lembrava de nada. Vejo um menino de cinco anos e pés descalços deitado na relva. Goza a felicidade de não haver nenhum adulto por perto. Sem passado, sem futuro, ele é todo presente. Com as mãos entrelaçadas sob a cabeça, ele brinca. Brinca com os olhos. Segue o voo dos urubus, pontos negros no céu. Circulam sem bater as asas. Deixam-se ser levados pelos ventos em curvas tranquilas. Como são belos os urubus em voo, ele pensa. Pousados sobre os galhos das árvores são aves feias, desajeitadas. Nas alturas são belos. A beleza dos urubus não está neles. Está no seu voo que desenha círculos nos céus. Muitos anos mais tarde, o menino se lembrará dessa manhã e compreenderá que aquilo que vale para os urubus vale também para as pessoas. As pessoas são belas não pelo seu rosto mas pelos desenhos que fazem com seus gestos. Muito mais altas que os urubus são as nuvens que navegam no mar de Minas, o céu azul. Que seres misteriosos são as nuvens, sempre deixando de ser o que são para serem outras. Como os urubus, as nuvens também desenham. Desenham rostos, coisas, monstros... O menino se pergunta filosoficamente sobre o ser das nuvens. (Uma menina de quatro anos, muitos anos depois, filha do então menino, perguntou ao seu pai, menino que crescera: "As coisas não se cansam de ser coisas?".) Filosofa: das nuvens vem a chuva – isso ele sabe. Mas ele já viu chuvas que não são água. Chuvas que são pedras de gelo. As pedras de gelo se amontoam no chão. São frias e se derretem com o calor, transformando-se em água. Então, ele pensa que antes de serem chuvas de água as nuvens são blocos de gelo. Aquelas formas no céu serão gelo? Se são gelo, por que não caem como todas as coisas pesadas? Que poder desconhecido as manterá lá em cima? Mas, e se caírem por causa do seu peso? Se caírem de repente, vão fazer um grande desastre aqui embaixo... Aí o seu pensamento para. Seus olhos voam com os urubus e as nuvens. O menino de pés descalços...

Sobre a interpretação

"Hoje vamos interpretar um poema", disse a professora de literatura. "Trata-se de um poema mínimo da extraordinária poetisa portuguesa Sophia de Mello Breyner Andresen", ela continuou. "O seu título é 'Intacta memória'. Por favor, prestem atenção." E com essas palavras começou a leitura:

> *Intacta memória – se eu chamasse*
> *Uma por uma as coisas que adorei*
> *Talvez que a minha vida regressasse*
> *Vencida pelo amor com que a sonhei.*

Ela tira os olhos do livro e fala: "O que é que a autora queria dizer ao escrever esse poema?".

Essa pergunta é muito importante. Ela é o início do processo de interpretação. Na vida estamos envolvidos o tempo todo em interpretar. Um amigo diz uma coisa que a gente não entende. A gente diz logo: "O que é que você quer dizer com isso?". Aí ele diz de uma outra forma e a gente entende. E a interpretação, todo mundo sabe disso, é aquilo que se deve fazer com os textos que se lê. Para que sejam compreendidos. Razão por que os materiais escolares estão cheios de testes de compreensão. Interpretar é compreender.

É claro que a interpretação só se aplica a textos obscuros. Se o meu amigo tivesse dito o que queria dizer de forma clara, eu não lhe teria feito a pergunta. Interpretar é acender luzes na escuridão. Lembrem-se do poema de Robert Frost, "Os bosques são belos, sombrios, fundos..."? Acesas as luzes da interpretação na escuridão dos bosques, suas sombras desaparecem. Tudo fica claro.

"O que é que a autora queria dizer?" Note: a autora *queria* dizer algo. *Queria dizer mas não disse.* Por que será que ela não disse o que queria dizer? Só existe uma resposta: "Por incompetência linguística". Ela queria dizer algo, mas o que saiu foi apenas um gaguejo, uma coisa que ela não queria dizer... A interpretação, assim, revela-se necessária para salvar o texto da incompetência linguística da autora... Os poetas são incompetentes verbais. Felizmente com o uso dos recursos das ciências da linguagem salvamos o autor de sua confusão e o fazemos dizer o que ele realmente queria dizer. Mas se o texto interpretado é aquilo que o autor queria dizer, por que não ficar com a interpretação e jogar o texto fora?

Claro que tudo o que eu disse é uma brincadeira verdadeira. É preciso compreender que o escritor nunca *quer dizer* alguma coisa. Ele simplesmente diz. O que está escrito é o que ele queria dizer. Se me perguntam: "O que é que você queria dizer etc.?", eu respondo: "Eu queria dizer o que disse. Se eu quisesse dizer outra coisa, eu teria dito outra coisa e não aquilo que eu disse".

Estremeço quando me ameaçam com interpretações de textos meus. Escrevi uma estória com o título "O gambá que não sabia sorrir". É a estória de um gambazinho chamado "Cheiroso", que ficava pendurado pelo rabo no galho de uma árvore. Uma escola me convidou para assistir à interpretação do texto que seria feita pelas crianças. Fui com alegria. Iniciada a interpretação, eu fiquei pasmado! A interpretação começava com o gambá. O que é que o Rubem Alves queria dizer com o gambá? Foram ao dicionário e lá encontraram: "Gambá: nome de animais marsupiais do gênero *Didelphys*, de hábitos noturnos, que vivem em árvores e são fedorentos. São onívoros, tendo predileção por ovos e galinhas". Seguiam descrições científicas de todos os bichos que apareciam na estória. Fiquei a pensar: "O que é que fizeram com o meu gambá? Meu gambazinho não é um marsupial fedorento...".

Octavio Paz diz que a resposta a um texto nunca deve ser uma interpretação. Deve ser um outro texto. Assim, quando um professor lê um poema para os seus alunos, deve fazer-lhes uma provocação: "O que é que esse poema lhes sugere? O que é que vocês veem? Que imagens? Que associações?". Assim, o aluno, em vez de se entregar à duvidosa tarefa de descobrir o que o autor queria dizer, entrega-se à criativa tarefa de produzir o seu próprio texto literário.

Mas há um tipo de interpretação que eu amo. É aquela que se inspira na interpretação musical. O pianista interpreta uma peça. Isso não quer dizer que ele esteja tentando dizer o que o compositor queria dizer. Ao contrário, possuído pela partitura, ele a torna viva, transforma-a em objeto musical, tal como ele a vive na sua possessão. Os poemas, assim, podem ser interpretados, transformados em gestos, em dança, em teatro, em pintura. O meu amigo Laerte Asnis transformou a minha estória "A pipa e a flor" num maravilhoso espetáculo teatral. Pela arte do intérprete – o Laerte, palhaço –, o texto que estava preso no livro fica livre, ganha vida, movimento, música, humor. E com isso a estória se apossa daqueles que assistem ao espetáculo. E o extraordinário é que todos entendem, crianças e adultos. Eu chorei a primeira vez que o vi.

 O que é que a Sophia de Mello Breyner Andresen queria dizer com o seu poema? Não sei. Só sei que o seu poema faz amor comigo.

Hora de esquecer

"E o que eu desejo para mim e para você é esquecimento..."

Coisa estranha de se desejar, parece mais uma maldição – pois quem é tolo de querer perder a memória? Eu mesmo vivo falando sobre a felicidade que mora nas lembranças e até mesmo acho que não está errado dizer que somos o que lembramos. Por isso gosto de contar casos, que é um jeito de fazer amor, dar aos outros pedaços da minha vida que o tempo já matou e enterrou, mas que a maga memória faz ressuscitar. "Aquilo que a memória amou fica eterno", disse Adélia Prado, e eu não me canso de repetir. A memória é a presença da eternidade em mim. E é para isso que preciso dos deuses, para que eu nunca esqueça, para que o passado volte sempre...

Recordo as *Confissões*, de Santo Agostinho. Releio seu maravilhoso capítulo sobre a memória, a meditação mais lúcida e profunda jamais escrita sobre o assunto. Diz ele: "Palácio maravilhoso, caverna misteriosa, dentro da memória estão presentes os céus, a terra e o mar... Dentro dela eu me encontro comigo mesmo...". É nela que moram os segredos da vida e da morte... E andando pelos seus caminhos, o santo vai à procura do obscuro objeto da nostalgia que faz o seu coração doer, e que beleza alguma é capaz de curar. Ele entra na memória como amante que vai à procura da amada, perdida...

E venho eu e desejo a todos o esquecimento...

É que, por vezes, é preciso esquecer para poder lembrar...

Pois a memória, como o próprio santo notou, "é o estômago da mente"... Para ali vão as comidas mais variadas, umas saborosas e de digestão fácil, outras amargas e impossíveis de serem digeridas. Quando isso acontece, o corpo se contorce e enjoa, e coisa alguma é capaz de fazê-lo feliz. Até que o próprio corpo se aplica o remédio, vomita, e assim se livra da comida que o fazia sofrer.

Memória, estômago: há nela coisas que precisam ser vomitadas, para que o corpo possa de novo se alegrar. Pois o esquecimento é a memória vomitando o que faz o corpo sofrer.

Por isso que Roland Barthes dizia que é preciso esquecer a fim de ficar sábio.

Por isso que Alberto Caeiro dizia que o que ele desejava era desaprender, raspar de sua pele a maneira de sentir que lhe haviam ensinado, para poder, de novo, sentir o gosto bom de si mesmo.

Somos como um navio em que os detritos do mar vão se grudando, em meio ao muito navegar. De tempos em tempos é preciso que o casco seja rasgado, para voltar de novo a deslizar suave pelas águas.

Os detritos da memória depositam-se em nossos olhos, transformam-se numa nuvem leitosa, opaca, catarata, e nós nos tornamos cegos para o mundo à nossa volta. O mundo inteiro, então, transforma-se num monte de detritos.

É preciso esquecer para poder ver com clareza.

É preciso esquecer para que os olhos possam ver a beleza.

As Sagradas Escrituras contam a saga da mulher de Ló. Deus permitiu que o casal fugisse das cidades amaldiçoadas de Sodoma e Gomorra com a condição de que não olhassem para trás, enquanto o fogo do céu as consumia. A mulher não resistiu à curiosidade, olhou para trás, e foi transformada em estátua de sal. Quem fica com os olhos fixados no passado se torna incapaz de ver o presente. E quem não tem olhos para o presente está morto.

Esquecer. Ver com olhos de criança – sem memória.

Mas nem sei por que estou dizendo todas essas coisas para explicar o meu desejo de esquecimento, quando o que eu quero dizer já foi dito por Alberto Caeiro:

> *O essencial é saber ver*
> *uma aprendizagem de desaprender*
> *Saber ver sem estar a pensar*
> *Saber ver quando se vê*

Ver com o pasmo essencial que tem uma criança, ao nascer
Sentir-se nascido a cada momento
para a eterna novidade do mundo...

É isso que desejo para você e para mim, no início de cada ano: esquecimento. Tomar um banho. Deixar a água correr pelo corpo... Sentir os detritos do passado se despregando, e entrando pelo ralo. Recuperar o corpo sem memória da criança, para ver o mundo como se fosse a primeira vez...

A melodia que não havia...

Eu me lembro, tinha uns seis anos, minha mãe me pôs para dormir, não consegui, um fantasma futuro me dava muito medo e ansiedade; pensava que chegaria um dia em que eu cresceria, meu pai e minha mãe morreriam, eu ficaria sozinho no mundo, sem ninguém para cuidar de mim, eu teria de tomar conta da minha vida, teria de trabalhar para ganhar dinheiro, mas o que é que eu poderia fazer? Comecei a chorar. Minha mãe me ouviu. Contei-lhe minha aflição. Mas as mães e os pais jamais imaginam o tamanho da aflição das crianças. Estava escuro. Não vi o seu rosto. Mas sei que ela sorriu ao ouvir meu sofrimento. Os sofrimentos das crianças são sempre bobos para os grandes. E aí, do fundo da minha aflição, imaginei duas alternativas. "Já sei!", eu disse. "Poderei ganhar a vida rachando lenha ou mexendo com meus papéis..." Quem rachava lenha para nós era o seu Zé – trabalhava o dia inteiro, suando com seu machado, e ao final do dia ganhava uma pratinha de dois mil-réis. Quem mexia com papéis era meu pai, viajante, que estava sempre às voltas com pedidos que ele dactilografava (era assim que ele falava, "daquitilografar") em sua Smith-Corona portátil. Assim eu vislumbrava o meu futuro, ou como rachador de lenha ou como viajante. Cresci. Mudamo-nos para o Rio de Janeiro. Aí meus horizontes se expandiram. Havia outras possibilidades. Poderia fazer concurso para o Banco do Brasil, ser engenheiro ou ser médico: contar dinheiro, fazer casas e pontes, dar receitas. Essas eram as possibilidades. Meu pai me empurrava para a engenharia, que ele achava a coisa mais importante do mundo. E assim fui, achando que seria engenheiro. Depois mudei de ideia. Resolvi ser pianista. Estudei muito, não deu certo, eu não tinha talento. Norman Vincent Peale e Lair Ribeiro são enganadores: não é verdade que "querer é poder". Por mais que a tartaruga reze, Deus não vai lhe dar asas para ela voar como urubu. Resolvi então ser médico. Até que teria conseguido. Eu era bom no cursinho. Mas aí mudei de ideia de novo. E assim eu fui pela vida, estourando que nem pipoca, a cada estouro eu ficava diferente. O que nunca me passou pela cabeça é que algum dia eu seria escritor. Menino, eu gostava de ler. Adolescente, só lia gibis e *X-9*, revista policial que era o terror da minha mãe. Eu comprava escondido e a guardava debaixo do travesseiro. Nunca me preparei para ser escritor. Tanto que minha formação acadêmica sobre o assunto é fraquíssima. Quase nada sei sobre as ciências da escrita. Não me perguntem sobre dígrafos, análise sintática e escolas literárias. Nunca me interessei. Achava tudo isso perda de tempo. Sério mesmo era construir pontes e fazer cirurgias. Na verdade, eu achava aqueles que se dedicavam à literatura uns vadios. Tirem-me do pau de arara: eu confesso meu pecado, sou ignorante. Eu só sei escrever, sem saber as explicações científicas da minha escrita.

Virei escritor num estouro de pipoca. Independentemente de vontade, planos e preparo. Pura graça. Não me perguntem como escrevo. Diotima, sacerdotisa que deu aulas de sabedoria a Sócrates, disse que todos nós estamos grávidos de beleza. A beleza está dentro da gente, querendo sair. E, de repente, chega a hora do parto e ela nasce. Assim aconteceu comigo, do jeito mesmo como acontece com a pipoca.

Os teólogos medievais se referiam a uma "igreja invisível". Por oposição à igreja visível, que é essa que a gente vê com bispos, romarias, pregações e dogmas sobre céu e inferno. "Igreja invisível" é o conjunto de pessoas, por esse mundo afora, gente que a gente nunca viu nem verá, que – sem que a gente saiba – se comove com as mesmas coisas que a gente. Quem se alegra com a mesma coisa que me traz alegria é meu irmão. Quem chora pela mesma coisa que me faz chorar é meu irmão. Quem acha bonita a mesma música que eu acho é meu irmão. Há um verso de Fernando Pessoa que diz assim: "A melodia que não havia, se agora a lembro, faz-me chorar". Pois essa "igreja invisível" (que nada tem a ver com igrejas, bispos e dogmas) é um coral que canta uma melodia inaudível que enche o universo. Especialmente em momentos de grande solidão a gente a ouve – e isso nos dá grande alegria e nos faz chorar: não estamos sós.

Pois é isso que tenho experimentado por meio da escrita. Na ciência, para saber se a palavra é verdadeira, é preciso que haja pesquisas e provas. As evidências se encontram fora das palavras. As palavras, sozinhas, não valem nada. Na literatura é o contrário. A literatura são as palavras que fazem amor com a gente. Cada palavra é uma extensão da mão, um prolongamento dos dedos. A palavra nos toca, o corpo e a alma reverberam. É a reverberação do corpo e da alma que atesta a verdade da palavra. Literatura é um jeito de fazer amor a distância.

Por isso vivo repetindo àqueles que gostam das coisas que escrevo: "Vocês gostam do que escrevo não porque eu escreva coisas que vocês não sabem. Vocês gostam do que escrevo porque o que escrevo faz reverberar a beleza que estava dormindo em vocês". Palavra do Bernardo Soares: a arte é a comunicação às pessoas da nossa identidade íntima com elas. As crianças cantam uma canção, dão-se as mãos e brincam de roda. Um mesmo texto compartilhado é assim: através do espaço invisível damos as mãos a pessoas que não conhecemos e brincamos de roda. Somos iguais. Não estamos sozinhos. É a experiência de comunhão.

O brilho da eternidade no olhar

Quando trabalho não gosto de ouvir música. A música perturba os meus pensamentos. Paro de ter ideias porque a minha alma se muda inteira para a música. Fico impedido de pensar. Só quero ouvir. Assim, para escrever, prefiro o silêncio. Mas, por vezes, abro uma exceção, como naquela manhã. Haviam me dado um CD de presente. Fiquei curioso porque não conhecia a música, sonata para violino e piano de César Frank. Comecei a ouvir, comecei a escrever. Mas logo tive de parar de escrever porque os meus olhos se encheram de lágrimas. Pus-me então a pensar como um filósofo para ver se entendia o que estava acontecendo. Perguntei-me: "Por que você está chorando, Rubem?". A resposta foi fácil: "Choro por causa da beleza. Você não se lembra que a Adélia Prado escreveu que a beleza enche os olhos d'água?". Perguntei-me de novo: "Mas o que é isso, a beleza que faz chorar? Quando é que a alma reconhece a beleza?". Aí eu não tinha resposta pronta. Tive de pensar. Fui para um dos mitos que Platão inventou, coisa que ele gostava muito de fazer. Mitos são estórias que inventamos para explicar aquilo que a razão não consegue explicar. Diante do inexplicável voltamos a ser crianças. As crianças, para entenderem, basta que se lhes contem estórias – bem entendido, desde que os adultos não as expliquem... Platão, perplexo diante da beleza, inventou um mito: imaginou que, antes de nascer, a alma habitava um mundo encantado onde moravam todas as coisas belas do universo. A alma as contemplou, sentiu-se feliz, e alma e beleza se abraçaram, para sempre. Mas aí, quando nascemos neste mundo, a alma esquece de tudo. E ela fica toda cheia de buracos – como um queijo suíço! –, em cada buraco mora a presença de uma ausência. A alma é o lugar onde as ausências estão presentes. E essas belezas ausentes se fazem sentir como uma tristeza inexplicável, uma saudade pura, sem objeto, uma vontade de chorar. Isso acontece frequentemente na hora do pôr do sol. Borges cita Browning: "Quando nos sentimos mais seguros então acontece algo: um pôr do sol, e outra vez estamos perdidos". O pôr do sol é um emissário do mundo encantado.

Mas esquecimento não é perda. Nada se perde no mundo. Esquecimento é sono. As belezas continuam lá, inteiras, adormecidas na alma, tal como aconteceu com a Bela Adormecida. Ela não estava morta, embora parecesse. Um beijo a trouxe de novo à vida.

Quem partejará a beleza que carregamos dentro da alma? Quem acordará a Bela Adormecida? Para isso existem os anjos. Anjos são criaturas que transitam entre o mundo encantado da beleza, na eternidade – aquele em que a alma vivia antes de nascer –, e a beleza que dorme na alma, no tempo. Os anjos são as pontes entre o Tempo e a Eternidade. Nesse mundo eles têm a forma de artistas. Os artistas são seres a quem Deus deu o poder para ver e ouvir aquilo que os mortais comuns não veem nem ouvem. E sua missão é tornar visível e audível aos mortais comuns aquilo que eles veem e ouvem com os olhos e os ouvidos da alma. Aí acontece o milagre: quando a alma ouve o poema ou escuta a música dos artistas, a beleza que mora na alma se reconhece, e desperta. Acontece então o beijo de amor: é a felicidade. Diante da beleza choramos de felicidade. A beleza é o tempo sendo abraçado pela eternidade. Foi isso que aconteceu comigo. Senti beleza ao ouvir a sonata porque ela já morava dentro de mim. Senti-me, então, tão belo quanto a sonata.

Fernando Pessoa escreveu a mais bela declaração de amor que conheço: "Quando te vi, amei-te já muito antes. Tornei a achar-te quando te encontrei...".

"Quando te vi": a tua imagem levou-me a um tempo muito antigo, "já muito antes" – que eu nem sabia que existisse. Vi-te numa eternidade que morava em mim. Tua aparição – o momento em que te vi – aconteceu no tempo: era um entardecer. Mas senti que já moravas em mim, desde sempre, fora do tempo. Ao te ver fui tocado pela eternidade. Foi belo...

Mas por que te amei? Por que não uma outra? O que é que havia em ti que te fizesse única? O que é que eu tinha perdido e reencontrei em ti?

São os poetas que sabem a resposta: "Oh, pedaço de mim, oh, metade afastada de mim, oh, metade exilada de mim, oh, metade arrancada de mim, oh, metade amputada de mim, oh, metade adorada de mim...".

Esse refrão, "de mim"... Sim, "de mim"! Eu te amo porque em ti encontrei um pedaço de mim que eu havia perdido, arrancado, exilado, amputado. É preciso confessar: eu te amo porque eu me amo...

Volto ao poema "Eros e psique", de Fernando Pessoa, em que ele reconta a estória da Bela Adormecida. Depois de descrever os descaminhos do Infante e o sono da Princesa, narra que o Infante chega finalmente ao lugar onde ela dorme. E é assim que o poeta descreve esse final: "E inda tonto do que houvera, a cabeça em maresia, ergue a mão, retira a hera... e vê que ele mesmo era a Princesa que dormia...". Vivo repetindo: amamos uma pessoa não pela beleza dela, mas pela beleza nossa que aparece refletida nos olhos dela...

Recebi um *e-mail* de uma mulher. Eu a conheci menina. Nunca mais nos vimos. Tratou-me carinhosamente: "Eu me lembro de você com vastos cabelos castanhos... Agora eu o vejo nas fotos, os poucos fios de cabelo que lhe restam já são brancos...". Havia doçura nas suas palavras e uma pitada de tristeza. A beleza da juventude já se foi. Lembrei-me de um poema de T.S. Eliot: "E eles dirão: 'Seu cabelo, como está ralo!'. Meu casaco distinto, meu colarinho impecável, minha gravata elegante e discreta, confirmada por um alfinete solitário... Mas eles dirão: 'Seu braços e pernas, que finos que estão!'".

Não adianta: casaco distinto, colarinho impecável, gravata elegante, alfinete solitário não escondem o fato: as pernas e os braços finos... Faz três meses a Editora ASA, de Portugal, enviou-me 20 DVDs de uma palestra que lá fiz. Com certeza eu estava elegante, casaco, colarinho, gravata. Os portugueses são muito formais. Em Portugal procuro vestir-me bem. Mas ainda não tive coragem de vê-los. Não quero vê-los... Sem me ver, eu pelo menos vivo na ilusão.

O problema é que aquela beleza não mudou. Minha alma vive fora do tempo. Fernando Pessoa entendeu: "Depus a máscara e vi-me no espelho. Era criança. Não havia mudado nada...". "Eu menino" não combina com "eu velho"...

Também os velhos querem amar e ser amados. Mas quem nos amará? Quero ser amado como escritor, como avô carinhoso, como jardineiro – mas não só. O menino também quer ser amado. O Infante continua a sua busca. Para onde é que vai a beleza dos velhos? Quem, sem consolo ou mentira, lhes dirá que eles são belos? Nietzsche disse que somos amados pelo brilho de eternidade em nosso olhar. Pode ser então que, olhando dentro dos meus olhos, se possa ver uma criança a brincar...

O mar de Maria

> *Mas, neste espelho, no fundo*
> *desta fria luz marinha,*
> *como dois baços peixes,*
> *nadam meus olhos à minha procura.*
> *Ando contigo, e sozinha...*
> Cecília Meireles

Eu não sei como ela se chamava. Por isso vou batizá-la de Maria.

Maria, tão perto, na palma da minha mão; Maria tão longe, mãe de Deus nas alturas; Maria, nome de toda mulher...

Mas, neste caso, mais Maria, porque enquanto vivia via que para o mar ia... Aquele mar de mistérios de onde emerge a poética de Cecília Meireles. Mar profundo de onde surgem os símbolos do García Márquez. Mar dos liquens, da fluidez, do eterno ir e vir, da reconciliação em que a gota se descobre na onda...

Foi assim. Maria, um dia ouviu o chamado do mar. E foi. Para não voltar mais. E agora tudo acontece inútil...

Nunca vi a Maria. Como já disse, nem sei como ela se chamava, nem de que cores eram seus olhos e cabelos, e não sei se ela gostava de pores de sol e borboletas. Como é curioso que um rosto estranho possa atrair. Para aqueles para quem amor é uma questão de visão, de toque, de presença, isso pode parecer loucura. Talvez eu seja louco. Mas o fato é que amo pessoas que nunca vi, pois já morreram, e pessoas que nunca vi porque não nasceram.

Amo os precursores, que andaram pela primeira vez pelos caminhos por que hoje ando, e deixaram suas marcas nas árvores que foram plantadas (sem que tivessem, eles mesmos, podido assentar-se à sua sombra) e nas palavras que foram escritas e que ainda hoje ouvimos como testemunhos do passado. Amo, por outro lado, aqueles para quem espero ser um precursor, e em cada gesto, podem crer, existe um pouco de amor por aqueles que virão.

Houve tempos negros, Maria, em que o seu ato provocaria o tremor de santos e pecadores, e as portas das igrejas e dos túmulos se fechariam em horror. Os vivos continuariam a matá-la mesmo depois de sua morte. Levou muito tempo para que aprendêssemos que o horror era uma confissão de que o seu gesto era bem nosso, terrivelmente nosso. Demônios ausentes não provocam medo e nem precisam ser exorcizados. É quando o demônio mora em casa que o seu nome não pode ser pronunciado... Ele poderia acordar... Se os homens fechavam os olhos e as mulheres se calavam, era porque reconheciam a fraternidade que os unia com você. É isso, Maria, você é nossa irmã. A diferença está em que, enquanto esperamos que o mar nos engula, você, Maria, foi ao seu encontro, triste e irremediavelmente.

Maria, seu gesto foi uma mensagem – mensagem que se desprende também de cada pessoa, em cada tristeza, em cada pergunta sobre o sentido da vida. Eu me lembrei de Camus, *O mito de Sísifo*. Camus também foi um amigo seu, que procurou entender o seu gesto antes que ele acontecesse. O que está em jogo é o sentido da vida. A vida vale a pena? Para quê? Estas, Maria, são questões que todos nos colocamos. Mas as colocamos covardemente, com medo, e as sufocamos debaixo do trabalho, da caderneta de poupança, da novela, da religião. Como você, Maria, todos temermos e todos nos perguntamos se vale a pena viver – num sussurro.

Mas eu gostaria de ter podido ser seu companheiro na sua dor. Talvez você tenha mergulhado no mar por não ter sido possível mergulhar no amor. A solidão, o silêncio, a palavra sem volta – e a gente olha e vê as máscaras e as pedras. Mas Maria, você não precisava ter ido. E era isso que eu queria dizer. O canto das cigarras é belo, as nuvens continuam a dançar, há crianças brincando de "eu sou filha de carpinteiro da marré, marré, marré", nada, nem mesmo os deuses, poderão apagar o fato de que Beethoven escreveu a *Nona Sinfonia* e o Adágio da *Sonata ao luar*... Você me perguntaria: mas isso tem sentido? E eu lhe perguntaria, nas palavras de um homem a quem amo, Nietzsche: "Por que será necessário olhar primeiro atrás das estrelas para só depois viver a vida?". É necessário não pedir da vida o que ela não pode dar.

Queremos que ela nos gere deuses, quando ela só nos pode oferecer filhos pequenos, fracos e mortais. Não, Maria, "como dois e dois são quatro sei que a vida vale a pena"... Não que eu tenha andado atrás das estrelas. É apenas o conselho da sabedoria de um velho feiticeiro índio, D. Juan. Quando lhe perguntaram que caminho a sua sabedoria dizia que deveríamos seguir, respondeu: "Não importa. Todos os caminhos conduzem ao mesmo lugar. Escolhe, portanto, o caminho do amor". Você já chegou a este "mesmo lugar". Mas o seu grito ficou e, quem sabe, ele ensinará mais amor a alguém...

Especificações técnicas

Fonte: Gatineau 10,5 p
Entrelinha: 15 p
Papel (miolo): Off-white 80 g/m²
Papel (capa): Cartão 300 g/m²